PRIMEROVERLAG.DE

Christoph Fromm

STALINGRAD

Die Einsamkeit vor dem Sterben

Roman

PRIMERO VERLAG

Bibliografische Information der Deutschen Bibliothek.
Die Deutsche Bibliothek verzeichnet diese Publikation in der deutschen Nationalbibliografie; detaillierte bibliografische Daten sind im Internet unter http://dnb.de abrufbar.

Komplett überarbeitete Neuauflage

www.primeroverlag.de

Lektorat:
Peter Thannisch, Wachtberg

Korrektorat:
Nicola Menzel, München

Umschlaggestaltung:
Carl Bartel, München

Satz:
Agentur Marina Siegemund, Berlin
www.siegemund-dtp.de

Druck und Bindung:
CPI Clausen & Bosse, Leck
info@cpibooks.de

Printed in Germany
ISBN 978-3-9810943-8-1

Die Schreibweise entspricht den Regeln der neuen Rechtschreibung.

Karte auf S. 500/501 aus:
Das Deutsche Reich und der Zweite Weltkrieg, Bd 6, nach Seite 1060. Wiederabdruck mit freundlicher Genehmigung des Militärgeschichtlichen Forschungsamtes, Potsdam.

September 1942. Die wenigen Überlebenden eines in Nordafrika eingesetzten Sturmpionierbataillons werden an die Ostfront abkommandiert. In der Entscheidungsschlacht um Stalingrad mit über 2 Millionen Opfern fällt jegliche Hemmschwelle: Grabenkrieg, Nahkämpfe um jedes einzelne Haus, Hunger und Kälte, der Wahnsinn als letzte Zufluchtsstätte vor dem Sterben …

Der junge Leutnant Hans von Wetzland muss erkennen, dass er unter diesen Voraussetzungen nicht einmal die grundlegendsten moralischen Ansprüche an sich und seine Männer aufrecht erhalten kann.

Grundlage für dieses Buch war eine ausführliche Recherche, bei der zahlreiche Gespräche mit Zeitzeugen geführt werden konnten. Dies ist ein Roman, kein Sachbuch. Wo immer sich die beiden Ansprüche im Weg standen, hat sich der Autor für das erstere entschieden, um so in das Innenleben der Figuren hinabzublicken – bis in die tiefsten Abgründe. Das räumt diesem Buch innerhalb der Publikationen über Stalingrad eine außerordentliche Stellung ein und macht es zu einer flammenden Anklage gegen jeden Krieg.

Christoph Fromm, 1958 in Stuttgart geboren, ist seit 1983 hauptberuflich als Drehbuchautor tätig. Bekannt wurde er durch seine Kinofilme »Treffer«, »Spieler«, »Die Katze«, außerdem durch den mit dem Emmy Award und dem Grimme-Preis ausgezeichneten Dreiteiler »Die Wölfe«. Seit 2002 ist er Leiter der Drehbuchabteilung an der Filmakademie Baden-Württemberg. Im Januar 2006 gründete er gemeinsam mit Tina Lizius den Primero Verlag in München. Dort erschien auch sein Roman »Die Macht des Geldes«.

Erstes Buch

Erstes Kapitel

I

Das Wasser war immer noch sehr warm, und die Sonne lachte vom Himmel, lachte unter anderem über die Reste des Pionierbataillons 21, die die Toskana zweiter Klasse verließen.

Italien, Ende September 1942.

Der Zug fuhr dicht am Strand entlang. Leutnant von Wetzland schrieb einen Brief. Er war der Einzige im Abteil, der nicht schwitzte. Der Obergefreite Fritz Reiser und der Unteroffizier Manfred Rohleder hingen am offenen Fenster und starrten wehmütig auf das Gewirr aus nackten Leibern und Wellen. Ihre frischen Orden, die man ihnen für den glorreichen und vergeblichen Vormarsch auf El Alamein verliehen hatte, glitzerten in der Sonne. Sie waren noch einmal davongekommen, im Gegensatz zu ihrem Bataillon, das sie drüben unter Sand und Trümmern zurückgelassen hatten, bis auf die wenigen, denen das seltene Privileg zuteilgeworden war, ihre Verletzungen – soweit sie reparabel waren – an der Riviera auszukurieren, bevor es zurück nach Deutschland ging und von dort mit einem neuen Bataillon in eine neue Schlacht; denn der Krieg war zwar längst gewonnen, so hieß es, aber ein großes Schlachten gab es immer wieder.

In Italien war weniger los gewesen, als sie es sich vorgestellt hatten. Fritz war immer noch Jungfrau, und auch Rollo war diesmal nicht bis in den Mannschaftspuff vorgedrungen. Nicht einmal ein Geburtstagsgeschenk für Rollos Frau hatten sie gefunden. Schuld daran hatte ihr ehemaliger Vorgesetzter, Oberleutnant Wolff, den Fritz und Rollo nach Dienstschluss in der obligatorischen Skatrunde Lupo genannt hatten und der jetzt ebenfalls nach Hause fuhr, allerdings in einem anderen Zug und in einem Rollstuhl, der bei jeder Bewegung leise quietschte.

Sie hatten einen letzten Ausflug zu dritt gemacht, gemeinsam mit zwei Mädchen, für die sie den Rest ihrer Gemeinschaftskasse geopfert hatten, weil sie angeblich aus dem Offizierspuff stammten, zu dem die unteren Dienstgrade normalerweise keinen Zutritt bekamen. Aber mit Lupo war das etwas anderes gewesen. Er war und blieb Offizier, auch wenn er durch einen Granatsplitter einen Dachschaden erlitten hatte und ständig von achtzehn bis hundertvierundvierzig reizte, das allerdings ohne Fehler. Seine Alte hatte trotzdem bereits den Scheidungsantrag eingereicht.

»Bier und Sand.« Rollo blinzelte nachdenklich durch die Öffnung seiner Bierflasche in die grelle Sonne. »Scheiß an die Wand.«

Er war bereits wieder genauso besoffen wie am Tag zuvor, als er nach dreizehn Flaschen lauwarmem Pils vorgeschlagen hatte, Lupo den letzten Freundschaftsdienst zu erweisen, indem man ihn möglichst schnell und schmerzlos ins Jenseits beförderte. Fritz hatte heftig widersprochen und Lupo den zwei Italienerinnen in einem Bootsschuppen überlassen. Dort hatte Lupo seine Männlichkeit wider Erwarten so eindrucksvoll unter Beweis gestellt, dass selbst Rollo nach der mit schwerer Zunge vorgebrachten Frage »Wie kann ein Mensch so ficken, der nicht mal mehr Kartenspielen kann?« zu der Überzeugung gelangt war, Lupo habe doch noch etwas vom Leben zu erwarten. Er war so ausdauernd gewesen, dass sie beinahe zu spät zur Ordensverleihung gekommen wären. Dann hatte der am Rand des Kasernenhofs abgestellte Lupo angefangen, seinen ehemaligen Männern Kommandos zuzubrüllen, und der neue Leutnant hatte peinlich berührt versucht, seinen blöd geschossenen Vorgänger und vielleicht auch die Angst vor einem ähnlichen Schicksal zu ignorieren, ehe er Fritz barsch den Befehl erteilt hatte, den Kranken ins Lazarett zu bringen.

Fritz hatte Lupo zum Abschied den Rest ihres gemeinsamen Geldes für eine Jacke geschenkt. Es war um diese Jahreszeit bereits kalt zu Hause. Rollo hatte ihm trotzdem Vorwürfe gemacht. Das war Puffgeld gewesen! »Ungefickt an die Front, das bringt Pech!«

Er war noch immer stinksauer. Es war eben wieder mal alles falsch gelaufen.

Das dachte auch ihr neuer Leutnant, eine passende Metapher für seine Gemütslage suchend. Der Brief ging an seine Verlobte. Ihr letzter gemeinsamer Tag vor einer Woche in Florenz war nicht besonders harmonisch verlaufen. Fraglos liebte er Clara, liebte sie so sehr, dass er ihr Angebot, das erste Mal mit ihm zu schlafen, bevor er an die Front ging, ausgeschlagen hatte. Seine Ritterlichkeit hatte ihm verboten, sie zu sehr mit der Erinnerung an einen Mann zu belasten, den sie möglicherweise nie wiedersehen würde; um seine körperlichen Bedürfnisse zu befriedigen, zog er andere Frauen vor.

Es war seltsam mit Clara. Durch ihre Vitalität und Geradlinigkeit fühlte er sich oft wie erdrückt, aber mit jedem Tag und jedem Kilometer, die das Schicksal zwischen sie legte, vermisste er sie mehr, und so führte ihm nun der Schwung der Sehnsucht die Feder:

Liebste Clara,
Ich muss mal kurz nach Russland fahren, »the rest is silence.«

Im Gegensatz zu seinen Untergebenen genoss er als Offizier das Privileg, zumindest das Land zu kennen, in dem sie eingesetzt werden sollten.

Du wirst mir also erst einmal nicht mehr schreiben können, das heißt, schreiben kannst Du mir natürlich, aber es wird eine Zeit dauern, ehe ich Deine Briefe in Händen halten werde. Wird es schlimm sein?

Ich bitte Dich, mir zu verzeihen und meine Freude zu verstehen. Die Unklarheit der letzten Monate ist verflogen, mein Leben ist plötzlich ganz Aufgabe, Ziel. Du weißt, wie vieles mir Lüge war, und ich weiß um den Kummer, den Du meinetwegen hattest, aber mit jedem Meter näher zur Front verfliegt meine so verhasste Melancholie, mein Schwanken, und all die großen Gefühle, für die ich zu klein zu sein glaubte, Gefühle vor allem auch zu Dir, brennen wieder in mir, als sei die Flamme niemals zur Glut verkommen.

(Die Metapher, nach der er gesucht hatte.)

Könntest Du mich jetzt sehen, inmitten all dieser prächtigen Landsknechtsnaturen, die meine Untergebenen sind und die ich be-

reits jetzt liebe, gerade weil ich weiß, dass ich bei ihnen nur durch Leistung bestehen kann, nun, Du würdest vor allem die Nase rümpfen wegen des Gestanks.

Er hob den Blick vom Papier und ließ ihn über einige vorübergleitende Weinberge schweifen. Fritz und Rollo hatten inzwischen im Getümmel am Strand Lupos Gespielinnen entdeckt. Sie hatten bereits neue Verehrer gefunden, mit denen sie durch die Wellen turnten. Dabei benutzten sie denselben Reifenschlauch wie am Tag zuvor. Rollo winkte den beiden zu.

»He. Fritzchen, wie hießen die noch?«

»Wenn du's mir nicht sagst ...«

Fritz verzog das Gesicht. Irgendwie hatte er geglaubt, dass es für die Mädchen etwas Besonderes wäre, mit jemandem schwimmen zu gehen. Ficken taten sie mit jedem, das war klar, aber schwimmen war doch was anderes. Er hatte geglaubt, dass sie ihn mochten, aber es waren eben nur Nutten.

Rollo nahm noch einen Schluck Bier und lehnte sich weit aus dem Fenster des dahinkriechenden Zugs. Vielleicht konnte er sich so einbilden, dass hinter ihm sein Oberleutnant saß und nicht dieser junge, arrogante Schnösel, der sie von nun an führen würde, obwohl er außer einer kurzen Frontbewährung in Afrika nur die Kriegsschule hinter sich hatte. Er glaubte wieder, das leise Quietschen von Lupos Rollstuhl zu hören, und prostete den Mädchen zu.

»He, Alte!«

Er versuchte sich einzureden, dass sie sowieso nicht so viel hergemacht hatten, und nahm sich ein neues warmes Bier. Wirklich zufrieden war man sowieso nie. War man bei seiner Frau, wollte man bei einer Hure sein, war man bei einer Hure, wollte man seine Frau. Lag man in einem dreckigen Graben, sehnte man sich nach einem ruhigen Fleckchen Erde und einem kühlen Bier, und war man dann dort, sehnte man sich zwar nicht gerade nach Dreck, aber doch nach diesem Gefühl, dass es gerade noch mal gut gegangen war, während es den anderen erwischt hatte und man den eigenen Herzschlag in den Schläfen spürte. Er streichelte seine Nahkampfspange und winkte den Mädchen noch mal zu.

Endlich bemerkten ihn die beiden, zogen es aber vor, ihn nicht zu kennen. Die Zierlichere mit den Antilopenbeinchen stülpte ihrem neuen Verehrer den Schwimmring über die Schulter, hängte sich dran und ließ sich durchs Wasser schleifen.

»Wahrscheinlich benutzen sie die Pariser auch mehrmals«, sagte Rollo. Sein Kopf entkam nur knapp einem Telegrafenmast. »Nimm dir wenigstens 'nen Flieger«, schrie er, »und nicht so'n halbes Hemd vom Nachschub, der fällt dir ja runter!«

Die andern Landser im Zug lachten. Rollo sonnte sich im Beifall der Kameraden. »Häng ihr bloß nichts an, du Pfeife, ich komm nämlich wieder!« Das Gelächter wurde noch lauter.

Rollos Stimmung schlug plötzlich um. Warum lachten die Idioten so blöd?

»Ich komm wieder, ihr Arschlöcher, ich komm wieder!«, brüllte er und senkte betreten den Kopf, als er plötzlich die Blicke der anderen spürte. Dann fühlte er die Hand des Dicken auf seiner Schulter.

»Unser Schwimmring«, sagte Fritz leise.

Rollo nickte.

Zwei Päckchen Zigaretten danach dampfte der Zug durch die bereits herbstlich belaubte Berglandschaft Südtirols.

»Das hat auch alles mal uns g'hört«, sagte ein geschichtsbewusster Landser.

Die anderen soffen lieber billigen Rotwein. Blähungen waren nur noch gestattet, wenn man den Arsch dabei aus dem Fenster hielt.

Leutnant von Wetzland komponierte noch einige Zeilen:

Wir sind jetzt kurz vor Meran. Das glühende Laub der Weinberge umgibt mich ganz, und mit meiner Aufregung flüchte ich mich kurz in eine weitere Seite an Dich. Vielleicht wird ein leichtes Lächeln über Deinen »kleinen Verrückten« jetzt Deine zauberhafte Nase kräuseln, o ja, bitte – aber lach nicht zu sehr, denn was Du in deiner Musik gefunden hast, Dein Bruder möglicherweise in der Religion, Zufriedenheit, Ruhe des Herzens, das suche ich jetzt im Krieg. Ja, warum nicht im Krieg? Denn was für ein schöneres, entschiedeneres

Leben kann es geben als das im ständigen Kampf auf Leben und Tod?

Der Zug verschwand in einem Tunnel.

2

Sechsunddreißig Stunden später fand man sich in einem neuen Waggon wieder, der an einen Munitionszug angehängt worden war. Die Neuaufstellung des Bataillons war zügig vonstattengegangen; die Front brauchte dringend Ersatz.

Leutnant von Wetzland, nach wie vor beseelt von seiner stündlich fortschreitenden Metamorphose zum Frontkämpfer, war erstaunt gewesen, dass man es nicht für nötig gehalten hatte, die neuen Leute aufeinander einzuspielen, um eine schlagkräftige Truppe zu formen. Doch sein neuer Vorgesetzter, ein mürrischer älterer Hauptmann, dessen frische Gesichtsnarben Fronterfahrung verrieten, hatte ihn barsch und formlos zur Eile beim Ausfüllen der notwendigen Formulare angetrieben.

Dann war es, tief in der Nacht, losgegangen, in allgemein östlicher Richtung; wohin genau, wussten die Landser noch nicht. Wilde Gerüchte, die von der bevorstehenden Eroberung Persiens und einer Vereinigung mit Rommels Armee bis zu einem Durchmarsch nach Indien reichten, machten die Runde. Immerhin, man hörte jetzt auf den Namen »Sturmpionierbataillon 125«, war angeblich spezialisiert auf Straßenkämpfe und fraglos eine Elitetruppe. Dafür standen die teilweise hochdekorierten Männer, die neben dem Leutnant saßen. Überlebende siegreicher Schlachten. Polen, Frankreich, Jugoslawien, Griechenland, Afrika. Einige auch mit Russlanderfahrung. Man tauschte Erinnerungen aus.

Leutnant von Wetzland unterbrach den Brief an seine Verlobte, der inzwischen literarische Ausmaße angenommen hatte, und hörte den Männern gebannt zu, deren Gesichter vom Schein des Kanonenofens beleuchtet wurden. Sein Zug! Männer, mit denen man kämpfen konnte. Er bereute keine Sekunde, dass er vor der Abfahrt den Wunsch geäußert hatte, im Waggon mit seinen Leuten und nicht mit den Offizieren zu fahren. Das Stampfen der Lok in der wolkenlosen Nacht übertrug sich auf verzurrte Werkzeugkisten, auf das Gepäck, die Tornister, gab seinem Blut und dem der Männer denselben Rhythmus. Gemeinschaftsgefühl durchflutete ihn.

Rollo war weniger glücklich. Er warf wütend sein Blatt auf einen Vierkantschädel, der einem etwas begriffsstutzigen Schwaben namens Edgar gehörte. »Mensch, kannste nich mitzählen? Was butterste jetzt die Zehn rein, wo doch klar is, dass er noch die Sau hat!«

Edgar, der das zweifelhafte Glück genoss, von Fritz und Rollo in die Grundbegriffe des Skatspiels eingewiesen zu werden, sammelte bedächtig die Karten ein. Fritz war damit beschäftigt, seine Punkte zu zählen.

»Neunundfünfzig, zweiundsechzig ... Ohne vier spielt fünf, verloren zehn ...«

»Kontra zwanzig.« Das »Kontra« kam von Rollo.

»Macht zweihundert Miese für jeden von euch.«

Edgar notierte das Ergebnis sorgfältig auf einem Zettel. Er hatte nach einer Dreiviertelstunde genau zweitausenddreihundertvierunddreißig Miese. Er war zwar Schwabe, aber er war auch Kamerad. Deswegen spielte er weiter.

Rollo nahm seinen Punktestand weniger gelassen hin. »Mit ’m Lupo hätte der Dicke das Spiel nie durchgebracht! Der hat mit seinem kompletten Dachschaden besser gespielt als du.«

»Ist doch Schnee von gestern. Der Edgar lernt’s schon noch.« Fritz bediente sich ungefragt aus Edgars Zigarettenschachtel, der, sparsam wie er war, als Einziger noch Kurmark hatte, während alle anderen längst auf Juno umgestiegen waren. »Am Anfang macht jeder ’n paar Miese. Gegen mein genialen Spielfluss kommt der Rollo einfach nicht an. ’s is jedes Mal wieder ein Schock für ihn.«

»Halt die Fresse! Weiß inzwischen irgendjemand, wo der Scheißzug hinfährt?«

Edgar, der ursprünglich zur Marine gewollt hatte und auf dessen Brust ein Dreimaster eintätowiert war, hatte seine Hoffnung, wenigstens einmal in seinem Leben das Meer zu sehen, noch nicht aufgegeben. »Ich hab gehört, 's geht an Kanal, wir springen den Engländern ins Kreuz.«

Großes Gelächter. Wenn dem so war, fuhr man schon seit drei Stunden in die falsche Richtung.

»Gebt dem Kruschtsammler mal'n Kompass!«

»Er hat doch recht, die verdammten Tommies müssen endlich dran glauben!«

»Ja, sicher, und in Paddelbooten fahrn wir rüber.«

Rollo nahm Fritz zur Strafe dessen Bierflasche weg. »He, Vorsicht, alter SA-Mann!«

»Ja ja, die Flaschen hoch, die Augen fest geschlossen ...«

»Halten Sie den Mund, Obergefreiter, und setzen Sie sich auf den Körperteil, der Ihre Persönlichkeit am entscheidensten geprägt hat«, sagte der junge Leutnant, ohne von seinem Buch aufzusehen.

Fritz konterte unter dem Gelächter der Landser mit einem Kopfstand in der Ecke des Waggons. Auch der Leutnant konnte sich ein Lächeln nicht verkneifen, bevor er rasch umblätterte und weiterlas.

Rollo warf ihm einen bösen Blick zu. Dem würde das Lachen schon noch vergehen! Saß hier mit ihnen im Mannschaftswaggon und versuchte auf Kameradschaft zu machen. Hoffentlich war er an der Front auch immer so nah bei ihnen.

Inzwischen versuchte Fritz, auf dem Kopf stehend, mühsam einen Schluck Bier zu trinken. »So steigt das Bier direkt in Kopf«, gurgelte er. »Birne wie 'n Luftballon, vollkommen neues Lebensgefühl, afrikanisch, wie der Mufti auf'm Kamel.«

Rollo leerte seine Flasche aufrecht stehend. Grimmig betrachtete er den blonden, penibel zurückgekämmten Schopf des Leutnants. »Wo waren denn die ganzen Lackaffen und Grünschnäbel, als wir dreiundzwanzig marschiert sind?« Er war damals fünf Jahre alt gewesen, was ihn jedoch nicht daran hinderte, seine leere Flasche so wütend auf den Leutnant zu richten, als wäre er persönlich beim Münchner Putsch mitmarschiert. »Die haben die Flachwichser bezahlt, die unseren Leuten von der SA den Schädel eingeschlagen haben.«

»Streichle ihn einer, sonst heult er«, empfahl Fritz den anderen.

»Aber mit diesen feinen Herrschaften wird der Führer nach dem Endsieg als Erstes aufräumen!« Rollo schwankte und kippte mit dem Oberkörper gegen die Wand des Waggons. »Im Grunde sind das lauter Juden!«

Edgar packte ihn am Arm. »Jetzt hörst auf, ja?« Ängstlich blickte er zu dem jungen Leutnant hinüber, der jedoch so tat, als hätte er nichts gehört.

Rollo schüttelte Edgars Hand ab. Plötzlich stand er in tadelloser Haltung dicht vor dem Leutnant.

»Herr Leutnant, gestatten Sie mir, dass ich Ihnen eine Wette vorschlage?«

Der Leutnant hob die Augenbrauen und musterte ihn langsam von oben bis unten. »Aber bitte keine Trinkwette.«

Am Anfang seiner Ausbildung hatte er immer wieder Angst gehabt, er könnte einmal einer Situation nicht gewachsen sein, es könnte sich jemand seinem Befehl widersetzen – aber das war bisher nie vorgekommen. So war er rasch selbstsicherer geworden und betrachtete es inzwischen als willkommene Herausforderung, seine Persönlichkeit im Umgang mit möglichst schwierigen Untergebenen weiter zu festigen.

Rollo spürte, dass er unter dem Blick seines Vorgesetzten rot wurde. »Ich wette mit Ihnen«, stieß er hervor, »dass ich den Krieg überlebe und Sie nicht!«

Plötzlich war es ganz still im Waggon. Fritz stellte sich wieder auf die Füße. Alle Blicke waren auf den neuen Leutnant gerichtet, der sie mit unterschwelligem Spott musterte.

Er wusste, was sie erwarteten und richtete seinen Blick direkt in Rollos leicht gerötete Augen.

»Was setzen Sie?«, fragte er sachlich.

Rollo, der bereits fest mit einer barschen Zurechtweisung, wenn nicht Bestrafung gerechnet hatte, kniff überrascht die Augen zusammen. Das hatte er sich nicht überlegt. Verzweifelt suchte er nach etwas, womit er seine ganze Verachtung ausdrücken konnte. Es fiel ihm nichts Rechtes ein.

»Um zwei Kisten Mineralwasser, wenn Sie wollen.« Trotzig streckte er seine Hand aus.

Der Leutnant ergriff sie, drückte sie kurz und höflich.

»Und wie soll der Verlierer zahlen?«, fragte Fritz. »Musst 'n Testament machen, Rollo.«

»Ach, halt die Fresse!« Rollo riss einem grinsenden Landser die Bierflasche aus der Hand und verkroch sich missmutig zwischen zwei Werkzeugkisten. Diese feinen Pinkel drehten es immer so, dass man sich beschissen fühlte. Immer. Nur an der Front war es anders. Er nahm einen weiteren Schluck Bier und freute sich auf den Krieg.

Die Landser hatten sich derart auf Rollo und den Leutnant konzentriert, dass sie gar nicht bemerkt hatten, wie der Zug hielt. Fritz entdeckte ein Schild im Halbdunkel: »Budapest – 500 Kilometer«. Er hatte plötzlich ein mulmiges Gefühl. »Sieht verdammt nach Südabschnitt aus.«

»Wohin denn sonst?«, brummte jemand. »Willste Urlaub machen?«

Man einigte sich darauf, dass alles halb so schlimm sei – der Iwan pfiff aus dem letzten Loch. Am besten möglichst weit nach Süden, da war's am wärmsten.

Der Leutnant war der Erste, der den Namen Stalingrad ins Spiel brachte. Alle drängten sich um ihn und verlangten Auskunft. Er zuckte mit den Achseln. Es war nur eine Vermutung.

»Stalingrad ist doch längst genommen«, meinte Rollo, hauptsächlich, um dem Leutnant zu widersprechen.

»Nicht ganz«, antwortete dieser und wandte sich wieder seinem Buch zu.

Die meisten Männer reagierten gelassen, und die ängstlichen schwiegen.

»Na schön, hauen wir dem Iwan eine aufs Fell.«

»Aber bitte noch vorm Winter!«

Edgar tätschelte Fritz den Hinterkopf. »Unser Kleiner kriegt sonst Schnupfen.«

»Hab empfindliche Füße, du Arsch. Auf'm Bock krieg ich jeden Winter Frostbeulen.«

Fritz dachte kurz an einen der beiden Lkws in der heimischen Spedition. Sein Alter richtete es immer so ein, dass im Winter er den mit der kaputten Heizung fuhr. Trotzdem dachte er einen Moment lang wehmütig an zu Hause.

Rollo hatte auf einmal wieder gute Laune. »Fritzchen, so 'ne lumpige Stadt, das machen wir in drei Tagen, und dann hauen wir uns auf die Krim. Da gibt's Tartarenmädchen …«

Fritz war nicht so leicht zu beruhigen. »Du redest wieder ohne jede fundierte Sachkenntnis. Die besten Frauen in Russland sind Georgierinnen.«

»Das haste wohl aus deinem Autoatlas.«

»KdF-Reisehefte, du Arsch, Kultur …«

»Komm, du weißt ja nicht mal, wie man das buchstabiert.«

»Aber du!«

»Ich war auf'm Gymnasium, kurzzeitig …«

Fritz und Rollo brachten in Gemeinschaftsarbeit den Waggon wieder unter ihre Kontrolle.

»Die Betonung liegt auf kurzzeitig!«

»Ich hab Latein gehabt, du Dieselknecht! Merito, mit Recht …«

»Buchstabier's bitte nicht …«

Gelächter, die Stimmung stieg, und der Zug fuhr wieder an.

3

Die Sonne ging zweimal auf und wieder unter, bis man den Dnjepr bei Dnjepopetrowsk auf der einzigen noch intakten Eisenbahnbrücke passierte. Über diese Brücke rollte der gesamte Nachschub für die Heeresgruppe A, die ihre Fahne inzwischen auf dem Elbrus im Kaukasus gehisst hatte, und das Kanonenfutter für die sechste Armee, die sich nach wie vor in die Trümmer von Stalingrad verbiss.

Zwischen Heeresgruppe A und sechster Armee klaffte ein Niemandsland von dreihundert Kilometern – eine militärische Fehlleistung, die, wenn schon nicht dem »größten militärischen Genie der Weltgeschichte«, so doch seinen weniger begabten, dafür aber besser geschulten Untergebenen hätte auffallen müssen. Allerdings war der Generalstab zu dieser Zeit bereits gründlich von kritischen Geistern gesäubert, und so konnte man ungestört auf die unvermeidliche Katastrophe hinarbeiten.

Die Männer um Leutnant von Wetzland im letzen Waggon des Zuges ahnten noch nichts von kommenden Katastrophen; sie waren mit naheliegenderen Dingen beschäftigt. Einige Helden hatten bereits die Scheißerei.

Der Zug schlich durch die monotone russische Steppe. Fritz baute sich ein Ruhelager aus einigen Materialkisten.

Rollo machte ihm missmutig Platz. »Mensch, kannste dich nich auf'n Boden legen wie die andern auch?«

Leutnant von Wetzland versuchte sich mit einer weiteren Seite an seine Verlobte Clara von einer beginnenden Durchfallerkrankung abzulenken:

Russland! Zweitausend Kilometer liegen jetzt bereits zwischen uns. Die Weite des Raums lässt einen ehrfürchtig staunen. Draußen tobt ein frischer Wind, den man in der Heimat wohl als Sturm bezeichnen würde, aber hier wird eben alles kleiner. Vorhin sah ich die wütenden Wolken, und ich sah einen Vogel, der ihnen entgegenflog …

Ein neuer heftiger Magenkrampf ließ ihn den Faden verlieren. Hoffentlich kam bald die nächste Station! Er konnte unmöglich dem Beispiel der anderen Männer folgen und den Kübel in der Ecke benutzen. Vielleicht wurde es besser, wenn er sich ein wenig hinlegte.

Der Leutnant musterte sehnsüchtig das komfortabel aussehende Ruhelager des dicken Obergefreiten. Undenkbar, sich vor Untergebenen eine Blöße zu geben! Er beschloss, beim nächsten Aufenthalt unauffällig in den weit komfortableren Offizierswaggon zu wechseln, und versuchte noch einige Zeilen zu finden.

Edgar und ein Unteroffizier, von dem man erfahren hatte, dass er Glotz hieß und im Zivilleben Molkereiarbeiter war, bewunderten währenddessen rauchend die russische Landschaft.

»Kein Wunder, dass der Iwan den Krieg verliert. Da kriegst ja 'n Gehirnstillstand, wenn du rausguckst.«

»Deswegen haben se dich ja hierhergeschickt«, stichelte Rollo.

»Kurze Eingewöhnungszeit für unsern Edgar.« Fritz brachte sein

Viersilbenlachen an, das an die Symphonie erinnern sollte, mit der die meisten Wochenschauen begannen.

Glotz blies Rauch durch das geöffnete Abteilfenster. »Wenn de nicht wüsstest, dass der Zug fährt, würdste denken, wir stehen seit zehn Stunden an derselben Stelle.«

»Machs Loch zu, 's zieht!«, brüllte jemand von hinten.

Fritz verschränkte nachdenklich die Hände hinter dem Kopf. »Hoffentlich müss mer des nicht alles mal zu Fuß z'rück.«

»Was soll'n der Scheiß?«, ging Rollo hoch. »Die schlagen jetzt schon die Grenzpfosten für uns ein. Nach'm Krieg kriegt hier jeder von uns 'n Gut mit hundert Hektar und zehn Weibern.«

»Hier?« Edgar war ehrlich entsetzt. »Nicht wenn ich's geschenkt krieg!«

»Dann bleibste eben in deinem Pissdorf.«

Rollo fühlte, wie sein Magen zu rebellieren begann. »Hat's nicht geheißen, wir halten in Charkow? Wann kommt denn endlich das verdammte Kaff? Man wird ja seekrank in dem Scheißzug!«

Fritz bot ihm voll ironischer Hilfsbereitschaft eine Tablette an. »Deutsche Einheitspille. Hilft immer.«

»Gib her, schlimmer kann's nicht werden.« Rollo spülte die Pille mit einer halben Flasche lauwarmem Bier hinunter. »Wenn ich verreck, kriegst du Frau und Kinder.« Leidend drehte er sich auf die andere Seite.

Edgar konnte sich noch immer nicht mit dem Panorama abfinden. »Wieso können wir nicht irgendwo hinfahren, wo's schön ist? 'n paar Schlösschen, Flüsschen ...«

»Ihr habt ja die ungeahnten Möglichkeiten von dem Land noch gar nicht richtig durchschaut. Des schreit ja mit seinen Entfernungen geradezu nach Lkws!« Fritz' Hand legte sich schwer auf den empfindlichen Magen seines Freundes Rollo. »Und auch du wirst eines Tages noch auf Knien vor mir rutschen, damit du 'ne Ladung Schweinehälften nach Kirkov – oder wie des Scheißkaff heißt – fahren darfst.«

Die Landser johlten.

Sie lachten noch immer, als plötzlich eine dumpfe Explosion die Lokomotive von den Schienen hob und ihr Waggon träge auf die Seite kippte.

4

Der Waggon schlitterte noch einige Meter über die Erde, die Scheiben barsten. Fritz und Edgar begriffen nicht, was passiert war, nicht einmal, wo oben und unten war. Sie begriffen nur, dass sie noch Arme und Beine hatten, mit denen sie sich aus den Trümmern herausarbeiten konnten. Sie krochen aus dem umgekippten Waggon ins Freie. Aus kleinen Schnittwunden sickerte Blut. Weiter vorn flackerte Feuer. Durch den Rauch sahen sie den Leutnant, der fassungslos dastand und dem Blut übers Gesicht lief.

Sie stellten fest, dass sie noch gehen konnten, und machten schwankend einige Schritte. Fritz stolperte über eine der aufgeplatzten Kisten, auf der er bis vor wenigen Sekunden noch gelegen hatte. Dann sah er Glotz, der statt einer von Edgars Zigaretten ein Stück der Gepäckablage im Mund hatte, dessen Ende blutverschmiert aus seinem Nacken ragte. Einer von denen, die man nur kurz kennengelernt hatte. Einer von denen, die kein Glück gehabt hatten.

Die Überlebenden sahen sich um. Sinnlose Bewegungen. Zähneklappern, als stünden sie unter schwachem elektrischen Strom. Das einsetzende Stöhnen und Wimmern der Verletzten mischte sich mit dem Zischen des Dampfes, der aus der Lok entwich. Die ersten Kommandos wurden gerufen. Fritz und Edgar knieten sich neben einen Verletzten. Es war der Mann, der damit geprahlt hatte, im letzten Winter bis in die Vororte Moskaus marschiert zu sein. Sie stopften drei Verbandspäckchen in seinen klaffenden Oberschenkel, doch die Wunde blutete unvermindert weiter. Sie wickelten einen Verband um die glitschige Masse. Ihre Hände zitterten so stark, dass ihnen die Verbandsrolle immer wieder entglitt.

Der Leutnant stand noch immer wie gelähmt und starrte auf das zerstörte Gesicht von Glotz. Tränen füllten seine Augen. »Der Zug … Meine Männer …«

Er hörte das Knallen der Gewehrschüsse genauso wenig wie das Pfeifen der Kugeln, die knapp an seinen Ohren vorbeijagten.

Rollo riss ihn zu Boden. »Flennen können Sie später! Schnell, dort rüber!«

Der Leutnant war auf einmal weit weg. Er war fünf Jahre alt und lief durch den Garten seiner Eltern, mit Pfeil und Bogen, die er zum Geburtstag geschenkt bekommen hatte. Nur so zum Spaß legte er auf einen Vogel an, der plötzlich schwer verletzt vor seinen Füßen zappelte, er hörte seine Mutter nach ihm rufen und schob den Vogel unter ein Gebüsch, wo er weiterzappelte, und lief zurück, in dem neuen Sommeranzug, den er ebenfalls zum Geburtstag geschenkt bekommen hatte und der bei jedem Schritt auf der Haut scheuerte, und als er später noch mal nach dem Vogel sah, war er weg, und er redete sich ein, dass nichts passiert war. Gar nichts.

Rollo schüttelte ihn wütend. »Was soll der Scheiß? Sie haben keinen *Ihrer* Männer gekannt!«

Er holte kurz aus und schlug zu. Einmal links, einmal rechts.

Hans von Wetzland starrte ihn sprachlos an. Relikte aus seiner Ausbildungszeit, die sich in Begriffen wie Zucht, Ordnung, Disziplinarverfahren manifestierten, zuckten in ihm auf.

Rollo sah es und war zufrieden. Der Leutnant war wieder halbwegs da. »Bringen Sie mich später vors Kriegsgericht.« Er packte seinen Vorgesetzten am Arm, zerrte ihn zu Fritz und Edgar und riss die beiden von dem Schwerverletzten weg. »Seht ihr nicht, dass er längst weg is. Kommt schon!«

Fritz versuchte, mit blutigen Händen die Wunde abzubinden. »Er lebt noch, Mensch!«

»Los, rüber, ans sMG, oder wir sind alle am Arsch! Partisanen!«

Eine Handvoll Reiter galoppierte hinter einer Bodensenke hervor.

Die Geschützbedienung versuchte vergeblich, die aus der Verankerung gerissene Vierlingsflak auf die Angreifer zu richten. Überall wurde nach Munition gebrüllt.

Fritz und Edgar starrten entsetzt auf die herangaloppierenden Reiter. Jeder von ihnen hatte schon von massakrierten Trossen gehört.

Der Leutnant begriff als Erster, was Rollo vorhatte, und lief zu einem schweren Maschinengewehr, das mitsamt der Lafette vom Zug gefallen war. Rollo trieb Edgar und Fritz an, das sMG aufzustellen und Munition herbeizuschaffen.

Aus dem Wald rechts vor ihnen tauchte eine zweite Reitergruppe auf. Einige der Angreifer trugen erbeutete SS-Uniformen. Nur wenige hatten Gewehre oder Revolver, die meisten waren mit Säbeln bewaffnet. Einige schwangen Holzknüppel.

Fritz und Edgar schleppten Munitionskisten heran, Rollo legte den Gurt ein, knallte den Verschlussdeckel zu, riss den Abzug durch. Die kurze Garbe stach hoch über die heranstürmenden Reiter in den blassen Himmel.

Rollo grinste den Leutnant an. »Funktioniert. Kopf runter, Herr Leutnant!«

Hans von Wetzland duckte sich. Die Partisanen waren jetzt bis auf hundert Meter heran. Fritz schluckte. Achtzig Meter. Rechts von ihnen begann eine MPi zu rattern, knallten Gewehrschüsse.

»Mach … mach endlich!«

Rollo ließ sie noch zwanzig Meter näher herankommen, dann begann er zu schießen. Das Dauerfeuer zeigte verheerende Wirkung. Getroffene Pferde und Reiter wälzten sich im Steppengras, auf die kurze Entfernung klangen ihre Schreie überlaut. Rollo presste die Kiefer zusammen, feuerte weiter.

»Haut doch ab. Haut ab«, flüsterte Fritz.

»Schauen Sie weg, Reiser! Schauen Sie weg!« Der Leutnant drehte Fritz' Kopf, der wie gebannt auf die sterbenden Pferde blickte, in eine andere Richtung.

»Hört endlich mit der Rumballerei auf!«, brüllte ihnen ein Feldwebel zu. »Die haben genug!«

Er hatte recht. Die unzureichend bewaffneten Partisanen flohen. Fritz starrte auf ein getroffenes Pferd, das sich auf der Hinterhand, mit aufgerissenem Maul, in dem die Zähne besonders groß aussahen, auf die Trümmer der Waggons zuschleppte.

»Mein Alter hat auch Pferde«, sagte er leise. »Ich musste sie jeden Samstag striegeln … Hab die Viecher immer gehasst …«

»Is ja gut, gleich vorbei …« Rollo richtete die Mündung auf das Pferd, schoss, das Tier bäumte sich ein letztes Mal auf, fiel zur Seite.

Der Leutnant und Edgar kümmerten sich um die Verletzten. Edgar brüllte verzweifelt nach Sanitätern, aber niemand kam, da es weiter vorn noch mehr Ausfälle gegeben hatte.

Der Bataillonskommandeur war schwer verwundet, es gab Kompetenzstreitigkeiten. Zwei rußverschmierte Heizer, die rechtzeitig vom Zug gesprungen waren und hinter einem Gebüsch Deckung gesucht hatten, forderten mit blutunterlaufenen Augen, sofort in ein Lazarett transportiert zu werden, obwohl sie keinen Kratzer davongetragen hatten. Leutnant von Wetzland herrschte sie an, endlich mit den Löscharbeiten zu beginnen. Vergeblich versuchte er, Ordnung in das Chaos zu bringen, bis ihm ein anderer Leutnant ein Pflaster für seine Stirnverletzung reichte und das Kommando übernahm.

Erschöpft sank er auf das abgerissene Rad eines Waggons und presste die Hände vors Gesicht. Es war alles so schnell gegangen. Er hatte keine Möglichkeit gehabt, etwas zu unternehmen. Die Explosion. Seine Finger zitterten so stark, dass die Nägel helle Striemen in der blutverschmierten Haut hinterließen. Er hatte keine Angst mehr; er schämte sich.

Zwei Lastwagen waren von den Waggons heruntergefahren worden, wurden betankt und mit den Verwundeten beladen. Man teilte Wachmannschaften ein. Ein paar Landser begannen die Gleise zu reparieren.

5

Am Abend erhielten sie unerwartete Verstärkung. Kampfgruppenkommandant Roschmann im Range eines Sturmbannführers stieß mit einer motorisierten SD-Einheit und einigen Kosakenhilfsverbänden zu ihnen, nicht etwa, um beim Schienenbau zu helfen, sondern um den restlichen Partisanen, die sich angeblich in einem Waldgebiet zwanzig Kilometer nördlich verschanzt hatten, auf den Leib zu rücken. Er war auf der Suche nach Freiwilligen.

Die zwei älteren Leutnants, die den Überfall schadlos überstanden hatten, beide mit Russlanderfahrung, lehnten unter Hinweis auf die dringenden Schienenarbeiten mürrisch ab. Rollo sah seinen Leutnant herausfordernd an und wandte sich dann an die anderen.

»Kommt schon. Das sind wir den Kameraden schuldig.«

Der Leutnant starrte Rollo wütend an. Er hielt nichts von der SS, obwohl er im Grunde nicht viel über sie wusste. Aber nach Rollos Äußerung, da war er sich sicher, würde er vor seinen Untergebenen für immer als Feigling dastehen, wenn er nicht an diesem Kommando teilnahm. So trat er entschlossen vor und meldete sich und seinen gesamten Zug beim Sturmbannführer.

Der nahm es mit einem herablassenden Nicken zur Kenntnis und forderte ihn auf, ihm zur Lagebesprechung zu folgen. Von Wetzlands Zug erhielt eine Sonderzuteilung Wodka, doch die Lust der meisten Soldaten hielt sich trotzdem in Grenzen.

Fritz fluchte. Zu spät erkannte der Leutnant, dass er einen Fehler gemacht hatte. Die Mehrzahl der Männer hätte gern auf diese Sonderaktion verzichtet. Er fragte die beiden anderen Leutnants, wieso sie abgelehnt hatten, und erhielt als Antwort nur ein vieldeutiges Achselzucken.

Die Besprechung mit Roschmann geriet kurz und sachlich. Der Plan des Sturmbannführers war einfach. Er gedachte, mit seinen vier Abteilungen in der Nacht einen konzentrischen Kreis um das Waldgebiet zu legen, dann würden sie sich langsam auf die zwei durch Gefangenenaussagen erkundeten Walddörfer zubewegen. Sein Bleistift tippte lässig auf einige Punkte auf der Karte. Sechs Uhr fünfzehn, Angriff.

Leutnant von Wetzland fragte zaghaft, ob es denn nicht gefährlich sei, sich bei Nacht in den Wald zu wagen. Roschmann lächelte überlegen. Wer Partisanen fangen wolle, müsse vor allem schnell sein. Seine Kosaken seien ortskundig und absolut zuverlässig. Außerdem hätten sie einen hervorragenden Trick, um Minen auszumachen.

Er gratulierte dem jungen Leutnant zu seiner Entscheidung und stieß zum Abschied mit ihm auf eine erfolgreiche Jagd an. Hans von Wetzland bemerkte, dass er auffallend schöne, zarte Hände hatte, die ihn flüchtig an seine Verlobte erinnerten.

Wenig später erfuhr er, was Roschmann unter einem Trick verstand. Die Kosaken setzten beim Betreten des Waldgebiets ein Pferdegespann an die Spitze seines Zugs, das eine Egge hinter sich herschleifte. Auf die Egge wurde ein geknebelter gefangener Partisan mit zusammengebundenen Füßen gestellt. Er hatte die undankbare

Aufgabe, das Minensuchgespann zu lenken, während einer der Kosaken ein Seil in der Hand hielt, dessen anderes Ende um den Hals des Gefangenen geknotet war. Die Kosaken schätzten seine Überlebenschancen offenbar gering; sie nahmen noch drei Partisanen als Reserve mit.

Hans von Wetzland wollte sich über diese völkerrechtswidrige Behandlung der Gefangenen bei Roschmann beschweren, aber der war mit seiner Abteilung bereits im Wald verschwunden.

Wider Erwarten blieb es die ganze Nacht über ruhig. Nur die Stechmücken fielen in dichten Wolken über sie her. Langsam näherten sie sich den Planquadraten, in denen sich die Dörfer befinden sollten. In regelmäßigen Abständen vernahm der Leutnant die Stimme des Sturmbannführers über Funk. Mit knappen Worten wurden Positionen durchgegeben und Befehle erteilt.

Dann gab es plötzlich mehrere schwere Explosionen und kurzes, heftiges Gewehrfeuer links vor ihnen. Der Funkkontakt riss ab, der Kosaken-Hetman wollte umdrehen. Leutnant von Wetzland befahl, vorsichtig weiterzugehen. Es kam nicht infrage, den Sturmbannführer und dessen Abteilung im Stich zu lassen.

Erneut versuchte er Funkkontakt herzustellen, ohne Erfolg.

Plötzlich wurden sie ebenfalls beschossen. Hans von Wetzland sah im Schein einer abgefeuerten Leuchtkugel einen der Partisanen zwischen den Bäumen knien und feuerte. Der Partisan lief davon, stolperte, ein Ast wischte ihm die Mütze vom Kopf, und erschrocken sah der Leutnant, wie ihm langes Haar auf die Schultern fiel, ehe er zwischen den Bäumen verschwand. Er hatte auf eine Frau geschossen!

Von dem Platz, an dem sie gekniet hatte, drangen die Schmerzensschreie eines Verwundeten. Vorsichtig pirschten sie sich näher. Rollo griff nach einer Handgranate, doch der Leutnant hielt ihn am Arm fest. »Lassen Sie das!« Er wandte sich an den Kosaken-Hetman. »Machen Sie dem Mann klar, dass er sich ergeben soll.«

Der Hetman starrte ihn überrascht an.

»Das ist ein Befehl!«, sagte von Wetzland scharf. Er war fest entschlossen, zu den zivilisierten Formen der Kriegsführung zurückzukehren.

Der Kosake zuckte mit den Achseln und rief etwas.

»Wollen Sie ihm vielleicht auch noch die Flossen verbinden«, zischte Rollo, »damit er das nächste Mal noch besser …«

Das Krachen eines Schusses schnitt ihm das Wort ab. Der Verwundete hatte sich selbst getötet.

»Sehen Sie, Herr Leutnant«, sagte Rollo. »Die wissen schon, was gut für sie ist.« Demonstrativ ließ er den Leutnant stehen und marschierte weiter.

Hans von Wetzland war über die Gefühllosigkeit seiner Untergebenen empört. Völlig verroht. Er war froh, mitgekommen zu sein, um wenigstens das Schlimmste zu verhindern, und hoffte, möglichst bald wieder mit Sturmbannführer Roschmann Verbindung zu bekommen.

Im Frühnebel tauchte in einer kleinen Senke eines der Dörfer vor ihnen auf.

6

Der Nebel vermischte sich mit dem Rauch brennender Holzhütten, dann hörten sie Schreie, Schüsse. Sie pirschten sich vorsichtig heran, blickten sich nervös um. Nichts zu sehen, dafür umso mehr zu hören. Der Rauch biss in den Augen. Der Leutnant suchte erneut Funkkontakt zu Roschmanns Einheit, wieder ohne Erfolg. Für Rollo gab es nur eine Erklärung: »Die Partisanenschweine legen ihre eigenen Leute um.«

Angstvoll sicherten Fritz und Edgar nach allen Seiten. Keine zehn Meter weit sah man in dem verdammten Rauch.

»Das ist 'n Scheiß hier«, sagte Fritz. »Lass uns abhauen!«

Edgar stimmte zu. Die Kameraden waren so oder so erledigt, denen konnte keiner mehr helfen. »Der Iwan is 'ne linke Sau, das is 'ne Falle …«

»Ruhe!« Sie sahen den Leutnant überrascht an. »Beisser, Flanken sichern. Reiser und Rohleder, erstes Haus durchsuchen. Wir geben Feuerschutz.«

Rollo sprang auf, Edgar und Fritz zögerten.

Der Leutnant war plötzlich ganz ruhig. Er hatte sich und damit auch seine Untergebenen endlich wieder im Griff. Er würde ihnen zeigen, dass er nicht nur auf dem Kasernenhof führen konnte. »Ihr wolltet diesen Ausflug machen, jetzt führt den Auftrag auch zu Ende. Jede Hütte wird durchsucht. Reiser …«

Er wurde durch MPi-Feuer unterbrochen, die vier Soldaten spritzten auseinander, schossen zurück. Im Qualm waren schemenhaft Gestalten zu erkennen. Rollo schoss auf eine, traf, man hörte Geschrei.

»Da sind noch mehr von den Ratten!«, hörte der Leutnant jemanden von vorn rufen.

»Wirf ihnen 'n Ei zu!«, rief ein anderer.

Von Wetzland begriff. Sie waren auf Teile von Roschmanns Einheit gestoßen. »Nicht schießen! Zug von Wetzland!«

Durch den Qualm sprang ein Soldat in der Uniform der Waffen-SS auf Rollo zu und schlug ihm zur Begrüßung ins Gesicht.

»Du dumme Sau, schau dir an, was du angerichtet hast!« Er versetzte Rollo einen Fußtritt, der ihn mit dem Gesicht neben ein Mitglied des Sicherheitsdienstes beförderte, das nun erst einmal nicht mehr für Ordnung hinter der Front sorgen würde; Rollo hatte dem Mann einen Schulterdurchschuss verpasst. Der SS-Mann wollte Rollo herumreißen, um ihm besser in die Hoden treten zu können.

Von Wetzland ging dazwischen. »Lassen Sie meine Männer in Ruhe!«

Der SS-Mann stieß die Hand des Leutnants weg, begriff dann aber trotz seines beachtlichen Alkoholpegels, dass er einen deutschen Offizier vor sich hatte, und musterte ihn mit leicht geöffnetem Mund von oben bis unten. »Die Wichser von der Wehrmacht! Na, auch endlich hergefunden?«

Von Wetzland war versucht, dem SS-Mann die Faust in die stinkende, stoppelbärtige Visage zu rammen, riss sich jedoch zusammen. »Wo ist Ihr Vorgesetzter Sturmbannführer Roschmann?«

Der SS-Mann grinste. »Leck mich doch.« Er ließ von Wetzland und seine Leute einfach stehen, half seinem verwundeten Kameraden hoch und verschwand mit ihm im Rauch.

Der Leutnant bebte vor Wut. Entschlossen ging er den beiden

Männern nach, gefolgt vom Rest seines Zugs. Seine Männer waren ziemlich kleinlaut geworden.

Rollo wischte sich Blut vom Kinn. »Wenn ich Ihnen einen guten Rat geben darf, Herr Leutnant, legen Sie sich lieber nicht mit denen an! Der SD …«

Von Wetzland unterbrach ihn wütend: »Das lassen Sie mal meine Sorge sein!«

Der Qualm lichtete sich ein wenig. Sie erreichten den Dorfplatz. Dort war einiges los. Die letzten männlichen Einwohner wurden gerade von der SD-Einheit in die kleine Kirche auf der anderen Seite getrieben. Ein alter Mann sang auffallend hoch und falsch Liturgien, die offensichtlich das wagnerianische Ohr eines Unterscharführers beleidigten. Er schlug dem Mann mehrere Zähne aus, doch der Alte sang weiter.

Die Soldaten der Einsatzgruppe waren ausnahmslos betrunken, die Dorfbewohner ohne Ausnahme tot oder verletzt.

»Werden unsere Kameraden jetzt zu Ihrer Zufriedenheit gerächt?«, fragte Leutnant von Wetzland leise.

Rollo schwieg.

»Lasst uns endlich abhauen«, murmelte Fritz.

»Wir gehen erst, wenn ich es sage.« Von Wetzlands Stimme klang scharf. Es gab nur eine Erklärung für das, was sich hier abspielte. Roschmann musste gefallen sein, und die Reste seiner Einheit hatten in maßloser Wut über ihre Verluste jegliche Selbstkontrolle verloren.

Er schnappte sich einen betrunkenen SS-Mann, der, in Selbstgespräche vertieft, an ihm vorbeitorkelte. »Scheiße, immer ich! Wieso ich? Scheiße …«

Leutnant von Wetzland unterbrach seinen Monolog. »Wer hat hier das Kommando? Wo ist Ihr Vorgesetzter?«

Der SS-Mann schien sich zu freuen, dass endlich jemand Verständnis für seine Sorgen zeigte. Freundschaftlich legte er die Arme um Fritz' und Rollos Schultern. »Seit zwei Wochen, jeden Tag, vierzehn Stunden, achtzehn Stunden, Überstunden, die sind wie Läuse, kriegst sie nicht alle hin, aber ich lass mich nicht mehr ficken!« Seine Stimme wurde kläglich. »Ich brauch 'ne Pause, 'ne Pause, Ruhe über alles!«

Sein Bedürfnis, sich endlich mal auszusprechen, war damit beendet. Er fiel wie ein nasser Sack in eine qualmende Hütte, wo er es wenigstens schön warm hatte.

Die Kosaken begannen neben ihm liegende Kartoffeln und Rüben einzusammeln. Zwei stritten sich um ein angeschmortes Kruzifix.

Der Leutnant hörte auf einmal lautes Grölen, gefolgt von Beifall. Es schien vom südlichen Dorfrand zu kommen. In der Hoffnung, vielleicht doch noch einen Verantwortlichen zu finden, ging er mit raschen Schritten in jene Richtung, aus der erneut Beifall zu vernehmen war, bog um eine Ecke – und prallte zurück. Fritz und Rollo liefen gegen ihn, folgten seinem entsetzten Blick.

Sie sahen eine junge Frau.

Sie gingen jedenfalls davon aus, dass es eine Frau war, obwohl man vom Gesicht nicht mehr viel erkennen konnte, doch sie hatte lange braune Haare. Der Leutnant war sicher, es waren dieselben langen Haare, auf die er im Wald geschossen hatte, und er erkannte an der Schusswunde in ihrer rechten Schulter, dass er auch getroffen hatte – so wie er auch zu Hause fast immer getroffen hatte, egal, ob Scheibe oder Tontaube, aber das hier war keine Scheibe und keine Tontaube, und er war auch nicht zu Hause, sondern in einer Welt, die es nicht geben durfte und trotzdem gab; denn die junge Frau oder das Mädchen, beziehungsweise das, was von ihm übrig war, wurde gerade von zwei SS-Männern, die auf schwankenden Leitern standen, an die Wand des Schulhauses genagelt.

Etwas tun, endlich etwas tun, hämmerte es in Hans' Kopf, aber er tat nichts, außer sich zu übergeben. Würgend und mit verschwommenen Augen sah er, wie sich einer der betrunkenen SS-Männer mit dem Hammer auf den Daumen schlug und unter dem Gelächter der anderen mit einem Schmerzensschrei von der Leiter fiel.

Die Partisanin schrie nicht, aber ihre Lippen und ihr Körper zuckten, und es war keine Frage, dass sie noch lebte und fühlen musste, was mit ihr geschah. Der Leutnant schloss die Augen. Er wollte und konnte einfach nicht mehr sehen, was hier passierte. Ein viehisches Verbrechen, begangen von Landsleuten, von Angehörigen der deutschen Streitkräfte.

Erneutes Gelächter ließ ihn die Lider wieder öffnen. Der SS-Mann hatte sich hochgerappelt und benutzte die Enden seiner zu Bruch gegangenen Leiter als Stelzen. Unbeholfen stakste er auf die an der Wand hängende Partisanin zu, versuchte sie mit letztem Schwung zu küssen, traf jedoch mit seinen Lippen nur die Scheunenwand und ging wieder zu Boden. Seine Kameraden gaben grölend Ratschläge.

»Frag sie erstmal, ob sie heute Abend schon was vorhat!«

»Hundert Rubel, wenn du sie auf Stelzen knallst!«

»Steck dir deine Iwanknete innen Arsch!«, entgegnete der SS-Mann wütend.

»Vielleicht kann sie wechseln, schieb mal 'ne Münze rein!«

Der Leutnant sah, wie das Blut der jungen Frau aus der Schusswunde lief und zu Boden tropfte. Er hatte geschossen, er hatte die Partisanin verwundet. Ohne ihn wäre sie entkommen. Er war schuld, dass sie hier hing.

Er konnte es nicht länger ertragen. Er war kurz davor, mitten in die grölende Meute zu schießen, als er endlich den Befehlshaber dieser Aktion entdeckte.

Sturmbannführer Roschmann war nicht gefallen, sondern saß unversehrt auf einem thronähnlichen, aus Rosenholz geschnitzten und reich ornamentierten Stuhl und ließ sich von einer Ordonnanz Krimsekt servieren. Es schienen die Ingredienzien zu einem absurden Ritual zu sein.

Hans von Wetzland ging empört auf den Sturmbannführer zu. Er hatte Mühe, die Form zu wahren. »Leutnant von Wetzland, falls Sie sich erinnern. Sturmpionierbataillon 125.«

Roschmann lehnte sich auf seinem Thron zurück und musterte den Leutnant beinahe gelangweilt. Er wusste, was kommen würde.

»Sturmbannführer, ich muss Sie dringend bitten, diesen verbrecherischen Folterungen sofort ein Ende zu bereiten!«

Roschmann prostete ihm mit dem Kristallglas ironisch zu. »Ah, die Kavaliere der Front! Verzeihen Sie, dass wir Ihnen bei der Verteidigung Ihrer Nachschublinien etwas unter die Arme greifen. Ich hätte mich bereits früher gemeldet, um Ihnen den Anblick unserer Arbeit zu ersparen, aber unser Funkgerät ist zu Bruch gegangen.« Er ging abrupt in den Ordensburgjargon über. »Wie viele Ausfälle hatten Sie denn auf Ihrem Scheißzug? Ich hab zwanzig Mann verloren, in diesem beschissenen Wald, und wissen Sie, was das bedeutet? Es bedeutet, dass genau zweihundert Russen ins Gras beißen werden. Eins zu zehn, das ist unsere Quote. Der Iwan soll wissen, woran er ist. Wir sprechen die einzige Sprache, die er versteht.«

Hans von Wetzland atmete tief durch. Er hatte gelernt, dass man einem aus dem Ruder gelaufenen Vorgesetzten am ehesten mit Ruhe und Gelassenheit imponieren konnte. Nichtsdestotrotz wählte er deutliche Worte. »Was Sie hier tun, ist nach gängigem Kriegsrecht nichts als feiger Mord.«

Roschmann hob unmerklich die Augenbrauen und ließ sich nachschenken. Für ihn war von Wetzland ein typisches Produkt bürgerlich-humanistischer Erziehung. Eine Zigarette und ein Verbandspäckchen für den verwundeten Gegner. Das Töten als fairer Wettkampf. Früher hatte er diese Heuchler gehasst, mittlerweile verachtete er sie nur noch.

Er erinnerte sich flüchtig an ein Telefonat im letzten Jahr mit dem zuständigen Divisionsstab, als es um die Erfassung der Juden im Raum Kiew ging. »Schießen müsst *ihr*«, hatte der zuständige General gesagt. Er würde einmal als Initiator genialer deutscher Umfassungsoperationen in die Geschichtsbücher eingehen. Zum Held avancieren, ohne jemals eigenhändig einen Menschen erschossen zu haben!

Schießen müsst *ihr*.

Sie hatten geschossen. Fünftausend Juden in einer einzigen Woche. Dem damaligen Sturmführer Roschmann war das Kunststück gelungen, mit einer einzigen Kugel fünf Juden zu liquidieren. Als Anerkennung für diese außerordentliche Leistung hatte er die Nacht mit einer besonders hübschen Jüdin verbringen dürfen, die er am nächsten Morgen nach dem Frühstück erschossen hatte.

Er hatte noch nie zuvor so intensiv gefühlt. Es waren Gefühle, die zu erfahren, auszuhalten und zu genießen nur einer wahren Herrenrasse vorbehalten waren, nicht diesen Heuchlern und Schreibtischtätern.

Die Erfassung war damals deswegen besonders effektiv verlaufen, weil man den Juden weisgemacht hatte, sie würden von der

Wehrmacht aus dem Kampfgebiet evakuiert. Die Juden hatten den deutschen Soldaten geglaubt und waren, beladen mit Koffern und Hausrat, in die Schlucht von Babij Yar marschiert.

Gegen die Schlucht von Babij Yar war das hier eine Lappalie. Zählte nicht. Fand nicht statt.

Er überlegte einen Moment, ob er das alles diesem selbstgerechten jungen Schnösel erzählen sollte. Doch wozu die Mühe? Die Front würde dem Leutnant die ganzen verlogenen Ideale schon austreiben!

Lächelnd breitete er die Hände aus, als dirigiere er ein großes Orchester. »Ich verstehe nicht, über was Sie sich mokieren, Herr Leutnant. Wir töten nur Partisanen.«

Sein alles umfassender Blick registrierte ein kleines Mädchen, das von einem Soldaten zur Kirche gezerrt wurde. Er sprang auf, mit ein paar schnellen Schritten war er bei dem weinenden Kind, befreite es aus dem Griff des Soldaten und stopfte ihm ein Stück Schokolade in den Mund.

»Bekämpfung von Bandenwesen, alles nach Genfer Konvention«, sagte er zu von Wetzland. »Diese Leute befinden sich im rechtsfreien Raum. Haben Sie auch Kinder?«

Er nahm das kleine Mädchen auf den Arm, das sich genauso verzweifelt an ihn klammerte wie damals die Jüdin in ihrer letzten Nacht. Natürlich hatte er ihr, um den Abend genießen zu können, die Freiheit versprochen, sofern sie seinen Wünschen entsprach. Die Angst war die Mutter aller Dinge, auch die der Zärtlichkeit.

Er beobachtete nicht ohne Amüsement, wie sich seine Untergebenen mit banaleren Problemen herumschlugen. Der Stelzenmann hatte inzwischen weitere Hürden entdeckt, die ihn an der Entfaltung seiner Potenz hinderten. »Wieso habt ihr der Sau die Fresse so zerschlagen, jetzt ist sie zu hässlich, zu hässlich!«

»Wenn Sie Ihren Männern nicht sofort den Befehl geben, damit aufzuhören«, sagte von Wetzland, »werde ich dafür sorgen, dass Sie alle zur Rechenschaft gezogen werden!«

Roschmann sah der Androhung von Strafe denkbar gelassen entgegen. »Das glaube ich kaum. Aber bitte, beschweren Sie sich, am besten gleich beim Führer.« Er kehrte zu seinem Stuhl zurück, das kleine Mädchen noch immer auf dem Arm, und nahm wieder darauf Platz. »Führt ihr nur schön euren edelmütigen Krieg. Für die Drecksarbeit habt ihr ja uns!« Er streichelte dem kleinen Mädchen beruhigend übers Haar und achtete nicht weiter auf den Leutnant.

Plötzlich fiel ein Schuss …

Der Kopf der Partisanin kippte mit einem kleinen Loch in der Stirn zur Seite, der SS-Mann fiel vor Schreck erneut von den Stelzen.

Wie eine Meute um ihre Beute betrogener Wölfe starrten die Männer den jungen Leutnant an, der geschossen hatte. Trotzig erwiderte er ihre Blicke. Sollten sie nur versuchen, ihn zu töten!

Sein plötzlicher Mut war ebenso unvernünftig wie grenzenlos. Es war ganz still, nur das Knacken des brennenden Holzes war zu hören. Rollo, Fritz und Edgar hatten sichtlich Angst.

Die ersten der Meute kamen langsam näher. Ihre Augen verhießen nichts Gutes.

Rollo schluckte. »Verdammt, Herr Leutnant …«

Fritz war klar, dass hier mit Waffengewalt nichts auszurichten war. Wann und ob überhaupt der Sturmbannführer seine Horde zurückpfeifen würde, war zumindest fraglich.

Es gab nur noch einen Ausweg. Fritz ergriff das Kristallglas, das Roschmann auf der Armlehne des Stuhls abgestellt hatte, hielt es hoch und brüllte: »Tod allen russischen Partisanenschweinen! Auf unsere tapferen Kameraden, die feige ermordet wurden! Auf die SS!«

Die einfachen und im Moment zudem noch ziemlich benebelten Gehirne der Schlächter brauchten einen für Fritz schrecklich langen Moment, um umzupolen. Dann aber grölte die Meute zustimmend und lachte auf. Ach, so war das gemeint! Waren ja doch in Ordnung, die Jungs von der Wehrmacht! Hatten ihnen unter die Arme greifen wollen! Auch gut.

Der Leutnant wurde gönnerhaft beklatscht und beglückwünscht. Roschmann ließ zwei neue Gläser und weiteren Krimsekt bringen. »Da kann ich nur sagen: Willkommen in Russland!«

Der Leutnant ignorierte das angebotene Glas. Roschmann überging es. »Na, war das nicht ein guter Schuss?«, wandte er sich an seine Männer. Erneuter Applaus.

»Hören Sie auf mit dem Theater!« Der Leutnant riss Fritz das Glas aus der Hand. »Was fällt Ihnen ein?«

»Ihr vorlauter Freund hat Ihnen das Leben gerettet, Sie Idiot«, zischte Roschmann leise. »Zumindest Ihre hübsche Visage und die schöne Uniform.« Seinen Männern rief er zu: »Wollen wir dafür sorgen, dass unsere Helden endlich an die Front kommen? Wir bedanken uns für die vorbildliche Zusammenarbeit.« Mit übertriebener Höflichkeit wies er auf einen seiner Lastwagen. »Darf ich bitten, Herr Leutnant?«

Die SD-Einsatzgruppe stimmte grölend das schöne deutsche Lied »Muss i denn, muss i denn zum Städele hinaus« an. Die SD-Männer hatten die Pioniere offenbar ins Herz geschlossen.

»Wo kommt ihr her, ihr Kampfsäue?« Einer der Männer ließ seinen übermüdeten Arm schwer auf Rollos Schultern fallen. »Ich komm aus Bamberg. Gasthof zum Hirsch, nach 'm Endsieg, auf'n Fass Bier!«

Sie stiegen auf den Lastwagen, zwei SD-Männer kletterten ins Führerhaus. Hans von Wetzland starrte auf das brennende Dorf.

»Ich kann nur hoffen, dass der Name der Wehrmacht mit diesem Haufen Dreck niemals in einem Atemzug genannt wird!« Er versuchte, ein Konzept für sich zu finden. »Gerade wegen dieser unglaublichen Missstände ist es umso wichtiger, dass durch unseren bedingungslosen Einsatz an der Front der Krieg so schnell wie möglich beendet wird.«

»Ja, sicher, Herr Leutnant«, stimmte Edgar niedergeschlagen zu. »Muss i denn« war bisher sein Lieblingslied gewesen. Er glaubte nicht, dass er es je wieder würde singen können.

Im Rücken des anfahrenden Lastwagens leuchtete die Morgensonne und tauchte die Szenerie in ein unangemessen schönes Licht.

7

Alle Unternehmungen, endlich an die Front zu gelangen, gestalteten sich schwieriger als gedacht. Züge, die dringend erwartet wurden, kamen nie an, engstirnige Zahlmeister weigerten sich, Verpflegungen an eine »unvollständige Einheit« auszugeben, ein Hauptfeldwebel mit chronischer Bronchitis verlangte Marschbefehle zu sehen, die bei dem Überfall verbrannt waren, und verbrachte den Rest des Tages und die halbe Nacht damit, hustend mit dem Regimentsstab zu telefonieren und neue Papiere anzufordern; denn in der deutschen Wehrmacht herrschte Ordnung, ohne Papiere war man nichts und durfte nichts, nicht einmal an die Front fahren und sterben.

Dass es Leutnant von Wetzland nicht unterlassen konnte, sich überall aufs Heftigste über die unglaublichen Vorgänge hinter der Front zu beschweren, trug nichts zur Beschleunigung dieser Vorgänge bei. Man zuckte mit den Achseln, erklärte sich für nicht zuständig, empfahl ihm, eine Eingabe zu machen, und tippte sich hinter seinem Rücken gelegentlich an die Stirn. Die beiden anderen Leutnants kommentierten seine Empörung nicht ohne Schadenfreude. Jeder müsse eben seine Erfahrungen machen.

Schließlich bekam seine Einheit den neuen Marschbefehl, und der Leutnant durchquerte am nächsten Tag mit den Resten des 125sten Pionierbataillons in einem offenen Güterzug das Städtchen Morosowsk, holperte im Frühnebel über die Tschir und am Nachmittag hinter einem Nest namens Ryschkow über den Don.

Am Arsch der Welt.

Fritz zog sich frierend die restlichen Fetzen seiner sonnenverbrannten Haut ab. Letzte Erinnerungen an Italien. Zu allem Überfluss begann es auch noch zu nieseln. Alle waren todmüde, aber keiner traute sich zu schlafen. Jedes Mal wenn der Zug ruckte, rissen sie angstvoll die Augen auf. Sahen zerfetzte Pferde und Menschen. Abends krochen sie mit feuchten Klamotten unter einer Zeltplane zusammen. Wenn man nur endlich da wäre!

Rollo sah den Feuerschein über dem Horizont als Erster. Der Mond wirkte dagegen klein und blass. Die Luft schmeckte nach Rauch.

Rollo grinste. »Dort wird's uns wenigstens wieder warm.«

Keiner hatte Lust zu antworten. Mit quietschenden Bremsen rollte der Zug in den Bahnhof von Woroponowo ein. Endstation.

Die Ruinen von Stalingrad lagen vor ihnen. Gelegentliches Geschützfeuer. Vereinzelt stiegen Leuchtkugeln in den Himmel. Mit steifen Gliedern stiegen sie aus, ihre Stiefel versanken im Schlamm, sie kämpften sich an einer Kolonne russischer Kriegsgefangener vorbei zur Ortskommandantur. Einer der Russen fiel vor ihnen in den Schmutz. Er hatte keine Schuhe mehr.

»Ich sag's euch ja, der Iwan ist fertig«, sagte Rollo.

In der Ortskommandantur erfuhren sie, dass sie im Abschnitt der 305. ID bereits seit einer Woche erwartet wurden. Die Reste ihres Bataillons sollten die dezimierten Sturmkompanien der Division auffüllen. Sie bekamen mit, dass am Telefon zwischen den verschiedenen Bataillonen um jeden Mann gefeilscht wurde. Man brauchte sie dringend.

Leutnant von Wetzland wurde mit den Resten seines Zuges, noch genau siebzehn Mann, dem 336. Pionierbataillon zugeteilt. Die Männer murrten, weil sie an eine neue Einheit verpumpt wurden. Das waren die besten Aussichten, um verheizt zu werden. Der Leutnant war trotzdem erleichtert. Wenigstens war man endlich aus dem Niemandsland heraus und wieder auf militärisch organisiertem Boden. Ein Melder brachte sie in ihren Abschnitt.

Geschützfabrik Roter Oktober. Das sagte ihnen noch nicht viel. In Zügen aufgeteilt, ging es durch einen Schützengraben. Das Nieseln hatte sich zu einem Regen verstärkt, die Grabensohle war entsprechend schlammig. Der Melder, wie alle lang gedienten Frontsoldaten von undefinierbarem Alter, mit spitzem Gesicht und schmalen Lippen, bewegte sich äußerst vorsichtig, nur gebückt; die Sturmpioniere fanden das bei stockdunkler Nacht und Regen etwas übertrieben.

»Kein Wunder, dass ihr hier noch nicht weiter seid, wenn ihr alle wie die Maulwürfe durch die Gegend kriecht.«

Der Melder zog Schleim aus der Nase und spuckte ihn knapp vor Rollo aus. »Nee, wir haben auf Helden wie dich gewartet.«

»War klug von euch.« Rollo blieb stehen und rief in die Dunkelheit. »He, Iwan, ich bin hier!«

Alle duckten sich in den Graben. Die Antwort kam prompt: einige gut gezielte Schüsse. Dreck spritzte vom Grabenrand.

»Wohl wahnsinnig geworden, Rohleder!«

Rollo lachte leise. »Nicht böse sein, Herr Leutnant. Wollte nur 'n kleinen Talisman.« Er klaubte in dem Schuttwall oberhalb nach den Kugeln und schien tatsächlich fündig zu werden. Jedenfalls drückte er dem Leutnant eine Kugel in die Hand. »Hier, bringt Glück.« Er grinste. »Ich will ja nicht, dass Sie Ihre Wette verlieren.«

Der Melder trieb sie zur Eile an. »Macht schon, ihr Idioten. Ich will nicht wegen euch ins Nachtkonzert kommen.«

Ohne weitere Vorkommnisse erreichten sie eine zerschossene Werkhalle, der Melder führte sie hinein.

8

In der Werkhalle hatten sich ungefähr fünfhundert Mann versammelt, teils Sturmpioniere, teils Infanteristen von der 305. Division. Die Sturmpioniere hatten sich von den normalen Schlammfressern abgesondert.

Man bereitete sich auf unterschiedliche Art auf den bevorstehenden Angriff vor. Einige Infanteristen überprüften noch mal ihr Sturmgepäck, einige beteten, andere lasen ein letztes Mal abgegriffene Briefe oder betrachteten Fotografien von Ehefrauen, Bräuten, Verwandten. Die Sturmpioniere ließen den Flachmann umgehen und rauchten hinter vorgehaltener Hand.

Zwei junge Infanteristen saßen wie gelähmt vor Angst auf ihren Tornistern. Die alten Hasen hatten sie längst abgeschrieben. Wer zu viel Angst hatte, ging drauf. Wer zu viel Mut hatte, auch. Nur der Vorsichtige überlebte. Vielleicht.

Ein Kindergesicht, blond und blauäugig, ungefähr achtzehn Jahre alt, überprüfte immer wieder sein Gewehr. Ein gut vierzigjähriger Infanterist mit scharfer Nase, müdem Gesicht, schmutzigem Vollbart und flinken Augen, den alle »Opa Forster« nannten, legte ihm beruhigend die Hand auf die Schulter und bot ihm einen Keks an.

»Lass gut sein, Junge. Hier, hat meine Alte gebacken.«

Der Junge nahm dankbar den Keks, der nach vielen Eiern, Sonntag und Ruhe schmeckte. Er kontrollierte ein letztes Mal seinen Gewehrverschluss.

»Ich will nur sicher sein, dass es auch funktioniert, wenn wir morgen bis zur Wolga ...«

»Wird schon schiefgehen. Halt dich man immer hinter mir.«

Ein Feldwebel der Sturmpioniere hatte mitgehört. Pflüger, ebenfalls blond, war Mitte zwanzig, Berufssoldat, groß, athletisch, hatte einen vorspringenden Kiefer und einen harten, verschlagenen Blick, der seelenlosen Mut suggerierte. Ein Elitesoldat. Ein Nahkampfspezialist. Er würde mit seinen Männern morgen den Rest dieser Stadt nehmen, so wie sie bisher jede Stadt genommen hatten, das war sicher. Mitleidig musterte er die beiden Jammerlappen. »Bleibt ihr Normalkrücken immer schön hinten und versperrt uns nicht den Weg.«

Der Melder führte Hans von Wetzland und seinen Zug zu ihm und verabschiedete sich, indem er ihnen viel Spaß wünschte.

Pflüger grüßte erfreut und zackig. »Feldwebel Pflüger, Sturmpionierbataillon 336, erste Kompanie.«

Hans von Wetzland hob erschöpft die Hand zum Hitlergruß.

»Leutnant von Wetzland, Sturmpionierbataillon 125.«

»Freut mich, Herr Leutnant, dass Sie es noch rechtzeitig geschafft haben. Nur mit dem müden Haufen von der 305ten wär's 'n bisschen schwierig geworden. Na, dann wollen wir mal gemeinsam dem Russen in der Wolga das Schwimmen beibringen. Zigarette?«

Von Wetzland, nach den Ereignissen der letzten Tage weniger optimistisch gestimmt, lehnte dankend ab und bat, seinem zukünftigen Vorgesetzten, Hauptmann Musk, vorgestellt zu werden.

»Jawohl, Herr Leutnant. Ist unser Häuptling, prima Kerl und ...« Pflüger runzelte etwas verwirrt die Stirn und blickte auf die wenigen Männer hinter von Wetzland. »Entschuldigen Sie, Herr Leutnant, aber sind das alle?«

Der Leutnant nickte. Rollo, der Pflüger nicht unsympathisch fand, fühlte sich zu einer Erklärung bemüßigt: »Der Rest liegt hundert Kilometer vor Morosowsk. Die roten Säue haben die Gleise gesprengt.«

»Scheiße«, schimpfte Pflüger. »Da kriegt man nur einen lumpigen Zug Verstärkung, und dann fehlt noch gleich die Hälfte.« Nachdenklich rieb er sich das frisch rasierte Kinn. »Erzählt das hier lieber nicht rum. Die von der 305ten haben sowieso schon 'ne feuchte Kimme.«

Leutnant von Wetzland drang erneut darauf, endlich zum Hauptmann gebracht zu werden. Pflüger versprach eine Überraschung. Auf Zehenspitzen schlich er zu einer Zeltbahn, die als Vorhang diente, schob sie ein Stück beiseite und präsentierte den Neuankömmlingen stolz den schlafenden Hauptmann, von dem man momentan nur einen dunklen, von Silberfäden durchzogenen Haarschopf sehen konnte; der Rest lag unter einer Decke.

»Was sagt ihr dazu? In drei Stunden geht's los, und er pennt! Dem seine Ruhe möcht ich haben.« Pflüger führte sie zurück zu seinem Trupp. »Werden wohl eure ersten Russen?«

Rollo wollte etwas sagen, schwieg jedoch unter dem Blick seines Leutnants.

Pflüger führte die Schweigsamkeit der Neuen auf den Verlust ihrer Kameraden zurück. Er entschloss sich zu einigen Trostworten, was bei ihm nur selten vorkam. »Wirklich scheiße mit euren Kameraden, aber wir werden es dem Iwan heimzahlen.«

Er steckte sich eine neue Zigarette an, Sonderzuteilung. Rollo und Fritz nahmen dankbar aus seiner Packung. Pflüger berichtete von vergangenen Heldentaten. »In Woronesch haben wir dem Iwan mächtig eingeheizt. Verfluchte Stadt! Dagegen wird das hier 'n Spaziergang. Sind nur noch knapp vierhundert Meter bis zur Wolga. Neun Zehntel der Stadt gehören sowieso schon uns.«

»Und die haben wir nicht mit 'm Maul erobert.«

Rollo warf dem alten Landser, der das gesagt hatte, einen abschätzigen Blick zu. Mit der Intuition des erfahrenen Soldaten hatte er sofort erkannt, wo hier die Fronten verliefen und wer der Stärkere war. Er schnippte seine Asche lässig über Opa Forster weg, nahm einen Schluck aus seinem Flachmann und bot ihn Pflüger an, um die neue Kameradschaft zu besiegeln. Pflüger nahm einen beleidigend kleinen Schluck, drehte sich um und stolzierte davon. Rollo kniff die Augen zusammen, sah ihm nach.

»Und wann gibt's die Knallbonbons? Besorg mir 'n paar dicke Eier! Wie steht's mit 'nem Flammenwerfer?«

»Du kriegst schon, was du brauchst«, erwiderte Pflüger, ohne den Kopf zu wenden.

Unmutig stellte Rollo fest, dass sich Fritz hinter seinem Rücken ausgerechnet zu dem alten Forster gesetzt hatte. Wenn's nur endlich losgehen würde! Er merkte, dass er plötzlich an seine Alte dachte. Ein ungutes Zeichen. Das letzte Mal, als er vor einem Angriff an sie gedacht hatte, hatte er sich prompt einen Splitter im Oberschenkel eingefangen. Der Urlaub war auch nicht das Wahre gewesen. Sie hatte immer nur das Eine gewollt, und das auf die ewig gleiche Tour. Er hatte ja nichts dagegen, aber man konnte gelegentlich auch mal was anderes machen. Am Schluss war er sogar lieber mit seinem dreijährigen Sohn spazieren gegangen. Siegfried. Zuerst der Sieg, dann der Frieden. Hoffentlich kam der Frieden nicht zu früh. Rollo wusste nicht so recht, er fühlte sich irgendwie noch nicht reif für den Frieden. Nicht reif für einen Zwölfstundentag mit Bierpause am Wochenende. Im Grunde war man im Frieden noch beschissener dran als im Krieg. Jedenfalls solange es einen nicht erwischte.

Etwas verloren wechselte er das Standbein.

Hans von Wetzland hatte sich neben einem jungen Pionier niedergelassen. Er hieß Feldmann und gehörte zu den wenigen, die sich nicht mit Trinken und Rauchen die Zeit vertrieben; er schrieb einen Brief. Hans bemerkte, dass er einen Ehering trug.

»An Ihre Frau?«

Feldmann nickte. »Jawohl, Herr Leutnant.«

Er schrieb weiter.

Hans dachte an seinen eigenen Brief, der immer noch unvollendet im Tornister ruhte. Er hatte in den letzten Tagen nicht mehr die Kraft gehabt, das eintönige Grau der russischen Landschaft in schwungvolle Worte zu kleiden. Wie hatte er sich auf den Augenblick vor seinem ersten Großangriff gefreut! Geträumt von geheimnisvollen Stimmungen, schwankend zwischen Erregung und Melancholie, einzigartig und nur durch die Nähe des Todes möglich. Und in Wirklichkeit? Gleichgültig ließ man die Sekunden verrinnen, dumpf fixierte man eine abgerissene Trosse und eine vom Granatfeuer zerfetzte Maschine ... Die Kraft, die hinter dieser Zerstörung gelegen haben musste, war längst wieder verflogen. Das Ganze wirkte wie eine heruntergekommene Baustelle und die Soldaten wie übermüdete Hilfsarbeiter, die auf die nächste Schicht warteten.

Selbst die Kälte war nichts Außergewöhnliches. Die klamme Uniform war zwar unangenehm, aber erträglich. Die zerfetzten Körper der letzten Tage waren bereits im Nebel der Vergangenheit zu unwirklichen Miniaturen geschrumpft, sie wirkten wie Puppen, denen das Unterbewusstsein zwar noch die eine oder andere mechanische Bewegung, aber längst kein eigenes Leben mehr, keinen selbstständigen Atem mehr zugestand.

Seltsam. Lag es tatsächlich nur daran, dass er keinen der Toten näher gekannt hatte? Wie hatte er sie in den wenigen Stunden vor ihrem Ende geliebt und bewundert! Seine gesamte Erziehung beruhte darauf, dass der Tod fürs Vaterland eines der schönsten und erhabensten Dinge auf dieser Welt war, ein Opfergang, tiefster Trauer und Anteilnahme wert, und er hatte daran geglaubt. Doch nun saß er hier zwischen diesen Schrotthalden und war nicht fähig, das Geringste zu empfinden.

Lag es daran, dass der Tod so anonym und unpersönlich über diese Männer gekommen war, dass er so gar nichts Heroisches an sich gehabt hatte?

Mit der Partisanin war es anders gewesen. Sie war der erste Mensch, den er getötet hatte. Er würde sie immer in besonderer Erinnerung behalten. Abgesehen von den Ungeheuerlichkeiten, die in diesem Land hinter dem Rücken und – davon war er überzeugt – ohne das Wissen des deutschen Generalstabes stattfanden, beschäftigte ihn am meisten, dass er ihr Gesicht nie gesehen hatte, bevor es bis zur Unkenntlichkeit entstellt worden war. Er hatte sich bereits des Öfteren dabei ertappt, wie er versuchte, die blutige Masse mit Fantasiegesichtern zu ersetzen, aber es gelang ihm nicht. Es war auch nicht richtig. So wie es nicht richtig war, dass er für die gefallenen Kameraden nichts empfand. Er würde sich zu mehr Schmerz erziehen müssen.

Feldmann blickte von seinem Brief auf und lächelte ihm zu. »Eigentlich idiotisch, ihr noch mal zu schreiben, Herr Leutnant. Ich werde vor diesem Brief zu Hause sein. Nächste Woche krieg ich Urlaub, den ersten seit einem Jahr.« Er wies auf das Papier. »Aber ich kann's mir einfach nicht abgewöhnen.« Er rückte etwas heran. »Wir kommen aus Woronesch, Herr Leutnant. Das wird mein erster Angriff in Stalingrad. Glauben Sie, dass es schwer wird?«

Hans sah ihn lächelnd an. Feldmann war ihm auf Anhieb sympathisch. Fast wie ein kleiner Bruder, den man beschützen musste.

»Je schneller wir es schaffen, umso eher kommen wir alle nach Hause.«

Pflüger unterbrach ihr Gespräch. Der Hauptmann erwartete sie.

9

Sie traten hinter die Zeltbahn. Hauptmann Herrmann Musk war um die vierzig, hager, früh ergraut, trug das Eiserne Kreuz Erster Klasse und besaß – ungewöhnlich für einen Fronthauptmann – nur noch den linken Arm. Die Soldaten konnten ihre Verwunderung darüber nicht verbergen.

Musk wandte sich lächelnd an den jungen Leutnant. »Wie ich sehe, sind wir beide erstaunt. Ich über einen stark dezimierten Zug und Sie über einen dezimierten Hauptmann. Willkommen in Stalingrad.«

Unkonventionell drückte er mit seiner Linken die Hände einiger Neuankömmlinge, strahlte Selbstsicherheit und Kompetenz aus. Hans von Wetzland wusste sofort, dass er hier den ersten wirklichen Helden vor sich hatte. Entschlossen trat er einen Schritt vor und bat um die Erlaubnis, berichten zu dürfen, was sich bei der Verfolgung der russischen Partisanen zugetragen hatte.

»Vergessen Sie das«, sagte Musk.

Pflüger strahlte wie ein Honigkuchenpferd.

Hans verstand überhaupt nichts mehr. Dieser Mann war kein Feigling, kein Opportunist. »Wieso …?«

Musk unterbrach ihn. »Weil es Ihnen nur eine Menge Ärger einbringen würde. Glauben Sie mir, Sie wären nicht der Erste, der sich damit seine Karriere ruiniert, für nichts und wieder nichts. Der SD entzieht sich unserem Einflussbereich. Was diese Herrn hinter der Front treiben, geht uns nichts an.«

Hans wollte noch etwas sagen, aber Musk kam ihm zuvor. »Wir führen unseren Kampf hier vorne, und wir führen ihn tapfer und ehrenvoll, was man von den Russen nicht immer behaupten kann, wie Sie bald feststellen werden. Also Vorsicht! Pflüger, geben Sie an die Männer Munition und Handgranaten aus. Kommen Sie dann mit Wölk und Haller zur Lagebesprechung. Wegtreten.«

Pflüger verschwand mit den Pionieren. Musk begab sich mit Hans zum Kartentisch. »Leutnant Herbig ist vor zwei Tagen gefallen. Sie werden seine Kompanie übernehmen. Die Männer, die Sie mitgebracht haben, werden Ihnen zugeteilt.« Er sah kurz auf einen Zettel. »Die erste Kompanie hat damit wieder eine Angriffsstärke von siebzig Mann.« Er bemerkte den erstaunten Blick des Leutnants und fügte trocken hinzu: »Viel für Stalingrad. Der Schnitt beträgt dreißig.«

Hans schwieg. Musk sah auf. Es entging ihm nicht, dass der Leutnant wegen seiner Erwiderung von vorhin verstimmt war. Er war nicht der erste junge Idealist, den er auf ein paar unangenehme Tatsachen hinweisen musste. Meist lebten diese jungen Offiziere allerdings nicht lange genug, um viel zu lernen. Die Auslese an der Front war hart und unerbittlich.

Auch das Exemplar vor ihm schien keine allzu glücklichen Voraussetzungen mitzubringen. Zu weich, zu unentschlossen, aber da die Auswahl weiß Gott nicht mehr allzu groß war, beschloss Musk, den neuen Leutnant zunächst wieder etwas aufzubauen. Die Front würde alles andere entscheiden.

Sein Tonfall wurde persönlicher. »Ihr Onkel, Oberst von Wetzland, ist ein guter Freund von mir. Er hat mich gebeten, mich ein wenig um Sie zu kümmern. Er hofft nach wie vor, dass Sie sich für die militärische Laufbahn entscheiden, trotz der pazifistischen Neigungen Ihrer Verlobten.« Musk registrierte amüsiert, wie Hans errötete. »Soll übrigens ein wunderbares Mädchen sein.« Sein Tonfall wurde wieder militärisch. »Es war sehr unvorsichtig von Ihnen, sich bei Vorgesetzten, die Sie nicht kennen, über die Einsatzgruppen in der Etappe zu beschweren, die, wie Sie eigentlich wissen sollten, einen nicht unerheblichen Rückhalt in der politischen Führung genießen.« Mit der Linken schraffierte er die Angriffskeile in einem maßstabgerechten Stadtplan, während er wie nebenbei fortfuhr. »Was Sie gesehen haben, ist einer der bedauerlichen Auswüchse, die es in jedem Krieg gibt. Ideale sind etwas Wunderbares, aber wenn man sie nicht im entscheidenden Moment zu relativieren weiß, wirken sie zerstörerisch. Das richtige Maß entscheidet auch bei einem Medikament, ob es heilend wirkt oder als Gift.«

Zufrieden mit diesem gelungenen Vergleich winkte er Pflüger und die beiden anderen Kompanieführer, die eingetreten waren und respektvoll im Hintergrund gewartet hatten, an den Kartentisch.

Feldwebel Wölk, klein und mit den ungewöhnlich breiten Schultern beinahe quadratisch aussehend, fühlte sich sichtlich unwohl unter den Offizieren, was sich dadurch ausdrückte, dass seine fleischigen Wangen immer wieder nervös zuckten. Er war in Ermangelung eines Offiziers vor drei Wochen Kompaniechef geworden.

Oberleutnant Haller, Ende zwanzig, aber bereits mit Bauchansatz, wirkte trotz seiner Größe und eines martialisch kurzen Haarschnitts eher harmlos, beinahe gutmütig. Hinter einer zu kleinen Komissbrille blinzelten zwei nervöse Augen, während er Hans übertrieben fest die Hand drückte. Der ganze Mann schien ständig Haltung bewahren zu wollen und wirkte doch nur wie ein großes, weiches Kissen. Beim Sprechen entblößte er winzige Vorderzähne.

Er versuchte für alles, was Musk sagte, krampfhaftes Interesse zu zeigen, wobei sein Oberlippenbärtchen zitterte und ihm Schweiß auf die Stirn trat. Musk behandelte ihn mit freundlicher Ironie.

Die Lagebesprechung begann. Musk breitete eine detailliertere Karte aus. Der Bauplan, dachte Hans, der Bauplan des Todes. Und sie waren die Architekten. Voller Bewunderung folgte er den präzisen Ausführungen des Hauptmanns. In diesem Augenblick war sein ganzer Wunsch, irgendwann einmal genauso zu sein wie Musk und ebenso souverän über Leben und Tod zu entscheiden. Dies hier war kein sinnloses Schlachten, es war Kampf in höchster Vollendung, die Kunst des Tötens und Sterbens.

Die anderen sahen die Sache etwas nüchterner. Haller ordnete die Karten auf dem Tisch, Musk verlas den Angriffsbefehl. »Zuerst die offizielle Version: Der Feind hält mit starken Kräften Teile des Werkgeländes Roter Oktober, mit Halle vier als Zentrum seiner Verteidigung. Mit der Wegnahme dieser Halle fällt Stalingrad.« Musk lächelte. »Da ist wohl eher der Wunsch Vater des Gedankens ... Weiter: Pionierbataillon 336 nimmt Halle vier und stößt zur Wolga vor. Erstes Angriffsziel: Südostseite Halle vier. Es werden eingesetzt: Kompanie Pflüger, Kompanie Haller, Kompanie Herbig, jetzt von Wetzland, dahinter Kompanie Wölk von der 305. Trennungslinie zwischen von Wetzland und Pflüger auf der einen, Haller auf der anderen Seite, südwestliche Hallenwand. Zwei-Zentimeter-Flakbatterie unterstützt den Angriff durch Niederkämpfen der Scharfschützen im Dachgestänge der Halle aus Stellungen in Gegend Leiterhaus. Haller, arrangieren Sie das.«

Haller nickte und schrieb eifrig mit.

Musks Bleistift bohrte sich in ein kleines Rechteck. »Bereitstellung muss bis drei Uhr eingenommen werden. Meldung unter Martin. Leuchtenzeichen weiß – hier sind wir – wird alle fünf Minuten gegeben. Rot: Gegenangriff. Grün: Verstärkung erbeten. Truppenverbandsplatz: Haus, fünfzig Meter nordwestlich Halle vier. Kampfgruppengefechtsstand: zunächst hier in Halle eins, nach Erreichen des ersten Angriffsziels Halle vier. Nachrichtenstaffel legt Draht zu erster und zweiter Kompanie.« Er sah auf. »So weit, so gut. Aber wir haben uns noch etwas Besseres ausgedacht.« Er wandte sich an seinen neuen Leutnant. »Sie waren ja bereits Zugführer, Leutnant von Wetzland, nicht wahr?«

»Jawohl, Herr Hauptmann.«

Musk wies auf die Karte. »Bevor Sie noch mal mit der Eisenbahn fahren dürfen, müssen Sie erst mal die ganzen Knallbonbons hier wegräumen. Wölk wird Ihnen einen Mann mitgeben, der das Gelände kennt.«

Hans warf einen Blick auf die Karte, folgte Musks Finger, begann zu verstehen. Selbst Wölk, der sich nicht gerade darüber gefreut hatte, dass er mit seinem jungen Gemüse kurzerhand zum Pioniertrupp ernannt worden war, nickte anerkennend. Wenigstens wurden sie nicht wieder in einem dieser sinnlosen Frontalangriffe verheizt.

Musk rollte die Karte zusammen. Er vermittelte jedem im Raum die Gewissheit, dass sein Plan funktionieren würde. »Haller, geben Sie durch: keine Artillerievorbereitung. Wir wollen die Russen nicht zu früh wecken.« Er fixierte Hans, dann seine Uhr. »Bis um drei müssen Sie fertig sein, Herr von Wetzland. Uhrenvergleich: zwei Uhr vier. Wegtreten.«

10

Der alte Forster war der Einzige, der lange genug überlebt hatte, um das Vorgelände ausreichend zu kennen. Die Ehre, dass er den jungen Leutnant und seine Leute führen sollte, hatte er mit einem gemurmelten Fluch quittiert.

Hans kroch hinter ihm durch das mit Granattrichtern übersäte Niemandsland. Es war das erste Stoßtruppunternehmen seines Lebens. Beschienen von kleineren Bränden ragten die ausgeglühten Skelette einiger Häuser in den qualmenden Himmel. Alles war wie in schwarze Watte gehüllt. Die Silhouette am Horizont wirkte, als hätten Riesen darin getobt.

Sein Herz schlug hart gegen die Rippen. Nun, da äußerste Kaltblütigkeit dringend geboten gewesen wäre, machten ihm heftige Empfindungen zu schaffen. Er war froh, dass es stockdunkel war, sodass die anderen das unkontrollierte Zittern seiner Hände, an das er sich merkwürdig schnell gewöhnt hatte, nicht bemerkten. Er hatte Angst, Todesangst, die ihn zeitweilig lähmte, um ihn dann wieder in einen Gefühlsrausch von unbekannter Intensität zu versetzen. Was mit ihm geschah, war entsetzlich und faszinierend zugleich.

Hinter dem Leutnant krochen Rollo, Fritz und der Pioniergefreite Feldmann. Sie hofften, dass ihre Minensuchgeräte funktionierten und dass die Russen keine Holzminen gelegt hatten, auf die ihre Geräte nicht ansprachen. Fritz ertappte sich bei dem Gedanken, wie lange es wohl dauern würde, die Uniform wieder sauber zu kriegen. Vielleicht würde Rollo sie für einen Teilerlass seiner Skatschulden mitwaschen. Vielleicht aber machte er sich diese Gedanken auch umsonst, weil sie von diesem verdammten Stoßtruppunternehmen nicht zurückkommen würden.

Auf ein Zeichen des Leutnants krochen sie vorsichtig auf eine Bahnlinie zu und begannen mit der Arbeit. Fritz wurde übel. Minenräumen war schlimmer als Trommelfeuer. Bei jedem Zentimeter, den man vorrobbte, hatte man Angst, im nächsten Moment zerfetzt zu werden. Die Erde, normalerweise zuverlässigster Freund des Soldaten, wurde zum Feind. Sein Magen machte das nicht mehr mit. Er schwor sich wieder einmal, sich endlich was einfallen zu lassen, um zum Nachschub versetzt zu werden, während er sich vorsichtig über eine Geröllhalde, gespickt mit spitzen Steinen, vorantastete. Für einen Moment dachte er an den Sandstrand in Italien.

Rollo, rechts von ihm, wünschte, nicht schon jetzt die Wette gegen den Leutnant zu gewinnen, wenn dieser womöglich gleich die erste Mine übersah. Er dachte das nicht etwa aus Mitgefühl, sondern weil dann auch die Übrigen die eigenen Linien kaum wieder heil erreichen würden.

Immerhin schien der Leutnant kein kompletter Stümper zu sein. Hundert Meter vor dem Drahtverhau der Russen entdeckte er die erste Mine. Rollo und Fritz schraubten vorsichtig den Zünder heraus. Dieses kleine Erfolgserlebnis gab ihnen Zuversicht.

Sie krochen weiter. Forster knipste mit einer Schere den Draht durch. Das Gelände dahinter sah aus wie eine zerrissene Mondlandschaft, aber der alte Forster fand einen Pfad zwischen den unzähligen Trichtern, den sie gebückt entlangschlichen. Forsters Lippen bewegten sich lautlos, wenn er zur besseren Orientierung seine Schritte zählte. Der Abschnitt schien nur aus schwarzen Löchern zu bestehen und erinnerte an einen erstarrten Gewitterschauer über einem See, und auch ihre normalen Empfindungen und Gedanken begannen zu erstarren und zu verblassen, sie waren nur noch Auge, Ohr, Instinkt, und darunter lag, wie ein gleichbleibender dunkler Ton, die Angst.

Ein deutlich vernehmliches Zischen ließ den Leutnant herumfahren. Es waren die Verwesungsgase, die einem aufgeblähten Leichnam entströmten – für Forster ein Markierungszeichen; sie mussten sich links halten. Von dort ging es ohne Deckung weiter, über Steine, Dreck und verwesendes Fleisch. In der Finsternis vor ihnen ein erster feindlicher Graben, im gelegentlich aufzuckenden Geschützfeuer nur zu erahnen.

Plötzlich wurde es taghell. Eine Leuchtrakete. Die Soldaten erstarrten, pressten die Körper an die Erde. Ein paar Granatwerfer flappten.

Forster und Hans hörten im Graben vor ihnen Geräusche. Ein feindlicher Stoßtrupp. Forster bedeutete Hans, sich tot zu stellen, und schob seinen ausgemergelten Körper unter eine blutverkrustete Leiche.

Schatten tauchten über dem Grabenrand auf. Offensichtlich war Forsters Trick bekannt, denn einer der Schatten stieß sein Bajonett in einen Fleischklumpen, robbte weiter auf Hans zu.

Fritz, in Sichtdeckung hinter den verrosteten Teilen einer zerschossenen Kanone, legte auf den Russen an. Rollo war plötzlich neben ihm, drückte mit wutverzerrtem Gesicht den Lauf der MPi nach unten. Ein einziges Geräusch, und sie wären alle dran!

Entsetzt sahen sie, wie der Russe sein Bajonett in eine Leiche unmittelbar neben Hans stieß. Jetzt mussten sie schießen! Doch keiner brachte es fertig, abzudrücken.

Eine fluchende Stimme aus dem Graben. Der Russe verharrte, huschte dann zurück und verschwand.

Fritz holte tief Luft. Er spürte den Herzschlag bis in die Schläfen. Gleichzeitig begann etwas in ihm über den heil überstandenen Schreck zu lachen.

Der Leutnant, das Gesicht im Dreck, war vor Angst wie erstarrt. Die Angst hatte nichts Berauschendes mehr. Sie lähmte und würgte ihn.

Forster winkte ihm beruhigend zu. Das würde sich gleich wieder geben. Der Leutnant grinste maskenhaft.

Nachdem sie sich vergewissert hatten, dass kein weiterer feindlicher Stoßtrupp in der Nähe war, robbten Fritz und Rollo zu einer Weiche und begannen sie vorsichtig zu verstellen. Der Leutnant und Feldmann säuberten den Schienenstrang von weiteren Minen. Nachdem die erste Angst verflogen war, erschien ihnen das fast wie Routinearbeit. Sie verloren das Gefühl für die Gefahr.

Feldmann entdeckte trotz der Dunkelheit eine Negerpuppe, die von einem Wrackteil baumelte. Er kroch zu der Puppe, Hans lächelte. Rollo und Fritz, die mit der Minensäuberung fertig waren, sahen es aus den Augenwinkeln im Schein einer Leuchtkugel. Mit einer für seine Körperfülle beachtlichen Geschwindigkeit kroch Fritz zu Feldmann. Im letzten Moment fiel er dem Gefreiten in den Arm, als Feldmann bereits nach der Puppe griff. Dann deutete er auf den Zündmechanismus.

Feldmann atmete mehrmals tief durch, wollte die Puppe aber trotzdem haben. Es war idiotisch, dennoch begann Fritz den Zünder zu entschärfen; es war einfach ein gutes Gefühl, den Krieg zu überlisten, und wenn es nur eine Holzpuppe war, die man ihm wegnehmen konnte. Rollo tippte sich an die Stirn, half Fritz aber trotzdem. Er wollte endlich hier weg.

Robbend ging es zurück. Die ersten aufrechten Schritte waren ungewohnt. Rollo stolperte.

»Finster wie in 'nem Mohrenarsch.«

»Vielleicht besser, du kriechst auf allen vieren weiter.«

Feldmann betrachtete die Puppe liebevoll. Ihre Augen standen weit offen. »Danke«, sagte er zu Fritz, »das vergess ich dir nie. So 'ne Negerpuppe hat sich meine Kleine schon immer gewünscht, aber bei uns gibt's die ja nicht mehr.«

»Wieso?«, fragte Rollo.

Fritz wischte sich Schlamm aus dem Gesicht. »Nichtarier, ist doch klar.«

»Blödsinn!«

»Kein Blödsinn. 'ne Negerpuppe verstößt gegen's Rassenhygienegesetz.«

Rollo registrierte übellaunig, dass wieder einmal alle gegen ihn waren. Auch der Leutnant grinste.

Sie kehrten zu ihrer Halle zurück. Verglichen mit dem Niemandsland wirkte sie richtig behaglich.

11

Unter Anleitung von Haller und Pflüger hatte man inzwischen eine alte russische Rangierlok mit Sprengstoff beladen. Musk überwachte persönlich die Vorbereitungen. Schlammverkrustet und tropfnass meldete sich der Leutnant mit seinem Stoßtrupp zurück. Der Hauptmann nickte ihnen zu und befahl ihnen, ihre Waffen zu reinigen. Den Rest, fügte er mit einem kurzen Blick auf die Uniform des Leutnants hinzu, könnten sie so lassen. Hans, überzeugt, die erste Prüfung bestanden zu haben, eilte mit leuchtenden Augen davon.

Er dachte nicht daran, dass er einfach nur Glück gehabt hatte. Er fühlte die Schwingen des Schicksals und war entschlossen, die nächste Herausforderung mit noch größerer Unerschrockenheit zu bestehen.

Für Musk war es ein Leichtes, seine Gedanken zu erraten. Er liebte es, sich Untergebene heranzuziehen, die in vorgreifendem Eifer von sich aus das Richtige taten; solchen Untergebenen musste man kaum mehr etwas befehlen, sie dachten und handelten selbstständig. Musk war nichts verhasster als Kadavergehorsam, der die Schlagkraft der Truppe ebenso minderte wie mangelnde Disziplin.

Natürlich setzte diese Selbstständigkeit eine Erziehung von hoher Qualität voraus, Vorgesetzte, die Vorbild waren und die Truppe mitzureißen verstanden. Ein Haufen, der nur aus Angst vor dem Standgericht kämpfte, war nichts wert. Musk wollte, dass seine Leute freiwillig und aus Überzeugung ihr Leben aufs Spiel setzten, und darum musste er die Begeisterung für das große Ziel immer wieder bei seinen Untergebenen wecken. Es hatte bisher noch nie eine Situation gegeben, in der ihm das nicht gelungen war, und es würde auch nie eine geben. Davon war er zutiefst überzeugt.

Rollo und Fritz gingen zu ihrem verlassenen Gepäck und stießen dort auf zwei junge Rekruten, die die Folgen ihrer Angst vor dem Angriff mit heruntergelassenen Hosen loszuwerden versuchten.

»Die Frischlinge bei der Arschparade! Is was oder klemmt das Höschen?«

Die beiden rissen verlegen die Beinkleider hoch. Sie hießen Dieter und Bernhard, der letztere wurde Bubi genannt. Bubi sah aus wie höchstens vierzehn.

Fritz reichte ihnen eine Zeitung. »Hier. Wischt euch erst mal den Arsch ab.«

Rollo warf einen Blick auf die Zeitung und riss sie Bubi wieder aus der Hand. »He, nicht mit 'm *Völkischen Beobachter*, das is mein Ernst. Da steht 'ne Führerrede drin.«

Inzwischen meldete Haller dem Hauptmann, dass die Lok fahrbereit sei. Musk nahm seine Pfeife aus dem Mund und klopfte sie sorgfältig aus. »Dann brauchen wir nur noch einen Fahrer für unsere Bombe.«

Pflüger straffte seine Haltung noch etwas mehr. »Wenn ich das übernehmen dürfte, Herr Hauptmann. Ich war früher Zugschaffner.«

Musk hatte offensichtlich wenig Vertrauen in Pflügers fahrerische Fähigkeiten. »Danke, Pflüger, aber das Loch soll ein bisschen größer werden als die, die Sie geknipst haben.« Er wandte sich an die übrigen Männer. »Alle mal herhören. Hat irgendjemand Erfahrung mit einer Diesellok?«

Rollo witterte sofort die Chance fürs EK I. Er sprang auf und zerrte den völlig überraschten Fritz hoch. »Du bist doch so 'n Benzinquäler.«

Fritz riss entsetzt die Augen auf. »Mensch, halt bloß die Fresse!«

Zu spät. Rollo hatte sich bereits zu laut und deutlich gemeldet.

Leutnant von Wetzland lächelte Fritz freundlich zu. »Natürlich. Der Reiser hat zu Hause eine Spedition.«

Fritz starrte auf seine schlammbespritzten Stiefel. So musste er wenigstens die zuversichtlich grinsende Visage des Leutnants nicht sehen.

Kurze Zeit später befand er sich mit Rollo auf der Diesellok. Oberleutnant Haller gab von unten Anweisungen, für die Fritz ihn am liebsten erwürgt hätte. Während er die Kabelstränge überprüfte, die zur Zündung führten, überlegte er, ob er diesem Himmelfahrtskommando durch eine plötzliche Magenkolik entgehen konnte, aber er wusste, das würde ihm keiner abkaufen. Misstrauisch probierte er das Getriebe. Es rührte sich nichts. Rollo hieb mit einem schweren Hammer auf den Schalthebel, der daraufhin tatsächlich in den ersten Gang einrastete.

Fritz sah hinunter zu Leutnant von Wetzland. »Ist überhaupt Sprit in dem Ding?«

Eine gute Frage. Der Leutnant gab sie umgehend weiter.

Haller bekam einen roten Kopf. Wie immer, wenn ihm ein Fehler unterlief, bekamen das seine Leute zu spüren. Auf seine gebrüllten Befehle hin brach allgemeine Hektik aus. Trotz des Protestes der Fahrer wurden die Reservekanister von zwei Lastern gerissen.

Während der Sprit eingefüllt wurde, kontrollierte Rollo ein letztes Mal die Zündschnüre, die zu vierzig Kilo Sprengstoff führten.

Haller sah auf die Uhr und trieb zur Eile an. »Noch fünfzehn Sekunden!«

Leutnant von Wetzland wünschte Rollo und dem dicken Obergefreiten, dass sie durchkamen. Pflüger und Wölk befahlen volle Deckung.

»Zehn, neun, acht ...«

Fritz sah voller Entsetzen, dass Rollo bereits die Zündschnüre in Brand setzte. »Noch nicht, du Arsch!«

»Lass du dein Diesel vorglühen!«

»Sechs, fünf ...«

Fritz ließ den Motor aufbrüllen und fuhr los. Fast gleichzeitig fetzten die ersten Granaten in die Halle, verfehlten jedoch die Lok.

»Jetzt!«

Rollo hieb den nächsten Gang ins Getriebe, die Lok machte einen schwerfälligen Satz nach vorn, gewann an Fahrt. Fritz starrte ängstlich auf den unter ihm wegfliegenden Boden – sie waren zu schnell, viel zu schnell!

Rollo packte ihn an der Schulter. »Raus!«

Er riss ihn mit sich von der Lok, die trotz des Geschützfeuers das geschlossene Hallentor durchbrach und auf die von den Russen besetzte Halle vier zufuhr. Zwei Russen waren aus dem Graben geklettert und versuchten die Weiche umzulegen. Rollo feuerte auf sie, verfehlte sie jedoch. Trotzdem stürzten die Russen getroffen zu Boden. Fritz, der zu seiner Verwunderung feststellte, dass er sich nicht alle Knochen gebrochen hatte, erblickte Leutnant von Wetzland vor einer Hallenwand. Offensichtlich war er ein Stück weit hinter der Lok hergelaufen und hatte auf die Russen geschossen.

Die gegnerische Artillerie nahm die Halle der Deutschen unter konzentriertes Feuer. Fritz, der Leutnant und Rollo suchten in alten Trichtern Deckung. Der Boden bebte. Gleichzeitig mit einem Treffer, der drei von Wölks Männern zerfetzte, durchbrach die Lok die gegnerische Hallenwand. Die Soldaten sahen sich erschrocken an. Wo blieb die Explosion?

Doch plötzlich schien sich die Halle drüben auszudehnen, in ihrer Mitte wurde ein grell aufleuchtender Feuerball sichtbar, dann spritzten die Teile, die in der Explosion unwirklich klein und harmlos wirkten, auseinander.

Auf ein Zeichen des Hauptmanns blies Leutnant von Wetzland in seine Trillerpfeife, wurde sich bei dem Lärm ringsum gleichzeitig der Sinnlosigkeit seines Tuns bewusst und hob den Arm: Angriff!

Pflüger und dahinter Wölk folgten seinem Beispiel. Die Kompanien stürmten los, Leutnant von Wetzland allen anderen voran, erfüllt von dem ekstatischen Wunsch, aufzugehen in einem großen allmächtigen Ganzen.

12

Pünktlich mit dem ersten Tageslicht drangen die deutschen Soldaten brüllend in die Trümmer der Halle vier ein. Stolperten über Gesteinsbrocken. Kletterten über umgestürzte Stahlträger. Traten gegen verschmorte Kabel und zerfetzte Verteidiger. Schrien ihre ganze Angst und Anspannung heraus.

»Russki Wolka bul bul!«

Rollo musste feststellen, dass er mit seinem Hurragebrüll etwas aus der Reihe fiel. Keuchend hielt er Pflüger fest. »Was schreiste da?«

Pflüger übersetzte grinsend: »Die Russen ersaufen in der Wolga!«

Der Widerstand war nur noch schwach. Einige Russen, die im Keller überlebt hatten, brachten das Kunststück fertig, sich zu ergeben, ohne massakriert zu werden. Sie wurden von zwei Leichtverwundeten nach hinten geführt.

Plötzlich feuerte jemand auf Rollo, der sich fluchend in Deckung warf. Was ballerten die noch durch die Gegend, wenn längst klar war, dass sie verloren hatten?

Er sah den Schatten einer Bewegung, wollte zurückschießen, doch seine MPi tat keinen Muckser mehr. Fritz kam ihm zu Hilfe, sein Feuerstoß trieb die Russen in die Deckung zurück. Rollo stellte erstaunt fest, dass Fritz eine russische MPi in den Händen hielt.

»Ist besser als unser Scheiß. Versagt nie, sagt der Opa.«

Rollo nahm sie ihm wortlos aus der Hand und schoss damit auf einen Russen, der den Leutnant und Feldmann unter Feuer genommen hatte. Der Russe sackte zusammen.

»Stimmt. Hätt ich den Affen gar nicht zugetraut.«

Sie blieben vor einem der letzten Widerstandsnester in der Halle liegen. Ihre Handgranaten prallten an dem bunkerartig ausgebauten Kontrollhäuschen ab. Hauptmann Musk selbst gelang es schließlich, eine Granate direkt in die Schießscharte zu werfen. Er brach damit den letzten Widerstand des Feindes und sicherte sich die uneingeschränkte Bewunderung seiner Soldaten. Selbst Fritz musste ihm Anerkennung zollen.

»Der Halbe hat's wirklich drauf!«

Rollo nickte. Kein schlechter Spitzname für den Alten.

Musk drückte ihnen seine knappe Anerkennung im Vorübergehen aus. »Gut gemacht, Männer. Weiter.«

Fritz wartete, bis er außer Hörweite war. »Und ich hab gedacht, wir sind für heute fertig ...«

Rollo wandte sich an Bubi, der unvorsichtigerweise von Wölks Sicherungskompanie bis zu ihnen aufgerückt war, und wies auf einen toten Russen, dessen Kopf nur noch blutiger Brei war. »Nimm seine Spritze, wenn du schon hier vorn rumhüpfen musst.«

Bubi zögerte, starrte den Toten an, war sichtlich kurz davor, sich zu übergeben.

Rollo wiederholte scharf den Befehl. Bubi nahm die MPi mit abgewandtem Gesicht. Rollo schickte ihn barsch wieder nach hinten. Der Kleine lief mit zitternden Knien zurück, und Rollo sah ihm zufrieden nach.

»Damit hab ich ihm vielleicht das Leben gerettet«, sagte er zu Fritz.

Der nickte und hielt sich, wie bisher, hinter ihm.

Während Haller den Kampfgruppengefechtsstand in die eroberte Halle verlegte, schloss seine Kompanie zu den beiden Sturmkompanien auf. Die Pioniere rückten in einer losen Linie weiter vor. Wölk folgte mit der Infanterie in einigem Abstand.

Hans von Wetzland stellte erfreut fest, dass der Hauptmann plötzlich neben ihm ging.

»Sie sind ja ein Meisterschütze, Herr Leutnant.«

»Danke, Herr Hauptmann.«

Hans freute sich über das Lob. Er hatte sicher und schnell getötet. Seine Opfer hatten nicht gelitten. Das gab ihm ein gutes Gefühl. Das und die Gewissheit, andere Menschen töten zu können, ohne dass es ihn belastete. Er fühlte, dass er in den letzten Minuten reifer geworden war, die Ahnung seiner Berufung hatte sich bestätigt.

In der Deckung eines Mauervorsprungs breitete Musk seine Karte aus. »Die Sache hat so reibungslos geklappt, dass wir vom Stab den Befehl erhalten haben, auch noch dieses Haus zu nehmen. Schicken Sie eine Infanteriegruppe zur Aufklärung vor. Die Leute kennen sich hier besser aus.«

Zuversichtlich rückte das Bataillon Musk einige Meter weiter vor. In Stalingrad wurde so etwas vom Generalstab zu diesem Zeitpunkt bereits als schöner Erfolg bezeichnet.

13

Die Russen hatten sich offenbar zurückgezogen, und sogar die Sonne war herausgekommen und trocknete den Dreck auf den Uniformen. Während sich die feindliche Artillerie auf ihren Ausgangspunkt, die Halle eins von Roter Oktober, und ihr erstes Tagesziel, Halle vier, einschoss, pirschte sich das Bataillon, Hausmauern und Ruinen als Deckung nutzend, vorsichtig Meter für Meter weiter vor. Jedes Zimmer, jeder Keller musste durchsucht werden, um sich den Rücken freizuhalten. Von entscheidender Bedeutung war, die drei Pionierkompanien immer wieder auf eine Linie zu bringen, während Wölks Infanteristen nach hinten absicherten. Hauptmann Musk führte den Vorstoß persönlich.

»Der Alte geht wirklich mit vor«, flüsterte Edgar, »und das mit nur einem Arm!«

»Er hat ja zwei Füß'.«

Rollo und Edgar sahen Fritz strafend an. Dieser ließ Rollo großzügig den Vortritt bei der Durchsuchung eines Holzschuppens. Rollo stieß sein Bajonett in einen durchnässten Sack Mehl.

»Halt Abstand vom Dicken. Wenn's ihn erwischt, ersaufen wir in sei'm Fett!«

Auch bei der Nachhut keimte verhaltene Heiterkeit auf. Forster hatte alle Hände voll zu tun, um den Haufen zusammenzuhalten. Bubi hatte seinen ersten Schock überwunden und trug eine Sonnenbrille mit Zeiss-Umbra-Gläsern, ein Geschenk seiner Schwester. Dieter versuchte sie ihm für eine halbe Stunde gegen zwei R6 abzuhandeln. Bubi lehnte ab; er war noch Nichtraucher. Provozierend lange starrte er auf jede Leiche. Durch die Gläser der Sonnenbrille war es nicht so schlimm.

An der Spitze des Stoßtrupps war es ruhig. Der Feind war in der Nähe, nur sehen konnte man ihn nicht. So wie sie letzte Nacht gefroren hatten, schwitzten sie nun. Rollo wischte sich mit dem Handrücken den Schweiß von der Stirn. War ja fast so schlimm wie in der Wüste! Verdammte Schinderei. Wo waren bloß diese Scheißrussen? Wahrscheinlich längst über die Wolga getürmt, und sie krochen ihnen auf allen vieren hinterher.

Musk schickte sie per Handzeichen zur Erkundung der nächsten Seitenstraße vor. Gebückt schlichen sie einen brusthohen Bretterzaun entlang. An der Ecke, hinter einer Ruine angekommen, benutzten sie einen einfachen Trick. An einem Stock schob Edgar einen deutschen Stahlhelm in Kopfhöhe um die Ecke, während Rollo, flach auf dem Boden liegend und die MPi im Anschlag, vorsichtig um den Pfosten linste. Was sie sahen, konnten sie zunächst kaum glauben: fünf Kinder, die friedlich mit einem Stoffklumpen Ball spielten.

Musk und Leutnant von Wetzland winkten ihre Untergebenen in eine gegen Feindeinsicht schützende Ruine.

Rollo entdeckte in einer Ecke eine mit herabgefallenem Putz bedeckte Schallplattensammlung. Unter Musks strengem Blick stellte er eine Plattenhülle, die den Bauchnabel einer rassigen Tartarin zeigte, wieder zurück. Feldmann bat währenddessen darum, die Kinder aus der Kampflinie bringen zu dürfen.

Musk schüttelte den Kopf, wies mit der Hand in die andere Richtung. »Das wird nicht nötig sein. Das ist unser Haus.«

Die Soldaten folgten seiner Hand und blickten fassungslos auf die Ruine eines u-förmigen Häuserblocks mit mindestens zweihundert Fensterhöhlen. Es handelte sich um die ehemaligen Verwaltungsgebäude der Fabrik.

Fritz schluckte. »Haus ist gut!«

»Vielleicht steht's leer«, murmelte Rollo.

»Und die Russen haben die Betten frisch überzogen.«

Musk suchte das Gelände mit dem Feldstecher ab, von Wetzland und Pflüger folgten seinem Beispiel.

»Nichts zu sehen, Herr Hauptmann«, meldete Pflüger.

»Das ist immer verdächtig. Äußerste Ruhe, volle Deckung. Aufklärer vor. Melder!« Er telefonierte und bat dringend um Artillerieunterstützung zur Einnahme des Blocks, bekam aber keine. Daraufhin forderte er fünf Sturmgeschütze und bekam zwei.

Pflüger meldete das Ergebnis der Aufklärer. Bis zum Zielobjekt alles frei. Musk befahl ihm mit einer unwilligen Handbewegung zu schweigen. Ihm war völlig klar, dass die Russen sie in eine Falle locken wollten. Das hatten sie oft genug mit Erfolg praktiziert. Aber sie rechneten nicht mit den Sturmgeschützen. Auf die kam alles an.

»In genau zehn Minuten, Planquadrat Cäsar zwo, Hauptstraße, Ecke erste Seitenstraße vor Block 48«, sprach er ins Telefon. »Und vielen Dank, Gruß, Herr Major.«

Er widerstand der Versuchung, den Hörer auf den Apparat zu werfen, und koordinierte den Angriff seiner vier Kompanien über den Bataillonsgefechtstand, wo ihm Oberleutnant Haller, aus tiefstem Herzen dankbar, nicht an dem Vorstoß teilnehmen zu müssen, als fähiger Organisator zur Verfügung stand.

Währenddessen beobachtete Feldmann die spielenden Kinder durch die Ritzen der Bretterwand. Er dachte an seine Frau und seine Tochter zu Hause und was sie für Augen machen würden, wenn er die Negerpuppe aus seinem Tornister holte. Der Krieg war plötzlich sehr weit weg.

Inzwischen hatte auch die Nachhut den Bretterzaun erreicht. Die Kinder kamen spielend immer näher heran. Plötzlich flog ihr Lumpenball über die Bretterwand, direkt vor Feldmanns Füße. Feldmann bückte sich danach.

Rollo sah es aus den Augenwinkeln. »Nicht, du Idiot!«

Feldmann hörte nicht. Er richtete sich auf und warf den Stoffklumpen zurück. Forster lief gerade als Letzter den Zaun entlang. Zwischen den Kindern flog ein Schachtdeckel auf. Rollo brüllte. Der Leutnant riss Feldmann hinter die Ruine zurück.

Eine MPi-Garbe fetzte aus dem Kanalschacht über den Platz, nagelte in Bauchhöhe eine Linie durch den Bretterzaun und erwischte Forster, der noch zweimal »Scheiße« sagte, ehe er starb.

Der Schachtdeckel klappte wieder zu, die Kinder warfen sich zu Boden. Die zwei kleinsten hoben die Arme. Piontek, ein rotgesichtiger Bulle aus Wölks Kompanie, legte auf sie an.

Von Wetzland schlug ihm den Lauf nach oben. »Wohl verrückt geworden!«

Rollo warf wütend einen Stein nach den Kindern.

»Dawai, weg mit euch!«, schrie Fritz.

Die Kinder liefen davon.

»Die benutzen ihre Brut als Köder«, keuchte Piontek.

»Unsere Schuld, wenn wir darauf reinfallen.« Musks Augen wurden schmal. »Jetzt wissen sie genau, wo wir sind.«

Es war genauso still wie zuvor. Entferntes Grollen der Artillerie aus anderen Stadtteilen. Fliegen umkreisten den Kopf des toten Forster. Von Wetzland sah verunsichert weg.

»Sollen wir den Schachteingang sichern?«, fragte er den Hauptmann.

Als Antwort warf Musk einen Stein auf den Gullideckel, der daraufhin von einer Explosion durch die Luft geschleudert wurde.

Dieter und Bubi knieten neben ihrem toten Beschützer. Bubi weinte. Die meisten Landser sahen weg, froh, dass es nicht sie erwischt hatte.

»Wir nehmen ihn auf dem Rückweg mit.« Musk gab Fritz ein Zeichen, sich um Dieter und Bubi zu kümmern. Dann wandte er sich an Feldmann, der wie ein Häufchen Elend mit hochgezogenen Knien am Boden saß. »Und Sie heben sich in Zukunft Ihre Kinderliebe für zu Hause auf.« Er drehte sich zu den anderen um. »Los, weiter. Gefechtsbereitschaft.«

Sich von Deckung zu Deckung bewegend, gingen die Soldaten beiderseits der Straße weiter vor.

14

Aus der letzten Seitenstraße vor dem Wohnblock rasselten tatsächlich die zwei versprochenen Sturmgeschütze. Dahinter folgten zehn Mann Reserve unter einem Stabsleutnant, der in dem Einsatz eine willkommene Gelegenheit sah, sich endlich den ersten Orden zu verdienen.

Musk ließ sich vom Kommandanten des ersten Sturmgeschützes Kopfhörer mit Sprechfunk zuwerfen. Der Angriff musste beginnen, bevor die russische Artillerie sie fand. Er teilte jedem Sturmgeschütz eine Straßenseite zur Säuberung von feindlichen Kräften zu und wies die Kommandanten an, als Erstes die Balkone wegzuschießen.

Die Sturmgeschütze bogen in die Straße ein, die über einen kleinen Platz mit Resten eines Brunnens direkt auf den Wohnblock zuführte. Auf der linken Straßenseite machte sich die Kompanie von Wetzland fertig, auf der rechten die von Pflüger. Dahinter formierte sich Wölk mit seinem Haufen. Die vierte Kompanie sollte als zweite Angriffswelle folgen.

Der Stabsleutnant bekam endlich die Gelegenheit, sich bei Musk zu melden. »Leutnant Knoll vom Regimentsstab Laske. Schönen Gruß vom Herrn Major, ich bin der Ersatz für die drei Sturmgeschütze.«

Musk kräuselte die Lippen. Er schätzte Laskes Sinn für Humor. Wahrscheinlich hatte dieses Operettengesicht auch noch eine attraktive Frau. Sie würde höchstwahrscheinlich bald Witwe sein. Der Major war ein beachtlicher Schürzenjäger und in Beileidsbesuchen sehr bewandert.

»Ihr erster Kampfeinsatz, Herr Leutnant?«

»Jawoll. Wollte endlich mal wohin, wo was los ist.«

»Ich hoffe, wir können Ihnen genügend Unterhaltung bieten.« Ein kurzer, krachender Abschuss unterbrach ihn. Die Arbeit hatte begonnen. »Sie folgen den Sturmkompanien vor Wölk.« Er drehte sich zu dem schmalen, sehr blassen Leutnant um, der Hallers Kompanie führte. »Vierte Kompanie auf mein Zeichen!«

Auch das zweite Sturmgeschütz begann zu feuern. Planmäßig

fielen die Balkone auf beiden Straßenseiten. Zwei russische Soldaten stürzten mit, keine Gegenwehr.

Die Sturmgeschütze hielten auf den Wohnblock zu, der sie aus hundert schwarzen Augenhöhlen anstarrte. Dem Stabsleutnant ging es zu langsam. Er überholte die Sturmpioniere und setzte sich mit seinen Männern dicht hinter das zweite Geschütz.

Musk brüllte ihm zu, von dem Sturmgeschütz wegzubleiben, das natürlich erstes Ziel der genau schießenden feindlichen Artillerie sein würde. Knoll konnte ihn nicht mehr hören, denn im nächsten Moment zerriss eine schwere feindliche Granate das Geschütz.

Der Leutnant und seine Leute wälzten sich von Sprengstücken durchsiebt im Schlamm. Granate auf Granate heulte heran. Die russische Artillerie hatte sie gefunden und verlegte ihnen mit Sperrfeuer den Weg.

Musk war entschlossen, sein Tagesziel trotzdem zu erreichen.

»Vorwärts, Männer! Raus aus dem Feuer!«

Seine linke Faust stieß dreimal in die Höhe.

Die Kompanien stürmten blind durch die Feuerwand der feindlichen Artillerie. Sie hatten erhebliche Verluste. Auf die Überlebenden wartete heftiges MG-Feuer, das ihnen aus dem Wohnblock und den links und rechts angrenzenden Gebäuden entgegenschlug. Sie saßen wie die Ratten in der Falle.

Musk, wütend über die hohen Ausfälle, brüllte ins Mikrofon:

»MG-Nester im Erdgeschoss ausschalten!«

Das zweite Sturmgeschütz nahm das Erdgeschoss unter Feuer. Die feindlichen MGs dort verstummten in einer Staub- und Rauchwolke.

Pflüger, Rollo und Fritz brachten ein MG hinter einem Mauerrest in Stellung. Einem Bluthaufen, der bis vor wenigen Sekunden noch gelebt und zu Pflügers Kompanie gehört hatte, nahmen sie zwei Munitionskästen ab. Pflüger riss das dazugehörende MG einem heftig zitternden Gefreiten aus den Händen, dessen weit offenstehender Mund noch einige Male das Wort »Heim« formte, ehe ihn eine Kugel durchschlug.

Überall brüllende und berstende Erde. Beton und Leichenteile waren die einzige Deckung.

Nach dem ersten Chaos gelang es den Offizieren, wieder etwas

System in das Sterben zu bringen. Pflüger eröffnete das Feuer auf das MG-Nest in einem Keller links von ihnen, das unter den schutzlos über den Platz verstreuten Soldaten weitere Opfer forderte. Nur wenige wagten aufzuspringen und sich in einem der frisch gähnenden Trichter in Deckung zu werfen. Rollo gelang es, die beiden MG-Schützen in ihrer rechten Flanke mit einigen kurzen Feuerstößen aus seiner russischen MPi auszuschalten.

Hans war nicht gelähmt. Nicht mehr. Nicht, nachdem eine MG-Garbe drei neben ihm laufende Soldaten zu kriechenden, eine breite Blutspur im Dreck hinterlassenden Sterbenden deformiert hatte. Jede ihrer letzten sinnlosen Bewegungen und nicht zuletzt ihr schreckliches, jenseits aller Menschlichkeit liegendes Gebrüll erzeugten in ihm eine ungeheure kalte und erbarmungslose Wut. Die Wut breitete sich wie ein dunkler Mantel über sein ganzes Denken und Fühlen und machte ihn unempfindlich gegen jede Furcht.

Er hatte keine Hoffnung mehr, diesen Kampf zu überleben. Er wollte nur noch möglichst viele Feinde töten, bevor er selbst getötet wurde. Rache! Die Zeit hob sich hinweg. Er glaubte, unverwundbar zu sein.

Bereits auf dem Sprung vorwärts bemerkte er einen jungen Infanteristen, der zitternd in einem Hauseingang kauerte. Er befahl ihm mitzukommen und lief los.

Der Infanterist machte einen schwachen Versuch, ihm zu folgen, doch seine Beine gehorchten ihm nicht mehr. So blieb er sitzen, und eine Kugel zerschlug seinen Hinterkopf, ohne dass er jemals die rauschhaften Gefühle des Kampfes kennengelernt hatte.

Der Leutnant hechtete über den Torso einer Brunnenfigur, warf sich neben Fritz und Rollo und sah mit staubverklebten Augen, wie Fritz in seinem Brotbeutel nach einer Nebelkerze wühlte.

»Alles planmäßig verpackt – hier!«

Er reichte die Nebelkerze Rollo, der ein besserer Werfer war. Rollo schleuderte sie vor das linke feindliche MG-Nest und ließ noch zwei folgen.

Hauptmann Musk kroch mit Dieter, Bubi und Feldmann zu ihnen. »Gut gemacht. Räuchert den Schuppen aus. Angriff!«

Nach der nächsten Granate stürmte er los. War im nächsten Trichter, bevor eine neue Erdfontäne ihn ihren Blicken entzog. Die

Reste der Kompanien von Wetzland und Pflüger gingen gegen das linke MG-Nest vor.

Das Sturmgeschütz nahm währenddessen weiter den Büroblock unter Feuer. Die Pioniere wurden trotz des Nebels von russischen Infanteriewaffen unter rasendes Feuer genommen, der Angriff blieb nach weiteren Ausfällen vor dem Keller liegen. Von Fritz und Rollo geschleuderte Handgranaten fielen zu kurz.

Plötzlich sahen sie im Nebel hinter ihnen Gestalten aus der Erde wachsen und auf das Sturmgeschütz zulaufen.

Rollo schoss einen Russen vom Geschütz, der gerade eine geballte Ladung in dessen Rohr schieben wollte, die anderen verschwanden wieder in dem Schacht. Der Leutnant schleuderte eine Handgranate hinter ihnen her und beschwerte den Schachtdeckel mit Gesteinsbrocken.

Sie schlugen sich zu Musk durch. Die Reste des Bataillons lagen hilflos im Feuer fest. Es schien nur eine Frage der Zeit, bis es dem Feind gelingen würde, sich durch irgendeinen Schacht in ihrem Rücken festzusetzen.

Der Leutnant starrte Musk keuchend an. »Wir kommen nicht ran, Herr Hauptmann, unmöglich.«

»Unmöglich gibt's nicht!«, hieß die knappe Antwort.

Selbst Pflüger war einer Meinung mit von Wetzland, wagte es aber nicht, etwas Entsprechendes zu äußern. »Wo ist Wölk?«, fragte er stattdessen.

Rollo verzog verächtlich das Gesicht. »Sitzt in 'nem Keller und fickt die Gasuhr.«

Genau so hatte Pflüger sich das vorgestellt. »Diese Pisser von der Infanterie …«

Er wurde von einer neuen Serie russischer Granateinschläge unterbrochen, die, etwas zu kurz geraten, in den von ihren eigenen Leuten besetzten Block einschlugen, anschließend erneut den Platz umpflügten und das zweite und letzte Sturmgeschütz durch Volltreffer ausschalteten.

Musk schleuderte sein überflüssig gewordenes Mikrofon und die Kopfhörer von sich. Wölk und einige Normalinfanteristen sanken erschöpft in den Dreck. Wölks Backen zuckten noch heftiger als gewöhnlich.

Filmausschnitt Minute: 19

»Wo sind Ihre anderen Leute?«, fuhr ihn Musk scharf an.

Wölk hatte sichtlich Mühe, genügend Luft zu bekommen. »Elf Verletzte in dem Haus dort hinten, wenn die Russen sie noch nicht erwischt haben, der Rest aus, alle hin!«, keuchte er. »Vierte Kompanie besteht noch aus vierundzwanzig Mann. Leutnant Hengst, Feldwebel Färber, Unteroffizier Gruschko gefallen.« Zornig musterte er Pflüger und Rollo. »Zu was haben wir eigentlich Sturmpioniere? Abknallen lassen können wir uns auch allein!«

Rollo verlor die Beherrschung, packte ihn wütend am Kragen. »Halt bloß dein Maul! Meinst du, uns geht's besser?«

Musk ging kurz und entschlossen dazwischen. »Aufhören! Wölk hat recht! Davon, dass ihr eine Eliteeinheit seid, hab ich noch nicht viel gesehen. Vorwärts!«

Das wollte keiner auf sich sitzen lassen. Hinter Musk stürmten die Reste der Pionierzüge noch einmal vergeblich gegen das linke MG-Nest. Von Wetzland und Feldmann wählten denselben Trichter als Deckung. Das Weiße ihrer Augen schillerte übergroß in den dreckverschmierten Gesichtern.

Gleichgültig besah sich Hans eine menschliche Ruine, deren Beine über den Trichterrand baumelten. Sie erregte nicht mehr Gefühl in ihm als die zerschossenen Häuser im Hintergrund. Er sah, dass Feldmann seine Hand umklammert hatte, fühlen konnte er es nicht. Obwohl sie noch lebten, waren sie längst ein Teil des Todes geworden. Die Granaten und Kugeln zerfetzten nicht nur ihre Leiber, sondern auch ihre Sinne und ihren Geist. Verschlangen mit brüllendem Hunger alles, was ihnen vor die Mäuler geriet, spien es wieder aus und türmten es in grotesken Verrenkungen und Verzerrungen aufeinander. Stahl und Steine regneten auf sie herab. Sie waren ein Teil der Trümmer, und die Trümmer waren ein Teil von ihnen.

Musk ließ weitere Nebelkerzen werfen. Er wusste genau, bei einem erneuten Vorgehen gegen das MG-Nest würden nicht mehr genügend Männer übrig bleiben, um auch nur den Flur des Büroblocks zu besetzen. Er warf sich zwischen Feldmann und von Wetzland. »Jetzt kommt es auf Sie an, Feldmann. Jetzt können Sie alles wiedergutmachen.«

Feldmann starrte auf die Stiefelspitzen des gefallenen deutschen

Infanteristen. Dessen Blut war bereits getrocknet. Wie aus weiter Ferne hörte er Musks Stimme.

»Sie wollen doch, dass Ihre Frau stolz auf Sie sein kann, wenn Sie nächste Woche nach Hause kommen.«

Feldmann nickte, legte sein Sturmgepäck ab. Er zwang sich, nicht in die Hose zu urinieren. Hans sah den Blick in seinen Augen und begriff, dass Feldmann einen stummen, verzweifelten Abschied von ihm nahm. Plötzlich fühlte er seine Empfindungen wie aus einem lähmenden Albtraum emporschrecken.

»Lassen Sie mich gehen, Herr Hauptmann!«

Musk hob unmerklich die Augenbrauen. »Was sagen Sie dazu, Feldmann?«

Feldmann schüttelte den Kopf. Seine Stimme klang überraschend fest; ein oberflächlicher Betrachter hätte Todesmut und Tapferkeit heraushören können. »Nein. Ich gehe. Ich werde Sie nicht enttäuschen, Herr Hauptmann.«

»Das weiß ich. Wir geben dir Feuerschutz, Junge.«

Mit hölzernen Bewegungen band Feldmann drei Stielhandgranaten zu einem Bündel zusammen, schraubte einen der Deckel ab, steckte den Mittelfinger durch den Abzugsring.

Musk schaute schweigend zu, bis Feldmann fertig war.

»Lauf!«

Unter dem Feuerschutz seiner Kameraden rannte Feldmann durch den Nebel auf den Keller zu. Eine Kugel durchschlug seine Schulter, warf ihn halb herum, doch er fing sich, lief weiter, taumelte vorwärts, direkt auf das MG-Mündungsfeuer zu. Kurz davor riss er die Zündschnur ab, rutschte durch die Schießscharte in den Keller.

Gleich darauf gab es eine dröhnende Explosion. Dann war es für einen Augenblick überraschend still.

Hans hob Feldmanns Negerpuppe auf.

»Sie hätten mich gehen lassen sollen«, sagte er zu Musk.

»Sie hätten es nicht geschafft«, erwiderte der Hauptmann. »Sie waren mir nicht so viel schuldig.« Seine starren grauen Augen schienen aus Staub zu bestehen.

Er hat ihn geopfert, dachte Hans, er hat ihn bewusst und kaltblütig geopfert.

Musk ließ ihm keine Zeit für weitere Überlegungen. »Los, Männer, jetzt zeigt es ihnen! Kompanie Pflüger mit vierter Kompanie von links Erdgeschoss nehmen! Von Wetzland, Sie nehmen von rechts mit Flammenwerfern den Keller. Wölk, versprengte Kampffähige im Erdgeschoss sammeln! Ersten Stock besetzen! Kampfgruppe Pflüger, mir nach!«

Gemeinsam mit Pflügers Leuten stürmte der Leutnant durch die Nebelschwaden auf den Mittelteil des Blocks zu. Feldmanns Opfergang mobilisierte die letzten Reserven. Die Pioniere versuchten, das Gebäude zu stürmen. Vereinzelt gelang es ihnen, in das Innere einzudringen.

Rollo und Fritz warfen sich mit einigen anderen neben von Wetzland. Der Leutnant befahl den Flammenwerfereinsatz.

»Iwankocher vor!«, brüllte Rollo nach hinten. »Jetzt werden wir den Säuen mal richtig einheizen!«

Hans sah auf die Puppe, die er noch immer in der Hand hielt, warf sie weg.

Rollo und Fritz schulterten die Flammenwerfer. Der Block spuckte noch immer reichlich Feuer. Hans hatte Angst. Plötzlich war er davon überzeugt, dass Feldmanns Tod ein sicheres Vorzeichen für sein eigenes Ende war. Am liebsten hätte er sich irgendwo in die Trümmer verkrochen.

Doch gerade in solchen Situationen durfte er sich keine Blöße geben, und so schrie er vorschriftsmäßig: »Erste Kompanie, Sprung auf, marsch, marsch!«

Seine Stimme überschlug sich. Mit den spärlichen Resten der Kompanien ging es von Deckung zu Deckung, die letzten hundert Meter über den Platz. Hundert Meter waren nahezu endlos, wenn man befürchten musste, bei jedem Schritt in tausend Stücke gerissen zu werden!

Da der Feind bereits mit Pflügers Leuten beschäftigt war, schafften sie drei Viertel der Strecke ohne weitere Verluste.

Aus dem dritten Stockwerk wurden Handgranaten in einen vor dem Haus liegenden Trichter geworfen, wo zwei Sturmpioniere Deckung suchten. Der Leutnant und Edgar rissen ihre MPis nach oben und feuerten auf zwei dunkle Schatten, die sich kaum gegen die rußgeschwärzten Wände abhoben. Die Schatten verwandelten sich unter ihrem Feuer zu Körpern, die lautlos aus den Fensterhöhlen stürzten und auf dem Boden aufschlugen. Wenigstens konnten sie den Feind wieder sehen.

Ein junger Infanterist sprang als Erster an die Hauswand und versuchte, eine verbogene Tür aufzudrücken. Hans schoss Musks Warnung durch den Kopf, während der junge Soldat wie eine Stoffpuppe samt der Tür durch die Luft geschleudert wurde. Der Leutnant ertappte sich erneut dabei, dass er kein Mitleid, sondern beinahe Genugtuung darüber verspürte, dass hier vorne jeder Fehler unbarmherzig bestraft wurde.

Die Nächsten hatten Pech. Sie wurden von einem Schwerverwundeten im Qualm hinter ihnen unter Feuer genommen. Hans fuhr herum, hielt direkt in das Mündungsfeuer, das wie ein Irrlicht im Rauch zu Boden taumelte.

Rollo und Fritz warfen Handgranaten durch die Kellerfenster, krochen zur Kellerwand, brachten auf dem Bauch liegend ihre Flammenwerfer dicht neben einigen wieder auftauchenden Gewehrläufen in Stellung und betätigten beide gleichzeitig die Auslöser.

Lange Flammenzungen schossen in die Keller, lösten Schreie aus, die alles Übrige übertönten. Rollo und Fritz bissen die Zähne zusammen. Hoffentlich verreckten die da drin möglichst schnell. Hoffentlich …

Von hinten stürzten einige Russen aus den flankierenden Häusern auf sie zu. Sie wurden von Musk, von Wetzland und seinen Leuten, die sich inzwischen im Erdgeschoss festgesetzt hatten, unter Feuer genommen.

Rollo erwischte einen der Angreifer mit dem Flammenwerfer. Der Mann drehte sich schreiend im Kreis, schleuderte brennende Uniformteile von sich, wälzte sich auf dem Boden, schlug um sich und schrie vor Schmerz.

Fritz starrte Rollo nach, der bereits durch den zerfetzten Hauseingang stürmte. Sie konnten den Mann doch nicht so liegen lassen! Er richtete seine Pistole auf den Russen, als er auf einmal von verquollenen, wimpernlosen Augen, die weiß in einem schwarz verbrannten Gesicht über den bloßgelegten Backenknochen leuchteten, angestarrt wurde.

Fritz konnte nicht abdrücken. Er stürzte Rollo hinterher.

Rollo hatte im ersten Raum bereits ganze Arbeit geleistet. Schwarze Mumien mit bleckenden Zähnen. Schien mal ein Büro gewesen zu sein. Der Qualm der Opfer brannte in den Augen. Es stank unerträglich. Zu allem Überfluss wurden auch noch Nebelkerzen ins Haus geworfen.

15

Bubi hatte seine Sonnenbrille längst abgenommen. Wie durch ein Wunder hatte er die letzte halbe Stunde überlebt. Beim Erstürmen des Hauses hatte er Dieter und die anderen verloren und war plötzlich ganz allein. Er tat zunächst das Vernünftigste, setzte sich auf den Boden und rührte sich nicht von der Stelle. Doch das hielt er nur wenige Sekunden aus.

Als Forster gestorben war, hatte er geglaubt, das wäre das Schlimmste. Dann war er durch den Sturmlauf zum Wohnblock eines Besseren belehrt worden. Inzwischen wusste er, dass Einsamkeit in diesem Inferno noch schlimmer als Trommelfeuer war.

Zitternd stand er auf, tastete sich an einer zerschossenen Wand entlang. Seine Füße tappten eine Steintreppe hoch, in den ersten Stock. Für den Bruchteil eines Augenblickes erinnerte er sich an das sonntägliche Versteckspiel mit seiner Schwester – und hörte plötzlich Schritte. Sie kamen direkt auf ihn zu.

Blind vor Angst sprang er feuernd ins Zimmer, stolperte über den Körper, den er niedergeschossen hatte, starrte ihn an.

Langsam erkannte er in dem Toten seinen Freund Dieter.

Er kniete neben die Leiche und versuchte mit zitternden Händen, ihr das Blut vom Gesicht zu wischen.

Plötzlich standen zwei Russen vor ihm.

»Ich ... ich hab ihn erschossen«, flüsterte er.

Die Gesichter der Männer verschwammen vor seinen Augen. Einer von ihnen nahm die MPi an sich, die Bubi zuvor von Rollo bekommen hatte.

»Russisch Gewehr nix gut für deutsch, russisch Land nix gut für deutsch …«

Die MPi-Mündung tanzte vor Bubis Augen.

»Schieß endlich«, flüsterte er mit tränenerstickter Stimme. »Schieß doch!«

»Nix schieß«, sagte der Russe. »Komm!«

Im selben Moment tauchten Fritz und Rollo hinter den beiden auf.

»Hände hoch, Rukki werch!«, schrie Fritz.

Rollo ging das zwar gegen den Strich, aber da die beiden schnell die Waffen fallen ließen, sich umdrehten und die Arme hoben, konnte man nicht mehr schießen.

Die Russen wichen mit erhobenen Händen zurück. Einer versuchte ein Lächeln.

Die Feuerstöße kamen völlig überraschend. Die Russen sackten zusammen, fielen um.

Wölk und Piontek kamen hinter ihnen zum Vorschein. Fritz, Rollo und Bubi sahen sie fassungslos an.

»Seid ihr übergeschnappt?«, schrie Wölk. »Wir bringen kaum die Verwundeten nach hinten, und ihr wollt Gefangene machen!«

»Ihr habt sie einfach von hinten …«, stammelte Bubi.

Wölk grinste. »Besser als von vorn. Musst du ihre Dummfressen nicht sehen.« Mit zuckenden Backen wies er auf Dieter. »Siehste nicht, was die Schweine getan haben? Wenn ihr mit Flennen fertig seid, räuchert den nächsten Stock aus. Wir sind nicht scharf darauf, wegen eurer Leichenfeier eine zu fangen.« Er hieb dem dümmlich grinsenden Piontek zwischen die mächtigen Schulterblätter. »Da lacht unser Bauer. Komm schon.«

Sie verschwanden im Qualm wie ein Komikerpaar aus der Stummfilmzeit.

Bubi hielt noch immer Dieters blutverschmierten Kopf im Schoß.

»Das war ich«, sagte er leise.

Rollo spuckte aus. »Quatsch.«

Der Kleine verlor endgültig die Beherrschung. »Ich war's, ich war's!«, schrie er.

Rollo stoppte ihn mit einer Ohrfeige. »Und wenn schon! Halt jetzt die Fresse!«

Der Idiot hetzte ihnen nur die Russen auf den Hals! Stellungswechsel war angesagt.

Eine Handgranate flog in den Raum. Fritz kriegte sie mit einer Reflexbewegung im Flug zu fassen, schleuderte sie in den nächsten Raum zurück, wo sie zwischen drei Russen explodierte.

Fritz und Rollo feuerten mit den MPis auf alles, was sich noch bewegte. Für einen Moment war das ein beklemmend gutes Gefühl. Dann waren die Gegner keine Gegner mehr, sondern nur noch blutverschmierte leblose Bündel.

Ihre Finger lösten sich vom Abzug. Bubi war in einer Ecke zusammengesunken. Fritz fasste ihn an der Schulter. »He, mach dir nix draus, so was ist uns schon tausend Mal passiert!«

Auch Rollos Stimme klang merkwürdig heiser. »Is völlig normal im Nahkampf. Wenn's 'n Iwan gewesen wär, wärst du jetzt hin. Du bleibst jetzt hier, bis alles vorbei ist.«

Bubi versuchte seine Hand zu umklammern. »Nein! Nicht weggehen! Bitte ...«

Rollo riss sich los. Die Russen konnten überall sein. Er hatte keine Lust, wegen diesem Grünschnabel zu krepieren.

»Komm, bringen wir ihn wenigstens ins andere Zimmer«, sagte Fritz, der Bubi den weiteren Anblick seines toten Freundes ersparen wollte.

Rollo hielt das für Zeitverschwendung, war aber einverstanden. Geduckt führten sie Bubi in einen weiteren Raum. Auch dort lagen qualmende verkohlte Leichen.

»Wenigstens keiner von uns«, knurrte Rollo. Er drückte Bubi eine der vielen herrenlos gewordenen MPis in die Hand. »Du bleibst jetzt hier und sicherst den Raum, knallst auf alles, was sich an der Tür zeigt.« Er nickte ermutigend und tätschelte Bubi kurz den Kopf. »Komm, Fritzchen. Wir haben keine Zeit, Kindermädchen zu spielen.«

Fritz sah, wie Bubi die entstellten Gesichter der Toten anstarrte.

Von unten waren laute Explosionen und undeutlich Musks Stimme zu hören. »Bataillon, Erdgeschoss! Sammeln!«

Rollo zerrte Fritz in den Flur, sie sprangen mit ihren Flammenwerfern einen Stock tiefer. Die Gurte schnitten beim Aufprall tief ins Fleisch, das wider Erwarten immer noch heil war.

16

Im Erdgeschoss waren bisher drei Räume mit einer Gesamtfläche von höchstens hundert Quadratmetern erobert worden. Ungefähr ebenso viele Männer hatten Musks Offensive überstanden.

Die Russen hielten nach wie vor die Kellerräume. Feuergarben fetzten aus Wasserrohren, Handgranaten wurden nach oben geschleudert. Einige der Soldaten, die vier Wochen Fronteinsatz in dieser Stadt überlebt hatten, erinnerten sich an den Getreidespeicher, zu dessen Eroberung man drei Bataillone und eine ganze Woche gebraucht hatte. So wie es aussah, schien es diesmal ähnlich zu laufen. Wie sollte man mit den Russen im Keller ohne allzu große Verluste fertig werden?

Musk riss Piontek, der in sinnloser Wut mit geschwungener Axt in den Keller stürzen wollte, zurück. »Nicht runterlaufen! Boden auf, Benzin rein!«

Die Idee wurde mit Jubelgeheul begrüßt. In wilder Wut rissen die Soldaten mit Spaten den Boden auf, Piontek schlug mit seiner Axt immer wieder zu und hackte das Holz auf. Benzinkanister wurden herangeschleppt.

Hans sah mit geweiteten Augen im dreckverschmierten Gesicht zu. Bilder blitzten in seiner Erinnerung auf. Der Mann mit der Stahlstrebe im Mund. Die gekreuzigte Partisanin. Sturmbannführer Roschmann. Der Name hallte in seinem Kopf. Roschmann kam auf ihn zu und verwandelte sich in Hauptmann Musk. Hans fühlte sich durchschaut und erschrak. Er warf einen Blick auf die bereitgestellten Benzinkanister. Dahinter biss sich Pionteks Axt durch den Boden.

»Tapfer und fair«, sagte er leise.

»Sollen wir noch dreihundert Männer verlieren?«, herrschte ihn Musk an. »Los, helfen Sie!« Er entriss einem Soldaten den Benzinkanister und drückte ihn dem Leutnant in die Hände.

Piontek war fertig und hatte ein Loch in den Boden geschlagen. Musk starrte seinen Untergebenen mit dem Benzinkanister an.

»Ich warte!« Seine Stimme war betont leise.

Hans trat an die Öffnung und schüttete den Inhalt des Kanisters durch das Loch. Dann kam Pflüger mit einem zweiten und dem dritten. Soldaten brüllten Beifall.

Benommen trat Hans zurück. Sein militärischer Horizont wurde um die Erfahrung bereichert, dass sich der Jubel einer deutschen Eliteeinheit nur wenig von dem Gebrüll einer SD-Horde unterschied.

»Räuchert die Ratten aus!«, schrie Pflüger.

Rollo schoss mit einem Flammenwerfer durch die Öffnung. Fritz stellte sich mit einem weiteren an ein zweites Loch und folgte Rollos Beispiel. Er wurde von zwei Gedanken beherrscht: Mich hat's noch nicht erwischt! Und: Der Scheiß muss vorbei sein, bevor ich auch noch draufgehe.

Aus den Kelleröffnungen schossen Stichflammen. Schreie und der Gestank von brennendem Menschenfleisch durchdrangen den Qualm. Wie die Pferde, dachte Fritz, wie die Pferde.

Die jüngeren Soldaten hielten sich entsetzt die Ohren zu, einige taumelten nach draußen ins Sperrfeuer der Russen. Gestalten wankten durch den Flammenglast, alles wirkte verlangsamt, als hätte ein sadistischer Gott zu seinem Vergnügen den Lauf der Zeit angehalten.

Dann hatten sich die Flammen zu einem unterirdischen Munitionsdepot durchgefressen, das mit einem schmetternden Knall in die Luft flog. Drei Deutsche wirbelten wie Puppen mit abgerissenen Gliedmaßen durch den Rauch. Brennende und vom Qualm halb erstickte Russen stolperten mit erhobenen Händen nach oben und fanden keine Gnade; sie wurden erschossen.

Die nachdrängenden russischen Soldaten begannen sich mit dem Mut der Verzweiflung zu wehren. Gekämpft wurde hauptsächlich mit Spaten, Piontek schwang seine Axt. Schwitzend, mit halb offenem Mund und vorgeschobenem Unterkiefer hieb er um sich, den Blick unverstellt von hemmenden Gefühlen des Mitleids. Wer überleben wollte, musste Spaß am Töten haben.

Nachdem er den dritten Russen erledigt hatte, hatte auch Wölk diesen Spaß. Die anderen Infanteristen folgten seinem Beispiel. Mit jedem Gegner, den sie zu Boden schlugen, hieben sie ein Stück Angst aus sich heraus, fühlten sich besser, stärker, größer. Der bevorzugte Schlag galt dem Halsansatz.

Auch die Sturmpioniere beherrschten ihn. Aber es war doch ein Unterschied, ob man mit dem Spaten auf eine Strohpuppe eindrosch oder auf einen taumelnden, vor Rauch halb blinden Menschen. So sahen sie diesem bestialischen Treiben zunächst eher hilflos zu; selbst Pflüger und seine kampferprobte Eliteeinheit waren von der Brutalität der Altinfanteristen geschockt.

Dann aber brach ein weiterer Pulk Russen aus dem Keller hervor und stolperte mit Bajonetten und verbrannten Gesichtern auf die immer noch zögerlich umherstehenden Pioniere zu. Denen blieb nichts anderes übrig, als sich ihrer Haut zu wehren.

Hauen, Stechen, Schlagen! Die Gedanken versanken in einem blutigen Brei. Die Gegner kämpften so dicht beieinander, dass man Feuerwaffen nicht einsetzen konnte. Wer seinen Spaten verloren hatte und kein Bajonett besaß, setzte den Kampf mit Fäusten, Füßen, Zähnen fort. Steinzeit im Herz und im Hirn. Verletzte wurden gnadenlos massakriert; sich tot zu stellen war zwecklos.

Die Deutschen, von Rauch und Flammen weniger geschwächt, gewannen zwangsläufig die Oberhand. Dann war das Schlachten vorbei. Erste Gedanken und die alte Welt kehrten nach und nach zurück. Bei den meisten breitete sich bereits barmherzig der Schleier des Vergessens über die letzten Augenblicke. Scheu oder auch widerwillig musterten sie die Erschlagenen, als hätten sie nichts mit ihnen zu tun.

Piontek kehrte wieder in die Wirklichkeit zurück. Er fasste sich in die Tasche, zuckte zusammen. »Kacke, ich hab meine Padde verloren, da waren dreihundert Märker drin …« Mit schwerfälligen Bewegungen begann er zwischen den toten Russen herumzuwühlen.

Pflüger und Wölk mussten lachen. Wölk klärte Rollo, der etwas verloren in der Gegend herumstand, über Piontek auf.

»Er nimmt sein Pulver immer mit. Hat Angst, der Quartiermeister beklaut ihn.«

Sanitäter kamen mit Tragen in das Gebäude gelaufen. Viele Verwundete fanden sie nicht.

Piontek war immer noch erfolglos auf der Suche. »Lacht nur, ihr Arschlöcher. Damit wollt ich meine Scheune ausbauen. Ihr habt überhaupt keine Ahnung, Kohlenkriecher, Hilfsarbeiter!«

Während er weiterschimpfte, drehte er tote Russen mit der Stiefelspitze um und durchsuchte sie. Wölk bot Pflüger eine Zigarette an, nach kurzem Zögern auch Rollo und Fritz. Wer überlebt hatte, gehörte dazu.

Rollo versuchte, sein inneres Gleichgewicht wiederzufinden.

»Wir haben in der Wüste auch Einiges erlebt, aber so was ...«

»Fürs erste Mal wart ihr gar nicht so schlecht«, brummte Wölk.

»Nach 'm dritten Mal hast auch trockene Hosen«, fügte Pflüger hinzu.

Fritz konnte ihre Gesichter nicht mehr sehen, ging weg, setzte sich neben Edgar; der war wenigstens still. Sie beobachteten die Sanitäter, die mit zwei Schwerverwundeten davonliefen. Wahrscheinlich würden sie nicht mal durchs Sperrfeuer kommen.

»Hier braucht man nur Totengräber«, sagte Fritz leise.

Wölk präsentierte den anderen triumphierend Pionteks Brieftasche, die er auf dem Boden gefunden hatte. Piontek bemerkte es nicht; er war damit beschäftigt, einem toten Russen die Uhr abzunehmen, wobei er Selbstgespräche führte. »Wirklich die letzten Schweine ... Klauen einem das Geld ...« Er eignete sich ein Silberkreuz an. »Ich nehm nur, was mir zusteht.«

Hans von Wetzland fühlte sich krank, elend, aber er war fest entschlossen, wenigstens außerhalb der Kampfzeit auf dem Ehrenkodex zu bestehen, von dem er bisher geglaubt hatte, dass er für die gesamte Wehrmacht galt. »Piontek! Hier wird nicht geplündert! Das gilt auch für alle anderen!«

Missmutig sahen sich die Landser an. Rollo nahm sich noch eine von Wölks Kippen und murmelte: »Hat er's doch tatsächlich geschafft, den ersten Angriff zu überleben.«

Piontek durchsuchte ungerührt eine weitere Leiche.

Der Leutnant sah damit nicht nur die militärische Moral, sondern auch den bescheidenen Rest seiner Autorität auf dem Spiel stehen. Er überwand seinen Ekel vor den verstümmelten Leichen und ging auf Piontek zu.

Wölk, der wusste, wie unberechenbar der Bauer sein konnte, kam ihm zuvor und reichte Piontek rasch dessen Brieftasche. »Hier, hab sie gerade gefunden.«

Piontek nahm sie, zählte misstrauisch sein Geld. Die Idioten lachten mal wieder über ihn, aber das war ihm egal. Hauptsache, die Knete war noch da. Die Uhr und das Kreuz behielt er.

Hauptmann Musk, der mittlerweile die Fernsprechverbindung nach hinten organisiert hatte, stapfte mit schnellen Schritten über das Schlachtfeld. Es war keine sehr elegante Operation gewesen, aber die Leute hatten sich bravourös geschlagen und ein kleines Zubrot verdient.

Beschwichtigend nahm er den neuen Leutnant beiseite. »Hier in Russland ist manches anders. Es kommt immer auf den richtigen Moment an, wann man was tut oder sagt, aber das lernen Sie schon noch.« Jovial legte er seinem Untergebenen die Hand auf die Schulter. »Ich muss zur Stabsbesprechung. Sie übernehmen hier das Kommando. Auf Pflüger und Wölk können Sie sich verlassen. Versuchen Sie, Verbindung zu halten. Ersatz für die Ausfälle kommt.« Er nickte Hans zu, ließ ihn stehen und ging zu den Landsern. Eine weitere Leichenschändung Pionteks ignorierte er. »Gut gemacht, Männer.« Anerkennend nickte er Rollo zu. »Die Sache heute morgen, mit der Lok, hab ich mir gemerkt. Essen kommt gleich.«

Gemeinsam mit den Sanitätern machte er sich auf den Weg nach hinten.

Einigen Landsern war nicht entgangen, was er zu dem Leutnant gesagt hatte. Sie suchten das Schlachtfeld nach Wertgegenständen ab. In dem Qualm und Rauch sahen sie aus wie Krähen im Nebel.

17

Auf Leutnant von Wetzlands Uhr war es halb sieben, auf Rollos halb acht, auf der russischen von Piontek halb zehn; die Uhr von Wölk war kaputt. Nachdem man Pflügers Fliegeruhr zurate gezogen hatte, verständigte man sich schließlich auf zwanzig nach sechs.

Seit über zwei Stunden war es stockfinster. Den meisten kam es bereits vor wie eine Ewigkeit. Ihre Nerven glichen ausgeleierten Gummis, die sinn- und kraftlos durch ihre Körper schlenkerten.

Was vom Bataillon übrig war, befand sich im Keller des Büroblocks auf wenige Räume verteilt. MGs waren in Stellung gebracht worden, leichte Granatwerfer standen einsatzbereit an der Wand. Es war kalt, man konnte den Atem der Männer sehen. Außerdem regnete es. Konnte nur noch eine Frage der Zeit sein, bis die Brühe in den Keller lief.

Man beschäftigte sich mit dem Reinigen von Waffen und Geräten. Das half gegen Gedanken und Kälte. Wölk schärfte seinen Spaten, Piontek die Axt. Der Leutnant hatte sich zu Fritz gesetzt. Seine zunehmende Anhänglichkeit ging Fritz auf die Nerven.

Hans lauschte nach draußen und dachte an den vergangenen Tag. Wie viel Blut war hier bisher vergossen worden? Es würde lange regnen müssen, um das alles wegzuschwemmen. Der Himmel weint, dachte er und versuchte zu lächeln. Aber daraus wurde nur eine klägliche Grimasse. Im Schein seiner Taschenlampe konzentrierte er sich wieder auf den Brief, den er begonnen hatte. Pflüger ließ durchzählen.

Hans warf einen Blick auf den dicken Obergefreiten neben sich. Was mochte der wohl nach so einem Tag empfinden? Möglicherweise gar nichts. Wäre sicherlich das Beste für ihn.

Er war fest entschlossen gewesen, die Disziplinlosigkeit des Obergefreiten in Verantwortungsbewusstsein und Kampfgeist umzuwandeln, aber je kälter es wurde und je einsamer er sich als einziger Vertreter der Offizierkaste in diesem Schlammloch fühlte, umso besser gefiel ihm Fritz. Man durfte sich von seinem Äußeren nicht täuschen lassen. Er war intelligenter als die meisten anderen.

Im Hintergrund zählten die Männer murmelnd zu Ende. »... einundvierzig, zweiundvierzig.«

Es hörte sich an wie eine müde Litanei.

»Wie war das?«, fragte Pflüger scharf. »Lauter!«

»Zweiundvierzig. Davon werden's auch nicht mehr«, kam es zurück.

»Bei Köhler im ersten Stock sitzen noch einundzwanzig von der Vierten«, murmelte ein Gefreiter.

»W-w-wir sind mit fast vierhundert Mann los«, stotterte Wölk.

»Erzähl's nur jedem. Hebt die Stimmung«, knurrte Pflüger.

Scheiß Ws, dachte Wölk. Das Stottern wurde nach jedem Angriff schlimmer. Er malte ein W in den Sand. Erinnerte ihn an die Zeppeline seiner Alten. Er malte noch ein W dazu.

Die vier Kompanien des Bataillons würden zur Kampfgruppe zusammengefasst werden. Leutnant von Wetzland versuchte die Laune der Männer zu heben, indem er in Musks Namen baldige Verstärkung versprach.

»Wie wollen die denn durchkommen, wenn nicht mal die Fresstruppe es schafft?«, fragte Rollo. Sein Magen fühlte sich wie ein leerer Sack an.

»Der Herr Hauptmann wird sie persönlich führen«, erwiderte Hans.

»Hoffentlich schickt er nicht Haller«, sagte einer.

»Dann können wir bis Weihnachten warten«, brummte ein anderer. »Der war noch nie dabei, wenn's nach vorn ging.«

»Du wärst auch lieber hinten«, stellte eine hohe Stimme feindselig fest. Gepresstes Lachen.

Hans schrieb weiter. Fritz beobachtete ihn von der Seite. »Bringen Sie bloß genügend Optimismus in die Tagesmeldung, Herr Leutnant. Sonst kriegen die ja Angst da hinten.«

Es war nicht die Tagesmeldung, sondern ein Brief an Feldmanns Frau. Feldmann, der sich geopfert hatte, damit sie in diesem feuchten Kellerloch sitzen konnten. Hans versuchte vergeblich, einen neuen Satzanfang zu finden, und sah wieder auf. »Vielleicht können Sie mir sagen, wie man in so einen Brief genügend Optimismus bringt?«

Fritz zuckte mit den Achseln. Er hatte wenig Lust auf ein Gespräch.

Der Leutnant beschloss dennoch, es zu versuchen. »Übrigens, Reiser, ich hätte nichts dagegen, wenn wir trotz unserer kleinen Meinungsverschiedenheiten hier vorne etwas enger zusammenarbeiten würden.«

Der Obergefreite sah die erwartungsvolle Miene seines Vorgesetzten und bog die Mundwinkel nach unten. »Wissen Sie, Herr Leutnant, so was hört sich in der Kampfpause ganz gut an, aber im Ernstfall gibt's von Leuten mit Schulterstücken immer nur Druck. Was anderes können die sich gar nicht leisten. Selbst wenn wir zeitweilig 'n selben Dreck am Arsch haben.«

Er stand auf und ging in den Nebenraum zu Rollo.

Hans war für einen Moment sprachlos, wollte aufbrausen, dann wurde ihm die Situation bewusst, in der er sich befand, und er hielt sich zurück.

Haller hat ganz recht, dachte er wütend. Es lohnt nicht, für diesen Haufen undisziplinierter Schwachköpfe hier vorn sein Leben aufs Spiel zu setzen. Ich werde mich beim nächsten Mal ebenfalls unentbehrlich im Gefechtsstand machen.

Beschämt stellte er fest, dass dies die Gedankengänge eines Feiglings waren. Eigentlich war der dicke Obergefreite nur konsequent. Was hatte er, Hans von Wetzland, bisher für seine Leute getan? Nichts. Folglich erwarteten sie auch nichts von ihm. Er war ihnen gleichgültig. Wahrscheinlich wussten sie, dass er nicht viel für sie tun konnte.

Pflüger und Wölk versuchten sich mit einer requirierten Wodkaflasche in Truppenbetreuung. Wölk reichte den Rest gnädig an Rollo weiter, der gierig die letzten Tropfen schluckte.

»Hoffentlich führt der Hauptmann auch die Fressheinis. Hab seit zwanzig Stunden nichts mehr im Magen.«

Wölk wies auf Bubi. Der hockte in der Ecke, mit denselben leeren Augen und der gleichen Haltung, mit der man ihn im ersten Stock vorgefunden hatte. »Friss doch die halbe Portion dort.« Wölk kicherte.

»Lass ihn in Ruhe!«, sagte Fritz.

Pflüger warf Bubi einen kurzen Blick zu. »Ich kenn das.« Mit einer bedauernden Handbewegung schnippte er etwas Asche zu Boden. »Den Jungen kannste abhaken. Der kommt nicht drüber weg.«

»Was glaubt ihr, wie viel Iwans haben wir heute erwischt?«, fragte Wölk. »Ich sag euch, mindestens sechshundert.«

»Davon werden's trotzdem nicht weniger«, meinte Edgar.

»Ich hab allein im Nahkampf fünf erledigt«, behauptete Pflüger. Dann lachte er. »Einer war so fett, der zählt für zwei.« Er ließ seine Pranke auf Rollos Schenkel klatschen. »Und du?«

»Hatte keine Zeit zu zählen.«

»Als EK I-Anwärter musst du das aber genau wissen!«

»Ich hab keinen Einzigen erwischt«, sagte Fritz trocken.

»Red doch kein Scheiß!«, sagte Rollo.

»Ich hab keinen erwischt! Kapiert, Arschloch?«

Betretenes Schweigen. Auch Rollo war für einen Moment sprachlos. Dann sprang er plötzlich auf und zerrte Fritz hoch. »Sag mal, siehste das?« Er tippte auf seine linke Schulterklappe mit den Unteroffiziersbalken. »Ich bin immer noch dein Vorgesetzter, du bist wohl bescheuert!«

Fritz riss sich los. Pflüger dachte an die Schießscharten in Kopfhöhe und an die russischen Scharfschützen. »Hinsetzen! Beide! Sofort!«

Rollos Hand zuckte. »Sie werden ab jetzt ›Sie‹ zu mir sagen, Obergefreiter Reiser! Verstanden?«

Einer von Pflügers Pionieren schob sich zwischen die beiden.

»Könnt gleich weitermachen. Muss meim kleinen Mann nur mal die große Welt zeigen.«

»Na, geh schon!« Rollo ärgerte sich. Der Dicke hätte sein Fett weggekriegt, aber jetzt war die Luft raus.

Der unfreiwillige Friedenstifter ging an ihnen vorbei, nahm einen letzten Zug aus der Zigarette, schnippte die Kippe vor sich auf den Boden und öffnete gemütlich den Hosenschlitz.

Wehmütig erinnerte er sich an die samstägliche Wette vor seiner Dorfkneipe nach dem letzten Bier. Wer die Zigarette als Erster gelöscht hatte, war der Gewinner gewesen.

Er lenkte den Strahl auf die Glut. Irgendwo fiel wieder ein Schuss.

Der Mann kippte um. Seine Zigarette brannte immer noch.

Jetzt waren sie nur noch einundvierzig.

»Verdammt noch mal, ich hab doch gesagt, hinsetzen!«, brüllte Pflüger.

Der Leutnant tastet sich gebückt zu ihnen. »Was ist passiert?«

»Kopfschuss durch Scharfschützen, Herr Leutnant!«, meldete Pflüger vorschriftsmäßig. Er machte eine Handbewegung in Bubis Richtung. »Legt ihn nach da hinten.«

»Er ist nicht mal mehr zum Pissen gekommen«, sagte Rollo.

»Unsere Pioniere werden immer weniger.« Wölk wiegte nachdenklich den Kopf. »Ich bin seit zwei Monaten hier, und ich sag euch, die Stadt hat was Magisches, wie 'n Weib, die ist verflucht.«

Die anderen nickten. Rollo und Fritz hatten den Toten neben Bubi geschleppt und wollten wieder zurückkriechen.

»Ihr habt mich alle schon abgeschrieben.« Bubis Stimme war ganz dünn.

Rollo ertrug seinen Blick nicht, drückte ihm verlegen eine Zigarette in die Hand. »Hier, Junge. Rauch, aber lass mich in Ruhe.«

Fritz zögerte und setzte sich neben Bubi. Dieser starrte die Zigarette an. »Ich rauch nicht. Wird mir immer schlecht.«

Fritz nickte, nahm ihm die Zigarette aus den Fingern und zündete sie sorgfältig an. »Ich weiß.«

Er inhalierte tief und überlegte, ob er sich auch neben Bubi gesetzt hätte, wenn der die Zigarette nicht von Rollo bekommen hätte. Er kam zu dem Ergebnis, dass das unter den gegebenen Umständen eine überflüssige Frage war, und inhalierte erneut tief und genussvoll.

»Ihr denkt doch alle, ich krepier.« Bubi sah ihn an. Er hatte immer noch den Stahlhelm auf, der ihm viel zu groß war. »Habt ihr auch schon entschieden, wer meine Stiefel kriegt?«

»Mir wären sie zu klein«, sagte Fritz und nahm Bubi den Helm ab. Seine Haare waren verdreckt und verklebt und standen in wirren Büscheln vom Kopf ab. Wie ein Igel, dachte Fritz.

»Was denkst du?«, fragte der Kleine. »Wann wird's mich erwischen?«

»Ich denk nix«, brummte Fritz. »Weil, wenn du hier anfängst zu denken, wirste verrückt, also denk ich nix.«

»Und wie geht das?«

Fritz fasste Bubis Ohr. »Hier ist 'n Schalter. Den drehst einfach rum, und schon denkst nix mehr.«

Bubi lächelte, Tränen liefen ihm übers Gesicht. Verlegen wischte er sie weg. »Entschuldigung.«

»Sei froh«, sagte Fritz. »Solange noch flennen kannst, ist alles in Ordnung.« Er grinste. »Bei guter Schmierung läuft jeder Motor.« Er genehmigte sich einen Schluck Schnaps aus der Feldflasche, der ihm ebenfalls Tränen in die Augen trieb.

So heulte jeder auf seine Art.

Der Leutnant erhielt die telefonische Versicherung, dass Verpflegungsträger im Anmarsch seien. Die Hoffnung auf Nahrung ließ alles zu den Waffen stürzen. Sie beobachteten das Vorfeld durch die Schießscharten.

Pflüger und Rollo organisierten den Feuerschutz. Selbst Fritz drängte sich mit ungewohntem Eifer zu einem der MGs durch. Nun, da es ums Essen ging, wollte jeder dabei sein.

Im Aufblitzen der Geschütze glaubten die Soldaten, die Essenholer auszumachen.

»Wird auch Zeit!« Wölk schluckte. »Krieg auf leeren Magen is nix.«

Plötzlich standen die Träger im Schein dreier Leuchtraketen. Ihre Schrecksekunde genügte den russischen Scharfschützen.

Pflüger hieb wütend gegen die Kellerwand. »Verdammte Sauzucht, alle flach gebügelt. Das gibt's doch nicht!«

Rollo hielt sich den Feldstecher an die Augen und besah sich im Schein der feindlichen Leuchtkugeln die toten Melder. »Da ist der Arsch ab und das Gulasch im Sand.« Dann entdeckte er einen hinter Geröll wegtauchenden deutschen Stahlhelm. »Mensch, da ist ja noch einer!«

Fritz riss Edgar den Feldstecher aus der Hand. Rollo wies nach halb rechts. »Dort, hinter dem Eisenträger.«

Der Leutnant suchte mit seinem Glas ebenfalls die Trümmerlandschaft ab. »Ich kann niemanden ausmachen.«

»Doch, Mensch, da!«, rief Fritz, und dann bekam er große Augen. »Scheiße, der frisst. Der frisst unser Essen!«

Allgemeine Empörung. Der Leutnant hatte den Mann nun ebenfalls im Glas.

»Scheint ihm zu schmecken«, meinte er trocken.

»Sie haben vielleicht Nerven!«, schimpfte Pflüger. Rollo fluchte. Wölks Backen zuckten.

Fritz setzte sich seinen Stahlhelm auf und ging nach oben. »Verwechselt mich nach Möglichkeit nicht mit 'nem Russen.«

»Reiser!«, rief der Leutnant. Aber Fritz war bereits draußen.

18

Er rollte hinter eine zerschossene Pak. Der Regen rauschte herunter und bildete eine durchsichtige Wand. Fritz war sofort bis auf die Haut durchnässt. War nicht besonders klug, in diesem Regen rumzukriechen. Aber hier konnte man sowieso nur Fehler machen. Er wollte wenigstens noch einmal etwas Richtiges essen; dafür konnte man ausnahmsweise sogar mal den Helden spielen.

Die letzte Leuchtkugel erlosch. Fritz versuchte sich zu orientieren. Vorhin waren es vielleicht sechzig Meter bis zu den Leichen und dem Essen gewesen, jetzt noch fünfzig, aber die galt es kriechend zurückzulegen.

Meterweise arbeitete er sich vorwärts. Plötzlich hörte er ein Geräusch hinter sich, verharrte, hörte es deutlich, warf sich herum und auf einen schemenhaften Körper, der sich hinter ihm bewegte. Es war Bubi. Der Kleine.

»Wohl verrückt geworden«, zischte Fritz.

»Ihr habt mich abgeschrieben, aber ich komm mit«, keuchte Bubi, und das Weiße seiner Augäpfel leuchtete so stark im Dunkeln, dass Fritz befürchtete, allein das würde genügen, um sie zu verraten.

»Geh lieber zurück! Los, hau ab hier!«

Unter dem Licht einer Leuchtrakete wurde es wieder hell. Ein deutsches MG ließ hinter ihnen den Dreck aufspritzen. Die Russen schossen sofort zurück. Mit etwas mehr Streuung wäre es aus mit ihnen gewesen.

»Los!«

Der Kleine musste zusehen, wie er klarkam. Sie stolperten in neu einsetzender Finsternis über den Platz, Fritz stieß mit dem Schienbein schmerzhaft gegen einen Mauerrest, Bubi prallte gegen ihn, klammerte sich an seine Hose, die unter seinen Fingern zerriss.

Die nächste Leuchtkugel zwang sie hinter einigen halb verwesten Leichen in Deckung. Bubi zitterte. Seine Finger klammerten sich um den Stofffetzen, den er aus Fritz' Hose gerissen hatte.

»Ich hab keine Angst«, wisperte er.

»Aber ich.«

Granatwerfereinschläge ließen bedrohlich nah die Erde hochspritzen. Splitter surrten. In einem Totenschädel vor Bubis Gesicht schienen sich plötzlich die Augen zu bewegen. Bubi schrie auf, wollte hochspringen und weglaufen. Fritz zerrte ihn auf den Boden zurück, hielt ihn fest.

»Der Kopf. Der Kopf lebt noch!«

»Halts Maul! Bleib unten! Ist nur 'ne Ratte.«

Ein neuer Granatwerfereinschlag schlug eine Beule in Bubis Stahlhelm. Der Helm flog ihm vom Kopf, und er begann wieder zu schreien.

Fritz packte ihn am Kragen und stürzte mit ihm hinter den Stahlträger, wo der einzige überlebende Essenholer hockte und in aller Seelenruhe die zweite Hälfte einer Wurst vertilgte. »Wo bleibst du denn, du Arsch?«, brüllte Fritz.

Der Mann, fast zum Skelett abgemagert, unrasiert, dreckig, mit rot unterlaufenen Augen, biss wieder von der Wurst ab und lauschte dabei auf das Geschützfeuer. »Schwere Koffer. Feldhaubitzen. Jeden Tag mehr«, erklärte er kauend. »Haufenweise Granatwerfer. Jetzt bringen sie auch noch Raketenwerfer ...« Gelassen schob er Bubi ein Stück Zucker in den keuchenden Mund. »Beruhigt die Nerven.«

»Quatsch«, sagte Fritz, der bezweifelte, dass dieser Mann überhaupt noch wusste, was Nerven waren.

Er nahm ihm die Wurst weg, biss gierig ein großes Stück ab. Das Skelett nahm sich wortlos die nächste.

Fritz würgte den zu großen Happen hinunter. »Da weiß man wenigstens, für was man den Arsch hinhält.« Er bemerkte Bubis hungrigen Blick. »Du wartest, bis wir zurück sind. Wenn du mit vollem Magen 'n Bauchschuss kriegst ...« Er stopfte sich den Rest der Wurst in den Mund, dann erspähte er einen der toten deutschen Essenholer und neben ihm die kaum beschädigten Kanister. Fritz glaubte, den Geruch des Essens durch den Leichengestank riechen zu können. Er stieß das Skelett an. »Kannste noch was außer fressen?«

Der Mann zuckte gleichgültig mit den Achseln.

»Gib mir Feuerschutz.«

»Gib mir 'ne Knarre«, sagte das Skelett.

Fritz war verblüfft. »Haste deine verloren?«

Das Skelett nickte. »Schon vor 'nem halben Jahr.« Sein Geisterfinger wischte kurz über die Achsel, an der die Schulterklappe fehlte.

Erst da begriff Fritz, warum dieser Soldat selbst für einen Stalingradkämpfer so erbärmlich schlecht aussah. »Halbes Jahr Strafbataillon überlebt? Dann kann dir nichts mehr passieren. Hol du's Frühstück!«

»Auch dazu brauch ich 'ne Knarre«, sagte der Mann.

Fritz nahm Bubi die MPi ab und gab sie dem Mann, ehe der es sich wieder anders überlegen konnte. »Ich hoff, du weißt noch, wie's geht.«

Das Skelett überprüfte das Magazin. »Dafür kannst du degradiert werden.«

»Komm bloß nicht mit leeren Händen zurück«, sagte Fritz.

Der Mann rollte sich mit beachtlicher Geschwindigkeit aus der Deckung und hin zu der Leiche des Essenholers.

Aus einem Panzerwrack vor ihm tauchten plötzlich schattengleich drei Russen auf, feuerten, der Mann feuerte zurück, während er in Deckung rollte, ein Russe fiel zu Boden, die anderen tauchten ab. Der Mann schnappte sich die Kanister und verschwand, als hätte ihn der Boden verschluckt.

Fritz fluchte, feuerte wahllos in die Dunkelheit. Sein Mündungsfeuer war eine hervorragende Zielscheibe, die nicht lange ohne Antwort blieb. Er und der Kleine mussten sofort weg, sonst waren sie geliefert. Das Essen konnten sie abschreiben. Ringsum schien es von feindlichen Soldaten zu wimmeln.

Fritz wusste es nun endgültig: Er war kein Held, nicht einmal, wenn es ums Essen ging. Das war ihm auch ziemlich gleichgültig. Weitaus mehr Sorgen machte ihm, dass es noch verdammt weit bis zu ihrer Ruine war. Wo war sie überhaupt? Ein dunkler Fleck sah aus wie der andere. Mussten sie sich nicht weiter rechts halten? Er betrachtete den Kleinen neben sich, der am ganzen Leib zitterte und drückte ihm ohne viel Hoffnung einen durchlöcherten russischen Stahlhelm auf den Kopf. Zum ersten Mal hoffte er inständig auf die nächste Leuchtkugel, aber ausgerechnet jetzt kam keine. Er begann zu schwitzen.

Plötzlich legte sich eine Hand auf seine Schulter und er glaubte zu spüren, wie sein Herz aussetze.

Es war das Skelett – mit zwei vollen Kanistern.

»Hab mir schon gedacht, dass ihr stiften geht«, sagte er.

»Und ich hab gedacht, dich hat's erwischt. Die Iwans sind überall.«

»Sie wohnen ja auch hier, oder?«, sagte das Skelett und schob die Kanister zu Fritz. »Auf mein Kommando loslaufen. Ich komme nach.«

Fritz machte einen schwachen Versuch, zu protestieren. »Wollen wir nicht warten, bis die Schießerei ...«

»Die Schießerei hört nicht auf, solange wir hier sind. Mach, was ich sage, Dicker, sonst fehlst du beim Nachtisch.«

Bubi nahm den Helm ab, den ihm Fritz aufgesetzt hatte. »Ich will nicht mit 'nem Russenhelm zurück!«

»Haut endlich ab!«, sagte das Skelett.

Fritz setzte Bubi den russischen Helm wieder auf und lief los.

Die zwei Russen von vorhin richteten sich hinter der Pak auf, um sie besser ins Visier zu bekommen. Das Skelett schien damit gerechnet zu haben, gab zwei kurze Feuerstöße ab, lief dann ebenfalls los.

Obwohl die beiden anderen bereits erheblichen Vorsprung hatten, erreichte er noch vor ihnen den Wohnblock.

19

Außer Atem warfen sie sich in die Ruine, wurden mit Glückwünschen überhäuft, als hätten sie allein die ganze Stadt erobert. Selige Biederkeit durchflutete den Keller, schwemmte für einen Moment Schmerz und Leid und die Erinnerung an Leichen hinweg; sie fühlten sich wie zu Hause.

Edgar rührte mit dem Schöpflöffel aufgeregt in einem Kanister. »Guckt mal – Leberknödel!«

Die Soldaten verteilten kauend das Essen, und wieder einmal bewahrheitete sich, dass es für die Kameradschaft nichts Besseres gab als einen vollen Magen.

Bubi wurde zum Maskottchen erkoren und von allen Seiten vollgestopft. Wie eine Puppe, dachte Hans, die man aus dem Dreck aufhebt, weil man feststellt, dass sie doch noch mit den Augen klimpert. Sie wärmen sich an ihm und seinem Kindergesicht, das jetzt plötzlich wieder strahlt.

Die Negerpuppe von Feldmann. Wie schnell sie vergessen konnten. Doch nur so konnte man überleben. Der Weg vom Frieden in den Krieg glich einer blitzartigen Evolution des Verderbens, und wer sich nicht schnell genug anpasste, wurde mit der Gleichgültigkeit eines Naturereignisses weggefegt.

Hans von Wetzland hatte nicht nur einen sensibel formulierten Beileidsbrief an Feldmanns Frau verfasst – auch das hatten sie auf der Offiziersschule gelernt –, sondern auch ein Schreiben an seine Mutter, in dem er sie inständig bat, sich bei seinem Onkel, dem Oberst von Wetzland, für seine sofortige Versetzung aus Stalingrad einzusetzen, falls sie ihren Sohn jemals wieder lebend oder in einem lebensähnlichen Zustand zu sehen wünschte. Ein Kampftag hatte genügt, um ihm klarzumachen, dass hier kein Platz für ihn und seine Ideale war. Dieser Ort war das Schlachtfeld primitiver Schlächter und Totschläger, ein idealer Platz für Sadisten, Triebtäter, Psychopathen.

Haller, dessen Feigheit er vor wenigen Stunden noch verachtet hatte, wurde ihm beinahe sympathisch. Ein normaler Mensch unter Wahnsinnigen. Doch wie sollte man normal bleiben unter diesen Verhältnissen und unter Menschen, die für ihr Treiben in Friedenszeiten umgehend hingerichtet worden wären?

Der Leutnant betrachtete den neuen Mann, den der Zufall und zwei Proviantkübel in seine Truppe geweht hatten. Eine hohe Stirn unter wirr auseinanderstehenden Haarresten, scharfe Mund-, Nasen- und Kinnfalten, tief in den Höhlen liegende bernsteinfarbene Augen, die nicht mehr nach außen, sondern ins Gehirn ihres Besitzers zu blicken schienen. Eine weit vorspringende Nase war das Einzige an ihm, das nach vorn strebte und wie zum Hohn eine von Optimismus angehauchte Komik in das graue Leichengesicht zauberte.

Dieser Mann war kein Held, er war der Krieg. Den Körper zerschunden, die Augen erloschen, die Gefühle verbrannt existierte er nur noch als ein Treppenwitz des Schicksals. Außerfleischliche Mächte schienen ihn mit seiner widerwilligen Duldung zusammenzuhalten.

Hans sah in dieses Gesicht wie in einen Spiegel in ferner Zukunft und wandte rasch den Blick ab. Er musste hier raus, so schnell wie möglich.

Pflüger, von solcherlei Gedankengängen nicht angekränkelt, kämpfte sich währenddessen breitbeinig zu den Kanistern durch, um auch dem Leutnant eine Fleischportion zu besorgen.

Hans winkte ab. Die Lust auf Fleisch war ihm angesichts der herumliegenden Leichen abhandengekommen. Pflüger ärgerte sich. Es ging nicht darum, ob der Leutnant Fleisch mochte oder nicht, es ging ums Prinzip.

Der einzige überlebende Essenholer hatte inzwischen seine Fleischportion an sich genommen und fraß sie mit unglaublicher Schnelligkeit. Pflüger sah ihm für einen Moment fassungslos zu, dann packte er den Mann wütend an der zerschlissenen Uniform.

»Wenn du mich in die Hölle schicken willst«, sagte das Skelett kauend, »da war ich schon.«

Erst da fiel Pflüger auf, dass dem Mann die Schulterklappen fehlten. Rasch, als hätte er Angst, der Virus der Degradierung könne sich auf ihn übertragen, ließ er ihn los.

»Sie sind ja ein Sträfling!«, stammelte er, fing sich jedoch schnell wieder. »Wie heißen Sie?«

»Gross«, sagte der Neue.

»Ja, und weiter?«

Gross schien einen Moment nachzudenken. »Meinen Vornamen hab ich vergessen.«

Pflüger nahm ihm wütend die Maschinenpistole ab. »Sie sind nicht berechtigt, eine Waffe zu tragen!«

»Nimm sie am besten mit ins Bett«, schlug Rollo vor.

Pflüger zog sich beleidigt zurück, stolperte im Halbdunkel über eine Russenleiche. »Räumt endlich mal die Kadaver hier weg, das ist ja ekelhaft!«

»Hat einer ’n Staubsauger dabei?«, fragte Rollo.

Gelächter.

»Das ist ein Befehl!«, schrie Pflüger.

»Das wird nicht nötig sein«, sagte der Leutnant.

Alle sahen ihn an – und schienen sich zu wundern, dass er überhaupt noch da war. Er konnte es selbst kaum glauben. Wo waren die Ereignisse des Tages geblieben? Plötzlich war alles wie weggeblasen, aber es gab keine Erleichterung, stattdessen fühlte er sich leer und müde, und dennoch hatte er das Gefühl, nicht schlafen zu können. Nur die Gewissheit, dass seine familiären Verbindungen ihn bald erlösen würden, machte die Gedanken an die nächste Zukunft erträglich. Das Rudel Wölfe um ihn durfte nicht merken, wie ihm zumute war.

»Wir ziehen in den ersten Stock um, zu Köhlers Gruppe«, sagte er mit erzwungen fester Stimme. »Ist besser, falls wir Besuch bekommen.«

Schweigend schulterten die Landser ihre Tornister. Hans fragte sich, ob sie ihn durchschaut hatten. Schon möglich, dachte er. Es war ihm gleichgültig.

20

Ihr Quartier hatte sich nicht wesentlich verändert, bis auf den Umstand, dass es oben noch mehr Löcher in den Mauern gab, durch die der böige Wind den Regen trieb. Zu beiden Seiten eines trüben Rinnsals, das sich durch die Mitte des Raumes zog, ließen sich die Soldaten nieder, wobei sich die unteren Dienstgrade als Wärmepuffer vor die kalten Außenwände zu setzen hatten. Piontek hatte »seinen« Ofen nach oben geschleppt und sich dadurch das Recht erkauft, ihn zu füttern und seine Wärme ständig zu genießen.

Die Männer dämmerten erschöpft vor sich hin. An allen Öffnungen, von denen zwei mit MGs gesichert waren, hatten Wachposten Stellung bezogen. Um sie am Einschlafen zu hindern, hatte sich Pflüger etwas Besonderes einfallen lassen: Er hatte Stricke um ihre Knöchel gebunden, die zu ihm führten und an denen er in regelmäßigen Zeitabständen zog, was ihm selbst im Halbschlaf gelang.

Es war bitterkalt. Man schmiegte sich aneinander, um vom Nachbarn einen Funken Wärme aufzusaugen. Trotz aller Müdigkeit konnten die meisten nicht schlafen, es sei denn, man bezeichnete die kurzen ohnmachtähnlichen Anfälle als Schlaf, aus denen sie immer wieder emporschreckten, sich geradezu herauskämpften wie aus einem dunklen Labyrinth, um dann wieder zitternd dazusitzen, den Schlaf herbeizusehnen und sich zugleich vor ihm und den damit verbundenen Träumen zu fürchten.

Fritz, Edgar und Rollo klammerten sich an ihre von Sonnenöl klebrigen Spielkarten. Man hatte sich mit der Routine dreier Kriegsjahre einen einigermaßen guten Platz organisiert, auf den sogar Pionteks Ofen hin und wieder einen schüchternen Wärmestrahl sandte. Mit den Karten und einer schläfrig geführten Unterhaltung versuchten sie gegen Kälte und Angst anzukämpfen.

Bubi hatte sich neben Fritz gelegt. Sein Russenhelm wurde von den anderen als Aschenbecher benutzt. Seine Klamotten begannen allmählich zu trocknen, und er fragte sich, wie das möglich war, denn seine Haut fühlte sich eiskalt an und taub, ganz im Gegensatz zu seinem glühenden Kopf.

»Das haben wir heute doch gut gemacht, was?«, fragte er Fritz mit klappernden Zähnen und fieberglänzenden Augen.

»Ohne dich hätt ich's nicht geschafft.« Fritz legte seine freie Hand auf Bubis heiße Stirn.

»Spiel schon aus«, knurrte Rollo. Er mochte nicht, dass der Dicke an dem Kleinen rumtatschte. War noch keiner an 'nem bisschen Fieber gestorben ... Aber da war noch etwas anderes. Der Kleine hatte einfach 'ne zu hübsche Visage. Männer mit solchen Visagen waren nie richtige Männer, und das konnte Rollo nicht ausstehen.

Bubis Fieber verwandelte sich nach und nach in eine schläfrige Wärme.

»Fritz, kann ich bitte meine Sonnenbrille wiederhaben?«, flüsterte er.

»Mitten in der Nacht?«

»Ich glaub, ich brauch sie zum Schlafen.«

Fritz nickte, gab Bubi die Sonnenbrille. Tatsächlich fiel der Kleine sofort in einen tiefen Schlaf, kaum dass er sie aufgesetzt hatte. Die anderen grienten und waren beinahe neidisch.

Rollo sah sich nach Gross um, der aus einem Stück halb verkohltem Holz mit beachtlichem Geschick eine kleine Figur schnitzte.

»Wie ist'n das passiert mit dem Abriss?«

Gross schien ihn nicht zu hören. Er lauschte auf das unregelmäßige Artilleriefeuer, nickte, schien lautlos zu zählen, schüttelte den Kopf. »Das waren unsere. F.K. sieben Komma fünf. Nicht schlecht. Jetzt F.H. zehn Komma fünf. Ganz schön ausgeleierte Tüten.« Ein splitterndes Krachen grub ein grimmiges Grinsen in sein Faltengesicht. »Nähmaschine. Über ein Kilometer weit weg.«

Gross schaute Rollo an. »Klingt gar nicht schlecht, wenn man weit genug weg ist.« Er lauschte wieder nach draußen. »Große Kaliber. Großdeutschland im Großeinsatz.« Sein Daumen stieß gegen sein vorspringendes Brustbein. »Gross.« Sein linker Mundwinkel verzog sich. »Mein Name ist Programm. Nur für das Große zuständig. Das große Schlachten.« Sein Messer trennte der Holzfigur den Kopf ab. »Wo groß gehobelt wird, fallen große Späne. Kopfspäne.« Er zeigte eine Reihe schwarzer Zähne.

Rollo schluckte. Hatte 'n ganz schönen Schuss, der Mann. Aber sicher kannte er auch 'n paar gute Geschichten. »Ziemliche Rödelei beim Abriss, oder?«

Gross schaute ihn noch mal kurz an. Runzelte bei einem neuen Krachen die Stirn, als hätte er eine wichtige Entdeckung gemacht.

»Scheißnähmaschinen.«

»Redest wohl nicht gern drüber?«

»Hab am liebsten, wenn es ganz still ist«, sagte Gross. »Aber wann hat man das schon in diesem Scheißkrieg?«

Hans hatte sich möglichst nahe an den Ofen zurückgezogen. Obwohl man ihn, soweit unter den gegebenen Umständen möglich, zuvorkommend und mit dem vorgeschriebenen Respekt behandelte, spürte er die allgemeine Ablehnung der Männer. In ihren Augen hatte er sich nicht bewährt.

Was, zum Teufel, erwarteten sie von ihm? In einem persönlichen Sturmlauf die Schlacht zu beenden? Hier war das Opfer des Einzelnen doch völlig sinnlos. Mit wie viel Blut ein paar verbrannte Ruinen erkauft wurden! Nicht einmal ganze Ruinen. Die Eroberung von gerade einmal drei Stockwerken hatte zwei-, vielleicht dreihundert Männer verschlungen! Er konnte sich nicht vorstellen, dass irgendeine gesamtstrategische Lage diese Opfer rechtfertigte.

Oder doch? Es war besser, nicht darüber nachzudenken.

Für ihn hieß es nur, mit heiler Haut wieder herauszukommen. Das war zwar nicht besonders lobenswert oder gar ehrenvoll, doch für diese Männer konnte er nichts tun. Spätestens nach dem dritten Angriff dieser Art würde von ihnen keiner mehr übrig sein. Warum kämpfen sie eigentlich?, dachte er plötzlich. Es muss ihnen doch klar sein, dass sie nicht überleben können!

Es war ihnen nicht klar. Sie glaubten an das Überleben, so wie einige von ihnen an Gott glaubten. Dieser Glaube gab ihnen Kraft, doch diese Kraft wurde von ihren Vorgesetzten nicht dafür genutzt, sie überleben, sondern sie kämpfen, sterben, verrecken zu lassen.

Der Leutnant stellte erschrocken fest, dass seine Gedanken glatter Defätismus waren. Es war ja nicht überall so wie hier, konnte nicht überall so sein. Es gab auch einen anständigen Krieg. Irgendwo standen sich zivilisierte Menschen gegenüber und kämpften ritterlich. Es musste weit weg sein.

Ich werde auch bald weit weg sein, dachte er, und es gelang ihm, sich mit diesem Gedanken in einen zunächst erstaunlich ruhigen Schlaf sinken zu lassen.

Die Schmerzen begannen völlig unerwartet, wie Hammerschläge zwischen regelmäßigen Atemzügen. War er wach oder träumte er? Sicher war nur, dass er unfähig war, sich zu bewegen. Zwei riesige Fäuste schienen ihn ergriffen zu haben und allmählich in Stücke zu reißen. Sein klaffender Schädel, sein offen pulsierendes Herz, seine abgerissenen Gliedmaßen und Uniformteile, die ihm ins Gesicht klatschten und ihn zu ersticken drohten, machten ihm mit seltsamer Deutlichkeit klar, dass es sich um einen Traum handeln musste, aus dem es jedoch kein Entkommen zu geben schien.

In Wirklichkeit wäre er an diesen Verletzungen längst gestorben! Nur in einem Albtraum gab es ein Überleben ohne Blut und Denken ohne Gehirn, begleitet von diesen Schmerzen, für die es keine Grenze des Erträglichen zu geben schien.

Schreiend, wimmernd, nach Luft japsend kroch er in den blutigen Schoß der Realität zurück. Er starrte in zwei rehbraune Kinderaugen, die er erst nach und nach als die Augen des Obergefreiten Reiser identifizierte.

Fritz nahm vorsichtig die Hand vom Mund des Leutnants. Hans sah die Augen seiner restlichen Männer, die ihn mit einer Mischung aus Wut und Erleichterung anstarrten. Er musste im Schlaf geschrien und damit die ganze Mannschaft aufgeschreckt haben.

»Ruhe, Männer«, zischte Wölk. »Legt euch wieder hin. Hat nur einer vom Iwan geträumt.«

»Unglaublich«, raunte Pflüger Rollo zu. »Und so was ist Offizier!« Er war ehrlich empört. Ein Vorgesetzter hatte Vorbild zu sein, auch im Schlaf. »Wenn er immer so schreit …«

Er wurde von einer Explosion unterbrochen. Eine Zwischenwand flog samt der Soldaten, die an ihr gelehnt hatten, in den Raum.

Gross war als Erster auf den Beinen. Er schnappte sich eine MPi, lud durch, sprang die Treppe ins Erdgeschoss hinunter. Mündungsfeuer, schemenhafte Gestalten. Gross schoss auf eine dieser Gestalten, aber dann klemmte die MPi. Doch der Mann schrie und fiel schwer auf sein Gesicht. Seine Beine zuckten noch einige Male. Die anderen verschwanden im Keller.

Bubi starrte immer noch auf einen hellen Fleck am Boden. Eine Ameise überquerte ihn. Sie kroch so langsam, dass man glauben konnte, die Explosion hätte auch ihr ein Bein abgerissen, so wie dem jungen Rekruten neben ihm. Die Ameise verschwand in einer Ritze. Bubi sah auf.

Fritz hockte am Boden, starrte um sich und murmelte: »'s kalte Kotzen krieg ich, 's kalte Kotzen, 's kalte Kotzen!«

Pflüger durchsuchte mit Gross, Rollo und einigen Pionieren das Erdgeschoss und den Keller. Die Angreifer waren ebenso plötzlich verschwunden, wie sie gekommen waren. Rollo kam missmutig zurück. Er blutete aus einer Schürfwunde. »Umzug. Schafft die Verwundeten runter.« Gereizt fuhr er Fritz an: »Was ist jetzt schon wieder los?«

Fritz sah langsam hoch. Seine Augen brannten. »Langsam krieg ich 's kalte Kotzen, kapiert?«

Rollo grinste verzerrt. »Tatsache?« Er zog eine Zigarette aus Bubis Brusttasche. »Hab gleich gewusst, dass sie dich nicht erwischt haben.« Er rieb sich mit dem Ärmel Blut aus dem Gesicht und Dreck hinein und steckte sich die Zigarette an.

Bubi nahm sie ihm aus dem Mund, sog gierig daran. Dann reichte er sie an Fritz weiter, zwischen Daumen und Zeigefinger, wie er es bei Rollo gesehen hatte.

»Bist doch Nichtraucher«, sagte Fritz.

»Das war ich«, flüsterte Bubi tonlos.

Sie versuchten zu grinsen, aber es wurde nichts daraus.

Die Überlebenden der erneut zusammengeschrumpften Kampfgruppe versammelten sich im Keller. Verwundete wurden in einer Ecke notdürftig verarztet. Pflüger, der kaum etwas mehr schätzte als eine geschickte Hand beim Töten, versuchte sich bei Gross anzubiedern und überreichte ihm die MPi des Russen, den Gross getötet hatte. »So schnell, wie du schießt, kann man nicht mal schauen.«

»Darauf kommt es hier an. Zuerst schießen, dann schauen«, sagte Gross.

Der Leutnant, der den Nebenraum genauer untersucht hatte, winkte Pflüger und Wölk zu sich und zeigte ihnen ein Loch in der Wand. Dahinter befand sich ein aufgeschweißter Lüftungsschacht, in dem ein Seil baumelte.

Pflüger zog daran. »Da können wir lange Wachen aufstellen. Ganz gemeiner Russentrick, Herr Leutnant.«

»Die kommen selbst durchs Scheißhaus«, sagte Wölk.

Edgar versuchte währenddessen vergeblich, Verbindung nach hinten aufzunehmen. Auch beim benachbarten Bataillon meldete sich niemand.

»Die geigen wahrscheinlich längst auf 'ner Wolke«, vermutete Wölk.

Hans leuchtete mit der Taschenlampe nach unten. Das Seil verlor sich hinter einer Biegung. Dort unten befand sich sicherlich ein Labyrinth aus Gängen und Lüftungsschächten, das möglicherweise bis weit hinter die deutsche Frontlinie reichte.

Er versuchte, die aufsteigende Panik zu unterdrücken, und wandte sich an seine beiden Feldwebel. »Wir müssen sie dort unten aufhalten. Sonst rollen die den ganzen Frontabschnitt von hinten auf, und wir kommen nie mehr zurück. Wer meldet sich freiwillig?«

Wölk warf einen kurzen Blick in die schwarze Röhre, wandte sich rasch an Pflüger. »Das gilt euch. Wir haben keine Feuerspritzen.«

»Freiwillige vor!«, kommandierte Pflüger. Niemand meldete sich. Den Enthusiasmus, sich freiwillig in den sicheren Tod zu begeben, hatte keiner mehr.

»Was ist?«, stichelte Wölk. »Wollt ihr losen? Tut was für eure geschlagene Infanterie!«

Noch immer meldete sich niemand. Alle hatten Angst, waren müde und zerschlagen.

Der Leutnant musterte das klägliche Häufchen, das ihm geblieben war. Eine schnelle Entscheidung war gefragt – ein Befehl, der über das Leben von zwei Männern entschied. Sie konnten die Stellung unmöglich halten, ohne zu wissen, was dort unten vor sich ging. »Reiser, Rohleder – fertigmachen! Nehmt einen Flammenwerfer mit.«

Rollo atmete tief durch. »Entschuldigung, Herr Leutnant, aber wollen Sie allen Ernstes uns beide allein da runter schicken?«

Hans wusste, dass er sich durchsetzen musste. Sonst standen die gesamte Kampfgruppe und auch sein eigenes Leben auf dem Spiel.

»Mehr als zwei können wir hier nicht entbehren.«

»Großartig!« Fritz trat wütend einen Helm beiseite, drehte sich wortlos um und ging weg.

Hans sah ihm erschrocken hinterher. Was, wenn sich die Männer gegen ihn stellten? War auf Pflüger Verlass? Auf Wölk? Einen Moment dachte er daran, die Stellung eigenmächtig zurückzunehmen.

Nein, das kam nicht in Frage, das konnte ihn den Kopf kosten! Er krampfte seine zitternden Hände auf dem Rücken zusammen und trat zu Fritz.

»Ich kann wirklich nicht mehr Leute entbehren«, sagte er leise.

Fritz sah ihn aufsässig an. »Sie könnten Verstärkung anfordern, Herr Leutnant!«

»Geht nicht. Die Verbindung ist unterbrochen. Und jetzt macht euch fertig!«

Seine Stimme hatte plötzlich wieder die nötige Autorität. Zu seiner Erleichterung gingen die beiden und holten einen Flammenwerfer mit neuen Tanks.

Fritz bedankte sich bissig bei Edgar, der ihm in die Gurte half.

»Vergiss die Zündpatronen nicht, Dicker!« Rollo schlug wütend ein frisches Magazin in seine MPi.

Fritz kramte einen speckigen Brustbeutel unter seinem Hemd hervor und reichte ihn Bubi. »Hier, hab 'n bissl was beim Skat gewonnen. Schick's heim. Die Adresse ist drin.«

Rollo fuhr sich mit der Zunge nervös über die aufgesprungenen Lippen. »Scheiße, ich hab nix.« Hilfe suchend sah er sich um. »Was schick ich jetzt ... meinem Sohn?«

Fritz teilte daraufhin seine paar Kröten in zwei Hälften.

Pflüger nickte den beiden ein letztes Mal zu.

»Hals- und Bauchschuss, Männer.«

»Dir auch.«

Mit schleppenden Schritten gingen sie zu dem Einstieg.

Plötzlich stand der Leutnant vor ihnen. Überrascht stellten sie fest, dass auch er einen Flammenwerfer trug.

»Ich werde Sie begleiten«, sagte er. »Pflüger, Sie übernehmen das Kommando über die Kampfgruppe. Versuchen Sie, die Verbindung wiederherzustellen. Ansonsten hoffe ich, euch vollzählig wiederzufinden, wenn wir zurückkommen.«

Rollo zeigte sich wenig begeistert über diese Verstärkung. »Der glaubt vielleicht, wir seilen uns zwei Meter ab und rauchen eine«, murmelte er.

»Keine schlechte Idee«, sagte Fritz. Sein Magen fühlte sich wieder merkwürdig kalt und leer an.

Rollo warf einen kleinen Stein in den Schacht. Vier Sekunden bis zum Aufprall. Vorsichtig leuchtete er mit seiner Taschenlampe nach unten. Der Strahl verlor sich im Dunkeln.

Gleich darauf stiegen die drei Männer nacheinander in den schwarzen Schacht.

21

Rollo sah den dünnen Draht im letzten Moment. Er war im schwachen Strahl seiner in kurzen Abständen aufblitzenden Taschenlampe kaum zu erkennen.

»Scheiße! Sprengfalle!«

Mit angehaltenem Atem zog er seinen Fuß zurück. Der Zündmechanismus und die Haftladung befanden sich gut zwei Meter weiter an der Seitenwand. Unmöglich ranzukommen. Rollo wollte es trotzdem versuchen.

Der Leutnant legte ihm die Hand auf den Arm. »Wir lassen sie hochgehen«, flüsterte er. »Falls Russen in der Nähe sind, denken sie, es hat uns erwischt.«

»Unsere Leute denken das dann auch.«

»Die hauen sowieso ab, wenn's gefährlich wird«, sagte Fritz.

Rollo wusste, dass Fritz höchstwahrscheinlich recht hatte. Das ärgerte ihn besonders. Schiss hatten sie alle.

Sie zogen sich wieder zurück, bis sie hinter einem Mauervorsprung in Deckung gehen konnten.

Rollo nahm einen Stein und warf ihn. Zu kurz. Erst mit dem dritten Stein warf er weit genug, sodass er den Draht traf.

Die Explosion schien ihnen die Trommelfelle zu zerfetzen. Eine gelbe Stichflamme schoss durch den Schacht, Gesteinssplitter flogen umher.

Das Nächste, was sie wahrnahmen, war ein infernalischer Gestank.

»Sieht so aus, als hätten wir ein Scheißhaus hochgejagt«, flüsterte Fritz.

Der Gestank wurde unerträglich. Sie banden sich Taschentücher vor Mund und Nase, der Leutnant einen Seidenschal. Er hatte die Führung übernommen, ließ sich nach unten gleiten, tastete im Dunkeln die Wände ab. Seine Taschenlampe blitzte in kurzen Abständen auf.

Der Stollen führte sie durch ein Labyrinth unterirdischer Tunnel, bis sie sich in einem Kanalschacht wiederfanden. Ein etwa ein Meter breiter Sims verlief auf der rechten Seite, knapp zwei Meter darüber wölbte sich die Decke, und darunter rauschte eine braune Brühe Richtung Wolga. Durch die starken Regenfälle war das Wasser zum reißenden Fluss geworden. Es stank nach Fäkalien und Abfällen.

Fritz hätte nichts dagegen gehabt, sofort umzudrehen. Außer Scheiße und Gestank schien es hier nichts zu geben. Aber der Leutnant pirschte sich den Sims entlang und sie mussten folgen.

Plötzlich hörten sie Stimmen. Jemand unterhielt sich auf Russisch. Der Leutnant entschied, dass sie genug gesehen hatten, und sie huschten zurück, um den Kanalschacht wieder zu verlassen. Da sahen sie vor sich einen Lichtschein. Schnell verbargen sie sich in einer weiteren Mauernische.

Vor ihnen Russen und hinter ihnen auch.

Gehetzt blickten Fritz und Rollo den Leutnant an. Der überprüfte mit eckigen Bewegungen die Zündpatrone und das Ventil seines Flammenwerfers. Ohne den Kopf zu heben, sagte er überraschend ruhig: »Hoffentlich funktioniert das Ding. Reiser, Sie nehmen mit Ihrem Flammenwerfer die vor uns, ich die hinter uns. Rohleder, Sie halten mit der MPi dazwischen. Immer ...«

Er verstummte, drückte sich in die Wandnische und bedeutete Fritz und Rollo, dasselbe zu tun.

Die Russen kamen von beiden Seiten. Auch sie wirkten mitgenommen von Kälte, Anstrengung und Gestank und achteten kaum auf ihre Umgebung. Jede Gruppe wurde von einem Offizier mit einer Grubenlampe angeführt.

Vom plötzlichen Auftauchen der Deutschen aus der Finsternis völlig überrumpelt, waren die Russen kaum zu einer Abwehr fähig. Zwei Flammenzungen schossen auf jede der Gruppen zu, verbrannten ihre Gesichter und die Hände, die sie schützend davor hielten. Laut und triumphierend schreiend schoss Rollo Dauerfeuer erst nach links, dann nach rechts, nach links, rechts, wieder links ... dann wurde es dunkel und still.

»Der Tank ist leer«, vernahm Rollo die Stimme des Leutnants.

»Weg mit den Scheißdingern«, sagte Fritz, und Rollo hörte die Flammenwerfer und Tanks ins Wasser fallen.

»Weg, schnell!« Rollo wollte los, da fegte eine MPi-Garbe dicht an ihnen vorbei, Querschläger jaulten, ohrenbetäubend laut das

Rattern der Abschüsse. Der Lichtfinger eines Handscheinwerfers tastete das Wasser ab, erlosch. Die Russen bekamen Verstärkung.

Eine Kugel zerfetzte die Uniform des Leutnants an der Schulter, er rutschte auf dem glatten Sims aus, fiel nach hinten und stürzte in den Kanal. Die starke Strömung riss ihn davon.

Rollo und Fritz drückten sich gegen die nasse Wand.

»Was wird aus ihm?«, fragte Fritz.

Der Scheinwerfer blitzte wieder auf. Rollo feuerte direkt in das Gleißen, das Licht erlosch. »Was weiß ich. Erobert allein die Wolga. Komm schon!«

Fritz zögerte. Er wusste plötzlich selber nicht, was mit ihm los war. Er blickte in die Richtung, in die der Leutnant verschwunden war.

»Geh schon vor!«

Ehe er es sich anders überlegen konnte, sprang Fritz in die braune Brühe und ließ sich hinter dem Leutnant her treiben.

Rollo starrte ihm wütend nach. Der Dicke musste verrückt geworden sein! Er selbst würde seinen Arsch jedenfalls nicht für diesen Aristokratenpinkel riskieren.

Er sah, wie es vor ihm wieder aufblitzte, und machte sich hastig auf den Rückweg.

22

Das Gefälle nahm stark zu. Vergeblich versuchte der Leutnant, irgendwo Halt zu finden. Sein Kopf schlug gegen ein Holzbrett. Halb betäubt sank sein Kopf unter Wasser, er kam wieder hoch und schnappte nach Luft. Er stieß gegen ein Eisengitter, an dem er sich halten konnte, zog sich aus dem reißenden Wasser in einen schmalen Nebenschacht. Eine schmutzige, verölte Flüssigkeit bedeckte knietief den Boden. Keuchend wischte er sich den gröbsten Dreck aus dem Gesicht und versuchte sich zu orientieren.

Aus einem Seitenstollen vor ihm tauchte ein schmächtiger Soldat in russischer Uniform auf. Auf seinem Rücken schleppte er einen weitaus schwereren Kameraden. Der Soldat ging gebückt und leuchtete mit seiner Lampe den Boden vor sich ab – wohl deshalb hatte er den Wehrmachts-Offizier noch nicht gesehen.

Die einzige Fluchtmöglichkeit wäre zurück ins Abwasser gewesen, doch dazu hatte der Leutnant nicht mehr die Kraft. Er zog seine Pistole aus dem Halfter, obwohl es unwahrscheinlich war, dass sie noch funktionierte.

»Stoj!«, rief er. »Stehen bleiben! Rukki werch!«

Der russische Soldat versuchte in einen Seitengang zu springen, der Leutnant drückte ab und war selbst erstaunt, als der Schuss fiel. Der Soldat stürzte mit seiner Last zu Boden.

Die Waffe im Anschlag, näherte sich der Leutnant seinem Opfer. Der kleine Soldat wälzte sich unter dem schweren Mann hervor, den er getragen hatte. Der Leutnant hatte ihn in den Rücken getroffen. Gleichgültig, was vorher mit ihm gewesen war, jetzt war er tot.

Überrascht erkannte der Leutnant, der kleine Soldat war eine junge Frau, eher noch ein Mädchen, auch wenn man das auf den ersten Blick nur an den Händen erkennen konnte, die auffallend zart und feingliedrig waren. Sie trug die Schulterstücke eines Leutnants der Roten Armee, das kurze schwarze Haar ließ ihr Gesicht mit den tiefen Erschöpfungsfalten und den früh gealterten Augen noch schärfer wirken.

Der Leutnant verfolgte ihre Bewegungen nervös mit der Waffe, während sie aufstand. »Hände hoch!«

Das Mädchen hob die Hände und versetzte der Leiche des russischen Soldaten einen wütenden Tritt. Was sie sagte, klang wie ein Fluch.

Der Leutnant hob den Lauf seiner Waffe. »Rukki werch!«

Sie lächelte kurz. Dann entgegnete sie zu seiner Überraschung auf Deutsch: »Ist das alles, was Sie auf Russisch können?« Falls sie Angst hatte, versteckte sie es gut. »Sehen Sie sich diesen Idioten an!«, fuhr sie fehlerfrei, jedoch mit einem harten Akzent fort und betrachtete die Leiche ihres Begleiters. »Ein Kerl wie ein Baum und fällt beim kleinsten Gestank um. Wie sollen wir da den Krieg gewinnen?«

Offensichtlich wollte sie Zeit schinden. Der Leutnant beschloss, nicht auf ihre Spielchen hereinzufallen. »Kommen Sie!«

»Wohin?«

Er hob ihre Taschenlampe vom Boden auf und leuchtete kurz in den nächsten Gang. Der Lichtstrahl wischte über ihr Gesicht. Sie hatte grüne Augen, grün oder grau, die ihn an andere Augen erinnerten, aber er wusste nicht, an welche. »Ihre Waffe, schnell!«

Die junge Frau zog eine Pistole unter der Jacke hervor und warf sie auf den Boden. Sie war so abgemagert, dass sie auf Hans wie eine Sechzehnjährige wirkte. Nur ihre Augen waren älter, viel älter. Und sie war offenbar keine schlechte Schauspielerin.

»Wissen Sie, was ich glaube?«, sagte sie. »Ich glaube, Sie haben sich ein bisschen verlaufen. Hier sind überall nur Russen. Und wenn ich jetzt schreie ...«

»Sind Sie tot.«

»Ja.« Sie lächelte wieder. »Sie aber auch.« Gelassen öffnete sie eine Feldflasche, die an ihrem Gürtel hing, und hielt sie Hans hin. »Das ist besser als eine Kugel.«

Hans reagierte nicht auf ihr Angebot, und sie nahm selber einen Schluck. Man konnte sehen, dass sie nicht gewohnt war, aus der Flasche zu trinken. Sie hustete, wischte sich mit dem Handrücken den Mund ab und hielt ihm die Flasche erneut hin. Er schüttelte den Kopf und nahm ihr Gewehr an sich, das noch am Boden gelegen hatte und ein Zielfernrohr besaß. Dafür musste er die Taschenlampe kurz ablegen.

»Eine Scharfschützin?«, fragte er und hängte sich das Gewehr am Riemen über den Rücken. Sie schwieg. »Wie viele Deutsche hast du damit erschossen?« Er nahm wieder die Taschenlampe; mit der Rechten hielt er weiterhin die Pistole auf die Russin gerichtet.

Sie zuckte mit den Achseln. »Ein paar.« Sie wies auf seine Pistole. »Und wie viele Russen haben Sie damit erschossen?«

»Auch ein paar.« Er ärgerte sich, überhaupt davon angefangen zu haben. »Komm jetzt endlich.«

»Das ist die falsche Richtung.«

»Wenn du Ärger machst ...« Er hob wieder drohend seine Waffe.

»Wenn Sie mich erschießen«, sagte sie und sah ihn dabei fest und offen an, »sind Sie erledigt. Sie finden nie allein zurück.«

Ihr Mut imponierte ihm. Sie hustete, schnäuzte sich, spuckte aus, murmelte etwas auf Russisch.

»Verzeihung«, sagte sie dann. »Sind Sie auch erkältet?«
»Nein.«

Für einen Augenblick schimmerten ihre Zähne in der Dunkelheit. Sie wirkten sehr groß und sehr weiß in ihrem schmalen, schmutzverkrusteten Gesicht.

Hans ermahnte sich, an wichtigere Dinge zu denken. »Komm jetzt endlich!«

»Machen wir einen kleinen Frieden. Ich bringe Sie zu Ihren Leuten, und Sie lassen mich laufen.«

Das war ein faires Angebot.

»Und woher soll ich wissen, dass ich dir trauen kann?«

»Ich hätte Sie längst töten können«, sagte sie, und ihre Stimme klang dabei völlig ruhig. Dann zog sie langsam einen Dolch aus ihrem Stiefel und reichte ihn mit dem Griff voran dem Leutnant.

»Damit?«, fragte er ungläubig.

»Natürlich damit.«

Sie wollte sich in Bewegung setzen, doch er hielt sie am Arm fest. Er konnte die schmalen Knochen unter ihrer Uniform spüren. »Augenblick! Was ist in dem anderen Stiefel?«

Sie sah ihn an und lächelte schmal. »Mein Löffel. Wollen Sie den auch?«

»Nein.« Was sie wohl von ihm dachte? Hoffentlich nicht, dass er sich unkorrekt verhalten könnte. »Sie haben mein Ehrenwort als deutscher Offizier. Wenn Sie mich hier rausbringen, lasse ich Sie laufen. Sie gehen voraus.«

»Natürlich.«

Sie bückte sich in ein Abwasserrohr, Hans folgte ihr mit einigem Abstand. Der Boden bebte unter einigen schweren Einschlägen.

»Du kannst mir wirklich trauen«, flüsterte er.

»Ich weiß«, gab sie ebenso leise zurück. »Meine Mutter hat mir immer gesagt, das Ehrenwort eines deutschen Offiziers sei heilig, fast so heilig wie der liebe Gott. Sie war Deutsche und glaubte an beides.«

Der Hebel, an dem sie sich scheinbar festhielt, sah eigentlich viel zu klein aus, um gefährlich zu sein. Doch ehe Hans wusste, wie ihm geschah, war sie hinter einer schwarzen Wand aus Öl verschwunden, das mit hohem Druck auf ihn zuschwappte und ihn das Rohr rückwärts hinunterriss. Die glatten Wände boten keinen Halt, er hätte sich auch sonst kaum festhalten können, weil er mit der einen Hand noch immer seine Pistole umklammerte, mit der anderen die Taschenlampe.

Irgendwie gelang es ihm, zumindest die Waffe zurück in die Pistolentasche an seinem Gürtel zu schieben. Er machte den Versuch, Luft zu holen, das Öl füllte sofort seine Mundhöhle, und seine Augen starrten weit aufgerissen und verklebt in grenzenlose Dunkelheit. Seine Bewegungen wurden schwächer, er schien unendlich weit zu fallen. Schon halb bewusstlos bekam er mit der freien Rechten etwas zu fassen, das in der Wand verkeilt zu sein schien, und hielt sich daran fest.

Er schloss und öffnete die Augen, bis er im Licht der Taschenlampe, die er noch immer in seiner verkrampften Hand hielt, verschwommen sah, dass er sich an einem Leichnam festklammerte, dessen aufgequollener Unterkörper zwischen zwei Betonblöcken festgeklemmt war. Durch die einzige Öffnung des Schachts fiel kein Licht, sondern Öl. Mit letzter Kraft versuchte er, sich hochzuziehen, drückte sich von dem Leichnam weg, presste ihn mit Knien und Händen nach unten und erreichte mit den Fingerspitzen den Rand der rettenden Öffnung.

Er bekam keine Luft mehr und rutschte wieder zurück, versuchte es erneut und begann um Hilfe zu schreien. Die kräftige Hand in seinen Haaren spürte er erst, als sein Kopf durch das Öl aus der Öffnung tauchte.

Es war Fritz.

Hans klammerte sich an ihn, röchelte, spuckte und schluchzte.

»Du – du hast mich gefunden …«, stammelte er.

Fritz sah nicht viel besser aus als er selbst. Er zitterte am ganzen Leib und klapperte mit den Zähnen.

»Dacht ich mir, dass Sie es sind – wir sind nicht mehr allzu viele«, keuchte er. »Jetzt kommt's auf jeden Mann an, auf jeden …« Er drückte dem Leutnant die Schulter, die mühelos in seine Hand passte, und half ihm hoch. »Schönes Gewehr haben Sie da.«

Er meinte das Scharfschützengewehr der Russin, das Hans noch immer am Riemen auf dem Rücken trug.

»Hab ich erbeutet«, stammelte der.

Fritz hakte nicht nach. Erst mal war nur wichtig, hier rauszukommen. Er zerrte den Leutnant hinter sich her.

»Ich bin ein Schwein«, japste der auf einmal.

»Sind wir doch alle«, sagte Fritz.

»Ich hab gestern nicht nur Feldmanns Frau geschrieben«, keuchte Hans. »Mein Onkel ist Oberst, und ich hab ihm geschrieben, er soll für meine Versetzung sorgen.« Er blieb stehen, da Fritz ihm nicht zuzuhören schien. »Ich wollte weg hier. Weg!«

Fritz warf ihm nur einen kurzen Blick zu und wählte dann den Weg durch einige halb eingestürzte Keller. »So 'n hellen Verstand hätt ich Ihnen gar nicht zugetraut. Hab schon gedacht, Sie sind einer von der braunen Abteilung.«

»Nein«, sagte Hans, »ich seh nur so aus.«

Fritz musterte seine dreckverschmierte Uniform und grinste kurz.

Sie hielten an. Vor ihnen lagen die Reste eines feindlichen Gefechtsstandes. Wahrscheinlich war er durch eine Panzergranate vernichtet worden. Rosiges Geschlinge und Uniformfetzen klebten auf einigen patriotischen Plakaten.

»Sehen aus wie unsere«, sagte Fritz.

»Ich wollte euch im Stich lassen«, sagte der Leutnant leise.

Fritz nickte. »Hätt ich schon längst getan, wenn ich's könnte. Kommen Sie, Herr Leutnant.«

Es war tröstlich zu wissen, dass man nicht der Einzige war, der lieber seine Haut rettete, als für Großdeutschland an der Wolga zu sterben.

Der Leutnant hielt Fritz am Ärmel fest. »Solange wir zu zweit sind, möchte ich, dass es beim Du bleibt.« Er wischte sich Dreck vom Gesicht. »Ich bin Hans.«

Fritz nickte. »Werd versuchen, es nicht durcheinander zu bringen.«

Vorsichtig tasteten sie sich durch die Keller des Fabrikgeländes auf den rasch anschwellenden Gefechtslärm zu. Alles war nach den Regenfällen der letzten Tage überschwemmt. Abgerissene Hölzer, Rohre und aufgedunsene Leichen schwammen im knietiefen Wasser.

Sie hörten eine Vielzahl Schritte, die sich ihren Weg durchs Wasser bahnten und duckten sich hinter eine zum Boden herabhängende Betondecke.

Die Schatten von mindestens fünfzig russischen Soldaten passierten ihr Blickfeld. Sie gaben sich nicht die Mühe, leise zu sein. Das sah nicht gut aus.

»Sag mal«, flüsterte Fritz, »wenn wir, ich mein, wenn du hier rauskommst ...«

»Wenn ich hier rauskomme, nehm ich dich mit. Das verspreche ich dir.«

23

Sie erreichten eine Halle, in der sich ein ganzer Friedhof verrosteter Geschützteile befand. Von draußen war heftiger Kampflärm zu hören. Ein Heer von Ratten huschte vor ihren Schritten durchs faulige Wasser davon. Erschöpft kletterten sie bis zu einem schmalen Fenster, das kein Glas mehr hatte und in dem verloren der Lauf eines deutschen MGs hing.

Sie befanden sich in einer unterkellerten Fabrikhalle gleich neben dem Büroblock, von dem sie unter schweren Verlusten einige Quadratmeter erobert hatten. Das Gebäude war in einen riesigen Staubkegel eingehüllt, der durch die ständigen Einschläge schwerster Granaten am Leben gehalten wurde. Soldaten sprangen über den Platz vor ihnen von Trichter zu Trichter. Es waren ihre Leute auf dem Weg nach hinten. Aus den flankierenden Häusern, die den Platz u-förmig einschlossen, stürmten frische russische Einheiten. Sie wurden aus den ebenfalls unter schwerem feindlichen Beschuss liegenden Ruinen am gegenüberliegenden Ende des Platzes unter Feuer genommen.

»Scheiße! Die hauen ab, ohne uns. Verdammte Arschlöcher!«, fluchte Fritz.

»Los, komm!« Hans lief an der Wand entlang auf eine Türöffnung am Ende der Halle zu. Eine halbwegs intakte Treppe führte nach oben ins Freie. Von dort waren es nur noch wenige Schritte bis zu ihrem letzten Stützpunkt.

Fritz keuchte hinter ihm her. »Wohin jetzt?«

»Wir müssen nachschauen. Vielleicht wartet doch noch einer auf uns. Gib mir Feuerschutz!«

Das Rauschen einer schweren Granate ließ ihn sich zu Boden werfen. Der Einschlag war so nah, dass der Leutnant von der Erschütterung hochgehoben und auf den Boden zurückgeschmettert wurde. Er war benommen, und Fritz musste ihn in die Halle zurückzerren. »Da drin wartet nicht mal 'n alter Furz.«

»Halt! Parole!«

»Herrmann«, krächzte Fritz so laut er konnte.

Es war Rollo, gefolgt von dem Schwaben, dem Skelett und dem Kleinen.

Bubi umarmte Fritz trotz seiner stinkenden Klamotten. »Fritz, dass du …«

»Runter!«, brüllte Gross.

Sie warfen sich auf den Boden, eine Granate zischte durch eines der Fenster. Ein peitschender Knall, dann explodierte sie an der hinteren Hallenwand. Eine schwere Deichsel fuhr wie ein Pfeil neben ihnen in den Boden.

»Panzer?«, flüsterte Edgar.

Gross schüttelte den Kopf. »Scheiß-Ratschbumm.«

Der Leutnant wollte wissen, wo ihre Verstärkung sei. Gross wies auf das andere Ende des Platzes.

Fritz und Rollo begrüßten sich auf ihre Art.

»Ich hab gedacht, ich treff dich erst wieder an der Wolga«, sagte Fritz.

»Und ich hab gedacht, du stinkst nur nach Scheiße«, sagte Rollo. »Der Iwan ist überall. Wir hätten keine fünf Minuten mehr auf euch gewartet.«

»Ihr habt doch gar nicht gewartet.«

»Raus hier«, zischte Gross.

Die Soldaten liefen und stolperten hinter ihm ins Freie. An der Stelle, an der sie sich gerade noch befunden hatten, explodierte kurz darauf eine Granate.

24

Sie warfen sich in den nächsten Trichter. Edgar griff mit zitternden Fingern nach einem herumliegenden Stahlhelm und bot ihn Gross an, der nach wie vor nichts als seine spärlichen grauen Haare auf dem Kopf hatte.

Gross winkte ab und deutete auf sein Ohr. Hans verstand. Gross' Erfahrung und eine schon unheimliche Intuition waren ihre einzige Chance. Nach einer weiteren Salve rief er ihm zu: »Sie führen vorläufig die Gruppe!« Und zu den anderen: »Alles hört auf sein Kommando!«

»Aber, Herr Leutnant«, sagte Gross und bewegte dabei die Lippen so langsam, dass Hans zwar kaum verstehen, aber doch sehen konnte, was er sagte. »Ich bin ein Verbrecher.«

»Das ist mir scheißegal«, sagte Hans. »Wir wollen lebend hier raus!«

»Na, dann los«, sagte Gross. Auf sein Zeichen sprangen sie auf. Bis zur Hallenwand rechts von ihnen waren es an die zwanzig Meter. Da sie nicht unterkellert war, befanden sich dort in Bodenhöhe keine Fenster, durch die man sie unter Beschuss hätte nehmen können. Dreißig Schritte, jeder eine Ewigkeit. Es war das Beste, nicht zu denken. Nur laufen. Qualm und Staub waren die einzige Deckung.

Gross hatte die kurze Pause im Artilleriefeuer richtig erkannt. Sie schafften es alle.

»Die Kleinen haben sich verschossen, jetzt kommen die schweren Koffer«, sagte Gross. »Tun uns nichts, sind zu nah beim Iwan. Los, wir haben nicht viel Zeit!«

Hintereinander robbten sie an der Wand entlang über das Schlachtfeld, dicht über ihnen feuerten russische MGs in die Häuser am Ende des Platzes. Rollo sah einen rüttelnden MG-Lauf über sich und griff nach einer Handgranate. Gross schüttelte den Kopf und zeigte ihm einen Vogel. Sie krochen weiter.

Auf einmal war es so still, dass sie für einen Augenblick glaubten, sie hätten das Gehör verloren. Dann vernahmen sie das Brummen schwerer Motoren.

Gross nickte. »Scheiße! Panzer! Jetzt müsst ihr einfach nur noch laufen!«

Sie hetzten im toten Winkel der russischen MGs über den Platz. Das Dröhnen hinter ihnen schwoll rasch an. Sie liefen weiter, ohne sich umzusehen. Jede Verzögerung bedeutete den Tod. Die Angst verlieh ihnen keine Flügel, sie drohte sie zu lähmen, nahm ihnen den Atem.

Edgar fühlte, dass die Rohre der Ungetüme direkt auf ihn gerichtet waren, während er weiterstolperte und die Umgebung vor seinen Augen verschwamm. Nicht, wimmerte es in ihm, nicht schießen!

Aber der Stahl und die Ketten und das Feuer kannten keine Gnade, und die Menschen, die in den metallenen Ungetümen saßen, auch nicht. Eine lange rotgelbe Zunge schoss aus einem der Panzer, erfasste Edgar und die Sprengladungen auf seinem Rücken. Die anderen warfen sich in den nächsten Trichter. Schreiend und brennend wankte der Schwabe auf sie zu.

Bubi schloss die Augen, presste die Fäuste gegen die Ohren. »Er hat das ganze Dynamit!«

Rollo riss seine Pistole hoch. Fritz begriff, was er vorhatte. Er wollte ihm die Waffe wegschlagen und aus dem Trichter springen, um Edgar zu helfen. Rollo stieß ihm den Ellenbogen ins Gesicht, der Leutnant und Gross warfen sich auf ihn.

Rollos Kugel durchschlug den Oberschenkel des Schwaben. Edgar fiel nur wenige Schritte vom Trichter entfernt zu Boden.

»Tornister weg!«, brüllte Rollo ihm zu. »Tornister …«

Edgar starrte ihn aus blutunterlaufenen Augen an und machte noch eine schwache Bewegung mit beiden Armen. Es sah aus, als wolle er auf sie zuschwimmen. Dann riss ihn die Explosion auseinander.

Fritz stieß die anderen weg und stürzte zu ihm. Edgar lebte noch, trotz seiner entsetzlichen Wunden. In seinem aufgerissenen Körper schlug das Herz. Fritz setzte sich neben ihn, hielt seine Hand fest, mit der er nach der Wunde tasten wollte.

»Nicht anfassen. Nicht anfassen«, flüsterte er.

Ein schwerer sowjetischer Sturmpanzer rollte von hinten direkt auf ihn zu, ein Koloss, der sie zu Insekten degradierte.

»Fritz!«, schrie Hans verzweifelt durch den Qualm. »Weg, schnell! Panzer!«

Er sprang aus dem Trichter und zerrte Fritz von Edgars zerfetztem Leib weg. Rollo gab ihnen Feuerschutz. Mit letzter Kraft erreichten sie den Keller der nächsten Ruine; die Panzer hatten das Haus in einen rauchenden Schutthaufen verwandelt, aus dem die Hölzer des Dachgebälks wie verkohlte Speerschäfte ragten.

In dem Keller befanden sich noch drei deutsche Soldaten von allerhöchstens zwanzig Jahren.

Zwei russische Panzer rollten an ihrem Unterschlupf vorbei. Etwas später hörte man zwei dumpfe Explosionen. Die restlichen Russen zogen sich unter dem Beschuss der deutschen Artillerie zu den Ruinen auf der anderen Seite des Platzes zurück.

Fritz nahm das nicht mehr wahr. »Er hat alles noch gespürt«, stammelte er. »Sein Herz, das Segelschiff ... Alles weg, bis auf den Mast ...« Er sah Rollo an, und seine tränenfeuchte Grimasse sah plötzlich aus, als würde er lächeln. »Jetzt fehlt wieder der dritte Mann.« Dann schluchzte er hemmungslos.

Rollo nahm ihn in den Arm. »Dann spielen wir Offiziersskat. Komm her, mein Dicker, komm her.«

Hauptmann Musk betrat den Raum. Er war genauso erschöpft wie seine Soldaten, zeigte jedoch Haltung. »Gut gemacht, Männer«, sagte er. »Wirklich gut gemacht. Kompliment. Jetzt macht ihr erst mal Pause. Den Rest der Stadt nehmen wir ohne euch.«

Erst jetzt erkannte er Hans von Wetzland, der völlig fertig auf dem Boden hockte. Er war sicher gewesen, den jungen Leutnant nicht lebend wiederzusehen. Ohne sichtbare Regung akzeptierte er, dass er diese kleine Wette gegen das Schicksal verloren hatte, und trat neben seinen Untergebenen. »Na, Herr von Wetzland, die Feuertaufe überstanden?«

Hans starrte auf die Stiefelspitzen seines Vorgesetzten. »Jawohl, Herr Hauptmann.«

Erst in diesem Moment wurde ihm richtig bewusst, mit wem er sprach, und er versuchte aufzustehen, doch Musk ging bereits weiter.

Hans sah ihm nach. Er kann noch gehen, dachte er. Wieso kann er noch gehen, Worte, zusammenhängende Worte sprechen? Wieso kann ich noch sprechen, denken? Kann ich? Kann ich noch etwas, irgendetwas?

Er hätte am liebsten geschrien, aber er hatte nicht mehr die Kraft dazu. In seiner Brusttasche spürte er den Brief an seine Mutter. Gleichgültig, was hier noch passierte, er würde ihn morgen früh abschicken.

Zweites Buch

25

Man schrieb den 8. November 1942.

Der Lagebericht des OKH vermeldete Teile der 305. Division im harten Kampf zwischen Geschützfabrik und Wolga, das Wetter war aufklarend, sonnig, und ihr Bataillon bestand noch aus genau achtundzwanzig Mann.

Müde, verdreckt, mit zerrissenen Uniformen stiegen sie von einem der Lkws, die Bauholz für die Winterquartiere beförderten, Bubi als Letzter. Er war der Einzige vom jungen Gemüse, der den ersten Einsatz überlebt hatte.

Sie lieferten die Munition ab und betraten einen ehemaligen Schlachthof, der nun als Kleiderkammer und Waschhaus benutzt wurde. Der Regimentszahlmeister, den alle Figaro nannten und dem man eine Vorliebe für frische Hemden und Knaben nachsagte, traute seinen Augen nicht, als er den müden Haufen sah. »Mensch, Wölkchen, wo sind denn all die andern?«

»Sitzen beim Iwan und bügeln Tatarenweiber«, knurrte Wölk.

»O Gott!« Der Figaro schlug die Hände zusammen. »Was ist denn passiert?«

»Sag's ihm, Wölkchen«, knurrte Fritz.

»Frag doch nicht so blöd!« Wölk knallte dem Figaro einen Haufen halber Erkennungsmarken auf den Tisch. »Die meisten brauchen nicht mal mehr 'ne Urne.«

Pflüger folgte seinem Beispiel.

Der Figaro schluckte. »Das ist ja schrecklich, schrecklich … Na, jetzt kommt erst mal mit.«

Seufzend trippelte er vor dem zerschlagenen Haufen her. Es

waren immer die jüngsten und attraktivsten, die nicht zurückkamen. Beiläufig musterte er Hans. Wenigstens ein optischer Lichtblick! Dann entdeckte er die Rangabzeichen auf der dreckverkrusteten Uniform. »Oh, Entschuldigung, Herr Leutnant, ich hab Sie gar nicht gesehen ...«

Er führte die Männer in eine Halle, in der früher frisch geschlachtete Tiere verarbeitet worden waren. Unter der Decke verliefen Schienen, von denen Ketten mit großen Fleischerhaken hingen. Darunter standen dampfende Blechzuber.

Für die Männer war es die Rückkehr in eine andere Welt. Sie schälten sich aus den Klamotten und gingen auf die Badezuber zu. Andächtig hielten sie ihre Finger in das warme, saubere Wasser, tauchten die Hände hinein, als könnten sie nicht fassen, dass es so etwas noch gab. Vorsichtig ließen sich die ersten stückchenweise hineingleiten.

»Für Sie habe ich selbstverständlich eine separate Wanne«, flüsterte der Figaro dem Leutnant zu.

»Lassen Sie mal«, erwiderte Hans. »Ich denke, die Auswahl hier ist groß genug.«

Er zog sich aus und stieg in einen Zuber. Erst da spürte er, dass er noch lebte, die Zehen bewegen konnte, die Beine, die Hände. Es war fast ein Wunder.

Auch bei den anderen erwachten durch das warme Wasser langsam wieder die Lebensgeister. Fritz kletterte aus seinem für ihn zu engen Zuber und schob einen der leer gebliebenen direkt daneben. So konnte er seine Füße in die zweite Wanne stecken.

Der Figaro stellte ein Radio mit Tanzmusik von Kurt Hohenberger neben ihnen auf.

»Mach den Laberkasten aus«, beschwerte sich Rollo. »Haste keine Platten da, die Andrew Sisters ...«

»Bloß keine Negermusik!«, protestierte Pflüger.

»Lass mal, das sind keine Neger, sondern echte Rohrvorholer. Und Scheinwerfer haben die, da leuchtet die Pupille!«

Im Radio wurde das Programm gewechselt. Fanfaren. Und dann war plötzlich die dunkel grollende, rechthaberische Stimme zu hören, die in diesem Moment über ganz Europa und einem weiten Teil Russlands lag:

»Ich wollte zur Wolga kommen«, war die Stimme des Führers zu vernehmen, »und zwar an einer bestimmten Stelle, zu einer bestimmten Stadt. Zufälligerweise trägt sie den Namen von Stalin selber. Also denken Sie nur nicht, dass ich aus diesen Gründen dorthin marschiert bin – sie könnte auch ganz anders heißen –, sondern weil dort ein ganz wichtiger Punkt ist. Dort schneidet man nämlich dreißig Millionen Tonnen Verkehr ab. Darunter fast neun Millionen Tonnen Ölverkehr. Dort floss der ganze Weizen aus diesen gewaltigen Gebieten in der Ukraine, des Kuban-Gebiets, zusammen, um nach Norden transportiert zu werden. Dort ist das Manganerz gefördert worden; dort war ein gigantischer Umschlagplatz. Den wollte ich nehmen und ... Wissen Sie, wir sind bescheiden, wir haben ihn nämlich. Es sind nur noch ein paar ganz kleine Plätzchen da. Nun sagen die andern: Warum kämpfen Sie denn nicht schneller? – Weil ich dort kein zweites Verdun haben will, sondern es lieber mit ganz kleinen Stoßtrupps mache ...«

Hans musterte unter dem Beifalls- und Heilgebrüll aus der Heimat nachdenklich die Fleischerhaken, die über ihnen an der Decke baumelten. Wölk zwinkerte Pflüger zu, der die weiteren Worte des Führers auf sich wirken ließ. Er legte den Kopf zurück und sagte langsam und gemütlich: »'n schöner, gemeiner Fickschlitten wär jetzt gerade recht. So 'ne richtige Schwanzklemme ...«

Rollo musterte sein Geschlechtsteil voll scheinheiliger Besorgnis. »Ob ich's überhaupt noch kann? Meiner ist so klein, den kannste unters Mikroskop legen.«

»Klarer Fall für die Forschung«, bemerkte Fritz nach einem kurzen Blick.

»Mir hat so 'n Kamillenkarl hundert Märker versprochen, wenn ich ihm meinen für die Wissenschaft überlass«, sagte Wölk.

Pflüger, bei dem die Worte des Führers einen tiefen Eindruck hinterlassen hatten, war noch nicht richtig beim Thema. »Wie war das?«

»Ja, fürs Reagenzglas. Du weißt schon, er hätt's meiner Familie geschickt.«

Pflüger war konsterniert. »Dein Gerät?«

»Quatsch, die hundert Mark.«

»Dass ihr auch immer so 'n Schweinskram reden müsst!«, rief

der Figaro aus dem Hintergrund und warf einen begehrlichen Blick auf Wölks Unterleib.

»Ein Hunderter für den Johannes«, fuhr Wölk unbeeindruckt fort, »aber nur im erigierten Zustand. Schön und gut, Herr Stabsarzt, sag ich zu ihm, aber der Iwan macht mir einfach kein Harten!« Wölk riss den Mund zum Lachen auf und kriegte von Fritz eine volle Ladung Wasser ins Gesicht.

»He, ihr Saurüssel!«, schrie Pflüger und griff sich ebenfalls einen vollen Eimer.

Gelächter und reichlich Wasser flogen durch die Gegend. Gross hatte die ganze Zeit regungslos in der Wanne gelegen. Nun aber nahm auch er einen Eimer Wasser und leerte ihn bedächtig über das Radio. Hitlers Stimme wurde undeutlich, verstummte.

»Bist du verrückt?«, schrie der Figaro. »Das Gehäuse ist echt Mahagoni!«

Pflüger war ebenfalls fassungslos. »Das war der Führer!«

»Na und?« Fritz schleuderte eine Ladung Wasser in Pflügers Richtung.

Dessen Gesicht wurde noch etwas kantiger. Die anderen stellten ihre Eimer auf den Boden zurück.

»Sei ruhig, Fritz«, sagte Bubi leise.

Pflüger richtete sich in seiner Wanne auf. »Das ist kein Spaß mehr. Das werd ich melden.«

»Machen Sie keinen Quatsch, Pflüger!«, mischte sich Hans ein. »Für so was kann man erschossen werden.«

Pflüger stellte zufrieden fest, dass der Leutnant unter seiner Uniform ziemlich eingegangen war. Wenn er etwa vorhatte, ihm zu verbieten, eine Beleidigung des Führers zu melden, sollte er sich lieber vorsehen. Es gab auch noch andere Punkte, die man zur Sprache bringen konnte. Seine negative Darstellung des SD-Einsatzes zum Beispiel.

Pflüger war ein sorgfältiger Mann. Ein Mann, der Material sammelte und nichts vergaß. Er würde den gegebenen Zeitpunkt abwarten.

»Entschuldigung, Herr Leutnant, aber das ist sein Problem. Und wenn …«

»Achtung!«, schrie Rollo.

Hauptmann Musk betrat in Begleitung eines Generals die Halle.

Die Soldaten standen nackt in ihren Badewannen stramm. Der kommandierende General Hentz, Ende fünfzig, klein, dick, mit Glatze und Schnauzer, deutete den Hitlergruß an. Trotz seiner Uniform vermittelte er eher den Eindruck eines Gemischtwarenhändlers. Man sagte ihm ein ebenso scharfes Auge für die strategische Lage wie für das eigene Bankkonto nach.

An seiner Seite befand sich ein völlig verfetteter Dackel namens Oswald. Die beiden waren in Stabskreisen auch als der »kleine« und der »große Kugelblitz« bekannt.

Lachend musterte der General die nackten Soldaten. »Weitermachen, Männer!« Er fasste mit der Hand in Fritz' Wanne. »Ganz schön heiß.«

Fritz konnte nicht umhin, dass ihm der General sympathisch war. Richtig zivil. »Draußen war's noch heißer, Herr General.«

Hentz nickte verständnisvoll. »Hab schon gehört.« Er wandte sich an alle. »Wilde Sau, was?«

»Kann man wohl sagen, Herr General.«

Hentz registrierte zufrieden das spontane Vertrauen in den Augen der Männer. Er war immer und überall beliebt gewesen, sein ganzes Leben lang. Fatalist, der er war, hielt er bewaffnete Auseinandersetzungen für ebenso tragisch wie unvermeidlich. Das Kriegshandwerk betrieb er, wie er jedes andere Handwerk betrieben hätte, rationell und gründlich.

Was hier in Stalingrad seit Monaten geschah, dieses strategisch völlig sinnlose Ausbluten der stärksten Armee an der gesamten Ostfront, ging ihm gewaltig gegen den Strich, so wie ihm der gesamte Russlandfeldzug von Anfang an nicht gepasst hatte. Was, um alles in der Welt, wollte man eigentlich in diesem rückständigen Land? Da war ja Polen noch ein Ausbund an Kultur dagegen!

Die Bodenschätze, für die man die halbe Nation verbluten ließ, hätte man angesichts der katastrophalen Wirtschaftslage des Sowjetsystems jederzeit für ein Butterbrot bekommen können. Die Eroberung von Lebensraum war ein schlechter Witz. Wenn dieser Krieg so weiterging, war vom deutschen Volk bald nicht mehr genug übrig, um das Saarland zu besiedeln.

Trotz allem kein Grund, den Kopf hängen zu lassen und den

Appetit zu verlieren. Schließlich war man für die Gesamtlage nicht verantwortlich. Er war gekommen, um Zuversicht zu verbreiten, und darin war er sehr gut.

»Ihr habt euch tapfer geschlagen, Männer. Es ist nicht zuletzt euch und euren gefallenen Kameraden zu verdanken, dass sich jetzt neun Zehntel dieser verfluchten Stadt in unserem Besitz befinden. Das letzte Zehntel werden wir dann wohl auch noch schaffen.« Er ließ sich von Musk einen Zettel reichen. »Rohleder! Reiser!« Die beiden meldeten sich. »Tolle Sache, eure Zugfahrt! Rohleder, Sie wurden mir von Ihrem Kommandeur für das EK I vorgeschlagen, Reiser fürs EK II. Alle erhalten das Stalingrad-Sturmabzeichen.«

Die Ordensflut löste bei den Meisten Begeisterung aus. Hans drehte sich zu Gross um und sah, wie der und Hauptmann Musk einen Blick tauschten. Die beiden schienen sich zu kennen.

Die anderen bemerkten es nicht. Ihre Aufmerksamkeit wurde weiterhin ganz von dem General in Anspruch genommen, der auf Bubi zuging und ihm die nackte magere Schulter tätschelte. »Na, Junge? Alles gut überstanden?«

»Ja-jawohl, Herr General.«

Hentz klopfte ihm jovial gegen die Rippen. »Du musst mehr essen, Winterspeck ansetzen. Ist die Verpflegung nicht gut?«

»Alles ausgezeichnet, Herr General!«, schrie Pflüger.

Hentz wusste, dass er sich mit so einer Antwort nicht zufrieden geben durfte. »Wirklich, Junge?«

»Jawohl, Herr General.« Bubi zögerte, wurde rot. »Ich … ich hab nur nicht so viel Hunger.«

Hentz nickte. »Verstehe. Erster Einsatz?«

»Jawohl, Herr General.«

Der General sah rasch hoch, und die grinsenden Soldatengesichter wurden mit einem Schlag wieder ernst. »Hatte ich im letzten Krieg an der Somme auch«, sagte er. »Dauert drei Tage. Man meint, die Welt geht unter, aber dann gibt's doch wieder einen neuen Tag.«

Musk war, während Hentz den Männern Verbundenheit vorführte, neben Gross getreten. Der hatte sich längst wieder in die heiße Wanne gelegt.

»Gratuliere«, sagte der Hauptmann leise.

Gross hob nicht mal den Kopf. »Zu was?«

»Zu deiner Rehabilitierung. Du bist ab sofort wieder regulärer Soldat.«

Gross schien nicht sonderlich begeistert. »Wer sagt das?«

»Der General sagt das. Von Wetzland hat in seinen Meldungen so von dir geschwärmt, dass der Kugelblitz meinte, es wäre nicht zu verantworten, dass du in einem Strafbataillon vor die Hunde gehst. Also bist du wieder dabei, natürlich ohne deinen früheren Dienstgrad.«

»Natürlich«, sagte Gross und dachte: Wenn er mich anfasst, schlag ich ihn tot. »Und wenn ich nicht will?«

Musk lächelte dünn. »Lass ich dich wegen erneuter Befehlsverweigerung erschießen.«

Gross sah nun doch zu ihm hoch und lächelte ebenfalls. »Das würdest du glatt fertigbringen.« Er registrierte die vielen grauen Fäden in Musks Haar. »Töten macht alt, was?«

Musk presste die Lippen zusammen. Der Mann im Waschzuber war früher einmal ein vielversprechender Architekt, mittelmäßiger Bildhauer und sein bester Freund gewesen. »Otto, du bist mir noch was schuldig«, sagte er dann, und es entging ihm nicht, dass Gross bei der Nennung seines Vornamens leicht zuckte. Er wartete ab. Gross musterte Rollos nackten Arsch.

»Hast dir ja wieder eine richtige Mustertruppe aufgebaut«, sagte er schließlich. »Deine Angriffe trennen die Spreu vom Weizen. Nicht schlecht, die Kameraden. Fast so gut wie die, die du in Demjansk verheizt hast.«

»Sie sind deinetwegen gestorben«, sagte Musk.

»Natürlich.«

Gross war damals gegen Musks Befehl mit einigen Männern durch den Einschließungsring der Russen gebrochen. Niemand außer ihm hatte überlebt. Die Reste von Musks Einheit waren nach zwei Monaten aus dem Kessel befreit und Gross war wegen Befehlsverweigerung verurteilt worden. Er hatte es hauptsächlich Musks Fürsprache zu verdanken, dass er nicht erschossen worden war. Nach einem halben Jahr Strafkompanie hasste Gross ihn dafür.

»Wahrscheinlich haben wir beide einen Fehler gemacht«, sagte Musk. »Und jeder hat dafür bezahlt.«

Gross warf einen kurzen Blick auf den rechten hochgesteckten Ärmel des Hauptmanns. »Hab ich gesehen.« Er zögerte. »Tut mir leid.«

Musk nickte. Er hatte seine Verletzung nicht unabsichtlich ins Spiel gebracht. Jetzt hatte er ihn. Das Bataillon brauchte Männer wie Gross. »Lass es uns noch mal zusammen versuchen, Otto.«

»Otto ...« Gross dachte an einen ziemlich hohen Berg, den Musk und er vor langer Zeit nach tagelanger Schinderei gemeinsam bezwungen hatten. Jetzt steigen wir gemeinsam in einen Abgrund, dachte er. Tiefer als vom Gipfel des höchsten Berges. Das machte ihn beinahe fröhlich. »Hat mich schon lang keiner mehr so genannt«, sagte er. »Glaub mir, manchmal hatt ich den Namen wirklich vergessen.«

Der General trat zu ihnen. »Ist er das?«

Musk nickte.

Hentz maß Gross mit einem kurzen, prüfenden Blick. »Machen Sie mir keine Schande, Gross!«

»Wer kann euch schon Schande machen?«, murmelte Gross, aber da waren die beiden bereits gegangen.

Erst nach und nach setzte sich bei Gross die Erkenntnis durch, der Hölle des Strafbataillons entkommen zu sein. Ihm wurde fast schwindlig, Tränen der Erleichterung füllten seine Augen. Nur undeutlich hörte er, wie der Leutnant den anderen noch einmal bestätigte, dass sie bis auf Weiteres herausgezogen würden, und dass er, Gross, das Skelett, von nun an zu ihrem Haufen gehörte.

Außer dem Hakenkreuzfeldwebel Pflüger schienen sich alle darüber zu freuen. Erstaunt stellte Gross fest, dass auch er sich freute.

26

Alle bis auf Gross schrieben nach Hause. Dürre Worte, in die sie wie Schulbuben die großen Begriffe der Propaganda mischten. Einige verwiesen auf Gott, der seine schützende Hand über sie halte, andere auf den Führer, durch dessen strategische Weitsicht sie schon bald den Sieg davontragen würden. Mit jedem Tag verloren die überstandenen Kämpfe ein wenig mehr an Schrecken und wurden durch das Gefühl der Zusammengehörigkeit verklärt. Was hatte man hier an der Front nicht alles gemeinsam erlebt. Da konnten die in der Heimat nicht einmal von träumen.

Auch Hans von Wetzland schickte seine Briefe ab. Er hoffte zuversichtlich, mithilfe der Mutter, die seinem Onkel, dem Oberst von Wetzland, zumindest freundschaftlich verbunden war, einen ruhigen Posten in Frankreich zu ergattern. Der Hauptmann hatte ihnen zwar versprochen, dass man sie bis zum Abschluss der Kämpfe nicht mehr ganz vorn einsetzen würde, aber Hans war gegenüber den Versprechungen seiner Vorgesetzten vorsichtig geworden.

Über seine peinliche Begegnung mit der Russin in der Kanalisation sprach er mit niemandem, nicht einmal mit Fritz. Am meisten ärgerte ihn, dass er für diese verlauste, dreckverschmierte junge Frau tatsächlich Respekt aufgebracht, vielleicht sogar Mitleid empfunden hatte, und sie hatte es voll teuflischer Intuition gespürt und eiskalt ausgenutzt. Eine solche Dummheit würde ihm nicht noch einmal passieren.

Er betrachtete seine Männer, wie sie unbekümmert eine Straße des mit Mandelbäumen bewachsenen Etappen-Örtchens Goroditsche entlangschlenderten. Sie trugen neue Uniformen, waren gewaschen und rasiert – seine Männer! Er erinnerte sich an die euphorischen Empfindungen bei seinem Dienstantritt in Italien und musste darüber lächeln. Trotzdem, er würde den Haufen vermissen. Vielleicht hatte er seine Versetzung doch etwas vorschnell in die Wege geleitet? Nichts da! Gefühle waren für das Überleben im Krieg denkbar ungeeignet. Er hatte sein Glück in den letzten Tagen wahrhaftig ausgereizt. Außerdem hatte er es Fritz gebeichtet, und der hatte größtes Verständnis dafür aufgebracht. Ein Gedanke, der sein

Gewissen beruhigte und ihn die spätherbstliche Sonne genießen ließ.

Hier, kaum zehn Kilometer hinter der Front, war es bereits ganz friedlich. An die Geräusche des Artilleriefeuers im Norden der Stadt gewöhnte man sich. Fahrzeugkolonnen rollten mit Nachschub nach vorn, Feldjäger regelten den Verkehr. Die Stadt sah hier, trotz aller Trümmerhaufen und Ruinen, im Vergleich zur Front beinahe freundlich aus.

Wölk paffte zufrieden eine halbe Zigarre. »Eins muss man dem Krieg lassen, man sieht was von der Welt. Sonst wär doch keiner von uns aus seinem Nest rausgekommen.« Väterlich legte er Bubi den Arm um die Schultern und wies mit der Zigarre auf die Ruine eines Mietshauses. »Da erkennt man doch ganz klar den gotischen Rundbogen. Germanische Kultur gibt's überall, selbst bei den Termiten«, dozierte er. »Haste ma 'n Termitenbau gesehen? Germanische Rundbögen! Die Natur ist voll davon. Woher ich das weiß? Bin Maurermeister, Junge. Hoch qualifiziert. Hab das Ulmer Münster renoviert.«

Zufrieden registrierte er, dass über der Nordstadt Rauch aufstieg, und knuffte Pflüger in die Seite, bei dem zivile Stimmung immer Melancholie erzeugte. »Beim Wiederaufbau verdienen wir uns 'ne goldene Nase.«

Pflüger konnte ihren Betriebsausflug nicht richtig genießen.

»Wenn ich dran denke, was die alles in der Heimat zerstört haben«, widersprach er. »Ich bau hier nichts wieder auf.«

»Du bist einfach unfähig, die einfachsten wirtschaftlichen Zusammenhänge zu begreifen«, hielt ihm Fritz vor.

Rollo nahm einen Zug aus Wölks Zigarre. »Krieg is besser als Maloche, das is mal klar.«

Hans wollte ein Erinnerungsfoto machen, kam jedoch mit seinem neuen Apparat nicht zurecht. Missmutig studierte er die Gebrauchsanweisung.

»Entschuldigung, Herr Leutnant«, ließ sich Bubi vernehmen. »Ich hab schon mal mit der gleichen Kamera von meiner Tante fotografiert.«

Skeptisch überließ ihm Hans die Kamera. Erstaunlich sicher und sachkundig legte Bubi den Film ein. Der Leutnant nickte anerkennend und war einen Moment peinlich davon berührt, welch tiefe Freude er damit bei dem Jungen auslöste. Rasch wandte er sich ab.

»Alle herkommen fürs Foto!«

Bubi machte sich fertig, die Gruppe zu fotografieren.

»Augenblick!« Pflüger wies auf ein deutsches Flugzeugwrack im Hintergrund. »Es kommt nicht in Frage, dass ein abgestürztes deutsches Flugzeug mit auf dem Bild ist. Dort ist gut, vor dem zerschossenen T-34.«

»Geht nicht«, sagte Bubi. »Die Sonne muss von hinten kommen.«

Pflüger stellte missgestimmt fest, dass sich seinem Protest niemand anschloss. »Ich werde so ein Bild nicht nach Hause schicken«, erklärte er steif und wollte die Gruppe verlassen.

Hans hielt ihn lächelnd zurück. »Der Hintergrund wird sowieso völlig unscharf. Noch nie was von Tiefenschärfe gehört, Pflüger?«

Wie immer, wenn er von etwas keine Ahnung hatte, wurde Pflügers Stimme besonders dienstlich. »Daran hatte ich nicht gedacht, Herr Leutnant.«

Nach einigen weiteren Diskussionen um die beste Platzverteilung, wobei Pflüger streng darauf achtete, möglichst weit von Gross entfernt zu stehen, konnte endlich das erste Foto gemacht werden.

Wenig später erreichten sie gut gelaunt einen ehemaligen Sportplatz. Dort war die restliche Kampfgruppe vor Oberleutnant Haller angetreten. Haller, dessen vierte Kompanie praktisch nicht mehr existierte, hatte seine freundschaftlichen Verbindungen zu einem Major des Regimentsstabs genutzt und sich wegen kriegswichtiger Hygienemaßnahmen hinter der Front unentbehrlich gemacht. Da die Kampfgruppe ohne Ersatz sowieso nicht mehr einsatzfähig war, ließ Musk ihn gewähren. Verstärkt wurde dieses Kommando durch einen Zug Feldjäger, dessen Wachtmeister Slesina erhebliche Spielschulden bei Haller hatte, sowie einen lang aufgeschossenen Unterarzt, der sich auf der Pritsche eines Lastwagens gelangweilt in den Zähnen herumstocherte.

Immer noch in Ferienstimmung schlenderten Hans und seine Leute auf die Gruppe zu. Sie hatten Haller seit Beginn des Angriffs nicht mehr gesehen. Der Leutnant blickte in die nervös blinzelnden Augen, die durch die Brille übernatürlich groß wirkten. Haller wirkte so hilflos, dass Hans beinahe Mitleid mit ihm bekam. Unwillkürlich musste er lächeln.

Haller interpretierte es falsch. Betont dienstlich teilte er dem Leutnant mit, dass er ihm mit seinen Leuten für die Säuberung der ehemaligen Kolchosensiedlung, jetzt Sektor C, Abschnitt 35, unterstellt sei. Er ließ die Männer in einer Reihe antreten.

»Kaum haste mal durchgeatmet, geht die Schleiferei schon wieder los«, knurrte Rollo. »Wo war er denn, als wir vorne waren?«

Haller schien seine Kurzsichtigkeit durch ein hervorragendes Gehör zu kompensieren. »Wenn es jemandem nicht passt, es kostet mich nur einen Anruf, und Sie sind morgen wieder an der Front!«

Für einen Augenblick spürte Haller die kalte Angst, die ihn jedes Mal beschlich, wenn er versuchte, tapfer zu sein. Er hasste sie, all die sogenannten Mutigen, die durch puren Zufall ein, zwei Einsätze überlebten und ihm damit ein schlechtes Gewissen verursachten. Mit rotem Kopf schritt er die Reihe der angetretenen Soldaten ab, blieb vor Fritz stehen. Offenbar glaubte er, der hätte die Bemerkung gemacht.

»Ihr Name, Gefreiter?«

Scheiße, dachte Fritz, nicht schon wieder ich!

»Reiser, Herr Oberleutnant.«

Haller nickte unmerklich, dann riss er dem Obergefreiten eine Packung Zigaretten aus der offenen Brusttasche und zertrat sie auf dem Boden. Hans und Fritz warfen sich einen raschen Blick zu, und der Leutnant schämte sich, weil auch er einmal so ein Kasernenhofidiot gewesen war.

Haller begann seinen Auftritt zu genießen. »Machen Sie den Knopf zu, Reiser!« Er holte tief Luft. »Dann wollen wir euch die Frontmanieren gleich mal wieder austreiben. Bis zum Einsatzort ist es knapp ein Kilometer. Im Entengang, marsch, marsch! Die Hände über den Kopf!« Er wies mit einer einladenden Handbewegung auf einen Pritschenwagen. »Sie fahren selbstverständlich bei mir mit, Herr Leutnant.«

»Danke«, entgegnete Hans. »Wenn man mit den Männern schon zusammen vorn war, sollte man auch hinten bei ihnen bleiben.«

Haller verfolgte sprachlos, wie auch der Leutnant in die Hocke ging und die Hände hinter dem Kopf verschränkte. Unter dem

Feixen der Männer lief er zu seinem Wagen, knallte die Tür zu, ließ anfahren.

Die Soldaten begannen im Entengang loszuwatscheln.

Wie lächerlich wir sind, dachte Hans, wie unglaublich lächerlich! Haben wir die ganze Stadt in Schutt und Asche gelegt, um jetzt auf den Leichen zu exerzieren?

Rollo watschelte keuchend neben ihn. »Macht Spaß, Herr Leutnant?«

»War früher immer meine Lieblingsübung in der Grundausbildung.« Hans wusste, dass er ab nun bei Rollo einen dicken Stein im Brett haben würde. Im Grunde war es nicht schwer, das Vertrauen der Männer zu erlangen. Aber war er dabei auch ehrlich? Wenigstens war er nicht mehr allein.

Er hatte sich immer einsam gefühlt, solange er zurückdenken konnte. In seiner Kindheit, in der Schule, während des kurzen desillusionierenden Medizinstudiums, als Offiziersschüler, selbst mit seiner Verlobten. Das war nicht ihre Schuld. Es hatte auch nicht daran gelegen, dass sie ihm auf die eine oder andere Weise nicht gefallen hätte, im Gegenteil. Aber je mehr er ihre Vorzüge erkannt hatte, umso mehr hatte er sich vor ihr verschlossen. Jetzt, in diesen Augenblicken, während er in lächerlicher Verrenkung über eine Trümmerstraße watschelte, fühlte er sich zum ersten Mal nicht mehr allein. Er war glücklich.

Fritz arbeitete sich neben ihn, nickte mit dem Kopf Richtung Haller. »Klarer Fall für'n heiligen Geist.«

Sie konnten das Puddinggesicht des Oberleutnants durch den Qualm und Staub nur erahnen. Dafür konnte man ihn umso besser hören: »Arschgesichter! Euch kann man ja im Gehen die Hosen flicken!«

Er benutzte die gleiche Ausdrucksweise, mit der ihn ein Hauptfeldwebel vor einigen Jahren über den Kasernenplatz gescheucht hatte, und es tat ihm immer wieder gut, die damals erlittene Schmach weiterzugeben. Plötzlich ließ er anhalten, und seine Backen weiteten sich voller Freude über einen neuen Einfall.

»Hier ist sowieso einer zu viel«, verkündete er den erschöpften Männern. »Wer als Letzter ankommt, ist heute Abend wieder an der Front.«

Die Männer starrten ihn ungläubig an. Bisher war alles nur ein ärgerlicher Spaß gewesen.

»Das kann er doch nicht bringen, oder?«, flüsterte Fritz.

»Darauf würde ich mich nicht verlassen«, gab Hans ebenso leise zurück.

Fritz nickte grimmig. »Was ist mit dem Brief an dein Onkel?«

»Heute Abend schicke ich noch einen ab.«

»Na los, im Entengang, marsch, marsch!«, brüllte Haller.

Die Männer watschelten, so schnell sie konnten. Der Unterarzt nahm seinen Zahnstocher aus dem Mund und betrachtete sie wie einen Haufen Insekten, die vergeblich aus einem Wasserglas zu entkommen versuchten.

27

Haller erwartete sie hinter den ausgebrannten Viehställen der Kolchose. Er lehnte an der Tür seines Pritschenwagens und biss in eine dicke Butterstulle, während der Haufen schwitzend zu ihm hinkeuchte. Missmutig registrierte er, dass keiner von den Frontsäuen, sondern Slesina, der Wachtmeister mit den Spielschulden, das Rennen zu verlieren drohte. Diese Flasche verdarb ihm seine ganze Strafaktion! Verächtlich musterte er seinen wie eine Spinne vorankriechenden Untergebenen.

Schweiß lief Slesina über das tiefrote Gesicht. Er hatte lange genug als Handlanger der Strafe gedient, um fest an ihre Umsetzung zu glauben. Mit stechenden Lungen rang er nach Luft, dann ging sein Keuchen in verzweifeltes Schluchzen über, und er verlor das Rennen. Schwer atmend fiel er um, blieb bäuchlings im Dreck liegen und stierte auf die staubigen Stiefel der anderen Soldaten, die im Halbkreis um ihn herumstanden. Sie konnten ihm nicht helfen. Auf den Knien kroch er zu dem einzigen Paar sauberer Stiefel.

»Bitte, Sie wissen, ich hab vier Kinder und noch nie gekämpft«, flüsterte er, ohne den Kopf zu heben. »Ich überleb das keine Stunde. Haben Sie Mitleid mit mir, bitte!«

(15)

Haller genoss es, Herr über Leben und Tod zu sein. Aber man durfte den Bogen nicht überspannen. Zudem konnte der Wachtmeister seine Spielschulden nicht mehr tilgen, wenn er im Kampf fiel, und so sagte Haller betont beiläufig: »Stehen Sie auf, Slesina. Will ich noch mal 'n Auge zudrücken. Und jetzt zu euch!« Er wandte sich an den Rest der Männer. »Je zwei Mann nehmen sich einen Flammenwerfer. Alle von Unterarzt Wolko mit roter Farbe gekennzeichneten Häuser sind wegen Seuchengefahr abzubrennen. Die Feldjäger und Wölks Leute nehmen die linke Straßenseite, von Wetzlands und Pflügers Haufen die rechte. Kontakte zur einheimischen Bevölkerung sind verboten, bei Widerstand ist sofort von der Schusswaffe Gebrauch zu machen. Noch Fragen, Herr Leutnant?«

»Keine, Herr Oberleutnant.«

»Na, dann frohes Schaffen. Munition und Flammenwerfer fassen!«

Die Häuser bestanden aus Bretterwänden und mit Holzschindeln bedeckten Dächern; sie brannten wie Zunder. Rollo richtete wütend seinen Flammenwerfer auf das zweite markierte Haus und erwischte beinahe ein mageres Bürschchen, das, in Lumpen gekleidet, aus dem Eingang trat. Fluchend riss Rollo das Rohr zur Seite und setzte anstatt des Jungen die Reste des Obstbäumchens im Vorgarten in Brand.

Pflüger, Piontek und Wölk hatten ihre Erfahrungen mit russischen Kindern gemacht. Sie warfen sich in Deckung und legten sofort auf den Burschen an.

»Hände hoch und herkommen, kleine Kröte!«, rief Pflüger.

»Rukki werch, heißt das«, erklärte Piontek.

»Mir doch egal!« Pflüger entsicherte seine Waffe. »Wenn sie nicht verrecken wollen, sollen sie Deutsch lernen.«

Auch die anderen Männer waren in Deckung gegangen.

Der Junge war sichtlich erstaunt über das Chaos, das er allein unter zwanzig erwachsenen deutschen Soldaten angerichtet hatte. Er hatte große, runde Augen und einen ebenso runden, kahl geschorenen Kopf. Mit seinen Ohren hätte man Fliegen erschlagen können. Sie wurden nur noch durch seine Füße übertroffen, die in zerrissenen Stiefeln steckten. Oberkörper und Beine wirkten dagegen lächerlich kurz. Er sah aus wie ein zu klein geratener Erwachsener.

Langsam hob er die Arme, seine viel zu weiten Lumpen rutschten ihm auf die Schultern zurück. »Bitte, Haus nicht kaputt, nix Typhus!«

Für die Lage, in der er sich befand, war er überraschend kaltblütig. Dem Leutnant kam er vor wie ein geschäftstüchtiger kleiner Bauer, der gelernt hatte, sich zu arrangieren. So einer war zu gerissen, um sich in selbstmörderischer Weise als Köder benutzen zu lassen.

Hans stand auf und ging langsam auf ihn zu.

»Nix Feind, Freund.« Der Bursche wies auf das rote Typhuszeichen an der Hauswand. »Ich machen, weil wollen Ruhe vor deutsch Soldat.«

Hans nickte. Der Junge gefiel ihm. »Verstehe. Keine Angst, wir tun dir nichts. Sind noch Leute im Haus?«

Der Bursche warf einen schnellen Blick ins Haus, als müsste er sich selbst vergewissern. »Mutter krank, aber nix Typhus. Bein kaputt.« Er stellte sich auf die Zehenspitzen, senkte die Stimme. »Und Schwestern.«

Rollo hatte es trotzdem gehört. Ruckartig schoss sein Kopf aus der Deckung. »Schwestern? Wie alt?«

»Achtzehn, zwanzig«, erklärte der Junge so unschuldig, als wisse er nicht, worauf das Ganze hinauslief. »Schöne Schwestern …«

Haller war inzwischen zu dem Schluss gekommen, dass der Leutnant bereits lange genug unversehrt als Zielscheibe in der Gegend herumgestanden hatte, um einen Partisanenhinterhalt ausschließen zu können. Umständlich stand er auf und musterte unwillig einen hässlichen Fleck auf seiner Hose, den er sich bei der überstürzten Suche nach Deckung zugezogen hatte. Man konnte einfach nicht sauber bleiben in diesem Drecksland!

Gemessenen Schrittes ging er auf den Leutnant zu. »Ich habe doch ausdrücklich verboten …«

»In dem Haus sind noch Leute«, unterbrach ihn Hans.

»Hübsche, junge Mädchen«, bemerkte Fritz beiläufig.

Haller, der eigentlich die Kompetenzen ein für alle Mal hatte klären wollen, blieb der Mund halb offen stehen. Aufgeregt schluckte er seine Entschlossenheit hinunter. »Was Sie nicht sagen! Na, dann raus damit!« Um sich nicht allzu deutlich zu verraten, fügte er hinzu: »Wir brauchen dringend Küchenhilfen.«

»Schwestern nix hier. Hier nur alte Mutter«, sagte der Junge schnell.

Haller bedachte die Wanze, die es gewagt hatte, außerdienstliche Hoffnungen in ihm zu wecken, mit einem kurzen, kalten Blick. »Los! Anzünden, die Bruchbude!«

Fritz drängte sich vor den Leutnant, ehe dieser mit ehrlicher Empörung alles Weitere verderben konnte. Sein Gesicht verzog sich zu einer Grimasse, die Haller das Gefühl geben musste, dass man ihn voll und ganz verstand. »Entschuldigung, Herr Oberleutnant, aber ich hätte einen Vorschlag …«

So leise, dass es die anderen nicht hören konnten, redete er auf Haller ein. Dieser nahm seine Brille ab und putzte sie, wie immer, wenn er versuchte, nachzudenken. Die Soldaten warteten gespannt. Träume erwachten.

Haller sah es und entblößte die Zähne zu einem beinahe väterlichen Lächeln. Ebenso wie die Männer ihn vor wenigen Minuten gehasst hatten, würden sie ihn in den nächsten Minuten lieben. Er ließ sie noch eine Weile zappeln …

Abgesehen davon würde ihm eine Frau unter vierzig auch mal wieder guttun.

Die kranke Mutter des Jungen war inzwischen vor die Tür gehumpelt. Haller reichte Fritz einen Laib Komissbrot. »Geben Sie es der Frau da!«

Fritz gab das Brot weiter, während Haller der Russin klarzumachen versuchte, dass die Gabe von ihm war. Der Russenjunge erzählte allen, dass er Sascha hieß und ihre Stiefel putzen würde.

Mit dem Gefühl, einmal richtig menschlich gewesen zu sein, ging ihnen die Einäscherung der restlichen Holzkaten leicht von der Hand. Sie verlief ohne weitere Zwischenfälle.

28

Gut gelaunt, fast ausgelassen, befand sich die Kampfgruppe zwei Stunden später auf dem Weg ins Quartier. Weder das heftige Artilleriefeuer über dem Industrieviertel noch ein kalter Nieselregen konnten ihre Stimmung trüben.

Fritz blieb an einem Pfahl stehen. In Brusthöhe hingen jede Menge Ortsschilder: Berlin, München, Hamburg, Nürnberg, Königsberg … es wollte keine Ende nehmen. Die entsprechende Kilometerzahl stand dahinter. Fritz schändete dieses eindrucksvolle Beispiel deutscher Heimatverbundenheit mit wenigen Strichen. Er dekorierte einen der Pfeile in ein Geschlechtsteil um, strich Stuttgart durch und schrieb in ungelenken Großbuchstaben darüber »Fritz Puff, 0,4 Kilometer«.

Die anderen grölten. Nur Bubi war sichtlich schockiert. Der Leutnant, der wohl Gefahr und Kälte, aber niemals eine Frau mit seinen Untergebenen geteilt hätte, freute sich trotzdem auf einen geselligen Abend. Er würde schon dafür sorgen, dass die Männer nicht über die Stränge schlugen.

Bubi dachte an seine Schwester. Wenn er sich vorstellte, dass sie vielleicht einmal gezwungen sein könnte, für ein paar Konserven … Er schüttelte entsetzt den Kopf. Fritz versuchte, ihn zu beruhigen, und Wölk verstand das ganze Theater nicht. Die waren doch froh, wenn sie was zu fressen kriegten!

»Seid ihr denn alle so geil, dass ihr das Wichtigste vergessen habt?«, unterbrach sie Gross. Er legte Bubi die Hand auf die Schulter und drehte ihn zu den Männern um. »Er hat heute Geburtstag.«

Bubi sah ihn verständnislos an.

»Natürlich keinen normalen Geburtstag«, erklärte Gross. »Aber wenn einer den ersten Einsatz überlebt, ist er sozusagen noch mal geboren worden, und das sollte man feiern.«

Der Vorschlag fand spontane Zustimmung. Vielleicht würde irgendwann auch seine eigene Wiedergeburt stattfinden, dachte Gross. Nur ein kleines Stück weit. Dann sah er wieder die Grube, acht mal zwei mal anderthalb Meter, und die zwei Hügel dahinter, einer aus Erde und einer aus Leichen. Sechzehn Stunden, zwei

Monate lang, jeden Tag. Schon nach wenigen Tagen hatte er die Leichen gehasst. In dieselbe Zeltbahn, mit der er sechzehn Stunden lang ihre zerfetzten Körper geschleppt hatte, die abgerissenen Hände, Arme, Beine, die Innereien, in dieselbe Zeltbahn hatte er nachts seinen vor Kälte zitternden Körper gewickelt, in einem offenen Graben, in dem sich nichts als Kalkerde und fauliges Schilf befunden hatte. Wie viel Spatenstiche brauchte man für einen deutschen Soldaten? Er hatte es vergessen.

Der Leutnant gab jedem eine halbe Stunde Zeit, um ein Geburtstagsgeschenk zu besorgen.

»Und wann wird gefickt?«, fragte Wölk.

»Jetzt halt doch dat Maul«, sagte Piontek und dachte gerührt, dass die Augen des Jungen fast so schön waren wie die von seinem Stier.

Rollo und Fritz hatten tatsächlich neunzehn Kerzen beim Zahlmeister losgeeist. Ihr Schein fiel flackernd auf die feuchten Erdwände und die aus ungehobelten Brettern zusammengenagelten Stockbetten. In jedem Bett befand sich eine dünne Lage Stroh und eine klamme Decke. Das restliche Inventar ihres Quartiers bestand aus einem rußgeschwärzten Gusseisenofen mit Kochplatte, einem wackeligen Holztisch und einigen noch wackeligeren Stühlen.

Als er die Unterkunft gesehen hatte, hatte Hans von Wetzland sein romantisches Bild von der soldatischen Zusammengehörigkeit über Bord geworfen und sich vorschriftsmäßig in seine von Musk zugewiesene Offiziersunterkunft zurückgezogen.

Augenblicklich stellte er sich allerdings bescheiden in die Reihe der sieben Gratulanten, die dem scheu lächelnden Geburtstagskind nacheinander ihre Geschenke überreichten. Bubi saß hinter dem Tisch mit den Kerzen und wusste nicht, wie ihm geschah.

Piontek, der Bauer aus Pindorf, einem kleinen Nest in der Nähe von Rostock, überreichte ihm ein Stück Haselnussschokolade und die zerknitterte Fotografie eines Stiers. »Sieh mal, Junge, wenn dir mal wieder die Muffe geht, guck ihm einfach in die Augen. Er hat schöne Augen, Gutmannsdörfer …«

Die Augen des jungen Stiers konnte man auf dem kleinen Foto zwar nur erahnen, aber das war nicht so wichtig. Piontek schniefte verlegen, weil er so gerührt war und weil er nun kein Foto mehr von seinem Stier hatte.

Dann war Rollo dran. Er musterte Bubi aus halb geschlossenen Augen, überlegte, ob der Kleine überhaupt ein Geschenk verdient hatte. Dann zog er seinen Talisman, die russische Kugel, unter seiner Brust hervor und hängte sie Bubi um den Hals. »Damit kommst du durch, tausendprozentig.« Er wandte sich ab, drehte sich noch einmal um und ließ seine Hand auf Bubis Schulter klatschen. »Und außerdem siehst du aus wie mein Sohn.«

»Wie alt ist denn dein Sohn?«

»Drei.«

Nachdem auch die anderen ihre Geschenke losgeworden waren, versuchte der Leutnant einige Takte auf einer Geige, die er sich von einem Nachrichtenoffizier ausgeliehen hatte.

»Tango, Herr Leutnant!«, rief Fritz. Wiegenden Schritts ging er auf Rollo zu. »Komm, Schatz ...«

»Friede, Freude, Eierkuchen«, sprach Wölk und zeigte Pflüger eine regionale Soldatenzeitung. »Ist doch lahm hier. Da, lies mal!«

Pflüger arbeitete sich mühsam durch einige Alkoholschleier zu den Buchstaben durch. »Zu unserer Feier werden noch Künstler gesucht. Für das Drama *Die gemarterte Sonja* stellt der zweite Zug die Lumpen.« Stirnrunzelnd stierte er Wölk an. »Wölk, das ist illegal!«

»Folter, Tod, Uppstand«, fasste Piontek abfällig zusammen. »In meiner Freizeit will ich was Lustiges sehen.«

Fritz beendete das Geigenspiel des Leutnants, indem er ein altes Grammophon hervorholte, das er einem Zug Panzerjäger abgeschwatzt hatte. Rollo suchte zwischen den verkratzten Schallplatten herum. »Die Andrew Sisters oder Nat Gonella?«

Pflüger war mehr für Lale Anderson. »Scheißnegermusik! Du als SA-Mann ...«

»Wer keine Negermusik hören will, soll ...« Rollo nahm einen großen Schluck Wodka und stierte vor sich hin; plötzlich leuchtete sein Gesicht auf. »... 'n Neger abseilen gehen! Ha!« Mit einer eleganten Verbeugung, die man ihm gar nicht zugetraut hätte, trat er vor Bubi. »Darf ich bitten, Geburtstagskind?«

Bubi schüttelte den Kopf. »Ich kann das nicht.«

Rollo nahm ihn so zart in den Arm wie seine erste Liebe. »Schießen hab ich dir beigebracht, Rauchen hab ich dir beigebracht ...« Er drehte Bubi elegant um die eigene Achse. »Tanzen bring ich dir auch bei.« Er zog ihn nahe zu sich heran. »Und Rammeln sowieso.«

Er wiegte sich mit dem Kleinen durch den Raum, und es fühlte sich fast genauso gut an wie mit einer Frau. Bubi hatte die Augen weit offen. Er starrte auf den blonden Hinterkopf des Leutnants, der sich neben Fritz gesetzt hatte und mit dem er weitaus lieber getanzt hätte. Aber das durfte niemand erfahren.

Dieser ließ sich von seinem Freund Fritz gerade die überwältigenden Vorzüge eines Magirus-Lkws erklären. Das interessierte ihn zwar nicht besonders, aber es gelang ihm, Interesse zu heucheln. Er wollte Fritz nicht kränken. Immerhin hatte der ihm das Leben gerettet. Dennoch hatte Hans nicht verhindern können, dass seine Sympathie für den Obergefreiten in der Etappe deutlich nachgelassen hatte. Alles hatte an Tiefe verloren, sah klein, flach und unscheinbar aus. Selbst die Heimat, die in seiner Erinnerung zu einer verschwommenen Miniatur zusammengeschmolzen war. Mühelos erinnerte er sich nur noch an Details. Ein besonderes Porzellan in den Händen seiner Verlobten, eine Fotografie des nie gekannten Vaters auf dem Nachttisch seiner Mutter, der Blumengarten.

Wie so oft, wenn seine Gedanken zu zerfließen drohten, spürte er Gross' Blick auf sich gerichtet. Ärgerlich sah er auf – und starrte in die spöttischen Augen seines ältesten Untergebenen. Der Spott darin verschwand, und Hans erschrak über die unendliche Leere und Einsamkeit, die dahinter hervorbrach.

Fritz erklärte ihm währenddessen mit leuchtenden Augen seine Zukunftspläne. »Je größer Großdeutschland, umso größer meine Spedition.« Er traf den getragenen Ton der Propagandareden perfekt. »Selbst du, Pflüger, kämpfst ja hier nicht nur für den Führer, sondern auch für dich. Hast du noch nie über 'ne Würstchenbude an der Wolga nachgedacht?«

Pflüger rekapitulierte völlig besoffen sein Schlüsselerlebnis des Tages. »Tiefenschärfe«, lallte er.

Rollo hatte sich mit Bubi auf seine Pritsche zurückgezogen und gab ihm Unterricht im Trinken. Vorbildlich leerte der Kleine die Flasche mit kräftigen Zügen. Rollo rülpste laut.

»Ich weiß, du denkst, ich hab keine Kultur. Du denkst, ich bin eine Nazisau.«

Bubi schüttelte ängstlich den Kopf.

Rollo stierte ihn überrascht an. »Wieso nicht?«

»Ich weiß nicht«, sagte Bubi und hoffte, dass Rollo ihn endlich in Ruhe ließ.

Rollo wies mit der leeren Flasche auf Fritz. »Der ist mein Freund und denkt trotzdem, ich bin 'ne Sau. Jetzt denkt er, er braucht mich nicht mehr, und tritt beim Leutnant in die goldenen Pedale.« Er warf die leere Flasche knapp an Fritz vorbei gegen die Wand. »Glaub ja nicht, dass ich noch mal da bin, wenn du mich brauchst!« Die heil gebliebene Flasche rollte langsam zu ihm zurück. Sein Arm legte sich schwer um Bubis Schultern. »Weißt du Junge, alles AA – Arbeiter und Arschlöcher – mehr gibt's nicht.« Er kickte wütend nach der Flasche, verfehlte sie, die Flasche rollte unter Bubis Bett. »Du Scheißunternehmer, du!«

Fritz winkte lässig ab. »In Ordnung, Hiwistelle bei mir im Lager ist wieder gestrichen.«

Pflüger fasste Wölk ans Knie. »Du bist zwar nur ein Scheißinfanterist, aber trotzdem in Ordnung!«

Fritz hieb Pflüger lachend zwischen die Schulterblätter. »Bist zwar 'n Pionier, Pflüger, aber trotzdem 'n Arschloch.«

Pflüger holte tief Luft. »Tiefenscharf«, war alles, was aus ihm herauskam.

Rollo tätschelte sehnsüchtig Bubis Hühnerbrust. »Früher hatt ich auch Kultur. Beim ersten Mal mit meiner Frau …« Er schaute Bubi an, als würde er ihm ein großes Geheimnis verraten. »Sie hatte Löcher im Schlüpfer, und ich konnt nicht. Prima Arsch, aber ich konnt nicht.« Er seufzte. »Hab ihr erst mal neue Schlüpfer gekauft. Und jetzt? Was jetzt? Scheißkrieg!« Er seufzte wieder. »In Afrika war noch alles anders. In Afrika war ich noch feinfühlig wie du. Hab 'n Tommy im Nahkampf erschlagen, mit 'm Schürhaken. Hinterher hab ich genauso gekotzt wie du.«

»Ich hab nicht gekotzt«, sagte Bubi.

»Ich hab gekotzt, kapiert?«, schrie Rollo. »Seine Birne sah aus wie ’n Bratapfel am Spieß. Scheißschürhaken!« Er schüttelte den Kopf. »Ich hab nie verstanden, wie er in die Wüste gekommen ist. Kein Ofen, kein Holz weit und breit, aber ein Schürhaken!«

»Vielleicht war’s gar kein Schürhaken«, sagte Bubi.

Rollo starrte ihn missmutig an und nahm die Hand von seiner Brust. Der Kleine hatte keine Titten und keine Ahnung.

»Natürlich war’s ein Schürhaken!«, sagte er.

Fritz ließ sich schwer neben Rollo nieder. »In der Wüste ist alles anders.«

Rollo legte liebevoll den Arm um ihn. »Verräter!« Er öffnete eine neue Flasche. »In der Wüste waren wir nicht nur geil, da gab’s noch Kameradschaft und Kamele …«

Fritz schüttete etwas Sand aus einer Schnupftabakdose auf den Boden. Ein letztes Andenken an Afrika. »Unsere Wüste, unser Sand …«

Rollo kniete auf den Boden und ließ seine Finger liebevoll über den Sand gleiten. Dann sprang er auf und intonierte: »Bier und Sand, scheiß an die Wand!«

Fritz torkelte an seiner Seite mit ihm durch den Raum. »Weißt noch, mit’m Lupo auf’m Kamel, nachts?«

»Harem, scheißegal.« Rollo zerrte Bubi an seine andere Seite. »Das Kamel«, erklärte er ihm, »das hat so ’n komischen Schritt.« Er ließ sich wieder auf den Boden fallen und durchquerte auf allen vieren im Passgang den Raum. »Da interessiert dich keine Frau mehr«, verkündete er, »da wirst du ganz ruhig, hast nur noch Sterne im Kopf.«

»Nirgends kannst du so gut Skat klopfen wie auf’m Kamel«, vervollständigte Fritz ihre Erfahrungen. »Weißt du noch?«

Rollo wusste noch alles. Schluchzend hob er die Schnapsflasche.

»Achtzehn, zwanzig, Mensch, Lupo …« Er stellte fest, dass Wölk und Pflüger ebenfalls heulten. »Was flennt ihr denn, ihr Arschlöcher? Ihr habt ihn doch überhaupt nicht gekannt! Das ist *unser* Lupo!«

Wölk stand schwankend auf, in seinem Gesicht zuckte es, er ballte die Hände zu Fäusten: »Ich flenn über’n Axel und Heinz, du Idiot! Oder darf ich das nicht? Ich flenn über das, was ich will!«

Rollo zog sich an Fritz vom Boden hoch, winkte in allgemeiner

Richtung nach draußen. »Antreten zum großen Gedächtnisscheißen für alle toten Kameraden!«

Die betrunkenen Soldaten torkelten und krochen ins Freie.

Gross trat hinter den Leutnant, der zunächst fassungslos und dann mit amüsierter Anteilnahme den Ausbruch seiner Leute verfolgt hatte. Was steckte nicht alles hinter diesen dumpfen Fassaden!

Gross bot ihm seine Flasche an. »Kommen Sie, Herr Leutnant. Oder haben Sie niemand, auf den Sie scheißen können?«

Sie folgten den anderen ins Freie. Hans nahm einen großen Schluck. Es brannte im Magen. Warum nicht?, dachte er. Warum, zum Teufel, eigentlich nicht?

29

Die Latrine lag in einer Senke hinter dem Unterstand. Die acht Soldaten stolperten auf den Donnerbalken zu und ließen sich darauf nieder. Wölk zählte die Plätze.

»Verdammt, nur sieben.«

Rollo schwenkte mit heruntergelassenen Hosen die Flasche.

»Platz genug. Hock dich hin! Auf die Toten!«

Er begann ein altes Lied aus der Kampfzeit zu singen. Wölk und Pflüger fielen begeistert ein. Fritz verfremdete den Text etwas:

»Braune Kolonnen ziehen durch die Nacht, braune Kolonnen fallen in den Schacht!«

Das ferne Wummern der Artillerie störte längst niemand mehr. Nur Gross achtete darauf. Auf einmal ein gefährliches Rauschen.

»Achtung! Volle Deckung!«

Der Krieg hatte sie gut abgerichtet. Mit einer Geschwindigkeit, die ihnen in ihrem Zustand keiner mehr zugetraut hätte, warfen sie sich mit nackten Ärschen hinter die nächste Bodenwelle.

Nur das Geburtstagskind war zu langsam. Wie gelähmt starrte Bubi mit heruntergelassenen Hosen auf den Einschlag hinter der Senke. Ein scharfkantiger Granatsplitter zischte zwischen seinen

Beinen in die Böschung hinter ihm. Die anderen hoben vorsichtig die Köpfe aus der Deckung und glotzten ihn fassungslos an.

Gross fand als Erster die Sprache wieder. »Wenn das kein Geburtstag ist!«

Rollo hopste heran und untersuchte Bubis Genitalien. »Noch alles dran, Kleiner?«

Bubi brauchte einen Moment, um zu begreifen, was geschehen war. Er war tatsächlich unverletzt. Er stieß Rollo beiseite und verschwand stolpernd und schreiend im Unterstand. Seine Hosen verlor er unterwegs. Plötzlich brach sein Geschrei ab, es wurde merkwürdig still.

»Was is'n jetzt passiert?«, fragte Rollo, zog die Hose hoch und ging Bubi nach. Die anderen folgten.

30

Im Unterstand saß Hauptmann Musk. Bubi stand mit hochrotem Kopf, eine Decke um die Hüften, vor ihm. Rollo reichte ihm seine Hose. Der Hauptmann empfahl ihm, sich umgehend anzuziehen, und gratulierte ihm – nachdem ihn der Leutnant über die Zusammenhänge aufgeklärt hatte –, ohne eine Miene zu verziehen. Dann erhob er sich ruckartig von seinem Stuhl.

Bisschen kindisch, die Männer. Man vergaß immer wieder, dass die meisten nicht älter als Anfang zwanzig waren.

»Ab sofort heißt ihr ›Kampfgruppe von Wetzland‹. Ihr bekommt zwanzig Mann Ersatz. Morgen früh Punkt vier gefechtsbereit antreten.« Er beschloss, ihnen noch ein wenig Mut zu machen. »Auch der Russe ist am Ende, und er hat durch das Treibeis auf der Wolga ernste Nachschubprobleme. Wenn wir diese Stadt jemals vollständig in den Griff bekommen, dann jetzt. In diesem Sinne, viel Glück. Leutnant von Wetzland, in zwanzig Minuten ist Lagebesprechung.« Er ging.

Für einen Moment herrschte lähmende Stille. Dann schlug Rollo beide Fäuste auf seine Pritsche.

»Scheiße, Mensch, Scheiße!«

»Was regste dich so auf?«, knurrte Wölk. »Bist doch sonst so 'n Held.«

Rollo schüttelte den Kopf. »Schon wieder ungefickt an die Front.« Er starrte die anderen finster an. »Ich sag euch, diesmal ist der Arsch ab!«

»Düsenmann«, brummte Piontek und begann seinen Tornister zu packen. »Wenn's danach ging, wär ich schon lang hin.«

Bubi musterte nachdenklich das Foto eines Mädchens, mit dem er mal einen Nachmittag lang Johannisbeeren gepflückt und das ihm bereits zweimal geschrieben hatte. Er steckte es ganz hinten in seine Brieftasche. »Was meinst du?«, fragte er Fritz. »Sind die Mädchen noch da, wenn wir zurückkommen?«

Fritz streckte sich gemütlich auf dem Bett aus. »Hab mit meinem Freund Sascha alles geregelt. Wenn wir zurück sind, stehen drei Tatarinnen bereit. Dann gibt's nur noch ein Kommando: Waschen und legen!« Beiläufig überreichte er Bubi seine MPi: »Hier, kannste gleich mitputzen.«

»Hör bloß auf, Traumtänzer«, murmelte Rollo. Er hatte wirklich kein gutes Gefühl.

Pflügers makellose Kämpfernatur zeigte unter dem Einfluss des Wodkas die ersten Risse. »Das verdanken wir Haller, diesem feigen Schwein! Der will die Weiber für sich allein.«

»Sag zehnmal Heil Hitler, Pflüger«, meinte Fritz. »Vielleicht darfst du dann hierbleiben.« Er warf Bubi einige Konserven zu. »Die Weiber hat's nie gegeben. Und verheizt werden wir sowieso.«

»Das werden wir nicht.« Der Leutnant war aufgestanden. »Dafür werde ich sorgen.« Seine Stimme klang so fest, dass ihm zumindest Bubi für einen Moment glaubte. Die anderen zuckten die Achseln und packten weiter, während der Leutnant sich auf den Weg zur Lagebesprechung machte.

»Viel Spaß in der Märchenstunde«, murmelte Fritz.

Der Spaß hielt sich in Grenzen. Den Vorschlag des Leutnants, den Vorstoß zur Wolga seitlich anzusetzen, verwarf Musk mit wenigen Worten. So wie die Russen verschanzt seien, spiele die Stoßrichtung keine Rolle. Nicht taktische Spielereien, sondern wilde Entschlossenheit und Mut seien gefragt. Luftunterstützung war das Zauberwort.

Haller, der sich in der Hierarchie der Etappe sichtlich geborgen fühlte, wünschte dem Leutnant viel Glück. Dem war daraufhin klar, wem er seine rasche Rückkehr an die Front zu verdanken hatte. Trotzdem war er über den erneuten Einsatz auch erleichtert. Es erschien ihm wie ein großmütiger Wink des Schicksals, dass er seine Ehre und Tapferkeit als Offizier der Wehrmacht noch einmal unter Beweis stellen sollte, ehe der Versetzungsbescheid seines Onkels eintraf. Je weiter die Ereignisse der ersten Kriegstage zurücklagen, umso kleiner erschien ihm die überstandene Gefahr und umso schmerzlicher der Verlust seiner Ehre, von der, dem Himmel sei Dank, niemand wusste außer seiner Mutter und Fritz.

Er war überzeugt, dass die alte Dame dem leicht bornierten Onkel ihre Bitte so verkaufen konnte, als rühre sie nicht von der Schwäche ihres Sohnes, sondern sei Ausdruck ihrer mütterlichen Besorgnis. Er beschloss, einen privaten Handel mit dem Schicksal abzuschließen, der ihm fair erschien und ihn vor sich selbst von jedem Makel reinwaschen sollte: Wenn es ihm gelang, sich und seine Männer tapfer und erfolgreich durch diesen Einsatz zu bringen, dann hatte er der Welt und sich seinen Mut bewiesen und würde einem Ruf in die französische Etappe mit reinem Gewissen folgen.

Nachdem er mit sich ins Reine gekommen war, legte er sich in seinem Quartier zur Ruhe.

Sein Traum begann harmlos. Er unternahm eine Spazierfahrt durch seine Heimatstadt mit seiner Verlobten. Die Straßen und Häuser waren wie sonst, nur etwas dunkler vielleicht. Ihr Kleid kontrastierte in hellstem Weiß. Im gleichmäßigen Takt der Pferde gelangten sie vor das Schulportal. Auf den Stiegen lagen in Lumpen die Männer seines Zuges. Fritz, völlig betrunken und weit mit den Armen rudernd, wurde immer wieder gleichmütig die Stufen hinabgestoßen, um auf allen vieren wieder nach oben zu kriechen. Er brüllte den Leutnant an, ohne ihn zu erkennen. Das Bild war lautlos, und sowohl ihm als auch seiner Verlobten kam dies alles selbstverständlich vor. Sie tauschten Zärtlichkeiten aus, die er erst lange, nachdem er sie zu Hause abgesetzt hatte, zu spüren begann.

31

Am nächsten Morgen betrat die Kampfgruppe von Wetzland mit Sturmgepäck und Waffen die Ruine einer Kirche, wo der Ersatz für ihre Verluste auf sie warten sollte. Schon von draußen hatten sie den Gesang gehört.

Rollo stellte sein MG laut auf den Boden. »’n Bet-Silo! Ich glaub, ich spinne.«

Einige der jungen Soldaten, die einen Choral sangen, drehten sich empört um. Ein ernstes Gesicht presste entrüstet den Zeigefinger an die Lippen. »Psss …«

Rollo drehte ihm den Kopf wieder nach vorn. »Komm, schau gradeaus, sonst verrutscht dir der Heiligenschein.«

»Klarer Fall von Russenfutter«, sagte Fritz.

Er entdeckte General Hentz unter den Kirchgängern und verstummte. Eine schwere Granate rauschte über das Gebäude.

Divisionspfarrer Renner, Ende vierzig, von kleiner, knochiger Statur, mit tief liegenden, brennenden Augen, begann zu predigen. Seine eckigen, meist rechtwinkligen Handbewegungen und das himmelwärts gerichtete Kinn erinnerten an den Reichspropagandaminister. »›Gott mit uns‹ steht auf der Gürtelschnalle des deutschen Soldaten …«

»Oh, was für ’ne Sündenabwehrkanone«, stöhnte Rollo.

Der Zeigefinger des Pfarrers stach in ihre Richtung. »… und deswegen ist der deutsche Soldat im Gegensatz zum Bolschewik, auf dessen Gürtelschnalle für Gott kein Platz ist, nie allein, auch wenn er noch so tief in Feindesland steht!«

»Können wir nicht endlich Abendmahl machen?«, flüsterte Rollo.

»Gute Idee.« Fritz fingerte eine der Würste aus seinem Brotbeutel, die er einem der Feldjäger mit leeren Versprechungen auf sexuelle Erfüllung abgeluchst hatte.

Rollos Augen weiteten sich. »Mensch …«

Fritz biss von der Wurst ab. »Alles für mein Organisationstalent. Die Kettenhunde haben ein Fressen, da träumt unsereiner sogar im Frieden davon.«

Einer der Betbrüder sah sich wieder um. Diesmal war es Bubi, der dem Burschen das Gesicht wieder nach vorn drehte. Zum Lohn erhielt auch er ein Stück Lyoner.

Rollo wies auf den gebeugten Nacken des Betbruders. »Wetten, dass er den ersten Angriff nicht überlebt? Um drei Scho-Ka-Kola und fünf Zigarren?«

Fritz sah in verblüfft an. »Quatsch mit Honig.«

»Ich setz mein Taschenmesser.«

Fritz zögerte. »Das mit den zwei Klingen?«

Rollo nickte und streckte ihm die Hand hin.

Fritz schlug ein. »Abgemacht.«

»... und deshalb sage ich euch«, hallte die Stimme des Pfarrers unter der Kuppel, deren direkte Verbundenheit zum Himmel offenkundig wurde durch einige schüchterne Morgenstrahlen, die ihren Weg durch die unzähligen Einschusslöcher fanden, »es kann gar keine Frage sein, dass Gott auf unserer Seite steht. Auf der Seite unseres geliebten Führers Adolf ...«

Eine diabolische Granate verirrte sich hinter die Ruine, Schutt rieselte von der Decke, Renner und einige junge Soldaten, darunter der Betbruder, warfen sich zu Boden.

General Hentz stoppte das Gelächter der anderen mit einer Handbewegung. »Männer, den Führer und den lieben Gott lassen wir jetzt mal weg!« Er machte eine kurze Pause, bis Ruhe einkehrte. »Kein leichter Tag heute. Wir müssen die Russen endgültig aus dieser Stadt werfen, und jeder, der an der Front war, weiß, wie hart und zäh sie kämpfen.« Er machte eine kleine Pause, dann donnerte er in den Haufen: »Der Russe ist gut, aber wir sind besser! Wenn wir unser Tagesziel erreicht haben, gibt es für das gesamte Bataillon doppelten Verpflegungssatz und Heimaturlaub!«

Für einen Moment war es ganz still, dann brach Jubel aus, in den auch Fritz und der Leutnant einfielen. Nur Gross blieb stumm.

»Wenn ich euch vor mir sehe«, fuhr der General fort, »dann weiß ich, dass ihr es selbst mit einer zehnfachen Übermacht aufnehmen würdet, wie ihr das schon oft bewiesen habt. Und ich sage euch, wir werden heute Abend alle gemeinsam in die Wolga spucken!«

Erneutes Jubelgeschrei. Auch der Leutnant hatte alle Skepsis verloren und ließ sich von der allgemeinen Euphorie überwältigen. Plötzlich glaubte er trotz aller Schwierigkeiten und Unzulänglichkeiten wieder an den Sieg, mehr als jemals zuvor.

»Kampfgruppe von Wetzland hierher!«

Von einer Liste las der Leutnant die Namen der Neuen ab. Fritz stellte fest, dass über die Hälfte des Zuges – denn mehr als diesen Zug umfasste die Kampfgruppe nicht – aus Neulingen bestand. Kanonenfutter.

»Dreimal Müller«, stellte Wölk zutreffend fest.

»Da wird's Zeit, dass wir angreifen«, bemerkte Fritz trocken.

»Ich heiße auch Müller«, sagte Bubi.

»Kann sein«, sagte Fritz und hieb Bubi liebevoll auf die Schulter. »Ab heute bist du mein Gemeingefährlicher, kurz GeGe.«

Fritz suchte mit den Augen nach dem Betbruder. »Wie heißt 'n unsere Wette? Ich meine, der von vorhin?«

»Auf jeden Fall Müller«, sagte Rollo.

Fritz entdeckte den Gesuchten und winkte ihn zu sich. Rollo erhöhte die Wette um zwei Schachteln R 6. Fritz war einverstanden. Dann befahl er dem Neuen, sich immer schön hinter ihm zu halten. Dieser nickte, dankbar über so viel Fürsorge. Rollo protestierte.

Der Leutnant unterbrach ihn mit einem Befehl, den Fritz vorausgesehen hatte: »Jeder Neuzugang geht zu einem Altgedienten und leistet dessen Anweisungen widerspruchslos Folge!«

Fritz grinste Rollo freundlich zu und setzte sich mit seinem neuen Schützling in Bewegung.

Rollo schüttelte den Kopf. »Du bist vielleicht 'ne linke Sau. Hoffentlich erwischt's euch beide.«

Er dachte kurz darüber nach, wer dann die Wettschulden bezahlen sollte, und spann den Gedanken nicht weiter.

Der Lärm des Artilleriefeuers schwoll an. Wie ein mit rauchenden Schloten übersätes Vulkangebiet lag das Industrieviertel vor ihnen. Die Neuen wurden blass unter der ersten Rußschicht, die sich auf ihre Gesichter legte. Fritz fühlte sich merkwürdig leicht. Sein Begleiter begann wieder zu beten, und für einen Moment hoffte Fritz, dass, wenn es irgendwo eine unsichtbare schützende Hand gab, sie auch über ihn gehalten wurde.

Der Leutnant schritt neben seinem Haufen her, den die ersten dichteren Rauchschwaden umwehten. Das berstende Krachen krepierender Minen, die in steiler Flugbahn über sie gezogen waren, ließ ihn unwillkürlich den Kopf einziehen.

»Ausbildung unter verschärften Bedingungen«, sagte er zu Gross.

Der nickte, warf einen kurzen Blick auf die Neuen. »Hängen Sie nur Ihr Herz an keinen, Herr Leutnant.«

Hans bemerkte zum ersten Mal, was für kleine Hände Gross hatte. Er winkte die Soldaten in einen Laufgraben, der im Zickzack zwischen den Ruinen entlangführte und nach einigen hundert Metern in einen quer ausgehobenen Sturmgraben mündete.

32

Sie waren nicht zum ersten Mal hier. Geschützfabrik Barrikady. Der Platz zwischen den u-förmigen Ruinen hatte sich kaum verändert. Nur der Sturmgraben war neu. Er durchschnitt wie ein Sägeblatt die von Trümmern übersäte Fläche zwischen den Ruinen.

Die Aufgabenstellung war klar. Der Leutnant verfügte über die meisten erfahrenen Männer und hatte den längsten Weg bis zum Büroblock am anderen Ende des Platzes. Alles wie gehabt. Nur die Stationen des Grauens hatten sich geringfügig verändert. Da war ein neues, von einem Volltreffer senkrecht in den Boden gerammtes Panzerwrack, das für die ersten Meter Deckung bot, dem man aber nicht zu nahe kommen durfte, weil es einen hervorragenden Orientierungspunkt für feindliche Artilleriebeobachter abgab.

Davor hatte es Edgar erwischt. Dessen Überreste waren längst in Dreck und Stein getreten, verschwunden, ausgelöscht, bestenfalls in einem Massengrab verscharrt.

Den kleinen Springbrunnen, dessen Einfassung ihm einmal als Deckung gedient hatte, suchte der Leutnant vergebens; dort gab es nur noch Trichter, alte und neue Leichen und Leichenteile.

Die eigene Artillerie verstummte mit einem Schlag. Für die gegnerische Artillerie war dies das Signal, selbst tätig zu werden.

Der Angriff sollte in drei Hauptstoßrichtungen erfolgen. Obwohl der Leutnant nach wie vor glaubte, dass sein Angriffsplan der bessere gewesen wäre, war er diesmal ganz ruhig und entschlossen, sich seine Kaltblütigkeit durch nichts nehmen zu lassen.

Heftiger Regen hatte eingesetzt. Die Grabensohle verwandelte sich unter dem gegnerischen Artilleriefeuer in ein unregelmäßig schlingerndes, nasses Schiffsdeck. Regen, Windböen und feindliches Feuer fegten über ihre Köpfe. Hoffentlich klappte es mit der Luftunterstützung! Die Männer standen bereits bis über die Knöchel im Wasser, und es stieg rasch weiter. Nasse Erdbrocken rutschten von den Wällen in den Graben, legten aufgedunsene Körper frei. Die Opfer für diese schnell gezogene Stellung mussten gewaltig gewesen sein.

Ein Grabentreffer weiter rechts kühlte die Stimmung noch mehr ab. Warum ging es nicht endlich los, fragten die einen. Den anderen war anzusehen, dass sie am liebsten ohne Unterbrechung zurück in die Heimat gelaufen wären. Vier von den Neuen hatten noch keinen Paten gefunden. Der Leutnant wies – nicht ohne Absicht – ausgerechnet Bubi einen vierschrötigen Burschen mit gebrochener Nase zu. Der Neue war allerdings im Moment alles andere als gefährlich. Er zitterte unkontrolliert am ganzen Leib. Bubi zögerte, dann reichte er seinem Schützling, der ihn um gut einen Kopf überragte, zwei Zuckerwürfel. Das hatte Gross auch bei ihm gemacht; eine Ewigkeit schien das her zu sein.

»Beruhigt die Nerven!«, brüllte er seinem Schützling ins Ohr.

Fritz bekam zu seinem Ärger noch einen zweiten Neuling zugeteilt. Als der Rekrut seinen Tornister öffnete, um eine kleine Kette mit Kreuz herauszukramen, sah Fritz, dass er unter anderem ein riesiges Stück Rauchfleisch dabei hatte. Fritz fielen fast die Augen aus dem Kopf. So was hatten nicht mal die Kettenhunde.

Der Kleine bemerkte seinen Blick und hängte sich mit verlegenem Lächeln das Kreuz um den Hals. »Von meiner Mutter.«

»Rübe runter!«, schnauzte Fritz. »Sonst brauchst gleich 'n großes.« Der Neue würde es bestimmt nicht schaffen. Und sein Rauchfleisch auch nicht.

Es regnete immer weiter. Die letzten Gespräche verstummten. Die letzten Kippen wurden nass. In Einigen keimte schüchterne Hoffnung auf, man würde den Angriff bei solchen Verhältnissen abbrechen.

Plötzlich die Geräusche sich nähernder Flieger. Ein pickelgesichtiger Jungsoldat, Rollos Frischling, hob den Arm zum Himmel.

»Stukas!«

Rollo riss ihn nach unten. »Der Iwan sieht sie auch ohne dich.«

Die ersten zwei der anfliegenden Stukas jagten im Sturzflug herab, doch unerklärlicher Weise hatten die Piloten falsche Koordinaten. Ihr Heulen näherte sich rasend schnell.

»Scheiße«, flüsterte Fritz und brüllte: »'s geht genau auf uns!«

Der Leutnant schoss verzweifelt rote Leuchtkugeln in den Qualm.

»Sind die denn farbenblind?«, schrie er.

Gross lief zu ihm, packte seinen Arm. »Raus, oder wir sind alle im Arsch!«

Hans von Wetzland sprang durch die graue Wand der Angst, und sein Körper fühlte sich unendlich leicht an, als wäre er nicht mehr vorhanden und könne nicht mehr zerstört werden. Die Umgebung schien zur Miniatur zu schrumpfen. Trotzdem sah er jeden Sprung mit großer Klarheit voraus; er fühlte sich so schnell und geschickt wie noch nie. Jedes differenzierte Denken und Fühlen war einem ekstatischen Glücksgefühl gewichen, Vergangenheit und Zukunft waren wie ausgelöscht.

Eine lebensgefährliche Euphorie hatte ihn ergriffen. Selbst das eiskalte Wasser des nächsten Trichters, in den er sprang, entlockte ihm nur ein wildes, sinnloses Gelächter. Endlich war es ein Spiel, in dem er die Regeln zu bestimmen glaubte.

Die anderen sahen nur einen schlammbedeckten Vorgesetzten, der stolpernd zum nächsten Trichter hetzte.

»Kommt schon, ihr Küken!«, keuchte Rollo seinen Neulingen zu, die sich verängstigt in den Graben duckten. Er packte die beiden am Kragen, sprang fluchend mit ihnen hoch und schleifte sie zum nächsten Schlammtrichter.

Die anderen Landser folgten seinem Beispiel. Wer nicht parierte, bekam Ohrfeigen. Wölks Schützling wehrte sich besonders hartnäckig. Wölk riss ihm die Erkennungsmarke vom Hals und lief allein los, gerade noch rechtzeitig. Die Stuka-Bomben schlugen zielgenau in den Graben ein.

Wölks Schützling wurde zerfetzt, Wölk selbst hechtete in den Trichter des Leutnants und überreichte ihm die Blechmarke. »Hier, für Ihre Sammlung.«

Der Leutnant starrte in Wölks debil grinsendes Gesicht. Dann sprang er wieder auf, und hinter ihm schnellten die Soldaten aus ihren Löchern. Klatschnass, mit schweren Lehmklumpen an den Stiefeln, stürzten sie vorwärts, ihre Bewegungen hatten etwas Automatisches bekommen. Unbewusst sprangen oder liefen sie oder warfen sich im richtigen Moment zu Boden, passten sich instinktiv dem Rhythmus des Krieges an.

Der Junge, den das Kreuz seiner Mutter beschützen sollte, kletterte hinter dem anderen Betbruder und Fritz als letzter aus einem der Trichter. Ein vermeintlich toter Russe, dessen Anblick er kaum hatte ertragen können, richtete sich hinter ihm auf und feuerte seine Pistole ab. Die Kugel durchdrang seinen Hinterkopf, flog vorn durch den Mund und streifte Fritz an der Wange.

Der schlug vor Schreck lang hin, sein noch lebender Schützling stürzte auf ihn. Ein neuer Einschlag, Qualm, Fleischfetzen. Von dem Russen war nichts mehr zu sehen, von dem Tornister mit dem Rauchfleisch auch nicht. Wieder hoch. Der Neue wollte nicht mehr.

»Mach zu!«, brüllte Fritz ihn an. »Will nicht auch noch meine Wette verlieren!«

Sie liefen den anderen nach. Die ersten deutschen Soldaten verschwanden in dem Bürogebäude. Die Russen räumten den Keller und das Erdgeschoss. Sie waren offenbar mit ihrer Kraft am Ende. Rollo und Fritz besetzten mit ein paar anderen den ersten Stock. Im Vergleich zu ihrem ersten Angriff war das ganze fast wie ein Spaziergang gewesen.

33

Nur fünf von den Neulingen hatten den Sturmlauf nicht überlebt. Nachdem alle Zugänge im Erdgeschoss und aus dem abgesoffenen Keller vermint waren, versammelte sich der Zug im ersten

Stock. Eine der wenigen freien Stellen an der Wand wurde von einem mit Kohle gezeichneten russischen Schwanz verunstaltet, der sich in einen ausladenden deutschen Arsch bohrte. »Hitler kaputt«, stand darunter.

»Dreckige Schwuchteln«, sagte Rollo.

Pflüger suchte nach einem Lappen, um die deutsche Ehre wiederherzustellen, als die Kugel eines russischen Scharfschützen ein Loch in den deutschen Arsch stanzte. Schon bald musste man feststellen, dass sich die Plage der feindlichen Scharfschützen eher noch vergrößert hatte. Jeder Schatten hinter den zu schmalen Schießscharten verengten Fenstern wurde mit gnadenloser Genauigkeit beschossen.

Fluchend krochen die Soldaten über den Boden und begannen aus Zeltbahnen Vorhänge zu fertigen, die ihnen ein Mindestmaß an Ruhe gewähren sollten. Die unzähligen Einschüsse in den Wänden hatten den Stellenwert von Erinnerungsfotos. Liebevoll strich Pflüger mit den Fingerspitzen über eine blutbefleckte Vertiefung in der Wand und raunte dem pickelgesichtigen Müller zu, dass er an dieser Stelle das letzte Mal zwei Russen erledigt habe. Müller nickte genauso ehrfürchtig, wie es von ihm erwartet wurde.

Gross setzte einen als Ofen umgebauten, verrosteten Benzinkanister wieder in Gang. Piontek schaute sich nach verwendbarem Brennmaterial um. Die magere Ausbeute bestand aus einem kleinen zusammenklappbaren Hausaltar.

Er hob bereits das Beil, als Gross sagte: »Das ist eine schöne alte Arbeit. Siebzehntes Jahrhundert, Nussbaumholz.«

Dann lachte er stumm, zertrat den Altar zu Kleinholz und beförderte die Bruchstücke ins Feuer.

Bubi, mit Notabitur einer der wenigen unter den Soldaten mit höherer Schulbildung, kroch an seine Seite. »Woher wusstest du das mit dem Alter und dem Holz?«

Gross antwortete nicht.

»Soll ich dir was zum Schnitzen besorgen?«

»Ich verforme kein Holz mehr«, sagte Gross. »Ich bin befördert worden. Ich verforme nur noch Menschen.«

Sein Gesichtsausdruck vertrieb Bubi in einen anderen Winkel des Raumes.

Rollo spürte, wie ihm die feuchte Kälte aus den Klamotten bis in die Knochen drang. Zähneklappernd pulte er den Dreck aus dem MG-Verschluss, bis ihn ein bellender Husten schüttelte.

Fritz kroch zu ihm hin, und Rollo sagte resignierend: »Alles Scheiße hier. Drei Müllers, mit deinem Gemeingefährlichen vier. Wie soll man da noch klarkommen? Und jetzt hab ich auch noch meine Wette verloren!«

Fritz fühlte, wie auch er eine dicke Nase bekam. »Zahl's nach 'm Krieg.«

Er reichte ihm seinen Flachmann, und Rollo trank. Der russische Wodka war pure Medizin. Da steckte jahrtausendealte Erfahrung dahinter, das spürte man sofort.

Sein Blick wanderte über die drei Müller'schen Gesichter, die sich mit jedem Schluck ähnlicher wurden. »Dreht sich einem ja der Kopf. Einer betet, einer schreibt, der dritte sieht aus wie frisch aus der Gartenfräse …«

Fritz prostete dem Rotgesichtigen zu. »Der gemeine Müller! GM!«

Der so Getaufte sah vor Kälte zitternd zu ihnen herüber.

»Fühlt sich angesprochen«, stellte Fritz fest.

»GM«, schrie Rollo, und das Rotgesicht zuckte zusammen. Das war gut. Einige lachten trotz der Kälte. Rollo tätschelte liebevoll den Unterarm des Betbruders. »Ist schon in Ordnung, dass du überlebt hast. Ich verzeih's dir.«

»Beten hilft in allen Lebenslagen, wie man sieht.« Fritz' Hand landete schwer auf der Schulter des Neuen. »Hilft allgemein, der Allgemeine Müller, AGM.«

Die Soldaten hoben die Feldflaschen und prosteten dem Neugetauften zu.

Jetzt fehlte nur noch der pickelgesichtige Müller.

Fritz entwendete ihm mit einem schnellen Griff das schwarze Notizheft, in das er eifrig geschrieben hatte. Unter allgemeinem Gejohle versuchte der Neue vergeblich, es wiederzubekommen. Die schwachen Klagerufe eines Verletzten, die sich plötzlich von draußen in das Gelächter mischten, wurden zunächst überhört.

Fritz begann mit einer Hand in dem Heft zu blättern, während er sich den letzten Müller mit der anderen vom Leib hielt. Mit wachsendem Erstaunen begann er zu lesen: »Oh, hört mal her: Der Gefreite Fritz, Fragezeichen, äußert sich negativ über die Offensive, Stimmung nicht nationalsozialistisch, sondern defai… wie heißt der Scheiß?« Er klappte das Heft zu, und seine Stimme war auf einmal ganz leise: »He, wir haben einen richtigen Geheimsender hier!«

Mit einem kräftigen Ruck riss er den Neuen dicht vor sein Gesicht und schlug ihm das Heft links und rechts um die Ohren.

»Aufhören!« Der Leutnant ging entschlossen dazwischen. »Reiser, geben Sie mir das Heft!« Er nahm Fritz das Heft ab, überflog eine Seite und warf es kommentarlos ins Feuer.

Der Neue starrte seinen Vorgesetzten entsetzt an. Er hatte mit Unterstützung, wenn nicht gar mit Lob gerechnet.

»Herr Leutnant«, stieß er mühsam hervor. »Ich war Oberscharführer in der HJ! Ich habe mich freiwillig an die Ostfront gemeldet! Ich …«

»So was gibt's wirklich!«, sagte Fritz.

Der Leutnant schloss die Ofenklappe. »Wenn auch nur ein einziger meiner Leute Ihretwegen in Schwierigkeiten kommt«, sagte er langsam, »werde ich Sie dafür zur Verantwortung ziehen.«

Betretene Stille. Die Soldaten waren beinahe froh, als ihre Aufmerksamkeit von den neu einsetzenden Schreien des Verwundeten in Anspruch genommen wurde.

Wölk linste vorsichtig in die Nacht. »Scheiße – das ist einer von uns.«

Die Männer sahen sich betreten an. »Einer von uns« bedeutete, dass man versuchen musste, ihn zu bergen. Und das wiederum bedeutete, dass man draufgehen konnte. Für einen Augenblick waren sie völlig still, und man hörte die Schreie noch deutlicher.

»Das ist doch ein Iwan!«, sagte Pflüger schnell.

»Quatsch, hör doch!«

Die weinende, um Hilfe rufende und klagende Stimme wurde so laut, dass kein Zweifel mehr bestehen konnte: ein Deutscher.

»Ich glaub, das ist Willi«, flüsterte der Gemeine Müller.

Der Verwundete schrie unartikuliert und mit gleichbleibender Lautstärke. Er musste schlimme Schmerzen haben. Jeder, auch der Fantasieloseste, konnte sich ausmalen, was es bedeutete, draußen in der Dunkelheit zu liegen, schwer verletzt, hilflos, allein.

»War wohl ohnmächtig«, murmelte Rollo. »Da haben die Sanis ihn übersehen.«

Drei von den jüngeren Soldaten hielten sich entsetzt die Ohren zu. Der pickelgesichtige Müller meldete sich freiwillig, um den Verwundeten zu bergen. Der Leutnant sah in seine blassblauen Augen. Keine Frage – der Mann würde es tun. Nicht, weil er mutig war. Der Junge war zu beschränkt, um die Gefahr zu erkennen und Angst zu haben.

Der Leutnant widerstand der Versuchung, ihn nach draußen zu schicken. Er konnte keinen Mann entbehren, nicht mal einen Nazispitzel.

»Sie bleiben hier!«, befahl er barsch. »Vielleicht ist das eine Falle. Gross, was meinen Sie?«

Gross saß immer noch am Ofen und wärmte sich die Hände.

»Hört sich nach Bauchschuss an.«

AGM sprang verzweifelt auf. »Ich halte das nicht mehr aus!«

Auch der dritte Müller war mit den Nerven am Ende. »Ihr könnt ihn doch nicht einfach da draußen verrecken lassen!«

Die Alten betrachteten die Neuen mit einer Mischung aus Bewunderung und Mitleid. Die waren tatsächlich noch bereit, für irgendein armes Schwein, das sie kaum dem Namen nach kannten und dem wahrscheinlich sowieso nicht mehr zu helfen war, ihr Leben zu opfern.

»Sei still!«, sagte Piontek zu AGM. »Gross hört alles.«

Stumm starrten die Männer Gross an, von dessen Entscheidung ihr Schicksal abhing. Fritz und Bubi, der Gemeingefährliche, sahen sich an. Für einen Kübel Suppe hatten sie noch vor einer Woche ihren Hals riskiert.

Bubi wollte aufstehen, doch Fritz schüttelte den Kopf, und Bubi begriff, dass Fritz recht hatte. Es lohnte sich nicht. Wenn man überleben wollte, lohnte es sich nicht.

Gross sah sie der Reihe nach an. Plötzlich lächelte er schief.

»Gute Schauspieler, die Iwans. Verdammt gute.«

»Sind Sie sicher?«, fragte der Leutnant.

Ihre Blicke trafen sich kurz. »Ja.«

Der Leutnant drehte sich um. »Rohleder, Pflüger – Granatwerfer im Nebenraum fertig machen.«

Rollo und Pflüger brachten einen leichten Granatwerfer in Stellung. GMs rotes Gesicht war noch röter geworden. »Hört sich aber wirklich nach Willi …«

»Halt jetzt dein Maul!«, fuhr Wölk ihn an.

Gross horchte nach draußen. »Entfernung dreißig Meter, zwanzig Grad links …«

»Feuer!«, befahl der Leutnant entschlossen.

Rollo betätigte den Auslöser. Nach dem Einschlag war das Geschrei nicht mehr zu hören.

»Haben wir dir's Maul gestopft«, stellte Pflüger zufrieden fest.

Alle, besonders diejenigen, die sich freiwillig für die Rettungsaktion gemeldet hatten, waren erleichtert.

Der Leutnant setzte sich an den Ofen neben Gross. Er reichte ihm eine Zigarette und gab ihm Feuer. Gross nahm einen tiefen Zug. Dann sagte er mit seiner gleichgültigen, etwas zu hohen Stimme:

»Der Iwan lag längst auf der Lauer. Keiner, der raus wär, wäre zurückgekommen. Hätte noch Stunden gehen können. Das junge Gemüse wär durchgedreht.«

Hans nickte. »Es war einer von uns.«

Einer von Gross' Mundwinkeln bog sich nach unten. »Ja.«

»Das war mir klar.«

Sie sahen sich an, und Gross registrierte, dass der Leutnant nicht mehr als Erster wegsah.

»Sie machen sich, Herr Leutnant«, sagte er, und Hans erschrak, als er fühlte, wie stolz er über dieses spöttische Lob war.

34

Die Nacht glitt in ihre schwärzeste Phase. Gross hatte sich freiwillig erboten, zwei Wachen zu übernehmen, weil er sowieso nicht schlafen konnte. An den anderen Eingängen hielten der Jung-Nazi und der Betbruder Wache. Pflüger hielt sie mit seinem bewährten Strick wach. Jede Stunde wurde gewechselt.

Gross starrte bewegungslos in die Dunkelheit. Seine dürre, knochige Brust hob und senkte sich gleichmäßig. Die Zeit verstrich. Er lauschte in die Finsternis auf die Geräusche, die um diese Zeit im Dschungel aus Schutt und Stahl auf ein Minimum reduziert waren. Gelegentlich das nervöse Rattern eines Maschinengewehrs, aufflackerndes Gewehrfeuer, das Zwitschern einer verirrten Kugel. In der Ferne das schlagende Rumoren eines Artillerieüberfalls.

Die Finsternis kroch in ihn hinein und füllte ihn aus. Als sie im letzten Winkel seines Körpers und seiner Gedanken saß, entspannte sich sein Gesicht. Das war besser als Schlaf. Jetzt konnte er sich erholen.

Hans starrte mit offenen Augen auf die lehmspritzenden Ketten eines heranrollenden Panzers. Er wollte schreien, aber der Schrei saß in seiner Kehle fest.

Während er von abgrundtiefem Entsetzen an den Boden genagelt war, nicht einmal fähig, die Augen zu schließen, bäumte sich das stählerne Ungetüm hoch über ihm auf, die mahlende Kette senkte sich auf ihn herab, Dreck wurde ihm in den aufgerissenen Mund geschleudert, er spürte den heißen Lufthauch des röhrenden Motors auf seiner Wange, und so etwas wie Dankbarkeit, dass es endlich zu Ende war, erfüllte ihn.

Die Kette wippte träge wieder zurück und verhielt zitternd über ihm. Träumend erkannte er den Traum und träumte ihn ohne Angst, sondern mit wachsendem Interesse weiter. Sachlich musterte er seinen Körper, der vom Brustbein bis zum Nabel weit aufgerissen war, weiß die geborstenen Rippenbögen, an den Rändern rotes Fleisch, sein Blut bewegungslos. Nur das schwarz verbrannte Herz pulsierte.

Seine Hände holten aus dem Verbandspäckchen ein kleines Heftpflaster, hellbraun, mit gelber Wundstelle, hielten es prüfend über die viel zu große Wunde, überklebten das Herz.

Er umarmte seine Verlobte. Einige Herbstblätter fielen über ihre Leidenschaft. Er küsste sie mit einer Lust, die Träume häufig von der Wirklichkeit trennt. Ihr Körper öffnete sich. Blut, Eingeweide, Knochen – ihr Leib saugte ihn in sich auf, er versank in ihrem aufgebrochenen Fleisch. Ihr Brustkorb schloss sich über ihm, er fühlte sich geborgen, ungeboren.

Ruckartig schrak er hoch. Er hatte doch nicht etwa wieder gesprochen? Diese entsetzlichen, unverantwortlichen Traumbilder …

Doch die Männer, die mit rot unterlaufenen Augen Wache schoben, schienen nichts bemerkt zu haben. Nicht einmal Gross, der wie ein zu klein geratenes Denkmal bewegungslos dasaß und in die Nacht hinausstarrte.

Auf einmal verspürte Hans einen heftigen Stich im Unterbauch. Tastend schleppte er sich auf allen vieren in den Nebenraum, zog die Hosen nach unten und hockte sich neben die kalte Wand. Vom Gestank seiner Vorgänger wurde ihm übel.

Der Posten, ein dunkler Fleck neben dem langen Schatten des MGs, drehte sich nicht um. Wahrscheinlich war er zu erschöpft, um sich an den diversen Geräuschen seines Leutnants zu erfreuen. Trotzdem schämte sich Hans. Er hatte gelernt zu töten. Er hatte gelernt, Entbehrungen zu ertragen. Er hatte sogar gelernt, zusammen mit seinen Soldaten auf einem Donnerbalken zu hocken. Aber er hatte noch nicht gelernt, in einen stinkenden Blecheimer seine Notdurft zu verrichten und ihn anschließend mit Regenwasser zu säubern.

Seine Magenkrämpfe wurden schlimmer. Wie hatte er nur so etwas Furchtbares träumen können! Seine Verlobte Clara – was hatte sie mit diesem Krieg zu tun? Sie war schön und rein und unendlich weit weg. Er durfte sie nicht beschmutzen, nicht einmal in Gedanken, lieber würde er sterben.

Ich kann doch nichts dafür, flüsterte es in ihm, aber gleichzeitig wusste er, das war nicht entscheidend. Diese Bilder waren ein Teil von ihm, und er war ein Teil dieser Bilder. Schlimmer als die Kälte beschlich ihn ein graues Gefühl tiefer Hoffnungslosigkeit. Jede Bewegung, jeder Gedanke erschien ihm völlig sinnlos. Er kannte dieses Gefühl nur allzu gut. Es war seine vielgehasste Melancholie. Wie sehr hatte er gehofft, ihr durch den Krieg, das Leben als Soldat, entkommen zu sein. Ausgerechnet jetzt, da er Vorbild zu sein hatte unter schwersten Bedingungen, kehrte sie zurück.

Er spürte Tränen in sich aufsteigen. Gnädigerweise wurde seine Magenkolik dadurch besser. Wütend wischte er sich die Augen trocken. Er würde diese Aufgabe hier meistern oder draufgehen.

Auf allen vieren kroch er zurück. Hoffentlich hatte niemand etwas von seinem Schwächeanfall bemerkt. Oder doch?

»Verlassen Sie sich nie auf Träume«, sagte Gross mit dem Rücken zu ihm. »Sie lügen genauso wie das Leben.«

Hans hielt mitten in der Bewegung inne. Gross hatte ihn von sich aus angesprochen. Hans musste ihn nicht ansehen. Er fühlte auch so, dass sich ihre Gedanken spiegelten. Das einzig Vernünftige wäre gewesen, sich von diesem Mann fernzuhalten, sein bloßer Anblick konnte seine Fantasien in krankhafte Abgründe stoßen, und trotzdem kroch er nicht an seinen Platz am Ofen zurück, sondern zu Gross, dessen schmaler Körper vor Kälte zitterte.

»Sie frieren sich zu Tode. Soll ich Sie ablösen?«

»Die Kälte kommt und geht wie die Angst«, erwiderte Gross. »Dabei ist beides eigentlich immer da. Komisch, nicht?« Er sah hinüber zu den Ruinen auf der anderen Seite des Platzes. »Man muss einen Schmerz durch den anderen ersetzen. Das ist die ganze Kunst! Schmerzt Sie der Bauch, schlagen Sie sich auf den Kopf. Brennen die Füße, halten Sie die Hände ins Feuer. Und so weiter. Ein komisches Rezept, wie?« Er hustete. »Täuschen Sie sich nicht, ich zittere nur noch, ich friere nicht mehr. Sozusagen eine Hommage meines Körpers an frühere Befindlichkeiten. Wenn Sie lange genug zittern, hören Sie auf zu frieren. Alles ist wie taub. Jeder Schmerz mündet irgendwann in Taubheit oder Tod. Ein Trost, der immer zu spät kommt. Die Natur hinkt dem Schmerz hinterher wie der Verstand dem Grauen.«

Er verstummte abwartend, wie um dem Leutnant Gelegenheit zu geben, ihn zu verlassen. Doch der Leutnant ging nicht. Also fuhr Gross fort:

»Wirklich schlimm wird es immer erst hinterher. Oft brauchen Sie Jahre, um zu bemerken, wie schlimm etwas war.« Er wurde plötzlich von einer seltsamen Heiterkeit ergriffen. »Treten wir also die Flucht nach vorn an! Betäuben wir den Schmerz mit noch mehr Schmerz!« Er lauschte auf das gegen drei Uhr aufflackernde Geschützfeuer. »Wenn Sie schon hier sind, geben Sie mir was zu rauchen.« Provozierend starrte er seinen Leutnant an. »Haben Sie was?«

Hans überhörte den respektlosen Ton und gab ihm eine Zigarette. Sie rauchten. Rollo wälzte sich im Schlaf grunzend auf Fritz, der ihn schimpfend zurückstieß.

»Beneidenswert, wem der Schnaps noch etwas nützt«, murmelte Gross.

»Man darf nicht aufgeben«, sagte Hans. »Wenn wir diese Stadt genommen haben, wird man Frieden schließen.«

Gross lachte. »Glauben Sie das wirklich?«

»Wir haben immerhin das Wort eines Generals. Er würde keinen Urlaub versprechen, wenn man nicht vorhätte, den Krieg zu beenden. So wie es um unsere Truppen bestellt ist, geht es doch auch gar nicht anders«, fügte er leise hinzu.

Gross schüttelte den Kopf. »Wenn unsere Führung intelligent genug wäre, hätte sie ihn längst gemacht, diesen schönen Frieden. Seit einem Jahr geht es nur noch bergab. Dieser Krieg wurde schon im letzten Winter endgültig verloren. Alles, was hier geschieht, ist – auch militärisch – längst völlig sinnlos.«

»Nein!«, rief Hans so laut, dass Pflüger strafend ein Auge öffnete.

»Doch, mein Lieber.« Das letzte Wort klang so seltsam, dass Hans unwillkürlich lächeln musste. »Aber trösten Sie sich, ich verrate Ihnen ein Geheimnis: Wenn man krepiert, kann es einem völlig egal sein, ob es für eine sinnlose Sache ist oder nicht. Es ist immer gleich beschissen.«

»Das ist nicht wahr, und Sie wissen es auch.«

Gross nickte, als würde er dem Leutnant zustimmen. »Ich verrate Ihnen noch etwas. Sinnvoll sind Kriege immer nur für die, die sie nicht an der Front führen müssen.«

»Sie wurden ungerecht behandelt«, sagte Hans versöhnlich. »Auch ich habe hier einiges erlebt, das können Sie mir glauben. Aber ich habe dadurch auch sehr viel gelernt und begriffen.«

»Wenn Sie so viele Leichen gebraucht haben, um das zu begreifen, was Sie jetzt wissen«, Gross machte eine vage Handbewegung in Richtung Schlachtfeld, »wie viele werden Sie dann noch brauchen, um das zu begreifen, was ich weiß?«

Hans wandte sich wütend ab. Aber nun zu gehen, wäre ein klares Eingeständnis seiner Niederlage gewesen.

»Sie entwickeln sich zu einem guten Vorgesetzten«, sagte Gross.

»Aber, wissen Sie, letztendlich ist das herzlich egal, weil verrecken werden wir so oder so. Ein guter Vorgesetzter verlängert möglicherweise unsere Leiden. Bedenken Sie das, bevor Sie sich weiter abmühen.« Sorgfältig zertrat er den winzigen Rest seiner Zigarette. »Mir ist es längst völlig egal, ob Kriege gerecht sind oder nicht, vermeidbar oder unvermeidbar. Ich habe alle Hände voll zu tun, gelegentlich noch Interesse für mich selbst aufzubringen. Wozu? Aus Neugierde. Ich will sehen, wie schlimm es noch werden kann.« Er begann die Worte gleichsam auszuspucken. »Zu welch großartigem, unvorstellbarem Inferno sich dieser kleinbürgerliche, spießige Größenwahnsinn noch auswachsen kann. Sie als Aristokrat brauchen sich nicht angesprochen zu fühlen.« Er lachte auf. »Es ist Neugierde, weiter nichts.«

»Haben Sie uns deswegen beim letzten Angriff aus dem Feuer geführt?«, fragte der Leutnant leise.

Gross schüttelte den Kopf. »Eher aus Gewohnheit. Wenn Sie lange eine Uhr getragen haben, schauen Sie gelegentlich immer noch auf ihr Handgelenk, auch wenn Ihnen die Uhr längst abhanden gekommen ist. Die Uhr ist eine Zeitvernichtungsmaschine, wissen Sie das? Und die Zeit ist eine Selbstvernichtungsmaschine«, murmelte er, um sich dann durch eine Grimasse wieder in die Wirklichkeit zurückzurufen. »Eine typisch menschliche Erfindung. Wir haben sie erfunden. Wir, die Krone der Schöpfung.« Er lachte kurz auf. »Ich wusste, dass Ihnen das gefällt. Sie sollten Ihr dankbares Gesicht sehen. Ich muss Sie enttäuschen. Wir sind nicht die Krone, wir sind der Abschaum. Ein zufälliger Fehltritt der Evolution, den der Führer jetzt allerdings nachhaltig korrigiert. Eine wahrhaftig große Aufgabe!«

Hans wollte ihn an den Schultern packen, ihn endlich zum Schweigen bringen, aber eine beängstigende Freude an diesen durch und durch verwerflichen Gedanken hielt ihn davon ab. Er kam sich vor wie ein kleiner Junge beim Lesen eines verbotenen Buches. Gebannt lauschte er weiter der gleichmäßig raunenden Stimme.

»Insofern haben die Pfaffen und die Nazis recht. Der Führer ist tatsächlich ein Werkzeug Gottes, wenn man so etwas wie Gott unterstellen will. Wobei das nun wirklich gleichgültig ist.« Erstaunt richtete Gross den Kopf, der ihm beim Sprechen immer tiefer auf die Brust gesunken war, wieder auf. »Jetzt wäre ich tatsächlich fast eingeschlafen«, stellte er fröhlich fest. »Ich bin es nicht mehr gewohnt, meine Monologe laut zu halten, glaub ich. Ich bitte um Vergebung«, flüsterte er im Tonfall eines demütigen Bittstellers. »Können Sie mir verzeihen?«

»Ich denke nicht, dass Sie mich verspotten sollten«, erwiderte der Leutnant steif.

»Oh!« Gross hob beide Hände wie zu einem orientalischen Gruß. »Sie können mich morgen wegen defätistischer Äußerungen an die Wand stellen lassen, und ich werde die Kugel zur Kenntnis nehmen. Zumindest das Mündungsfeuer. Ich werde es begrüßen wie einen alten Freund. Sie können sich gar nicht vorstellen, wie oft ich mir das bereits ausgemalt habe, das Ende. Ein gutes Mittel gegen die Angst, sich mit offenen Augen die Details der letzten Momente auszumalen. Mit offenen Augen. Das ist wichtig. Trotzdem fürchte ich manchmal, dass die Wirklichkeit meine schlimmsten Vorstellungen übertreffen wird. Aber ich arbeite dagegen an, scheue nicht einmal vor romantischen Motiven zurück: Das Mündungsfeuer orange wie die Sonne auf den letzten Herbstblättern. Die blassblauen Rauchfahnen aus den Gewehrläufen des Exekutionskommandos an einem klaren Wintermorgen. Merkwürdig – das Einzige, was mich gelegentlich noch faszinieren kann, ist die Schönheit des Krieges.«

Wie ein bösartiger Kobold sprang Gross zu einer der größeren Schießscharten, schob die Wache beiseite und winkte den Leutnant zu sich. Im bleigrauen Morgennebel zerplatzten die Regentropfen dicht gedrängt auf dem Schlachtfeld. Die ausgebrannten Panzer, die zerstörten Granatwerfer, die schiefen Häuserreste wirkten wie Hieroglyphen des Todes.

Hans fand das Bild trostlos, weiter nichts. Er wollte sich abwenden, doch Gross hielt ihn am Ärmel fest. »Die Schönheit im Entsetzlichen«, flüsterte er, »ist immer ernster, tiefer, verborgener.«

Ein scharfer Windstoß fegte über den Platz und trieb wolkige Regenschauer über die Trichter.

»Sie sind auch nur ein enttäuschter Romantiker«, sagte Hans.

»Deswegen sind wir ja hier«, erwiderte Gross und sah mehr als jemals zuvor wie ein Skelett aus.

Hans legte seinen Mantel um die heftig zitternden, aus dem Körper herausstechenden Schultern seines Untergebenen. Trotzdem gingen beide nicht zum Ofen, ehe sich eine Ahnung von Helligkeit über den Platz gebreitet hatte.

35

Nichts geschah, da war nur Regen, Kälte, Schlamm. So spät wie möglich schälte man sich jeden Morgen verdreckt und missmutig aus den Zeltbahnen. Wieder mal Wachablösung. Doch egal, ob man Wache geschoben oder geschlafen hatte, man fühlte sich leer, antriebslos, zerschlagen. Einen Zwischenfall gab es, als eine Kugel den Arm des Gemeinen Müllers durchbohrte, als der sich nach vier Stunden Schlaf aus seiner Decke reckte. Er stieß nur einen leisen, erstaunten Schrei aus und besah sich ungläubig das Blut auf seinem Ärmel, ehe ihn Wölk zu Boden riss. Eine Hand in GMs Nacken gekrallt, bekam Wölk einen seiner minutenlangen Fluchanfälle, bis ihm die Luft ausging.

»Wat 'n Uppstand!«, stöhnte Piontek.

»Was ist denn los mit Ihnen, Wölk?«, fragte Hans.

Wölk zog den Kopf trotzig zwischen die Schultern. »Nix, Herr Leutnant.« Das Zucken seiner Wangen war wieder stärker geworden. Schließlich brach es unvermittelt aus ihm heraus: »Man hat halt einfach 'n zu gutes Herz. Des is des Allerschlimmste am Krieg!«

Darin waren sich wieder einmal alle einig, und Wölk wurde vom Leutnant mit einer Tasse lauwarmen Ersatzkaffees für seinen Gefühlsausbruch belohnt. Der Gemeine Müller hielt sich käsebleich den stark blutenden Arm.

»Ich bin schwer verwundet, ich muss zurück!«, stöhnte er.

Piontek schaute sich die Wunde an. »Is doch nur 'n Kratzer, Jung. Glatter Durchschuss. Glatter geht's nich.«

»He, Pickelfresse, guck auch mal aus 'm Fenster«, rief Fritz dem Nazi-Müller zu, den er als Einzigen noch nicht umgetauft hatte. »Wo bleibt das Frühstück?«

Das fragten sich die anderen auch. Die Essenholer waren wieder mal vorzeitig umgedreht. Die Männer äußerten Verwünschungen und wilde Drohungen. Letzte Reste wurden geteilt. Der Leutnant sortierte endlich die Brieftaschen und Erkennungsmarken der Gefallenen. Er hätte es schon längst tun sollen.

»Kannte jemand Wilfried Schäfer?«

»Der unbekannte Soldat«, sagte Wölk.

»Das war doch deiner«, stellte Pflüger kauend fest. »Sein Arm ist mir fast in die Fresse geflogen.«

»Hab ihm zehnmal gesagt, er soll aus dem Graben raus.«

Rollo zog die Fotografie von Schäfers Freundin aus der Brieftasche. »Hatte aber 'ne flotte Biene.«

»Wie ist er denn gestorben?«, wollte der Leutnant von Wölk wissen.

»Mit vollen Hosen durch eigene Stukas, Herr Leutnant.«

»Des kann er doch nicht schreiben«, mischte sich Fritz ein.

»Flockige Formulierung, Abteilung HH, hohl und heldenhaft.« Er kippte dem Nazi-Müller von hinten etwas Kaffee über den Kopf. »Wenn du schon die erste Nacht überlebt hast, steuer mal was bei, Hundsgemeiner Müller, HGM.«

Der Neugetaufte zog es vor zu schweigen.

Wölk rückte neben Pflüger. »Zeig noch mal das Bild von gestern Abend. Hab's mir überlegt. Ich tausch meine drei gegen die Gehängte.«

Pflüger holte ein Lederetui aus der Tasche, das nicht nur jeweils ein Foto von seiner Mutter und Schwester enthielt, sondern auch die Fotografie einer erhängten Partisanin. Wölk nickte bedächtig und bot ihm schließlich drei andere Fotos dafür an. Eines zeigte Wölk, an einem Massengrab sitzend, eine Pistole in der einen, eine Zigarette in der anderen Hand. Die Pistole war auf einen kleinen Jungen gerichtet. Wölks Füße baumelten knapp über den Köpfen in der mit Leichen gefüllten Grube.

»Was haben Sie denn da, Pflüger?«

Pflüger starrte den Leutnant mit roten Ohren an. »Das ist nichts für Sie, Herr Leutnant.«

»Geben Sie her!« Der Leutnant nahm den beiden die Fotos aus den Händen und betrachtete sie. Seine Miene wurde hart.

»Haben Sie da auf Befehl gehandelt?«, fragte er Wölk.

»Jawohl, Herr Leutnant«, antworteten Wölk und Pflüger gleichzeitig.

Hans betrachtete noch einmal die Fotografien. Ein hilfloser Zorn stieg in ihm auf. Er war bereit, vieles hinzunehmen, aber dass die Wehrmacht Massenerschießungen unter Zivilisten und Kindern vornahm, konnte und durfte nicht sein!

»Sie lügen doch!«, herrschte er die beiden an.

»Aber, Herr Leutnant ...«

»Das wird doch überall so gemacht«, sagte Piontek hinter ihm. »Wie sollen wir denn sonst den Krieg gegen diese Viecher gewinnen? Was meinen Sie, wie viele ...«

»Maul halten!«, schrie der Leutnant und verlor für einen Moment jegliche Beherrschung. Am schlimmsten war, dass Wölk und Pflüger ihn bar jedes Unrechtbewusstseins anglotzten und ihm dadurch die Gewissheit gaben, dass sie die Wahrheit sagten. Wütend presste er die Lippen zusammen. Wie konnte er vor den Männern so die Beherrschung verlieren? Das war dumm und naiv. Gross hatte recht. Wie konnte er in diesem Krieg noch an Tugenden wie Ritterlichkeit und Anstand glauben?

Er wartete, bis sich seine Wut in kalten Zynismus verwandelt hatte. »Hat's Spaß gemacht, Wölk? Hat Ihnen die Zigarette geschmeckt?«

Wölk starrte verlegen zu Boden. »Mein Gott, Herr Leutnant, so ist eben der Krieg.«

Der Leutnant warf Pflüger die Fotos in den Schoß. »Das ist Tiefenschärfe, Pflüger.«

Er überließ die Männer ihrem kargen Frühstück und kroch auf schmerzenden Knien in den Nebenraum.

Fritz folgte ihm nach einer Weile und brachte ihm dünnen Kaffee. Hans trank, obwohl sein Magen wie zugeschnürt war.

»Im Grunde ist es gleichgültig«, sagte er schließlich, »ob es die SS ist oder der SD oder die Wehrmacht. Es geschieht im deutschen Namen.«

»Du hast ja nicht geschossen«, sagte Fritz.

Es war ein oft gehörtes fadenscheiniges Argument, aber Hans nickte trotzdem. Es hatte keinen Sinn, in dieser Situation über Recht oder Unrecht nachzudenken. Er würde seinen Teil dazu beitragen, diesen Krieg so schnell wie möglich siegreich zu beenden. Danach konnte man sich wieder zivilen Tugenden wie Moral und Anstand hingeben. Bis dahin war er verantwortlich für seine Männer, für sonst nichts.

»Das Schlimmste ist, dass mich diese Fotografien kaum berühren«, gestand er. »Ich empfinde nicht wirklich Schuld oder Reue. Man regt sich nur noch darüber auf, weil man sich früher darüber aufgeregt hat, in einer anderen Welt.«

»Entweder du verreckst oder wirst 'ne Sau.« Fritz grinste. »Oder beides. Nix von deim Onkel gehört?«

Hans schüttelte den Kopf. Der Gedanke an seinen vor Energie und Optimismus strotzenden Onkel, an seine stets tadellose Haltung, den durch Morgenritte moderat gehaltenen Bauchansatz, die rot geäderten Backen des routinierten Weintrinkers, erfüllte ihn mit Ekel. Er konnte sich lebhaft vorstellen, was Oberst von Wetzland von den Kriegseindrücken seines Neffen halten würde. Ein Fieberschauer schüttelte ihn.

Ich sollte mich mehr um meine Gesundheit und weniger um meine Moral kümmern, dachte er. Aber er konnte nicht einfach abschalten. Ein Soldat hatte nicht nach den Motiven der Politik zu fragen, sondern zu kämpfen. Zu töten, damit sein Volk überlebte. Lebensraum schaffen. Meistens erfüllte ein Soldat diese Aufgabe in doppelter Weise: Er tötete, bis er getötet wurde. Machte Platz für deutsche Bauern, düngte mit seinem verrottenden Leib den Boden für kommende Generationen. Piontek, der deutsche Übermensch! Unwillkürlich schüttelte ihn ein lautloses Lachen.

Piontek, der deutsche Übermensch, saß mit gespitzten Lippen im Kreis seiner Kameraden und ahmte eine Amsel nach. Die anderen hörten andächtig zu. Nur Wölk tippte bösartigerweise auf eine Krähe. Die zwei gutartigen Müller wollten ein Rotkehlchen hören.

Im selben Moment schrien die Wachen im Erdgeschoss.

Jeder stürzte an seinen Platz. Die Aufregung war jedoch überflüssig: Bei den Eindringlingen handelte es sich nur um einige Melder mit dem verspäteten Frühstück. Rege Feindbewegung in der Nacht hatte ein früheres Durchkommen verhindert. In ihrer Begleitung befand sich ein Reporter, der einige Zeitschriften mitbrachte.

»Wenn ihr's nächste Mal die Parole nicht lauter bringt, knallt's«, schimpfte Pflüger.

Während die Melder dem Leutnant drei Gewehre mit Zielfernrohr überreichten, die er auf einem Block quittieren musste, stolzierte der Pressemann mit umgehängter Kamera in den Nebenraum.

»Tagchen, hier kommt das Vögelchen ...«

Weiter kam er nicht. Wölk riss ihn unsanft zu Boden. »Rübe runter! Wir haben keine Lust, dein Hirn von der Wand zu kratzen.«

»Selbst wenn's noch so klein ist«, ergänzte Fritz.

Der Reporter klopfte sich die Jacke ab. »Mensch, seid ihr nervös!«

Rollo begutachtete mit einem schnellen Handgriff die Fliegeruhr des Reporters. »Wenn du mir deine Uhr gibst, schieß ich 'ne Salve rüber zum Iwan.«

Der Leutnant verbot es. Die Munition war zu knapp für solche Spielereien. Nicht mal Sprengstoff war mitgekommen. Drei Gewehre mit Zielfernrohr waren alles, was man ihnen für die Schlussoffensive zubilligte. Er verteilte die Waffen auf die drei besten Schützen. Das waren Gross, Pflüger und er selbst.

»Wenn Sie einen Russen für ein brauchbares Bild erschießen, können Sie meine Uhr haben, Herr Leutnant«, schlug ihm der Reporter vor.

»Die Sonne steht falsch«, entgegnete Hans knapp. Hatten die beim Stab nichts Besseres zu tun, als Pressefritzen nach vorn zu schicken? Er drehte dem Reporter das Ziffernblatt der Uhr auf den Innenarm. »Wenn Sie 'n paar Granatsplitter abkriegen, soll doch wenigstens Ihre feine Uhr heil bleiben.«

Er kroch weg.

Pflüger hatte mitgehört und stieß den Reporter vertraulich in die Seite. »Für die Uhr knall ich dir 'n Iwan ab.«

»Jetzt gleich?«

»Klar«, versprach Pflüger. »Wölk, komm her.«

Während er mit Wölk und seinem neuen Mordwerkzeug in Stellung ging, blätterte Fritz in den Zeitschriften.

»Unser Heer, da lacht das patriotische Herz! Ratschläge zum Winterkampf! Kinder, die sehn uns noch länger hier. Hier steht's: Aktuelle Ratschläge für die Winterkriegsführung. Wir bauen uns ein Schneeloch, und mit 'm Völkischen Beobachter ham wir's immer warm. In mehreren Lagen Zeitungspapier als Decke und Unterwäsche benutzen! Bubi schneidet mir 'ne Unterhose, vorne Adolf, hinten Herrmann.«

Die erschöpften Männer lachten.

Herbert, der Melder, hatte angeblich am Telefon ein Stabsgespräch mitgehört und versuchte, ihnen mit Steinchen die aktuelle Lage auf dem Fußboden zu erklären.

Pflüger hatte sich einige Meter hinter einer Fensteröffnung im Nebenraum postiert. So lag er im Schlagschatten der Wand, das Gewehr an der Schulter. Der Reporter lag neben ihm mit einem extra langen Objektiv auf der Lauer. Gewehr und Optik waren auf eine Fensterhöhle halb links gerichtet. Dort hatte Pflüger angeblich schon mehrmals Gestalten mit Fellmützen gesichtet.

Wölk saß dicht an der Wand unterhalb des Fensters. Neben ihm lag eine Holzattrappe. Über einen Spiegel beobachtete er die gegnerische Front.

»Kein Schwanz zu sehen.«

»Geduld ist das Wichtigste. Zeig ihnen den Emil noch mal«, sagte Pflüger.

Wölk schob die Holzattrappe hoch. Nichts tat sich. »Damit gewinnen wir den Krieg auch nicht«, sagte er.

Der Reporter gähnte.

»Na los, beweg sie 'n bisschen!«, befahl Pflüger nervös.

Wölk ruckelte gelangweilt an der Attrappe. »Was für 'n Aufstand wegen 'nem einzigen Russen!« Er rümpfte die Nase. »Außerdem stinkt's hier wie die Hölle. Fast so schlimm wie Hundescheiße. Hoffentlich hat sich meine Alte nicht wieder 'n Köter in die Wohnung geholt, während ich weg bin.«

»Jetzt halt's Maul, ich muss aufpassen«, zischte Pflüger, die Wange an den Gewehrkolben gepresst.

Im nächsten Moment durchschlug eine Kugel die Holzattrappe und entriss sie Wölks Hand. Pflüger feuerte zurück, stieß einen Jubelschrei aus.

»Ich hab ihn, ich hab ihn erwischt! Hast es drauf?«, schrie er den verdatterten Fotografen an.

Wölk hob grinsend den Kopf aus der Deckung. Plötzlich stand

mitten auf seiner Stirn ein kleines rotes Loch, Hinterkopf und Gehirnmasse flogen Pflüger ins Gesicht. Gemeinsam stürzten sie zu Boden.

Pflüger schrie und begann blind um sich zu schlagen. Der Reporter wich entsetzt zurück. Die Wachen an der Tür wollten Pflüger zu Hilfe eilen.

»Auf Posten bleiben!«, schrie der Leutnant. »Bringt Pflüger rüber!«, befahl er Rollo und Gross mit bleichem Gesicht.

Die beiden packten den schreienden Pflüger, der sich mit Berserkerkräften wehrte, bis ihm Rollo die Faust ins Gesicht drosch. Der Schlag schien Pflüger alle Kraft zu nehmen. Mit baumelnden Armen und blutverschmiertem Gesicht starrte er Rollo an. Seine Pupillen wurden für einen Moment groß und schrumpften wieder auf Stecknagelgröße.

»Hier gefällt's mir nicht«, flüsterte er. »Ich geh wieder heim.« Dann versuchte er sich erneut loszureißen.

Gross schlug ihn mit einem Kolbenhieb bewusstlos. Sie schleiften ihn ins andere Zimmer. Gross besah sich Pflügers mit Blut und Hirn verschmiertes Gesicht. An der Stelle, wo ihn der Kolben am Kinn getroffen hatte, war ein weißer Fleck.

»Hol 'n Lappen«, sagte er zu Rollo.

Der Leutnant kroch auf den immer noch regungslos an der Wand kauernden Reporter zu und drückte ihm seinen Fotoapparat in die Hand. Dann wies er auf Wölks zerschmetterten Kopf. »Na, los«, zischte er. »Machen Sie Ihr Foto.«

Der Reporter starrte ihn mit zitternden Lippen an. Hans zog die Pistole: »Fotografieren Sie das, oder ich leg Sie um!«

Nachdem der Reporter das zweite Mal auf den Auslöser gedrückt hatte, übergab er sich. Hans warf einen letzten, langen Blick auf Wölk. Wartete, bis das wie eingefrorene Blut in ihm wieder zirkulierte, als sei nichts geschehen, als sei Wölk nichts als eine grotesk verrenkte Puppe. Dann wandte er sich an Fritz. »Leg ihn in die Ecke. Die Essenholer sollen ihn heute Nacht mitnehmen.«

Gebückt ging er ins andere Zimmer. Der Reporter begann zu heulen. Fritz packte Wölk unter den Achseln. Der Reporter kroch zu ihm und krallte sich in seinen Arm. Zitternd zog er seine Uhr vom Handgelenk und hielt sie Fritz hin.

»Geben Sie die Uhr dem Leutnant«, keuchte er. »Sagen Sie ihm, es tut mir leid.«

Fritz nahm die Uhr und wollte sie aus dem Fenster werfen.

«Sie ist zweihundert Mark wert«, sagte der Reporter leise.

Fritz zögerte, dann steckte er die Uhr ein. »Hau bloß ab«, murmelte er.

Er schleifte Wölk in die Ecke, wobei Blut auf seine Stiefel tropfte.

36

Kurz nach vier wurde es wieder dunkel. Der Regen war einem dichten Nebel gewichen. Die Männer hockten auf ihren Zeltbahnen und sprachen nur das Nötigste. Das Selbstvertrauen der Alten in die Gerechtigkeit des Schicksals war schwer erschüttert worden. Wieso hatte es ausgerechnet Wölk erwischt, einen der Erfahrensten unter ihnen? Wieso nicht einen der Grünschnäbel? In dieser verfluchten Stadt war alles anders.

Rollo spürte einen schmerzhaften Stich in der linken Seite, der ihn für einige Sekunden lähmte. Vorsichtig drehte er sich herum, warf Pflüger einen verstohlenen Blick zu, den sie mit demselben Strick, mit dem Pflüger immer die Wachen am Schlafen gehindert hatte, gefesselt hatten. Pflüger hatte die Fessel soweit lockern können, dass er mit den Händen über sein Gesicht kratzen konnte. Man hatte es ihm natürlich längst abgewaschen, dennoch gruben sich seine Finger in stumpfer Verzweiflung immer wieder langsam und gleichmäßig in die Haut und versuchten, das Geschehene aus seinem Gedächtnis zu kratzen. Sein Gesicht, rot und geschwollen, zeigte die ersten blutigen Striemen, doch er spürte weder den Schmerz, noch bemerkte er das Blut an seinen Fingern.

Die anderen ließen ihn gewähren, weil er wahrscheinlich nur wieder getobt hätte, hätte man versucht, ihn daran zu hindern. Stattdessen lauschten sie nach draußen. Die Russen hatten sich zwar nicht mehr gerührt, aber man konnte nie wissen. Wahrscheinlich warteten sie nur darauf, dass die Aufmerksamkeit der Deutschen nachließ. Den Gefallen würden sie ihnen nicht tun. Ihre zwei Zimmer waren zwar zugig und kalt, aber sie gehörten ihnen.

Bubi beschäftigte sich mit einem Riss in Fritz' Uniformjacke. Der Leutnant besserte ebenfalls ungeschickt seine Uniform aus, stach sich in den Finger und lutschte das Blut aus der Wunde. Als er bemerkte, dass Bubi ihn beobachtete, nähte er weiter. Das schüchtern lächelnde Gesicht des blonden Jungen ging ihm auf die Nerven.

Rollo war Bubis heimliche Vorliebe für den Leutnant nicht entgangen. Wahre Schönheit findet sich immer, dachte er gehässig und grinste. Bin ja schon richtig eifersüchtig, wie auf 'ne Alte. Kein Wunder, bei dem Notstand.

Wahrscheinlich drehten deswegen alle durch. Wenn man keine Abhilfe schaffte, stieg das Sperma irgendwann bis in den Kopf, und davon konnte man völlig behämmert werden. Das hatte er mal gelesen. War schon 'ne ganze Weile her. Sein Alter hatte immer gewollt, dass er las. Irgendwelche dicken Schwarten. Hatte vom gebildeten Proletarier geträumt, was ihm allerdings nur den Knast eingebracht hatte.

Inzwischen war es so dunkel geworden, dass sich die Essenholer wieder auf den Rückweg machen konnten. Sie legten Pflüger auf eine Zeltbahn, die an zwei langen Eisenrohren befestigt war. Fritz wollte ihm die Uhr des Reporters zustecken, aber Pflüger begann wieder zu schreien.

Der Leutnant nahm Fritz die Uhr aus der Hand. »Haben Sie was dagegen, Pflüger, wenn ich sie Wölks Frau schicke?«

Pflüger schüttelte heftig den Kopf, sah den Leutnant an, runzelte krampfhaft die Stirn. »Nicht der Frau!«, stieß er abgehackt hervor. »Weil sie kauft einen Hund, und Hunde mag er nicht.«

Hans nickte. Er musste schlucken, um nicht zu weinen. Ausgerechnet bei Pflüger, dachte er. »Mach's gut, Pflüger.«

Ein Essenholer band Pflüger einen Schal vor den Mund. Der Melder gab nach hinten durch, dass die Verpflegungskolonne mit einem Verletzten im Anmarsch sei.

Pflüger wurde hinausgetragen, und das Ächzen der Trage war noch eine ganze Weile zu hören.

37

Wieder verging eine lange Nacht. Da auch die Tage nicht besonders hell waren, fiel es den Männern nicht mehr auf. Sie waren wie Fliegen, die ziellos in einem zähen, grauen Einheitsbrei aus Kälte, Nässe und Dreck schwammen, und mit einer Schicksalsergebenheit, die nur das Gefühl der Ausweglosigkeit erzeugen kann, auf Erlösung warteten. Erkältungen, Fieber und Darminfektionen waren zu schlimmeren Feinden als die Russen geworden, die unsichtbar mit ihnen Tür an Tür lebten.

Gross hockte frierend hinter dem sMG. Gelegentlich zuckten seine Schulterblätter in einem lautlosen Husten. Hin und wieder glaubte er, einen Hauch Schneeluft zu riechen, aber bei dem allgegenwärtigen Rauch-, Fäkalien- und Leichengeruch war das wohl eher Einbildung.

Der Gemeine Müller sicherte den verminten Treppenaufgang. Den Leutnant hatten heftige Magenschmerzen wieder einmal aus dem Schlaf gerissen und zwangen ihn in den Nebenraum. Nachdem er dort seine Notdurft verrichtet hatte, trat er zu Gross.

»Woran denken Sie?«, fragte er.

Gross ließ sich viel Zeit für die Antwort. »Woran ich denke? Ich denke zum Beispiel, dass Sie dringend einen guten Rat brauchen.«

»Was für einen?«

»Verschwinden Sie von hier, solange Sie noch können.«

»Ich habe um meine Versetzung ersucht«, gestand Hans. »Aber jetzt will ich nicht mehr.«

»Aha.« Gross nickte. »Jetzt wollen wir ein Held sein, die Angst überwinden.«

»Auch das.«

»Angst gehört dazu«, murmelte Gross. »Sie zeigt mir, dass ich noch lebe. Ich bin dankbar für alle Angst, die ich noch empfinde. Und für mein Selbstmitleid. Selbstmitleid ist das beste Mittel, um zu überleben. Weinen Sie um sich, nicht um die anderen, am wenigsten um diejenigen, die Sie umgebracht haben. Dann haben Sie eine Chance, diesen Krieg heil zu überstehen. Kommen Sie«, er legte Hans den Arm um die Schultern, »weinen wir ein wenig zusammen.

Sonst weint ja doch keiner um uns. Die Generäle weinen höchstens um ein zerstörtes Bauwerk oder eine kaputte Brücke, aber zehntausend Mann werden mit einem Federstrich abgeschrieben.«

Hans befreite sich wütend aus der Umarmung. »Unsinn!«

»Jeder Tropfen Öl, jedes Korn Weizen, jede Schaufel Kohle, die erobert wird, ist mehr wert als ein Menschenleben.«

»Das ist doch Blödsinn«, erwiderte Hans kalt.

Er wollte noch etwas sagen, aber Gross stoppte ihn mit einer Handbewegung.

»Irgendwas gefällt mir nicht«, murmelte er. Sie warteten eine Weile, aber nichts rührte sich. Von oben hörte man einen Russen husten.

»Schön, wenn man freundliche Nachbarn hat«, murmelte Gross. Dann verfiel er wieder in seinen spöttischen Tonfall. »Der Krieg ist eine wunderbare Sache. Der Staat macht uns zu Mördern und nimmt uns die Verantwortung dafür ab. Ein sauberes Geschäft. Und wir werden nicht mal mit Geld, Land oder Weibern, sondern mit Ruhm und Ehre bezahlt. Rentabler geht's wirklich nicht.«

»Wir wissen beide nicht, ob dieser Krieg politisch notwendig war. Aber Sie können nicht bestreiten, dass es Selbstverteidigungskriege gibt, die notwendig sind.«

»Aber ja! Politik ist die Kunst, Situationen zu schaffen, in denen Kriege notwendig und unvermeidbar werden. Der Krieg ist der Preis für die Annehmlichkeiten, die uns der Staat gewährt. Aber unsere Verbrecher haben noch nicht einmal den primitivsten Schein gewahrt. Dieser Krieg ist nichts als ein brutaler Raubüberfall. Ich hoffe von ganzem Herzen, dass wir ihn verlieren und nicht eines Tages in den Geschichtsbüchern stehen muss, dass es ein Präventivschlag gegen den Bolschewismus war.«

Der Leutnant wich einige Schritte zurück. Gross musterte ihn voller Hohn. »Überlegen Sie gerade, ob Sie mich dafür erschießen lassen?«

Hans schüttelte den Kopf.

»Wofür kämpfen Sie noch?«, flüsterte er.

»Zu meinem persönlichen Vergnügen«, knurrte der bleiche Schädel unter dem Stahlhelm. »Ich bin ein Facharbeiter des Todes. Und ich liebe meinen Beruf.« Er wich zurück in die Dunkelheit, und sein

Gesicht war nur noch ein heller Fleck. »Natürlich habe ich auch noch Hoffnung«, murmelte er. »Sicher idiotisch und unbegründet, aber manchmal ist sie da, gemeinsam mit der Angst, zu verrecken.«

Hans näherte sich ihm wieder und fasste ihn an den Schultern.

»Gehen Sie weg«, flüsterte Gross, und Hans fühlte, dass es auf seine Hände tropfte. »Gehen Sie weit weg!«

»Ich bleibe!« Hans zögerte, bevor er weitersprach. »Ich weiß, es klingt vermessen, aber ich habe das Grauen, das Sie durch den Krieg kennengelernt haben, immer wieder zu Hause gefühlt. Morgens konnte ich oft stundenlang nicht aufstehen. Ich weiß, es klingt lächerlich angesichts der Zerstörung und des Leides hier, aber ich bin in den Krieg gezogen, um diesem Grauen zu entkommen. Es ist mir teilweise gelungen.« Er suchte hilflos nach Worten. »Sie werden es kaum glauben, aber ich habe Angst zurückzugehen.«

»Sie sind noch nicht geheilt, was?« Gross nickte auf einmal. »Ich denke, ich verstehe Sie. Nur glaube ich kaum, dass Sie Ihre Krankheit hier auf die Dauer loswerden. Sie schieben sie nur eine Weile vor sich her. Und überlegen Sie, welchen Preis Sie bezahlen. Sehen Sie mich an! Wie könnte ich jemals wieder zärtlich zu einer Frau sein? Ich meine nicht das Sexuelle, obwohl mir sicher auch das erhebliche Schwierigkeiten bereiten würde. Ich meine Zärtlichkeit. Immer wiederkehrende, tägliche Zärtlichkeit. Können Sie sich vorstellen, welche Kraft man dafür braucht? Ich habe diese Kraft nicht mehr. Ich habe sie fürs Töten verschwendet. Und jetzt … jetzt gehen Sie. Ich habe das Gefühl, dass meine Aufmerksamkeit heute noch gebraucht wird.«

Verwirrt kroch Hans zurück zu seinem Schlafplatz. Erstaunt stellte er fest, dass Fritz mit gefalteten Händen in der Ecke kniete. AGMs Gebetbuch lag aufgeklappt und mit den Seiten nach unten neben ihm.

Hans rollte sich in seine Decken. Bubi brabbelte im Schlaf leise vor sich hin. Rollo wachte auf, nahm einen Schluck aus der Feldflasche und vergaß zu schlucken, als er den betenden Fritz im Halbdunkel ausmachte. Aufgeregt kroch er zu ihm.

»Mensch, was machste denn da?«

»Hab kein Fusel mehr«, gab Fritz flüsternd zurück. »Hab gedacht, vielleicht kann ich damit knacken. 's erste Gebet kann ich schon halb.«

»Mensch, sag doch was!« Rollo reichte ihm seine Flasche. »Nüchtern kommen wir sowieso nicht mehr heim.«

Fritz nahm einen tiefen Schluck und atmete tief aus. »Muss sagen, im direkten Vergleich schneidet's Beten eindeutig schlechter ab.«

Rollo nickte. »Mein Gott, Dicker, sind wir tief gesunken! Klamotten stinken auch wie Sau.« Er nahm selbst einen Schluck, was ihm einen besinnlichen Moment einbrachte. »Gelegentlich muss ich auch mal übern Tod nachdenken. Nur so, für alle Fälle.«

»Alarm! Angriff durch Fenster!«, schrie Gross in diesem Moment, und das Krächzen seiner hohen Stimme klang so komisch, dass einige für Sekundenbruchteile glaubten, es handele sich um einen bösen Scherz. Dann aber begann das Maschinengewehr zu hämmern.

Sie griffen nach ihren Waffen, spritzten auseinander, traten auf die noch Schlafenden, die wie betrunken hochtaumelten, stürzten zu den Schießscharten. Draußen schwangen Russen an Seilen im strömenden Regen und warfen Handgranaten durch die Maueröffnungen.

Fritz sah aus den Augenwinkeln, wie sich Rollo und Bubi in den Nebenraum rollten, dann hechtete er blindlings durch eine Fensterhöhle ins Freie und fiel mit abgebrochenem Mauerwerk in den Schlamm drei Meter tiefer. Im gleichen Augenblick detonierten die Handgranaten und verwandelten den Raum mitsamt seinen Insassen in einen orangefarbenen Feuerball.

38

Ziegelstücke und ein abgerissener Gewehrkolben, an den sich der blutige Rest einer Hand klammerte, prasselten auf Fritz nieder, geschwärzte Uniformfetzen, Sand und blakender Rauch trieben über ihn weg, hüllten ihn ein. Im Schutz dieser nach verbranntem

Fleisch riechenden Wolke kroch er vorwärts, bis die Erde unter ihm nachgab und er kopfüber in den nächsten Trichter stürzte.

Er steckte einen Daumen in den Mund und biss darauf, damit seine Zähne nicht mehr aufeinander schlugen. Mit der anderen Hand, in der er noch sein Messer hielt, wischte er sich Blut und Dreck aus dem Gesicht. Die Ahnung eines Lufthauchs traf ihn, und er warf sich auf die Seite. Die Stiefel eines russischen Soldaten landeten auf dem Trichterrand und rutschten hinter einer Woge von Schlamm zu ihm herunter.

Fritz sprang hoch, glitt aus, fand Halt an einer Leiche, hob das Messer und umschlang den Russen von hinten mit einem Arm, um ihm den Hals durchzuschneiden. Er drohte erneut zu fallen, seine Hand rutschte nach unten und landete auf einer weiblichen Brust. Er kippte nach hinten und starrte entsetzt in die ebenso entsetzten Augen einer Russin.

Zitternd riss er seine Pistole aus dem Halfter und wunderte sich, warum sie ihn nicht erschoss. Da sah er ihre hoch gestreckten Arme. Sie ergab sich. Offenbar hatte sie ihre Waffe verloren. Fritz war nicht in der Stimmung, Gefangene zu machen.

»Hau ab!«, zischte er. »Oder ich knall dich ...«

Im selben Augenblick fiel ihm ein, dass sie ihm nur weitere Russen auf den Hals hetzen würde. Er schloss die Augen, wollte abdrücken ... und hörte eine schwere Granate heranheulen. Reflexartig riss er die Russin zu Boden und rollte mit ihr auf den tiefsten Punkt des Trichters, während die Granate dicht daneben einschlug. Eine Woge Erde, Dreck und Steine flog über ihre Köpfe.

Das war nur der Auftakt für einen Orkan aus Feuer und Stahl, der mit ungeheurer Heftigkeit über das Fabrikgelände tobte. Die Erde über und unter ihnen wankte. Voller Todesangst klammerten sich ihre bebenden und vibrierenden Körper aneinander. Glühende Geschütz- und Wrackteile sausten wie Brandpfeile über sie hinweg.

Fritz schüttelte wie nach einem schweren Faustschlag den Kopf und starrte auf das kleine Gesicht unter ihm, dessen aufgerissene dunkle Augen zu ihm hochsahen. Er sah Blut auf diesem Gesicht, wollte es wegwischen, aber es wurde ihm unter der Wucht eines neuen Einschlags entgegengeschleudert. Mit einem im Gebrüll der

Geschütze untergehenden Schrei vergrub sie den Kopf an seiner schlammbedeckten Schulter.

Er streichelte ihr schmutziges Haar, und alles, alles war plötzlich gleichgültig. Ihre kalten Hände rutschten unter seine Jacke. Er presste mit beiden Händen ihren kleinen Kopf an seine Brust und hatte keine Angst mehr, fühlte nur noch diesen kleinen, weichen, warmen Körper, der ganz dicht bei ihm war. Und immer, wenn ein Einschlag besonders nah war, sah sie ihn an, und einmal lächelte sie.

Der Gemeine Müller, der aus einer Schießscharte im ersten Stock das Feuer auf ein russisches MG-Nest im Block gegenüber eröffnet hatte, entdeckte die beiden unter ihm im Aufblitzen des Geschützfeuers.

Ungläubig starrte er durch den Qualm in den Trichter, dann verzog sich sein hässliches Gesicht zu einem rührenden Grinsen. Gebannt blickte er nach unten, obwohl er kaum etwas sehen konnte, aber das brauchte er auch nicht. Er konnte sich plötzlich alles sehr gut vorstellen, viel schöner, als es in Wirklichkeit war.

Er lächelte immer noch, als eine Kugel seine Stirn durchschlug.

Fritz hatte die Augen geschlossen und fragte sich, ob alles zu Ende war, als das Artilleriefeuer mit einem Schlag verstummte – ein sicheres Zeichen dafür, dass ein feindlicher Angriff kurz bevorstand.

Die Russin setzte sich auf und war ihm plötzlich unendlich fremd. Sie hatten überlebt, nun waren sie wieder Feinde. Was gerade geschehen war, existierte nicht mehr.

Ohne ihn anzusehen, verschwand sie in der Dunkelheit. Er kroch aus dem Trichter, robbte durch schwarzen Schlamm zu einer Kelleröffnung des Büroblocks und zwängte sich ins Innere.

Er wusste nicht mal ihren Namen, stand bis über die Knie im eiskalten Wasser und hatte keine Ahnung, wohin.

39

Von oben hörte man die dumpfen Schläge der Explosionen, Schüsse, Schreie. Vorsichtig tastete sich Fritz durch die Dunkelheit, in der schwachen Hoffnung, wenigstens einen trockenen Platz zu finden. Er stieß mit dem Fuß gegen einen harten Gegenstand und stöhnte unwillkürlich auf.

Eine leise Stimme ließ seinen Herzschlag stocken. »Parole?«

Fritz grinste erleichtert. »Else.« Sie nahmen meistens Frauennamen, ebenso wie für die Planquadrate bei der Artillerie.

»Komm her!«

Fritz watete zu den anderen durch den stockdunklen Keller.

»Die Russen sind im ersten Stock«, empfing ihn der Leutnant. »Sie denken, wir sind im Eimer.«

»Sind wir doch auch«, knurrte Rollo.

Der Allgemeine Müller begann zu niesen. Rollo presste ihm die Hand auf den Mund. »Den nächsten, der seine Rotzkanne nicht hält, knall ich ab!«

Jeder glaubte es ihm.

Gross tauchte aus der Dunkelheit im ungewissen Licht der Brände vor dem Kellerfenster auf. In seiner Begleitung befanden sich zwei Gestalten mit verbrannten Uniformen und rußgeschwärzten Gesichtern, in denen die Brandwunden und die Augen rot schimmerten. »Zug Köhler und Frank links und rechts von uns gibt's nicht mehr«, teilte er dem Leutnant mit.

Die zwei Männer, die zischend durch zusammengebissene Zähne atmeten, senkten die Köpfe.

»Wenigstens kann man hier unten nicht verdursten«, flüsterte Piontek. Die anderen hassten ihn für seine Dummheit.

»Scheiße«, sagte Rollo, »ich will zurück zu meinem Ofen.«

»Ich auch«, sagte Piontek und zog seine Axt.

»Was ist mit der Treppe?«, fragte der Leutnant.

»Hochgejagt. Wir brauchen Seile und Haken.«

Piontek hob den abgerissenen Rest eines Wasserrohrs und verbog ihn vor den Augen des Leutnants. »Einen Haken hätten wir schon.«

Seile würden sie auch noch finden. Und wenn sie welche aus den Uniformen der Leichen drehten. Eine Zuversicht machte sich breit, die kein vernünftiger Mensch hätte teilen können. Jeder war bereit, sein Leben zu riskieren – für ein trockenes Zimmer und einen Ofen, der aus einem verrosteten Benzinkanister bestand.

Gross organisierte alles. Er schien eine teuflische Freude dabei zu empfinden, dass sich der Kampf endlich nur noch auf Urbedürfnisse reduzierte. Mit funkelnden Augen watete er zum Leutnant.

»Im Erdgeschoss gibt's noch eine Kiste mit geballten Ladungen. Ich hab sie in Sicherheit gebracht, bevor sie hochgeht. Kommen Sie. Damit verschaffen wir uns mehr als 'ne Schrecksekunde.«

Er zog den Leutnant zu einer zerstörten Treppe, die einmal ins Erdgeschoss geführt hatte. Dort war nach wie vor alles voller Qualm. »Sehen Sie – es wäre ein Fehler gewesen, mich zu liquidieren. Ich bin der perfekteste Mörder von euch allen. Ich brauche nur gelegentlich eine kleine Beichte. Na los, teilen Sie die Männer ein, wir frieren.«

Der Leutnant presste wütend die Kiefer zusammen und ließ sich einen der selbst gebastelten Enterhaken von Piontek reichen. Er würde den Angriff in den ersten Stock führen. Gross wurde von Rollo und Fritz hochgehoben und zog sich auf den Treppenabsatz, der dunkel über ihnen hing. Die anderen folgten.

Dicht gedrängt kauerten die Männer auf dem Absatz, der unter ihrem Gewicht verdächtig knackte. Gross sprang auf und huschte durch den beißenden Rauch zu der Munitionskiste. Der Leutnant folgte. Der Qualm ließ sie kaum atmen, aber es gelang ihnen überraschend schnell, die Zündkapseln und Reißschnüre anzubringen.

»Ich zuerst. Fertig?«, zischte Gross.

»Fertig.«

Auf dem Treppenabsatz über ihnen erschienen schattengleich drei Russen. Fritz feuerte mit der MPi, die Schatten verschwanden, dann schleuderte Gross seine geballte Ladung hinterher. »Deckung!«

Der Leutnant sprang hinter einen Mauervorsprung. Den viereckigen Kasten mit dem Sprengstoff und den eingesetzten Zündkapseln drückte er an die Brust.

Die Explosion dröhnte durch das durchlöcherte Haus.

Rollo und Piontek versuchten, mit verbogenen Eisenteilen eine Behelfsleiter zu bauen. Immer noch seine geballte Ladung an die Brust gedrückt, huschte der Leutnant zu ihnen, drängte Rollo weg, und obwohl ihm zunächst unmöglich schien, über die Eisen und den verbogenen Rest einer Betonmatte in den ersten Stock zu klettern, war er im nächsten Augenblick schon oben, rollte über den Rand, zog die Reißschnur, sprang auf und schleuderte die Ladung den Gang entlang. Sie prallte gegen die Wand, schlidderte über den Boden und explodierte direkt vor dem nächsten Treppenaufgang, über den mit Maschinenpistolen feuernde Schatten heraufstürzten.

Die feindlichen Soldaten verschwanden in dem Feuerball. Der Explosionsdruck schleuderte den Leutnant rückwärts, er prallte gegen etwas Hartes, fiel benommen zu Boden.

Gross' Totenkopfgesicht schwebte über ihm und sagte: »Gute Arbeit, Herr Leutnant!«

Dann war das Gesicht weg. Rollo, Piontek und drei andere stürmten an ihm vorbei zu den Zimmern, die sie vor dem russischen Angriff bewohnt hatten.

Wieder eine ohrenbetäubende Explosion – das musste die zweite von Gross geworfene Ladung sein. Jemand schrie, schrie und schrie. Handgranaten explodierten, das Schreien verstummte.

Hans versuchte sich aufzurappeln, jemand half ihm dabei. Fritz. Wer sonst?, dachte Hans. »Komm nach Hause«, sagte Fritz.

Dann waren sie wieder in ihrer alten Behausung, die meisten von ihnen mehr oder weniger lädiert, verdreckt und total erschöpft, aber sie waren wieder daheim.

Rollo musterte zufrieden den Ofen, während Blut aus einem Streifschuss am Oberarm rann. »Na also, der Ofen brennt noch ...«

Piontek hob ein blutverschmiertes Exemplar von *Unser Heer* vom Boden auf und warf es ins qualmende Feuer. AGM hockte erschöpft auf dem Boden. Scharfer Wind pfiff durch die ramponierten Wände. »In welchem Stock sind wir überhaupt?«

»Im ersten«, erwiderte Herbert, der Melder, zähneklappernd. »Haben nur noch sieben zu erobern.«

Er wurde von einer Serie Schüsse unterbrochen, die HGM vom Eingang aus abgab. Ein russischer Soldat, der versucht hatte, einen PC

24

Verwundeten am Bein die Treppe hochzuziehen, stürzte schreiend die Stufen hinab und blieb wimmernd vor dem Zimmer der Deutschen liegen.

»Nach hinten sichern«, befahl der Leutnant Piontek und kroch zu HGM, der hinter der von Einschüssen zersiebten Wand kauerte.

»Auf der Treppe sind noch ein paar Iwans, Herr Leutnant. Einen hab ich grade ausgeknipst.« Er wollte dem verletzten Russen den Fangschuss geben. Hans drückte ihm den Lauf der MPi nach unten. HGM sah ihn aus wasserhellen Augen verständnislos an.

Fritz kroch neben sie, linste vorsichtig ins Treppenhaus. »Da liegen auch noch zwei von uns.«

»Die sind im Eimer«, sagte HGM.

»Das siehst du von hier?« Fritz holte tief Luft. »Entschuldigung, Herr Leutnant, aber sind wir jetzt schon so weit, dass wir die Verwundeten als Köder benützen?«

»Der Russe macht's genauso«, sagte Rollo und füllte mit kältestarren Fingern sein Magazin.

Der Leutnant warf einen Blick auf seine Leute. Den Meisten war völlig gleichgültig, was irgendjemand dort draußen trieb. Sie wollten nur endlich ihre Ruhe haben. Er suchte den Blick von Gross, doch der schob demonstrativ etwas Holz in den Ofen.

»Egal, was die Russen machen, Reiser hat recht. So weit sind wir wirklich noch nicht«, sagte Hans entschlossen. »Gross, rufen Sie mal hoch, ob die mit zeitweiligem Waffenstillstand einverstanden sind, damit jeder seine Verwundeten holen kann.«

Gross nickte und kroch heran.

HGM wurde sichtlich unruhig. Schließlich hielt er es nicht mehr aus. »Entschuldigung, Herr Leutnant, aber das ist verboten. Das weiß ich genau.«

Als er den drohenden Blick von Fritz einfing, kroch er etwas zurück. Er wirkte wie ein bissiger Hund, der sich in der Größe seines Gegners verschätzt hat.

Gross riss einem der russischen Gefallenen das blutige Unterhemd ab, band es an eine Eisenstange und schwenkte es ins Treppenhaus. Nach seinem in gebrochenem Russisch vorgebrachten Vorschlag eines Gefangenenaustauschs herrschte erst einmal Stille.

Gross wiederholte seinen Vorschlag. Wieder keine Reaktion.

»Bist du sicher, dass das Russisch ist?«, murmelte Rollo.

Gross wollte gerade noch einen Versuch unternehmen, als die Antwort kam: »Ihr Faschistenschweine macht Witze! Ihr habt gerade einen von uns abgeknallt!«

Gross holte seine Parlamentärsfahne wieder ein. »Sie trauen uns nicht. Wegen ihm.« Er nickte in HGMs Richtung.

Einer der deutschen Verwundeten begann sich zu bewegen. Mit letzter Kraft versuchte er sich ohne jede Orientierung an der nächsten Treppenstufe hochzuziehen, rutschte aber immer wieder an dem Blut ab, das aus seiner zerschossenen Hand quoll.

Hans warf HGM einen Blick voller Verachtung zu. »Sagen Sie, einer unserer jungen Soldaten ist vor Angst durchgedreht«, befahl er Gross. »Es tut uns leid.«

Gross übersetzte in gebrochenem Russisch.

»Warum schickt ihr auch Kinder in den Krieg?«, kam es von oben zurück. Dann herrschte wieder Stille.

Fritz beobachtete mehrere huschende Schatten. Plötzlich war die Stimme des Russen wieder zu hören: »Gut, wir sind einverstanden. Aber ihr kommt zuerst raus!«

Gross presste die Lippen aufeinander, dass sie nur noch einen schmalen Schlitz bildeten. Genau so hatte er sich das gedacht.

»Wir sollen zuerst rausgehen.«

»Ich geh da nicht raus«, sagte Rollo hastig.

»Ich auch nicht«, wurde er sofort von Piontek unterstützt.

Gross sah, wie der Leutnant seine Waffen ablegte, und hielt seine Hand fest. »Nicht Sie. Die Männer brauchen Sie noch.«

Er löste seinen Pistolenhalfter. Fritz zögerte. Doch er hatte diese Sache angefangen. Er atmete einige Male tief durch, sah zu Boden, als stünde dort etwas Hilfreiches, doch da lagen nur einige Kippen im getrockneten Blut.

Vielleicht bleibt mir einiges erspart, wenn's mich jetzt erwischt, dachte er trotzig und folgte Gross' Beispiel.

Langsam, mit erhobenen Armen trat er hinter Gross ins Treppenhaus. Jeder seiner Schritte fühlte sich merkwürdig leicht an. Die Luft, die er einatmete, blieb ihm im Hals stecken. Trotzdem ging er hinter Gross weiter, den er um beinahe zwei Köpfe überragte.

Gespannt, die Waffen ins Treppenhaus gerichtet, die Finger am

Abzug, verfolgten die zurückgebliebenen Männer die zwei Freiwilligen, fest entschlossen, wenn schon keine Hilfe mehr möglich war, wenigstens Rache zu üben. Doch zunächst geschah nichts.

Fritz und Gross stiegen zwischen zwei Gefallenen langsam die Treppe nach oben, bis sie ihre Verwundeten erreicht hatten. Sie beugten sich nach unten und packten die beiden Männer, von denen der eine einen kurzen schrecklichen Schrei ausstieß, unter den Achseln. Anscheinend überzeugte das die Russen von der ehrlichen Absicht der Deutschen. Zwei von ihnen stiegen, ebenfalls mit erhobenen Händen und ohne Waffen, die Treppe hinunter. Einer sah aus wie eine Mischung aus Fritz und Gross, extrem hoch gewachsen und sehr dürr.

Fritz zog seinen Verletzten keuchend auf einen der noch lebenden Russen zu und versuchte ungeschickt, über ihn hinwegzusteigen. Der lange, dürre Russe wollte zu Hilfe eilen, blieb aber nach einem Schritt stehen.

Fritz warf ihm einen schnellen Blick zu. Die Angst im Gesicht des Russen beruhigte ihn. Aus eigener Kraft schaffte er es nicht. Er ließ seinen Verletzten zu Boden gleiten und winkte den Russen heran. »Komm her, wir beißen nicht.«

Zögernd traten die beiden Russen näher. Der zweite bückte sich nach seinem verletzten Kameraden, ohne die Deutschen aus den Augen zu lassen. Fritz wandte sich an den Dürren. »Ihr habt ja meinen ganzen Proviant geklaut. Haste nicht wenigstens 'n Stück Brot?«

Der Russe starrte ihn verständnislos an.

»Los, übersetzen!«, schnauzte Fritz Gross an.

Gross übersetzte tatsächlich, und wider Erwarten verzog sich das Gesicht des Dürren zu einem breiten Grinsen. Er sprach, und Gross übersetzte: »Er sagt, dein Fleisch sehr gut.«

»Ja, ich weiß, mein Proviant prima, aber jetzt alles hier.« Fritz zeigte auf den Bauch des Russen. »Du Brot?«

Rollo, die MPi in Händen, schüttelte fassungslos den Kopf.

»Wenn's ums Fressen geht, wird der Dicke todesmutig!«

Fritz wiederholte seine Frage mit einem Blick auf den prallen Brotbeutel des dürren Russen, bekräftigte sie durch Gesten, die jede Übersetzung überflüssig machten.

Der Russe zögerte, holte dann mit einem schnellen Handgriff einen Kanten Schwarzbrot aus seiner Tasche und hielt ihn Fritz hin, obwohl sein Gefährte ihn auf Russisch anschnauzte.

Fritz, der nicht wirklich an den Erfolg seines Unternehmens geglaubt hatte, bedankte sich verblüfft. Er steckte das Brot ein, wollte seinem ohnmächtig gewordenen Verwundeten wieder unter die Achseln greifen und endgültig den Rückzug antreten, als plötzlich Schüsse fielen. Der zweite Russe sackte zusammen.

Gross, Fritz und der Dürre warfen sich auf den Boden zwischen die Verletzten und Gefallenen, die im wilden Kugelhagel der die Treppe herabstürmenden Russen erneut getroffen wurden.

Dem Leutnant blieb keine Wahl, als den Befehl zum Gegenangriff zu geben, und die Deutschen eröffneten das Feuer.

Piontek und Rollo trieben die feindlichen Soldaten mit Spatenhieben zurück, der unbewaffnete Fritz hatte den dürren Russen an sich gerissen und missbrauchte ihn als Schutzschild. Rollo zerrte ihn am Kragen zurück.

Plötzlich stand ein kleiner Junge vor ihm, mit einer viel zu großen Pistole in der Hand. Rollo starrte ihn ungläubig an, warf sich dann zur Seite und spürte, wie die Kugel in seinen Arm schlug. Der Junge wurde von dem Rückstoß der Waffe zu Boden geworfen, Rollo packte ihn und schleuderte ihn in ihr Zimmer.

Aus einem wilden, scheinbar unentwirrbaren Knäuel zogen sich die kämpfenden Parteien wieder in ihre Stockwerke zurück. Gnadenlos erschoss jede Seite die Verwundeten des Gegners, keine Hilferufe, keine flehend erhobenen Arme konnten noch etwas bewirken. Rollo war der Letzte, den der Leutnant in ihr Zimmer zurückzerrte, wo er noch einen Augenblick wild um sich schlug, bis er registrierte, dass er in Sicherheit war, und sich keuchend zu Boden fallen ließ.

Er blickte den Leutnant an, der ebenfalls nach Luft ringend und mit blutender Hand neben ihm saß, und klopfte ihm schüchtern auf die Schultern. »Dafür kriegen Sie das EK I.«

Der Leutnant schien ihn nicht zu hören. Schwer atmend musterte er seine Männer. »Wer hat das Feuer eröffnet?«

Piontek sah verlegen wie ein Schuljunge zu Boden. Der Leutnant folgte Bubis Blick, der sich auf den Hundsgemeinen Müller richtete.

Dieser hob die Achseln. »Die Russen wollten uns angreifen. Das hab ich genau gesehen ...«

Fritz schlug ihm von hinten den Helm vom Kopf, packte ihn an den Haaren und versuchte ihn zum Ausgang zu schleifen. »Los, du Sau!«, keuchte er. »Hau ab, geh hoch, kommst sogar noch in die Zeitung: In stolzer Trauer ...«

»Du Feigling!«, fauchte HGM. »Du bist sowieso dran, wenn ...«

Der Leutnant wartete noch, bis Fritz seinem Gegner die Faust ins Gesicht gedroschen hatte, dann ging er dazwischen.

»Na gut!«, brüllte Fritz, während er weiter versuchte, auf den bewusstlosen HGM einzuschlagen. »Ich hab Angst, ich bin feige! Und mich kotzt der ganze Scheißdreck dermaßen an!« Keuchend riss er HGM am Kragen hoch, erkannte dessen Zustand, ließ ihn fallen und stierte den Leutnant an. »Wo ist überhaupt mein Sold? Ich krieg einundneunzig Mark zwanzig, für drei Monate und einen Tag, und wenn ich die nicht auf der Stelle seh, dann geh ich nach Hause, zu Fuß durch ganz Russland! Hab nämlich was Besseres zu tun, als mich hier abknallen zu lassen!«

Er wollte nach draußen. Rollo und Bubi warfen sich auf ihn, doch sie benötigten die Hilfe von Hans und Piontek, um den Tobenden festzuhalten.

»Komm, Dicker!«, schrie Rollo und versetzte ihm zwei Backpfeifen. »Ist ja gut, wir wollen alle nach Hause, ist ja gut!«

Fritz starrte ihn an, als sehe er ihn nach langer Zeit zum ersten Mal. Dann ließ er den Kopf auf die Brust fallen und begann zu schluchzen.

Hans zögerte, legte dann vorsichtig den Arm um den breiten, zuckenden Rücken. »Wir sollten nicht vergessen«, flüsterte er und fühlte sich unendlich müde, »dass der Gegner dort draußen ist.«

»Genau. Sieh mich an, Dicker, sieh mich an!« Rollo fuhr Fritz unbeholfen durchs Haar. »Wir beide reißen dem Iwan den Arsch auf, pass mal auf!«

»Achtung!« Piontek richtete seine MPi auf eine schmutzige Decke, die über einigen leeren Munitionskisten hing und unter der sich etwas bewegt hatte. Alle zielten auf die Decke.

»Rukki werch!«, stieß der Leutnant erschöpft hervor. »Gross, was heißt ›Langsam rauskommen‹?

Gross übersetzte.

Tastend und vorsichtig kroch eine knochige Hand unter der Decke hervor. Ihr folgte der dürre Russe. An seiner anderen Hand hielt er den zehnjährigen Jungen, der auf Rollo geschossen hatte. Staunend betrachteten die Soldaten das ungleiche Paar.

»Mensch«, sagte Rollo schließlich, »unsere Gefangenen! Hatt ich ganz vergessen.«

40

Wieder einmal wurde es Tag, und man erahnte die Sonne hinter dem Qualm und Rauch, in den die Stadt ständig gehüllt war. Die wenigen Überlebenden der Kampfgruppe von Wetzland trugen inzwischen ausnahmslos notdürftig angelegte Verbände. AGM und Bubi schoben mit brennenden Augen Wache. Alle Treppenaufgänge nach oben und unten waren gesprengt worden. Für die Essenholer lag eine aus Seilen und Stahlrohren improvisierte Leiter bereit. HGM saß mit geschwollenem Kiefer und finstere Rachepläne schmiedend in einer Ecke. Piontek bewachte, seine Axt schärfend, den rauchenden Ofen und die beiden Russen, denen man die ebenso gefährliche wie undankbare Aufgabe übertragen hatte, die schlimmsten Löcher in der Wand wenigstens notdürftig zu stopfen.

Leutnant von Wetzland hatte im Nebenraum im Schatten der Wände aus leeren Munitionskisten eine Auflage gebaut. Durch das Zielfernrohr verfolgte er jede Bewegung im Block schräg gegenüber.

Es war kurz nach neun, die Zeit der russischen Wasserholer. Er fixierte die Mitte der durchbrochenen Wand, wo üblicherweise ihre Köpfe auftauchten. Dies war eine Art des Tötens, die ihm lag, die er beherrschte. Die Entfernung degradierte die Menschen zu sich mechanisch bewegenden Zielen, Puppen, Gegenständen. Eine saubere Sache. Man fühlte keinen Ekel beim Töten, keinen Abscheu, und wenn man genügend Routine hatte, nicht einmal freudige Erregung oder Triumph.

Er bekam eine viel zu schmale schlaffe Mütze ins Visier. Auf den Trick fiel er nicht mehr herein. Er wartete geduldig, bis eine nicht mit Holz, sondern mit Knochen, Fleisch und Blut gefüllte Mütze sichtbar wurde, und drückte ab, ehe sie mit einem Satz das andere Ende des Zimmers erreichen konnte. Mütze und Kopf fielen aus seinem Blickfeld.

»Macht Spaß?« Gross nahm mit seinem Gewehr neben ihm Platz.

Sie wussten beide, dass ihre Schüsse nicht kriegsentscheidend waren, so viele Russen sie auch trafen. Während sich der Leutnant noch einredete, es sei wichtig, den eigenen Männern das Gefühl zu geben, den feindlichen Scharfschützen nicht hilflos ausgeliefert zu sein, betrachtete Gross das ganze ausschließlich als Zeitvertreib, eine Art kriegerischer Gymnastik, wie er sich ausdrückte.

»Was ist der Krieg doch für eine wunderbare Sache«, sagte er, und seine Augen funkelten vor Spott und Selbstverachtung. »Endlich dürfen wir nach Lust und Laune töten und bekommen auch noch Orden dafür.«

Hans beschloss, sein Gerede zu ignorieren. Er zielte an einigen Häuserresten vorbei, die sich gezackt wie riesige Granatsplitter in den rauchigen Himmel bohrten, auf eine weitere Fensterhöhle. Dahinter befand sich eine weißgetünchte Zimmerwand, ein hervorragender Kontrast, vor dem sich jedes Ziel deutlich abhob.

»Doch, glauben Sie mir«, fuhr Gross boshaft fort, »Sie werden einen schönen, dicken Orden kriegen, direkt auf ihr böses, kaltes Herz, wenn es auch längst noch nicht so kalt ist wie meines. Aber Sie machen gute Fortschritte.«

Als er die stumme Ablehnung des jungen Leutnants spürte, der angespannt ein neues Ziel anvisierte, wurde Gross plötzlich bewusst, wie sehr er sich an die Gespräche mit ihm gewöhnt hatte. Er hasste den Leutnant, weil er nicht mit ihm sprechen wollte, und verachtete sich dafür, überhaupt den Wunsch nach einem Gespräch zu empfinden. Die Gedanken entschwanden ihm immer öfter, ehe er sie zu Ende denken konnte, wie Kiesel, die ein paar Mal übers Wasser hüpften, ehe sie versanken. Er durfte nicht den Verstand verlieren. Nicht wegen der paar kleinen Morde oder Heldentaten, die er in diesem Krieg begangen hatte!

Es war ihm zu Ohren gekommen, dass die Ausfälle bei den Kämpfen um die Stadt seit zwei Monaten ungefähr sechstausend Mann pro Tag betrugen. Wenn man davon ausging, dass auch sonntags gekämpft wurde, waren das bisher insgesamt dreihundertsechzigtausend Mann. Verlor deswegen einer der Befehlshaber den Verstand? Nein, sie blieben kühl und besonnen, stets aufrecht, auch wenn sie schwer an ihren Orden trugen. Es war schon seltsam mit den Verbrechen! Sobald sie groß genug waren und genügend Teilnehmer fanden, wurden sie zu Heldentaten. Gross lächelte. Jedem Übermensch sein Überverbrechen!

Seine Gedanken verflüchtigten sich erneut, Speichel trat auf seine Lippen, während er gleichzeitig zu denken, zu zielen und zu schießen versuchte. Das war der Krieg, eine Religion der Gewalt, eine Überhöhung des Verbrechens ins Unermessliche, eine Mystifizierung, das heiliggesprochene Verbrechen, das Mysterium des Mordes. Befreit vom schlechten Gewissen, das der Staat so großzügig auf seine eigenen Schultern lud, badete man in einem Meer von Blut.

Er kam wieder zu sich, warf einen Blick auf seine schmutzstarrende Uniform und sagte unvermittelt: »Im Augenblick wäre mir ein Bad lieber als das Geballer, selbst wenn ich einen General erwischen könnte.«

Hans sah Gross' maskenhaft erstarrtes Gesicht, und er fragte sich, wie lange er es noch rechtfertigen konnte, diesen Mann in der Gruppe zu behalten. Die Grenze zwischen Normalität und Wahnsinn schien in seinem Gehirn mit wachsender Geschwindigkeit zu schwinden. Wenn Gross plötzlich anfinge, die Waffe auf die eigenen Leute zu richten, wäre ihm hier draußen keiner gewachsen. Zum ersten Mal bekam er Angst vor diesem Mann.

Gross schien zu fühlen, dass er sich zu weit verloren hatte. Stumm justierte er mit einer abgebrochenen Rasierklinge, die er als Schraubenzieher benutzte, die Entfernungseinstellung der Optik.

Hans erschien plötzlich das erschreckende Bild vor Augen, wie ihm Gross mit einer schnellen Bewegung die Rasierklinge quer durch den Hals zog. Er zwang sich, nicht länger auf die Rasierklinge zu starren, sondern sich ein neues Ziel zu suchen.

»Also schön«, sagte Gross schließlich, »reden wir über was anderes, damit ich meine Vernunft und meinen analytischen Verstand beweisen kann. Reden wir über Politik. Ich finde es ziemlich absurd, den Versailler Vertrag als Ursache für die Gräueltaten anzunehmen, die hier geschehen. Was meinen Sie?«

Der Leutnant antwortete nicht, aber ein Lächeln huschte über sein Gesicht – ein Signal für Gross weiterzusprechen.

»Dieses Volk der Deutschen hat es immer nur auf dem Papier gegeben, und gleichgültig, wie wild es um sich schlägt, im Krieg wird es nie eine wirkliche Identität finden. Je lauter die Marschmusik und das nationale Geheul, je größer die Leichenberge unserer Heldentaten und nicht zuletzt je fetter der Geldbeutel unserer Industrie, umso kleiner und jämmerlicher unsere wahre Identität. Charakterlosigkeit, das ist unsere hervorstechendste Eigenschaft!«

»Wenn Sie jetzt nicht endgültig die Klappe halten, nehme ich Ihnen das Gewehr weg und schicke Sie nach Sibirien!«

»Oh, bitte! Tun Sie das nicht! Ich kann nicht leben ohne mein Gewehr«, flüsterte Gross spöttisch. Aber dann hielt er tatsächlich den Mund.

Dafür begann Rollo im Nebenraum zu jammern.

Der Steckschuss im Oberarm pochte wie Teufel.

Piontek zückte sein Taschenmesser. »Mensch, komm her, ich mach's dir raus.«

Rollo wich ängstlich zurück.

»Nee, du langst mich nicht an!«

Fritz schnappte sich Rollos Arm, wickelte den Verband ab und betrachtete nachdenklich die entzündete Wunde. »Wenn du nicht aufpasst, ist der Arm ab. Dann kannste mit unserm Hauptmann als Zwillingspärchen auftreten.«

»Quatsch.« Mürrisch zog Rollo seinen Arm zurück.

Der dürre Russe, der gerade zwei Steine an ihnen vorbeischob, warf ebenfalls einen Blick auf die Wunde und begann auf Russisch zu reden. Erst nach einer Weile kapierten sie, dass er sich anbot, die Kugel aus Rollos Arm zu holen.

»Du willst doch nicht den Iwan da ranlassen«, rief Piontek entsetzt.

»Besser als dich.« Rollo hielt dem Russen den verletzten Arm hin und zog mit dem anderen seine Pistole. »Wenn du Scheiße baust, knall ich dich ab!«

Der Russe nickte, als sei das selbstverständlich.

Fritz desinfizierte die Klinge seines Taschenmessers über der Feuerzeugflamme und gab es dem Russen, der damit in Rollos entzündeter Wunde herumzustochern begann.

Rollo fühlte, wie ihm schlecht wurde. Er biss die Zähne zusammen, starrte auf die gegenüberliegende Wand und dachte an einige Details aus seinen Nahkämpfen. Seltsamerweise wurde ihm dadurch etwas besser. Er wartete auf weitere Schmerzen, doch da drückte ihm der Russe schon die blutverschmierte Kugel in die Hand.

Fritz wischte sein Taschenmesser an Rollos Hose ab. »Nicht schlecht für 'n Untermenschen.«

Der Russe kippte Schnaps aus Rollos Feldflasche auf die Wunde. Rollo schrie auf, der Russe gab ihm rasch einen Schluck zu trinken. Rollo trank, schüttelte sich, schrie noch mal. Der Russenjunge, der bis dahin langsam und gleichgültig Steine aufeinander geschichtet hatte, lächelte zufrieden über Rollos Schmerzen. Piontek auch.

Der Leutnant hatte ein kurzes Telefonat mit dem Bataillonsstab geführt. Er legte auf und wandte sich an die Männer. »Hört mal her. Aus unserer Ablösung wird nichts. Der Block muss genommen werden. Wir bekommen heute Nacht Verstärkung.«

Die Männer sahen sich einen Moment sprachlos an. Dann feuerte Fritz sein Taschenmesser auf den Boden.

»Zwölfjährige?«

»Lass mal«, wiegelte Piontek ab. »Der Hauptmann lässt uns schon nicht im Stich.«

»Die guten Offiziere!« Gross' Lippen kräuselten sich verächtlich. »Die kriegen sogar das Kunststück fertig, ihre Leute zu verheizen und dafür von ihnen geliebt zu werden.«

»Jetzt ist es wirklich genug, Gross!«, fuhr ihn der Leutnant an. »Mund halten, sonst ...«

»Was sonst?«, fragte Gross herausfordernd.

»Sonst muss ich melden, dass Sie nicht mehr die nötige Nervenstärke besitzen, um unter meinem Kommando Dienst zu tun.«

»Ihre Entscheidung«, sagte Gross und zog sich in den Nebenraum zurück.

Der Leutnant folgte ihm. Er brauchte Gross hier vorne, dringend. »Mir können Sie erzählen, was Sie wollen«, sagte er. »Aber tun Sie das nie mehr vor den Männern. Versprechen Sie das?«

Gross starrte seine Hände an, die gelegentlich wie in einem Fieberschauer zitterten. Schließlich nickte er unmerklich. Mehr war von ihm nicht zu erwarten.

Der Russenjunge hatte die kurze Auseinandersetzung zwischen dem Leutnant und Gross dazu benutzt, sich durch eine der Schießscharten zu zwängen.

Rollo merkte es im letzten Augenblick, stürzte ihm nach und zerrte ihn zurück. »Hier geblieben, kleine Kröte!«

Der Leutnant kam aus dem Nebenraum zurück, befreite den Jungen aus Rollos Händen. Zum ersten Mal betrachtete er ihn genauer. »Wir kennen uns doch!«

Fritz ging in die Knie, um dem Jungen, der trotzig zu Boden starrte, besser ins Gesicht sehen zu können. Dann entdeckte er seine auffallend großen Füße. »Mensch, klar, das ist doch der Kleine mit den Schwestern!«

Rollo hielt dem Jungen vorwurfsvoll seinen frisch verbundenen Arm unter die Nase. »Sag mal, bist du verrückt, mir eine zu verpassen?«

Der Leutnant führte Sascha zum Ofen und bot ihm etwas von der kalten Tomatensuppe an. Der Junge schüttelte den Kopf. »Wie geht's deiner Mutter? Wie bist du hierher gekommen?«

Sascha sah den Leutnant nur hasserfüllt an. Hans nickte müde. »Ja, ja, ich weiß, wir haben deine Freunde getötet, wir sind Faschistenschweine und haben Russland überfallen …«

»Wieso ihr nicht nach Hause?«, fragte der Junge heftig.

»Du bist jetzt auch Soldat. Du weiß doch, was ein Befehl ist?«

»Ist schlechter Befehl«, sagte der Junge mit einer Gewissheit, die Hans schon längst nicht mehr besaß.

»Man muss jeden Befehl befolgen, sonst wird man erschossen.«

»Wenn du bleibst, du und alle Faschisten auch erschossen. Das ist unsere Stadt.«

Dagegen war wenig zu sagen. »Wir haben euch so viel Unrecht angetan«, sagte Hans schließlich leise. »Wir können nicht mehr zurück. Wir müssen weiterkämpfen, damit es euch nie gelingt, euch an uns zu rächen. Verstehst du das?«

»Wir werden uns rächen«, sagte der kleine Russe.

Hans nahm den Kochgeschirrdeckel vom Ofen, der als Teller diente und in dem sich Suppe befand. »Iss jetzt.« Er wollte ihm einen vollen Löffel in den Mund schieben, aber Sascha presste die Lippen zusammen und schüttelte den Kopf. »Du sollst essen, verdammt noch mal!« Wütend warf Hans den Löffel in die Suppe zurück.

»Das ist unser Land!« Sascha reckte seinen dünnen Arm mit geballter Faust in die Höhe und begann auf Russisch patriotische Parolen zu schreien. Er sah dabei ziemlich komisch aus, und seine Stimme hatte auch nicht mehr die Kraft, um richtig zu schreien.

Die Männer schüttelten die Köpfe. Die meisten sahen dabei verlegen zu Boden, auch der zweite Russe, der den Krieg schon zu gut kennengelernt hatte, um sich noch etwas anderes zu wünschen, als zu überleben.

»Halt doch die Schnauze, Junge«, sagte Rollo beinahe liebevoll.

Sascha brach ab und starrte die Männer mit zuckenden Lippen an. Er merkte, wie lächerlich sie ihn fanden, und begann vor Zorn und Scham zu weinen.

»Ich kämpfe für mein Land!«, schrie er schluchzend. »Aber ihr Faschisten seid alle Mörder!«

Hans verlor endgültig die Beherrschung und versetzte ihm eine heftige Ohrfeige. Erschrocken betrachtete er seine Hand, sein eigenes Gesicht begann zu brennen, als hätte er sich selbst geschlagen. Undeutlich hörte er HGMs helle Stimme. »Sehen Sie's jetzt endlich ein, Herr Leutnant?«

»Halten Sie den Mund!«, brüllte ihn Hans an. Er drückte Sascha neben sich auf die Zeltbahn. »Und du geh runter, sonst findet der Rest des vaterländischen Krieges ohne dich statt!«

Sascha setzte sich und starrte auf den Kochgeschirrdeckel mit der Tomatensuppe, die nach wie vor unberührt auf dem Ofen stand.

Hans nahm den Deckel und hielt ihn dem Jungen hin. »Komm schon, iss jetzt deine Suppe!«

Saschas Hunger war zu groß. Gierig begann er zu essen. »Glaub nicht, wir kein Essen«, sprach er zwischendurch trotzig. »Wir Russen gutes Essen!«

»Ja ja.« Hans lächelte verstohlen. »Was ist mit deiner Mutter?«

Sascha hob langsam den Kopf und blickte ihn an. Stockend und auf Russisch begann er zu berichten. Gross übersetzte. Haller war offenbar mit Slesina und seinem Zug Feldgendarmen wiedergekommen. Betrunken hatten sie von Sascha lautstark die versprochenen Schwestern gefordert. Aber Sascha hatte keine Schwestern. Er hatte sie erfunden, damit die Deutschen das Haus nicht niederbrannten.

»Das war doch klar«, sagte Fritz leise.

Slesina und seinen Leuten war es nicht klar gewesen. Aus Wut über ihren Misserfolg hatten sie das Haus angezündet, und als Saschas Mutter versucht hatte, das brennende Haus zu verlassen, hatten sie ihr die Krücken weggeschossen. Oberleutnant Haller hatte dem besten Schützen eine Siegesprämie in Form einer Flasche Kognak versprochen. Slesina hatte sie gewonnen.

»Russenpropaganda«, murmelte Rollo. Hans befahl ihm zu schweigen.

Der Junge konnte nicht mehr weitersprechen. In sein Schluchzen mischte sich ein tiefes, raues Wehklagen, das seinen kleinen Körper schüttelte und den Männern durch Mark und Bein ging.

Hans wollte den Jungen in den Arm nehmen, doch der stieß ihn weg. »Lass mich! Faschist! Lass mich!«

Hans presste ihn gewaltsam an sich, und schließlich gab der Junge nach und verkroch sich in seinen Armen, damit niemand mehr seine Tränen sehen konnte. Eine halbe Stunde lang sagte keiner etwas.

Schließlich unterbrach Rollo das betretene Schweigen, indem er seinem Medizinmann, dem dürren Russen, zuprostete. »Freitag, komm her!« Erfreut registrierte er, dass ihn der Russe ansah. »Seht ihr, er hört schon drauf.« Er klopft sich mit der flachen Hand mehrmals auf die Brust und erklärte dem Russen übertrieben langsam: »Ich Robinson, Rollo Robinson.« Er wies mit dem Finger auf den Russen. »Du Freitag.« Mit einer weiten Armbewegung fuhr er über die zerschossenen Wände. »Und das ist unsere Insel.«

»Mehr Palmen, bitte«, verlangte Herbert von seinem Telefonkasten aus. Dann kramte er aus seinem Tornister einige zerfledderte

Reiseprospekte, die einzigen Relikte seines kleinen Reisebüros, die er an der Front gerettet hatte. »Hier, zwei Wochen Gardasee. Vollpension, für ganze achtzig Mark. Könnt bei mir buchen.«

»Ich buch Oßweil«, sagte Fritz. »Einfach. Ohne Rückfahrkarte.«

»Für mich 'ne Insel. Und natürlich für Freitag.« Rollo öffnete die letzte Flasche des russischen Beutewodkas. »Ich meine, die Russen sind ja nun mal, rein biologisch gesehen, Untermenschen. Aber«, er hob unter allgemeinem Gelächter den Zeigefinger, »Freitag, du nicht.«

»Nee, Freitag ist Neger«, sagte Fritz.

»Genau. Das einzige schwarze Schaf unter lauter weißen Kommunisten.« Rollo kroch auf allen vieren zu dem Russen hin und reichte ihm die Flasche. »Pass auf, du lernst jetzt Deutsch: Fischers Fritz fängt frische Fische.« Aufmunternd schwang er die Flasche vor dem Gesicht seines Schülers. »Na los, sprich nach!«

Der Russe machte es besser, als sie erwartet hatten. Gleichzeitig begannen die Russen im Stockwerk über den Deutschen zu singen.

»Ruhe!«, schrie HGM wütend.

»Lass man, ist doch ganz schön«, sagte Piontek.

»In Ordnung«, grunzte Rollo Robinson und gestattete seinem Freitag einen letzten Schluck. »Wir machen morgen weiter.«

Er ließ sich auf den Rücken fallen und lauschte mit weit ausgebreiteten Armen dem Gesang. Freitag fiel in den Refrain ein. Er hatte eine für seinen dürren Körper erstaunlich kräftige Stimme. Und plötzlich hob auch Sascha den Kopf aus dem Schoß des Leutnants und sang mit hoher, dünner Kinderstimme mit.

Die deutschen Soldaten hörten ihnen andächtig zu.

41

Rollo lag immer noch auf dem Rücken. Draußen war es wieder dunkel geworden. Wäre es nach ihm gegangen, hätte die Sonne überhaupt nie mehr aufzugehen brauchen, dann hätte man wenigstens das ganze Elend nicht mehr sehen müssen.

Seine Arme waren nicht mehr ausgebreitet, sondern lagen dicht am Körper. Erschöpft rieb er sich im Schritt. Dabei war er gar nicht richtig müde; er *konnte* nicht richtig müde sein, dafür war er zu erregt. Abschütteln brachte nichts mehr. Irgendwas steckte in ihm drin, was er mit seinen Fingern nicht aus sich herausquetschen konnte.

Der Dicke schnarchte zufrieden neben ihm. Der war längst impotent und hatte es gut. Rollo aber wurde vor Geilheit richtig übel. Das war der Samenüberschuss, der in den Magen drückte und bis in die Speiseröhre hochstieg. Die nächste Alte, die ich anhauche, wird schwanger, dachte er.

Undeutlich sah er den blonden Haarschopf des Gemeingefährlichen im Dunkeln leuchten. Wenn er jetzt kurz rüberkriechen würde ... Aber das war ja Wahnsinn! Dafür konnte man ins Strafbataillon wandern, und man sah am Skelett, was dann aus einem wurde.

Der war mit seiner Knarre inzwischen sogar bei Nacht auf Jagd nach unvorsichtigen Russkis. Wenn einer von denen so behämmert war, sich eine Papyrossi anzustecken, gab die Zigarettenglut im Dunkeln ein wunderbares Ziel ab.

Wenigstens der Leutnant schlief ausnahmsweise mal. Seine Verdauung und das Gewissen hatten sich wohl beruhigt.

AGM, der Betbruder, war als Einziger wach. Der war mit Gott und der Dunkelheit beschäftigt, der würde sich nicht mal umdrehen, und wenn doch, konnte man immer noch auf Schlafwandler machen.

Vielleicht würde der Gemeingefährliche nicht mal aufwachen. Der Kleine hatte einen tiefen Schlaf, wenn er nicht gerade was Schlimmes träumte. Vielleicht stand er ja auch drauf und träumte dabei von seinem Leutnant.

Rollo dachte an Bubis weißen Arsch und die schmalen Beine, und er fühlte, wie sich seine Hose noch mehr spannte. Scheiße, er musste es tun, sonst stieg ihm der Saft bis ins Gehirn, und er ging hier noch drauf! Er war nicht schwul, weiß Gott nicht, aber da konnte man mal sehen, wie weit sie einen in diesem Scheißkrieg brachten! In jedem anderen Krieg auf dieser gottverdammten Welt konnte man nach jeder Schlacht wenigstens einmal richtig ficken, aber hier kriegten sie nicht mal das auf die Reihe! Wenn das der Führer wüsste!

Vorsichtig sah sich Rollo um und stärkte sich mit einem letzten Schluck. Dann kroch er über den Dicken und legte sich dicht hinter Bubi. Der drehte sich im Schlaf und schmiegte sich, erfreut über die plötzliche Wärme, arglos an ihn.

Er wachte erst richtig auf, als Rollo ihn bereits vor vollendete Tatsachen stellte. Ehe er schreien konnte, presste ihm Rollo die Hand auf den Mund. »Halts Maul! Sonst brech ich dir's Genick«, zischte er ihm ins Ohr.

Dann war auch schon alles vorbei. Bubi lag reglos auf der Seite, wie gelähmt. Der Schock war so groß, dass er weder weinen noch schreien konnte.

»Na los, zieh dich wieder an«, flüsterte Rollo und zog ihm dann selbst ärgerlich die Hosen hoch. »Das war 'n Notfall. Stell dich jetzt bloß nicht an.« Nervös fuhr er sich übers Gesicht. »Wir wissen beide, dass wir normal sind, das ist die Hauptsache.«

Bubi drehte sich plötzlich um, verkrallte seine Hand in Rollos Haaren und küsste ihn heftig auf den Mund.

»Was soll denn die Scheiße?« Rollo riss sich los.

Bubi lächelte und wischte sich etwas Blut von der Lippe.

Da begriff Rollo. Verdammt, in was war er da hineingeraten!

»Pass auf«, flüsterte er aufgeregt. »Wie du bist, ist mir egal, aber ich …«

Sie wurden von einer Maschinengewehrsalve unterbrochen.

»Essenholer! Feuerschutz!«, schrie Gross.

Die Aussicht auf warmes Essen brachte alle mit erstaunlicher Geschwindigkeit auf die Beine. Fritz stürzte zum MG und stieß AGM beiseite.

»Nicht dahin!«, schrie AGM. »Da sind unsere!«

»Ach was!« Fritz hielt in kurz aufflackerndes Mündungsfeuer. »Unsere sind mit Tragen beschäftigt! Neuer Gurt!« PC 44

Die Russen schossen Leuchtkugeln. Drei Essenholer schafften es trotzdem, schlammbedeckt und grau vor Erschöpfung kletterten sie die improvisierte Leiter hoch, die die Kampfgruppe im Bedarfsfall ins Erdgeschoss hinabließ. Einer hatte einen Schulterdurchschuss und einen Sack voll Post.

Aufgeregt wühlten die Männer in den Briefen und Päckchen. Selbst das Essen wurde vorläufig uninteressant. Piontek fuchtelte mit einer in Kleinmädchenschrift vollgeschriebenen Seite herum.

»Mensch, jetzt hat se mir schon wieder geschrieben, dat se 'n Jungen gekriegt hat, aber kein Wort von der Kuh, die kalben soll. Na ja, macht nix, sie ist zwar nicht die Hellste, aber sonst ... Hauptsache lieb. Mein Gott, wenn ich jetzt bloß wüsst, ob mit meiner Kuh alles stimmt. Wat 'n Uppstand! – Oh ...!« Empört starrte er auf die zweite Seite. »Die haben unsere zwei Polen aufgehängt, die waren so gut eingearbeitet, wat 'n Schietkram!« Kopfschüttelnd las er weiter.

Rollo riss ebenfalls ein Kuvert auf. Herbert, der Melder, hob neugierig den Blick von seinem Brief. »Von deiner Frau?«

»Klar. Sitzt zu Hause und passt auf die Möbel auf.« Unschlüssig drehte er die Briefbögen in der Hand. Irgendwie hatte er doch ein schlechtes Gewissen, den Brief ausgerechnet nach dem, was gerade vorgefallen war, zu lesen. Er würde noch etwas damit warten.

»Schalke hat gegen Hannover drei zu null gespielt«, sagte Herbert. »Alemania hat schon wieder verloren.«

Rollo sah ihn überrascht an. »Steht das in dem Brief?«

»Klar. Meine Mutter hat versprochen, dass sie mir alle Ergebnisse schreibt. Nach dem Krieg werd ich Mittelstürmer bei Borussia. Hab schon 'n Probespiel gehabt.«

»Ich denk, du hast 'n Reisebüro.«

»Aber nach'm Krieg will doch jeder erst mal zu Hause bleiben.«

Herbert studierte die nächsten Zeilen der gestochen scharfen Handschrift seiner Mutter, einer Postbeamtenwitwe. Auch der Rest des Briefes war so akkurat geschrieben und nichtssagend wie die Fußballtabelle. Selbst ihre Sorgen klangen pflichtbewusst. *Sieh dich vor, dass es dir nicht ergeht wie deinem Bruder* ... Sein Bruder war einer der Wenigen gewesen, die im Polenfeldzug gefallen waren, gleich am zweiten Tag. Erst hat er den entscheidenden Elfmeter bei der Schulmeisterschaft verschossen, dachte Herbert, und dann ist er auch noch gefallen. Manche hatten eben nur Pech.

»Fußball ist doch Scheiße«, sagte Rollo. »Ich hab 'n Paddelboot, Zweisitzer. Meine Alte sitzt vorn und ich hinten. Sie paddelt, und ich guck mir die Gegend an.« Er registrierte, dass Bubi ihn anstarrte.

Ein ungeöffneter Brief lag in seinem Schoß. Der Kleine sollte sich bloß nicht so anstellen – 'n Bauchschuss war schlimmer!

Rollo verzog sich in den Nebenraum, um in Ruhe seinen Brief lesen zu können.

Dort legte der Leutnant letzte Hand an den Notverband des verletzten Essenholers. Fritz kroch neben ihn und überreichte ihm ein zierliches, ziemlich dickes Kuvert.

Hans lehnte sich zurück und betrachtete die ihm wohlbekannte geschwungene Schrift. Dann sah er hoch zu Gross, der nach wie vor an ihrem selbst gebastelten Schießstand hockte, das Gewehr im Anschlag. »Keine Post, Gross?«

»Nee.« Gross bezog eine neue Stellung.

Fritz rutschte ungeduldig auf seinem breiten Hintern hin und her, bis Hans sich endlich dazu entschließen konnte, seinen Brief zu öffnen.

»Steht was von deinem Onkel drin«, fragte er.

Hans schüttelte den Kopf. »Meine Mutter hatte wohl bisher nur Gelegenheit, einmal kurz mit ihm zu telefonieren. Er ist sehr beschäftigt.« Hans lächelte dünn. »Oder ihre Kunst, andere zu bezirzen, hat nachgelassen.«

»Aber dein Onkel wird dich doch hier nicht verrecken lassen!«

»Mach dir keine Sorgen. Wir kommen hier raus.«

Hans erschrak, als er erkannte, wie sehr sich Fritz an das fadenscheinige Versprechen klammerte, wie seine Augen hoffnungsvoll aufleuchteten. Aber was sollte er ihm sonst erzählen? Dass er überhaupt nicht mehr wusste, was er noch zu Hause verloren hatte?

Er überflog den Brief seiner Verlobten, nicht fähig, ihn Wort für Wort zu lesen. Diese Begriffe wie Schönheit, Glauben, Treue widerten ihn an, und er ertappte sich bei dem Wunsch, der Krieg möge ewig währen, nur damit er ihr nie mehr würde gegenübertreten müssen. Die Kraft, all die Lügen auszusprechen, die sie und die anderen in der Heimat von ihm erwarteten, hatte er nicht mehr.

Er schaute auf seine Hände und bemerkte, dass er seit geraumer Zeit schrieb. Hieroglyphen, die er auf den freien Rand ihres Briefes kritzelte. Man erwacht und weiß nicht mehr, ob man wach ist oder träumt. Es ist einem auch gleichgültig. Die Wirklichkeit und die

Albträume sind eins. Blut, Eiter und Knochen, ein zerfetztes Organ, eine fantasievoll arrangierte Leichenschau nach einem Volltreffer – das sind die Blumen auf unseren Metallwiesen. Das Orchester des Lebens reduziert sich auf einen einzigen stumpfen Ton. Man kann ihn nicht hören, doch er nimmt einen trotzdem mit einer Beständigkeit und Ausdauer gefangen, aus der es immer weniger Entkommen zu geben scheint.

»Kutter«, sagte Fritz und legte seine Stirn in kummervolle Querfalten. »Unser Haus hat 'n Treffer abgekriegt. Brandbombe, 's ganze Dach im Arsch. Ich hab meim Alten noch gesagt, kauf des Haus nicht, 'n Lkw ist mobil, den treffen sie nicht so leicht, aber nein …«

Hans hörte ihm dankbar zu. Fritz würde nach diesem Krieg nach Hause gehen, Lkw fahren, Bier trinken, eine Frau haben und Kinder. Der Krieg würde seine Unschuld zwar ankratzen, aber nicht zerstören. Irgendwie beneidete er ihn darum. Und irgendwie verachtete er ihn dafür.

Fritz lachte. »'s Stoppschild am Eck ham se wieder in Halt umgetauft, außerdem, Opa sein Rammler is gestorben, war sein bester Zuchthase, 's is 'ne Katastrophe für'n Kleintierzüchterverein, er ist untröstlich. Oma muss ihm jeden Tag 'n Schnaps ins Waschbecken leeren …«

Der Russenjunge hatte es bereits fast wieder bis zum Eingang geschafft, als Hans ihn am Kragen packte. »Wohin soll's denn gehen?«

Sascha starrte ihn trotzig und feindselig an. »Ich auch Hasen«, stieß er plötzlich hervor.

Fritz und Hans sahen sich überrascht an.

»Bist noch mal um Prügel rumgekommen«, sagte Fritz. »Wir Hasenbesitzer müssen zusammenhalten. Oder hast du nur Karnickel?«

»Hasen«, sagte Sascha schnell, und die plötzliche Verschlagenheit in seinem Blick machte das Kindergesicht um vieles älter. »So groß.« Seine kleinen Hände zeigten zwei Riesenhasen, und als er sich dann endgültig sicher war, nicht bestraft zu werden, gedachte er seiner Tiere voll kindlicher Liebe. »Früher viele, jetzt nur zwei. Mutter wollen alle kaputt machen und essen. Jetzt sie tot, Hasen leben. Ich sie gut versteckt.«

»Nach 'm Krieg hast wieder viele«, tröstete ihn Fritz.

»Wann ist das? Wenn ihr alle tot?«

»Du machst einem wirklich Mut.« Fritz sah sich nach erfreulicheren Gesprächspartnern um. »He, Rollo, mein Opa hat Bienenwachs geschickt, bewährtes Hausmittel gegen Reißen. Paket muss noch beim Figaro sein.«

Auf allen vieren kriechend, stieß er ins Zentrum von Robinsons Insel vor, wo Rollo wie versteinert auf seinen Brief starrte, ihn zusammenknüllte und ihn mit schlafwandlerischer Bewegung in den Ofen stopfte.

Beunruhigt kroch Fritz an seine Seite. »Is was passiert daheim?«

Rollo starrte stumm in die Flammen.

»Bombenangriff?«

»So kann man's auch nennen«, stieß Rollo bitter hervor. »Während ich hier den Arsch hinhalte, lässt sie sich zu Hause von 'nem Franzmann flachlegen. Von 'nem Kriegsgefangenen!«

Fritz runzelte ungläubig die Stirn. »Woher weißt 'n des? Is vielleicht nur Verleumdung!«

»Meine Alte schreibt's mir höchstpersönlich!«, schrie Rollo und zeigte aufgebracht in die Flammen. »Sie beichtet's mir, bevor meine Schwiegermutter mir's schreibt. 's ganze Viertel vögelt mit Franzmännern rum.« Dann äffte er die hohe Stimme seiner Frau so überzeugend nach, dass alle sich erschrocken umdrehten. »Was soll ich denn machen? Wer weiß, wann du wiederkommst!« Er brach ab und starrte düster in die Flammen. »Ich bring sie um, wenn ich heimkomm. Ich bring sie alle um, die ganzen Scheißweiber!«

»Nicht so laut«, zischte Fritz. »Willst unbedingt, dass es alle mitkriegen?«

Rollo schleuderte wütend einen Holzscheit ins Feuer. »Franzosen, die ham wir in zwei Wochen zur Sau gemacht, aber sie war ja schon immer geil auf Nippes und den ganzen Scheiß. Jetzt gibt's keine Gnade mehr, für niemand. Das zahl ich den Russen heim.«

«War doch 'n Franzose.«

»Scheißegal.« Rollo stocherte finster in der Asche. »Alles Verbündete.«

Piontek war aus dem Nebenraum gekommen, angelockt von Rollos Gebrüll. »So toll, wie man denkt, is es zu Hause auch nich«, sagte er bedächtig. »Braucht man sich nicht verrückt zu machen. Als ich das letzte Mal da war, hat meine Frau grade den Kleinen erwartet.« Er machte eine Pause, um sich zu erinnern, wie es tatsächlich gewesen war. »Ich war eigentlich ganz überflüssig. Ich hab sie nur beim Brüten gestört.«

Die Russen im Stockwerk über ihnen begannen wieder zu singen.

Der Leutnant begab sich in den Nebenraum und kroch zu Gross, der ebenfalls dem Gesang der Russen lauschte.

»Was meinen Sie?«, fragte er.

»Dass sie zu oft singen.«

Der Leutnant nickte. Der Plan des Regimentsstabs, die Russen auszuhungern, war kläglich gescheitert. Der Gegner hielt die angrenzenden Blocks, in denen ebenfalls nur schwache deutsche Einheiten das eine oder andere Stockwerk besetzt hatten, und erhielt über seine Nachschubwege offensichtlich ausreichend Lebensmittel und Munition.

Der Leutnant legte ein Ohr an eine Stützmauer und glaubte, weit entfernt das schwache Ticken eines Meißels zu hören.

»Wir haben natürlich keinen Sprengstoff«, murmelte er.

»Brauchen wir auch nicht«, sagte Gross trocken. »Ein Plattenspieler reicht.« Betont beiläufig fügte er hinzu. »Ruhls Zug hat einen.«

Der Leutnant lächelte schmal. »Sagen Sie ihnen, wir brauchen ihn nur bis morgen früh.«

42

Es war kurz vor Mitternacht, und der Krieg hatte sich beinahe überall zur Ruhe gelegt. Auch die Kampfgruppe von Wetzland schien in ihren Zimmern zu sitzen und vor sich hinzudösen. Ein altes Grammophon lief. Da die Platte einen Sprung hatte, wiederholte sich in regelmäßigen Abständen immer wieder dieselbe Stelle.

Das musikalische Glück der Kampfgruppe war jedoch nur von

kurzer Dauer. Eine schwere Explosion beendete mit einem Schlag die Musik. Die Decke des gesamten zweiten Stockwerks stürzte auf den Boden des ersten und riss ihn, umgeben von einer gewaltigen Staubwolke, mit sich ins Erdgeschoss hinunter. Ziegel und Stahlträger begruben alles unter sich, auch das Grammophon und die Kampfgruppe.

Dafür ertönte das Jubelgeschrei der Russen. Sie kamen von überall her und begannen im kurzen Aufblitzen ihrer Taschenlampen das Erdgeschoss zu durchsuchen. Leise zischten sie einander zu, sobald sie auf zerquetschte, abgeklemmte Leichenteile stießen, dann ließen sie in ihrer Vorsicht nach und wurden lauter.

Gross befand sich mit dem Leutnant, Rollo und Fritz in einem Trichter nahe der Hausruine. Mit grimmiger Freude übersetzte er die Zahlen, die sich die Russen triumphierend zuriefen.

»Lassen wir sie noch ’n bisschen zählen, dann kommen noch mehr«, flüsterte er und stieß Fritz an. »Hast nicht umsonst die ganze Nacht Leichen geschleppt.«

»Nie wieder«, knurrte Fritz.

Gleich darauf gab der Leutnant Feuerbefehl. Sie sprangen auf und schossen auf alles, was sich im Erdgeschoss bewegte.

AGM führte ihre beiden russischen Gefangenen in die Ruine. Sie waren zur Sicherheit geknebelt worden. Der Leutnant nahm ihnen die Stofflappen aus dem Mund.

Piontek, der gerade einen toten Russen umgedreht hatte, um besser an dessen Brotbeutel zu gelangen, richtete sich verlegen auf, als er Sascha und den anderen Gefangenen bemerkte. HGM grinste hämisch, während Sascha auf das breite, noch im Tode von hilfloser Angst verzerrte Gesicht des Gefallenen sah, das unter seinem Blick die Züge seiner Mutter annahm. Leise begann er mit ihr zu reden. Da er die Hände gefaltet hatte, dachten die anderen, er würde beten.

Freitag wandte den Blick von den toten Gesichtern, die er zum großen Teil gekannt hatte, und stieß einige abgehackte Sätze hervor. Gross übersetzte: »Er sagt, er und der Kleine wären auch tot gewesen. Scheißkrieg, sagt er. Aber unser Brot sei besser. Er will uns in

Zukunft bei den Verwundeten helfen. Aber er wird nicht auf seine Leute schießen.«

Hans nickte zum Zeichen, dass er einverstanden war.

»Meine Mutter sagt, ich nie auf dich schießen«, sagte Sascha plötzlich zu Hans. Seine kleine Hand zeigte auf Fritz. »Und nicht schießen ihn.«

Ehe die beiden etwas sagen konnten, legte die russische Artillerie mit einem schmetternden Schlag Sperrfeuer zwischen sie und die deutschen Linien weiter hinten.

»So leicht gibt der Iwan kein Haus her!«, schrie Fritz in den ohrenbetäubenden Lärm der Einschläge. »Nicht mal so eines!«

»Kellereingänge und Erdgeschoss sichern!«, befahl der Leutnant. »Zwei Müller, Reiser, kommen mit mir. Geiger, Verbindung aufnehmen. Gefechtsstand im Heizraum.«

Herbert, der im Dunkeln sein durch die Explosion erheblich verkürztes Verbindungskabel wiedergefunden hatte, legte eine Verlängerung in den Keller.

Rollo hatte ihr Erfolg neuen Mut gemacht. »Herr Leutnant, hier kommt kein Russe mehr rein!«

Als Antwort detonierten Granaten, die Leuchtspuren von Maschinengewehrsalven stachen nach jeder Bewegung und zwangen die Männer in Deckung, tödliche Splitter sirrten durch die Gegend. Von ihrem Sperrfeuer wirksam gegen eine Verstärkung der Deutschen abgesichert, versuchten die Russen von drei Seiten in die Trümmer des Blocks einzudringen.

Rollo sah aus den Augenwinkeln, wie sich die anderen zurückzogen, und keuchte vor Wut. Er begriff nicht, dass er liegenblieb und weiterkämpfte, weil man ihm sein ganzes Leben lang eingetrichtert hatte, dass es nichts Schlimmeres gab als Niederlagen, und sein Leben trotzdem nichts als eine einzige Serie von Niederlagen gewesen war. Er begriff nur, ihn würden sie nicht aus diesem Haus kriegen, ihn nicht!

Er wollte hochspringen und in das gegnerische Mündungsfeuer halten, aber Piontek zog ihn angesichts der feindlichen Übermacht zurück und bewahrte ihn damit vor dem sicheren Ende.

Zu Ende wäre es dennoch für sie beide gewesen, wenn nicht der fromme Müller versucht hätte, ihnen zu folgen. Er hatte sein Gewehr verloren, stolperte hinter ihnen her und verschaffte ihnen ungewollt Deckung, bis eine Kugel seine Wirbelsäule und den Magen durchschlug und sein Gesicht auf einen verschmorten Sicherungskasten klatschte.

Eine weitere russische Angriffswelle brandete gegen das Gebäude. Der Plan, die Deutschen ins Sperrfeuer zu drücken, zeigte erste Erfolge. Versprengte deutsche Soldaten, die ihre Einheit und die Nerven verloren hatten, stolperten aus der Deckung der Ruinen auf den freien Platz und wurden dort von den tobenden Wirbeln der Granaten zerfetzt.

Der Leutnant erwog für einen Augenblick die Flucht nach vorn, hin zur Wolga, als er aus eben dieser Richtung Panzermotoren hörte. Das Gemäuer zitterte.

Entsetzt hörten die Soldaten, wie die Ketten über das zerrissene Gestein mahlten und bei jeder Richtungsänderung kreischten. Dann wurde es hell, Flammenzungen und öliger Rauch zischten durch die Löcher, prallten auf Mauern, stoben auseinander, waberten über die Gefallenen beider Seiten und verschmolzen Stein und Fleisch.

»Runter in den Keller!«, schrie der Leutnant. »Aufgang sichern!«

Alles flog, sprang, stolperte und riss sich gegenseitig in das bereits brusthohe Wasser im Keller. Niemand spürte die Kälte.

Der Leutnant rief nach Herbert, dem Melder. Doch den hatte es erwischt. Piontek reichte ihm mit weiß schimmernden Augäpfeln das Feldtelefon, und der Leutnant riss ihm mit steif gefrorenen Fingern den Hörer aus der Hand. Unendlich weit entfernt hörte er schwach die Stimme seines Vorgesetzten, dessen unerschütterliche Ruhe für ihn der blanke Hohn war.

»Herr Hauptmann …«, keuchte er, und das Wasser tropfte von seinen Lippen auf den Hörer. »Nein, nichts ist in Butter, nichts! Panzerangriff! Sind abgeschnitten! Können uns hier unmöglich halten!« Mit aller Kraft zwang er sich, ruhig zu bleiben. »Herr Hauptmann, können Sie nicht die versprochene Verstärkung zur Entlastung ansetzen? Die können ja nicht ewig so weiterschießen …« Ungläubig presste er den Hörer ans Ohr. »Was für ein Durchbruch? Was ist denn los bei Ihnen?«

Die Verbindung riss ab. Die letzten Worte des Hauptmanns über einen rätselhaften russischen Durchbruch hatten ohnehin keine

Hilfe in Aussicht gestellt, dennoch kam Hans die unterbrochene Leitung wie ein Todesurteil vor. Er wunderte sich über sich selbst, mit welcher Gelassenheit er es hinnahm. Eine Art pervertierte Neugier, wie wohl das Ende aussehen würde, war alles, was er empfand.

Die Feuerzungen der Flammenwerferpanzer schossen durch die Löcher in den Wohnblock, fraßen sich die Stockwerke hinauf und hinunter und trieben auch den letzten versprengten deutschen Soldaten aus seinem Versteck. Wie lebende Fackeln stürzten die Männer von Mauerabsätzen, taumelten hinter Schuttbergen empor, wankten über das brennende Schlachtfeld, lodernde Uniformen von sich schleudernd.

Die Soldaten rings um den Leutnant konnten das grauenvolle Sterben nicht sehen, nur hören.

Ein Panzer brach krachend links neben ihnen durch die Kellerdecke. An der frischen Öffnung mahlte seine Kette auf der Stelle weiter und rief in Hans einen längst vergessen geglaubten Traum wieder wach. Man hörte bereits deutlich das Angriffsgeschrei der Russen.

Er wies hustend, mit tränenden Augen auf eine Kelleröffnung in Richtung Wolga. »Los, raus hier! Überrollen lassen! Feindkontakt wenn möglich vermeiden! Allgemein südliche Richtung!«

Die ersten Soldaten schlüpften ins Freie, unter ihnen auch Freitag, der dürre Russe, der allein deshalb, weil er sich von den Deutschen hatte gefangen nehmen lassen, nichts Gutes von seinen Landsleuten zu erwarten hatte. Bubi schnitt ihm mit einem Ruck die Fesseln durch, bevor er hinter den anderen unter der Führung Pionteks im Qualm verschwand.

In das Angriffsgeschrei der Russen mischten sich plötzlich die Hilferufe eines Verwundeten. Er musste sich oben am Treppenabsatz befinden.

»Einer von uns?«, fragte Hans.

Gross nickte.

Im Keller befanden sich nur noch der Leutnant, Gross, Rollo, Fritz und Bubi. Nicht noch einmal, hämmerte es in Hans' Kopf. Er würde nicht noch einmal einen Verwundeten, den man möglicherweise noch retten konnte, opfern. Dieser Krieg würde ihm nicht nach Belieben seine Gesetze diktieren.

»Gebt mir Feuerschutz.«

»Spinnst du?«, schrie Fritz. »Raus hier!«

Er wollte den anderen hinterher, aber Hans riss ihn am Arm zurück. »Du bleibst hier!«

Fritz wollte etwas erwidern, doch Hans kletterte bereits die Treppe nach oben.

Rollo rammte mit wilden Augen und gefletschten Zähnen ein neues Magazin in den Schaft seiner russischen MPi. War doch scheißegal, wann man verreckte. Vielleicht war es am besten sofort. Beiläufig schwenkte er den Lauf in Fritz' Richtung und ließ ihn leicht nach oben wippen. »Los Dicker! Ist dein Freund!«

Sie stürmten hinter dem Leutnant wieder nach oben. Auch Bubi und Gross schlossen sich ihnen an. Ihre Füße kannten bereits den Weg.

Niemand kümmerte sich mehr um Sascha, der auf einigen zerhackten, aus dem Wasser ragenden Rohren wie in einem Vogelnest hockte. Mechanisch begann er seine viel zu großen Stiefel mit dem Ärmel seiner viel zu großen Jacke zu putzen. In seinen Gedanken herrschte ein tiefer, sonderbarer Friede.

43

Als die Männer den Treppenabsatz erreichten, durchbrach vor ihnen ein Flammenwerferpanzer das Gemäuer. Sie warfen sich zu Boden, die Feuerzunge loderte knapp über sie hinweg.

Gross warf dem Ungetüm zwei Stielhandgranaten vor die Kette, die anderen schossen auf die Sturminfanterie dahinter.

Der Panzer drehte sich auf dem Schutt im Kreis, zerquetschte gefallene Russen, Deutsche, Ziegel, Rohrstücke und eine heruntergeflatterte Luftaufnahme des Barrikady-Werkes zu einem einzigen Brei.

Der Leutnant entdeckte Herbert, den Melder, der planlos, mit schmerzentstelltem Gesicht über die Trümmer der ehemaligen Pförtnerloge kroch. Er zog eine Blutspur, so breit wie sein Oberkörper, sein rechtes Bein hing nur noch an ein paar Sehnen. Hans robbte zu ihm.

Gross zeigte auf einen Lastenaufzug schräg hinter ihnen.

»Ist doch am Arsch«, brüllte Rollo, stürzte aber dennoch hin.

Gross half dem Leutnant, den halb bewusstlosen Melder, der mechanisch die Finger seiner linken Hand bewegte, als krieche er immer noch über Geröll, zu der schief hängenden Tragfläche des Lastenaufzugs zu schleppen. Dort kappte er mit wuchtigen Hieben seines Spatens die Seile. Sie stürzten in den Keller.

Der Aufprall war hart. Herbert begann zu schreien. Sie zerrten ihn in den Keller zwischen halb verweste Leichen, vermoderte Bretter und Ratten.

»Vielleicht denken die Russen, wir sind tot«, stotterte Bubi.

»Mach dir keine Sorgen«, keuchte Rollo. »Die werden schon nachschauen.«

Bubi versuchte den vor Schmerz schreienden Herbert zu beruhigen. Er schaffte es nicht.

Fritz und Rollo stemmten eine halb aus den Angeln gerissene Tür auf, doch dahinter türmte sich ein Schuttberg, der fast bis an die Betondecke reichte.

»Wir müssen hier durch! Versucht, oben einen Durchschlupf zu schaffen!«, befahl der Leutnant.

»Wir können das Zeug wegsprengen«, meinte Rollo.

»Und uns mit dazu!«

Hans trennte mit dem Taschenmesser die Sehnen ab, an denen Herberts zerquetschtes Bein hing, und band den Stumpf mit der Mullbinde aus dem Verbandspäckchen ab, so fest er konnte. Der Melder wurde ohnmächtig, was gut war, denn oberhalb des Aufzugschachtes hörte man russische Stimmen, die sich laut etwas zuriefen.

Hans, Rollo und Fritz arbeiteten mit Spaten und bloßen Händen fieberhaft, um zwischen der Betondecke und dem Schutthaufen einen Durchschlupf zu graben. Gross sicherte den Aufzugsschacht.

Eine Handgranate polterte von oben herab, fiel durch das knietiefe Wasser auf den Schachtgrund, explodierte aber nicht. Gross schaute über die Schulter zurück, seine Lippen formten:

»Blindgänger.«

Er lauschte nach oben und zischte in Richtung Tür: »Schnell, sie rufen nach einem Flammenwerfer!«

Gleich darauf war es so weit. Keuchend und stöhnend schob sich Fritz über den Schuttberg.

Eine zweite Handgranate fiel in den Schacht. Durch die schräg stehenden, verkeilten Bretter des Aufzuges ging die Wucht der Explosion größtenteils nach oben.

Fast taub schleppten Hans und Bubi den ohnmächtigen Melder zum Schutthaufen, dort nahm ihn Gross in Empfang, zerrte, schob, fluchte, das Blut aus dem Beinstumpf verschmierte sein Gesicht. Dann hatte Fritz den Verwundeten von der anderen Seite gepackt und zog ihn durch das Loch. Bubi war als Nächster dran, dann Rollo.

»Jetzt Sie, los, los!« Gross zog Hans nach oben. Der zwängte sich keuchend in das Loch, überließ sich den Händen, die von drüben nach ihm griffen und ihn auf die andere Seite zerrten. Gleich darauf war auch Gross drüben – gerade noch rechtzeitig. Die Russen oben hatten den Flammenwerfer bekommen, nach dem sie gerufen hatten. Der Kellerraum verwandelte sich mit einem dumpfen Atemzug in ein Flammenmeer.

44

Die Gänge hinter dem Schutthaufen waren schmal, feucht, dunkel und leer. Gross und Fritz stellten aus ihren Koppeln und zwei ehemaligen Wasserrohren eine Trage her, auf die sie den bewusstlosen Herbert legten. Vorsichtig tasteten sie sich durch die Dunkelheit. Sie wagten nicht, ihre Taschenlampen zu benutzen. Gross, der die Hindernisse in der Dunkelheit zu erahnen schien, ging voraus, dahinter kam Hans. Fritz und Bubi folgten mit der Trage, und Rollo bildete das Schlusslicht.

In dem Labyrinth wassertropfender Gänge verloren alle bis auf Gross schnell jegliche Orientierung. Ein Paradox, das hervorragend in dieses groteske Kriegsspektakel passte, dass sie diesem Mann mit seinem Hang zum Sterben immer wieder ihr Überleben verdankten, dachte Hans.

Ein unterirdischer Saal öffnete sich vor ihnen. Durch Löcher in der Decke fiel Dämmerlicht, in dem sich eine Unzahl aus der Verankerung gerissener Generatoren und verkeilter Zahnräder abzeichnete. Hier war heftig gekämpft worden.

Mehr als zwei oder drei Wochen konnte es nicht her sein, und doch steckten nur noch Knochen in den meisten der vermoderten Uniformen, aus denen aufgeschreckte Ratten huschten. Auf den quer verlaufenden Eisenträgern grinsten lippenlos Totenköpfe unter Stahlhelmen. Öl, Wasser, Schlamm und fauliges Blut bildeten auf dem Boden eine klebrige, knöcheltiefe Flüssigkeit.

Gross gab ein Handzeichen, und alle blieben stehen, gingen in Deckung. Das leise Trippeln, Rascheln und Kriechen der Ratten wurde durch das Geräusch von Schritten überdeckt. Vier Russen mit zwei Tragen tauchten ziemlich sorglos hinter einem der Generatoren auf und steuerten direkt auf sie zu. Der Leutnant rief sie aus der Deckung an. »Rukki werch!«

Die russischen Sanitäter blieben erschrocken stehen. Sie waren unbewaffnet. Unsicher suchten ihre Augen die Dunkelheit ab. Sie zögerten, die Tragen mit den Schwerverwundeten in den Dreck zu stellen. »Sagen Sie ihnen: Hände hoch, oder wir schießen«, zischte der Leutnant.

Gross übersetzte, die Russen senkten die Tragen in den Dreck und hoben die Hände. Einer begann hastig zu reden.

»Er sagt, hier seien nur Sanitäter, das Haus über uns hätte einen Volltreffer gekriegt«, flüsterte Gross.

»Der kann mir viel erzählen«, gab der Leutnant zurück und befahl Gross, einen der Russen mit erhobenen Händen näher kommen zu lassen. Er legte seine eigene verdreckte Uniformjacke ab, zog sie dem verblüfften Russen über und stülpte ihm seinen Helm auf den Kopf. Dann ließ er den Russen über Gross wissen, dass er in diesem Aufzug bis zu den deutschen Linien vor ihnen hergehen sollte. Wenn es stimmte, dass der Weg frei war, würde man ihn anschließend laufen lassen, wenn nicht, wäre er der Erste, auf den seine Landsleute schießen würden.

Der Sanitäter nahm es wortlos zur Kenntnis.

Fritz hatte inzwischen die Decken von den russischen Verwundeten genommen, um sie nach Waffen zu durchsuchen. Plötzlich beugte er sich tiefer und starrte entsetzt in ein junges, im Dämmerlicht fahl leuchtendes Gesicht. Ein Irrtum war ausgeschlossen. Es war das Mädchen aus dem Granattrichter.

Wo sich früher ihr rechter Arm befunden hatte, war nur noch ein hässlicher Fleck, aus dem Blut sickerte.

Unfähig, sich zu rühren, stand Fritz einfach nur da und starrte auf das zerrissene Bündel Mensch, auf jene junge Frau, deren Bild er in einem der letzten Winkel seines Herzens vergraben hatte, der noch nicht vom Krieg verschüttet war.

»Wenn sie Waffen gebunkert haben, leg sie um!«, sagte Rollo hinter ihm. Er packte den Dicken unsanft am Arm. »Los, weiter!«

Fritz hörte ihn nicht. Regungslos starrte er das Mädchen an, das leise zu wimmern begann, als täte sein Blick ihm weh. Mühsam öffnete sie die Augen.

»Kennst du sie?«, fragte Hans.

Fritz schüttelte den Kopf. Lautlos weinend ging er wieder zu der Trage, auf der Herbert lag.

»Das sind die Nerven«, flüsterte Rollo Bubi zu. »Irgendwann ist es einfach zu viel. Gibt sich wieder.«

Der Leutnant zwang den russischen Sanitäter, in seiner Uniform vorauszugehen. Der Weg führte durch einen weiteren Gang, dann ging es eine halb zerstörte Stahltreppe nach oben, in den Unterleib einer lang gestreckten Ruine.

Plötzlich wurden sie auf Deutsch angerufen. »Halt, wer da?«

»Kampfgruppe von Wetzland!«, rief der Leutnant hastig zurück. »Zweite Kompanie, 305. ID. Nicht schießen!«

Ein deutscher Gefreiter tauchte hinter einem Mauervorsprung auf, die MPi im Anschlag.

Der Leutnant nahm dem Russen seine Jacke und den Helm ab und schickte ihn zurück in den Gang. Der Gefreite sah ihn erstaunt an.

»Trau niemandem«, flüsterte der Leutnant und fühlte, wie seine Knie zu zittern begannen. »Nicht mal deiner eigenen Mutter.«

Er musste sich an dem Gefreiten festhalten, um nicht vor Erschöpfung umzufallen.

Nach einer kurzen Wegbeschreibung zur nächsten Verwundetensammelstelle trotteten sie weiter. Auf Herberts Gesicht lag bereits die gelbe Farbe des Todes.

Sie traten ins Freie und sahen den ersten Schnee in diesem Winter. Schwere nasse Flocken wurden von einem scharfen Wind aus dem bleigrauen Himmel getrieben. Das Licht erschien ihnen trotzdem so hell, dass sie für einen Moment schmerzhaft geblendet die Augen schlossen.

Ihre Stiefel rutschten über aufgeweichte Wege. Bubi und Fritz wurden die Arme an der Trage lang, Rollo und Gross übernahmen.

Sie erreichten eine größere Straße, die an einer Eisenbahnlinie entlangführte. Hupende Lkws wurden von einer Kolonne Sturmgeschütze rücksichtslos auf die Böschung gedrängt. Pferdegespanne mit schreienden und wild fluchenden Kutschern wichen aus. Ein Planwagen, beladen mit Verwundeten, kippte vom schmalen Kamm des Bahndamms und warf seine blutende Last unter die Hufe der Pferde.

In einem Graben lag in langer Reihe wild übereinander geschichtet eine Vielzahl Verwundeter. Auf Rumänisch riefen sie um Hilfe und verfluchten ihre deutschen Waffenbrüder, die sie in Panik vor einem russischen Durchbruch einfach hatten liegen lassen.

Der Leutnant packte einen vorbeihastenden Panzergrenadier am Arm. »Was ist denn hier los?«

»Was weiß ich! Die Russen sind irgendwo durchgebrochen. Ich glaub, bei den Scheißrumänen ...« Er riss sich los und lief weiter.

Rollo warf einen kurzen Blick auf Herbert. »Weiter, sonst war die ganze Schinderei umsonst.«

Sie erreichten die Verwundetensammelstelle, eine ehemalige Maschinenhalle. Vor den Zugängen stauten sich Sankas und behinderten sich gegenseitig. Feldgendarmerie versuchte Ordnung zu schaffen.

Erschöpft stolperten sie mit ihrer Trage eine Treppe nach unten.

45

Der Gang erstreckte sich wie ein langer, düsterer Fluss vor ihnen. Auf dem Boden lag eine Unzahl Verwundeter auf Tragen, Zeltplanen oder auf nacktem Stein. Sanitäter brachten laufend neue hinzu. Ein ständiges schrilles Schreien, das auf- und abschwoll, die Stimmlage und den Besitzer wechselte, wurde unterlegt von einem murmelnden Stöhnen, Wimmern, Weinen und Schluchzen. In Augenblicken allgemeiner Erschöpfung gab es auch leise Perioden. Gebete und im Wundfieber gemurmelte Monologe, Worte, denen keiner zuhörte.

Rollo und Fritz stellten Herberts Trage nur zögerlich ab. Es kam ihnen vor, als hätten sie das Todesurteil über ihn gesprochen.

Bubi rief verzweifelt nach einem Sanitäter. Die Träger schenkten ihm nicht einmal einen Blick. Ein abgerissener Soldat, der neben seinem in blutige Notverbände gepackten Kameraden kniete, verfiel in unkontrolliertes Gelächter; selbst Rollo ging es durch Mark und Bein.

»Sei ruhig!«, fuhr er Bubi an. »Du regst sie nur auf.«

Herbert schlug plötzlich die tief in den Höhlen liegenden Augen auf, seine Hände tasteten suchend umher, klammerten sich an Fritz.

»Erschieß mich«, flüsterte er. »Bitte, Fritz, erschieß mich doch …« Sein eingefallenes Gesicht verzerrte sich, und sein Mund torkelte von Schrei zu Schrei.

Fritz schloss die Augen, presste die Hände auf die Ohren und konnte es trotzdem nicht aushalten.

Ein neuer Lkw fuhr am Eingang vor. Die Verwundeten wurden wie Säcke auf die Ladefläche geworfen. Einige versuchten mit eigener Kraft aufzusteigen, wurden aber von den Sanitätern zurückgedrängt.

»Wo fahrt ihr hin?«, fragte Hans den Fahrer.

»Lazarett Goroditsche.«

Sie trugen Herbert zu dem Lkw, um den sich bereits eine Menschentraube gebildet hatte.

Plötzlich versperrte ihnen Oberleutnant Haller den Weg. Sein Gesicht, das normalerweise den Eindruck eines stets beflissenen Untergebenen vermittelte, war rot vor Angst und Wut. »Was tun Sie denn hier, verdammt noch mal?«, brüllte er den Leutnant unbeherrscht an. »Wer hat Ihnen erlaubt, Ihre Stellung zu verlassen?«

Hans war zu erschöpft, um etwas zu sagen. Er versuchte sich wortlos an Haller vorbeizuschieben.

Haller packte ihn am Arm. »Sie bleiben hier! Sie und Ihre Männer werden Feldwebel Kolb sofort bei einem Gegenstoß unterstützen! Los, stellt die Trage ab!«

Hans brauchte einen Augenblick, um zu begreifen, was da von ihm verlangt wurde. Langsam schüttelte er den Kopf.

»Soll das heißen, Sie verweigern einen Befehl?«

Hans schwieg. Er wollte keinen Befehl verweigern, aber er wollte auch nicht mehr nach vorn, und schon gar nicht wollte er einen Schwerverwundeten, den sie unter Lebensgefahr aus dem Feuer geschleppt hatten, einfach im Dreck liegen lassen, wo er mit Sicherheit sterben würde. Eigentlich wollte er sich nur hinlegen und schlafen.

Haller drehte sich zu den anderen um. »Stellt die Trage ab! Antreten!«, schrie er Gross und Rollo an, die sich mit Herbert zur Ladefläche des Lkws durchzukämpfen versuchten.

Hans fiel plötzlich ein, was ihm der russische Junge erzählt hatte. Er dachte an Saschas Mutter, die in ihrem Haus verbrannt war, und wunderte sich, wie gleichgültig ihn das ließ. Er musterte Hallers zitternden Schnurrbart, den auf- und zuklappenden Mund, die fleischigen Backen unter der Brille, die nervös zwinkernden Augen.

Trotz seiner Wut sah Haller immer noch wie ein biederer Familienvater aus. Niemand würde ihm ein solches Verbrechen zutrauen, dachte Hans, niemand. Und dann dachte er: Ich muss jetzt gleich etwas tun, sonst bin ich zu müde dazu.

Die Speichelfäden auf Hallers Kinn ekelten ihn an. Er ballte die Faust und drosch sie Haller mit letzter Kraft mitten ins Gesicht.

Erschrocken sah er, wie Haller nach hinten fiel. Was habe ich da nur wieder für einen Unsinn gemacht?, dachte er noch. Müde winkte er seinen Leuten, Herbert aufzuladen, dann erst bemerkte er, dass ihn die beiden Feldgendarmen überrascht anglotzten. Es interessierte ihn nicht.

»Sind Sie wahnsinnig? Antreten!«, kreischte Haller am Boden zwischen den durcheinander hastenden Stiefeln hindurch. Er fand seine Brille, rappelte sich auf. »Trage hinstellen, hab ich gesagt!«, schrie er und packte Fritz, der Gross und Rollo den Weg freizumachen versuchte, an der Schulter.

Fritz riss sich los, drehte sich um und stieß Haller den Lauf seiner MPi in den Bauch. Haller starrte ungläubig auf die Waffe.

»Mensch, Fritz«, flüsterte Hans. »Mach nicht alles noch schlimmer!«

»Soll er vielleicht krepieren?«, brüllte Fritz, während Gross und Bubi den bewusstlosen Herbert endlich auf die Ladefläche des Lasters schieben konnten. »Sollen alle krepieren und nur die Drecksau da überleben?«

Seine Wut machte ihn unberechenbar. Hans traute sich nicht, ihm die MPi abzunehmen. Rollo wollte eingreifen, aber es war bereits zu spät.

Weitere Feldgendarmen eilten herbei, schrien »Hände hoch!« und drückten Fritz die Mündungen ihrer Pistolen in den Rücken.

Hans sah Gross Hilfe suchend an. Der verzog verächtlich das Gesicht. »Fahr endlich los, du Heini!«, schnauzte er den verdatterten Fahrer an. »Hier gibt's nichts mehr zu sehen.« Der Fahrer, froh wegzukommen, sprang ins Führerhaus und gab Gas.

Erst als der Wagen davonschwankte, zu einem Lazarett, wo Herbert vielleicht doch noch gerettet werden konnte, schien Fritz zu begreifen, was er getan hatte. Verlegen senkte er den Kopf.

Haller witterte die Chance, seinen unvorteilhaften Auftritt in einen Sieg umzumünzen. »Na los!«, sagte er, und seine Stimme klang beinahe freundlich. »Waffe weg!«

Fritz ließ seine MPi fallen. Zwei Feldgendarmen packten ihn. Bubi stand wie belämmert in der Gegend, Rollo dachte, wie, zum Teufel, hatte das alles passieren können, und Gross starrte in eine weiße Wolkengrimasse, die der Wind über den Himmel zog.

Hans ließ sich von Hallers freundlichem Tonfall nicht täuschen. Ihm war klar, dass er sich beeilen musste, wenn er sich und Fritz und den anderen noch helfen wollte. Er drehte sich um und stürzte die Treppe hinunter in den dunklen Gang zurück. Die Rufe der Feldgendarmen und das Aufschreien der Verwundeten, auf die er trat, hallten hinter ihm her. Er hetzte weiter, bis er benommen ins Freie stolperte.

Haller hielt den Feldgendarm Slesina fest, als der die Verfolgung aufnehmen wollte. »Den kriegen wir schon.« Er wischte sich das Blut von der Nase und trat vor die anderen. »Ihr seid verhaftet. Waffen und Koppel ablegen!«

Slesina riss Gross die MPi von der Schulter. Gross lächelte verächtlich und überreichte ihm seine Pistole. Sie hatten ihn wieder einmal überrumpelt. Er war zu erschöpft, um Widerstand zu leisten, zu ausgelaugt, um wenigstens noch einen oder zwei von diesen Schweinehunden mitzunehmen, zu schwach, um genügend Hass dafür aufzubringen. Er fühlte nur eine grenzenlose Gleichgültigkeit. Es war also endgültig soweit. Nicht mal darüber kann ich mich noch freuen, dachte er.

Bubi starrte Rollo Hilfe suchend an. Dieser ließ unter den wachsamen Blicken der Feldgendarmen seine Waffen zu Boden fallen. Sie hatten sich alle Hallers Befehlen widersetzt, also hingen sie alle mit drin. Er war sicher, dass Haller es so hindrehen würde. Rollo hatte von Anfang an gewusst, dass sie dieser Leutnant in die Scheiße reiten würde, so oder so. Aber dieser Fettsack von einem Oberleutnant würde ihn trotzdem nicht flennen sehen.

Fritz schluckte. Auch er wusste, was auf Befehlsverweigerung an der Front stand. Warum hatte er das tun müssen? Warum hatte er sich, verdammt noch mal, nicht raushalten können?

»Ich wollte das nicht«, murmelte er.

Gross schubste ihn an. »Besser als in so 'nem Kellerloch zu verrecken.« Mit schiefem Gesicht wandte er sich an Haller. »Standgericht, was? Du bist doch bestimmt 'n guter Schütze, oder, Haller?«

Haller nahm die Brille ab, putzte die Gläser sorgfältig mit einem Taschentuch, setzte sie wieder auf. »Ich geb nur die Kommandos«, sagte er und fühlte tiefe Genugtuung für die erlittene Schmach. »Abführen!«, bellte er.

Zufrieden stellte er fest, dass unter seiner Stimme selbst einige der Schwerverwundeten zusammenzuckten.

46

Hans war unbemerkt auf einen Lastwagen geklettert, der vollgepfercht mit verwundeten Rumänen war. Niemand auf der Ladefläche sprach ein Wort, aber einige bewegten lautlos die Lippen. Finger zitterten in plötzlichen Schüben, und Augen rollten wild in den Höhlen.

Hans wehrte sich gegen die Vorstellung, bereits verurteilt und exekutiert zu sein und sich unter Toten zu befinden. Er durfte nicht durchdrehen. Er musste ruhig und vernünftig bleiben.

Für einen Moment spürte er Erleichterung, als er schließlich von der Ladefläche sprang.

Im Bataillonsgefechtsstand waren nur zwei Schreiber. Hauptmann Musk befand sich bei einer Besprechung im Divisionsstab. Wo das genau war, wussten die beiden nicht. Den Kübelwagen hatte Musk mitgenommen. Der Herr Leutnant könne ja warten. Hans widerstand der Versuchung, sich in der Wärme etwas auszuruhen; Haller konnte jeden Augenblick eintreffen.

Erschöpft und verzweifelt durch immer wieder falsche und ungenaue Angaben, hastete er eine Straße entlang, die mit Pferdewagen und Militärfahrzeugen verstopft war. Der Schneefall war stärker geworden, ein eiskalter Wind pfiff durch seine dünne Uniformjacke.

Flüche auf Deutsch und Rumänisch hallten durcheinander. Hans kämpfte sich durch einen Zug rumänischer Infanterie. Die Soldaten sahen ihn mit verschreckten Kinderaugen an, als fürchteten sie, für ihre Niederlage bestraft zu werden.

Plötzlich packte ihn jemand am Arm. Es war ein deutscher Unteroffizier, dessen Uniform mit erbrochenen Speiseresten befleckt war und dessen Augen tief in den Höhlen lagen.

»Herr Leutnant, wohin? 76. Infanteriedivision, wohin?«

Hans versuchte sich von dem Mann zu befreien, aber der Griff des Unteroffiziers war so fest, dass seine Jacke riss. »Was weiß ich! Da vorn ist angeblich der Divisionsstab.«

Aber das interessierte den Unteroffizier bereits nicht mehr. Langsam, als versuche er sich an die Zeilen eines Gedichts zu erinnern, sagte er: »MG-Nest, nur der Gimpf, ich hab nur noch den Gimpf.«

»Dann gehen Sie doch mit dem Gimpf!«, schrie Hans und versuchte, die Finger von seiner Uniform zu lösen.

»Das geht nicht. Der Gimpf geht schon mit mir.« Der Unteroffizier zog ganz ruhig einen abgetrennten Finger aus der Tasche, offensichtlich alles, was von Gimpf übrig geblieben war.

Hans gelang es endlich, den Griff des Unteroffiziers zu lösen. Er lief weiter und entdeckte eine von mehreren Posten gesicherte Kellertreppe. Er hatte den Divisionsstab gefunden. Hans nahm seine letzte Kraft zusammen, machte bei den beiden Posten eine vorschriftsmäßige Meldung und bat, in äußerst dringender Angelegenheit sofort Hauptmann Musk sprechen zu dürfen.

Einer der Posten verschwand im Keller. Hans wartete nervös.

Der zweite Posten bot Hans eine Zigarette an.

Nach dem ersten Zug wurde dem Leutnant angenehm schwindlig, und das Gedränge auf der Straße zog nur noch schemenhaft an ihm vorbei.

47

General Hentz befand sich am Kartentisch, flankiert von seinen Adjutanten. Einer von ihnen, Oberleutnant von Lausitz, hager, Brille mit runden Gläsern, zurückgekämmte blonde Haare, spitzte gerade einen Bleistift. Hauptmann Musk stand gemeinsam mit einigen anderen Offizieren im Halbkreis auf der anderen Seite des Tisches. Von Lausitz überreichte den Bleistift seinem General. Der tippte damit auf einige Punkte.

»Die Lage, meine Herren, kurz gesagt: beschissen.« Er beugte sich über die sorgfältig eingezeichneten Pfeile, die sauber und klar eine militärische Katastrophe anzeigten. Hier war die Logik, nicht vorn an der Front, wo auf breiten Abschnitten alles in Chaos und Blut versank. Nur hier, auf weißem Papier mit Nummern, Zahlen, Richtungsangaben, konnten in absoluter Abstraktion die richtigen Entscheidungen getroffen werden.

Der spitze Bleistift stach unbarmherzig in die schlimmsten Eiterbeulen der deutschen Front, die aufgeplatzt waren und die gesamte sechste Armee zu vergiften drohten – genau so, wie er und alle intelligenteren Köpfe in der Armeeführung das seit dem Spätsommer prophezeit hatten. Wer den General genau kannte, dem entging trotz des Ausmaßes der Katastrophe nicht die leise Genugtuung in seiner Stimme.

»Nachdem die Russen vorgestern im Norden aus ihrem Brückenkopf bei Kletskaja die rumänischen Linien durchbrochen haben, ist ihnen jetzt auch im Süden, trotz guter Anfangserfolge der 29. ID gegen die 57., der Durchbruch gelungen. Es ist anzunehmen, dass sie heute bei Kalatsch den Sack zumachen. Dann sitzen wir in der Falle, meine Herrn.«

Der Posten trat flüsternd neben Musk. Der Hauptmann nickte und folgte ihm in den Vorraum, wo Hans inzwischen wartete.

Trotz der Nähe eines Ofens zitterte er in seiner durchnässten Uniform am ganzen Körper. Der Hauptmann grüßte auffallend kühl. Hans war zu erschöpft, und seine Erleichterung war zu groß, um es zu bemerken.

»Herr Hauptmann!«, rief er. »Ich bitte Sie, mir zu helfen! Ein Teil der Gruppe ist verhaftet worden. Oberstleutnant Haller …« Er wischte sich mit der Hand über die Stirn, weil so viel zu erzählen war und er das alles in möglichst kurze Worte fassen musste. »Wir hatten einen Schwerverwundeten, Geiger, aber Reiser ist durchgedreht, hat Haller bedroht, aber ich bin schuld, ich habe ihn geschlagen …«

»Können Sie keine vernünftige Meldung machen?«, unterbrach ihn Musk.

Hans starrte ihn ungläubig an. Dieser Mann musste doch begreifen, was sie durchgemacht hatten. »Herr Hauptmann, wir sind eingeschlossen worden …«

»Die gesamte sechste Armee ist eingeschlossen worden«, erwiderte Musk schneidend. »Laufe ich deswegen etwa stammelnd durch die Gegend?« Seine grauen Augen fixierten kalt den jungen Leutnant. »Aber ich hatte von Anfang an das Gefühl, dass Sie etwas zu labil für Ihre Aufgabe sind. Dieser Eindruck hat sich seit dem Telefonat mit Ihrem Onkel eindeutig bestätigt.«

Hans glaubte für einen Moment, den Boden unter den Füßen zu

verlieren. »Mein Onkel hat … mit Ihnen … gesprochen?«, brachte er mühsam hervor.

»Offen gesagt, wir waren beide ziemlich konsterniert über die Bitte, die Sie über Ihre Frau Mutter haben vortragen lassen. Um es ganz klar zu sagen, Sie sind ein Feigling, Herr von Wetzland.«

»Das bin ich nicht«, flüsterte der Leutnant. Wirre, unzusammenhängende Gedanken wirbelten durch seinen Kopf. Ja, er war zunächst feige gewesen, aber dann nicht mehr. Er hatte sich doch bewährt, wenn auch nur aus Angst. Aus Angst vor der Heimat, aus Furcht vor sich selbst und seiner Schwermut. Man tat doch alles aus Angst, man war ein Feigling aus Angst, aber auch ein Held. Doch wie sollte er das diesem Mann erklären, der kein Mensch war, sondern ein Denkmal unbeugsamer Härte?

Undeutlich hörte er, wie das Denkmal sprach: »Sie wollten Ihren Onkel durch Ihre Mutter dazu bringen, Sie versetzen zu lassen. Sie wollten in schwerster Stunde Ihre Männer im Stich lassen. Glauben Sie denn wirklich, Ihr Onkel würde so etwas zulassen? Er lässt Ihnen ausrichten, der Tod fürs Vaterland sei immer besser als der Tod im Bett.«

Hans wollte aufschreien, seine Hände um den Hals unter diesem schrecklichen, selbstgerechten Gesicht legen und solange zudrücken, bis es wenigstens einmal die Fassung verlor, aber damit wäre sein Schicksal endgültig besiegelt gewesen.

»Herr Hauptmann, vielleicht war ich wirklich ein Feigling. Aber bitte, tun Sie etwas für unsere Männer. Wir kommen alle vors Standgericht. Ich habe die Selbstbeherrschung verloren. Ich … ich habe Haller … Oberleutnant Haller niedergeschlagen.«

Musk nickte unmerklich. Er hatte geahnt, dass es nicht gutgehen würde mit dem jungen Leutnant. Natürlich hatte er an einen ehrenvollen Tod auf dem Schlachtfeld und nicht an ein derart ärgerliches Ende gedacht. Es war nicht gut, wenn Söhne ohne ihre Väter aufwuchsen. Er nahm sich vor, die Schande der Exekution vor der Familie zu vertuschen.

»Sie und Ihre Männer haben die Stellung, die Sie hätten halten müssen, eigenmächtig verlassen und sich damit meinem Befehl widersetzt. Sie haben einen Vorgesetzten tätlich angegriffen. Ist Ihnen das alles eigentlich klar?«

Hans schwieg. Er wusste, dass Musk recht hatte, obwohl er sich plötzlich an alles nur noch wie an eine Erzählung erinnern konnte, so als wäre er gar nicht dabei gewesen. Undeutlich hörte er Musks Stimme, die alles, was ihm so verschwommen, so unklar war, unerbittlich und sachlich darlegte.

»Sie haben zunächst den Gehorsam verweigert. Weiter: Wenn Untergebene ihre Vorgesetzten mit der Waffe bedrohen oder tätlich angreifen, kommen Sie vors Kriegsgericht. Unter den verschärften Bedingungen des Fronteinsatzes, ist der Urteilsspruch klar: Tod durch Erschießen.« Der Hauptmann legte eine kleine Pause ein. »War Gross auch dabei?«

»Jawohl, Herr Hauptmann.«

»Natürlich«, sagte Musk, und für einen Augenblick schwang so etwas wie Trauer in seinem Tonfall. Dann wurde er wieder dienstlich. »Grüßen Sie ihn von mir. Die Verhandlung wird alles klären. Mehr habe ich Ihnen nicht zu sagen. Dort drinnen geht es um das Schicksal einer Armee, und Sie weinen wegen fünf Mann!« Er machte auf dem Absatz kehrt und schritt rasch wieder in den Kartenraum zurück.

Hans sah die Stiefel des Hauptmanns hinter der Tür verschwinden. Sein Herz raste, seine Beine bewegten sich wie von selbst. Er folgte dem Hauptmann, stieß einen Posten, der ihm den Weg verstellte, beiseite, trat in den Kartenraum.

Gerade sprach der General: »Selbstverständlich haben wir uns alle erneut für eine sofortige Rücknahme der Armee ausgesprochen, notfalls unter Zurücklassung der schweren Waffen. Der Führer hat abgelehnt. Und der Reichsmarschall hat verbindlich zugesichert: Wir werden aus der Luft versorgt.«

Der General genoss die nur schlecht verhehlte Empörung seiner Offiziere und setzte die Pointe scheinbar beschwichtigend auf den Höhepunkt der allgemeinen Unruhe: »Aber, meine Herren, ohne die Fauxpas der Führung wäre es doch langweilig gegen die Russen ...«

Hans war der Einzige, der nicht lachte. Er packte Musk am Arm, der sich erstaunt zu ihm umdrehte. Er spürte, wie sich der Raum mit all diesen uniformierten, nach Seife und Rasierwasser duftenden Männern um ihn zu drehen begann.

»Herr Hauptmann!«, schrie es aus ihm heraus. »Das können Sie nicht machen! Die Männer haben für Sie gekämpft, haben an Sie geglaubt! Sind wir denn alle nur ein Fähnchen auf Ihrer verdammten Scheißkarte?«

Seine Knie gaben nach, und er hielt sich mit den Händen am Kartentisch fest. Schwer atmend starrte er auf einige Stadtausschnitte von Stalingrad: saubere, kleine Rechtecke, teilweise schraffiert, Karos, Quadrate, eine schwarz-weiße Bahnlinie wie von einer Spielzeugeisenbahn; es musste Spaß machen, damit herumzufahren. Zahlen. Additionen. Subtraktionen. Alles ging auf. Auf diesen Karten ergab das Sterben tatsächlich einen Sinn. Lauter Gleichungen, die aufgingen, auf Kosten zahlloser Leichen. Berechenbar bis zuletzt, die Toten, die Verwundeten, die Panzerwagen, die Bomben, die Geschütze, Munition und Verpflegung, alles. Nur der Schmerz, der Schmerz war nicht berechenbar.

Sein Blick heftete sich auf einige ineinander verschachtelte Rechtecke. Geschützfabrik Barrikady. Die Halle, die sie gesprengt hatten, war schraffiert. Die Verwaltungsgebäude links und rechts bildeten mit ihrem Büroblock ein fast quadratisches U. Wie klein war das alles, der Platz, ihr Haus, ihre Zimmer, Robinsons Insel, und da war sein Name: Gruppe von Wetzland. Sein Name war bereits säuberlich mit einem Lineal durchgestrichen.

Er fühlte die Blicke der versammelten Offiziere, die ihn mit einer Mischung aus Ironie, Mitleid, Feindseligkeit und Neugier musterten, als wäre er ein exotisches Tier. Er hätte früher gut zu ihnen gepasst.

»Was ist denn los«, fragte der General, unangenehm berührt. Musk entschuldigte sich, gab den Wachen ein Zeichen. Die packten Hans unter den Armen.

»Nein!«, schrie er und wand sich hilflos im Griff der Wachen, die ihn gleichgültig zur Tür schleiften. Wie ein eiskalter Strahl bohrte sich die Gewissheit in sein Herz, dass endgültig alles vorbei war und er in wenigen Stunden sterben musste. Das nasse Haar fiel ihm in die Stirn, die Gesichter vor seinen Augen verschwammen zu undeutlichen Flecken.

Der General stoppte die Wachen mit einer Handbewegung.

»Gebt dem Mann einen Stuhl.«

Die Wachen schoben Hans durch den Raum und setzten ihn auf

einen Stuhl, hielten ihn aber weiterhin fest. Der General wandte sich an den Hauptmann. »Musk, was ist hier los?«

Dem Hauptmann war es sichtlich peinlich, die Lagebesprechung mit einer derartigen Lappalie zu stören. »Wie es aussieht«, erwiderte er knapp, »haben sich einige meiner Leute den Befehlen eines Vorgesetzten widersetzt und ihn tätlich angegriffen.«

Hentz nickte und sah den Leutnant zum ersten Mal genauer an. »Ist das nicht der junge von Wetzland?«

Hans versuchte aufzustehen, aber die Wachen hielten ihn immer noch fest.

Hentz gab ihnen einen Wink, ihn loszulassen. Er lächelte Hans an. »Das letzte Mal, als wir das Vergnügen hatten, waren Sie bedeutend sauberer.«

Hans versuchte ebenfalls ein Lächeln, aber es wurde nur eine Grimasse daraus.

»Ihren Onkel kenne ich gut«, fuhr der General fort. »Prima Kerl. Was macht denn der Kleine, der nach dem ersten Angriff die Bandagen verloren hatte? Lebt er noch?«

»Bis jetzt schon«, flüsterte Hans. »Wenn nicht das Standgericht ...« Er biss sich auf die Lippen, um nicht wieder die Fassung zu verlieren.

»So schnell sind wir mit dem Erschießen nicht«, erklärte Hentz jovial. Dann wurde sein Tonfall wieder sachlich. »Ist allerdings ein Kapitalvergehen. Ungeschoren werden Sie nicht davonkommen.« Er drehte sich um und ging zum Kartentisch zurück. »Musk, kommen Sie nachher zu mir.« Er warf einen Blick auf die Uhr und fuhr die Posten ungeduldig an: »Bringt ihn raus. In Verwahrung nehmen.« Dann senkte er kurz den Kopf, um seine Gedanken zu sammeln. »So, weiter im Text.«

Er fand den Einstieg wieder, streckte sich, wippte auf den Stiefelspitzen. »Der Verpflegungssatz für unsere Division wird ab sofort auf die Hälfte reduziert ...«

Das war das Letzte, was Hans hörte, bevor sich die Tür aus massivem Eichenholz hinter ihm schloss. Hans spürte, wie alles, woran er früher geglaubt hatte, endgültig in ihm zerbrach.

Drittes Buch

48

Einen Monat später. Der General hatte sein Wort gehalten und sie begnadigt. Fünfunddreißig Grad unter Null. Ein heftiger Sturm heulte über die Steppe, trieb mit hoher Geschwindigkeit Wolken messerscharfer Eiskristalle vor sich her, türmte den bereits gefallenen Schnee zu hohen, harten Wehen auf und riss unbarmherzig an den zerfetzten und völlig verdreckten Uniformen der Männer einer Strafkompanie, die mit Schneeschaufeln und zwei winzigen Räumfahrzeugen versuchten, eine zugewehte Straße freizubekommen.

Vor ihnen dehnte sich eine unendlich scheinende, glatte, baumlose Ebene, hinter ihnen schnitt die freigeschaufelte Strecke wie ein kleines erstarrtes Rinnsal zwei Meter tief in den Schnee. Feldgendarmen in gefütterter Winterkleidung, die Karabiner umgehängt, stemmten sich gegen den Sturm. Sie froren trotz ihrer warmen Mäntel. Wieder einmal waren fünf Minuten um. Oder auch zehn. So genau wusste das keiner von denen, die schaufelten; ihre Empfindungen waren längst eingefroren, auch das Gefühl für die Zeit. Nur gelegentlich taumelten sie aus immer tieferer Stumpfheit empor, in der bereits wirre Traumansätze eine willkommene Abwechslung schufen. Meistens war es ein Schmerz, der sie wachrüttelte, oder ein besonders starker Windstoß, der den Flügelmann gegen den nächsten warf und die ganze Reihe ins Wanken brachte; manchmal fiel auch der eine oder andere um, und das kam ihnen nicht einmal ungelegen, denn so konnten sie eine kleine Rast einlegen, nicht zu lange, damit die Glieder nicht gefühllos wurden.

Einer der Sträflinge, der ehemalige Leutnant Hans von Wetzland, nahm das Tuch vom Gesicht, das er sich zum Schutz gegen die Kälte umgebunden hatte, und reichte es an den ehemaligen Grenadier Bernhard Müller, genannt Bubi, weiter. Dessen Gesicht war ebenso wie das der ehemaligen Sturmpioniere Fritz, Rollo und Gross weiß vor Kälte, soweit man es hinter den Lumpen und wucherndem Barthaar erkennen konnte. Von ihren Uniformen, die an vielen Stellen von Stoffbandagen zusammengehalten wurden, waren alle Abzeichen und Orden entfernt. Um die Stiefel hatten sie Zeitungspapier und Deckenreste gebunden, unter der dreckstarrenden Wäsche trugen sie ebenfalls Zeitungspapier – genau so, wie es in den deutschen Heereszeitschriften empfohlen wurde. Jetzt lachte niemand mehr darüber.

Die Erinnerung war wie ein Fiebertraum: Der Bunker und das Warten auf das Standgericht; der kurze Prozess, die ungeheure Erleichterung über das Urteil; dann, ein Hammerschlag, der erste Tag in der eisigen Steppe. Das Fleisch stößt in Bereiche vor, die dem Gehirn verwehrt sind. Wenn alles um einen erfriert, wird man von seinem eigenen Denken in sich hineingezwängt. Bilder von übergroßer Deutlichkeit, die Erinnerung gestochen scharf. Jeder Schritt ein Schritt durch die Vergangenheit. Die Luft voll schneidender Messer – das war so ein Gedanke, ein Wort, das kurz in Hans' Gehirn aufblitzte, das er mechanisch immer wieder hervorholte, an das er sich klammerte, im trägen Takt seiner Schaufel – bis ihn eine dumpfe Explosion unterbrach.

Einen der Minensucher hatte es erwischt. Es verging kaum ein Tag, an dem es nicht einen erwischte. Die Minen waren von den Russen im Spätsommer bei ihrem Rückzug gelegt worden und konnten unter der zwei Meter dicken Schneeschicht nur schwer ausgemacht werden. Meistens erst beim Schaufeln, wenn es zu spät war. Ihr einziges Glück war, dass es in der Kälte viele Blindgänger gab.

Mit seinen Lumpenstiefeln watete Hans mühsam zu einem flachen Krater, in den das Blut aus einem beinlosen Torso lief. Es war nicht Gross, das war die Hauptsache. Diepke, ein Gastwirt aus dem bergischen Land, hätte nur noch zwei Punkte gebraucht, um wieder zu einer regulären Einheit zurückkehren zu dürfen. Deswegen hatte er sich freiwillig zum Minenräumen gemeldet. Er hatte bereits jeden Abend von einem Bett und einer gebratenen Ente geredet, und die anderen hatten gedroht, ihm die Fresse zu polieren, wenn er damit nicht aufhörte. Jetzt starrte Diepke auf seine blutspritzenden Beinstümpfe. Es war schnell vorbei. Der Frost erstickte alles, auch den Schrei. Sein Kopf fiel zurück, Schnee bedeckte seine Augen und wehte in seinen offenen Mund. Die Männer beobachteten gleichgültig, wie das Blut in langen, an dünnen Fäden hängenden Tropfen gefror.

Die Wachen beendeten die Pause und trieben sie mit Kolbenschlägen wieder an die Arbeit zurück. Der Tote wurde neben die Straße gelegt, wo ihn rasch der angewehte Schnee bedeckte.

Auch Hans schaufelte weiter. Um seine entkräfteten Arme und Beine zu vergessen, versuchte er sich den letzten Schmerz des Toten vorzustellen, den letzten Schmerz überhaupt, den unvorstellbaren Schmerz. Ohne es zu bemerken, begann er schneller zu arbeiten. Kalter Schweiß gefror in seinem Bart, und er verfiel wieder in seine Lieblingsvision: das harte, faltige Gesicht der Heckenschützin aus der Kanalisation in seinem Fadenkreuz.

Er drückte nicht ab, sondern ging auf sie zu. Sie lehnte mit ausgebreiteten Armen an einer Wand, er trat durch sie hindurch, und ihr splitterndes Bild setzte sich zu allen möglichen Frauenbildern zusammen, deren Bruchstücke seine Erinnerung noch enthielt, bis es die Züge seiner Verlobten annahm und zu Schnee und Eis erstarrte. Ihr weißer Kopf lag auf der Schaufel, er schaufelte ihn wie selbstverständlich weg, stieß die Schaufel wieder in den Schnee, und wieder wuchs ihm aus den Schneemassen ihr Gesicht entgegen, und wieder schaufelte er es beiseite und wieder und wieder und schneller und schneller, bis er so erschöpft war, dass ihn ein Windstoß in die pulvrigen Schneemassen stieß.

Es tat unendlich gut zu liegen. Er sah Fritz und Rollo, die sich auf einem der Räumfahrzeuge um die Führung balgten, und es sah so komisch und unwirklich aus, dass er lachte und durch die plötzliche Grimasse seine zerschundenen Lippen zu bluten begannen.

Einer der Wachposten stieß Rollo vom Schneepflug. Rollo schrie, er würde bereits seit zwei Stunden ununterbrochen schippen und Fritz sich seit Tagen vor der Arbeit drücken, aber er erntete nur einen Kolbenhieb. Daraufhin bezeichnete er den Posten als Schweinefresse, und dieser ging auf ihn los. Zu Rollos Glück wuchsen die Umrisse eines Lastwagens hinter ihm aus dem grauen Himmel, was den Feldgendarmen, dessen einzige Abwechslung darin bestand, die Gefangenen zu schlagen, von weiteren Misshandlungen abhielt.

Zwei Soldaten mit langen Mänteln und Pelzmützen trieben einen Haufen zerlumpter Russen von der Ladefläche. Bei den Russen handelte es sich um sogenannte »Hiwis«, Hilfsfreiwillige, arme Teufel, deren Zukunftsaussichten darin bestanden, sich entweder bei Räumungsarbeiten für die Deutschen zu Tode zu schuften oder später von der russischen Armee als Kollaborateure erschossen zu werden. Bei den zwei deutschen Soldaten handelte es sich um Piontek, der nach wie vor seine Axt im Gürtel spazieren trug, und den Hundsgemeinen Müller, der inzwischen für seine Dienste am Vaterland mit einer Beförderung zum Obergefreiten und einem EK II belohnt worden war.

HGM ging sofort auf den Posten los. Die Beförderung und der Orden hatten seiner inneren Verfassung sichtlich gutgetan; selbst seine Akne hatte sich gebessert.

»Wohl von allen guten Geistern verlassen, hier wertvollen Sprit zu vergeuden! Wir brauchen jeden Tropfen an der Front!«

»Und wie soll ich das schaffen bis zum Bahnhof?«, schrie der Wachposten gegen den Wind zurück. »Ich muss bis heute Abend die Straße freikriegen!«

»Die sind billiger als Benzin.« HGM wandte sich den Hiwis zu. »Los, los, jeder nimmt sich eine Schaufel, dawai!«

Seine ehemaligen Kameraden beobachteten, wie er die Russen mit Stiefeltritten zu den Schippen trieb.

»Ganz schön viel Blech an der Titte«, murmelte Bubi, vor Kälte zitternd. »Arschloch«, knurrte Fritz auf seinem altersschwachen Traktor.

HGM trat zu Hans, der erschöpft im Windschatten des Lkws lehnte. Sein behandschuhter Finger fuhr unter das Kinn des ehemaligen Vorgesetzten. »Na, Herr Leutnant, wollen Sie mich noch immer vors Kriegsgericht bringen?«

Er konnte nicht verhindern, dass er vor dem Gesicht, in das er blickte, erschrak. Ein Monat in dieser Eiswüste hatte die frühere

Schönheit aus den Zügen des Leutnants getilgt. Blutleere Lippen, eingefallene graue Wangen unter reifbedeckten grauen Bartfäden, grau geworden auch die zuvor blauen Augen, die stumpf und wie eingegossen tief in den Höhlen saßen, und darüber die vereisten weißen Haarsträhnen.

»Ich bin kein Leutnant mehr«, murmelte die Schreckensgestalt.

Dieser Mann war kein Gegner, schon gar nicht für den frischgebackenen Obergefreiten Müller. Dieser Mann war ein Wrack.

»Jetzt seid ihr endlich alle da, wo ihr hingehört«, stieß der Hundsgemeine Müller hervor, aber es klang nicht sehr überzeugt.

Fritz stand mit den anderen am Traktor und wärmte seine mit Lumpen umwickelten Hände am laufenden Motor. Er liebte den Gestank von heißem, verbranntem Öl mehr als je zuvor. Wie immer, wenn er nicht völlig am Ende war, bekam er Hungerkrämpfe. Sein Blick fiel auf Bubi, der sich zähneklappernd an Rollo schmiegte.

»Frag Piontek, ob er dir 'n Stück Brot gibt.« Er versuchte Bubi zuzublinzeln wie früher, was ihm aber mit den schneeverklebten Augen und gefrorenen Wimpern nicht gelang. »Du machst am meisten Eindruck.«

Bubi nickte und wankte auf Piontek zu, der wie ein Fels im Sturm dastand und sich wunderte, weil die anderen alle wie besoffen herumtorkelten.

»Hast du 'n bisschen Brot?«, rief ihm der Kleine zu. Er musste seine Frage wiederholen, bis ihn Piontek verstand. Unbehaglich blickte er sich um.

»Das ist streng verboten! Was habt ihr auch immer dagegen geredet«, hörte Bubi undeutlich. »Das habt ihr jetzt davon!« Trotzdem zog er sich den rechten Fäustling aus, langte in den Brotbeutel und drückte Bubi einen Kanten Brot in die Hand. »Hier, nimm. Aber iss es allein!«

Bubi dachte auch gar nicht daran zu teilen, aber ehe er den ersten Bissen in den Mund schieben konnte, wurde ihm das Brot aus der Hand gerissen.

»Ihr wollt Brot?« Der Hundsgemeine Müller hielt den Kanten hoch in die Luft. »Könnt ihr haben!« In der Hoffnung, doch noch einen Funken Widerstand zu entfachen, den er dann austreten konnte, baute er sich wieder vor Hans auf und hielt ihm das Brot unter die Nase. »Sagen Sie bitte, Sie ehemaliger Leutnant!«

Die anderen Männer folgten ihm wie ein Rudel fußkranker Schakale. Hans hob langsam den Kopf. Undeutlich sah er das Stück Brot vor seinen Augen tanzen und verschwommen dahinter den Fleck eines Gesichts, in das er hätte reinschlagen, das er hätte zertreten müssen. Aber es war wieder nur das kümmerliche Wunschbild seiner fieberkranken Fantasie. Er war zu erschöpft, um irgendetwas zu tun, er war sogar zu erschöpft, um »bitte« zu sagen.

Die Scham fiel wie ein dunkles Tuch über ihn, er spürte den vor Hunger rasenden Halbkreis der Männer, hörte seltsam dünn ihre krächzend gebrüllten Aufforderungen und dazwischen die helle Stimme von HGM. Es ekelte ihn vor ihnen und vor sich selbst. Er murmelte »bitte«, nur um endlich seine Ruhe zu haben, und dann schrie er es HGM, der es noch einmal hören wollte, so laut ins Gesicht, dass dieser erschrocken zurückfuhr.

Müller griff sicherheitshalber nach seiner Pistole. Er sah die Fratzen der anderen Männer, die ihn umringten und bereit waren, ihn zu zerfetzen, und die unterdrückte Angst vor ihnen machte sein Gesicht noch abstoßender.

»Hier!« Rasch warf er das Brotstück in den Schnee, ließ hastig ein weiteres folgen, dann – bereits wieder voller Hohn und Selbstsicherheit – noch eines. Zufrieden betrachtete er sein Werk, ein Knäuel ineinanderverkeilter, gierig kauender Männer.

Die Räumfahrzeuge waren von Piontek und zwei Wachposten inzwischen an den Lkw gehängt worden. Hans hob müde den Kopf, sah die zwei Posten auf die Traktoren klettern, um sie zu lenken, und begriff, dass sie den Rest des Weges allein mit den Schaufeln würden freiräumen müssen. Mit einer Geschwindigkeit, die ihn selbst erstaunte, lief er seinem ehemaligen Untergebenen hinterher und fasste ihn an der Schulter, als der gerade in den Lastwagen steigen wollte.

»Das können Sie nicht machen!«, schrie er. »Ohne die Fahrzeuge schaffen wir es unmöglich bis zum Bahnhof!« Er zwang sich, seine Stimme ruhig zu halten. »Sie haben Ihren Spaß gehabt, seien Sie jetzt vernünftig!« Undeutlich sah er, wie zwei Mundwinkel verächtlich nach unten gezogen wurden, sich dann abwandten und verschwanden. Blind und ohne Rücksicht auf die Folgen versuchte er sich auf diese hassenswerte Kreatur zu stürzen, die sie ohne die geringsten Skrupel dem sicheren Tod auslieferte, doch bereits nach wenigen Bewegungen brach er in die Knie.

»Dann erschießt uns doch gleich!«, schrie er mit letzter Kraft.

Das Motorengeräusch des Lastwagens wurde vom Heulen des Sturms verschluckt, und die Welt versank vor seinen Augen zu einem konturlosen, weißgrauen Gebilde. Undeutlich spürte er, wie ihm etwas Hartes zwischen die Lippen geschoben wurde. Es war Gross, der versuchte, ihn mit einem Stück Brot zu füttern. Zitternd drehte er den Kopf weg, doch Gross gab nicht auf.

»Sie denken, Sie hätten keinen Funken Selbstachtung und Ehrgefühl mehr, wenn Sie das Brot essen, stimmt's?«

Hans nickte schwach.

»Blödsinn!« Gross schob ihm das Brot so tief in den Mund, dass Hans abbeißen musste, um nicht zu ersticken.

»Sie denken: Wie kann ein Mensch nur so blöde sein, diese Hölle auch nur eine Sekunde länger zu ertragen? Stimmt's?«

Hans nickte wieder.

»Noch größerer Blödsinn!« Gross streute etwas Schnee auf das Brot, damit es im Mund rascher weich wurde, und biss selber ein Stück ab. »Sich jetzt die Kugel verpassen zu lassen, das wäre die allergrößte Feigheit!«

Hans sah ihn verständnislos an.

»Du sollst nicht töten«, sagte Gross, »nicht einmal dich selbst.« Hans sah sein fahles Zahnfleisch, das im Zwielicht beinahe weiß über den schwarzen Zähnen wirkte, und fühlte plötzlich den Griff einer Hand, die selbst unter den Lumpen noch knochig und hart war. »Halten Sie durch. Versprechen Sie es! Lassen Sie mich nicht im Stich«, sagte Gross jetzt so leise, dass Hans nur seine Lippenbewegungen sehen konnte. »Auch beim Sterben kommt es auf den richtigen Zeitpunkt an. Jetzt ist es noch zu früh, glauben Sie's mir!«

Darüber begannen sie beide zu lachen, bis die Eiszapfen in ihren Barthaaren brachen. Die Posten betrachteten sie entsetzt. Dieses gespenstische Lachen machte ihnen Angst. Mit angelegtem Gewehr und scheuen Fußtritten scheuchten sie die zwei Wahnsinnigen hoch und zurück an die Arbeit.

Die Leiber der Russen und Deutschen verschmolzen zu einem dunklen Brei.

Es wurde in mehreren Stufen gearbeitet, sodass die Leute wie auf einer sich ständig vorschiebenden Treppe standen. Als Minenräumer wurden ausschließlich Russen eingesetzt. Sie hatten zunächst Glück. Die besten Plätze waren in der Mitte. Dort befand sich Rollo. Durch die ständige Bewegung und die Nähe der anderen verwandelte sich der festgefrorene Dreck auf seiner Haut allmählich wieder in eine schmierige Schweißschicht.

Etwas schlug ihm auf den Rücken. Er arbeitete weiter. Wieder ein Schlag, diesmal stärker. Er drehte sich um. Hinter ihm stand ein zerlumpter Russe.

»Hau ab, Iwan!«

Der Russe grinste und Rollo erkannte erst jetzt die lange, dürre Gestalt.

»Mensch, Freitag!«

Freitag zerquetschte ihm voller Rührung die Schultern und zauberte aus seiner zerschlissenen Jacke eine zerbeulte Feldflasche hervor.

»Robinson. Rollo Robinson, na sdorowje!«

Rollo nahm einen tiefen Schluck. Es war sein Lieblingsgetränk. Er nahm noch einen Schluck. Die anderen murrten und schoben die beiden weiter. Die Posten bemerkten den Strudel in der ansonsten gleichförmigen Flut der Leiber und brüllten in den Wind. Schimpfend schrien sie so laut sie konnten, aber viel wärmer wurde ihnen dadurch nicht.

Stunden später. Es war längst dunkel geworden. Der Sturm hatte nachgelassen, und am Himmel blinkte scheu ein kleiner Stern. Keiner sah ihn. Die Männer wankten und torkelten mit stumpfem Blick durch den Schnee. Mechanisch wurden die Schaufeln bewegt.

Bubi und ein Hiwi steckten als Markierungen Pferdeoberschenkelknochen in den Schnee. Ihre Gesichter waren von Reif bedeckt. Hinter ihnen lagen verstreut einige Gestalten am Boden, als hätte einer Kohlensäcke verloren. Das waren die, die einfach nicht mehr gekonnt hatten. Sie würden erfrieren oder waren es bereits. Niemand kümmerte sich um sie. Einer fasste Bubi am Bein. Bubi riss sich los, stolperte weiter.

Hans, Fritz, Rollo, Gross gehörten zu den Überlebenden. Gross arbeitete mit einer Ausdauer, die in Anbetracht seines ausgemergelten Körpers unheimlich war. Dadurch machte er den anderen Mut. Wenn es dieses Gespenst schaffen konnte, konnten sie es auch. Hin und wieder stieß Gross trotzige Verwünschungen aus. Er würde graben bis zum Tod. Sich in sein eigenes Grab hineinschaufeln.

Links und rechts neben ihnen wühlten sich andere Sträflinge und russische Hiwis voran. Die Nationalität war längst gleichgültig. Neben Rollo starrte einer auf einen Blutfaden, der aus seinem Mund auf die Schaufel tropfte. Dann glitt er lautlos zu Boden. Hans stolperte über ihn.

»Liegen lassen«, lallte Rollo. »Hat's hinter sich. Liegen lassen …«

Er hob mit verzerrtem Gesicht seine Schaufel, die sich plötzlich ganz leicht anfühlte, ebenso wie der Schnee, in dem er sich keuchend wiederfand. Er wollte aufstehen, aber ein Stiefel trampelte seinen Kopf in ein kaltes, weißes Kissen, dann noch einer. Er versuchte zu schreien, doch er bekam keine Luft, und sein Herz machte einen letzten Satz, bevor alles zu zerspringen schien und ein grelles Licht in seine geschlossenen Augen fuhr.

Plötzlich stand er wieder. Freitag hatte ihn aufgehoben und hielt ihn aufrecht. Ein zäher, grauer Strom aus Leibern zog an ihnen vorbei. Freitag rief den Russen herbei, der die Knochen in den Schnee steckte. Dieser nahm wortlos Rollos Schaufel. Rollo bemerkte erst jetzt, dass er laut schluchzte. Freitag wischte ihm übers Gesicht.

»Nix weinen, viel kalt, Augen kaputt.«

Rollo taumelte mit den Pferdeknochen davon und steckte zitternd den ersten in den Schnee. Die Wachposten hatten den verbotenen Wechsel zwar bemerkt, aber es war ihnen längst egal. Auch sie wollten nur noch ins Quartier. Rollo taumelte weiter, rammte den nächsten Knochen in das kalte Weiß, merkte, dass noch ein Fetzen Fleisch daran haftete, kratzte ihn mit den Fingernägeln ab und steckte ihn sich in den Mund. Der Fleischfetzen mobilisierte seine letzten Kräfte. Er taumelte mit den Knochen weiter.

Gross blieb plötzlich stehen, starrte angestrengt in die Finsternis. Undeutlich wuchs vor ihnen ein langer Turm aus dem Schnee, der eine dicke Kugel trug. Der Wasserturm des Bahnhofes. Dann sahen ihn die anderen auch. Hier waren sie vor knapp zwei Monaten angekommen, aber die meisten erkannten den Ort nicht wieder. Erschöpft sanken sie in den Schnee oder stützten sich auf ihre Schaufeln. Einige lallten und krächzten vor Erleichterung.

Den Posten verlieh der Anblick frische Kräfte. »Wann Pause ist, bestimmen wir! Weiter!«

Dass nun ein vorläufiges Ende dieser Hölle abzusehen war, ließ die Männer wieder auf die Füße kommen. Sie arbeiteten mit letzter Verbissenheit weiter.

Niemand störte sich daran, dass der freigeschaufelte Weg hinter ihnen von neuem Schnee wieder zugeweht wurde. Es war auch nicht weiter wichtig. Diese zusätzliche Strecke von den Stabsquartieren zum Bahnhof wurde seit der Einkesselung wegen des fehlenden Nachschubs sowieso nicht mehr benötigt und war nur aufgrund eines Planungsfehlers freigeschaufelt worden.

49

Rollos Uhr zeigte auf eins. Das war bereits die ganze letzte Woche so gewesen und würde sich auch nicht mehr ändern. Es interessierte auch niemanden mehr, wie spät es war.

Gemeinsam mit einem ihrer missmutigen Bewacher tauten sie in einem Schneeloch langsam wieder auf. Der Boden war mit einer Zeltplane ausgelegt, von der Decke baumelte, am Stiel eines Spatens aufgehängt, eine rostige Konservendose mit Löchern, in der eine kleine Kerze flackerte. Bubi schlief wie ein Toter, die anderen Männer entlausten sich und warfen die Läuse in eine andere Konservendose, unter die sie einen Kerzenstummel gestellt hatten. Von Zeit zu Zeit tunkte einer einen Lappen in das Fett und schmierte damit seine Stiefelnähte.

Der Posten, von dem man bisher nur erfahren hatte, dass er Ludwig hieß, gähnte. Er hätte auch einschlafen können; die Männer waren viel zu kaputt, um abzuhauen. Wo hätten sie auch hingehen sollen? Ihr kleines Gefängnis war seit über vier Wochen von einem großen Gefängnis umgeben, gegen das sich eine gesamte Armee mit wachsender Agonie stemmte.

Der Posten blinzelte, warf die abgerauchte Kippe auf den Boden und steckte sich eine neue an. Rollo grapschte hastig nach dem noch glühenden Rest und sog gierig daran. Ludwig ließ es geschehen. Abends war er human. Er war Bauer und hatte eine Menge Schweine zu Hause. Die hatte er auch nie unnötig gequält. Tagsüber musste man die Herde zusammenhalten, das war klar, notfalls mit Fußtritten und Kolbenhieben, das ging nun mal nicht anders. Aber nach Feierabend, da durfte man Mensch sein. Er war sicher, dass seine Sträflinge das auch so sahen.

Bis auf den Verrückten vielleicht, den die anderen »Skelett« nannten. Und den langen Russen, der an diesem Tag zum ersten Mal dabei war. Früher wäre so etwas undenkbar gewesen, dass man Russen und Deutsche in einem Raum zusammenpferchte, aber nun war alles anders. Es gab zu wenige Unterkünfte, zu wenig Brennholz, zu wenig Arbeitskräfte, zu wenig von allem. Die Welt war in Unordnung geraden, und Unordnung war das Schlimmste, was der Welt passieren konnte. Das hatte Ludwig schon immer gewusst.

Umso wichtiger war ihm, in seiner eigenen bescheidenen kleinen Welt die Ordnung aufrechtzuhalten. Er warf einen prüfenden Blick auf die kleine Herde von sechs Männern, die ihm anvertraut war.

Rollo wischte den letzten Rest Läusefett aus der Dose. »Was is? Ich hab erst zwoundachtzig reingeschmissen. Keine Abschüsse mehr? Is schon wieder alle.«

Fritz untersuchte den Kopf von Hans, ohne Erfolg. »Blaues Blut mögen sie nicht. Die wissen, was gut ist.«

Es waren die gleichen Sticheleien wie früher, nun aber ohne Kraft, ohne Witz. Es war, als versuchten sie damit krampfhaft die Verbindung zu ihrer Vergangenheit zu erhalten, und manchmal, wenn sie sich erinnerten, denselben Satz in einer glücklicheren Situation ausgesprochen zu haben, lächelten sie wie alte Männer, die sich über ihre Jugend unterhielten. Rollo begann, den schlafenden Bubi nach Läusen abzusuchen, wurde fündig und warf sie in die Büchse, wo sie mit einem leisen Knall zerplatzten.

Rollo schob Bubis Ohrenschützer beiseite – und zuckte erschrocken zurück. »Scheiße! Sein Ohr.«

»Was?«

»Abgefroren.« Mit Daumen und Zeigefinger hielt er Bubis überdimensionale Ohrmuschel in den Raum.

Das Ohr ließ Fritz seine bohrenden Hungergefühle vergessen. »Mensch, tu's weg. Schläft er noch?«

»Ja.« Rollo suchte nach einem Platz, an dem er das Ohr verstecken konnte, tat es schließlich in seine Tasche und beschloss, es am kommenden Tag unauffällig im Schnee verschwinden zu lassen.

»Wenn das Hirn nicht mehr denkt«, sagte Gross und streckte die Finger über die warme Dose mit dem Läusefett, »friert es ein. Aber vielleicht wären die gefrorenen Gedanken die einzig wahren.«

»Lassen Sie mich in Ruhe«, murmelte Hans. »Ich will versuchen, ein wenig zu schlafen.«

»Meine Worte werden Sie in den Schlaf wiegen. Ich werde flüstern, ich verspreche es.« Gross' lumpenumwickelte Kralle legte sich auf Hans' zitternden Arm. »Ich gebe zu, ich habe Ihnen den Tod heute nicht gegönnt. In dieser Kälte klammert man sich an jeden Funken Wärme, mag er noch so verlogen und falsch sein. Selbst Sie können es sich nicht mehr leisten, auf Qualität zu achten, weder bei der Auswahl Ihrer Kleidung noch bei der Ihrer Kameraden.« Ein sardonisches Lächeln glitt über sein Totenkopfgesicht. »Uns verbindet eine echte Lumpenkameradschaft.«

»Hören Sie doch endlich damit auf«, flüsterte Hans.

Gross zuckte mit den Schultern. Sein Blick glitt über die Eiszapfen, die sich an der Decke gebildet hatten. »Der Stolz«, sagte er schließlich, »ist das Schädlichste. Diese bornierte Eitelkeit, dem Schmerz widerstehen zu wollen, an ihm zu wachsen. Schauen Sie mich an. Ich bin ein solches Gewächs. Eine Wucherung.« Verwundert fuhr er sich über die Wangen, über die auf einmal Tränen liefen. »Ich werd nie mehr versuchen, Sie davon abzuhalten zu sterben«, flüsterte er mit erstickter Stimme. »Es ist ein Verbrechen, unter diesen Umständen. Ich wäre froh, wenn ich mich töten könnte. Aber ich kann es nicht. Ich kann es nicht. Ich habe Angst.«

Er lauschte dem Klang seiner Stimme nach, als könnte sie ihn ins Jenseits tragen, dann ließ sein schrilles Lachen alle zusammenfahren. Mit einem Schlag war die Verzweiflung aus seinem Gesicht verschwunden, und nur die Tränenspuren erinnerten noch an seinen Ausbruch. Er blickte in die Runde, als wäre er gerade von einer langen Reise zurückgekehrt.

Ludwig schreckte hoch, als die Decke vor dem Eingang zur Seite geschoben wurde. Eine Hand reichte ihm einen Topf mit wässriger Suppe und einen halben Laib Brot.

»Und wo ist mein Fraß?«, fragte Ludwig.

»Brüderlich teilen, sonst gibt's nix.«

Ludwig starrte empört in die Suppe, in der sich einige Rübenstücke verloren. »Scheiße, ich bin doch kein Sträfling! Ich werd mich beschweren!«

»Am besten beim Führer«, kam die Antwort gemeinsam mit einigen Schneeflocken. »Ach ja, fröhliche Weihnachten!«

»Du mich auch.«

Ludwig verteilte missmutig die Brühe. Rollo war kurz weggetreten, blinzelte verschlafen.

»Sag mal, ist wirklich Weihnachten?«

»Hast es doch gehört«, antwortete Ludwig unfreundlich und fischte die wenigen Rübenstücke aus dem Topf in sein Kochgeschirr. Zu Hause hatte er jetzt immer die Gans angeschnitten. Ein dicker Kloß würgte in seinem Hals.

Auch Rollo kämpfte mit unbarmherzig aufsteigenden Erinnerungen. Verloren starrte er auf die tropfenden Eiszapfen und konnte sich das erste Mal seit langer Zeit wieder an das Gesicht seines Sohnes erinnern. »Mensch«, murmelte er, »und wir haben nicht mal 'n Baum!« Er stieß Bubi an, weil er nicht einsah, wieso der selig schlafen sollte, während er einsam litt. »Los! Weihnachten! Wach auf!«

Bubi fuhr mit einem Satz in die Höhe, griff an die Stelle, wo sich früher immer seine Waffe befunden hatte, und entdeckte als Nächstes den Suppentopf, von dem noch ein dünner Rauchfaden aufstieg. Gleich darauf bemerkte er, dass ihn alle mit einer seltsamen Spannung betrachteten.

»Was starrt ihr mich denn so an?«

Niemand hatte das Herz, ihn ausgerechnet heute auf den Verlust seines Ohres hinzuweisen.

»Na ja«, murmelte Fritz schließlich. »Wir haben gerade erfahren, dass heute Weihnachten ist.«

»Wirklich?« Die Augen des Kleinen leuchteten auf. »Da sitzen jetzt bei mir zu Hause alle unterm Baum.« Er warf einen scheuen Blick auf seine trostlose Umgebung. »Nun, viele sind ja nicht mehr übrig ...«

Man merkte, dass er sich bereits zu den Toten rechnete. Niedergeschlagen wurde die Suppe verteilt. Jeder erhielt zusätzlich ein kleines Stück Brot.

»Können Geschmacksnerven eigentlich auch einfrieren?«, fragte Fritz nach dem ersten Löffel.

»Wenn's dir nicht schmeckt, gib her«, knurrte Rollo.

Fritz kam der Gedanke, sich so zusammenschlagen zu lassen, dass er in irgendein Lazarett eingeliefert werden musste. Das wäre ein wirkliches Weihnachtsgeschenk.

»Es gibt Leute«, sagte er langsam, »bei denen schrumpft nicht der Magen am schnellsten, sondern das Hirn.«

Rollo war so kaputt, dass er die Beleidigung nicht mal begriff. Missmutig löffelten sie weiter die dünne Brühe.

»Ich finde«, sagte Hans plötzlich, »wir sollten was Besseres zu Weihnachten in den Bauch kriegen.«

»Ja«, höhnte Rollo, »mit Servietten und silbernen Löffeln.«

»Und wir sollten Herbert besuchen«, fuhr Hans unbeirrt fort.

Fritz sah ihn ungläubig an. »Die paar Kilometer hin und zurück machen wir locker zu Fuß.«

Auch die anderen dachten, dass Hans mal wieder eine seiner üblichen Fieberfantasien hatte. Doch diesmal war es nicht so. Er kroch zu Ludwig, dem Wachposten, und zog langsam die goldene Uhr unter seinem zerschlissenen Hemd hervor, die ihm Pflüger vermacht hatte. »Herr Obergefreiter, ein Weihnachtsgeschenk von Ihren Häftlingen.«

»Halt's Maul und setz dich zurück nach hinten!«

Hans wischte die Uhr an seinem Ärmel sauber und hielt sie ihm erneut hin. Ludwig betrachtete sie etwas genauer und bekam große Augen.

»Die hättest du abgeben müssen«, brachte er schließlich mühsam hervor.

»Ich geb sie dir«, sagte Hans und fügte betont beiläufig hinzu: »Dafür kannst du doch sicher 'ne Fahrt nach Goroditsche und was zum Fressen organisieren.«

»Und Filzstiefel«, fügte Fritz hastig hinzu.

»Jacken, Mensch. Und Handschuhe.«

»Haltet die Fresse!«, schrie Ludwig. Er kam völlig durcheinander. Vor allem mit seinen Dienstvorschriften. Wenn er die Uhr betrachtete, drehte sich ihm alles im Kopf.

Hans war klar, dass der Posten die Uhr einfach einstecken und ihn mit einem Kolbenschlag zu den anderen zurückschicken konnte, aber er ging das Risiko dennoch ein. Es war Weihnachten, da war die Aussicht auf anständige Behandlung überdurchschnittlich gut.

Er hatte recht. Ludwig drehte die Uhr andächtig in den Händen, schluckte und sagte: »Die ist doch nie echt ...«

»Hauch sie an«, sagte Fritz. »Wenn sie beschlägt, ist sie aus echtem Gold.«

Ludwig sah Hans unschlüssig an. Der nickte. Ludwig hauchte vorsichtig auf die Uhr, als fürchtete er, er könnte sie dadurch beschädigen. Natürlich beschlug das Gehäuse, wie jedes kalte Metall. Ludwig war trotzdem restlos überzeugt.

»Mensch!« Er kroch zum Ausgang. Im letzten Moment fiel ihm etwas ein, und er drehte sich noch einmal um. »Aber nicht abhauen!«

»Wenn du auch nur die Hälfte von dem Zeug besorgst«, sprach Gross, »sitzen wir hier bis zum jüngsten Tag.«

Ludwig öffnete den Eingang, und ein eiskalter Windstoß überzeugte ihn endgültig davon, dass er eine Flucht seiner Gefangenen nicht befürchten musste. Er verschwand.

»Sagt mal«, fragte Bubi plötzlich, »brennen eure Ohren auch so?«

Alle vermieden es, ihn anzusehen.

50

Ludwig zeigte sich von unerwartet großzügiger Seite. Motiviert durch die Uhr und bedingt durch seine christliche Erziehung, hatte er nicht nur einen Monatssold, sondern auch noch etwas von der Sonderzulage geopfert, die er für die freiwillige Teilnahme an zwei Massenerschießungen im Spätsommer erhalten hatte. Vorbildlicher Familienvater, der er war, hatte er das Geld eigentlich nach Hause schicken wollen, aber seine Frau würde das mit der Uhr sicher verstehen. Vielleicht musste sie es auch gar nicht erfahren.

Sorgfältig versteckte er die Uhr nach einem letzten andächtigen Blick in seinem Quartier, einem der unzähligen Eisenbahnwaggons, die auf den Gleisen verrotteten, seit die Russen bei Karpowka die Bahnlinie abgeschnitten hatten. Sie waren zum großen Teil mit Schwerverwundeten vollgepfercht, für die man keinen anderen Platz mehr hatte.

Wenig später befand er sich mit seinen fünf Schützlingen schmatzend und bester Laune auf der Pritsche eines Lkws Richtung Goroditsche. Rollo fraß mit den Fingern Schinken und Kartoffelpampe aus einer rostigen Konservendose, die ihm das Kochgeschirr ersetzte. Fritz und Hans teilten sich eine überraschend schmackhafte Pferdewurst. Ausgerechnet Gross hatte ein jämmerliches Zweiglein, behangen mit Buntpapier, zwischen den Knien, den Weihnachtsbaum. Nur Bubi, das gemeingefährliche Einohr, heulte.

»Mensch«, stöhnte Rollo und stopfte sich noch einen Bissen in den übervollen Mund, »kalter Arsch mit Schneegestöber! Da kriegt man Glanz in die Augen!«

»Oder Rückwärtshusten«, sagte Gross. »Friss nicht so viel!« Er hatte schon lange keinen Hunger mehr, aß mechanisch und in kleinen Bissen etwas Brot und fühlte sich wie ein platter Reifen, in den man vorsichtig etwas Luft pumpt.

Rollo klopfte Ludwig auf die Schulter. »Bist 'n guter Weihnachtsmann.«

»Wo haste denn die bunten Fähnchen her?«, fragte Gross. »Vom Stab?«

Alle lachten. Hans sah freudestrahlend in das blasse Totenkopfgesicht. Der Tod, das Fieber, die blutigen Fantasien, all das war auf einmal unendlich weit weg.

»Was halten Sie davon«, fragte er Gross, »wenn wir uns ein ganz persönliches Weihnachtsgeschenk machen?«

»Sie wollen vorschlagen, dass wir uns duzen?« Gross funkelte ihn mit zwei bernsteinfarbenen Augen spöttisch an.

»Das hatte ich vor.«

Gross fasste ihn freundschaftlich um die Schultern. »Ich bin ein böser alter Mann, das wissen Sie doch«, sagte er. »Aber ganz im Ernst. Wenn wir uns duzen, werden wir so intim, dass wir am Ende gar nicht mehr wissen, wer von uns welcher ist. Und das wäre ein Unglück für Sie.«

»Machen Sie mir ein anderes Geschenk«, schlug Hans vor. »Verraten Sie mir, wie alt Sie wirklich sind.«

»Fünfunddreißig«, antwortete Gross. »Aber wenn es Sie an einem Tag wie heute zu sehr schmerzt, können Sie auch annehmen, ich wäre fünfzig.«

Fritz probierte mit wachsendem Unmut die Filzstiefel durch, die Ludwig organisiert hatte. »Sag mal, sind gestern nur Gartenzwerge verreckt?«

»Die Frontschweine sagen, dass sie jetzt nur noch Schlitzaugen abknallen«, erklärte Ludwig kauend.

»Scheißschlitzaugen«, schmatzte Rollo. »Auf jeden Fall pfeift der Russe aus dem letzten Loch.«

Hans warf ihm einen kurzen Blick zu. »Deswegen stehen auch nur sieben russische Armeen um uns.«

»Sieben Armeen!« Rollo schüttelte aufgeregt den Kopf. »Fünf, allerhöchstens! Der Führer lässt uns nicht im Stich.« Er füllte seine rostige Konservendose noch mal auf. »Ihr seht doch, wir haben Lebensmittel bis Ostern.«

»Drum haltet aus, der Führer haut uns raus«, zitierte Ludwig. Beifall heischend sah er sich um. »Das sagen jetzt alle.«

Fritz warf einen Blick auf die Ruinen eines Etappendörfchens, das draußen vorbeiglitt. »Ein Eineiiger regiert die Welt. So sieht sie auch aus.«

»Mensch, halt die Fresse!«, sagte Rollo. »Reicht's dir noch nicht, wo wir sind?«

Bubi hörte auf zu kauen und schluchzte wieder lauter.

Rollo dachte an das Ohr in seiner Tasche und legte Bubi den Arm um die Schultern. »Wird schon wieder, Kleiner. Lässte dir die Haare 'n bisschen länger wachsen. Hast ohnehin so kleine Mausohren, eins weniger fällt überhaupt nich auf.«

Bubi versuchte seine Hand wegzustoßen, aber er war zu unglücklich und schwach dazu. Das Einzige, was er jemals besessen hatte, war seine Schönheit gewesen, und die war jetzt auch noch dahin. Er warf einen schnellen Blick auf Rollos linke Seite. Durch die Stahlsplitter, von denen einige zu tief saßen, um sie herauszupulen, sah sie aus wie ein verbeulter Kotflügel. Bubis Schönheit war nicht nur der ganze Stolz seiner Mutter gewesen, sie hatte ihm auch ein Gefühl der Überlegenheit gegenüber diesem stinkenden Untier vermittelt, das einfach über ihn hergefallen war. Das Schlimmste war, dass es ihm irgendwie auch noch gefallen hatte.

Er schniefte ein letztes Mal und fragte: »Herr Obergefreiter, meine Braut und meine Mutter haben mir sicher zu Weihnachten geschrieben. Können Sie uns nicht unsere Post aushändigen?«

»Da komm ich nicht ran«, wehrte Ludwig ab.

»Macht's so wie ich«, sagte Gross. »Ich hab meiner Frau schreiben lassen, dass ich gefallen bin.« Er machte eine kurze Pause. »Ist das Beste, glaubt mir.«

»Aber«, meinte Bubi stockend, »wir kommen doch wieder nach Hause, irgendwann.«

»Und wenn schon! Wollt ihr 'ne schöne Weihnachtsgeschichte hören?«

»Nee, bloß keine Predigt«, sagte Rollo rasch. Von dem verrückten Gequatsche von Gross hatte er für heute genug.

»Ihr kriegt eure Weihnachtsgeschichte, ob ihr wollt oder nicht. Keine Angst, es ist eine echte Weihnachtsgeschichte, ergreifend und traurig.« Gross wiegte langsam den Kopf. Dann begann er: »Vor genau einem Jahr war ich das letzte Mal zu Hause. Weihnachtsurlaub, weil ich drei Panzer geknackt hatte. Meine Frau und meine Kinder standen wartend am Bahnhof – und waren mir fremder als jedes russische Frontschwein …« Er brach ab, fuhr sich mit Daumen und Zeigefinger über die Augenlider und murmelte: »An dieser Stelle weine ich jedes Mal.«

»Wirklich rührend«, sagte Rollo.

Lächelnd hob Gross den Kopf. »Meine Frau hat versucht, mich zu verstehen, zärtlich zu sein. Es war dasselbe Zimmer, dasselbe Bett, dieselben Kopfkissenbezüge, gelb mit roten Blumen. Ich hatte mich drauf gefreut, das könnt ihr mir glauben! Eine Menge großer Gefühle hatte ich, aber dann war plötzlich alles weg. Ich hab's nicht ertragen. Und je mehr Verständnis sie hatte, umso mehr hab ich sie gehasst. Ich bin abgehauen, hab mich besoffen, das hat mir damals noch was gebracht.« Er lachte. »Dann bin ich auch noch in der Christmette gelandet. Früher war ich auch mal fromm. Nicht viel, man hat eben an das Gute im Menschen geglaubt. Weihnachten war ich immer in der Kirche, schon wegen der Kinder. Als ich jetzt die Leute vor dem blutenden Jesus am Kreuz knien sah«, er runzelte bei der Erinnerung grübelnd die Stirn, »hab ich plötzlich begriffen, dass all diese Idioten mit schuld daran sind, dass man etwas Edles, Großartiges aus dem Leid machen kann, aus dem elenden Verrecken ... Verzeihung, sollte ja keine Predigt werden. Auf jeden Fall hatte ich plötzlich meine Knarre in der Hand und hab Jesus den Kopf weggeschossen.«

Rollo starrte ihn ungläubig an, dann prustete er los. Das würde er in der Kirche bei ihnen um die Ecke auch mal bringen.

Gross nickte ihm grinsend zu. »War 'ne schöne Schnitzarbeit, Gotik, fünfzehntes Jahrhundert. Meine Frau hat jedenfalls nichts dagegen gehabt, dass ich am nächsten Tag zurückgefahren bin. Kam gerade rechtzeitig zu 'ner neuen russischen Großoffensive. War ich wieder zu Hause.«

Stille.

»Seid ihr gerührt?«, fragte Gross verächtlich. »Ihr Idioten! Ihr werdet immer nur die Lämmer sein, die man zur Schlachtbank führt.«

Betretenes Schweigen. Allen war klar, dass sich Gross längst an einem Punkt befand, von wo keine Rückkehr mehr möglich war. Jeder fragte sich im Stillen, wie weit er selbst bereits war.

Sie fuhren an einem Leichenberg toter deutscher Soldaten vorbei, die auf einem Rost aus Eisenbahngleisen aufgestapelt waren. Die Toten wurden gerade mit Benzin übergossen. Zwei weitere Haufen brannten bereits.

»Dafür ist also Sprit da«, murmelte Fritz.

Rollo hatte wieder zu essen begonnen. »Wenn se dich mal auf'n Grill legen, Dicker, kriegen se die ganze Stadt zwei Tage schneefrei.«

Bubi wurde von dem Leichengeruch schlecht. Gross starrte auf die Scheiterhaufen. »Man müsste 'ne Art Krieg erfinden, die nicht ganz so tödlich ist, was meint ihr?« Er sprang auf und riss die Plane beiseite.

Ludwig sprang ebenfalls hoch und versuchte sich auf Gross zu stürzen, doch der entwand ihm mit einer schnellen Bewegung das Gewehr und stieß ihn zu Boden. Mit einer Hand hielt er sich am Planengestänge des Lastwagens fest und funkelte die Männer mit gefletschten Zähnen an wie ein Bote aus der Unterwelt.

»Ihr habt wohl gedacht, der Führer räumt nur mit Juden und Bolschewisten auf? Nichts da! Der Führer leistet ganze Arbeit! Jetzt ist der deutsche Soldat an der Reihe, und dann kommt das deutsche Volk! Großreinemachen in Großdeutschland! Wisst ihr, was der Unterschied zwischen euch und den Juden ist? Die Juden mussten sie zwingen, aber ihr marschiert voller Freude und Opfermut in den Tod! Ihr liebt eure Unterdrücker und Henker! Und jetzt werdet ihr geschlachtet!« Die Gewehrmündung beschrieb einen weiten Bogen durch das Schneetreiben. »Das hier ist unser hübsches kleines Konzentrationslager. Ja, auch wir sind minderwertig. Wir haben es nicht geschafft, die Russen zu besiegen, also werden wir geschlachtet. Aus den Juden macht er Seife, aus uns Asche und Helden für die nächste Generation!«

Alle starrten ihn an und hofften, dass er noch nicht wahnsinnig genug war, ihren Bewacher umzubringen. Außer Hans begriff niemand so recht, was Gross eigentlich sagte. Sie wünschten nur alle sehnlichst, dass er endlich aufhörte, aber er hatte ein Gewehr in der Hand, und deshalb traute sich niemand, ihm zu widersprechen.

Rollo begann als Erster wieder zu essen.

»Und was sollen wir Ihrer Meinung nach tun?«, fragte Hans schließlich.

»Möglichst schnell verrecken. Je schneller wir den Krieg verlieren, umso besser für unser Land. Aber wenigstens das dürfte mit dieser Führung kein Problem sein.« Gross warf Ludwig das Gewehr zu. »Hier, kannst schon mal anfangen.«

Ludwig betrachtete das Gewehr, schluckte. »Setz dich wieder hin«, sagte er leise.

»Du legst mich nicht um?«

Ludwig schüttelte den Kopf.

»Scheiße«, sagte Gross. »Ich wollte gern an Weihnachten sterben.« Den Rest der Fahrt sprach er kein Wort mehr.

Hans blickte nach draußen, wo der Schein der Scheiterhaufen verblasste. Alles, womit sich seine Fantasie immer wieder beschäftigt hatte – Heldentum, Tod, Blut, Vernichtung, Schmerzen –, verbrannte dort in einer entsetzlich banalen Wirklichkeit. Wohin fuhren sie überhaupt? Ach ja, zu dem Melder, den er gerettet und den sie gemeinsam durchs Feuer geschleppt hatten. Seine Heldentat hatte sie wahrhaftig weit gebracht! Sie fuhren zu einem Todgeweihten, von dem keiner wusste, ob er vielleicht nicht schon im Jenseits weilte. Und das taten sie nicht etwa, weil sie ihn besonders gern mochten, sondern weil sie ihm durch die vielen Opfer und Leiden, die er indirekt verursacht hatte, verbunden waren.

Weil Weihnachten war!

Hans unterdrückte ein hysterisches Lachen. Dann drehte er sich zu den Männern um. »Wir sollten Geiger was von dem Essen aufheben.«

»Falls er noch lebt«, meinte Fritz.

Hans hielt Ludwigs Helm, der auf dem Boden herumgerollt war, in die Runde. »Los jetzt! Gebt schon her.«

Alle warfen etwas in den Helm.

51

Der Zugang zum Lazarett konnte inzwischen mit einem Butterbrot erkauft werden. Eine Treppe führte sie in die Tiefe. Sie hatte einen Belag aus überfrorenem Schnee und Blut, der weiter unten zu rötlichem Schlamm auftaute. Ein schwerer, süßlicher Geruch, der den Magen hob, schlug ihnen entgegen. Sanitäter mit ausgehöhlten Gesichtern und gebeugten Rücken schlichen an ihnen vorbei.

Sie tasteten sich durch die Dunkelheit der tropfenden Gänge, vorbei an zwei weiß gewandeten Mumien mit triefenden Wachstuchschürzen, deren Zähne in starrem Grinsen hinter dünnem Zigarettenrauch blinkten, und glitten auf ein gleichmäßiges Rauschen zu, das sich beim Näherkommen in ein auf- und abschwellendes Stöhnen, Schreien, Fluchen, Lallen auflöste.

Dann lag sie vor ihnen, die Halle des Leidens. Ein Gewölbe von vielleicht fünfzig Metern Länge und fünfundzwanzig Metern Breite, vollgestopft mit Verwundeten und Kranken. Dazwischen schmale Pfade, auf denen sich im Takt eines leise gesungenen Weihnachtsliedes fünf Sanitäter bewegten. Einer von ihnen trug eine Pappkrone auf dem Kopf. Zwei Feldgeistliche verteilten, da sie sonst nichts hatten, Trost. Hans erkannte in einem von ihnen den Pfarrer, der sie mit seiner Predigt in den letzten Angriff geschickt hatte.

Er sah hinab auf die vom Hunger ausgezehrten Hände, die sich ihm entgegenstreckten, befahl sich, die fieberglühenden, von Durchfällen ausgedörrten Gesichter zu ertragen, die grünlich gefärbten Bauchdecken, die erstarrten Muskeln der Gestorbenen. Vergilbte, schmutzigbraune Gesichtshaut, gleich Lampenschirmen über tote Knochen gespannt, auslaufende Augäpfel, leere Blicke, mit Fliegen gefüllt. Schwer und satt, grün und blauschimmernd stiegen sie unter seinen ersten Schritten mit dem Fäulnisgeruch zur Decke auf, an der in weiten Abständen, auf einen dünnen Draht gereiht, einige nackte Glühbirnen baumelten.

Hans verwandelte sich plötzlich wieder in den Leutnant, und der Leutnant hatte Verantwortung für einen Kameraden, der vielleicht gefunden, gerettet oder auch nur zum letzten Mal gefüttert und getröstet werden konnte, und so ging er entschlossen durch die Reihen der Verwundeten, Kranken, Sterbenden und Toten, zwang sich, faulendes und verfaultes Fleisch anzuschauen, Fragen zu stellen an wachsbleiche Gesichter, an Jammernde, Hilfesuchende, Gleichgültige, die sich mit blutverkrusteten Verbänden, gelben und schwarzen Flecken auf den Wangen zum Sterben auf die Seite drehten, doch niemand, niemand konnte ihm sagen, wo in diesem Haufen von unaussprechlichem Elend ein Soldat namens Herbert Geiger lag.

Schließlich hatte er sich bis zu den Weihnachtssängern durchgearbeitet, doch auch die schüttelten nur müde die Köpfe. Ein Torso, der in den Armen des Pfarrers wie ein in Blut und Fäkalien gewickeltes Kind aussah, spuckte plötzlich in den hingereichten Becher und tobte los: »Aufhören! Aufhören mit Weihnachten! Schluss jetzt!«

Er stieß mit seinem bandagierten Kopf nach dem Gesicht des Pfarrers, und es schien, als wolle er nicht mit Weihnachten, sondern auch mit sich selbst Schluss machen.

Sein Gebrüll wurde wie auf Kommando von den anderen aufgefangen, die ebenfalls mit letzter Kraft ein Ende dieser grotesken Vorstellung verlangten. Ein delirierender Panzerleutnant, der bisher nur auf imaginäre T-34 gefeuert hatte, nahm einen Becher und warf ihn nach den Sängern. Andere fielen heulend in diesen Chor des hilflosen Hasses ein, und es schien Hans, als hassten sie die Sänger und den Pfarrer allein deshalb, weil diese in ihren Augen unverdienterweise noch gesund auf zwei Beinen gingen und nicht von Fieber, Eiter und Läusen zerfressen wurden.

Eine Kugel, dachte Hans plötzlich, ein Feuer, eine gigantische Explosion, in der diese Hölle versinken sollte, die schlimmer war, als es jede Hölle im Jenseits sein konnte.

Entsetzt schlug er die Hände vors Gesicht und sah mit flackernden Lidern zwischen seinen Fingern hindurch. Es ließ sich nicht leugnen: Für einen Moment war es sein sehnlichster Wunsch gewesen, alle diese Kranken zu vernichten.

Das Geheul zu seinen Füßen hatte nachgelassen. Die Tobenden waren zu schwach, um sich länger gegen den Trost und Zuspruch des Pflegepersonals und der weniger verunstalteten Kameraden wehren zu können

Der Pfarrer wischte mit fahrigen Händen das Blut des Torsos von seiner Uniform, und Hans musste die Frage nach seinem verletzten Kameraden zweimal stellen, ehe er ihn überhaupt verstand. Dann sah er ihn an, mit seltsam leuchtenden Augen, und wies mit der Überschwänglichkeit des Nervenkranken auf einen Pfeiler im Halbdunkel des Gewölbes.

»Er liegt unter dem Kreuz. Direkt unter dem Kreuz.«

Hans tastete sich zwischen den Verwundeten hindurch zu dem Pfeiler. Wie er vermutet hatte, befand sich sein Melder nicht an der angegebenen Stelle. Entschlossen, das Unternehmen abzubrechen, ging er zu den anderen zurück.

Ausgerechnet Ludwig, ihr Wächter, hatte zwischenzeitlich Erfolg gehabt. Er hatte ebenfalls nach dem Gesuchten gefragt – aus dem einfachen Grund, weil er so schnell wie möglich wieder aus dieser Unterwelt heraus wollte. Mithilfe einiger Zigaretten war es ihm gelungen, aus einem Sanitäter herauszukriegen, wo die Beinamputierten lagen.

Diesmal schlängelten sich alle auf einem schmalen Pfad zwischen den Verwundeten hindurch, die hier längst nicht mehr in Reihen lagen. Schwarz waren hier die meisten Verbände und Gesichter, schwarz ganze Leiber, und es war keine Sinnestäuschung, dass sich die Schwärze auf den Gliedmaßen bewegte. Die Schwerverwundeten waren mit Läusen übersät, die ihnen das letzte Blut aus den sterbenden Körpern sogen und erst von ihnen abließen, wenn das Fleisch kalt wurde, um wie eine mitleidlose Miniaturarmee zu ihrem nächsten Opfer zu wandern.

»Ich … ich glaub, ich schaff's nicht«, wimmerte Bubi. »Lasst mich raus, bitte!«

Fritz drückte seinen Arm. »Geht schon. Denk, du wärst jetzt hier.«

»Und das an Weihnachten«, fügte Rollo hinzu.

Ludwig presste ein Taschentuch gegen den Gestank vor den Mund. »Da hinten muss er irgendwo sein«, stieß er undeutlich hervor.

Suchend tasteten sie sich weiter, bis Fritz plötzlich stehen blieb und sich zu einem spitzen, wachsbleichen Gesicht hinunterbeugte, das auf einem von Dreck und Läusen besudelten Hemd am Boden lag. Ein notdürftig verbundener Beinstumpf stand seltsam starr vom Körper ab, Eiter und Blut waren auf dem Verband festgetrocknet.

»Das ist er doch«, stammelte Fritz atemlos.

»Quatsch!« Rollo wollte ihn weiterschieben.

»Doch.« Fritz griff dem wie leblos Daliegenden vorsichtig an die Schulter und bekam nur Knochen zu fassen. »He, Herbert, alter Stratege!«

»Fröhliche Weihnachten«, murmelte Gross.

Herbert öffnete mühsam die Augen.

»Tut doch die Läuse weg!«, jammerte Bubi.

»Hat keinen Sinn, hat keinen Sinn, lass …«, flüsterte Herbert tonlos.

Hans konnte seinen Widerwillen nur mühsam unterdrücken. Die Vorstellung, dass man selbst so enden konnte, war entsetzlich. Was war der Tod gegen dieses Leiden! Nichts! Angeekelt wandte er sich ab. Man sollte, man musste Mitleid empfinden – und empfand doch nur Abscheu. Er riss sich zusammen und stapelte das im Stahlhelm gesammelte Essen neben Herbert auf.

»Hier, wir haben dir was mitgebracht.«

»Danke«, flüsterte Herbert. »Hab jetzt keinen Hunger.«

Ein Rumäne, der neben ihm lag, mischte sich mit gierigen Augen ins Gespräch. »He, nicht schlimm ein Bein weg, schau.« Er schlug eine dreckige Decke zurück und zeigte seine beiden unterhalb des Knies amputierten Stümpfe. »Jetzt ich kleiner als mein Sohn. Zehn Jahre, mein Sohn. Aber wenigstens Ratten nicht fressen meine Zehen.«

»Kriegst trotzdem nix«, sagte Fritz ungnädig.

Hans bückte sich und gab dem Rumänen etwas von dem für Herbert gesammelten Essen ab. Verloren standen die anderen um ihren sterbenden Kameraden.

Die weißen Lippen des einstigen Melders bewegten sich: »Ich … ich kann nicht heim ohne Bein … im Verein … mein Probespiel …« Unruhig rollte Herbert den Kopf hin und her.

Fritz hielt ihn fest. »Alles halb so wild. Kriegst 'n Holzbein. Damit läufst du wie 'ne Eins. Ist wie beim Auto 'n Reifenwechsel …«

»Halt die Klappe«, zischte Rollo. Laut wie zu einem Schwerhörigen redete er auf die schweißglänzende Stirn unter sich ein. »Hast schon gehört, Herbert? Feldmarschall Manstein hat unsere Heeresgruppe übernommen.«

»Das ist der beste Stratege der Welt«, pflichtete Bubi eifrig bei.

»Strategie ist Quatsch«, flüsterte der ehemalige Freizeitstratege.

Ein Armamputierter mischte sich ein. »Der alte Hoth …«

»Papa Hoth«, krächzte ein anderer dazwischen.

»Sag ich doch!« Der Einarmige redete sich in Fahrt. »Der ist mit einer Panzerarmee zu uns unterwegs. Nagelneue Tigerpanzer, die haben Kanonen, stärker als jede Acht-Acht.«

»Ja, die kämpfen ganz von allein, und wir können endlich heim«, sagte Fritz gedehnt.

Der Einarmige ließ sich nicht beirren. »Sie stehen vierzig Kilometer vorm Kessel, an der Myschkowa. Morgen sind sie hier.«

»Das ist alles die Strategie vom Manstein«, warf Rollo ein.

Von allen Seiten redete es jetzt durcheinander. Die Hoffnung auf die sagenhafte Panzerarmee des Generaloberst Hoth, die sich in den letzten Tagen immer näher an Stalingrad herangearbeitet hatte, verlieh den vom Wundfieber Ausgehöhlten letzte Kraft. Auch die Sträflinge schöpften neue Hoffnung. Nur Gross schwieg. Er hatte nämlich noch etwas anderes läuten gehört, von einem neuen großen russischen Durchbruch bei der achten italienischen Armee. Wenn das stimmte, war es mit dieser Befreiungsaktion von Hoth längst Essig. Aber warum sollte er den Männern die letzte Hoffnung nehmen? Vielleicht starb es sich leichter so.

Herbert unterbrach die allgemeine Diskussion, indem er mit zitternder Hand auf einen Sanitäter wies, der sich mit einem frisch amputierten Bein den Weg durch die Verwundeten bahnte. »Da, mein Bein«, stammelte er mit fieberglänzenden Augen. »Das ist mein Bein …«

»Bleib liegen!« Bubi versuchte, ihn zurückzudrücken, damit er das Bein nicht mehr sehen konnte.

Herbert stieß ihn beiseite und richtete sich halb auf. »Mein Bein!«, rief er. »Gebt mir mein Bein, ich will mein Bein zurück!« Die Anstrengung brach seine Stimme. »Bitte«, weinte er, »ich will es, bitte …«

Hans richtete sich auf. Warum sollte man ihm nicht seinen letzten Wunsch erfüllen? Sonst konnten sie ja doch nichts für ihn tun.

Die anderen verfolgten ungläubig, wie er den Sanitäter aufhielt. Dieser zeigte ihm einen Vogel, wollte weiter, doch Hans steckte ihm zwei Zigaretten in die Brusttasche. Der Sanitäter zuckte mit den Schultern und überließ ihm das Bein. Hans kam damit an das Krankenlager zurück. Das Bein war sehr dünn, stark behaart, und der schwarz aufgequollene, erfrorene Fuß hing wie ein großer Klumpen an ihm.

Herbert streckte die Arme aus. »Bitte!«

Hans sah die Dankbarkeit in den Augen seines ehemaligen Melders und begriff, dass er ihm jetzt in der Logik des Fiebers das Bein zurückgab, das er ihm damals abgeschnitten hatte. Er kniete sich neben ihn und legte ihm das Bein in die Hände.

Rollo schluckte und wandte sich ab, um nicht zu kotzen. Herbert wiegte das Bein wie ein kleines Kind. Sein Blick verlor sich in der Vergangenheit. »Probespiel bei Borussia«, flüsterte er. »Alles gelogen ... war nur auf der Bank ... immer nur auf der Bank. Ich war nur Reserve ... hab nix getan. Aber wenn das Bein wieder anwächst, dann komm ich fest in die Mannschaft.«

Das kleine, spitze Gesicht verschwamm unter dem Blick seines ehemaligen Leutnants. Hans zwang sich, über die fieberverklebten Haare zu streichen. »Bestimmt«, flüsterte er und dann Worte wie »genau«, »wird schon wieder«, »ganz sicher«, »du schaffst es.«

Die Pausen dazwischen wurden immer größer und leerer, und er hoffte nur noch, dass Herbert möglichst bald sterben würde und sie hier hinaus konnten. Aber so weit war es noch nicht. Herbert starrte plötzlich verwundert auf das Bein, und sein Blick wurde merkwürdig klar.

»Das ist ja das linke!«, rief er. »Ich hab keine zwei linken Beine. Ich lass mich nicht auswechseln! Weg, das ist nicht mein Bein, weg!«

Er schleuderte das Bein von sich.

Ein hohles Kichern erklang. Es war der einarmige Landser, den das abgeschnittene Bein zur ersten Zeile eines bekannten Revue-Schlagers inspirierte: »Tausend nackte Beinchen tanzen«, kreischte er, »tausend nackte Beinchen tanzen ...«

Der Pfarrer, der einmal behauptet hatte, Gott würde mit ihnen auf der Koppelschnalle in diesen Kampf ziehen, warf einen tadelnden Blick in ihre Richtung, der noch aus Friedenszeiten stammte und eine murmelnde Gemeinde zur Ruhe gebracht haben mochte, doch unter diesen Umständen war er genauso angebracht wie die Pappkrone der Sanitäter.

Fritz wollte aufstehen, doch Herberts lange Fingernägel krallten sich in seine Haut. »Nicht weggehen, Fritz«, bat er. »Erzähl, gewinnst du immer noch beim Skat?«

Fritz nickte. Der arme Kerl wusste ja nicht mal, was mit ihnen passiert war. Dass sie, weil sie ihn hatten retten wollen, im Strafbataillon gelandet waren. Er durfte es auch nicht erfahren.

»Drei Bock, drei Ramsch«, sagte er.

Herbert lächelte schwach. »Alles Ramsch. Wir waren ein gutes Gespann«, hauchte er und versuchte vergeblich, seine rechte Hand in Fritz' Richtung zu strecken. »Zieh mir meinen Ring vom Finger, ich schaff's nicht mehr.«

Fritz nahm unbeholfen die Hand. Der Ehering, viel zu groß geworden, war bis über den Knöchel nach hinten gerutscht. »Nee, den brauchst du noch, wenn du wieder heimkommst.«

»Alles Quatsch«, flüsterte der Sterbende streng. »Nimm du den Ring, nicht der Pfarrer!«

»Wieso nicht der Pfarrer?«, fragte Hans.

»Alles Quatsch«, wiederholte Herbert. Sein Atem rasselte. Fritz und Hans sahen sich an. Ein undeutlicher Verdacht keimte in ihnen auf.

»Was macht denn der Pfarrer mit den Ringen?«, fragte Fritz noch mal.

Herbert lächelte auf einmal wie ein kleiner Junge, der ein Geheimnis hütet. »Das weiß nur der liebe Gott.«

Laute Schreie hallten vom Treppenhaus her. Ein Sanitäter tauchte im Gefolge einiger Feldgendarmen im Eingang des Krankensaals auf. Hans erkannte im Licht der Glühlampen die Gesichter von Haller und Slesina.

Ein Feldarzt stellte sich ihnen in den Weg. Slesina schob ihn mit dem Gewehrlauf beiseite und machte Platz für Haller, der rücksichtslos in den Raum stapfte.

Sein persönlicher Erfolg in den letzten Wochen stand in diametralem Gegensatz zur Lage der Armee. Es war ihm nicht nur gelungen, weiterhin andere an die Front zu schicken, er hatte sogar das Kunststück fertiggebracht, das Kommando über eine Kompanie Feldgendarmen zu erhalten, was für ihn einen Kampfeinsatz endgültig unwahrscheinlich machte. Seine Kompanie wurde durch zwei Züge sogenannter Ordnungstruppen verstärkt, denn die Aufrechterhaltung der Ordnung wurde zunehmend zu einem Problem. Die neue Funktion war wie geschaffen für Haller: Endlich konnte er voll und ganz seine Pflicht tun, ohne um sein Leben fürchten zu müssen.

»Fröhliche Weihnachten, Kameraden, hört mal her!« Haller

hatte noch nie vor einer so gewaltigen Menschenmenge gesprochen. Er überwand den Ekel vor dem schrecklichen Gestank und versuchte, die Situation als momentanen Höhepunkt seiner Pflichterfüllung zu empfinden. Er begann mit einer präzisen Lagebeschreibung: »Der Russe versucht, uns in Marinowka, unserer Basis für den Ausbruch, zur Sau zu machen. Wir brauchen also jeden Mann an der Front. Wir zwingen keinen. Aber wer es schafft, jetzt aufzustehen, und draußen Waffen und Munition in Empfang nimmt, bekommt eine Sonderration Wurst und Brot!«

Er zauberte eine fingerdicke Scheibe Brot und eine ganze Pferdewurst aus seinem Mantel hervor und hielt sie hoch. Die Augen der hauptsächlich mit Bandagen zusammengehaltenen Menschenbündel zu seinen Füßen verrieten deutlich, dass sie Lebensmittel in dieser Größe für eine Halluzination hielten.

Haller drehte verführerisch die Handgelenke. »Na, habt ihr keinen Kohldampf? Jeder bekommt draußen so eine Portion. Und denkt dran: Um zu schießen, muss man nicht unbedingt laufen können!«

Aufgeregtes Gemurmel pflanzte sich von der Mitte des Raums bis in die letzten Ecken fort und rollte zurück. Viele konnten nicht widerstehen, aber eine natürliche Auslese fand bereits auf dem Weg zur Treppe statt, wo die Schwachen zu Boden sanken und heulend vor Schmerz und Wut zurückblieben. Über mangelnden Zulauf konnte sich das Kommando dennoch nicht beklagen. Links und rechts neben dem Eingang postiert, sortierten die Feldgendarmen die noch einigermaßen Kampffähigen aus. Einem Einbeinigen wurde die Treppe hochgeholfen. Zu den nicht Verwendungsfähigen war man weniger freundlich. Slesina stieß einen Unteroffizier, dem beide Hände fehlten, zu Boden, wo dieser sich auf die Knie kämpfte und bettelte: »Bitte, nur ein Stück Brot!«

»Mach Platz!« Slesina griff dem Mann, der den gesamten Aufgang versperrte, von hinten unter die Achseln und zerrte ihn hoch. Er war erstaunt, wie leicht der Verwundete war. Er warf ihn auf den Haufen zu einigen anderen, die bereits ausgemustert worden waren.

»Diese Sau!« Fritz war kreideweiß vor Wut.

Ludwig, ihr Bewacher, hatte sichtlich die Hosen voll. Er trieb seine Schützlinge in den dunkelsten Teil des Gewölbes. Sie hatten nichts dagegen, ihm zu folgen. Nur Fritz blieb zurück, denn Herbert hielt ihn immer noch fest. Fritz wollte sich losmachen, woraufhin Herbert verzweifelt wimmerte.

Da wurden Hans und seine Männer vom Pfarrer entdeckt. Aufgeregt wies sein Finger ins Halbdunkel. »Da hinten sind noch ein paar Kämpfer für Sie, Herr Oberleutnant!«

Mit einem jammernden Fluch stolperte Ludwig weiter.

»Halt! Stehen bleiben!« Slesina und zwei seiner Kettenhunde schwenkten die Waffen in ihre Richtung. »Herkommen!«

Ludwig hatte begriffen, dass es keine Flucht gab, da die Feldgendarmen vor dem einzigen Ausgang standen. Beflissen eilte er auf Haller zu, nahm Haltung an und schlug die Hacken zusammen. Seine Hand fuhr zum vorschriftsmäßigen Gruß an die Mütze.

»Obergefreiter Ludwig, drittes Strafbataillon, erste Kompanie. Melde Herrn Oberleutnant, wir haben den Befehl, die Straße nach Woroponowo …«

Haller winkte ab und trat auf Hans und seine Männer zu, die immer noch im stinkenden Halbdunkel zwischen den Sterbenden standen. Ungläubig starrte er in die bekannten Gesichter. Es musste Schicksal sein. So wie dem Führer ganze Armeen und Völker gegeben waren, um seine Größe durch sie zu demonstrieren, waren ihm diese fünf Kreaturen zuerkannt, um seine Ehre und Treue dem Vaterland gegenüber immer wieder unter Beweis zu stellen. »Macht, dass ihr nach oben auf den Lastwagen kommt!«

Slesina richtete die Mündung seines Gewehrs auf Fritz, der sich neben Herbert gelegt hatte, um Hallers Todeskommando zu entgehen. »Alle!«

Slesina drehte mit dem Fuß noch einige Schwerverletzte um, die wegen Rücken- und Gesäßverletzungen auf dem Bauch lagen, aber es war nichts Brauchbares mehr dabei.

»Herbert«, flüsterte Fritz und drückte ein letztes Mal die heiße, dürre Hand. »Wir müssen jetzt gehen.« Er hatte das Gefühl, dem ehemaligen Melder noch sehr viel mehr sagen zu müssen, lauter Dinge, die er gar nicht ausdrücken konnte. Er beugte sich über dessen Gesicht und erkannte, dass er zu einem Toten gesprochen hatte.

Fritz lächelte, obwohl es wehtat. Es war gut, dass es wenigstens einer von ihnen endlich hinter sich hatte. Vorsichtig löste er seine Finger aus Herberts Hand und schloss ihm die Augen.

»Alles umsonst«, murmelte Rollo. Er erinnerte Fritz an einen alten, zerschundenen Ackergaul, den er mal zur Notschlachtung geführt hatte. Die Notschlachtung einer Armee, dachte er, und dann dachte er noch ein bisschen an alles, was Gross ihnen erzählt hatte. Man hätte früher anfangen sollen zu denken. Jetzt war es zu spät dazu. Er blickte auf Hallers lächelndes Kaninchengebiss.

»Nehmt euch 'ne Wurst«, sagte der Oberleutnant.

Fritz nahm sich fest vor, dass er, sobald er wieder eine geladene Waffe in Händen hielt, als Erstes nicht einen Russen, sondern Haller umlegen würde. Das war im Augenblick sein einziger Trost.

52

Wieder ein Lkw. Auf beiden Seiten der Plane ein großes rotes Kreuz. Auch wenn er Soldaten zur Front beförderte, hatte das durchaus seine Richtigkeit, denn das Kampfmaterial bestand aus rund fünfzig zum Teil schwerverwundeten Männern, denen man wie gebrechlichen Alten auf die Ladefläche hatte helfen müssen. Einigen fehlte ein Bein, ein Arm, ein Auge, anderen steckten Granatsplitter im eiternden Fleisch, wieder anderen fehlte nur vor Schmerz und Hunger der Verstand, ein Zustand, in dem die dreißig Grad minus und das dunkle Geschützgrollen im Aufscheinen und Aufblitzen über dem Horizont noch am ehesten zu ertragen waren. Doch gleichgültig, in welcher Verfassung, sie alle verschlangen ihre Pferdewurst und ihr Brot.

Zusammengepfercht, von Feldgendarmen bewacht, rollten auch die fünf Bewährungssoldaten mit ihrem vor Angst zitternden Bewacher Ludwig dem erneuten Verhängnis entgegen, und es war ein charakteristischer Zug dieses Krieges, dass die einzigen Gesunden und Kräftigen, nämlich die Kettenhunde, wieder einmal nicht kämpfen sollten. Sie waren Handlanger, die ihre jämmerlichen Opfer in den unersättlichen Rachen des Kriegsgottes führten. In immer mehr fieberkranken Gehirnen machte sich der Gedanke breit, dass es sich angesichts dieser Leiden und des sinnlosen Sterbens nicht mehr länger um einen Krieg von Menschen, sondern um ein furchtbares Gottesgericht handeln müsse. Wenn aber das Sterben hier ein Gottesgericht war, konnte man dagegen nichts unternehmen, sondern nur hilflos sein Haupt beugen.

Das Geräusch der durchdrehenden Vorderräder zeigte an, dass es wieder mal so weit war. Von bellenden Befehlen gescheucht, sprangen die, die es noch konnten, auf den hart gepressten Schnee, hieben ihre Stahlhelme in die Wehe vor den Rädern und gruben und fluchten, bis die Reifen wieder griffen. Dann kletterten sie auf die Ladefläche zurück und fuhren weiter ihrem Untergang entgegen. In Stalingrad war eben nichts umsonst, nicht mal die Fahrt zum Schafott.

Einige schrien vor Schmerz, als ihre halb erfrorenen Hände wieder auftauten. Auch Fritz weinte. Wegen der Kälte, den Schmerzen in den Fingern, die erst weiß waren und dann langsam wieder rot wurden und anschwollen. Und wegen Herbert, den er eigentlich kaum gekannt hatte und doch plötzlich so sehr wie einen kleinen Bruder liebte. Die vier anderen begriffen, dass seine Tränen nicht nur von der Kälte herrührten, und rückten näher an ihn heran. Auch Gross, der als Einziger wusste, dass nicht der Verstorbene, sondern der eigene bevorstehende Tod Anlass für derlei Gefühlsausbrüche war, rückte näher heran, beinahe verlegen, wie an ein Feuer, für das er kein Holz gesammelt hatte.

»Ich würd auch gern mal flennen«, murmelte Rollo. »Aber ich kann's nicht, kann's einfach nicht.« Er blies gegen seine lumpenumwickelten Finger.

»Ich bin gar nicht wegen ihm so durchgedreht, damals, als ich die Knarre auf den Oberleutnant gerichtet hab. Es war …«, Fritz machte eine Pause, starrte verlegen auf seine Lumpenstiefel, »… wegen der verletzten Russin.« Hilfe suchend sah er Hans an. »Weißt du noch?«

Hans nickte und versuchte sich zu erinnern. Aber er sah nur die braunen, runden Augen von Fritz und dahinter eine Unzahl blutverschmierter, eitervertrockneter Bandagen. Es war ja auch gleichgültig, ob er sich erinnerte oder nicht, ob die Geschichte in Wirklichkeit oder nur in Fritz' Fantasie stattgefunden hatte. Hauptsache, sie hatten noch ein letztes gutes Gefühl, bevor es endgültig zu Ende war.

»Ich wusste, dass du sie gekannt hast.«

»Nein, ich hab sie nicht gekannt, ich weiß nicht mal ihren Namen«, widersprach Fritz. »Sie war hübsch, wirklich, so 'ne Frau find ich daheim nie.«

Rollo starrte ihn ungläubig an. »Soll das heißen, wir sitzen wegen 'nem Russenweib im Mondscheinbataillon?«

»Halt's Maul«, sagte Gross.

»Schon gut.« Rollo wusste so gut wie die anderen, dass Weihnachten war, und er kramte alles an Gefühl zusammen, was er noch aufbringen konnte. »Wenn ich den Angriff überleb, schreib ich meiner Alten auch, dann scheiß ich auf den Franzmann.« Mit diesen Worten kramte er einen Flachmann hervor, den er direkt über seinem Herz aufbewahrte. Er trank, bis er glaubte, seine Gedanken und Magenwände würden explodieren, und reichte den Schnaps weiter. »Nüchtern kommen wir eh nicht mehr heim.«

Fritz nickte und nahm einen Schluck.

»Ich muss seiner Mutter schreiben«, sagte Hans.

Fritz nickte. »Schreibst aber nix vom Lazarett.«

Hans schüttelte den Kopf. »Nach heldenhaftem Kampf«, sagte er leise, »und nachdem er zwei unserer Kameraden das Leben gerettet hat, ist Ihr Sohn durch einen Kopfschuss schnell und schmerzlos gefallen.«

Fritz zerkaute den letzten Rest seiner Pferdewurst. »Ist 'n bisschen dick aufgetragen. Schreib vielleicht lieber, bei schweren Abwehrkämpfen ...«

»Lass ihn doch Held sein«, unterbrach ihn Rollo. »Wenigstens ein Held.«

Hans' Blick glitt über die zerstörten Gesichter der Männer, und er meinte, der eiskalte Wind würde durch ihn hindurch wie durch einen leeren Raum wehen. Das Schlimmste am Krieg waren nicht die Toten, sondern die Verwundeten. Sollten sie froh sein zu Hause über jede Todesnachricht! Sie lebten dort in einer anderen Welt, und ihr Jubel für diesen Krieg war ebenso dumm und anmaßend wie ihre Trauer.

»Fritz«, sagte er leise, »wenn es mich erwischt, wenn ich schwer verwundet werde, tust du mir den Gefallen und machst Schluss?«

Fritz schaute ihn eine Weile lang stumm an. Dann nickte er.

»Und du?«

»Ich komm durch«, sagte der ehemalige Dicke barsch. »Hab's im Urin, ich komm durch. Hab so viel Scheiß überlebt, überleb ich das auch noch.«

Die Verzweiflung ihres Bewachers Ludwig war unterdessen so groß geworden, dass neuer Mut daraus entstanden war. Mühsam kroch er unter den Flüchen der Verletzten zu Hallers Knien, der inmitten seiner Leute vorne an der Trennwand zum Führerhaus saß.

»Entschuldigung, Herr Oberleutnant, aber das ist ein Irrtum, ich gehöre zum Wachpersonal wie Sie und ...«

»Maul halten und hinsetzen«, unterbrach ihn Haller mit müder Stimme. Nach seinem Auftritt im Lazarett fühlte er sich abgespannt, sehnte sich sogar nach ein wenig Frieden. Kein Mensch kann unentwegt selektieren. Es war Weihnachten, und auch er träumte von Kinderchören, Kerzen und Gebäck. Kein Zweifel, er war nicht mehr mit ganzem Herzen bei der Sache, auch er brauchte dringend eine Pause. Aber man durfte sich gerade jetzt keinerlei Blöße geben. Jede noch so verständliche Schwäche wurde von den Leuten, die man zu beaufsichtigen hatte, sofort und unbarmherzig ausgenutzt.

Doch bevor er seine Gedanken darauf konzentrieren konnte, wie er diese jämmerliche Figur zur Ordnung rufen sollte, packte einer der verwundeten Landser Ludwig mit seinem gesunden Arm und schleuderte ihn auf die Seitenpritsche. »Du verdammter Pisser, halt dein Maul!« Und dann zu Haller: »Wir hauen dem Iwan aufs Maul, wie er's braucht. Verlassen Sie sich darauf! Im Frühjahr ist der Krieg aus, und wir sind zu Hause.« Ein neuerlicher Schmerzanfall presste ihm Augen und Mund zusammen. Er beugte sich stöhnend nach vorn, richtete sich wieder auf. »Falls es jemanden noch nicht klar ist«, sprach er mühsam, »wir verteidigen hier unsere Heimat.«

»Komische Verteidigung, bei der man zwölfhundert Kilometer weit ins andere Land reinmarschiert«, sagte Fritz.

Gross, der sich während der Fahrt langsam wieder ans Essen gewöhnt hatte, biss in seine Wurst. »Ich krepier für 'n Stück Pferdewurst. Gefällt mir besser.«

Haller erinnerte sich an die letzte Lagebesprechung im Regimentsgefechtstand. Oberstleutnant Laske hatte wieder einmal recht behalten. Erhaltung der Opferbereitschaft durch nationalsozialistische Werte war oberstes Gebot. Gestützt von seinen Männern richtete er sich auf der Ladefläche auf.

»Wo wir sind, ist Deutschland!«, donnerte er in den zerlumpten Haufen. »Und jetzt, Männer, wird sich endgültig zeigen, wer stärker ist, der Bolschewismus oder wir.« Der Lkw rumpelte über eine Bodenwelle, sein Kopf schlug schmerzhaft gegen das Gestänge.

Erleichtert stellte er fest, dass seine wenigen Worte trotzdem genügt hatten, um die Männer mitzureißen. »Ein Weihnachtslied gegen die Kälte!«, kommandierte er abschließend.

Mit brüchigen Stimmen begannen die Landser »O Tannenbaum« zu singen. Man dachte an ein warmes Weihnachtsessen, einen warmen Ofen, ein warmes Bett und an die Angehörigen, von denen sich viele, ohne es wahrhaben zu wollen, längst für immer verabschiedet hatten.

Haller war gerührt. Das alles war sein Werk. Irgendwie kam es ihm vor, als würden die Männer für ihn singen.

53

Tiefe Nacht herrschte, als sie den Bereitstellungsort, eine verbrannte Kolchose, erreichten. Der Motor stotterte vor Kälte. Aus den Resten der Lehmhütten und Stallungen quollen Soldaten, viele davon verletzt. Hans und Gross zerrten Bubi und Fritz, deren Hosen im Sitzen festgefroren waren, von der Pritsche. Sie landeten auf fest gewalztem Schnee. Die Glieder waren taub, die Kälte wie eine unsichtbare Wand. Sie halfen einem wimmernden Unteroffizier, dessen Beinstumpf in einem löchrigen Strumpf steckte, auf den Lastwagen. Haller und Slesina verloren die Übersicht zwischen

»alten« und »neuen« Verwundeten und schrien nervös sinnlose Befehle.

Bubi entdeckte Hauptmann Musk, der auf die Gruppe zuschritt. Er war noch hagerer geworden, hatte noch ein paar graue Haare mehr bekommen und trug inzwischen das Ritterkreuz. Die fünf starrten ihn an wie ein Wesen aus einer anderen Welt.

»Sieh mal, Ritterkreuz«, flüsterte Bubi bewundernd.

»Da klebt auch dein Blut dran, Idiot!«, fuhr Gross ihn an. Er wandte sich ab, als Musk dicht an ihm vorbeiging. Er wollte ihn nicht mehr sehen und vor allem nicht mehr sprechen, bevor es endgültig ans Sterben ging. Er versuchte sich einzureden, dass der Freund, den er einmal gehabt hatte, längst tot war und dort nur noch eine uniformierte Larve spazieren ging. Es gelang ihm nicht ganz.

Von den Feldgendarmen wurden sie auf schwache Kompaniestärke zusammengetrieben. Irgendjemand schrie ihnen die neue Divisionsnummer zu. Als ob die noch wichtig gewesen wäre. In ihrem Haufen von achtzig oder neunzig Mann befanden sich mindestens fünf verschiedene Divisionen, aus allen möglichen Teilen des Kessels zusammengekratzt. Der Bodensatz. Die noch kräftig genug waren, stampften gegen die Kälte mit den Füßen. Die anderen lehnten aneinander. Die Solidarität wuchs mit dem Bewusstsein, dass es auf das Ende zuging.

Rollos Nebenmann, mit einer Beule aus gefrorenem Blut, Dreck und Eiter über dem linken Auge, begann zu wimmern.

»Hör auf!«, knurrte Rollo. »Der Iwan sorgt schon dafür, dass es bald vorbei ist.«

Ein anderer, dem Hans gerade noch auf die Füße geholfen hatte, drohte wieder umzukippen. Fritz half ihm, ihn zu stützen. »Das ist doch Wahnsinn!« Hans atmete schwer. »Die meisten schaffen's doch nicht mal bis an die Front.«

Die Feldgendarmen verloren auf der überfüllten Ladefläche endgültig die Übersicht. Haller sah sich genötigt, persönlich einzugreifen. Es war in der Tat schwierig, wenn nicht unmöglich, zwischen denen, die an die Front, und denen, die ins Lazarett sollten, zu unterscheiden. Auf der grotesken Suche nach weniger schwer Verwundeten watete er unbeholfen und mit zunehmender Wut durch den Haufen Verletzter. Unten standen und lagen noch mindestens fünfzig schwere Fälle, die auf Befehl des Hauptmanns mitgenommen werden mussten. Er warf einen gehetzten Blick auf die Uhr. Schon halb drei. Im Augenblick herrschte hier vorn zwar noch so etwas wie weihnachtliche Stille, aber lange würde es nicht mehr dauern.

Einen der Verwundeten, die erschöpft vor sich hindämmerten, riss er am Arm hoch. Der Mann glotzte ihn verständnislos an, Haller zerrte ihn ans Ende der Pritsche. Jetzt erst begriff der Mann, was Haller von ihm wollte, und begann zu schreien. »Lass los! Ich komm grade von vorn!«

»Steig aus, oder es knallt!«

Der Soldat versuchte sich verzweifelt an einem Kameraden festzuhalten. Von hinten traten und bissen Haller ein paar andere in die Kniekehlen. Haller, nicht gewohnt, die Drecksarbeit selber zu erledigen, verlor die Beherrschung, schrie auf, trat um sich und versuchte den Mann von der Pritsche zu schieben. Er stolperte, seine Brille verrutschte, mühsam hielt er sich mit einer Hand am Gestänge fest und riss mit der anderen seine Pistole aus dem Halfter.

»Dann schieß doch!«, brüllte ihn der Soldat mit sich überschlagender Stimme an. »Verfluchter Kettenhund! Los, schieß doch!«

Dem Schuss folgte lähmende Stille. Haller blinzelte erstaunt auf den zerschmetterten Kopf unter sich, so, als müsse er sich klar darüber werden, woher der Schuss gekommen war. Er wurde von der Ladefläche gerissen und sah das zornige Gesicht des Hauptmanns.

»Sind Sie wahnsinnig geworden?« Musk brüllte so laut, dass die Soldaten, die ebenfalls losschreien wollten, erschraken und stumm blieben.

»Der Mann wollte sich drücken!« Haller versuchte seine Angst zu verbergen. »Ein Deserteur!«

»Hauen Sie ab, Sie Idiot«, zischte Musk. »Gehen Sie mir aus den Augen!«

Von den anderen fand Fritz als Erster seine Sprache wieder. »Aus, Schluss«, sagte er laut und vernehmlich und bahnte sich einen Weg durch die Männer. »Ich hab den Kanal voll. Mit mir nicht mehr.«

Rollo packte ihn heftig an der Jacke. »Spinnst du? Halt bloß die Fresse!«

»Ich hab auch die Schnauze voll«, sagte ein anderer.

Rollo sah verstört von einem zum andern. Was war denn hier los? So was durften deutsche Soldaten nicht einmal denken! Er erinnerte sich an ihre Verhaftung, fasste Fritz an den Schultern, zerrte ihn dicht zu sich heran und flüsterte eindringlich: »Fritzchen, du redest uns noch um Kopf und Kragen.«

Fritz stieß ihn beiseite, sein Arm wies auf Haller. »Lasst die Drecksau nicht weg! Schlagt sie tot!«

Drohend schob sich der zerlumpte Haufen auf Haller zu. Die Feldgendarmen richteten ihre Waffen auf sie.

Ein weiterer Schuss fiel. Es war der einarmige Hauptmann, der in die Luft gefeuert hatte und sich zwischen sie und die Feldgendarmen stellte. »Ruhe, Männer! Ruhe!«

Der Haufen blieb unter seinem Blick tatsächlich stehen.

Der Hauptmann drehte sich rasch zu den Feldgendarmen um.

»Haut ab!« Er zeigte auf den Toten. »Nehmt ihn mit. Und jetzt weg hier, ihr Idioten!« Er winkte dem Fahrer, er solle losfahren.

Die Feldgendarmen stolperten dem Lkw hinterher, sprangen auf. Die zurückgebliebenen Verwundeten wankten apathisch wieder in die zerschossenen Lehmkaten zurück.

Musk wandte sich wieder an den grauen Haufen. »So, Männer, jetzt beruhigt euch erst mal.«

»Nein!«, schrie Hans plötzlich, und alles, was sich in den letzten Wochen in ihm aufgestaut hatte, brach sich Bahn, alles war auf einmal ganz klar und einfach. »Jetzt ist es genug. Wir machen nicht mehr mit!«

Erstaunt sah er sich um. Hatte er das gesagt? Hatte wirklich er das gesagt und nicht Fritz, der ihn angrinste und »Genau!« rief. Und auch nicht der hohläugige Gefreite hinter ihm, der ebenfalls zustimmte, indem er mit heiserer Stimme schrie, dass sich hier keiner mehr verheizen lassen würde. Nein, er war es gewesen, der ehemalige Leutnant Hans von Wetzland! Eine Ungeheuerlichkeit, die mit einer jahrhundertelangen Familientradition brach. Ihm wurde schwindlig und leicht, vor allem leicht; denn endlich hatte er aus der quälenden Verzweiflung und Aussichtslosigkeit der letzten Wochen herausgefunden. Plötzlich hatte alles wieder einen Sinn. Diesmal war es nicht ein Schlag im Affekt ins Gesicht eines Vorgesetzten, sondern eine bewusste Handlung, die sie retten würde, sie alle!

Er drehte sich zu Gross um, der wie ein kleiner Junge zwischen zwei typhuskranken Riesen stand, die ebenfalls riefen, dass es genug sei, genug! Er konnte das Wort gar nicht oft genug hören, und die anderen auch nicht, und es wurde immer lauter und rhythmisch wiederholt, und Hans fasste Gross, der als Einziger schwieg, an den Schultern und schrie: »Warum sagen Sie denn nichts?«

Doch Gross zuckte mit den Schultern und murmelte: »Warten wir's ab!«

Musk blieb ganz ruhig und wartete, bis den Männern die Puste ausging. Das war in der Kälte relativ schnell der Fall. Dann sagte er: »Ihr habt gesehen, dass ich die Feldgendarmerie weggeschickt habe. Sonst wärt ihr jetzt alle dran. Auf Befehlsverweigerung und Feigheit vor dem Feind steht der Tod.«

»Erschießt uns doch alle! Uns ist's egal, ob der Russe oder ihr!«, schrie Fritz.

Erneute Zustimmung.

Sieh an, dachte Gross, sie sind tatsächlich bereit, sich aufzulehnen! Er sandte ein höhnisches Grinsen in Musks Richtung. Es wird nicht leicht für dich werden, alte Muskete! Was mach ich eigentlich, wenn du's nicht schaffst? Soll ich mich dann auch totschießen lassen? Mit Sicherheit eine der komfortabelsten Todesarten, die man in diesem Scheißkessel noch kriegen konnte.

Er beschloss, sein zerstörtes Leben in die Hände seines ehemaligen Freundes zu legen.

Der gab sein Bestes. »Bevor ihr euch entscheidet«, sprach er ruhig in das abebbende Gemurmel, »möchte ich euch gern noch etwas erzählen.«

Gross stellte grimmig fest, dass bereits Musks erste, bewusst unmilitärisch gehaltenen Worte ihre Wirkung nicht verfehlten. Die Mehrzahl der Männer hörte, wenn auch sichtlich missmutig, zu, und Musk sprach so sachlich und überzeugend, dass sich selbst Gross dabei ertappte, wie er gegen seinen Willen den Worten lauschte.

»Die Russen haben gestern den ganzen Tag versucht, unsere Stellung hier vor Marinowka einzudrücken. Es ist uns unter schweren

Verlusten gelungen, die Stellung zu halten, aber die Russen werden es bestimmt wieder versuchen, sobald es hell wird, und ohne euch ist die Stellung mit Sicherheit verloren.«

Protest, Empörung, aber auch erste Gegenstimmen. Ungefähr siebzig zu dreißig, dachte Gross.

»Warum ist diese Stellung so wichtig?«, fuhr Musk fort. »Marinowka ist die Basis für den Ausbruch unserer Armee und für die Vereinigung mit der Panzertruppe von Generaloberst Hoth, die nur noch vier Kilometer von uns entfernt steht. Jeder von euch weiß, Männer, dass wir schleunigst aus diesem verdammten Kessel raus müssen. Deshalb bedeutet Marinowka die Freiheit und der Verlust von Marinowka den Tod! Nicht nur den Tod von euch, sondern den Tod der ganzen Armee!«

Musk machte eine kurze Pause und ließ seine Worte wirken. Dann fasste er geschickt nach: »Was gerade geschehen ist, war schlimm und ungerecht. Aber wollt ihr jetzt hunderttausend unschuldige Kameraden für die Ungerechtigkeit eines einzigen Mannes büßen lassen? Wollt ihr das?«

Einige Männer schüttelten den Kopf. Gross' Hoffnung auf eine saubere Exekution sanken erheblich. Ich habe es geahnt, dachte er, ich habe es von Anfang an geahnt.

Plötzlich fühlte er die bleigrauen Augen des Hauptmanns auf sich gerichtet, zu spät, um seinem Blick auszuweichen. Die Stimme des Hauptmanns klang fast feierlich, als er fortfuhr: »Einer von euch war dabei, als ich in Demjansk meine Kompanie und meinen besten Freund verlor, weil ich nicht den Befehl zum Rückzug gegeben habe. Durch dieses Opfer ist damals der gesamte Frontabschnitt und das Leben von Tausenden gerettet worden.«

Das kann nicht wahr sein, dachte Gross. Das kann er nicht machen! Er kann nicht mich, nicht meine Geschichte dafür benutzen!

Die Worte des Hauptmanns dröhnten wie Hammerschläge in seinen Ohren: »Ich habe damals meinen Arm verloren. Aber wenn wir heute Marinowka halten, bin ich bereit, dafür auch meinen anderen Arm zu opfern. Das sind keine leeren Worte, Männer. Ich werde mit euch in vorderster Linie stehen. Nun frage ich euch: Wollt ihr kämpfen und vielleicht sterben, für eure Freiheit und die unserer

Kameraden? Lasst euch Zeit mit eurer Entscheidung, Männer. Wie immer sie ausfällt, ich werde sie akzeptieren.«

»Eine großartige Entscheidung«, murmelte Hans.

Gross sah ihn niedergeschlagen an. Warum gehst du nicht vor und hältst eine Gegenrede? Und warum mache ich es nicht?, dachte er. Weil wir feige sind. Wir alle. Feige.

Da die Männer länger zögerten als erwartet, sah sich Musk doch genötigt, noch etwas nachzuschicken. Vielleicht waren sie auch nur zu erschöpft, um sich zu äußern. »Wenn ihr kämpft, wird keinem von euch etwas geschehen, darauf habt ihr mein soldatisches Ehrenwort.«

Der Gefreite, der vorhin besonders laut protestiert hatte, trat zögernd vor. »Solange Sie uns führen, Herr Hauptmann«, sprach er und versuchte, seiner Stimme einen festen Klang zu geben, »werden wir kämpfen.« Er machte eine kurze Pause, sah zu Boden, blickte wieder auf und stieß hervor: »Aber wenn Sie fallen, tun wir, was wir für richtig halten.«

»Einverstanden«, erwiderte Musk. Er hatte gewonnen. Es gab nur noch eine Kleinigkeit zu erledigen, sozusagen eine Formalität. Er trat zu der Gruppe um Hans, und seine Stimme bekam einen versöhnlichen Klang, als er sagte: »Ihr seid Soldaten auf Bewährung. Ich verspreche euch: Wenn ihr in dem Kampf, der vor uns liegt, eure Pflicht erfüllt, wenn ihr so tapfer kämpft wie schon einmal hier in Stalingrad, werdet ihr vorzeitig wieder in die Wehrmacht eingegliedert, mit den alten Diensträngen und allen Orden und Auszeichnungen. Ihr habt mein Wort. Verstanden, Männer?«

»Jawohl«, sagte Rollo.

»Jawohl, Herr Hauptmann!«

Musk wandte sich an Hans, an ihn allein: »Ihr Gesuch um … na ja, Sie wissen schon, will ich vergessen. Ich verlasse mich auf Sie.«

Zornig starrte Hans den Hauptmann an. Er hatte nicht die Kraft gehabt, die Männer in ihrer Verweigerung zu bestärken, aber er hatte bis zum letzten Moment vorgehabt, dem Hauptmann wenigstens seine persönliche Absage ins Gesicht zu schleudern, denn einen Ausbruch aus dem Kessel hielt er nach allem, was er bisher gesehen und erlebt hatte, für unmöglich. Aber ihm wurde auf einmal schwindlig unter dem Blick aus diesen reglosen grauen Augen, die unter seinem Starren zu phosphoreszieren begannen, und obwohl er wusste, dass das nur Einbildung war, drehte er sein Gesicht weg, bis sein Nacken zu schmerzen begann, und alle hastig gefassten Gedanken und Entschlüsse verflüchtigten sich.

Die Hoffnung, endlich etwas anderes sein zu können als eine Offizierslarve oder ein unter Hassgefühlen wankender Sträfling war eine Illusion gewesen, zurück blieb sein schmerzender Nacken und eine Kuppel hermetischer Einsamkeit, die ihn umschloss.

Musk lächelte schmal, nickte Hans zu. »Sie werden mich nicht enttäuschen, ich weiß es. Und jetzt an die Arbeit! Waffen und Munition fassen! Ach ja, und zieht euch ein paar Bettlaken über.«

Die Soldaten gingen durch den eisigen Wind zur Waffen- und Munitionsausgabe. HGM befand sich plötzlich neben Rollo. Noch beseelt von Musks Ansprache, schlug er ihm freundschaftlich zwischen die Schulterblätter. »Freut mich, dass du wieder dabei bist, ehrlich!«

Auch Piontek stapfte herbei. »Mich auch, alter Muschkote.« Er quetschte Rollos vor Kälte taube Hand.

Rollo stöhnte und war wieder einer von ihnen. »Bevor du die Augen 's nächste Mal zumachst, bin ich wieder Unteroffizier!«

HGM nickte versöhnlich. »Der Hauptmann hat recht, man muss auch vergessen können.«

Er stolperte, fiel, drehte sich wütend zu Fritz um, der ihm ein Bein gestellt hatte.

»Was soll denn das?« HGM versuchte aufzustehen, fiel stöhnend zurück. »Ah, mein Arm!«

»Ist doch scheißegal«, tröstete ihn der ehemalige Dicke. »Wirst sowieso vernichtet.«

Musk hoffte, dass der russische Angriff einsetzen würde, bevor der Mut seiner Männer wieder verflogen war. Aber er glaubte nicht daran. Die Russen hatten es bisher meisterhaft verstanden, Witterung und Verpflegungsengpässe für sich arbeiten zu lassen, und sie würden es auch weiterhin so halten. Mit gutem Beispiel vorangehen war alles, was Musk tun konnte. Den Rest musste die Todesfurcht besorgen.

Er betrat einen der ausgebrannten Viehställe, hörte plötzlich ein leises Geräusch und blieb stehen.

Gross schien ihm noch kleiner geworden zu sein, wie eingeschrumpft.

»Alle Achtung, gut gemacht«, sagte Gross. »Es gäbe allerdings einiges anzumerken.«

»Du hättest es ja tun können. Eigentlich habe ich fast erwartet, du würdest diese kleine Pöbelei zu einer melodramatischen Selbstdarstellung nützen.«

»Dann hättest du mich erschießen lassen müssen. Siehst du, das habe ich dir erspart. Ich finde, dafür habe ich eine Zigarette verdient.«

Gross griff langsam in Musks Rocktasche. Musk zog sein Etui aus der anderen hervor.

»Früher hattest du es immer in der rechten.«

Musk nickte, bot ihm eine Zigarette an, gab ihm Feuer.

Gross zwinkerte in den Rauch seines ersten Zuges. »Du musst zugeben, wäre schlecht für die Stimmung gewesen, meine Exekution. Obwohl, manchmal hilft es ja auch.«

»Wie sehr du mich doch hasst.«

»Man soll die Toten nicht hassen«, erwiderte Gross. »Und du bist für mich längst tot. Ich habe dich schon tausendmal verscharrt. Was glaubst du, wie viel Erde dein Gesicht bedeckt?«

»Und wohin hat's dich gebracht? Du hast nicht mich verscharrt, sondern dich selbst. Hör zu, Otto – man muss an etwas glauben. Es ist lebenswichtig, gerade hier!«

»Und an was glaubst du? An den Führer?«

»An die Vernunft!«, schrie Musk.

Gross lachte. Musk hätte ihn am liebsten dafür geschlagen.

»Egal, was du denkst, wir müssen aus diesem Kessel raus. Jetzt. Das ist vernünftig. Und dafür brauchen wir jeden Mann. Willst du tatenlos zusehen, wie deine Kameraden draufgehen?«

»Wir haben überhaupt keine Chance mehr!« Gross schrie ebenfalls, wurde aber von einem heftigen Hustenanfall unterbrochen und schleuderte die Zigarette wütend weg. »Wir kommen hier nie raus«, flüsterte er mühsam. »Das wissen wir beide ganz genau. Warum kapituliert ihr nicht endlich?« Er hustete erneut.

Musk klopfte ihm auf den Rücken, und Gross war zu schwach, um sich dagegen zu wehren. »Es sind schon die unmöglichsten Dinge geglückt«, sagte Musk. »Und du weißt genau, was uns in Kriegsgefangenschaft erwartet.«

»Ja – weil wir uns in Russland wie die letzten Säue aufführen!«

»Ich bin kein Nazi, Otto.«

Gross duckte sich, und für einen Moment sah es aus, als wolle er Musk an die Gurgel gehen. »Nein«, zischte er, »ihr seid noch schlimmer, ihr Offiziersgesocks! Ihr habt mitgemacht, obwohl ihr ganz genau wusstet, mit wem ihr euch einlasst. Vernunft! Für wen? Natürlich ist es für die Führung sinnvoll, noch Hunderttausend zu opfern, um den Südflügel zu stabilisieren, ein Remis zu erreichen, die eigene Haut zu retten. Aber frag mal die, die dafür verrecken müssen!«

»Es gibt immer wieder Situationen, bei denen sich der Einzelne opfern muss, um die Gemeinschaft zu bewahren«, entgegnete Musk heftig. »Das infrage zu stellen, heißt, die menschliche Gesellschaft infrage zu stellen!«

»Ich stelle sie infrage!«, rief Gross. »Ja, es gibt eine Notwehrsituation, in der es Sinn macht, dass man sich opfert. Wobei dieses Opfer jedoch immer nur freiwillig sein kann und nie verlangt werden darf. Aber diese Notwehr wurde uns von Anfang an nur vorgelogen, um maßlose Verbrechen zu rechtfertigen.«

»Gleichgültig, wie es anfing, augenblicklich befinden wir uns in einer Notwehrsituation, und ich frage dich zum letzten Mal: Wirst du kämpfen oder nicht?«

Gross brach in ein kurzes Gelächter aus, das wieder in einen Husten mündete. Musk hatte ihn tatsächlich dazu gebracht, dass er seine längst zerbrochenen humanitären Grundsätze noch einmal aus der Gruft holte. Er hatte ihn gezwungen, die Dinge normal zu sehen, sich auf konventionelle Denkmuster zu verständigen, Rede, Antwort, Gegenrede, abwägen, relativieren, Prioritäten setzen, in einem weihnachtlichen Kuhstall mit gefrorenen Ochs- und Eselstücken!

Eine rasende Liebe zu der kalten bleiernen Kugel ergriff ihn, die in wenigen Stunden dafür sorgen würde, dass sein verfaulter Mund, seine erfrorenen Augen, seine Stirn und seine gesamten lächerlichen

Grundsätze und Ideen in den Schnee spritzten. Denn jeder Grundsatz, jede Idee, jedes Denken war obszön unter diesen Bedingungen, geradezu widernatürlich. Ab in den Schnee damit. Ende, aus – welch herrliche Klarheit in diesen drei Buchstaben!

Undeutlich hörte er Musks Stimme, das Wort »beruhigen« setzte sich schließlich in seinen Gehörmuscheln fest.

»Beruhigen?«, fragte er, und das Wort buchstabierte sich mühevoll in seinem Hirn. »Wenn's 'nen Sinn hätte, würd ich dich abknallen. Aber es hat keinen, weil alle so sind wie du.«

Musk grinste. Damit hatte Gross schon zu oft gedroht. Es war immer ein Zeichen dafür, dass er sich wieder entspannte.

»Na schön, ich bin der Teufel für dich. Schließen auch wir einen Pakt. Wie war das noch? Solang ich lebe, wirst du kämpfen, wenn ich falle, hast du Handlungsfreiheit.«

»Hast du nicht kapiert?«, schrie Gross, und seine Verzweiflung hatte einen Grad der Selbsterniedrigung erreicht, der ins Groteske mündete, was sich darin äußerte, dass er jede seiner Silben abgehackt und einzeln betonte. »Schieß mich über den Haufen! Häng mich an den höchsten Baum! Ich bitte darum!«

»Hier hat's keine Bäume«, sagte Musk.

»Ich will mich *jetzt* opfern!«, sagte Gross, besoffen von Kälte und Wahnsinn. »Ich will der Gemeinschaft ein leuchtendes Beispiel von Feigheit geben. Weihnachtliche Feigheit. Bitte opfere mich *jetzt.*«

Er sank erschöpft auf die Knie und ließ es nach einer Weile zu, dass Musk seinen Kopf in seinen Schoß legte.

Musk kannte seine Anfälle und war sicher, dass auch dieser, der nicht der schlimmste war, den er erlebt hatte, vorübergehen würde. Dann würde Gross wieder einsatzfähig sein. Gross wusste das am besten, denn nach einer Weile murmelte er: »Du brauchst mich offenbar wirklich dringend.«

»Da kannst du Gift drauf nehmen«, erwiderte Musk und sah auf Gross' schmalen Nacken, aus dem die Sehnen wie Kabel hervortraten. »Du bist mehr wert als drei Panzer.«

Gross schämte sich, weil er nicht die Kraft hatte, endgültig im Dickicht seiner Gehirnwindungen zu verschwinden. Schließlich hob er den Kopf, lächelte mit tränenverschmiertem Gesicht. »Garantierst du mir, dass ich draufgehe?«

Musk lächelte. »Ich würde sagen, es besteht eine ungewöhnlich hohe Wahrscheinlichkeit. Also, was ist?«

Gross erhob sich seufzend und nahm sich noch eine von Musks Zigaretten. »Ich verspreche nie mehr was. Hab ich mir abgewöhnt.« Er ging zur Tür.

»Bleib noch. Bitte.«

Gross drehte sich um. Musk stand dicht hinter ihm. Auch er hatte sich eine Zigarette angezündet, und auch in seinen Augen standen Tränen.

»Es tut mir nicht leid, was ich getan habe«, sagte Musk. »Es darf mir nicht leid tun, weil es richtig war. Aber manchmal weine ich trotzdem.«

Gross nickte. »Hat nichts zu bedeuten. Ich weine dauernd. Ist im Grunde ein lebensbejahender Reflex.«

Sie blickten in die klare Nacht, unter der sich das Schneefeld wie ein unendliches Leichentuch ausbreitete.

»Der Russe hat uns hier viel voraus«, sagte Musk. »Er ist durch diese Landschaft seit Jahrhunderten ans Leiden gewöhnt.«

»Wir gewöhnen uns auch noch daran.«

Musk dachte an die mittelmäßigen Malversuche seines ehemaligen Freundes. »Es gibt hier durchaus Bilder von wahrer Größe und Schönheit.«

»Man muss nur den Mut haben, sie zu sehen, ich weiß.« Gross lächelte zynisch. »Ich liebe es, hier zu sein. Wenn das Leid hier nicht den Genius aus mir herausschält, dann nirgends. Das willst du doch sagen, oder?«, fügte er hinzu. »Siehst du, ich muss mich einfach hassen. All dieses Elend, extra für mich. Und trotzdem gelingt mir nicht das große Werk, und es wird mir auch nie gelingen. Welche Verschwendung.«

»Was ist eigentlich mit deinen Zähnen?«, fragte Musk.

»Zu viele Süßigkeiten«, erwiderte Gross.

Musk sah auf die Uhr. Dann stapften sie beide nach draußen, und der Wind trieb sie dem Sterben entgegen.

54

Der notdürftig wieder aufgefüllte Haufen flatterte wie eine zerfetzte Fahne im Wind. Man hatte in die Bettlaken Löcher für Kopf und Arme geschnitten, sie degradierten die Männer endgültig zu Gespenstern. Einige hatten ihre Helme mit weißem Tuch bespannt. Ordentliche Handschuhe besaßen die wenigsten.

Unter der Führung des Hauptmanns kämpften sich die Verwundeten hinter den Entkräfteten und die Entkräfteten hinter den Erschöpften über einen verwehten Pfad durch die weiße Steppe zur vordersten Linie. Ein gnädiges Schicksal blies ihnen den Wind in den Rücken, gegen den Wind hätte ein erheblicher Teil von ihnen nicht einmal die Stellung erreicht.

So hatten sie nur einen einzigen Ausfall zu beklagen, einen jungen Gefreiten, dessen krankes Herz mitten im Schritt endgültig stehen blieb. Er fiel mit dem Gesicht voraus in den Schnee und spürte endlich die Kälte nicht mehr. HGM tastete nach seinem Puls. Die Anzahl der Simulanten war in den letzten Tagen besorgniserregend in die Höhe geschnellt. Diesmal aber simulierte der Mann nicht. Er war tot.

Zwei Männer rollten den Leichnam auf die Seite. Sie beneideten den jungen Gefreiten um sein schnelles, schmerzloses Ende und hassten ihre Herzen, die unvernünftigerweise weiterschlugen, und ihre Gedanken, die halb erstarrt hinter der völlig erstarrten Stirn summten wie sterbende Fliegen hinter einer vereisten Fensterscheibe.

Sie kämpften sich an ausgebrannten Lkw-Wracks, zerstörten Geschützen und Menschenresten vorbei, stolperten über einen niedergetretenen Stacheldraht. Schemenhaft tauchten drei weiße Hügel vor ihnen aus der Finsternis auf. Ihre Kuppen waren wie abgeschnitten, im Trommelfeuer eingeebnet. Dort oben hatte man zwei der letzten drei 7,5-cm-Paks verloren, die einzige wirksame Waffe, die man noch gegen die russischen Panzer besaß. Musk hatte daraufhin das letzte Geschütz hinter dem Hügel aufstellen und notdürftig mit Sandsäcken und Schnee tarnen lassen.

Auf den schwarzen Tellern der drei Hügel bezogen die Gehbehinderten und schwerer Verwundeten Stellung. Sie waren der Köder für die russische Artillerie, ihre Chancen, das gegnerische Trommelfeuer zu überleben, standen denkbar schlecht.

Es war davon auszugehen, dass sich das gegnerische Feuer wieder auf die drei Höhen konzentrierte, vor allem, weil Musk dort zwei leichte Haubitzen postiert hatte. Die meisten dort wussten nicht einmal, dass für diese Geschütze längst keine Munition mehr zur Verfügung stand.

Die fünf Bewährungssoldaten waren trotz aller Entbehrungen immer noch zu kräftig für die Todeshügel. Sie wurden mit vierzig anderen in die vorderste Linie getrieben. Die schmiegte sich schutzsuchend vor den Höhen in den Schnee und bestand zu ihrem Entsetzen aus weit gestreuten, viel zu flachen Erdlöchern und zwei frisch errichteten, mit weißen Sandsäcken gesicherten MG-Stellungen. Die halb erfrorenen Gestalten in den Schneelöchern hatten nicht gewusst, dass sie abgelöst und das schwächliche Rückgrat einer Auffangstellung bilden sollten. So hatten sie mit unermüdlichem Eifer die ganze Nacht gehackt. Ein brusttiefes Loch war trotzdem einsamer Rekord.

Die Neuangekommenen fluchten und begannen selber verzweifelt zu hacken. Daumennagelgroße Erdstücke waren alles, was sie aus dem steinhart gefrorenen Boden hieben. Selbst eine Sprengung wäre unter diesen Umständen sinnlos gewesen, doch Sprengstoff und Munition konnte man ohnehin nicht entbehren.

Fritz wurde zu einem der MGs geschickt, um dessen Besatzung abzulösen. Einer war so dankbar, dass er ihm zum Abschied zwei Kalktabletten schenkte. »Hier schmier dir 'n Helm weiß ein, sonst biste gleich weg.« Sein aus Katzenfell genähter Fäustling schlug auf das mit Decken umwickelte MG-Schloss. »Scheiß Vierunddreißiger. Blockiert dauernd. Schön warm halten und beten.«

»Gib mir deine Handschuhe«, sagte Fritz. »Kriegst sie nach'm Angriff wieder.«

Die Grimasse des Landsers zeigte, was er von Fritz' Überlebenschancen hielt. »Dir wird's schon warm, garantiert!«

Fritz und zwei Leidensgefährten, die ihm als Schütze zwei und drei zugeteilt waren, wurden ihrem Schicksal überlassen. Es stellte sich schnell heraus, dass die zwei anderen, von denen der eine an einem Oberarmdurchschuss, der andere nur an Durchfall litt, noch nie in ihrem Leben ein MG bedient hatten.

Fritz fluchte, versuchte ihnen das Nötigste zu erklären und bemerkte schon nach wenigen Sätzen, dass die beiden im Stehen eingeschlafen waren. Fritz schloss ihnen mit einem Schlag gegen das Kinn den Mund, damit die Lunge nicht einfror.

Nach einer Weile merkte er, dass seine Hände liebevoll den Schaft des MGs streichelten. Hoffentlich funktionierte das Ding nachher einwandfrei.

Musk schritt die Linie ab. Noch immer gab es Möglichkeiten, taktische Varianten, einen Plan, der theoretisch durchführbar war, auch wenn die negativen Parameter immer größer wurden. Es war nicht uninteressant, die Truppe unter derart extremen Bedingungen zu führen, die an Härte alles übertrafen, was Musk bisher erlebt hatte. Man gewann wertvolle Erkenntnisse für die Grenze des Machbaren, und die konnten für zukünftige Kämpfe von großer Bedeutung sein. Abgesehen davon wurden einem auch immer wieder große Augenblicke beschert, in denen gerade die Mutlosen, die zu Tode Erschöpften, die Verzweifelten über sich selbst hinauswuchsen, zu einem unvorstellbaren Maß an Heldentum.

»Wir müssen uns von den Panzern überrollen lassen«, erklärte er, als würde es sich um einen Zug beim Schachspiel handeln. »Anschließend machen wir sie von hinten fertig. Minen und geballte Ladungen liegen bereit. Gross, Rohleder, von Wetzland und Sie, Müller, sind für die Panzer verantwortlich, die anderen nehmen sich die Infanterie vor. Panzer, die die Hügel passiert haben, werden von unserer Pak unter Feuer genommen. Also vorher abspringen!«

Die Blicke der Männer wurden von einigen ausgebrannten T-34 angezogen, die in ihrem Rücken undeutlich vor den Hängen der Hügel auszumachen waren. Sie sahen inzwischen auch eine größere Anzahl gefallener Russen, die verstreut vor ihren Stellungen lagen.

Sie warteten, verfielen wieder in dämmernde Erschöpfung. Die Zeit entglitt ihren Gedanken. Auf einmal würde der Tod da sein. So oft gesehen und trotzdem nicht vorstellbar. Da vorn war der Feind, den sie hassen und abwehren mussten, um zu überleben.

Wenn wir diese Schlacht überleben, sind wir draußen, hämmerten sie sich ein. Nur dieses eine Mal noch. Freiheit oder Tod! Eine Entscheidung, so oder so.

Alles war besser als das, was hinter ihnen lag. Weg mit der Angst, weg mit der Erschöpfung! Das musste gelingen. Es musste!

Fritz warf einen Blick auf eines der flachen Schützenlöcher neben seinem MG, während er seinen Stahlhelm weißelte.

»Da hat ja nicht mal 'n Hase drin Platz«, sagte er zu Gross, der mit Handgranaten und Tellerminen an ihm vorbei zu seinem Loch stiefelte, das er sich mit Hans teilte.

»Sind auch nur zum Aufwärmen, Dicker. Wenn die Panzer kommen, nichts wie raus!«

Fritz sah sich ratlos um. »Und wohin?«

»Das merkst du dann schon«, sagte Gross mit schiefem Grinsen und ging weiter.

Gross blieb erschöpft stehen, um etwas auszuruhen, und zerrte sich die dreckstarrenden Tücher vom Gesicht. Die Kälte griff mit eisigen Klauen nach ihm und riss seinen Schädel mit einem befreienden Krachen über der Nasenwurzel auseinander. Das Krachen dröhnte wie eine Glocke durch seinen Körper und tobte dann mit einem betäubenden Schlag über den gesamten Frontabschnitt.

Im nächsten Moment fügte sich sein Schädel wieder zusammen, und er sprang mit einem Satz neben seinen ehemaligen Leutnant in das Erdloch, kurz bevor die nächste Serie russischer Granaten die Schneefläche in einen brodelnden See und die Hügel hinter ihnen in Eisen und Fleisch speiende Rauchkegel verwandelte.

Gross sog den Geruch von Verbranntem ein, und er fühlte sich plötzlich ganz ruhig. Er war wieder zu Hause, funktionstüchtig, ein Soldat. Er wollte aufspringen, wollte kämpfen.

Hans, der glaubte, Gross hätte die Nerven verloren und wollte sich ins Feuer stürzen, hielt ihn fest. In den nächsten Sekunden und Minuten wurde rasch gleichgültig, wer der Retter und wer der Gerettete war; man klammerte sich aneinander und fühlte sich wie auf einem Floß, das von meterhohen Wellen umhergeschleudert wurde, obwohl man sich nicht von der Stelle bewegte.

Rechts von ihnen saß Bubi in seinem Schützenloch, mit schwacher Blase und klappernden Zähnen, und in ihm wimmerten die Schlagworte, die er gehört hatte, »Tod oder Freiheit«, immer wieder, und dann wimmerte es nur noch »Kalt, so kalt«, und schließlich wimmerte es nur noch »Pissen, ich muss pissen«, und je mehr er es unterdrückte, desto schlimmer wurde es, bis er das Gefühl hatte, es würde ihn zerreißen. Er versuchte, einfach in die Hose zu pinkeln, aber es ging nicht, und je mehr er es versuchte, umso weniger konnte er es. Er musste raus!

Rollo riss ihn zurück, und Bubi brüllte ihn an, dass er pinkeln müsste, und Rollo brüllte zurück: »Mach schon!«, und Bubi wollte wieder hoch und sah, wie das Loch neben ihnen durch einen Volltreffer zu einem Springbrunnen aus Erdklumpen und Schnee verwandelt wurde und wie ein blutiges Haarbüschel aus einem Helm rollte, der neben ihnen zu Boden klatschte.

Mit kältestarren Fingern versuchte er seine Hosenknöpfe zu öffnen – vergeblich. Rollos Hände kamen ihm zu Hilfe. Er wollte sie abwehren, aber Rollo war stärker, und Bubi schloss beschämt die Augen und wartete auf die messerscharfe Kälte, aber es wurde gar nicht kalt, und auf einmal ging es, und er fühlte sich unendlich erleichtert.

Als er die Augen wieder öffnete und den Kopf wandte, sah er, wie Rollo, während er ihm wieder die Hose zuknöpfte, breit grinste, und plötzlich bewunderte und liebte Bubi ihn dafür, umarmte ihn und presste den Kopf mit dem Stahlhelm an seine Brust, und Rollo streichelte seinen Nacken und konnte sogar kurz und heiß das Gefühl in sich wachrufen, wie es war, einer Frau den Nacken zu streicheln, und er dachte: Wenn es uns jetzt erwischt, dann weiß ich wenigstens, wofür.

Und dann schleuderte eine weitere Granate Schnee und gefrorenen Dreck in ihr Loch, und er dachte an gar nichts mehr, sondern fror nur noch und hatte Angst.

Langsam wurde es hell. Der Wind hatte nachgelassen. Vermehrt fielen Schneeflocken sanft und leise zwischen den fauchenden und einschlagenden Granaten vom Himmel. Zwei russische Aufklärungsflugzeuge zogen ihre Bahn. Das feindliche Feuer konzentrierte sich auf die Hügel. Dort vermuteten die Russen die letzten deutschen Geschütze und ihre Granaten wurden, wie Musk es beabsichtigt hatte, von der vorderen deutschen Linie und der rückwärtigen Batterie abgelenkt.

Im Vergleich zu dem nun einsetzenden Höllensturm war alles Bisherige nur Geplänkel gewesen. Mit Tonnen von glühendem Metall wurden die vermeintlichen Stellungen in den Boden gestampft. Die Schneisen zwischen den Hügeln schonte man.

Plötzliche Stille. In einigen der überlebenden Köpfe zuckte der Gedanke an Aufgabe, ans Überlaufen auf. Aber ehe man sich erheben, im Bodennebel vor den Gewehrmündungen der Zurückgebliebenen untertauchen konnte, war ein lang gezogenes »Uraaa« zu hören, das wenig Hoffnung auf Gnade ließ. Aus einer Geländefalte brach es auf, Gestalten in Pelzmützen und wattierten Jacken. Zarte blassblaue Rauchfahnen aus Gewehrmündungen, das Aufblitzen krepierender Handgranaten. Es war nur die erste Welle, die den deutschen Minengürtel zu durchbrechen versuchte, um die Verluste unter den russischen Panzern möglichst gering zu halten. Doch es gab nur noch wenige, viel zu wenige Minen. Vereinzelte Explosionen rissen nur spärliche Lücken in die wodkaberauschte braune Schlangenlinie.

Plötzlich deutsches Maschinengewehrfeuer. Die Schützen in den beiden MG-Stellungen hatten in ihren Löchern offensichtlich überlebt. Die erste russische Angriffswelle brach zusammen. Ein schweres Brummen zeigte an, dass sie ihr Ziel dennoch erreicht hatte. Der Weg war frei. Die ersten Panzer tauchten im Nebel auf. Mit beachtlicher Geschwindigkeit rollten sie durch den aufstäubenden Schnee direkt auf die deutschen Überlebenden in ihren Erdlöchern zu, unter denen die Verluste bisher relativ gering waren.

Hans starrte für einen Moment vor Angst wie gelähmt auf die dröhnenden Stahlkolosse, die in Keilformation über das Feld jagten. Freiheit oder Tod – das hatte auch er sich vorgenommen, damit hatte auch er alle seine Zweifel betäubt. Aber nach dem schweren feindlichen Artilleriebeschuss, vor Kälte und Schwäche zitternd, schien es ihm völlig unmöglich, auch nur das Geringste gegen diese Ungeheuer ausrichten zu können.

»Wo bleibt unsere Artillerie?«, brüllte er hilflos.

»Wir sind die Artillerie!«, schrie Gross zurück und klopfte auf die geballte Ladung.

Von links rollte der erste Panzer direkt auf Piontek zu, der allein in einem der Löcher hockte.

»Raus!«, brüllte Gross. »Raus in den Schnee!«

Piontek schien ihn nicht zu hören. Er duckte sich in sein Erdloch, so tief es ging, seine Hände umklammerten eine Haftladung wie ein Gebetbuch. Schwarz und unwirklich tauchte der Bug des Panzers über ihm auf. Entsetzen lähmte ihn, als sich eine der Panzerketten über das Loch schob. Der Panzer begann sich, Schneefontänen nach allen Seiten schleudernd, im Kreis auf dem Loch zu drehen, die Kette fraß sich tiefer, der Schnee färbte sich rot. Auch andere Panzer steuerten ganz gezielt die Schneelöcher an und führten dort ihren Totentanz auf.

Man hatte gewusst, zumindest geahnt, dass es so kommen würde, aber jetzt, als man es sah … Es war unvorstellbar! Einige Soldaten pressten sich wie Feldhasen in ihre Mulden und erwarteten wimmernd das Ende, andere sprangen aus den Löchern, versuchten wegzulaufen, stolperten durch den Schnee, wurden von den MG-Schützen in den Kampfwagen niedergemäht. Es gab keine Rettung, nirgends, nicht einmal im toten Winkel zwischen den Panzern, weil die sich mit ihren MGs gegenseitig absicherten.

Ludwig, ehemaliger Wachposten und kleiner Bewahrer einer längst aus den Fugen geratenen Ordnung, geriet ein letztes Mal zwischen die Fronten. Mit einem Querschläger im Bein versuchte er verzweifelt, zwischen zwei Pirouetten vollführenden Panzern wegzukriechen. Dann ein letzter schriller Schrei, als er von einer Panzerkette in den Schnee gequetscht wurde, ehe sein Kopf zersprang wie eine Nussschale.

Auch Rollo und Bubi sahen eine Panzerkette, die auf sie zujagte.

»Raus!«, brüllte Rollo und zerrte den bewegungsunfähigen Kleinen mit aus dem Loch. Sie wälzten sich durch den Schnee. Wie ein hungriges Ungeheuer, dessen zuschnappende Kiefer die Beute knapp verfehlt hatten, drehte sich der Panzer mit aufheulendem Motor über dem Loch, aus dem sie geschlüpft waren.

Der Anblick dieser sich immer tiefer fressenden Kette, deren

Opfer sie um ein Haar geworden wären, verwandelte Bubis Angst in Hass. Diese Schweine! Geduckt sprang er los und warf eine scharf gemachte geballte Ladung zwischen Kette und Wanne. Rollo riss ihn zurück, bevor der Koloss den tödlichen Kreis auf seinem Rücken vollenden konnte. Auf den Ellenbogen robbten sie unter dem MG-Feuer durch den Schnee davon.

Die Explosion zerriss die Panzerkette und verzerrte ihre Gesichter zu einem nicht mehr menschenähnlichen Lachen.

Gleichzeitig tauchte aus einem noch unversehrten Erdloch eine schemenhafte Gestalt auf und lief mit hoch erhobenen Armen nach hinten, als wollte sie sich den eigenen Leuten ergeben. Eine Panzergranate riss ihr den Kopf ab; sie machte noch zwei, drei Schritte, bevor sie in den Schnee fiel.

Gross lag ebenfalls im Schnee, und er lebte noch. Seine Hand hielt eine andere, und an dieser Hand war ein Arm, sonst nichts. Der Rest des Unteroffiziers, den er aus seinem Loch hatte ziehen wollen, befand sich unter einer Panzerkette, die ganz nah an ihm vorbeirasselte. Er starrte in maßlosem Erstaunen auf die Hand, und es war weniger ein Erstaunen über den abgetrennten Arm, als darüber, dass aus den kraftlosen Fingern eine lähmende Angst in seinen Körper floss. Er war unfähig, auch nur die kleinste Bewegung zu vollführen, und die Lähmung übertrug sich auf alles Geschehen ringsum: auf die Panzer, die vorbeihastenden Stiefel der Flüchtenden, selbst auf die Schneeflocken in der Luft. Das alles blieb mit einem Mal stehen, und ihm war, als sei er bei lebendigem Leib in den Schnee genagelt worden.

Er riss den Mund auf zu einem letzten Schrei, und der Schrei löste die Lähmung, er konnte seine Glieder wieder bewegen, rollte zur Seite, sprang hoch wie ein Automat, seine Hände drückten eine Hafthohlladung gegen eine dröhnende Panzerflanke, und er riss die Zündschnur ab. Er stolperte weg, nur weg, warf sich in den Schnee und wartete auf die Detonation.

Hans kroch ohne jegliche Orientierung durch den Schnee. Zitternd rollte er vor einem Panzer zur Seite, erwischte zufällig die andere Richtung als die Kugeln der beiden aufgesessenen Grenadiere, kniete hin und schoss sie mit mechanischer Bewegung vom

Heck. Dann sprang er wieder hoch und lief dem Panzer nach, ohne zu wissen, warum. Er wollte sich wieder fallen lassen, aber er konnte nicht, er musste weiterlaufen, in der einen Hand die MPi, in der anderen die geballte Ladung.

Der Panzer blieb stehen, dann drehte er auf der Jagd nach neuen Opfern scharf nach links. Hans stolperte keuchend auf ihn zu. Jedes Gefühl für Vorsicht hatte ihn verlassen, wäre auch sinnlos gewesen. Er hatte Glück, und das war das einzige, was hier noch zählte.

Er erreichte ein Metallgitter, ließ die MPi fallen, fasste nach einer Strebe, zog sich hoch, wollte weiter, doch die bloße Haut klebte wie festgewachsen an der Strebe. Er riss sich los und ließ einen breiten Streifen Haut an der Strebe zurück. Er hangelte sich weiter, riss mit Zähnen die Zündschnur ab, schob die geballte Ladung zwischen Turmheck und Aufbau und sprang ab. Erst da begann die verletzte Hand zu schmerzen.

Verschwommen sah er, wie der Turm des Panzers im Blitz der Detonation schräg in die Höhe flog. Die ganze Welt bestand nur noch aus Metall. Das Brennen in seiner Hand wurde zum Glühen, sodass er glaubte, sie würde schmelzen, flüssiger Stahl tropfte in sein Blut und verwandelte es in Metallspäne, die seine Adern der Länge nach aufschlitzten. Dann wurde ihm schwarz vor Augen.

Die zwei MGs hatten inzwischen die zweite, den Panzer nachrückende Infanteriewelle unter Feuer genommen. Die toten Leiber im Halbkreis vor Fritz' MG häuften sich. Ironischerweise hatten die feindliche Artillerie und die Panzer bisher sogar seine Sandsäcke verschont.

Plötzlich spürte er, wie der Schnee unter ihm zitterte, gleichzeitig wurde ein tiefes Dröhnen im Hämmern seines MGs laut. Er starrte auf das mit gefallenen russischen Infanteristen übersäte Feld, dann riss ihm ein schrecklicher Verdacht den Kopf um hundertachtzig Grad herum. Er hatte recht. Mit einem verzweifelten Satz sprang er kopfüber zur Seite, während ein russischer Panzer von hinten kam und das MG und die Schützen zwei und drei unter sich zermalmte.

Der Panzer verschwand im Bodendunst, und seine Silhouette sah nach wenigen Metern wieder völlig harmlos aus.

Fritz wunderte sich, dass er auf dem Bauch lag und trotzdem alles sehen konnte. Dann erst begriff er, dass sein Hals immer noch verdreht war und sein Kinn praktisch auf der Schulter lag. Es war ihm unmöglich, den Kopf zu bewegen. Das MG war am Arsch, und er war dem Angriff einer neuen Welle feindlicher Infanteristen ausgesetzt.

Er rappelte sich auf, taumelte wie blind zur Seite in die Richtung eines rauchenden Panzerwracks, stolperte, fiel, kämpfte sich hoch, taumelte weiter, erreichte mit schmerzendem Nacken das Wrack, wo er neben dem verkohlten Panzerführer auf die Knie fiel und mit beiden Händen und vor Schmerz aufschreiend sein Gesicht mit aller Gewalt wieder nach vorn drehte. In seinem Hals krachte es, dann pendelte sein Schädel wieder einigermaßen richtig zwischen den Schultern, und er sah die angeschmorten, unbrauchbar gewordenen Filzstiefel des russischen Panzerführers, die möglicherweise seine Größe hatten.

Er fluchte, riss sich zusammen und stolperte auf das nächste MG-Nest zu, das sich undeutlich rechts von ihm im Dunst abzeichnete. Dort kämpfte der einzig Überlebende panisch gegen eine vermeintliche Ladehemmung. Es war aber keine Ladehemmung, der Patronengurt war leer geschossen, doch der Schütze begriff es nicht.

Fritz warf sich neben ihn, legte einen neuen Gurt ein. Russische Infanterie tauchte schemenhaft im Nebel auf. Das MG begann zu rattern. Plötzlich sahen sie zwischen den russischen Panzern einen Liliputaner stehen, der winkte. Ungläubig starrten sie beide auf die kleine Gestalt.

Es war kein Liliputaner. Es war HGM, dem eine Panzergranate die untere Körperhälfte weggerissen hatte und der auf seinem Becken am Boden festfror wie ein kleines Kriegerdenkmal im Schnee.

Auch Rollo sah ihn und schrie auf. Für ihn war es nicht der Denunziant Müller, der da erstarrte, sondern sein kleiner Sohn, der ihm ein letztes Mal zuwinkte: damals, auf dem Bahnsteig, vor einer unendlich langen Zeit.

Bubi versuchte vergeblich, Rollo festzuhalten. Der lief dem Panzer nach, und er hörte wieder das leise helle Weinen, an das er sich drei Jahre lang nicht mehr hatte erinnern können, und es stach und brannte in seinen Augen, und er lief immer schneller, um es wieder loszuwerden, und prallte beinahe gegen den feindlichen Panzer, der stehen geblieben war, um zu feuern. Er sprang hoch, wie damals auf den Zug, und ebenso wie damals war das Weinen weg, und er war Soldat und versuchte die verdammte Luke zu öffnen und kriegte sie nicht auf.

Der Panzer vollführte einen scharfen Schwenk nach rechts, als wollte er Rollo wie ein lästiges Insekt abschütteln. Auf dem vereisten Metall wurden ihm die Füße weggerissen, er rutschte mit einem Stiefel in den Auspuffschlitz, und die heißen Abgase versengten seine Stiefel und das Zeitungspapier darunter und das Fleisch, und die Hitze erzeugte exakt denselben Schmerz wie die Kälte. Rollo schrie auf, und der Panzer war nicht länger ein lebloses Stück Metall, sondern ein bösartiges Ungeheuer aus Fleisch und Blut.

Den Hauptmann sah er erst im letzten Moment. Mit rußgeschwärzter Uniform tauchte er hinter der letzten einsatzfähigen 7,5-cm-Pak auf. Der Panzer steuerte genau auf ihn zu.

Rollo hechtete in den Schnee. Aus den Augenwinkeln sah er, wie der Hauptmann eines der letzten Geschosse von einer vereisten Zeltbahn griff und die Granate mit beachtlicher Geschwindigkeit in die Pak balancierte. Im gleichen Augenblick feuerte der Panzer auf den einarmigen Hauptmann, die Granate fuhr unter dessen lose flatternden rechten Ärmel, er wurde zu Boden geschleudert, erhob sich jedoch zu Rollos fassungslosem Staunen sofort wieder, sprang hinter die Pak und schoss den Panzer aus nächster Nähe ab.

Die drei letzten russischen Panzer zogen sich zurück.

Rollo kämpfte sich mühsam hoch und humpelte auf versengten Füßen auf den Hauptmann zu, der wie ein Geist aus den fetten schwarzen Rauchwolken des brennenden Panzers hervortrat.

»Die Russen treffen immer nur meine rechte Seite«, sagte Musk.

Kurze Zeit später nahm der Hauptmann Verbindung zu den benachbarten Abschnitten auf. Auch dort war der Angriff zurückgeschlagen worden. Da der Schwerpunkt auf seinen Hügeln gelegen hatte, war das zu erwarten gewesen. Viel überraschender für ihn war, dass der Ausbruch aus dem Kessel offenbar tatsächlich bevorstand. Die Befehle waren eindeutig. Obwohl er die Männer damit geködert hatte, er persönlich hatte es bis zuletzt nicht geglaubt.

Langsam krochen, schlichen, hinkten die wenigen Überlebenden der Schlacht herbei. Genau elf Mann. Mit einem gewissen Stolz sah der Hauptmann, dass auch seine vier ehemaligen Sturmpioniere überlebt hatten, sogar der einstige Leutnant.

»Glückwunsch, Männer. Ihr habt euch schneidig geschlagen.«

Musk holte ein Metallröhrchen aus seiner Rocktasche, entnahm ihm eine dunkle Zigarre, versprach, sie zu teilen. Sorgfältig bereitete er das Ritual vor. Nichts war schöner als eine mit knapper Not gewonnene Schlacht. Je knapper, desto besser. Er fühlte sich wie neugeboren.

Suchend klopfte er seine Taschen ab. »Hat jemand Feuer?«

Einige Feuerzeuge wurden ihm hingehalten. Eines funktionierte noch. Andächtig ließen die Soldaten die Zigarre herumgehen.

»Genießt die Friedenspfeife«, sagte Musk. Seine Finger fuhren über das bereits gefrorene Blut einer Splitterverletzung. »Die Kälte ist ein vorzüglicher Medizinmann, was, Otto? Der scharfsinnigste Naturzustand. Hättest du es so ausgedrückt?«

»Leck mich am Arsch«, murmelte Gross.

Musk lachte. Die widerspenstigsten Söhne waren einem trotz allem die liebsten. Und oft die besten. Mit dem Großmut des Erfolgreichen musterte er die Kämpferelite, die vier Monate Stalingrad aus seiner Einheit herausgeschmolzen hatte.

»So, Männer«, sagte er dann, und seine Stimme klang wie bei der Ausgabe eines beliebigen Tagesbefehls. »Hinter uns ist eine Riegelstellung aufgebaut worden, für den Fall, dass es der Russe noch mal versuchen sollte. Aber für uns ist der Kampf in Stalingrad zu Ende.«

Die Männer glotzten ihn ungläubig an. Natürlich hatte er es versprochen, aber man hatte ihnen schon so viel versprochen und nichts davon gehalten. War es wahr? War es wirklich wahr?

Musk ließ seinen Blick noch einmal über das Schlachtfeld schweifen. Je härter der Kampf gewesen war, desto schwerer fiel ihm der Abschied. Und diesmal fiel er ihm besonders schwer.

»Ab zur Sammelstelle!«, rief er. »Die Pak nehmen wir mit. Als Talisman.«

»Und wo ist die Zugmaschine?«, fragte Bubi.

»Die Zugmaschine sind wir«, sagte Gross. »Wie immer.«

55

Bis zur Sammelstelle waren es fünf Kilometer. Sie brauchten über sechs Stunden. Die anderthalb Tonnen schwere Pak wurde im Mannschaftszug mühsam über die schneeverwehte Straße geschleppt. Eine elende Schinderei! Der Schweiß gefror ihnen auf der Stirn und im Haar, ihre mit Streifen von Zeltbahnen umwickelten Stiefel rutschten immer wieder auf dem glatten Untergrund aus.

Aber das war alles nicht mehr so wichtig, es ging weg von der Front, vielleicht sogar bald wieder in die Heimat, und dafür hätten sie die Kanone bis ans Ende der Welt geschleppt.

Hauptmann Musk ging voraus. Trotz des Schneesturms hielt er sich aufrecht. Rollo versuchte, sich ein Beispiel an ihm zu nehmen. Er verdankte dem Hauptmann alles. Der Hauptmann hatte ihn wieder zu einem vollwertigen Mitglied der menschlichen Gesellschaft gemacht. Er hatte gut gekämpft, er hatte überlebt, und er war mit Sicherheit der einzige Soldat in Stalingrad, der Brandblasen an den Füßen hatte.

Der Sammelplatz sah aus der Ferne wie ein gewaltiger Fahrzeugfriedhof aus, und auch aus der Nähe machten die meisten Gefährte keinen besonders vertrauenerweckenden Eindruck. Der Zustand der Soldaten war nicht viel besser. Kolonnenweise schlichen sie an den verrostenden Wracks vorbei. Im Vergleich zu den Frontschweinen sahen sie trotzdem relativ gepflegt und gut genährt aus. Kaum einer von ihnen trug eine Waffe. Sie kamen fast ausschließlich aus der Etappe. Die wenigsten hatten seit der Grundausbildung ein Gewehr in der Hand gehalten. Viele hatten noch nie einen Toten gesehen. Für sie war der Krieg bisher eine mehr oder weniger abwechslungsreiche Fortsetzung ihres Zivilberufes gewesen; sie hatten

Kleider gewaschen, Schuhe sortiert, Motoren repariert, Brot gebacken, schlimmstenfalls Pferde geschlachtet. Sie waren brav und ordentlich, solange sie nüchtern waren, sie hatten Heimweh im Herzen und russische Küchengehilfinnen im Bett, sie liebten Pilsener Urquell und einen deftigen Sonntagsbraten; sie hatten sich nichts vorzuwerfen.

Und sie konnten noch immer nicht verstehen, wieso dieser Krieg auf einmal seine Todesklauen nach ihnen ausgestreckt hatte. Erstaunt und mit einer Mischung aus Widerwillen und Respekt wurden die elf Frontschweine gemustert, die hinter dem einarmigen Hauptmann und Ritterkreuzträger ihr Geschütz anschleppten. Sie kamen aus einer anderen Welt.

Rollo rempelte ungnädig gegen einen aufgelösten Stabszahlmeister mit Portweintrinkergesicht, der sich jammernd auf der Suche nach seinen zwei letzten Hühnern befand. Fritz wandte sich an ein molliges Milchgesicht, das sich mit einigen Kameraden einen Bierkasten teilte. »Was glotzt ihr so? Noch nie 'n Soldaten gesehen?«

»Wie schaut's denn da vorn aus? Habt ihr die Russen bald weg?«

Ein anderer, der mit seinem um den Kopf gewickelten Schal wie ein altes Weib mit Vollbart aussah, ließ den Schnappverschluss einer neuen Bierflasche aufspringen und wärmte den ersten Schluck sorgfältig im Mund. »Legt mal'n Zahn zu«, sagte er undeutlich. »Ich bin nicht hierher marschiert, um unverrichteter Dinge wieder abzuhauen.«

»Du bist eh alles gefahren«, sagte das Milchgesicht.

»Na und? Kein Fußbreit zurück, sagt der Führer. Das ist auch meine Meinung. Wie im letzten Winter. Da hat der Führer auch die Front gerettet.«

Fritz platzierte seine Hand auf dem Bauch des Milchgesichts, der immer noch so beachtlich war, dass nur unlautere Mittel im Spiel sein konnten. »Ah, ist das schön mollig! Wie viel Kilo?«

»Fünfundneunzig.«

»Bevor ich hierher kam«, erinnerte sich Fritz wehmütig, »hatte ich hundertfünfzehn. Mutter hat schon immer g'meint: Bub, wenn du so weiterfrisst, bleibst Jungfrau. Und jetzt, wo man soweit wär«, er präsentierte kummervoll seinen geschrumpften Bauch, »sind die Weiber weit weg. Was seid ihr für'n Haufen?«

»Nachschub.«

Die Frontsoldaten lachten höhnisch. »Die Männer, die nie ankommen.«

Fritz warf einen sehnsüchtigen Blick auf das Führerhaus eines Lkws. »Das war eigentlich immer mein Traum.« Er seufzte. »Aber dann hat man ja gemeint, man muss zur Elite gehören, gardemaßmäßig.« Ohne zu fragen, nahm er drei Flaschen Bier aus dem Kasten und begab sich zu Rollo und Bubi. Die befanden sich mittlerweile in einer Menschentraube, die sich gegen eine Kette von Feldgendarmen drängte.

»Schau mal, was die da haben!«, rief ihm Bubi zu.

Fritz sah erst jetzt den Lastwagen hinter der Absperrung, hoch beladen mit Winterkleidung. Zwei Feldgendarmen wateten durch die Jacken und Mäntel. Sie trugen Benzinkanister und schütteten den Inhalt über die Ladung. Auf die Beschimpfungen der Soldaten, die ihnen ihre erfrorenen Hände präsentierten, reagierten sie mit der Überheblichkeit von Leuten, die das Gesetz auf ihrer Seite haben.

Fritz drängte sich zu einem von ihnen durch und bot ihm von seinem halb gefrorenen Bier an. »Pass auf, kriegst 'n Bier oder zwei. Dafür holst jetzt 'n paar Jacken und vor allem Handschuh her!«

»Ich habe meine Befehle«, lautete die barsche Antwort. »Vor dem Ausbruch muss jeder überflüssige Ballast vernichtet werden. Und jetzt verschwinden Sie!«

Fritz wandte sich achselzuckend ab. Die paar Stunden, schlimmstenfalls Tage, bis sie hier raus waren, würde er auch ohne einen anständigen Mantel und neue Handschuhe überstehen.

Auf ein Handzeichen des kommandierenden Wachtmeisters verwandelte sich der Lastwagen in eine lodernde Fackel. In ohnmächtiger Wut mussten die Männer mit ansehen, wie die wertvolle Ladung in Flammen aufging.

Ein Knall hinter ihnen ließ sie herumfahren. Das Geschütz, das sie angeschleppt hatten, war gesprengt worden. Gross wischte sich mit dem verdreckten Ärmel übers Gesicht und hielt die offenen Handflächen gegen das Feuer.

»Ich schwitze!«, schrie er und hustete lachend. »Mann, ich schwitze!«

56

Die erträglichen Temperaturen hielten nicht lange an. Schon bald trampelten die Kräftigeren wieder mit den Füßen oder schlugen die Arme um den Körper. Die weniger Kräftigen froren still vor sich hin.

Endlich bekamen sie einen Bus zugewiesen. Dort kauerten sie dicht gedrängt in zerrissenen, reifüberzogenen Sitzen oder auf dem eisigen Boden und warteten auf den Ausbruch. Zunächst einmal aber warteten sie darauf, dass ihre Körper den Bus wärmten. Jeder hatte eine rostige Konservendose, in der er Kleinabfälle verbrannte, um zumindest die Finger zu wärmen, damit sie in der Kälte nicht abstarben. Dennoch und trotz der maßlosen Erschöpfung war man guter Stimmung. Lange konnte es nicht mehr dauern.

Nur Rollo machte sich so seine Gedanken. »Verdammt, jetzt hatten wir schon die Stadt mit Stalins Namen!«

»Kannst ja hierbleiben und die Stellung halten«, schlug Fritz vor. »Wir holen dich nächstes Frühjahr ab.«

»Stalingrad ist wichtiger als Moskau, psychologisch, verstehste? Mit der Stadt fällt ganz Russland.«

»Das haste mir bei jedem Bunker erzählt, den wir ausgeräuchert haben.«

So ging es noch eine Weile weiter, aber mit jeder Minute, die verstrich, schwand ihre Fröhlichkeit, und ihre hoffnungsvoll leuchtenden Augen begannen wieder ängstlich zu flackern. Die letzten Gespräche sackten in sich zusammen und erloschen wie die Stoffreste in ihren rostigen Dosen.

Fritz zwang sich weiterzutrinken, obwohl das aufgetaute Bier widerlich schmeckte. Irgendetwas in ihm war zutiefst davon überzeugt, dass sie hier nur rauskommen würden, wenn sie fest daran glaubten, also mussten sie daran glauben, eine andere Möglichkeit gab es nicht. Obwohl ihm speiübel war, stellte er sich auf den Kopf und trank die Flasche leer. Die erschöpften Landser klatschten Beifall. Sein altes Kunststück kam immer noch an.

Fritz setzte sich erschöpft wieder hin. Er hatte getan, was er konnte, mehr war nicht drin.

Plötzlich wurde die Omnibustür von einem der Kettenhunde aufgerissen. »Los, raus! Alles aussteigen!«

»Mach die Tür zu, 's zieht!«, schrie Rollo zurück.

»Raus!«, brüllte der Feldgendarm. »Ich sag's nicht noch mal. Wir bleiben hier!«

»Nein«, flüsterte Fritz. Dann schrie er: »Neei-i-i-n!«

Er schrie so laut, dass selbst der Kettenhund erschrak. »Kommt schon, ich kann ja auch nichts dafür. Raus mit euch.« Es klang wie eine Entschuldigung.

Fritz sank kraftlos in sich zusammen. Die ersten Soldaten verließen apathisch den Bus. Hans und Rollo zogen Fritz hoch. Fritz wimmerte wie ein kleiner Junge und versuchte, sich an den Sitzen festzuhalten. Die anderen lösten seine Hände.

»Komm, Fritz«, murmelte Hans. »Irgendwie schaffen wir das schon.«

Sie stiegen aus und schlurften wie alte Männer an der Flanke des Busses entlang nach hinten. Am Heck stand Gross, keuchend, beide Hände gegen das rostige Metall gelehnt. Er hatte das wenige Bier, das er von Fritz bekommen und getrunken hatte, wieder erbrochen.

Höhnisch funkelte er Hans an. »Ich wette, Sie haben bereits davon geträumt, zu Hause über die unglaublichen Verbrechen dieses Krieges zu berichten. Das Gewissen wachzurütteln. Wieder ein Held zu sein. Schämen Sie sich!« Mit aller Kraft hieb er seine Stirn gegen das vereiste Metall, auf dem ein roter Fleck zurückblieb. Mit blutverschmierter Stirn starrte er Hans wieder an. »Und ich Idiot habe tatsächlich befürchtet, ich würde meine Frau wiedersehen.«

Hans legte ihm wortlos den Arm um die Schultern und zog ihn fort.

Von Hauptmann Musk war weit und breit nichts zu sehen. Aus der menschlichen Busfracht wurden bereits wieder zwei neue Kampfgruppen zusammengestellt. Eine sollte auf die Kasatschihügel und die andere in den Norden, in die Nähe von Borodkin, wo auf dem Eiterkopf des Kessels ein neues Furunkel geplatzt war.

»Seht ihr, wir können uns sogar aussuchen, wo wir verrecken«, sagte Gross.

Nicht einmal das konnten sie. Es ging nach Borodkin. Quer

durch den Kessel. Zu Fuß. Das war Pech, denn auf den Kasatschihügeln wäre ihnen in den nächsten Tagen ein schneller Tod sicher gewesen.

57

Der Leutnant hatte zwar seine Schulterstücke nicht wiederbekommen, dafür aber das Kommando über achtzig zerlumpte Gestalten. Wieder einmal hieß man Kampfgruppe von Wetzland, wieder einmal war man einer neuen Division unterstellt, die noch schwachbrüstiger war als die letzte, und wieder einmal taumelte man bei eisiger Kälte durch Dunkelheit und Schneetreiben.

Die Uniformen waren hart gefroren wie Ritterrüstungen. Wer konnte, schlief im Gehen. So brauchte das ungeduldige Hupen eines Fahrzeugs hinter ihnen einige Zeit, bis es in ihr Bewusstsein drang. Sie mussten in den hüfthohen Schnee ausweichen.

Der Kübelwagen hielt vor ihnen auf einer Brücke. Oberstleutnant Laske, Chef ihres ehemaligen Regiments, stieg aus, in Pelze gehüllt, Dampfwolken vor dem Mund. Die Soldaten tappten in seinen Reifenspuren völlig erschöpft auf ihn zu.

»Was ist denn das für ein Sauhaufen? Wer ist hier der Vorgesetzte?«

Die Soldaten wankten, ohne auch nur den Kopf zu heben, an ihm vorbei. Der Oberstleutnant hielt Hans fest, starrte wütend auf die mit Schnee und Eis bedeckte Uniform. »Ihre Einheit?«

»Straf- und Todesbataillon, das weiß keiner mehr genau«, murmelte Hans, riss sich los und ging weiter.

Der Oberstleutnant schnappte sich Rollo. »Wo ist der verantwortliche Offizier?«

Rollo glotzte ihn verständnislos aus schneeblinden Augen an.

»Wo ist Ihr Vorgesetzter? Antworten!«

»Vorgesetzte gibt's hier nicht mehr«, sagte Fritz.

Oberstleutnant Laske sah sich hilflos um. Er hätte am liebsten seinen Fahrer auf diesen verlotterten Haufen anlegen lassen, aber der hatte alle Hände voll zu tun, den Motor nicht absterben zu lassen.

»Name, Dienstgrad, Einheit!«, schrie er Rollo an.

»Wir sind namenlos, und Ihr Name ist Arschloch!« Gross stieß den Arm des Offiziers von Rollos Schulter. Die beiden schlurften weiter.

Der Oberstleutnant war ob dieser Ungeheuerlichkeit für einen Moment wie gelähmt. Tätlichkeit gegen einen Vorgesetzten! Sein Blick suchte angestrengt nach den Übeltätern, doch die waren bereits wieder in dem Menschenhaufen verschwunden, der weiter an ihm vorbeizog, dabei selbst in der Kälte noch stinkend, und den er noch immer nicht als Überbleibsel seines ehemaligen Regiments identifiziert hatte.

Er stieg zurück in den Kübelwagen und schrie seinen Fahrer unbeherrscht an, er solle Gas geben und ohne Vorwarnung in den Haufen hineinjagen.

Der Fahrer hatte keine Wahl und tat, wie ihm befohlen. Die Männer vor ihm mussten erneut in den hüfthohen Schnee springen, um nicht überrollt zu werden.

Die ganze Nacht ging es durch Dunkelheit, Schnee und eisige Kälte. Ohne Verpflegung. Zehn Mann konnten wegen schwerer Erfrierungen nicht mehr weitergehen und wurden in einem überfüllten Erdbunker zurückgelassen, der als Verwundetensammelstelle diente und wo ein Sanitätsgehilfe mit verschmierten Brillengläsern auf jede Frage, die der Leutnant ihm stellte, nur mit den nach vorn gekrümmten Schultern zuckte.

Nein, diejenigen, die noch irgendwie gehen konnten, ins Lazarett zu schicken, habe keinen Sinn, denn dort sei nicht einmal mehr in den Zelten Platz. Angeblich sollte ein Arzt kommen und ein Behelfslazarett einrichten, doch der Sanitätsgehilfe wartete schon seit Tagen auf ihn. Dem Divisionsstab war seine Lage bekannt. Er hatte keine schmerzstillenden Medikamente, kein Heizmaterial und noch fünf Päckchen Verbandsmull. Über die Bitte nach einer Kleinigkeit zu essen lachte er. Das Wasser lief über die Erdwände und aus den Augen der Sterbenden. Die Gesichter der Toten waren an den Eiszapfen zu erkennen.

Zwei der zehn Gehunfähigen meldeten sich daraufhin als kampffähig zurück.

Irgendwann kam der Morgen. Klirrende Kälte. Im milchigen Nebel die schattenhaften Konturen eines Dorfes. Davor, nur vage auf der Schneefläche auszumachen, ein sich bewegender Fleck. Es war ein Reiter, der wie eine Miniatur auf einer gewaltigen weißen Bühne wirkte. Er umkreiste im Galopp den müden Trupp und ritt dann näher heran.

Der Anblick des unverschämt gut genährten Pferdes ließ den Männern das Wasser im Mund zusammenlaufen. Auf dem Rücken des Tiers saß ein junger Hauptmann im pelzbesetzten Wintermantel.

»Schau dir die Zwei-Sterne-Flasche an!«

»Der reitet spazieren. Ich kann's einfach nicht glauben!«

»Dem sein Gaul sieht besser aus als wir.«

So war es in der Tat. Der junge Hauptmann, von ebenso edlem Geblüt wie sein Untersatz und mit fröhlichem Gesicht, stieg ab und stellte sich vor. Er gehörte zum Korpsstab und erkundigte sich, ob man nicht einen einzelnen Reiter gesehen habe, der ein Fell hinter sich herzog. Selbst Hans von Wetzland brauchte einige Zeit, bis er begriff, dass hier eine Fuchsjagd veranstaltet wurde.

Sichtlich verwirrt registrierte der junge Hauptmann die Fassungslosigkeit der Männer und meinte schließlich verlegen, dass der Rest der Jagd auch ohne ihn stattfinden könnte. Höflich erkundigte er sich nach ihrem Ziel, und Hans erfuhr, dass das Dorf vor ihnen tatsächlich das erste Etappenziel ihres Schneemarsches war.

Voller Mitgefühl musterte der junge Hauptmann die jämmerliche Verfassung der Männer. »Sie waren wohl die ganze Nacht unterwegs?«

»Jawohl«, erwiderte Hans kurz und wollte weiter. Die gesamte Erscheinung des Hauptmanns war ihm unangenehm. Zu vieles an ihm erinnerte ihn an seine eigene Vergangenheit.

Doch seinem jungen Stabskollegen lag offensichtlich an einer Fortsetzung des Gesprächs. Neugierig suchten seine Blicke nach Hans' Schulterstücken. Schließlich hatte sich ihm diese ausgemergelte Gestalt als Offizier vorgestellt. »Haben Sie Ihre Uniform verloren, Herr Leutnant?«

»Ja«, kam die einsilbige Antwort. Die Erschöpfung ließ die Umgebung vor Hans' Augen verschwimmen, und für einen Moment galoppierte er mit seinem Lieblingspferd über eine leuchtend grüne heimatliche Wiese. Mit einem Sprung setzte er über einen Graben und in seine alte Gefühlswelt zurück, so plötzlich, dass ihm das Herz zu zerspringen drohte. Er blinzelte angestrengt und fand wieder in die Wirklichkeit zurück. Die Erinnerung würgte heftig in seinem Hals, während er die reifbedeckten Nüstern des Pferdes streichelte.

»Ein schönes Tier haben Sie da«, murmelte er.

»Reiten ist meine ganze Leidenschaft«, erklärte der Hauptmann, glücklich, in diesem verlorenen Haufen eine verwandte Seele gefunden zu haben. »Was soll man auch sonst hier machen? Strategisch gesehen ziemlich eintönig, die ganze Sache. Das gilt natürlich nicht für Ihren tapferen Einsatz an der Front«, fügte er rasch hinzu, und ein jungenhaftes Lächeln huschte über sein Gesicht. »Wollen Sie ihn mal ausprobieren? Vollblüter, enorm sprintstark. Hab ihn in Charkow aufgetrieben. Macht mir Freude.« Er hielt Hans die Zügel hin.

Doch der schüttelte den Kopf. »Nein, danke.«

Die Realitätsblindheit des jungen Offiziers war so unglaublich, dass man ihm nicht einmal böse sein konnte. Sie waren alle am Verhungern und Erfrieren, und er insistierte auf einem Proberitt!

Fritz drängte sich nach vorn. »Sagen Se, Herr Hauptmann, ham Sie zufällig 'ne Kippe für mich? Äh, ich mein 'ne Zigarette?«

»Aber natürlich!« Der Hauptmann beeilte sich, ein silbernes Etui hervorzuzaubern, und reichte es großzügig herum. »Hier, nehmt nur, Männer. Wenn ich das gewusst hätte. Ich hab erst gestern Nachschub bekommen.«

Der Hauptmann holte zwei Zuckerstücke aus der Tasche und wollte sie seinem Pferd geben. Er bemerkte die hungrigen Blicke, die sich auf seine Hand richteten, und steckte den Zucker verlegen Fritz zu. »Herr Leutnant«, sagte er dann mit belegter Stimme, »Sie haben da eine prima Truppe. Wir werden es bestimmt schaffen. Auf Wiedersehen.« Er schwang sich in den Sattel und verschwand wie ein Trugbild im Nebel. Hans erschien es wie ein letzter, endgültiger Abschied von sich selbst.

»Kommt, Leute!«, kommandierte er mit müder Stimme.

Sie schleppten sich weiter auf das Dorf zu. Fritz und Rollo teilten sich den Zucker.

58

Zwischen den ersten halb verfallenen Lehmkaten hörten sie plötzlich deutsche Kommandorufe. Sie glaubten, ihren Augen nicht mehr trauen zu können, als sie um eine Ecke bogen und sahen, wie ein alter Feldwebel in Wickelgamaschen eine Gruppe von dreißig oder vierzig Soldaten auf einem glatt getrampelten Platz zwischen den Bauernkaten in bester soldatischer Tradition schliff. Bei einigen Landsern kam beinahe so etwas wie Rührung auf. Die anderen hofften angesichts der Proportionen des Feldwebels endlich auf etwas zu fressen.

»Stillgestanden!«, kommandierten die Gamaschen. »Richt euch! Augen geradeaus! Und wenn jetzt zwanzig Weiber vorbeilaufen, da zuckt nicht mal ein Gedanke!«

Nachdem er diese recht unwahrscheinliche Befürchtung hinsichtlich der Ablenkungsmöglichkeiten seiner Untergebenen geäußert hatte, eilte er schnaufend über den Platz, ließ vor Hans die Hacken knallen und die rechte Hand halbkreisförmig zur Mütze zucken. Es handelte sich bei ihm um den Hauptfeldwebel Schmidt, Angehöriger ihrer neuen Division, zweites Ausbildungsbataillon, ehemalige Bäckereikompanie.

Hans, erleichtert, den richtigen Mann gefunden zu haben, teilte ihm mit, dass er Befehl habe, vierzig Mann von ihm zu übernehmen, um vor Borodkin den Frontabschnitt zu stabilisieren.

»Jawoll, Herr Leutnant!«, bellte Schmidt. »Wir sind mit der Grundausbildung beinahe durch.«

Hans bemühte sich darum, zumindest ein wenig Anerkennung zu heucheln, dann verlangte er für sich und seine Männer etwas zu essen. Die Beflissenheit des Feldwebels verwandelte sich in tiefen Kummer. Er würde ja gern, aber man habe selber nichts, und das wenige, das man noch habe, müsse er auf strikten Befehl zurückhalten, und außerdem …

Hans richtete den Blick demonstrativ auf Schmidts Bauch, doch ehe der Feldwebel vorbringen konnte, dass dessen Umfang allein auf eine seltene Drüsenerkrankung zurückzuführen sei, klang eine ängstliche Stimme auf.

Sie gehörte einem der Soldaten der Ausbildungskompanie, der es entgegen aller Vorschriften wagte, das Wort ungefragt an einen Vorgesetzten zu richten. Schmidt sprang ihn mit vorquellenden Augen an. »Maul halten, Sie Stinkstiefel! Sie reden nur, wenn …«

Der Leutnant, der hoffte, von dem Mann etwas über die Essensvorräte zu erfahren, unterbrach den Feldwebel ungeduldig. »Schon gut. Treten Sie vor. Reden Sie. Was gibt's?«

Der Soldat machte einen Schritt nach vorn, stand stramm, wie man es ihm beigebracht hatte, und starrte den Leutnant an wie ein junger Hund, der Schläge erwartet. »W-wir si-sind alle nur Bäcker«, stammelte er. »Sie können uns nicht a-an die Front schicken, Herr Leutnant. V-von uns hat noch keiner ein Maschinengewehr bedient oder eine Handgranate geworfen. W-wir können nur Brot backen …«

»Ruhe!«, brüllte der Feldwebel so laut, dass ihm seine Stimme kurzzeitig entglitt. »Herr Leutnant, ich habe den Leuten in der kurzen Zeit eine optimale Ausbildung zuteil werden lassen und …«

»Sicher, sicher«, beschwichtigte Hans müde, damit der Feldwebel endlich die Klappe hielt. Er wandte sich an die versammelten Bäcker, denen deutlich anzusehen war, dass sie alle das Gleiche wie ihr Wortführer dachten. Sie hätten ihm leid tun müssen, aber das taten sie nicht. Im Gegenteil. Er fühlte eine grimmige Genugtuung darüber, dass diese Jasager und Mitläufer, diese kleinen Opportunisten und Feiglinge, die alle mitmarschiert und mitgebrüllt hatten, solange es vorwärts ging, die mitgeraubt und mitgeplündert hatten, die die Augen verschlossen und die Verbrechen weggelogen hatten, die genauso jämmerlich versagt hatten wie er, nun auch die gleiche Strafe erhielten.

»Sie werden alle mitkommen«, sagte er scharf. »So lautet der Befehl. Ich werde sehen, was ich an der Front für Sie tun kann. Fertigmachen zum Abmarsch.«

Der Soldat, der gesprochen hatte, gab noch nicht auf. »Herr Leutnant, d-das ist der sichere Tod für uns. Wir nützen Ihnen doch gar nix!« Seine Unterlippe begann zu zittern, und auf einmal weinte er tatsächlich!

»Reißen Sie sich zusammen, und stellen Sie sich zu den anderen!«, befahl der Leutnant barsch. »Oder wollen Sie vor ein Kriegsgericht?«

Der Bäcker blinzelte die Tränen weg, kalte Angst kroch in seine Augen. »Nein«, sagte er tonlos. Dann noch einmal: »Nein ...«

Und plötzlich lief er los.

»Halt!«, schrie der Leutnant. »Stehen bleiben!«

Ohne sich allzu sehr zu beeilen, holte er seine Schusswaffe aus der Pistolentasche. Die Knie des Flüchtenden drohten bei jedem Schritt einzuknicken. Er würde allein aus Entkräftung nicht weit kommen. Am Ende des Platzes stolperte er wie blind geradeaus weiter in den tiefen Schnee und sank dann bei jedem Schritt bis zu den Knien ein, wodurch er sich nur noch im Zeitlupentempo vorwärts bewegte.

Die Frontsoldaten murrten über so viel Blödheit, wegen der sie nur länger in der Kälte herumstehen mussten und man außerdem von dem viel wichtigeren Thema der Verpflegung abgekommen war. Die anderen Bäcker senkten beschämt die Köpfe, denn sie sahen ein, wie ausweglos ihre Lage war. Der Leutnant rief den Flüchtigen noch einmal an, dann feuerte er den ersten Schuss in die Luft.

Der junge Soldat fiel vor Schreck in den Schnee, rappelte sich jedoch wieder hoch und stolperte weiter, während der Wind den Schnee in einer kleinen Fahne von seiner Uniform wehte. Der Leutnant sah aus den Augenwinkeln, wie der Feldwebel angestrengt mit seiner Pistole zielte. Obwohl er auf Hans nicht den Eindruck eines geübten Schützen machte, drückte er dem Mann den Arm sicherheitshalber nach unten und befahl Gross und Rollo, den Flüchtenden einzufangen.

Die beiden machten sich fluchend auf den Weg. Obwohl sie nicht sonderlich schnell liefen, gab es für ihr Opfer in dem tiefen Schnee kein Entkommen. Der junge Soldat blieb plötzlich stehen, zitternd und die Augen so verdreht, dass nur noch das Weiße darin zu sehen war. Er wirkte wie ein Wild, das von Wölfen eingekreist war. Auf einmal hielt er eine Pistole in der Hand und richtete sie auf Rollo.

In diesem Moment drückte Hans ab.

Der Soldat ließ die Waffe fallen und fasste sich mit beiden Händen an die Stirn. Es sah aus, als versuchte er sein Blut festzuhalten. Dann fiel er tot in den Schnee.

Rollo trat wütend nach der Leiche. »Dumme Sau!«

Gross zog ihn zurück. »Spar dir die Luft. Er spürt's nicht mehr.« Er hob die Pistole des Toten auf, zog das Magazin aus dem Griff. Es war leer.

»Toller Schuss, Herr Leutnant«, gratulierte Hauptfeldwebel Schmidt ehrfürchtig. »Da merkt man gleich die Fronterfahrung.«

Gross zeigte Hans stumm das leere Magazin. Der Leutnant packte den dicken Feldwebel am Kragen: »Das haben Sie gewusst! Das hätten Sie mir sagen müssen, Sie Idiot!«, schrie er ihn an.

Er drohte dem zitternden Mann mit Kriegsgericht und Fronteinsatz, bis dieser jammernd seine letzten Reichtümer anschleppte, einen halben Sack Mehl und ein Kilo Butter. Der Leutnant befahl ihm, damit Pfannkuchen zu backen.

In einer der Lehmhütten sank er erschöpft auf eine Pritsche. Ihm war übel. Der Bäcker war der erste Deutsche, den er erschossen hatte. Aber war das wirklich etwas anderes? War der Unterschied der Nationalität nicht nur eine zynische Illusion, ungefähr so, als wäre es schlimmer, einen mit einer roten Jacke zu erschießen als einen mit einer blauen? Im Grunde nahm er den Tod dieses Mannes nur deshalb wichtig, weil er glaubte, ein schlechtes Gewissen haben zu müssen. Gross hatte recht. Das Töten war längst nur noch Selbstzweck.

»Regen Sie sich bloß nicht künstlich auf«, meinte Gross und reichte Hans einen dünnen, klebrigen Pfannkuchen. »Der Mann wäre heute oder morgen sowieso verreckt. Eher heute.«

»Meine Gewissensbisse haben uns immerhin eine warme Mahlzeit beschert«, entgegnete Hans. »Also halten Sie den Mund!«

»Ich danke Ihnen. Mein Appetit ist entschieden größer geworden, seit ich wieder ein deutscher Soldat bin. Die Ehre weitet den Magen.«

Hans zwang sich, den Rest des Pfannkuchens hinunterzuschlucken. Danach fühlte er sich zu seinem eigenen Erstaunen kräftig genug, um aufzustehen und zum Eingang der nächsten Hütte zu gehen.

»Los, Leute! Abmarsch.«

Murrend schlurften die Männer nach draußen. Rollo zerrte zwei Bäcker unter Pritschen hervor, die sich dort hatten verstecken wollen, stellte sie auf die Füße und stieß sie zu den anderen.

»Jetzt macht euch mal nicht in die Hose«, knurrte er. »Der Iwan kommt so nah ran, da trifft jeder Idiot, sogar ihr.«

59

Rollo hatte sich getäuscht. Die Russen griffen nicht an. Sie hatten auf einmal Zeit, viel Zeit.

Die neue Stellung der Kampfgruppe von Wetzland war eine glatte Schneewüste, durch die sich zwei brusthohe Schützengräben wie schwarze Schlangen zogen. An zwei Stellen näherten sich die beiden Schlangenleiber bis auf einige Dutzend Meter. Dort lagen besonders viele Tote.

Empfangen wurden der Leutnant und seine Gruppe von zwanzig Männern, die einen fünfhundert Meter langen Frontabschnitt hielten. Ihre Gesichter wirkten wie Fallobst, die Augen wie Wurmlöcher. Als der Leutnant ihnen verkündete, dass er keineswegs die Ablösung, sondern nur die Verstärkung brachte, nickten sie apathisch.

Zwei von ihnen versuchten in der folgenden Nacht zu den Russen überzulaufen. Da von beiden Seiten auf sie geschossen wurde, gab es hinterher heftigen Streit. Ein Unteroffizier aus Thüringen, im Zivilberuf Postmeister, beanspruchte die beiden Abschüsse für sich und verlangte dafür von dem Leutnant zwei Sonderrationen. Als sie ihm mangels Masse verweigert wurden, bekam er einen Tobsuchtsanfall, stürzte sich auf den Leutnant und biss ihm in den Arm, ehe Rollo und Fritz ihn überwältigen konnten.

Rollo behielt dabei ein Stück seiner Feldbluse in der Hand und starrte auf das Loch im Hemd des anderen. Die Haut des Unteroffiziers war mit erbsengroßen schwarzen Flecken übersät, ein untrügliches Zeichen für Flecktyphus. Alle drückten sich ängstlich gegen die gefrorenen Erdwände. Wenn man sich bloß nicht bereits angesteckt hatte. Einer schlug vor, die Stockbetten zu verbrennen.

Flüsternd empfahl Rollo, den Kranken abzuknallen und ihn unter einer dicken Kalkschicht einzugraben. Der Unteroffizier selbst enthob sie der Sorge, was mit ihm geschehen solle. Am Spätnachmittag begann er zu delirieren, stand nachts auf und griff die Russen laut schreiend allein an. Mitten zwischen den Schützengräben blieb er liegen, eine gefrorene, die Hand steif gegen den Winterhimmel reckende Leiche.

Das war ihre Neujahrsnacht. Danach vergingen wieder einige Tage, aber die Männer nahmen die Zeit kaum noch wahr. Sie bewegten sich außerhalb von ihr, in einem grauen, endlos scheinenden Sumpf, von dem einige bereits befürchteten, dass sie nicht einmal durch den Tod hinausfinden würden. Ausgemergelt, verdreckt, verlaust dämmerten sie auf Posten oder hockten und lagen in ihren kümmerlichen Unterständen.

Fritz hielt die salzigen Tropfen auf den Lippen zunächst für eine seiner vielen Einbildungen, die kamen und gingen, wie sie wollten. Er hatte sich fest vorgenommen, von seiner kleinen Russin zu träumen, aber irgendwie war er zwischen den mehlsackartigen Brüsten einer Kolonialwarenhändlerin gelandet, die ihm zu Hause immer erfolglos nachgestellt hatte. Hatte er geweint? So schlimm war der Traum auch wieder nicht gewesen.

Er öffnete die Augen und sah, dass die Tropfen von oben auf sein Gesicht fielen. Wütend taumelte er hoch. »Du Drecksau, geh gefälligst raus!«

»Wahrscheinlich ist ihm draußen zu kalt«, flüsterte Bubi unter seinem speckigen Mantel.

»Zu doof, um 'n Loch in Schnee zu pinkeln«, krächzte Rollo. »Los, raus!« Erst da sah er die zwei tief in die Höhlen gesunkenen starren Augäpfel. »Scheiße«, murmelte er. »Der ist weg.«

Hans erhob sich mühsam von seiner Pritsche. Er öffnete die Feldbluse des Toten. Fritz sah ihn aus ängstlich flackernden Augen an.

»Typhus?«

Das Wort gehörte zu den wenigen, die die Männer noch freiwillig die Köpfe heben ließ. Hans schüttelte den Kopf. »Hunger.«

»Was?« Rollo sah ihn misstrauisch an. Seitdem der Leutnant von dem Typhuskranken angefallen worden war, war Rollo vor ihm auf der Hut. Man konnte ja nie wissen.

Hans warf einen letzten Blick auf die eingefallene Grube, wo sich früher einmal der Magen befunden haben musste, und zog die Feldbluse wieder darüber. »

Er ist verhungert. Schaff ihn raus.«

»Wieso ich? Ich komm grade von der Ablösung.« Rollo stieß Bubi mit dem Fuß an. »Geh du.«

»Allein kann ich ihn nicht tragen«, flüsterte der Kleine schwach.

Rollo stand ächzend auf, wartete, bis der erste Schwindelanfall vorüber war, und versuchte, die Leiche von der Pritsche zu heben. Obwohl sie nicht viel mehr als vierzig Kilo wiegen konnte, fiel sie ihm runter. »Scheiße, ich auch nicht«, fluchte er.

Hans half ihm, sich das Knochengerüst auf die Schulter zu legen. Auch er war inzwischen so schwach, dass ihm der Tod des Bäckermeisters aus Hameln völlig gleichgültig war. Nicht Schuld, Entsetzen, Ekel, Faszination, Grausamkeit, Angst zogen ihn in den letzten endgültigen Abgrund, sondern das fehlende Brot, die fehlende Butter, das fehlende Holz, der zu leichte Mantel. Er hatte als Offizier sterben wollen, und jetzt siechte er dahin, jämmerlicher als ein Sträfling, und das Schlimmste war, er hatte nicht die Kraft, seinem Leben ein eigenmächtiges Ende zu setzen.

Wenn die Russen wenigstens angegriffen, sie in einem kurzen Gefecht vernichtet hätten! Aber sie taten ihnen diesen letzten Gefallen nicht.

Vielleicht warten sie darauf, dass wir angreifen, dachte Hans. Aber dazu sind wir zu schwach. Zu schwach, um ins offene Messer zu laufen.

Rollo grinste ihm verzerrt zu, und seine Zähne leuchteten übergroß zwischen den eingetrockneten Lippen. »Hauptsache, kein Typhus!«

Hans nickte, trat zur Seite und setzte sich wieder auf seine Pritsche. Vor seinen Augen flimmerte es.

Der Tote fiel Rollo wieder von der Schulter. »Ich glaube, unser Bäckermeister will noch 'ne Leichenrede«, hörte Hans seine Stimme wie durch eine Wand. »Kommen Sie, Herr Leutnant.«

»Das Inferno jeder einzelnen Seele ist bereits eine Unendlichkeit für sich«, murmelte Hans. »Deshalb sollten wir trotz allem Achtung davor haben, so gut es eben geht. Aber es geht nicht!«, stieß er plötzlich heftig hervor. »Multipliziert man dieses Unendlich mit der Anzahl der leidenden Menschen, dann erhält man ein Unendlich, das vielleicht dreihunderttausendmal größer ist, oder nicht?« Hilfe suchend sah er Gross an. »Gibt es ein größeres Unendlich?«

Gross schwieg.

Hans starrte das leblose Bündel auf dem Erdboden an. »Wenn schon die Humanität versagt, sollte man wenigstens die Mathematik zurate ziehen, was meint ihr?«

»Rechnen ist was für Arschficker«, sagte Rollo. Die anderen nickten.

»Bringt die Leiche raus!«, befahl Hans und verfiel wieder in die Rolle des Leutnants, die ihm um die Knochen schlotterte wie seine zerschlissene Uniform. »Fritz, hilf ihm!«

Fritz wandte sich wortlos ab.

Bubi und Rollo schafften den Hungertoten nach draußen.

Hans fasste Fritz an der Schulter. »Was ist denn los mit dir?«

Fritz zuckte mit den Achseln.

Hans wollte wieder auf seine Pritsche zurückkriechen, als ihn Fritz plötzlich am Kragen packte, herumriss und endlich, endlich sagte, was er schon lange hatte sagen wollen und was durch immer neue Katastrophen verschüttet und beiseite gedrängt worden war.

»Du hast versprochen, dein Onkel holt uns hier raus! Was ist jetzt damit? Du hast es versprochen, versprochen!«

In hilfloser Wut schlug er mit den Fäusten gegen die Wände, und seine ganze Verzweiflung entlud sich in dem Gedanken, dass sie einen Ausweg gehabt hätten, wenn ihn sein angeblicher Offiziersfreund nicht verraten hätte, und verraten hatte er ihn immer wieder, allein durch das, was er war!

Hans brauchte einen Moment, bis er sich überhaupt daran erinnerte. Es war alles so unendlich lange her, und es war doch mittlerweile alles so gleichgültig.

»Was kann ich denn dafür?«, flüsterte er schließlich.

Fritz starrte ihn wütend an. »Knallst du mich auch ab, wenn ich abhaue?«

»Wo willst du denn hin?«, brüllte Hans so laut, dass die anderen hochfuhren. »Zu den Russen? Hau ab, haut alle ab, ich halte keinen!« Zitternd vergrub er den Kopf in den Händen. Was wollten sie denn noch von ihm? Sie sollten ihn endlich in Ruhe lassen!

Ein junger Kerl mit rissigem, verschrundetem Gesicht stand auf, sah sich scheu um und schlich zur Tür. Fritz fasste ihn am Arm und zog ihn zurück. »Mach keinen Blödsinn, Zabel! Für dich haben die da drüben auch nix zu fressen.«

»Die knallen dich genauso ab wie die zwei andern«, sagte ein Asthmatiker, der gerade seine schwarz gefrorenen Zehen untersuchte.

»Und wenn's die Russen nicht machen, mach ich's«, sagte Rollo, der mit Bubi wieder zurückgekommen war. »Damit das ein für alle Mal klar ist, hier haut keiner ab.«

Hans nickte müde. In solchen Situationen war ein klares Weltbild doch immer wieder von unschätzbarem Vorteil.

Gross schob die vereiste Zeltplane zur Seite und ging nach draußen, obwohl er gar keinen Wachdienst hatte.

Hans ging ihm nach.

60

Die Kälte legte sich wie eine Maske auf sein Gesicht. Die Nacht war klar, fahles Mondlicht reflektierte auf dem Schnee. Die Silhouetten der Posten hinter den beiden MGs sahen aus wie festgefroren. Sie suggerierten dem oberflächlichen Beobachter – und der gesamte Generalstab war ein solcher – eine Ordnung und Opferbereitschaft, die es längst nicht mehr gab, denn jeder Mann, der da seit Wochen ohne anständige Verpflegung und Kleidung im Schnee stand, war nur noch ein Ausbund an Hunger, Verzweiflung, Apathie, Kältestarre, Wahnsinn, Hass. Es war nicht Mut, der die Männer noch weiter aushalten ließ, es war Furcht. Sie saßen in einer teuflischen Falle. Was einem Deserteur blühte, war klar, und die Angst vor dem Feind maß sich an dem Unrecht, das man ihm zugefügt hatte, und war dementsprechend groß.

Diesen Faktor konnte die deutsche Führung zuverlässig in ihre Berechnungen über den Durchhaltewillen einbeziehen; niemand wusste über die begangenen Verbrechen an der russischen Bevölkerung besser Bescheid als sie und ihre Handlanger, die deutschen Soldaten.

Gross war nirgendwo zu sehen. Er konnte doch nicht einfach weggegangen sein, für immer, ohne ein Wort! Hans hastete den Graben entlang, suchte mit seinen Blicken die Schneefläche zu beiden Seiten ab. Das war Gross zuzutrauen – einfach zu verschwinden, seinen Leutnant beim Wort zu nehmen und zu den Russen überzulaufen.

Hans hatte schon fast den nächsten Abschnitt erreicht, als er ihn entdeckte. Gross stand im Graben und starrte nach drüben. Er hatte Bautz, ihren Jüngsten, abgelöst. Bautz waren in den letzten beiden Tagen drei Finger abgefroren.

»Sie haben wohl gedacht, ich hab mich dünn gemacht?«, fragte Gross.

»Und? Wollten Sie?«

Gross schüttelte den Kopf. »Man sollte es wirklich tun, aber ich bring es nicht fertig. Ich hab zu viele von denen dort drüben umgelegt. Ich kann nicht einfach rüberlaufen und um Gnade winseln.«

Hans nickte.

Gross lachte. »Wenn Sie wüssten, wie dankbar Sie jetzt glotzen! Aber Sie sollten die anderen morgen rüberschicken. Und Sie sollten auch gehen. Das wäre noch die letzte kleine Chance.«

»Wir kapitulieren sowieso in wenigen Tagen«, entgegnete Hans lahm.

»Unsinn. Haben Sie noch eine anständige Zigarette für mich?«

Mit gefühllosen Fingern holte Hans zwei zerknautschte Zigaretten aus der Brusttasche. Sie rauchten unter vorgehaltenen Handflächen.

»Was macht Ihre Melancholie?«, fragte Gross.

»Sie ist eingegangen. Erfroren.«

»Musk scheint recht zu haben. Die Kälte ist ein guter Medizinmann. Passen Sie nur auf, dass sie nicht wieder auftaut. Na ja, bei uns gibt's so einiges, was nicht wieder auftauen sollte.« Gross starrte über die Schneefläche. »Der kleine, mittelmäßige Wahnsinn. Die kleinbürgerliche Depression eines kleinbürgerlichen, mittelmäßigen Spießers hat sich über die ganze Welt gelegt. Aber der Dilettantismus und die Mittelmäßigkeit spucken Helden aus, echte Tapferkeit, auch ehrenvolle Taten, und nichts ist schlimmer als das; denn damit wird der Dilettantismus gerechtfertigt.«

Hans schwieg. Er war so schwach, dass er kaum zuhören konnte, geschweige denn reden. Trotzdem tat ihm der Wortschwall gut.

Gross lauschte auf das gelegentliche Aufgrollen der Artillerie.

»Ein Sägen und Sagen überall«, murmelte er. »Ein Zersägen und Zersagen.«

»Reden Sie weiter«, flüsterte Hans. »Sonst erfrieren wir noch hier.«

»Metaphysisches Geschwätz. Worte wärmen nicht, und meine schon gar nicht. Wenn Sie Wärme brauchen, gehen Sie in den Unterstand.« Gross überprüfte das MG-Schloss, spähte in die Dunkelheit. »Kann meine Kriegsinstinkte einfach nicht loswerden. Wir haben den Krieg gebraucht. Wir haben Millionen Tote gebraucht, und wir brauchen sie weiterhin, bis wir endlich begriffen haben, bis es in unsere Schädel gemeißelt ist, was für Verbrecher wir sind. Auch ich. Vor allem ich. Wissen Sie, was das einzig Sinnvolle wäre?«

»Was?«

»Nicht einfach abzuhauen, sondern unsere Führung zu liquidieren.«

Hans fuhr so heftig herum, dass er gegen Gross' Schulter prallte.

»Alle, die gegen sofortige Kapitulation sind, erschießen«, fuhr Gross ruhig fort. »Ich müsste bei Ihnen den Anfang machen.«

»Das habe ich nicht gehört!« Hans wich langsam zurück.

Gross lachte. »Sie brauchen Ihre Waffe nicht. Ich bring es sowieso nicht fertig.«

Hans bemerkte erst jetzt, dass seine Hand nach der Pistolentasche tastete.

»Aber ich arbeite daran«, sprach Gross weiter. »Das hieße, meine

Mörderqualitäten endlich in den Dienst einer guten Sache zu stellen. Etwas anderes als ein Mörder kann ich sowieso nicht mehr sein. Ja«, schrie er plötzlich in die Dunkelheit hinaus, »ich habe das Töten geliebt! Aber jetzt bin ich ein alter, kranker Mann.«

Gross zitterte am ganzen Körper, und Hans fragte sich, ob ihm endgültig der Absprung in den Wahnsinn gelungen war.

Doch dann fuhr er mit überraschend normaler Stimme fort: »Ich liebte es. Es war meine Leidenschaft. Wie eine Sucht. Es hat mich am Leben erhalten. Der Hass auf die eigene Führung hat sich im Kampf in Hass auf den Feind verwandelt.« Er kicherte. »Es ist viel schlimmer, einen ganzen Tag Gräber zu schaufeln, als zu töten. Am Allerschlimmsten ist es, Straßen freizuschaufeln.« Er spuckte angewidert auf den Rand des Grabens. »Wie erbärmlich, nicht vom Feind, sondern von Hunger und Kälte besiegt zu werden! Erst wenn man tot ist, ist es gleich. Ich hatte gerade vor, mich zu erschießen, aber dann sind Sie mit Ihrer verdammten Zigarette gekommen. Wenn nur das kümmerlichste Licht flackert, stürzt man sich sofort darauf und will wieder wissen, wie es weitergeht.«

Beide starrten sie wieder auf die glatte Schneefläche hinaus, die an dieser Stelle noch unberührt war.

»Erinnern Sie sich noch an die Panzer?«, fragte Hans. »Was würden wir tun, wenn sie jetzt kämen?«

»Wir würden wieder kämpfen. Ich kann mich nicht kampflos in den Schnee walzen lassen.«

Hans umschlang ihn plötzlich mit beiden Armen und drückte ihn heftig an sich. Gross war zu verblüfft und zu schwach, um sich zu wehren.

»Lassen Sie mich hier nicht allein.« Hans atmete schwer. »Töten Sie mich, bevor Sie sich selbst die Kugel geben.«

Gross machte sich frei, bedachte Hans mit einem schiefen Blick und sagte: »Ich werde Sie zu gegebener Zeit daran erinnern. Spätestens, wenn ich meinen Kreuzzug gegen die Generalität beginne. Diese Schweine! Diese Hurensöhne! Henker!« Übergangslos begann er zu lachen, als wäre seine Wut nur gespielt gewesen. »Es tut doch immer wieder gut, der Führung wenigstens die Verantwortung in den Hintern zu stecken. Es ist eine gefährliche Verharmlosung des Krieges, wenn man seine Faszination auf die unteren Dienstgrade verkennt.« Er klopfte Hans auf die Schulter. »Solange wir noch den einen oder anderen Gedanken haben, der uns Freude bereitet, warten wir noch ein wenig mit unseren letzten Kugeln. Der richtige Zeitpunkt ist das Entscheidende bei jedem Angriff, auch bei einem Angriff auf sich selbst.«

Er hatte noch über eine Stunde bis zur Ablösung, und Hans bestand darauf, ihm Gesellschaft zu leisten, obwohl Gross ihm versicherte, dass er mit erfrorener Nase dafür bezahlen würde. Sie wickelten sich die steifen Wollfetzen dichter um den Kopf, bis sie aussahen wie bandagiert. Der Atem dampfte gegen ihre Gesichtsmasken und verströmte schüchterne Wärme auf der Haut.

So konnten sie nicht mehr reden, und die unausgesprochenen Worte dehnten sich in Gross' schmerzendem Hirn.

61

Hans zerrte die bretthart Zeltbahn beiseite. Mörderischer Gestank schlug ihm entgegen. Er hatte sich noch immer nicht daran gewöhnt und würde es wohl auch nie tun.

Die Männer lagen eng aneinander gedrängt auf den Pritschen und schliefen. Gelegentlich schmatzte einer oder greinte im Schlaf. Rollo, laut schnarchend, tatschte Bubi durchs verfilzte und verlauste Haar.

Hans zündete sich eine vorletzte Zigarette an, der Rest einer Sonderzuteilung Attikah, die er als Offizier bei der letzten Nahrungsausgabe erhalten hatte. Er fragte sich, was er tun würde, wenn ihm auch noch die Zigaretten ausgingen. Der Tabak und die schüchterne Wärme des Ofens waren das Einzige, was ihn noch aufrecht hielt.

Ich muss mir eine Frist setzen, dachte er. Noch drei Tage. Wenn sich dann nichts gebessert hat, ergeben wir uns. Und Gross muss mitgehen. Selbst wenn ich ihn prügeln muss.

Er dachte noch ein wenig an den Leutnant des Nachbarabschnitts, Sohn eines Mittelschullehrers aus Westfalen, und natürlich an Rohleder. Beide würden sie bei einer eigenmächtigen Kapitulation sicherlich nicht untätig bleiben.

Mal sehen. Drei Tage hier draußen waren eine lange Zeit. Er wickelte sich die Gesichtsmaske von der grauen Haut und sank auf seine Pritsche in einen tiefen, schwerelosen Schlaf. Er hatte nur zwei kurze Träume. Im ersten feuerte er wieder auf die an der Scheunenwand gekreuzigte Partisanin und entdeckte beim Herangehen, dass er seine Verlobte erschossen hatte. Diesen Traum hatte er bereits des Öfteren in ähnlichen Variationen geträumt. Die Bilder waren abgenutzt und unklar, wie bei einem zu oft abgespielten Film. Der zweite Traum drehte sich um sein rechtes Bein. Es wurde zerrissen, zerfetzt, von MG-Schüssen durchsiebt, und zwar jedes Mal genau unterhalb des Knies. Der Traum war überaus plastisch, und er wachte auf, weil er vor Entsetzen keine Luft mehr bekam.

Der erste Handgriff galt seinem Bein. Es war noch da. Unverletzt. Erleichtert fiel er wieder in den Schlaf.

Sein Unterbewusstsein spielte die Kapitulation durch. Sie wurden verhaftet und vor ein Exekutionskommando gestellt. Er wollte schreien, sich wehren, ein Gnadengesuch einreichen, zum Schluss wenigstens noch ein Lied singen, aber er war zu müde, zu schwach, zu gleichgültig, als ginge ihn sein eigener Tod nichts mehr an, ja, er empfand ganz deutlich, dass Rettung möglich gewesen wäre, wenn er sich nur ausreichend darum bemüht hätte, aber so wurde er, ohne selbst viel Aufhebens davon zu machen, erschossen.

Er erwachte mit einem intensiven Gelb hinter den Augenlidern. Draußen war es so still, dass er nicht verhindern konnte, wieder etwas Hoffnung zu schöpfen.

62

Die ersten fahlen Streifen wurden von der aufgehenden Sonne in den Morgenhimmel reflektiert. Fritz befand sich mit den drei jüngsten der ehemaligen Bäcker im Graben an einem der MGs. Nach vier Tagen hatte es zum ersten Mal wieder Verpflegung gegeben. Sie löffelten eine dünne Suppe, auf der eine Eisschicht schwamm. Die jungen, zum Skelett abgemagerten Soldaten sahen unter ihren Stahlhelmen wie Totenkopfäffchen aus. Einer wechselte am MG-Schloss die in Lumpen gewickelten Ziegelsteine zum Anwärmen. Er ließ die Hände auf den warmen Steinen liegen, bis er bemerkte, dass ein anderer seine Suppe schlürfte. Fritz schlichtete den Streit mit wenigen Handgriffen und schmierte einem seiner Schützlinge Ruß ins Gesicht, den er einer Konservendose entnahm. »Trag dir noch 'n bisschen Rouge auf. Ist gegen die Kälte. Sonst ist der Rotzhöcker ab.«

Es war Wunne, der eine junge schwangere Frau zu Hause hatte und dauernd nachrechnete, ob das Kind überhaupt von ihm sein konnte. Sein letzter Urlaub lag über neun Monate zurück, und das beschäftigte ihn selbst in halb erfrorenem Zustand. Jeden Tag sprach er davon, dass er deswegen unbedingt nach Hause müsse, und so wartete er ungeduldig auf den Befehl zum Ausbruch. Er war erklärter Feind von Zabel, einem, der jeden Tag drohte, nachts zu den Russen überzulaufen.

Fritz musterte mit besorgtem Blick seinen Jüngsten. »Bautz, ich hab dir doch gesagt, lass dir 'n Bart stehen.«

»Mir wächst keiner«, flüsterte Bautz zähneklappernd.

»Siehst aus wie Nille«, stellte Fritz zutreffend fest. »Hier, nimm meine Gasmaske.« Er schnallte Bautz die Gasmaske vor das Gesicht, der wirksamste Schutz, den sie gegen die Kälte hatten.

Vom russischen Graben drang eine deutsche Stimme über Megafon herüber. Die Soldaten hörten sie nicht zum ersten Mal. Sie sprach:

Habt ihr denn den Verstand verloren?
Hier kommt kein Mensch lebendig raus!
Wollt ihr im Kessel hier verschmoren?
Dann kommt ihr niemals mehr nach Haus.
Von Stalingrad ist kein Entrinnen,
und nirgendwo gibt es ein Loch.
Wie lange wollte ihr euch besinnen?
Ja, worauf wartet ihr denn noch?

»Darauf, dass ihr bessere Gedichte schreibt«, knurrte Fritz. Er warf einen Blick auf die zwei dunklen Flecken draußen im Schnee, auf denen schwer und satt einige Krähen hockten. Es handelte sich um die Reste der beiden Soldaten, die gleich in der ersten Nacht versucht hatten, abzuhauen. »Schießen können sie besser.«

Bautz nahm die Gasmaske ab. »Glaubst du, das ist nur 'ne Falle?«

»Ja, und 'ne verdammt schlechte«, zischte Wunne. »Soll ich 'ne Salve rüberjagen?«

»Bin froh, wenn du den Gurt halten kannst«, sagte Fritz. »Hier wird nur noch geschossen, wenn der Russe so nah ist, dass man das Weiße in seinen Augen sehen kann.«

»Stimmt es, dass die Russen alle Gefangenen erschießen?«, fragte Bautz.

»Nee. Die machen's wie wir. Sie lassen sie verhungern.«

Von drüben schallte es wieder herüber:

Hier hockt ihr in der kalten Grube
wie unterm eigenen Leichenstein,
und könntet in der warmen Stube
zu Haus bei euren Lieben sein.

Das sehr unglaubwürdige Versprechen auf eine rasche Rückkehr in die Heimat erbitterte Rollo dermaßen, dass er ohne Befehl eine seiner letzten Gewehrgranaten abschoss. Nach dem Einschlag verstummte die Stimme.

»Spielt Tango, ihr Wichser, oder haltet die Fresse!«, schrie Rollo zu dem feindlichen Graben hinüber, ehe ihn die heisere Stimme des Leutnants unterbrach.

Die Soldaten blinzelten nervös über die weiße Schneefläche. Zunächst geschah nichts. Wunne äußerte den Wunsch, wenigstens eine der Krähen abzuknallen, die er beinahe noch mehr hasste als die Russen; aber für so was war schon lange keine Munition mehr da.

Plötzlich sprang ein kleines Panjepferd aus dem russischen Graben und lief auf die deutschen Linien zu.

Alle Soldaten starrten ungläubig, dann gierig auf das Pferd. Verzweifelt versuchten sie, es anzulocken.

»Hier, komm, hier gutes Futter, hü, dawai!«, riefen sie durcheinander. Einige vergaßen jede Vorsicht und winkten über die Deckung, ehe sie von anderen nach unten gerissen wurden. Das Pferd verhielt, äugte unsicher zur russischen Linie zurück.

»Katjuscha, komm her!«, schrien die Landser. Das war der einzige russische Name, der ihnen sofort einfiel, denn so hieß auch der berüchtigte Raketenwerfer des Feindes. Das Pferd trabte tatsächlich weiter auf die deutschen Stellungen zu.

Gross und der Leutnant schrien nicht. Sie wussten, was kommen würde. Als das Pferd noch ungefähr fünfzig Meter entfernt war, hämmerte eine russische MG-Salve in seine rechte Seite und streckte es nieder. Es scharrte noch kurz mit den Hufen und blieb ziemlich genau in der Mitte zwischen den beiden Gräben liegen.

Die Soldaten starrten auf den Kadaver, die Gier trieb ihnen das Wasser in Augen und Mund.

»Diese Schweine«, stammelte Fritz. Er sah die vor Hunger fast irren Blicke der anderen Soldaten. »Macht bloß kein Scheiß!«

Aus Rollos Zug sprangen plötzlich zwei Mann aus dem Graben und krochen, mit Messern in der Hand, auf den Kadaver zu, den sie als Deckung zu nutzen versuchten.

»Kommt zurück!«, brüllte Rollo. »Das schafft ihr nie!«

»Hierher!«, schrie Fritz. »Kommt her, wir haben noch was zu fressen!«

Einer der Soldaten zögerte, wollte umdrehen. Im selben Moment wurden sie beide von einer MG-Salve zerfetzt.

Bautz nahm die Gasmaske ab.

»Wir haben doch gar nichts zu essen«, sagte er.

»Nee.« Fritz drückte seinen Kopf nach unten. »Hockt euch in den Graben, damit ihr das Pferd nicht seht. Ich pass schon auf.« Er schnäuzte sich und fügte grimmig hinzu: »Heute Nacht holen wir uns den Gaul, das versprech ich euch!«

63

Die Zeichen standen nicht günstig für ihr Vorhaben. Der Wind hatte die Wolkendecke vertrieben, die Nacht war klar, und der Mond hatte kräftig zugenommen. Die Kälte, trocken und klirrend, lähmte die ohnehin schon steifen Glieder. Ein leichter Bodendunst und die vor der Stellung liegenden Gefallenen boten nur dürftig Deckung vor den scharfen Augen der mongolischen Posten, die ihren Köder sehr geschickt platziert hatten; das Pferd lag im Schnittpunkt der Schussfelder von drei MGs.

Trotzdem wollte es Fritz in dieser Nacht versuchen. Er war nicht sicher, ob er selbst noch einen Tag lang den Anblick des lockenden Kadavers ertragen konnte. Außerdem hatten die Krähen bereits begonnen, ihnen Konkurrenz zu machen. Als Begleitung wählte er Bubi. Es war die gleiche Konstellation wie bei seiner ersten Himmelfahrtsaktion für ein paar Fresskübel, und er hoffte, dass der Kleine ihm wieder so viel Glück bringen würde wie damals. Auch Bubi glaubte fest daran, dass die Fleischbeschaffung nur von Erfolg gekrönt sein könne, wenn er Fritz wie damals begleitete.

Rollo schmierte den beiden das Gesicht mit einem weißen Brei aus Kalktabletten ein.

»Bringst du das mit dem Seil?«

Bubi nickte. Ein flüchtiger Blick in Fritz' Gesicht verriet ihm, dass sie beide gleich viel Angst hatten.

Fritz kletterte als Erster aus dem Graben, gleich darauf Bubi. Vorsichtig, die Toten als Deckung nutzend, arbeiteten sie sich kriechend Meter für Meter auf ihr Ziel zu, das mit seinen steif in die Höhe gereckten vier Beinen leicht auszumachen war. Die Route hatten sie sich am Nachmittag genau eingeprägt.

Noch zwanzig Meter. Hinter vier von unzähligen Schnäbeln zerhackten Leichen, deren Schädelbein im Mondlicht schimmerte, versuchten sie wieder Atem zu schöpfen. Ihre Augen glitzerten sich im Dunkeln an. Die Situation erinnerte sie so stark an ihren ersten gemeinsamen Ausflug, dass sie neue Zuversicht schöpften. Sie hoben sich kurz aus der Deckung und schleuderten ihre zwei aus Schürhaken zusammengebastelten Fangwerkzeuge, die mit dumpfem

Geräusch hinter dem Pferd einschlugen. Ein unterdrückter Aufschrei zeigte, dass sie nicht die einzigen Lebendigen im Niemandsland waren. Drei Russen, die hinter dem Pferd auf der Lauer gelegen hatten, eröffneten das Feuer.

Fritz und Bubi zogen die Deckung der Russen, das Pferd, beiseite und machten die Schussbahn für Rollo und Gross frei, die mehrere kurze MG-Stöße auf die feindlichen Soldaten abfeuerten.

Aus dem russischen Graben stiegen Leuchtraketen auf. Fritz und Bubi warfen das andere Ende des Seils, das mit je einem Stahlstück beschwert war, in den deutschen Graben zurück und pressten sich hinter den Leichen auf den Boden, ehe die ersten MG-Garben über sie hinwegpfiffen und mehrere Kugeln dumpf in ihre hart gefrorene Deckung schlugen.

Der Pferdekadaver wurde durch den Schnee gezogen, die Russen beschossen ihn mit einem Granatwerfer, der dritte Einschlag war ein Volltreffer, sodass Rollo und seine Leute nur noch Reste der Beute in den Graben ziehen konnten.

Während die Aufmerksamkeit der Russen auf das Pferd gelenkt war, krochen Fritz und Bubi zurück hinter die Leichen der beiden deutschen Deserteure. Fritz knirschte in hilfloser Wut mit den Zähnen. »Die Säue, die verdammten Säue!«

Er sah, wie zwei russische Soldaten aus dem Graben huschten und zu einem ihrer um Hilfe schreienden Verwundeten robbten. Bubi hatte sich umgedreht und wollte in den Graben zurückkriechen. Fritz hielt ihn am Arm fest. Bubi begriff, was er vorhatte, und nickte. Sie warteten, bis sie die Pelzmützen der beiden Russen im Visier hatten. Als der Erste seine Hand nach dem Arm des Verletzten ausstreckte, drückten sie ab. Die Köpfe fielen in den Schnee.

Fritz und Bubi krochen im Sichtschutz einer Schneewehe so schnell sie konnten in den deutschen Graben zurück, während ein feindlicher Granatwerfereinschlag ihre letzte Deckung wie eine Spinne mit verrenkten Gliedern in die Luft hob und wieder fallen ließ. Ihre Kameraden machten sich bereits mit Messern und Seitengewehren über die Reste des Pferdekadavers her. Das gefrorene Fleisch wurde von den Knochen geschnitten und roh verschlungen. Auf das, was die Ersten beiseite schleuderten, stürzten sich gierig die Nächsten.

Der Leutnant betrachtete die Männer, die mehr an einen Eingeborenenstamm Kannibalen denn an eine Abteilung deutscher Soldaten erinnerten. »Hört auf! Wir kochen das Fleisch. Bautz, Zabel, Rohleder, Gross – zurück an die MGs, verdammt!«

Keiner gehorchte. Die Kunde von Fleisch hatte sich wie ein Lauffeuer im Graben verbreitet. Von beiden Seiten schleppten sich immer mehr von Krankheit und Schwäche gezeichnete Gestalten herbei. Wie ein Wolfsrudel kämpften die Männer um die letzten Fleischfetzen.

Ein junger Soldat versuchte mit dem Gewehrkolben und Stiefeltritten den Pferdekopf zu zertrümmern, doch er war zu schwach. Ein anderer hebelte mit dem Seitengewehr, das er durch die Augenhöhlen schob, den Knochen auf und begann das Gehirn herauszukratzen. Die zu spät Gekommenen prügelten sich, schwankend vor Erschöpfung, um die letzten Knochensplitter. Einer von ihnen stopfte sich blutigen Schnee in den Mund.

Wir werden zu Tieren, dachte Hans. Er war so gefangen von den Bildern maßloser Gier, dass ihm erst zu Bewusstsein kam, noch nichts gegessen zu haben, als Gross ihm ein Stück rohes Fleisch hinhielt. »Zum Kochen haben wir sowieso kein Holz, Herr Leutnant. Also greifen Sie zu.«

Hans nahm ihm das Fleisch mit einer schnellen Bewegung aus der Hand, riss mit den Zähnen ein Stück ab und begann gierig zu kauen. Als der erste Bissen seinen Magen erreichte, wurde ihm schwindlig.

Gross hielt ihn fest. »Wenn das ihre Mutter sehen könnte!«

»Das Herz würde ihr im Leib zerspringen«, murmelte Hans. Dann lachte er auf und schlug erneut die Zähne in das Fleisch.

Die Soldaten waren noch mit den letzten Resten ihres Mahls beschäftigt, als Bubi plötzlich »Achtung!« schrie.

Hauptmann Musk trat zwischen die Männer. Der Leutnant machte Meldung. Ab sofort würden sie wieder zu seiner Einheit gehören, teilte Musk seinen fünf ehemaligen Soldaten mit. In zehn Minuten Abmarsch nach Goroditsche.

Goroditsche! Das bedeutete raus aus dieser Schneewüste! Häuser! Einen funktionierenden Ofen. Vielleicht andere Klamotten. Vielleicht sogar Brot.

Rollo fühlte, wie ihm Tränen der Erleichterung in die Augen stiegen.

»Mensch, Herr Hauptmann!«, entfuhr es ihm. »Ich hab immer gewusst, Sie vergessen uns nicht!«

»Ich hoffe, das habt ihr alle gewusst«, erwiderte der Hauptmann. »Und jetzt, Männer, wollen wir wieder anständige Soldaten aus euch machen.«

»Gibt's dafür auch was zu fressen?«, fragte Fritz halblaut.

Der Hauptmann musterte ihn kalt. »Dafür gibt's noch viel mehr, Reiser.« Seine Stimme klang plötzlich scharf. »Nämlich die Ehre, ein deutscher Soldat zu sein. Los, packt euren Krempel!«

Musk trat neben Gross, der hinter dem MG kauerte, als wäre er dort festgewachsen. »Willst du nicht packen?«

»Ich hab kein Gepäck. Ihr rechnet also damit, dass die Russen diese Eiterbeule bald wegoperieren?«

»Wie kommst du darauf?«

»Du holst uns raus, weil wir hier ohnehin bald völlig wertlos sind.«

»Du täuschst dich. Vielleicht möchte ich dich gern in meiner Nähe haben.«

»Rücken an Rücken beim Endkampf auf den Ruinen.«

»Mag sein.« Gross fühlte plötzlich die Hand des Hauptmanns auf seinem Arm. »Gleichgültig, wie es kommt. Es wäre schön, wenn wir wieder Freunde sein könnten.«

»Auch der Erfüllungsgehilfe eines Massenmörders braucht menschliche Wärme«, sagte Gross heiser. »Aber mich lass dabei aus dem Spiel.«

Musk nahm die Hand weg. »Gerade du solltest für die Fehler unseres Führers mehr Verständnis aufbringen.« Seine Stimme hatte wieder zu ihrem kühlen, überlegenen Klang zurückgefunden. »Niemand ist grausamer als ein von der Muse missachteter Künstler. Das müsstest du am besten wissen.«

Gross wandte sich langsam um und maß Musk hasserfüllt von oben bis unten.

»Komm jetzt!« Musk drehte ihm den Rücken zu und ging zum Unterstand zurück.

Gross folgte ihm mit schleppenden Schritten. Der schmale, gerade Rücken des Hauptmannes zog ihn hinter sich her wie ein Magnet, und er verfluchte sich dafür, dass er nicht die Kraft hatte, ihn zu töten.

64

Goroditsche wuchs nach einem zweistündigen Fußmarsch vor ihnen aus dem Nebel. Aus der Ferne wirkte es friedlich, ein verschneiter kleiner Ort, wie eine Miniatur in der Glaskugel. Sie schleppten sich zwischen Mandelbaumstümpfen auf die Kasematten zu, in deren Eingeweide die Verwundeten verfaulten, dann die Straße entlang, die sie vor zwei Monaten mit Flammenwerfern desinfiziert hatten, und über einen vereisten Pfad an ihrem ehemaligen Etappenquartier vorbei. Sie erklommen eine Böschung.

Gross stolperte im Fieber delirierend hinter dem Hauptmann her. »Das erinnert mich an unsere Gipfelstürmerei«, krächzte er. »Der Berg und das Kreuz darauf. Die wichtigsten Symbole der abendländischen Kultur. Das Zeichen des Leidens auf den Gipfeln der bezwungenen Natur.« Er erreichte den Rand der Böschung und sog tief die eiskalte Luft ein. »Ein Höhengeruch des Schmerzes.«

Rollo stieß ihn weiter, hörte undeutlich seinen gemurmelten Protest zwischen dem gleichmäßigen Knirschen der Stiefel im Schnee.

»Das ist es, was wir lieben – eine ausweglose Situation«, fuhr Gross fort. »Kämpfend unterzugehen. Sinnlosigkeit offenbaren.« Er bemühte sich, seinen eigenen Gedanken zu folgen, so wie den Offiziersstiefeln vor ihm. »Selbstverständlich nur für fortgeschrittene Menschen ein Genuss.« Er lachte. »Wir suhlen uns in der Leere, als badeten wir in höchster Erkenntnis. Wir verpesten die Welt mit Blutgeruch, sobald unsere Nasen, angstbetäubt, die allgemeine Bedeutungslosigkeit gewittert haben. Wichtig müssen wir sein, und sei es, zu Krüppeln gehackt.«

Sein nächster Schritt fand keinen Boden mehr, und er fiel in eine Schwärze, die ihn wie ein wohltuend warmer Mantel umhüllte.

Musk prüfte seinen Puls und lächelte mit einer Erleichterung, die zugleich etwas Bösartiges hatte. Nach einem kurzen Blick auf seine vor Erschöpfung zitternden Untergebenen, ließ er sich Gross auf die Schulter legen.

So erreichten sie den Sportplatz, der mit einem dunklen Menschenbrei bedeckt war. Hier sammelten sich Reste versprengter Einheiten, die neu formiert einen weiteren Anlauf zum Sterben nehmen sollten.

Musk führte sie über den Hof, den sie damals auf Hallers Befehl im Ententgang überquert hatten. Nun waren sie bald soweit, dass sie nur noch auf Händen und Knien kriechen konnten. Sie passierten zwei Wachposten und gelangten in einen ehemaligen Kerkerraum. Hinter schweren Eisengittern waren die Uniformen der Abgänge aus dem Lazarett gestapelt. Über mangelnde Auswahl konnte man sich nicht beklagen.

Musk legte Gross auf einem Stapel Decken ab. »Zieht euch erst mal die Lumpen aus.«

Er wandte sich an den Quartiermeister, eine sensible Seele, der deutlich anzumerken war, dass sie das Ausbessern und Sortieren der blutbefleckten Kleidung nur mit einem Höchstmaß an Alkohol ertragen konnte. Musk verlangte eine Leutnantsuniform, zweimal Obergefreiter – Bubi nahm seine Beförderung trotz der Erschöpfung mit matt glänzenden Augen zur Kenntnis –, Rollo und der bewusstlose Gross wurden auf dem gleichen Weg zu Feldwebeln befördert. Rollo würde eine von Musks Kompanien übernehmen, der Antrag für sein EK I war angeblich bereits unterwegs.

Zuletzt legte Musk eine Scheibe Knäckebrot neben den noch immer bewusstlosen Gross. »Gebt ihm das, wenn er aufwacht, und klärt ihn über seinen neuen Dienstgrad auf.« Er sah auf die Uhr. »Antreten in dreißig Minuten.« Er quittierte die Uniformen und ging nach draußen.

Die vier begannen sich in der Wärme eines rauchenden Kanonenofens die vor Dreck und Kälte steife Kleidung und die Unterwäsche vom Körper zu schälen. Die Stofffetzen wurden samt den Läusen in den Ofen gestopft.

Von draußen hörte man die dünnen Klänge von Marschmusik. Die Instrumente waren durch die Kälte verstimmt.

Rollo trieb zur Eile, offensichtlich wollte er sein EK I nicht gefährden.

Gross' Augenlider begannen zu flattern. Sein Mund verzog sich höhnisch unter den Klängen der Musik. Wahrscheinlich hielt er sie für eine Art neue Folter seiner Fantasie. Da niemand außer Rollo glaubte, dass Gross gesteigerten Wert auf seine Beförderung legte, beschlossen sie, ihn liegen zu lassen. Sie gingen nach draußen, und Rollo wunderte sich für einen Moment über den seltsamen Zufall, dass er, obwohl von besonderem Eifer erfüllt, zu Paraden regelmäßig zu spät kam.

Aus der gestaltlosen Masse von knapp dreihundert Debilen, Dystrophikern, Herz-, Fuß- und Darmkranken, Fiebergeschüttelten und Asthmatikern waren inzwischen drei neue Kompanien geformt worden. Im Divisionsstab wurden sie mit zynischer Heiterkeit als »Musks schnelle Eingreiftruppe« bezeichnet.

Die Soldaten wussten das nicht. Die Musik erinnerte sie an den Siegeswillen, mit dem sie alle einmal losmarschiert waren. Jetzt löste sie in ihnen Rührung, Scham, Hoffnung auf Essen und Wärme aus. Wo Musik gespielt wurde, und wenn sie noch so falsch und jämmerlich war, konnte es noch nicht zum Schlimmsten stehen.

Hans stand in Leutnantsuniform vor der linken Kompanie, in der sich Bubi und Fritz befanden. Rollo stand voller Stolz vor der mittleren, während die rechte von einem Leutnant aus dem Divisionsstab geführt wurde, der zwar keine Fronterfahrung, dafür aber eine makellose Uniform besaß.

Verabschiedet wurde das neu gebildete Bataillon von General Hentz und Oberstleutnant Laske. Ihre Mienen drückten in vorbildlicher Weise den Ernst der Stunde aus. Der General trug einen extra weiten Mantel, der seine nach wie vor beachtliche Körperfülle geschickt vor den hungrigen Augen der Männer kaschierte.

Bubi stieß Fritz an, der vor Erschöpfung eingeschlafen war und mit seinem Gewicht die ganze Reihe ins Schwanken zu bringen drohte.

Der General verzichtete diesmal auf eine Ansprache. Er wusste, dass die Männer keine Worte, sondern Brot von ihm erwarteten. Da er keines hatte, fuhr er nach einem knappen Gruß ab, sobald die Musik geendet hatte. Die angetretenen Soldaten sahen ihm erleichtert nach. Wenigstens mussten sie nicht mehr länger in der Kälte stehen.

Doch sie hatten sich zu früh gefreut.

»Bataillon in fünfzig Meter Abstand zur Nordseite in Dreierreihen antreten«, kommandierte Musk.

Die drei Kompanien traten vor der Nordseite des Platzes an, der von einem rund fünf Meter breiten Graben begrenzt wurde.

Erstaunt und misstrauisch sahen die Soldaten, wie eine Gruppe von gut hundert russischen Gefangenen von Feldgendarmen aus der Festungsanlage und vor den Graben getrieben wurde. Die meisten hatten nur zerrissene Hemden und Hosen an. Eine Frau riss sich mit abgehacktem Gelächter das Hemd vom Leib. Ihr ausgemergelter Leib mit den leeren, faltig herabhängenden Brüsten, dem Loch der Bauchhöhle und den auf einer Seite blutig unterlaufenen Rippenbögen veranlasste einige Landser, die Augen zu schließen. Sie wurde von einem Mann des Wachpersonals durch einen Schuss in den Hinterkopf niedergestreckt. Etwas Blut spritzte auf seine weiße Armbinde, die ihn als Ordnungshüter kenntlich machte.

Bubi, der neben Fritz in der vorderen Reihe der ersten Kompanie stand, sah ihn entsetzt an. »Sollen wir etwa ...?«

Die Aufstellung der Gefangenen und der Aufmarsch der Soldaten ließen wenig Zweifel.

»Ist doch 'n guter Einstand.« Fritz' Gesicht verzerrte sich zu einer unglücklichen Grimasse. »Da weiß man gleich wieder, wo man hingehört.«

Laske verlas ein kurz gehaltenes Urteil. Hans fiel erst jetzt auf, dass es sich um denselben Offizier handelte, der sie auf dem Rückmarsch von Marinowka mit seinem Wagen von der Straße getrieben hatte. Sein Auftreten hatte sich seitdem nicht verändert.

»Im Namen des deutschen Volkes werden diese Leute wegen Sabotage zum Tod durch Erschießen verurteilt. Vollstrecken!«

»Von wegen Sabotage«, murmelte Fritz' Nebenmann mit weiß gefrorenen Wangen. »Wir mussten gestern schon drei Stunden lang welche abknallen. 's gibt nix mehr zu fressen, das ist der Grund. Wir kriegen nicht mal Sonderrationen dafür.«

»Ich ... ich kann das nicht«, flüsterte Bubi.

»Wenn du nicht schießt, stellen sie dich dazu«, gab Fritz ebenso leise zurück. »Kannst eh nix mehr machen. Die armen Schweine haben's wenigstens hinter sich.«

Von jeder Kompanie wurde ein Zug als Erschießungskommando bestimmt. Der Einfachheit halber traf es immer den ersten Zug. Fritz und Bubi gehörten dazu. Vor jeden Zug wurden zehn Gefangene geführt. Die erste Reihe eines jeden Zugs, praktischerweise ebenfalls zehn Mann, trat vor. Die Blicke von Hans und Fritz trafen sich. Sie wussten, dass es sinnlos war, sich zu widersetzen.

Doch dann entdeckte Fritz die kleine Gestalt mit den viel zu großen Füßen unter den Gefangenen. Die Zehen hingen schwarz aus den durchlöcherten Schuhen. Es war tatsächlich Sascha.

Ehe ihn jemand zurückhalten konnte, lief Fritz los und durchbrach mit wenigen schweren Schritten die Kette der Feldgendarmen. »He, Sascha!« Schnaubend fasste er den Jungen am Arm und zerrte ihn zwischen den anderen Gefangenen vor. »Herr Leutnant, sehen Sie mal, wer da ist!«

Er schickte sich an, mit Sascha den Todeskreis der Bewacher zu verlassen. »Das ist einer von uns«, erklärte er leutselig. »Der hat für uns spioniert.«

Die Gefangenen begannen in verzweifelter Hoffnung auf Mitleid zu schreien. Laske brüllte Befehle und ließ auf sie anschlagen. Hans drängte sich durch die Traube der Feldgendarmen, die sich um Fritz gebildet hatte.

»Ich kenne den Jungen, der hat für uns gearbeitet.« Hilfe suchend wandte sich Hans an Musk, der ebenfalls hinzutrat. »Herr Hauptmann, tun Sie was! Ich verbürge mich für den Jungen!«

Musk begriff. Der Junge war das Gnadenopfer, das sie für ihr Gewissen brauchten. Wenn man ihnen den Jungen schenkte, würden sie die restlichen Gefangenen widerspruchslos erschießen. Man musste aufpassen, dass die Sache nicht aus dem Ruder lief. Dieser Haufen Halbtoter war es wahrhaftig nicht wert, dass die noch einigermaßen kampffähigen Soldaten aneinander gerieten.

Er nickte dem Leutnant zum Zeichen seines Einverständnisses unmerklich zu.

Doch dann vernahmen sie die wütende Stimme des Oberstleutnants. »Was ist das hier für eine verdammte Schweinerei? Wir haben noch 'ne Menge zu erledigen!«

»Entschuldigung, Herr Oberstleutnant, aber mein Leutnant verbürgt sich für den Kleinen hier.«

Laske roch nach Pfefferminzpastillen und Pflichterfüllung, die nur unzureichend seine sadistische Mordlust verdeckten. Er hatte wegen dieser verdammten Erschießung auf einen bereits sicher geglaubten Platz in einer der wenigen Maschinen verzichten müssen, die den Kessel am Morgen heil angeflogen und wieder verlassen hatten. Seine Angst vor einem unrühmlichen Ende in diesem Inferno verwandelte sich in Hass auf die zerlumpten Gestalten, die indirekt seine vielleicht letzte Möglichkeit zur Rettung vereitelt hatten.

»Ach, das kenn ich schon!«, fauchte er Hans an. »Gefällt Ihnen seine niedliche Fresse? Haben wohl zu Hause 'n Fratz, der ihm ähnlich sieht?«

Musk verfolgte den Ausbruch des Oberstleutnants voller Unbehagen, die Situation drohte zu eskalieren. Doch bevor er die Auseinandersetzung auf eine vernünftige Ebene verlagern konnte, machte ausgerechnet Fritz alle Rettungsbemühungen zunichte. Er packte sich den Jungen kurzerhand unter den Arm und versuchte mit ihm wegzulaufen.

Hans und Musk rissen ihn zurück, ehe die Feldgendarmen, ohnehin aufgebracht über die Verzögerung, eingreifen konnten. Rollo sprang ebenfalls hinzu, um seinen wild um sich schlagenden Freund zu beruhigen. »Lass mich los!«, schrie Fritz. »Ihr verdammten Schweine! Kindermörder!«

Der Rest des Erschießungskommandos sah peinlich berührt zu Boden. Was sollte das Theater? War ja nicht das erste Kind, das in diesem Krieg krepierte! Wenn die oben das wollten, dann wurden eben auch Kinder abgeknallt.

Musk beendete Fritz' Geschrei mit einer heftigen Ohrfeige.

»Maul halten, Reiser! Sonst ist Schluss für Sie!« Ärgerlich wandte er sich ab.

Fritz starrte Sascha an, der von zwei Bewachern festgehalten wurde. Staub und Dreck hatten sich in die Poren seiner Haut gefressen, die dadurch die gleiche Farbe angenommen hatte wie die Augen. Er war zwölf Jahre alt und schien bereit zu sterben. Diese Bereitschaft und ein Soldatenschiffchen aus grobem Stoff, das auf seinem kahl geschorenen Kopf saß, waren alles, was er gegen die Kälte hatte.

»Dachtest du, ich will gerettet sein von einem Deutschen?«, sagte der Junge hasserfüllt und versuchte Fritz in die Augen zu blicken.

Fritz senkte den Kopf und weinte, und gleichzeitig fühlte er, wie unwahrscheinlich fremd ihm das Kind war, das er hatte retten wollen.

Hans versuchte es ohne viel Hoffnung ein letztes Mal. »Herr Oberstleutnant …«

»Wo kommen wir hin, wenn hier jeder die Befehle hinterfragt?«, wurde er scharf unterbrochen.

Hans sah, wie Musk unmerklich den Kopf schüttelte, und schwieg. Wozu hatte er es überhaupt noch einmal probiert? Was hätte getan werden müssen, war so groß, so unendlich weit entfernt, dass man nicht einmal die Hand danach ausstrecken konnte. Wie sollte man diesen Haufen stumpfsinniger, vom Hunger verblödeter Landser zu einer Revolte anstacheln wegen einem einzigen halbwüchsigen Bauernjungen? Es war lächerlich, in diesem Inferno noch ein Menschenleben retten zu wollen. Eine sinnlose, sentimentale Geste.

»Jeder an seinen Platz!«, befahl Laske, wobei er Fritz anstarrte. »Auch Sie! Sie werden schießen! Jetzt! Und wenn Sie nur einmal danebenhalten, können Sie sich gleich dazustellen!«

Laske verließ mit ausgreifenden Schritten den Bannkreis von Wahnsinn und Insubordination und begab sich zurück zu seinem Kommandoplatz.

»Ihr habt den Befehl gehört«, sagte Musk.

Hans fasste Fritz am Arm. Der ließ sich willenlos an seinen Platz führen.

»He, Fritz …«

Fritz drehte sich mit tränenverschmiertem Gesicht zu Sascha um, der sehr klein, mit ängstlich zitternden Lippen zwischen zwei Feldgendarmen stand.

»Hinter mein Haus ist Klappe vor Apfelbaum, da unten, meine zwei Hasen …«

»Danke«, flüsterte Fritz. »Spassiba …«

Ein dunkler Fleck bildete sich auf Saschas Hose, und er begann heftig zu schluchzen. Fritz' Augen brannten. Ein älterer Feldgendarm ging vorbei. Er sah Fritz an und zuckte müde mit den Schultern. So ist nun mal die Welt, schien seine Geste zu sagen, und wir beide werden sie nicht ändern. Er ging zu den wartenden Gefangenen und stellte auf Laskes Befehl hin den Jungen Fritz gegenüber auf. Laske war zufrieden. Wie immer kurz vor einer Exekution verspürte er prickelnde Lust.

Fritz sah auf die kleine Gestalt, die vor seinen Augen zu einem undeutlichen Fleck verschwamm. Ihm wurde schwindlig, er drohte zu stürzen, Hans stützte ihn und schob sich unbemerkt auf seinen Platz, als Laske sich für einen Moment Musk zuwandte, um ihm die Erlaubnis zum Feuerbefehl zu erteilen. Mehr konnte er nicht für Fritz tun.

»Entsichern! Durchladen! Legt an!«

Hans hatte den Jungen im Visier. Er wusste, wenn er danebenschoss, waren er und Fritz dran, und er wollte nicht sterben, weniger als jemals zuvor. Er zwang seine Hände, ruhig zu bleiben, biss kurz die Zähne zusammen, das kalte Metall des Abzugs klebte an der Haut des Fingers, der Blick heftete sich auf das verweinte Gesicht seines Opfers, holte es unwirklich nahe heran, und die Kälte in Hans' Magen verwandelte sich in Hass, Hass auf die großen Augen, die abstehenden Ohren, den Revolutionsphrasen murmelnden, zitternden Kindermund, Hass auf das gesamte Bild, das ein stummes Zeugnis entsetzlicher Schuld war, seiner Schuld, einer Schuld, der er nicht entkommen konnte und damit auch nicht mehr entkommen wollte.

Heiße Angst durchfuhr ihn angesichts der freudigen Erwartung, das Bild zerplatzen, fallen zu sehen, ausgelöscht. Er hielt den Atem an, und mit seinen Lungen legten sich auch sein Blut und sein Gefühl zur Ruhe, bis er sich vollkommen leer fühlte. Er suchte den Druckpunkt.

»Feuer!«

Es war wie immer. Er spürte den gleichen Triumph wie im Kampf, die Gewissheit, getroffen zu haben. Dieses Gefühl konnte, *durfte* nicht sein. Hinter seiner Stirn brachen die Gedanken zusammen.

Er starrte nach vorn. Die meisten Russen waren nach hinten in den Graben geschleudert worden, nur bei zweien musste mit den

Stiefeln nachgeholfen werden. Auch der Junge war verschwunden. Weg. Ausgelöscht.

Ein Feldgendarm stapfte zur Kontrolle durch den Graben und über die Toten. Die Pistole in seiner Hand blieb unbenutzt.

Die nächsten Russen wurden vor den Graben geführt. Die Gewehre hoben sich erneut. Die Gesichter der Soldaten zeigten Apathie. Keine Verzeihung, flüsterte der Leutnant, um Gottes willen keine Verzeihung, ich muss es aushalten, der Tod ist die einzige Gnade, die einzige!

Er begann zu kichern und presste unter dem drohenden Blick eines Bewachers erschrocken den heißen Lauf seiner Waffe an die Lippen. Es zischte. Der Schmerz brannte ihm Tränen in die Augen, die in ein stoßweises Schluchzen ausarteten. Mit schief gelegtem Kopf lauschte er seinem Weinen. Weder der Schmerz noch die Tränen schienen zu ihm zu gehören.

Mechanisch hob er wieder die Waffe. Musk entdeckte, dass er sich unvorschriftsmäßig an der Exekution beteiligt hatte, und ließ ihn beiseite führen. Während die nächsten Schüsse krachten, ging der Leutnant langsam davon. Seine Schritte waren merkwürdig kurz. Er hatte eine der letzten Schallmauern der Menschlichkeit durchbrochen.

65

Wenige Stunden später hatte sich der Leutnant wieder gefangen. So schien es zumindest. Er war zur Einsatzbesprechung gegangen, hatte Laske gegrüßt, hatte auch Musk gegrüßt und weder Hand noch Stimme gegen sie erhoben, sondern ruhig ihren Anordnungen gelauscht. Die liefen darauf hinaus, dass Musk mit seinen Leuten am nächsten Morgen in Goncara Stellung beziehen würde, um den Ort zu einem festen, uneinnehmbaren Stützpunkt auszubauen, denn es stand zu befürchten, dass die Russen, nachdem ihr Kapitulationsangebot abgelehnt worden war, mit verstärkten Kräften versuchen würden, den Kessel von Westen her einzudrücken.

Hans sah sich erstaunt um. Kapitulationsangebot? Ja, bestätigte Musk, es habe ein Kapitulationsangebot gegeben. Selbstverständlich sei man darauf nicht eingegangen, fügte Laske barsch hinzu, denn abgesehen davon, was von diesen Schimpansen zu erwarten sei, könne man Manstein in dieser schweren Stunde unmöglich im Stich lassen. Die Heeresgruppe A und damit der gesamte Südflügel der Ostfront sei nur zu retten, wenn es Manstein und Kleist gelänge, sie rechtzeitig durch den Flaschenhals von Rostow zu bringen. Würde man kapitulieren, ständen den Russen zusätzliche sieben Armeen von der Stalingrader Front bei Rostow zur Verfügung.

Musk trat an die Karte. Wenn die Russen mit massierter Feuerkraft angriffen, erläuterte er sachlich, dann sei Pitomnik – er wies auf die Mitte des Kessels – höchstens noch fünf Tage zu halten.

Die Offiziere sahen sich erschrocken an. Pitomnik, das war der Flugplatz, das Herz, aus dem – wenn auch versiegend – die letzten Blutstropfen an Verpflegung, Medikamenten, Sprit und Munition in den Kessel gepumpt wurden. Musk zeichnete eine neue Linie auf der Karte ein, die von Borodkin aus über Goncara und Woroponowo dem letzten Stück des Rossoschka-Baches bis nach Petschanka folgte. Der Kessel hatte bereits über die Hälfte seines Umfanges verloren. Zwischen Goncara und Stalingrad-Stadt lag Gumrak, der letzte Flugplatz. Deswegen musste Goncara so lange wie möglich gehalten werden.

Einer der Offiziere wagte einzuwerfen, dass Gumrak nur ein unberührtes kleines Schneefeld sei, geeignet für Segelflugzeuge, doch keineswegs …

Laske schnitt ihm das Wort ab. Gumrak werde hergerichtet, auch für schwere Transportmaschinen. Er ging, ohne Gelegenheit zu weiteren Fragen zu geben.

Mit hastigen Schritten betrat Laske sein Quartier, stauchte die Ordonnanz zusammen und ließ sich sein Feldwaschbecken füllen. Mit fahrigen Händen verteilte er lauwarmes Wasser auf seinem Gesicht und betrachtete es im Spiegel. Er sah blass aus.

Sein bereits stattgegebenes Gesuch, ausgeflogen zu werden, war angesichts der akuten Notlage von höchster Stelle widerrufen worden. Diese verdammte Erschießung! Jetzt blieben ihm nur noch wenige Tage Zeit, denn der Flughafen Gumrak war allenfalls gut für eine Bruchlandung.

Vergeblich versuchte er seine Magenwände mit etwas Natron zu beruhigen. Pitomnik musste unbedingt solange wie möglich gehalten werden! Zu diesem Zweck beschloss er, dem Ia, zu dem er ganz gute Verbindungen hatte, zu empfehlen, die Gruppe Musk als Verstärkung dorthin zu verlegen. Dies ließ sich problemlos damit begründen, dass man versuchen müsste, noch möglichst viele Verwundete auszufliegen.

Nachdem er diesen Entschluss gefasst hatte, griff Laske zum Telefon und ließ sich mit dem Ia verbinden.

Die zurückgebliebenen Offiziere umstanden ratlos den Kartentisch. Was aus den Truppenteilen werden sollte, die sich außerhalb von Musks neuer Linie befanden, war ihnen nur allzu klar. Seltsamerweise vermittelte ihnen der vom Hauptmann gezogene Bleistiftstrich ein irrationales Gefühl der Sicherheit. Jemand tippte bedauernd auf den Flugplatz. Von den armen Schweinen, die zu seiner Verteidigung abkommandiert waren, würde es kaum einer zurück in die Stadt schaffen.

Hans sah sich um. In diesem Raum war er verhaftet worden. Er konnte sich an Einzelheiten erinnern, aber seine damalige Verzweiflung kam ihm nun befremdlich vor. Die Erschießung der russischen Gefangenen lag wie eine Schlinge um seinen Hals, die sich langsam und unaufhörlich zuzog. Er konnte das Gesicht des Jungen nicht mehr unter den vielen anderen ausgraben, die wie ein schlecht eingelegter Film durch sein Bewusstsein flimmerten – ein Film, der mit dem Gesicht der Partisanin endete. Obersturmbannführer Roschmann hatte genau gewusst, was aus ihm werden würde: ein Erfüllungsgehilfe, ein Henkersknecht. Deswegen hatte er ihn gehen lassen.

Er spürte Musks Atem in seinem Nacken. »Alles, was wir hier tun, tun wir für Deutschland«, sagte der Hauptmann. »Vergessen Sie das nie!«

Hans drehte sich zu ihm um. Musk schaute ihn lächelnd an, und Hans verstand: Dieses Lächeln suggerierte ihm, durch eine jahrhundertealte Tradition mit dem Hauptmann verbunden zu sein, ob er wollte oder nicht, und endlich Gnade vor dessen unerbittlichen Augen gefunden zu haben; dass er aufgenommen war in den Geheimbund der Unbesiegbaren, zu dem auch Gross gehörte, gleichgültig, wie sehr der sich selbst dafür hasste.

»Ich verlasse mich auf Sie, Herr von Wetzland.«

Ja, der Hauptmann konnte sich auf ihn verlassen. Er hatte die Feuertaufe bestanden. Endlich war er das, was er immer hatte sein wollen: ein deutscher Soldat und damit fähig, alles zu tun, wenn es dem befohlenen Ziel diente.

Erschöpft schleppte er sich in sein Quartier zurück, und das Grauen tickte in ihm, gleichmäßig wie eine Uhr.

Er betrat den Unterstand. Die Männer lagen auf den Pritschen und verheizten Reste von Autoreifen. Dementsprechend stank es. Niemand fragte ihn nach Neuigkeiten. Jeder wusste, dass sie nicht erfreulich sein konnten. Ein junger Kerl mit dem zerknitterten Gesicht eines alten Mannes begann krächzend für die Vergebung ihrer Sünden zu beten. Sein Nebenmann schlug ihm matt auf den Hinterkopf. Irgendwo weinte jemand im Schlaf.

Fritz kam aus dem Halbdunkel auf Hans zu. Er vermied es, ihn anzusehen, und sagte nur: »Holen wir uns wenigstens die Hasen.«

Hans brauchte einen Moment, um zu begreifen, dann nickte er. Rollo, Gross und Bubi erhoben sich von den Pritschen.

66

Kurze Zeit später befanden sie sich im ehemaligen Garten des Hauses, in dem Sascha mit seiner Familie gelebt hatte. Dank Haller und Slesina war es ebenso niedergebrannt worden wie der Rest der Häuser in dieser Straße. Sie hatten es nur noch an dem frischen Grab erkennen können, in dem Saschas Mutter lag. Bubi faltete zögernd die Hände. Rollo stocherte mit dem Gewehrlauf ungeduldig im Schnee herum.

Gross musterte die verkohlten Trümmer. »Seid ihr sicher, dass er Apfelbaum gesagt hat?«

Fritz nickte. Er überlegte, ob er Hans für vorhin danken sollte, aber nach einem kurzen Blick in dessen Gesicht ließ er es bleiben. Ich hätte es nicht gekonnt, dachte er, ich hätte den Jungen nicht erschießen können, bestimmt nicht.

Ja, er hätte dem Leutnant dankbar sein müssen, doch dessen Kälte, die in immer krankhafteren Ausfällen endete, stieß ihn mehr und mehr ab, und er konnte nicht verhindern, dass er sich plötzlich fragte, ob es dem Leutnant inzwischen auf eine perverse Art Spaß machte zu töten, genau wie Gross.

Rollo richtete sich keuchend auf. Selbst die geringste Anstrengung reichte inzwischen, um ihn an den Rand der Erschöpfung zu bringen. »Wahrscheinlich sind die Viecher längst krepiert. Falls es sie jemals gegeben hat.«

Hans trat auf einen Ast und hob ihn auf. An seinem Ende hing eine kleine schwarze Frucht. Ein verbrannter Apfel. Er kniete nieder und kroch durch den Schnee. Die anderen beobachteten ihn ohne viel Hoffnung.

Er stieß auf etwas Festes, das sich als ein Baumstumpf entpuppte. Seine Finger blieben in einigen schartigen Öffnungen hängen.

»Kommt mal her! Da sind Luftlöcher.«

Die anderen traten ungläubig näher. Hans wies triumphierend auf die Ecke einer Holzklappe. Rollo und Fritz begannen das gefrorene Eis wegzuhacken. Langsam zeichneten sich die Konturen einer Falltür ab.

Rollo presste seine Nase an die runden Luftlöcher. »Mensch, ich riech was!«

Daraufhin waren sie nicht mehr zu halten. Gemeinsam hackten und rissen sie die Klappe auseinander. Rollo stieß die anderen beiseite, kroch in die Öffnung und tauchte strahlend mit einem Käfig wieder auf, in dem zwei abgemagerte Zwerghasen saßen.

»Sind die aber klein«, flüsterte Bubi gerührt.

»Besser als nichts.«

»Lass sie mich wenigstens mal streicheln.«

Rollo zögerte, dann hielt er ihm den Käfig hin. »Von mir aus.«

Bubi fuhr vorsichtig mit den Fingerspitzen durch das verdreckte Fell der Hasen. »Ganz weich.«

Rollo zog den Käfig wieder zurück, nahm die Hasen nacheinander heraus und erledigte sie mit zwei kurzen Nackenschlägen. Fritz half ihm beim Abziehen, warf einen traurigen Blick auf das dünne Fell. »Taugt nicht mal als Pulswärmer.«

Gross zerhackte den Käfig zu Feuerholz, Hans wollte etwas Stroh zum Anzünden aus der Öffnung holen – plötzlich schlossen sich seine Hände um eine dünne flache Metallkiste. Langsam zog er sie unter dem Stroh hervor und stellte sie in den Schnee.

Rollo wich ängstlich zurück. »Vorsichtig, Mensch, ist vielleicht 'n Sprengsatz!«

Gross untersuchte die Kiste sorgfältig und löste schließlich langsam den Verschluss. Nichts geschah. Behutsam hob er den Deckel. Hans nahm den Inhalt heraus – deutsche Wehrpässe, Karten, Papiere …

»Er war also doch 'n Spion«, sagte Rollo.

Hans stutzte, ließ sein Feuerzeug aufspringen und studierte eines der Papiere genauer. Seine Hände begannen zu zittern.

Fritz riss ihm die Papiere aus der Hand, versuchte mit zusammengekniffenen Augen vergeblich in der Dunkelheit die ersten Zeilen zu entziffern. Er gab die Papiere, die wie irgendwelche Urkunden aussahen, verständnislos an Hans zurück. »Was ist 'n so besonderes daran?«

Hans besah sich die Papiere im Schein seines Feuerzeugs. Als er es endlich fassen konnte, nickte er. »Das Besondere daran ist«, sagte er langsam, »dass diese Papiere möglicherweise die Freiheit bedeuten.«

Die anderen sahen ihn verständnislos an.

»Passierscheine, vom Divisionsarzt unterschrieben. Freikarten, um aus dem Kessel rauszukommen. Zehn Stück.«

Es dauerte eine ganze Weile, bis seine Worte in das Bewusstsein der anderen gedrungen waren.

»Mensch, zeig her!«, rief Fritz und riss ihm erneut die Papiere aus der Hand. Auch die anderen ließen ihre Feuerzeuge aufspringen und studierten sie ungläubig.

Hans starrte auf die Silhouette des Grabkreuzes. Die Botschaft war klar. Der Junge hatte ihnen ihre Rettung vermacht, trotz allem, was sie ihm angetan hatten. Er schämte sich.

Rollo warf eines der Papiere verächtlich in den Schnee. »Das ist wieder ein ganz mieser Russentrick. Wird in die deutschen Gräben geschmissen, und wenn man dann am Flugplatz damit aufkreuzt, wird man abgeknallt.«

Bubi hob das Papier wieder auf und klopfte sorgfältig den Schnee davon ab. »Sieht aber echt aus. Den Namen von dem Arzt kenn ich.«

»Ich auch«, sagte Gross.

Fritz packte den Kleinen an den Schultern. »Mensch, da müssen wir uns nur noch 'n paar harmlose Durchschüsse verpassen, dann sind wir draußen.«

Rollo runzelte fassungslos die Stirn. »Sag mal, biste total behämmert? Du kannst doch nicht einfach abhauen!«

»Du kannst ja hierbleiben und auf Manstein warten!«

Rollo hob die Hasen auf und sah sich nach einem geeigneten Feuerplatz um. »Ja, ja, Dicker, ist ja gut.«

»Ist mein Ernst«, sagte Fritz. Seine Stimme klang auf einmal kantig. »Ich hau ab.«

Rollo sah ihn entgeistert an. »Weißt du, was du da sagst? Du willst desertieren? Und das nach allem, was der Hauptmann für dich getan hat? Du bist rehabilitiert worden ...«

»'n Scheiß hat er für mich getan!«, fuhr Fritz auf.

Rollo sah Hans hilflos an. »Herr Leutnant, bringen Sie ihn zur Vernunft!«

Hans presste die Lippen zusammen. Jetzt war es soweit! Er musste sich entscheiden. Er musste endlich die hochtrabenden Fantasien, Wunschvorstellungen, Möglichkeiten zu einem kleinen Stück eigenständiger grauer Wirklichkeit werden lassen. Aber dazu war er nicht fähig. Alles, was er an Erziehung und Ausbildung erfahren hatte, stand wie eine unüberwindlich hohe Mauer vor ihm. Verzweifelt wünschte er sich, woanders zu sein. Aber er war hier, und alle warteten auf seine Antwort. Er war ihr Offizier.

»Wer glaubt noch daran ...« Seine Stimme klang heiser und fremd, und er musste sich räuspern, um weitersprechen zu können. »... dass wir hier auf legalem Weg lebend herauskommen?«

Gross lachte verächtlich. Erwartete der Leutnant darauf wirklich eine Antwort? Bubi schüttelte den gesenkten Kopf, sah dann hoch, und sein Blick suchte ängstlich das Einverständnis der anderen.

Rollo starrte ihn an und konnte immer noch nicht begreifen, was auf einmal los war.

»Mensch, Kleiner, das ist doch nicht dein Ernst.« Er versuchte zu grinsen, kratzte verzweifelt den kümmerlichen Katechismus zusammen, an den sich die Soldaten im Kessel noch immer klammerten: »Der Führer haut uns raus, der Führer hat noch nie 'ne Armee im Stich gelassen! Das können die sich doch gar nicht leisten!«

»Sie haben gar keine Wahl!«, platzte es aus Hans heraus. Seine Stimme war nicht mehr die eines Offiziers, sondern die eines verängstigten zweiundzwanzigjährigen Mannes. Er hatte es nicht sagen wollen, aber nun fühlte er, dass es richtig war. Er wartete, bis seine Stimme wieder die nötige Festigkeit gefunden hatte. »Wir binden hier sieben russische Armeen. Wenn die frei werden und den Stoß auf Rostow unterstützen, der schon seit dem achtzehnten läuft, ist die gesamte Heeresgruppe A im Eimer.« Leise fügte er hinzu: »Wir sind die Dame, die der Generalstab opfert, um den Südflügel der Front zu stabilisieren. Wir sind schon lange verloren.«

Schweigen. Gross schenkte ihm einen halb anerkennenden, halb spöttischen Blick. »Aber, Herr Leutnant«, raunte er, »es ist streng verboten, der Truppe so was zu sagen.« Er nickte den anderen boshaft grinsend zu. »Ich hab's auch läuten hören. Ich denke, man muss nicht über die Maßen strategisch begabt sein, um zu erkennen, dass wir endgültig am Arsch sind.«

Rollo schluckte, und Tränen hilfloser Wut traten ihm in die Augen. Er drehte sich langsam im Kreis, wie ein schwer angeschlagener Boxer, der weiterkämpfen will, obwohl er längst ausgezählt ist.

»Und wenn schon«, stieß er schließlich schwer atmend hervor. »Wir haben hierzubleiben und verdammt noch mal unsere Pflicht zu tun, bis zur letzten Patrone! Da hab ich 'n Eid drauf geschworen. Und ihr auch!« Triumphierend stellte er fest, dass seine Worte zumindest bei Bubi Wirkung zeigten.

Hans kaute an seiner Unterlippe, sah Gross an, doch Gross machte keinerlei Anstalten, ihm zu helfen. Hans fuhr sich nervös übers Gesicht. Seine Finger waren taub vor Kälte, aber er zitterte nicht deswegen. Was sollte aus ihm werden, wie sollte er leben?

Er versuchte, nicht daran zu denken und sich nicht anmerken zu lassen, wie sehr er sich schämte, als er sagte: »Nach allem, was hier geschehen ist, was wir erlebt und gesehen haben ...« Er stockte, weil er sich völlig fremd in seinen Worten fühlte. Das hier war endgültig. Es gab kein Zurück. Er zwang sich, weiterzusprechen, wobei seine Stimme zu einem Flüstern herabsank: »... fühle ich mich an meinen Eid ... nicht mehr gebunden.«

Rollo fuhr zusammen. »Na prima.« Verächtlich sah er sich um. »Die Ratten verlassen das sinkende Schiff.« Angriffslustig baute er sich dicht vor Hans auf, der mit hängenden Schultern vor ihm stand. »Sie haben doch immer gesagt, wir müssen kämpfen«, keuchte er, »damit die Russen sich nicht rächen. Wir müssen kämpfen für die Heimat.«

»Eine Heimat, die das hier zulässt, auf die scheiß ich!«, schrie ihm Hans mit zu Fäusten geballten Händen so laut ins Gesicht, dass Rollo erschrocken zurückwich.

Hans wandte sich ab. Die anderen sollten nicht sehen, wie sehr er die Fassung verloren hatte. Verzweifelt versuchte er, einen vernünftigen Gedanken zu fassen.

»Die Einzigen, die von diesem Gemetzel profitieren, sind die, die Granaten und Panzerwagen dafür liefern«, flüsterte er, und obwohl er wusste, dass es richtig war, was er sagte, half es ihm nicht; denn er hatte sein ganzes Leben nichts anderes gelernt, als die Lüge zu lieben, sie um so heftiger zu lieben, je stärker er empfand, dass sie nicht wahr sein konnte, sie in einer unerfüllbaren Sehnsucht zu lieben, die so viel schillernder und schöner war als die kleine schmutzige Wahrheit.

»War alles Lüge«, murmelte er, »und die zu Hause wollen's genauso wenig wissen wie wir.« Er sah die anderen aus großen Augen an, und Erstaunen lag in seiner Miene, als hätte er das eben erst begriffen. »Die wollen es gar nicht wissen. Niemand will es wissen!«, schrie er, und seine Stimme hallte laut durch die Nacht.

»Nicht so laut, Mensch«, zischte Fritz.

Hans presste eine Hand vors Gesicht, und es sah aus, als wollte er sich seine Worte zurück in den Mund stopfen.

Rollo wich langsam zurück. Seine Augen jagten von einem zum andern. Er hatte immer noch die beiden abgezogenen Hasen in den Händen, mit denen er besonders jämmerlich aussah. »Ihr dreckigen Feiglinge! Ihr wollt nur die eigene Haut retten!«

»Genau«, gab Fritz heftig zurück. »Und wenn du für die Verbrecher hier verrecken willst, kannst du's allein machen!«

Rollo warf die Hasen in den Schnee, zog die Pistole und lud sie durch. »Ich schieß auf jeden, der sich von der Stelle rührt. Das ist mein voller Ernst.«

Als Antwort stapfte Fritz direkt auf ihn zu. »Dann schieß doch, du blöde Sau!« Er tippte sich mit dem Zeigefinger gegen die Stirn. »Aber schieß hier mitten rein. Weil, wenn du nicht gut triffst, schlag ich dich tot.«

Rollo schluckte. »Mensch, Fritz! Bleib stehen!«

Fritz rammte ihm die Faust ins Gesicht, und Rollo ging zu Boden. Fritz nahm ihm die Waffe weg und sah Hans auffordernd an. Hans schloss die Augen, aber das half nichts. Er riss sich zusammen.

»Fesselt ihn.«

Erleichtert stellte er fest, dass sich Gross bückte, um Fritz zu helfen. Sie banden Rollo die Hände zusammen und zerrten ihn auf die Beine.

»Fritz, wir sind doch Freunde!« Fritz drehte den Kopf weg. Rollo sah die anderen der Reihe nach an. »Wenn ihr jetzt vernünftig seid, vergessen wir die ganze Sache. Ehrenwort.« Wütend wies er mit dem Kinn auf den Leutnant. »Der macht hier nur auf Kameradschaft, weil ihm der Arsch auf Grundeis geht!« Seine Stimme wurde lauter. »Zu Hause fasst der dich nicht mal mit der Kneifzange an. Fritz, wir sind doch die Malocher, ich hab immer den Arsch für dich hingehalten!«

Fritz stopfte ihm einen Lumpen, den er als Taschentuch benutzte, in den Mund. »Du bist einfach zu hohl«, sagte er und fügte leise und traurig hinzu: »Du bist 'ne arme Sau, Rohleder.«

»Was machen wir jetzt mit ihm?«, fragte Hans sachlich.

»Macht euch keine Sorgen, ich leiste ihm Gesellschaft.«

Hans sah Gross lange an. Er hatte es die ganze Zeit geahnt.

»Ich staune!« Gross ging um den Leutnant herum und verzog höhnisch das graue Gesicht. »Sie tun es also wirklich. Ich staune! Wie doch die Hoffnung auf Rettung Ideale wieder zum Blühen bringt, wenn auch unter anderen Vorzeichen.«

»Warum hören Sie nicht auf damit und kommen einfach mit?«

»Den Gefallen kann ich Ihnen und mir nicht tun, Herr Leutnant.« Gross blieb stehen. »Hätten wir die Schlacht gewonnen, wir hätten siegestrunken im Blut unserer Opfer gebadet. Wir haben's nur durch die Niederlage begriffen. Also haben wir *nichts* begriffen.« Seine höhnische Grimasse verschwand, und auf einmal sah er nur noch traurig aus. »Einsicht kann man nur dann erlangen, wenn man die Wahl hat. Wir haben keine Wahl mehr, also ist auch keine Einsicht mehr möglich. Wir kapitulieren, ohne etwas einzusehen.« Er packte Hans am Arm. »Wenn Sie durchkommen«, flüsterte er, und seine Augen leuchteten fanatisch auf, »tun Sie alles, damit die Schweine, die uns regieren, so schnell wie möglich umgelegt werden. Versprechen Sie's! Schwören Sie's!«

Hans nickte tatsächlich, obwohl er wusste, dass er viel zu unbedeutend und feige dazu war.

Gross wusste es auch. Mit einem verlegenen Lachen trat er zurück. »Lassen Sie den Unsinn und genießen Sie Ihr Leben. Das ist das Vernünftigste, was Sie tun können.«

Hans wusste, so wie jetzt würde er ihn immer vor sich sehen, klein, windschief, auf den verbrannten Trümmern eines Dorfes, zum Skelett abgemagert, als wäre er dem Tod zum Hohn noch einmal seinem Grab entstiegen, mit zwei glimmenden Funken in den Augenhöhlen.

»Lohnt sich doch nicht, für die Schweine hier abzukratzen«, sagte Fritz.

Gross nickte ihm freundlich zu. Er hatte Fritz immer gemocht. Fritz war der Einzige in dem Haufen, von dem man hoffen konnte, dass er den Krieg einigermaßen unbeschadet überstehen würde – wenn er am Leben blieb. »Vor einem Jahr wär ich sofort mitgegangen, aber jetzt ist es zu spät für mich.« Er sah die drei der Reihe nach an. »Haut ab, bevor's auch für euch zu spät ist!«

Hans reichte ihm zum Abschied einen der Passierscheine. »Hier, falls du's dir noch anders überlegst.«

Dann ging er davon. Die beiden anderen folgten ihm.

Gross hatte plötzlich den irrsinnigen Wunsch, den anderen einfach hinterherzulaufen. Stattdessen schob er Rollo vor sich her in die Reste des niedergebrannten Hauses und warf die zwei Hasen neben ihn.

Bubi, schon ziemlich weit weg, drehte sich noch einmal um und winkte zurück. Gross zündete den Passierschein an, legte kleine Holzstückchen in die Flammen.

»Ich glaub fast, du wirst deine Wette gegen den Leutnant verlieren, Rohleder.« Gross betrachtete Rollos Gesicht und beschloss, noch eine Weile zu warten, bis er ihm den Knebel aus dem Mund nahm. »Ich hol mal was Brennbares, damit uns der Arsch nicht abfriert.«

67

Vorsichtig pirschten sich die drei Deserteure durch die letzten Häuserskelette. Man hatte das Dorf etwas voreilig dem Erdboden gleichgemacht; jetzt hätte man Brennholz und Quartiere gut gebrauchen können.

Sobald sie die letzten schützenden Ruinen verlassen hatten, traf sie ein eisiger Nordwind. Fritz starrte in die Schneewüste vor ihnen und überschlug kühl, wie viel Zehen ihn der Weg in die Freiheit kosten würde. Die Entfernung zum Flugplatz Pitomnik schätzte er etwas zu optimistisch auf zwanzig Kilometer. Alle fünf Kilometer ein Zeh, machte vier Zehen, beinahe ein halber Fuß. Aber es wäre ihm selbst einen ganzen Fuß wert gewesen, hier rauszukommen.

Da er immer noch der Kräftigste von den dreien war, ging er ganz rechts, von wo der Wind auf ihn einbiss. Die beiden anderen hielten sich so gut es ging in seinem Windschatten.

Sie verließen den Ort und erreichten den Eingang einer schmalen Schlucht, die ein Bach tief in die Steppe gegraben hatte. Hier lagen, in die Erde gegraben, holzvertäfelt, mit Eisenbahnbohlen selbst gegen Luftangriffe gesichert, die Stabsquartiere. Gut genährte Wachen in warmen Wintermänteln patrouillierten vor den Eingängen.

Fritz, der die geringsten Skrupel und damit ganz automatisch die Führungsrolle übernommen hatte, wies auf das Schneefeld links neben der Schlucht. Es war sicherer, die Wachen zu umgehen, aber auch bedeutend anstrengender.

Schon nach wenigen Metern brach er durch die gefrorene Schneedecke und sank bis über die Knie ein. Mühsam arbeiteten sie sich hintereinander vorwärts. Ihr Puls jagte, vor ihren Augen flimmerte es. Fritz blieb erschöpft stehen, drehte sich zu den beiden anderen um und sah, dass Bubi seine Maschinenpistole weggeworfen hatte.

»Hol die MPi zurück!«, keuchte er.

»Wieso?« Der Kleine schaute ihn aufsässig an. »Auf wen schießen wir denn noch? Auf die eigenen?«

»Vielleicht. Hol sie, oder du bleibst hier.« Fritz packte Bubi an der Schulter und stieß ihn zurück.

Bubi schleppte sich in der Spur davon und hoffte, dass er die verfluchte MPi vor nicht allzu langer Zeit weggeworfen hatte. Er wusste es nicht mehr.

Hans starrte über das unberührte weite Schneefeld. »Das schaffen wir nie«, flüsterte er.

»Dann krepieren wir«, sagte Fritz. Sie sahen sich an. Reif hatte sich auf ihre Gesichter gelegt. »Wir haben unser Leben so oft für diese Schweinehunde riskiert, jetzt tun wir's wenigstens einmal für uns.«

Bubi kam schwankend mit seiner MPi zurück.

Fritz marschierte los.

»Warte«, keuchte der Kleine, »ich kann nicht mehr.«

Fritz schob Hans beiseite und setzte sich wieder an die Spitze. Hans fragte sich, wo er die Kraft hernahm, sich durch den teilweise hüfthohen Schnee zu kämpfen. Er hatte Mühe, sich in der Spur hinter ihm zu halten.

Während er durch das Zwielicht taumelte, dachte er, dass sein eigener Mut und seine Kraft immer einen Vorgesetzten – ein Vorbild – benötigt hatten. Ohne diese Leitbilder, mochten sie noch so falsch und verlogen sein, war er hilflos. Hatte er nicht dem Hauptmann vor wenigen Stunden versprochen, dass der sich auf ihn verlassen könnte? Hatte es ihn nicht mit grimmigem Stolz erfüllt, zu Musks Legion der Unbesiegbaren zu gehören? Im Schnee vor seinen Stiefeln tauchten die Gesichter der Exekutionsopfer auf und er sah deutlich ihre grauen, eingefallenen, zahnlosen, zerschlagenen Züge.

Wie ein kalter Nebel kroch in ihm die Gewissheit hoch, dass

diese Welt, hatte sie einen erst einmal in ihren Klauen, niemals mehr losließ. Man war verloren. Stalingradgedanken. Auch für ihn war es zu spät, ebenso wie für Gross.

Im nächsten Augenblick rutschten sie eine steile Böschung hinunter. Sie hatten die Stabsbunker umgangen und befanden sich ein gutes Stück weiter hinten am Fuß der Schlucht. Der Boden war eben, glatt, der Wind fegte hoch über ihren Köpfen.

Fritz grinste unter seiner Maske und klopfte Hans ermunternd auf die Schultern, und Hans dachte: Er hat recht, verdammt noch Mal, wir wollen doch leben! Und er folgte ihm weiter in die dunkle Schlucht, und jetzt war er froh, dass Fritz so schnell ging, denn jeder Schritt drängte die schwarzen Gedanken weiter zurück.

Ein Stück weiter glaubten sie, dunkle Löcher in den Wänden der Schlucht auszumachen. Hans beachtete sie nicht, bis Fritz über die erste gefrorene Leiche stolperte. Eine Russin. Augenhöhlen und der geöffnete Mund waren mit Schnee gefüllt, die blanken Knochen ihrer Unterarme zeigten senkrecht in den Himmel.

Die dunklen Flecken in den Wänden waren mit Lumpen verhängte Erdlöcher, in die sich Reste der Zivilbevölkerung geflüchtet hatten. Hans glaubte, hinter einem der Tücher eine Bewegung auszumachen. Schritt für Schritt, die Waffen im Anschlag, tasteten sie sich weiter durch Schnee, gefrorenen Matsch, erstarrte Körper.

Vor ihnen zeichnete sich wieder die Silhouette einer Frau ab. Sie kniete neben einem toten Kind, das nackt im Schnee lag. Auch sie war erfroren.

Hans ging auf ein mit dreckigen Decken verhängtes Erdloch zu. Fritz ging ihm nach. »Mach kein Scheiß«, flüsterte er.

Mit dem Lauf seiner Waffe schob Hans die Decken beiseite. Dahinter stank es erbärmlich. Auf der Erde kauerten ein Mann, eine Frau und drei Kinder. Im ersten Moment dachte er, auch sie wären erfroren, dann aber hob der Mann unmerklich den Kopf.

»Pitomnik – wo?«, fragte Hans.

Die fünf stierten ihn apathisch an. Sie waren zu erschöpft, um Angst zu haben. Hans wiederholte die Frage.

»Hunger«, flüsterte der Mann. »Bitte, Brot.«

Hans holte ein kleines Stück Brot aus seinem Beutel und hielt es dem Russen hin. »Pitomnik?«

Als er das Brot sah, glomm ein Funke in den Augen des Mannes auf. Er machte eine müde Handbewegung. »Weiter bis zwei Balkas. Gehen linke Balka, dann nach Süden. Gumrak. Bahnhof. Goncara. Geradeaus Flugplatz.«

»Danke.« Hans gab dem Russen das Stück Brot und ließ die Decke zurück vor den Eingang fallen.

Sie tasteten sich auf den Weg zurück. Nach wenigen Metern hörten sie hinter sich tapsende Schritte. Es war der Russe von eben. An der Hand hielt er ein Mädchen, das nicht älter als zwölf sein konnte. Fritz richtete die Waffe auf ihn, der Russe hob die Hände.

»Bitte, noch Brot!« Seine Stimme war kaum zu verstehen. Er schob ihnen das Mädchen zu. »Sie meine Tochter haben.«

Das war wohl einer der wenigen deutschen Sätze, die er auswendig gelernt hatte. Dazu nickte er eifrig und riss die Mundwinkel zu einem mechanischen Lächeln auseinander. »Gutes Mädchen! Jung! Schön!«

»Was will er?«, fragte Fritz.

»Er will uns seine Tochter für etwas Brot verkaufen.«

Stumm betrachteten die drei Soldaten das abgemagerte, in Lumpen gehüllte Mädchen. Ihre Schuhe bestanden aus zwei abgeschnittenen Autoreifen, die mit Katzenfellstreifen umwickelt waren. Ihre Augen waren bereits gestorben.

»Scheiße!« Fritz tastete seine Taschen ab. »Ich hab noch 'n paar Hundekuchen.« Er steckte dem Mann ein paar Stück Trockenbrot in die Hand. »Und jetzt hau ab!«

Der Russe verbeugte sich tief. Für einen Moment stand abgrundtiefer Hass in den Augen seiner Tochter. Dann erlosch ihr Blick wieder, und sie ließ sich willenlos von ihrem Vater auf die drei Soldaten zuschieben.

Hans hob abwehrend die Hände. »Nix Mädchen! Keine Zeit. Weg, dawai!«

Sie gingen rasch davon.

Wie es der Mann beschrieben hatte, gabelte sich die Schlucht nach ungefähr einem Kilometer. Sie folgten der linken Balka, die aber schon nach wenigen Metern endete. Vor ihnen erhob sich ein steiler Schneewall.

»Scheiß-Iwan!« Fritz trat wütend in den Schnee. Sein Fuß sank bis zum Knie ein, blieb hängen. Mit einem Ruck riss er ihn zurück. Der Schnee sackte zusammen und gab eine steif gefrorene Hand frei.

Hans stocherte mit dem Gewehrlauf an einer anderen Stelle. Es gab noch mehr Leichen.

»Russen?«, fragte Fritz.

»Nee, Deutsche.«

Die drei sahen sich an, dann nach oben.

»Die haben die ganze Schlucht mit Gefallenen aufgefüllt«, sagte Hans.

»Los, weiter, sonst geht der letzte Flieger ohne uns.« Fritz begann, über die gefrorenen Leichen nach oben zu klettern.

»Gibt's keinen anderen Weg?«, fragte Bubi tonlos.

»Jetzt komm schon!«, fuhr Fritz ihn an. »Die spüren nix mehr!«

Nach einigen Metern verringerte sich die Steigung, aber es war trotzdem ein schwerer Weg. Keuchend kletterten sie über die unzähligen gefrorenen Leiber. Auf allen vieren erreichten sie den oberen Rand der Schlucht. Hans zog sich an einem Birkenkreuz hoch. Er dachte an Gross, der sicher Gefallen an dieser Bergbesteigung gefunden hätte. Gipfelkreuz, Totenkreuz. Ein Totengebirge.

Ein starker Wind zersprengte die Schneeflocken zu scharfen Kristallen und trieb die drei Deserteure wie steuerlose Boote über aufragende Hände, Füße, Gesichter – eine reifbedeckte Brille knirschte unter einem Stiefel – und schließlich auf freies Feld! Bedachte man die Ausmaße der Schlucht, mussten allein hier über fünfzigtausend Tote liegen.

Der Sturm wehte ihre Füße in einen schmalen, in den Schnee getrampelten Weg, der scharf nach links abzweigte. Dicht hintereinander, mit zitternden Knien, taumelten sie weiter, alte Männer auf ihrem letzten Weg.

Immer wieder durchbrachen die Umrisse rettender Gebäude den rasenden Schneeschleier des Sturms, die sich beim Näherkommen allerdings als Spuk herausstellten, den ihnen ihr verzweiflungskrankes Hirn vorgegaukelt hatte.

Versunken in Apathie, die gleichgültig ihre Beine weiterbewegte, stolperten sie schließlich über ein schneeverwehtes Bahngleis, dem sie folgten, bis sich vor ihnen eine schwarze Schlange aus unzähligen Waggons abzeichnete. Sie glaubten erst an ihre Existenz, als sie das kalte Metall auf ihren Lumpen fühlten. Ihre erfrorenen Münder wimmerten vor Dankbarkeit. Sie hatten Gumrak erreicht.

Ein verlassener Waggon war ein gutes Versteck, um sich etwas auszuruhen. Vielleicht gab es sogar noch ein paar Sitze, mit denen man ein kleines Feuer machen konnte. Fritz löste den Riegel der Schiebetür mit einigen Kolbenschlägen. Die Tür schwang quietschend auf. Der Sturm schlug einen hart gefrorenen, blutverschmierten Verband in sein Gesicht.

Der Waggon war bis unter die Decke mit erfrorenen, wie Brennholz übereinandergeschichteten Verwundeten gefüllt. Trotz der Kälte stank es nach Eiter und Blut.

Fritz hörte ein leises Stöhnen, sah genauer hin und blickte in zwei aufgerissene Augen, unter denen sich unmerklich die über grauem Zahnfleisch zurückgezogenen Lippen bewegten. Gemeinsam versuchten sie den Schwerverletzten, von dem zunächst nur der wachsgelbe Kopf zu sehen war, zwischen den bretthart gefrorenen Toten herauszuziehen; ein aussichtsloses Unterfangen. Der Mann schrie unter ihren Bemühungen auf, und der Kot aus seinen zerfetzten Därmen stank ihm zum Mund heraus.

Erschöpft bettete Hans den Kopf in seine Armbeuge, und Fritz zündete seinen letzten Zigarettenstummel an. Der Mann bedankte sich mit leiser, klarer Stimme, bevor er über eine Orchesterprobe delirierte, die irgendwo in der Nähe von Kassel stattfand und zu der er nicht zu spät kommen durfte. Nachdem er zweimal an der Zigarette gezogen hatte, starb er.

Den nächsten Waggon öffneten sie mit einer Eisenstange, über die Fritz gestolpert war. Auch dort gab es keinen Platz für sie. Nach dem fünften Waggon gaben sie auf. Bis zum Anfang des Zuges, den eine geborstene, aus den Gleisen gekippte Lokomotive bildete, zählte Hans über dreißig Waggons. Auch auf den Nebengleisen standen Verwundetentransporte, die sich längst in Leichenzüge verwandelt hatten. Hans glaubte, den grausigen Chor der letzten verzweifelten Schreie und Flüche zu hören, aber es war nur ein Schwarm Krähen, der schwer und fett von einem offenen Waggon aufstieg, als Fritz mit der Eisenstange dagegen schlug.

Hinter einer Lokomotive tauchte eine Gestalt auf, die mit ihren flatternden Verbänden wie eine wandelnde Mumie aussah. Mit schleppenden Schritten kam sie direkt auf sie zu, ging mit stierem Blick, der weder sie noch ihre drohend erhobenen Waffen wahrnahm, an ihnen vorbei. Der Mann schien nicht verletzt zu sein, sondern die Verbände aus Irrsinn oder wegen der Kälte angelegt zu haben. Mit einer kurzen Stange begann er in regelmäßigen Abständen gegen die Waggonkupplungen zu schlagen, bis er in der Dunkelheit verschwand.

Auf ihrem Weg, der sie auf die finsteren Stationsgebäude zuführte, entdeckten sie noch mehr solcher Gestalten, die mit kleinen Schritten hilf- und ziellos durch die Nacht wankten, hohlwangig, stumpfäugig, jedes Willens und jeder Würde beraubt, menschliches Exkrement, für das in der überquellenden Hölle kein Platz mehr war. Die meisten waren stumm. Ein junger Mensch mit einem Gesicht wie ein Steinbruch verrichtete im Gehen, ohne es zu bemerken, seine Notdurft; sie tropfte durch seine verschmierte Hose in den Schnee. Das Schlimmste war das kurze, schrille Lachen, mit dem der Wahnsinn gelegentlich aus ihren stumpfen Gesichtern brach, gefolgt von einer letzten Kraftanstrengung, einer letzten Geste der Selbstzerstörung, mit der sie sich ihre schmutzunterlaufenen Nägel ins Gesicht krallten, voll hilfloser Verzweiflung darüber, dass sowohl der Tod als auch das Leben sie verschmähten.

Plötzlich bellten Schüsse aus der Station. Eine graue Gestalt stürzte mit einem ausgemergelten Huhn ins Freie und fiel kopfüber in den Schnee. Ein großer Kerl mit den Abzeichen eines Intendanturrats erschien in Mantel und Nachthemd mit einer MPi im Eingang, zwei kreischende Russinnen wurden mit barschen Stimmen zum Schweigen gebracht. Dann sandten zwei unsichtbare Schützen einen Kugelhagel in die Nacht, und der Intendanturrat lief unter dem Feuerschutz zu dem niedergestreckten Dieb und versuchte verzweifelt, seinen starren Fingern die Beute zu entreißen. Als ihm das nicht gelang, hackte er voller Panik mit dem Seitengewehr auf den Hals des wild flatternden Huhns ein. Eine große Anzahl auf ihn zuwankender Gestalten, die der Kugelhagel aus dem Gebäude nicht sonderlich zu schrecken schien, machten seine Eile verständlich. Mit einem letzten Hieb trennte er den Hals unterhalb der Faust des

Toten durch, dann stolperte er in wilder Flucht mit dem kopflosen Huhn in die Station zurück. Das Menschengestrüpp, eben erst aus der Finsternis hervorgewachsen, zerstreute sich wieder, nachdem eine knochige Gestalt mit einem Beil die Faust des Toten und den Hühnerkopf in ihren Besitz gebracht hatte.

Hans und seine Begleiter schlugen einen Bogen um die Station und folgten der von ausgebrannten Fahrzeugen gesäumten Straße Richtung Goncara. Stunden monotonen Marschierens folgten. Der Hunger erzeugte ein Gefühl der Leichtigkeit, das zuweilen die Illusion des Fliegens hervorrief und immer öfter in einen heftigen Schwindel mündete, der sie manchmal zu Boden zwang.

Es tagte bereits, als sie die ersten in eine Schlucht gehauenen Bunker erreichten. Einige schwere Fliegerbomben hatten sie erheblich zerstört. Es war unwahrscheinlich, hier auf intakte Einheiten zu stoßen. Sie stolperten in einen Unterstand, dessen Decke schief in den Raum hing, und stiegen über zwei zerrissene Körper von Soldaten, die vergeblich versucht hatten, den Ausgang zu erreichen. Im nächsten Raum saßen zwei verbrannte Funker an ihren verschmorten Geräten, Splitter steckten in Lederstühlen, Koffern, Kissen und in einem Nachrichtenoffizier, dessen Körper noch weich war. Hans warf einen unbehaglichen Blick auf die Funkgeräte.

»Hoffentlich kommt keiner, um nachzusehen, warum keine Verbindung mehr zustande kommt.«

»Wir wollen hier ja nicht festwachsen.« Fritz riss eine der Uniformen in Fetzen und begann den Ofen wieder anzuheizen. Er wickelte sich die Stofflumpen von den Händen und wartete darauf, dass das Gefühl in seine Finger zurückkehrte. Bubi ließ sich neben dem Ofen auf den Boden fallen. Seine Augen schlossen sich sofort. Er war zu Tode erschöpft.

»Wo mal eine Granate eingeschlagen hat, haut so schnell keine zweite hin«, murmelte er.

»Hat Rollo auch immer gesagt«, murmelte Fritz, steckte den Rest der Uniform in den Ofen und sah sich nach neuem Brennmaterial um. Er entdeckte zwei angebissene, halb verbrannte Lebkuchen und teilte sie mit den anderen. Bubi hatte kaum noch die Kraft zu kauen. Seine blauen Lippen färbten sich schwarz.

Fritz trat mit dem Stiefel einen Sessel zusammen. »Rollo, das Arschloch«, sagte er beinahe liebevoll. »Jetzt verreckt er.«

»Wir sind auch noch nicht draußen«, sagte Hans.

Fritz nickte. »Vielleicht die beste Gelegenheit, um uns die Kratzer zu verpassen.« Er zeigte auf seinen rechten Arm. »Mein Heimatschuss – hier!«

Hans zog die Pistole und wickelte sie in einen Lappen, damit der Knall nicht zu laut war.

»Geh noch ein Stück zurück«, sagte Fritz, »sonst gibt's Pulverspuren. Dann legen sie uns gleich um.«

Hans trat bis an die Wand zurück, hob die Waffe, zielte, zögerte und setzte wieder ab.

»Mach schon!«, stieß Fritz zwischen zusammengebissenen Zähnen hervor. »Triffst doch sonst immer so gut.«

»Reicht nicht eine Erfrierung?«, flüsterte Bubi.

»Da müssten sie ja die halbe Armee ausfliegen«, sagte Fritz.

Bubi stand langsam auf. »Ich glaub, ich kann das nicht«, murmelte er. »Ich geh wieder zurück.«

Fritz ging auf ihn zu, packte ihn, schüttelte ihn. »Das hättest dir früher überlegen sollen. Jetzt bist du dabei, also mach bloß keinen Fehler!«

Bubi hing hilflos zwischen seinen Fäusten. »Herr Leutnant«, stammelte er, »Sie müssen entscheiden. Sie müssen endlich entscheiden!«

»Fritz hat recht. Wir können nicht mehr zurück.«

Bubi schloss die Augen und sein Kopf pendelte wie in Trance hin und her.

Hans nahm ihm die Gesichtsmaske ab. »Wir sind auf der richtigen Seite«, sagte er eindringlich. »Wenn wir weiterkämpfen, verlängern wir nicht nur sinnlos unser Leiden, sondern auch die ...«

»Hör auf!«, unterbrach ihn Fritz grob. »Ich kann dieses Gequatsche nicht mehr hören.« Er ließ den Kleinen los und warf das zerbrochene Sesselgerippe in die Flammen. »Ich will durchkommen, weiter nix!«

»Wenn wir durchkommen wollen, sollten wir bedenken, wie hilflos wir in verwundetem Zustand sind«, sagte Hans. »Noch sitzen wir in keinem Flugzeug.«

»Wenn sich die Wunde entzündet, müssen sie einem den Arm abnehmen«, sagte Bubi. »Da bin ich lieber tot!«, schrie er plötzlich und stürzte zum Ausgang.

»Bleib hier!«, brüllte Fritz. Würde er einem Offizier oder Feldgendarm in die Arme laufen, waren sie alle geliefert.

Fritz zog seine Pistole und schoss. Die zweite Kugel durchschlug Bubis Oberschenkel und brachte ihn zu Fall.

Hans riss Fritz' Arm nach unten. »Bist du verrückt?«

Fritz starrte ihn feindselig an. »Sieh nach, ob jemand kommt. Ich mach das hier.« Er beugte sich zu Bubi hinunter, fuhr ihm durchs Haar. »Siehst du, Kleiner. Du hast es hinter dir. War doch gar nicht so schlimm, oder?«

»Geh weg, hau ab«, stöhnte Bubi.

Fritz achtete nicht darauf, sondern schleppte ihn zurück und platzierte ihn neben dem Ofen. Dann trennte er mit dem Messer das Hosenbein auf und betrachtete zufrieden die blutende Wunde. »Glatter Durchschuss.« Er durchsuchte die Toten, bis er ein Verbandspäckchen fand, das er auf die Wunde presste. »Hätt der Leutnant nicht besser machen können.« Er brauchte noch zwei weitere Verbandspäckchen, bis das Blut nicht mehr durchsickerte.

Bubi starrte mit glasigen Augen auf den Verband. Dann fiel sein Kopf erschöpft zur Seite.

Hans kam zurück. Wenigstens schien durch die Schüsse niemand auf sie aufmerksam geworden zu sein. Draußen war die Nacht einem milchigen Morgen gewichen. Der Fahrzeugverkehr Richtung Stalingrad-Stadt wurde stärker, wie an den Geräuschen zu hören war. Dichter Nebel schützte die Kolonnen gegen Luftangriffe, aber derselbe Nebel würde auch die Landung der eigenen Flugzeuge verhindern.

Gemeinsam hievten sie Bubi auf eine verbrannte Pritsche. Wie leicht er war! Sie deckten ihn mit einigen Mantelresten zu.

»Das war dumm von dir. Jetzt müssen wir ihn auch noch tragen«, sagte Hans.

»Ich trag ihn schon«, erwiderte Fritz mürrisch. »Kann ja nicht mehr weit sein.«

»Weit genug. Wenn wir uns auch noch verletzen, können wir uns die Kugeln auch gleich in den Kopf jagen.«

»Lass gut sein«, brummte Fritz. »Wir beschmieren die Verbände mit Blut, das langt.« Er zog sein Messer, kniete neben eine Leiche und öffnete ihre Uniform. Dann stutzte er, zog einen an den Ecken angesengten, halb geschriebenen Brief aus der starren Hand, überflog die ersten Zeilen und stieß einen ungläubigen Laut aus. »Hör dir das an!« Er las: »Eins steht fest, der Sieger heißt Deutschland. Jede Schlacht fordert ihre Opfer, und Euer Sohn hat die Ehre, an entscheidender Stelle dabei zu sein. Voller Stolz werde ich bald vor Euch treten. Auch Onkel Willi werde ich beweisen, wer ich bin. Er hat uns Jungen immer wieder gesagt: Wer nie Soldat gewesen, war nie ein Mann! Ich denke immer an diese seine Worte. Wir wissen, was für das Vaterland auf dem Spiel steht. Wir lieben unsere Heimat mehr …« Fritz nickte grimmig. »Dann war der Arsch ab.«

»So denken immer noch die meisten«, sagte Hans.

»Ich nicht.« Fritz zerknüllte den Brief und warf ihn in die Flammen. Mit seinem Messer öffnete er eine der Wunden des Toten wieder. »Das Blut riecht dermaßen überzeugend«, knurrte er und tunkte ein Verbandspäckchen hinein, »da krieg ich zwei Plätze.«

Gegenseitig legten sie sich die blutigen Verbände an.

Ein neuer Konvoi rollte auf der Straße vorbei. Hans warf einen vorsichtigen Blick nach draußen. Sturmgeschütze, mit Möbeln und Hausrat bepackt, walzten durch den Schnee. Dahinter ächzten Lastwagen, beladen mit Schreibern, Funkern, Ordonnanzen, Russinnen. Die Stäbe zogen sich in die Stadt zurück. Ein sicheres Zeichen, dass die Westhälfte des Kessels endgültig verloren war. Für diejenigen, die seine morschen Ränder verteidigten, gab es kein Zurück mehr und auch keine Kapitulation. Sie würden irgendwo dort draußen in der Schneewüste sterben.

Pitomnik konnte jeden Tag fallen. Sie mussten es riskieren. Aus zwei Karabinern und den Koppeln der Toten fertigten sie ein Tragegestell und legten Bubi darauf. Auf seiner Stirn glänzten feine Schweißtropfen. Er hat Fieber, dachte Fritz, wir müssen uns beeilen.

Sie trugen ihn nach draußen, wobei Fritz über eine der Leichen stolperte und fast gefallen wäre. Noch bevor sie die Straße erreicht hatten, verkrampften sich die Reste seiner Muskeln, doch er ignorierte den Schmerz ebenso wie den Hunger und die Kälte, bis wieder die allgemeine Taubheit bei ihm einsetzte.

»Wenigstens haben wir jetzt ’ne optimale Tarnung«, keuchte er.

Hans antwortete nicht.

Schritt für Schritt marschierten sie in eine neue Gefühllosigkeit hinein.

68

Der Flugplatz Pitomnik lag bereits im Bereich der russischen Artillerie. Auf dem Flugfeld, begrenzt durch Versprengtensammelstelle, Lazarettzelte und Stacheldraht, herrschten chaotische Zustände. Schwerverwundete lagen im Freien und warteten auf den Abtransport. Feldgendarmen, verstärkt durch Ordnungstruppen, führten unerbittliche Kontrollen durch. Die aus den Lkws quellenden Verwundeten wurden durch Zelte geschleust, in denen Ärzte stichprobenartige Kontrollen durchführten, erst dann durften die Verletzten auf das stark gesicherte Flugfeld. Dort standen Hunderte dicht aneinandergedrängt auf freiem Feld, die meisten seit Stunden. Die verzweifelte Hoffnung auf einen der letzten Plätze überwog die Angst vor den Erfrierungen. Sobald sich ein fremder Klang in das drohend näher rückende Grollen der Front mischte, blickten sie flehend in den bleiernen Himmel.

Hans und Fritz zeigten einem Vorposten die Papiere. Ihre schmutzigen, blutverkrusteten Verbände um Kopf und Arme unterschieden sich nicht von denen der anderen. Sie durften passieren, aber die Karabiner, aus denen sie das Tragegestell für Bubi gebastelt hatten, mussten sie zurücklassen. Sie fassten ihn unter den Armen und schleppten ihn zum Ende der langen Kolonne vor einem schmalen Zelteingang. Er war zu schwach, um zu stehen, und sie waren zu schwach, um ihn lange zu halten. Sie legten ihn in den Schnee.

Hans zuckte heftig zusammen, als ihm plötzlich jemand auf die Schulter tippte. Langsam drehte er sich um und starrte in das Gesicht eines Feldgendarmen. Er fühlte, wie sich die gesamte Kälte seines Körpers in seinem Magen zusammenballte, und glaubte zu fallen.

»Offiziere dort rüber, Herr Leutnant«, sagte der Gendarm und wies auf eine weitaus kürzere Schlange. Hans starrte ihn verwirrt an.

Fritz atmete tief durch. »Du fliegst Erster Klasse«, sagte er. »Geh schon!«

Hans fühlte sich unendlich schwach und erschöpft, der Boden schwankte unter seinen Füßen, und er war sicher, Fritz nie wiederzusehen. »Es tut mir leid«, flüsterte er.

Fritz sah ihn beschwörend an. Reiß dich zusammen, sagte dieser Blick, wenigstens noch ein paar Stunden!

Der Feldgendarm führte Hans mit nachsichtigem Lächeln zu der wartenden Schlange der Offiziere. Hans bedankte sich schwach. Ein Pionierhauptmann mit geschientem Arm grüßte ihn und bot ihm als Waffenkollegen eine süßlich schmeckende Zigarette an. Man müsste viel mehr Spezialisten ausfliegen, meinte er, und nicht – sein gesunder Arm wies auf die Schwerverletzten im Schnee – diese Todeskreaturen dort. Ob der Leutnant schockiert sei? Hans schüttelte den Kopf. Der Hauptmann zog an seiner Zigarette, blies den Rauch durch Mund und Nase.

»Natürlich sind Sie schockiert«, stellte er sachlich fest. Wäre ihm zunächst genauso gegangen. Aber man müsse doch endlich mal anfangen, ehrlich und vorurteilsfrei über die Dinge zu sprechen. Da palaverte man immer von Härte, aber wenn es wirklich mal drauf ankäme …

Unter einfacheren Dienstgraden wurden weniger Worte gewechselt. Langsam schlurften die mit Lumpen, gefrorenen Zeltbahnen und Zeitungspapier umwickelten Füße der Männer durch den Schnee. Gebeugte Rücken, erstarrte Gesichter. Die erste russische Granate, die am Rand des Flugfelds einschlug, ließ kaum einen den Blick heben. Nur ein schwaches Zittern lief vom Kopf bis zum Ende des langen grauen Wurms, der sich Schritt für Schritt durch das Sanitätszelt schleppte und trotzdem immer länger wurde.

Hinter jedem, der einschlief oder geschwächt von Blutverlust und Wundfieber, ausgezehrt von Durchfällen seinen Platz nicht mehr verteidigen konnte, schlossen sich unbarmherzig die Reihen. Heulend tasteten sich diese Bedauernswerten teils auf allen vieren das graue Band des Elends entlang, auf verzweifelter Suche nach einer Lücke, doch Gnade wurde nur in den seltensten Fällen gewährt, und hatte so ein Zurückgestoßener, vom Elend Ausgespiener wider Erwarten das Glück, auf Mitgefühl zu stoßen, so waren dem Großzügigen die Flüche der hinter ihm Stehenden sicher.

So kroch der Wurm durch den Bodennebel, unter Ausscheidung seiner Blut- und Eiterexkremente an seinen medizinischen Zuchtmeistern vorbei, die mit bewährter deutscher Gründlichkeit selektierten.

Fritz schleifte Bubi auf einer Zeltbahn hinter sich durch den Schnee. Er hatte sie von einem Panzerjäger bekommen, dessen verwundeter Kamerad keine Stunde in der Warteschlange überlebt hatte. Immer, wenn sich Bubis Augen schlossen, zwang er ihn, sich zu erheben und eine Weile auf seinem gesunden Bein zu stehen. Bubi schrie vor Schmerz, wenn das Blut in das geschwollene Bein schoss, aber diese Tortur bewahrte ihn vor dem sicheren Erfrierungstod.

Nach einer endlos langen Zeit gelangten sie unter das wenigstens vor Wind und Schnee schützende Tuch des Zelts. Ein Oberarzt mit randloser Brille und schmalen, blau verfärbten Lippen brachte mit einem kurzen Wink die Schlange zum Stehen. Zwei Männer stellten eine Trage ab. Der Arzt nahm dem Verwundeten trotz seiner Schmerzensschreie den Bauchverband ab, herrschte den Mann an, still zu sein, ansonsten lasse er ihn auf der Stelle zurücktragen. Das Schreien des Verletzten wurde daraufhin zu einem angstvollen Wimmern.

Der Arzt beugte sich tiefer und betrachtete die Wunde genauer. »Was haben wir denn da? Das sind ja Schmauchspuren!«

»E-es war … ein Nahkampf«, stammelte der Verwundete, »im Graben.«

Der Arzt drehte sich zu zwei Feldgendarmen um, die unbeweglich hinter ihm standen. »Klarer Fall von Selbstverstümmelung. Schafft ihn raus!« Verächtlich warf er den losen Verband auf die Wunde.

Der Verletzte presste die Hände auf den Bauch und versuchte aufzustehen. »Herr Stabsarzt, bitte, ich hab Zeugen …«

Ein dritter Feldgendarm drückte ihn beinahe mitleidig auf die

Trage zurück, die zwei anderen hoben sie hoch und trugen sie zum hinteren Ausgang.

»Ihr Feiglinge!«, brüllte der Mann seine zwei Kameraden an, die ihn getragen hatten. »Warum sagt ihr nichts?«

Doch die zogen es vor, auf einen Wink des Arztes stumm zu passieren.

Durch die Zeltleinwand sah Fritz, wie der dritte Feldgendarm eine Pistole zog und den Mann auf der Trage erschoss. Die Leiche wurde zu denen einiger anderer deutscher Soldaten gekippt.

Bubi hatte den Oberkörper aufgerichtet und beobachtete die Hinrichtung mit schreckgeweiteten Augen. Dann begann er heftig zu zittern.

»Dir kann nichts passieren«, flüsterte Fritz. »Du hast keine Schmauchspuren, garantiert!«

Bubi zitterte noch heftiger, sein Mund öffnete sich zu einem Schrei, doch Fritz presste ihm die Hand darauf und brachte sein Gesicht dicht vor seines. »Wenn du hier bleibst, krepierst du auf jeden Fall. Dann lieber schnell als langsam. Und eins schwör ich dir: Ich nehm noch 'n paar Kettenhunde mit.«

Er wartete, bis seine Worte durch das Fieber zu Bubi durchgedrungen waren, dann nahm er die Hand weg. Die anderen rückten einen Schritt weiter vor. Einer hob den Wollschal auf, den der Exekutierte verloren hatte. Fritz zählte mit. Nach dem zehnten Mann fand wieder eine Überprüfung statt. Fritz zählte hastig weiter zu sich durch, zählte noch einmal und sicherheitshalber ein drittes Mal und ließ mit einer scheinbaren Ungeschicklichkeit dem Mann hinter ihm den Vortritt.

Der Mann wurde kontrolliert. An der Echtheit seiner vereiterten Splitterverletzung gab es keinen Zweifel. Dann war Fritz an der Reihe. Er spürte, wie ihn der Arzt musterte, und versuchte, jede Regung und jeden Gedanken zu unterdrücken. Mit einem leichten Zittern reichte er dem Arzt die Passierscheine. Der besah sie sich mit ausdruckslosem Blick. Seine Brillengläser richteten sich wieder auf Fritz.

Bubi begann zu wimmern. Der Arzt drückte auf den Verband, und Bubi schrie auf. Das Gesicht des Arztes wurde eine Spur freundlicher. »Was ist los? Fieber, mein Junge?«

Bubi nickte.

»Kannst du nicht ordentlich Auskunft geben?«

Fritz sah Bubis schreckgeweitete Augen und wusste, dass alles an einem seidenen Faden hing. »Entschuldigung, Herr Stabsarzt, er hat 'n schweren Schock.« Er zwang sich, weiterzusprechen. »Panzerabwehrschlacht. Seinem besten Freund hat's 'n Unterleib weggerissen ...«

Der Arzt brachte ihn mit einem herrischen Wink zum Schweigen. Er richtete sich auf und drehte sich zu den Feldgendarmen um. Fritz glaubte, sein Herz müsste aussetzen.

Der Arzt drehte sich wieder zu ihnen um. Er hatte eine Tablette in der Hand und schob sie Bubi zwischen die Lippen. »Hier, mein Junge, gegen das Fieber.« Sein ausdrucksloser Blick wurde für einen Augenblick wehmütig. »Bist ja bald zu Hause.« Er drückte einen Stempel in ihre Passagierscheine und winkte sie durch. »Passen Sie auf den Jungen auf.«

»Jawohl, Herr Stabsarzt«, sagte Fritz und zog Bubi aus dem Zelt.

Zum ersten Mal trat er gern in die eisige Kälte hinaus. Sie hatten es geschafft. Er hätte lachen, den Kleinen umarmen können, aber um keinen Verdacht zu erregen, grinste er ihm nur verstohlen zu, und das konnte Bubi nicht sehen, weil er die Besinnung verloren hatte.

Fritz zog ihn zu einem Haufen von gut zweihundert Leichtverwundeten, die im Schneesturm standen und auf das nächste Flugzeug warteten. Hinter ihnen lagen die Tragen mit den Schwerverwundeten im Schnee. Sie waren teilweise zugeweht. Sanitäter, die selber dringend einen Arzt gebraucht hätten, schleppten ständig neue Tragen ins Freie, wahrscheinlich, um in den Zelten Platz zu schaffen.

Die Schmerzensschreie und das Wehklagen der Hinzugekommenen wurden rasch leiser. Es hörte sowieso keiner hin. Die Kälte ersetzte das Morphium.

Kein Flugzeug war in Sicht. Auf den Mänteln der wartenden Männer klebten dicke Schichten aus Eis und Schnee. Die Blicke entzündeter, schneeblinder Augen tasteten immer wieder nach den zahlreichen Flugzeugskeletten, die auf der anderen Seite des Platzes zu einem unbeweglichen Spinnennetz zusammengeschoben worden waren; die klobigen Wellblechrümpfe der Ju 52, dazwischen das dünne, lang gezogene Heck einiger Heinkel, die Propellernasen zweier Me 109, die sich wieder zu drehen begannen, wenn man nur lange genug hinsah. Ein Irrbild, das nicht nur trügerisch, sondern vor allem gefährlich war und von dem man sich nicht hinreißen lassen durfte. Denn vor den wartenden Männern war ein Seil gespannt, ein ganz normales Hanfseil, von dem trotzdem unbedingt Abstand zu halten war. Unter und neben dem Seil lagen verkrümmt und steif gefroren diejenigen, die Opfer ihrer Wunschfantasien geworden waren, und hinter dem Seil standen ihre Henker, Feldgendarmerie, die MPi-Läufe auf die Menge gerichtet.

Fritz sah sich suchend nach Hans um, aber er konnte ihn unter den wartenden Offizieren nicht entdecken. Eigentlich hätte er längst da sein müssen. Fritz versuchte sich einzureden, dass er zu erschöpft war, um Angst zu haben, und dass Hans höchstwahrscheinlich in einem der Zelte saß und eine Tasse heißen Tee trank. Aber die bohrende Unruhe ließ ihn trotzdem nicht los. Zum ersten Mal seit langer Zeit spürte er wieder, wie wichtig ihm der Leutnant war, der wie so viele andere ein zu weiches und verträumtes Gemüt für diesen Krieg hatte. Er kniff die Augen zusammen und versuchte, die Gestalten am Zelteingang durch den Nebel auszumachen.

Plötzlich glaubte er, Hans zu erkennen, und er atmete erleichtert auf. Er zog kurz Bubis Gesichtsmaske hoch, um sich zu überzeugen, dass er noch lebte. Er spürte den schwachen Atem auf seiner Hand, stapfte durch die Reihen der Schwerverwundeten, kippte einen der Toten von einer Trage und legte den Jungen darauf. Dessen Gesichtszüge hatten noch spitzere Konturen angenommen; er würde es höchstwahrscheinlich nicht schaffen.

Fritz fühlte trotzdem keine Gewissensbisse. Den Kleinen anzuschießen war die einzige Möglichkeit gewesen, auf das Rollfeld zu gelangen. Außerdem hätte Bubi sie sonst verraten.

Er kniete sich neben ihn und wärmte den Kopf in seinen Händen. »Wir schaffen es, du musst nur durchhalten! Wir schaffen es!«

Bubi öffnete mühsam die Augen zum Zeichen, dass er verstanden hatte.

Fritz fühlte die geladene Pistole, die er unter seiner Feldbluse versteckt hatte. Sofort nach der Landung würde er es tun. Er würde sich die Kugel durch den rechten Arm jagen, durch den Knochen. Mit einem steifen Arm konnte man immer noch Lkw fahren, aber nicht mehr schießen. Er schwor sich, dass die Kugel in seinen Arm die letzte sein würde, die er in seinem Leben abfeuerte.

Das Grollen der Front war schon zu nahe herangekrochen, als dass man den Motor der Ju 52 hätte hören können. Schemenhaft tauchte sie aus dem Nebel auf und schwebte auf die wartenden Verwundeten zu. Deren krächzender Jubel verwandelte sich in Entsetzen. Der Pilot hatte sich offensichtlich im Nebel verschätzt. Viel zu schnell und viel zu spät setzte die Maschine auf der glatten Landebahn auf. Beim Versuch, doch noch rechtzeitig zu bremsen, geriet das schwer beladene Flugzeug außer Kontrolle, drehte nach rechts, das Vorderrad rutschte über ein Markierungsfeuer, und wild schlingernd steuerte der Rumpf auf die wartenden Verwundeten zu, die schreiend auseinanderstolperten, ausrutschten und auf Händen und Füßen über die spiegelglatte Eis- und Schneefläche krabbelten, und für einen Moment gab es keine Henker und Opfer mehr, denn auch die Feldgendarmen stoben brüllend auseinander, und alles vermengte sich zu einem fluchenden Haufen auf wilder Flucht.

Die Schwerverwundeten konnten nicht weglaufen. Entsetzt hatten sie sich auf ihren Tragen aufgerichtet und starrten auf die aus dem Nebel brechende Maschine. Ihre Leitwerke zerhieben das Hanfseil. Wer konnte, richtete sich mit letzter Kraft auf, Einbeinige versuchten verzweifelt wegzuhüpfen und wurden von den wirbelnden Propellern in Stücke gehackt, während die Räder dumpf mitten zwischen die Tragen krachten, sterbende Leiber überrollten und sich über zum letzten Schrei aufgerissene Münder wälzten.

Um das Brüllen und Wimmern der Sterbenden kümmerten sich die Überlebenden genauso wenig wie um die Befehle der Feldgendarmen, die sich verzweifelt gegen den Strom der Anstürmenden zu stemmen versuchten. »Zurück, zurück, oder wir schießen! Die Maschine muss entladen werden, seid doch vernünftig!«

Es gab kein Halten mehr. Offiziere, Mannschaften, alles stürzte auf die Einstiegsluke zu. Wer nicht mehr gehen konnte, kroch voran, zog sich an den anderen zum Flugzeug. Schulterstücke wurden abgerissen, Koffer platzten auf, wer den Halt verlor, wurde niedergetreten.

Die ersten Hände klammerten sich um die Griffe der Luke, rissen sie auf und warfen die Ladung, die dringend benötigten Medikamente, die heiß ersehnten Lebensmittel in den Schnee, um Platz für den eigenen Leib zu schaffen, und wer den Fehler machte, sich nach einem aufgeplatzten Sack Reis, nach mit Mehl bestreuter Marmelade, nach einem zersprungenen Schnapsballon zu bücken, der hatte verloren und wurde von den Tritten der Nachdrückenden in die Nahrung getrampelt.

Fritz riss Bubi von der Trage hoch, legte dessen dürre Arme um seinen Hals und brach sich mit Tritten und Fäusten rücksichtslos Bahn durch die Menge. Es gelang ihm, in den Windschatten eines Wachtmeisters zu gelangen, der seine Funktion als Ordnungshüter längst aufgegeben hatte und mit einer Pistole und kräftigen Faustschlägen gut vorankam. Fritz' Stiefel stampften über menschliche Leiber, ein harter Ellenbogen wurde ihm gegen die Wange gerammt, er schlug ihn beiseite, die Arme des Kleinen erdrosselten ihn fast, er röchelte und sah plötzlich flimmernd die Einstiegsluke vor sich, wurde zurück- und wieder nach vorn geworfen und bekam einen eisglatten Griff zu packen.

»Fritz …!« Die Hände um seinen Hals lockerten sich.

Nicht jetzt, dachte er, fasste nach hinten, erwischte die schlaffe Hand des Kleinen, blickte in die Richtung, wohin dessen Arm zeigte, und sah Hans, der, verfolgt von zwei Feldgendarmen, aus einem Zelt gestürzt war und auf die Maschine zuhetzte. Noch ehe Fritz die Bedeutung des Bildes begreifen konnte, wurde seine Hand von dem rettenden Türgriff geschlagen, eine Faust hieb in seinen Nacken, und sein Körper wurde nach unten gestoßen. Ein genagelter Stiefel bohrte sich in seinen Rücken, dann noch einer, eine Armee von Stiefeln.

Er sah nicht mehr, wie Hans verzweifelt versuchte, die Masse der Verwundeten zu erreichen, die sich um das Flugzeug zusammengeballt hatte.

Hans schmeckte Blut im Mund. Es kam aus seinen erfrorenen Lungenspitzen. Er spuckte es im Laufen aus, stieß mit dem Schienbein gegen etwas Hartes und verlor den Boden unter den Füßen. Der dumpfe Aufprall raubte ihm die letzte Kraft.

Benommen drehte er den Kopf nach oben. Das Gesicht, das er sah, war inzwischen ebenso verdreckt wie das aller anderen, die Haare ebenso verfilzt, dennoch erkannte er es sofort. Es gehörte Oberleutnant Haller.

Auch Haller hatte ihn erkannt. Er entblößte kurz seine Zähne, nahm die beschlagene Brille ab, putzte sie sorgfältig mit dem weißen Armband, das ihn als Ordnungsmacht kennzeichnete, und beobachtete gleichmütig, wie sich seine zwei Kollegen auf Hans stürzten und ihn mit ihren Stiefeln zusammentraten.

Nachdem sie sich ausgetobt hatten, zerrte einer von Hallers Untergebenen Hans am Kragen hoch und zog seine Pistole. Haller setzte die Brille wieder auf.

»Offiziere kommen vors Standgericht«, sagte er und ließ das, was von Hans noch übrig war, abführen. Wilde Exekutionen waren ihm nicht zuletzt dank persönlicher schlechter Erfahrungen zuwider. Jeder Mann, den er ohne Urteil erschießen lassen musste, lastete schwer auf seinem ordnungsliebenden Gemüt, und es erfüllte ihn immer noch mit beachtlichem Stolz, dass er hier, abgesehen von ein paar nicht ganz lupenreinen Requirierungen, seiner Pflicht so gründlich nachgekommen war.

Fritz kam wieder zu sich, als ihn ein weiterer Stiefel traf. Halb betäubt kroch er unter den Rumpf der Maschine. Bubi zog er hinter sich her. Hier waren sie vor den Stiefeln sicher und trotzdem endgültig verloren. Ganze Menschentrauben hingen an den Flügeln und Leitwerken, Stiefel und Hände kratzten verzweifelt über das Wellblech. Es war ein völlig sinnloses Unterfangen, die Maschine hatte Platz für nicht mehr als zwei, vielleicht drei Dutzend Männer.

Ein leichtes Zittern ging durch ihren Rumpf, die drei Motoren heulten auf, die Propeller wirbelten Schneewolken nach hinten.

Fritz schlug in besinnungsloser Wut und Verzweiflung auf den Boden, die dreckigen Binden flogen von seinen Händen. »Wir waren fast drin!«, schrie er. »Du verdammter Idiot!«

Er merkte nicht, wie Bubi ihn mit dem letzten Funken Kraft von den wegrollenden Rädern der Maschine wegzerrte.

Die russische Artillerie tastete sich näher heran. Die ersten Granaten schlugen auf das Rollfeld ein. Bubi verfolgte mit starrem

Blick, wie die Maschine zwei frische und noch rauchende Trichter umkurvte und holpernd beschleunigte. Wie welkes Laub wurden Soldaten, die sich bisher festgeklammert hatten, von den Tragflächen geweht. Ein Kopf krachte gegen das Leitwerk. Zweimal sackte die Maschine auf den Boden zurück, ehe sie schwerfällig abhob.

Ihre Flugbahn kreuzte exakt die eines Raketengeschosses. Ein Feuerball flammte unterhalb der Wolken auf, gefolgt von einem berstenden Knall.

Fritz hob den Kopf und starrte mit offenem Mund auf die Explosion. Brennende Trümmer regneten auf das Gelände zurück. In ihrem Feuerschein hob Fritz die Arme zum Himmel und begann zu lachen. Er drehte sich um und umarmte den Kleinen.

»Du hast uns gerettet!« Er verschluckte sich, hustete. »Wenigstens ... wenigstens für ein paar beschissene Stunden.«

Bubi schaute an ihm vorbei zu den Zelten. Eines hatte durch die herabstürzenden Trümmer Feuer gefangen, und die im Wind schlagende Zeltbahn leuchtete wie eine gewaltige Fackel über den Platz.

»Da hinten ist Hans. Sie haben ihn noch nicht erschossen.«

Fritz folgte seinem Blick und sah, wie Hans von Haller, Slesina und zwei weiteren Feldgendarmen in einen Kübelwagen verfrachtet wurde.

»Bitte«, flüsterte Bubi, »wir müssen ihm helfen, schnell, bevor ich sterbe.«

Fritz lud ihn wortlos auf seine Schultern und marschierte auf einen Lkw zu, aus dem Verwundete abgeladen wurden. Eine neue Geschossserie schlug in den Ameisenhaufen auf dem Rollfeld ein. Fritz ging einfach weiter. Es war ihm in diesem Augenblick völlig gleich, ob er getroffen wurde oder nicht. Er hatte das Gefühl, dass alles, was er tat und noch tun würde, sowieso nur ein grausamer Witz war.

»Panzer!«, heulte es aus einem rußgeschwärzten Gesicht, das ihm entgegenstürzte.

Es war Rollo. Die russischen Panzerverbände hatten Musks Bataillon aus den Verteidigungsstellungen geworfen und rollten auf das Flugfeld zu. »Panzer!«

Dieses Wort brachte selbst den entkräftetsten Soldaten wieder auf die Beine. Der Flugplatz begann erneut zu brodeln.

Fritz schob Rollo wortlos zum Lkw, von dem die Verwundeten krochen und den feindlichen Granaten überlassen wurden. Der Kübelwagen mit Hans und Haller schlängelte sich an einigen Fahrzeugen vorbei und fuhr davon.

Hinter dem Steuer des Lkws versuchte ein hilflos tobender Sanitätsgefreiter einen Gang einzulegen. Das Getriebe krachte erbärmlich. Fritz legte Rollo den Kleinen auf die Schulter und zerrte den Sanitäter vom Sitz ins Freie, schlug ihm zweimal mit der Faust ins Gesicht, vertrieb ihn mit wilden Drohungen und Fußtritten. Dann stieß er Rollo mit dem Kleinen in die Fahrerkabine, kletterte hinterher, legte den ersten Gang ein, fuhr los und nahm mit Vollgas die Steigung zur Straße.

Die letzten Verwundeten rutschten schreiend über die geöffnete Heckklappe von der Ladefläche. Fritz biss die Zähne zusammen und schaltete in den nächsten Gang.

69

Der Lastwagen fuhr schlingernd in eine Kurve. Passierte kokelnde Wracks, von Tieffliegern zerstörte Schützenpanzer, Sturmgeschütze ohne Sprit.

Plötzlich ging es steil bergab. Die Räder verloren den Halt, der Laster stellte sich quer, die Zwillingsräder pflügten durch den Schneewall, der die Straße begrenzte. Fritz erhaschte einen kurzen Blick auf ineinander verkeilte, auf eingedrückten Dächern liegende Lastwagen gleich neben der Straße, gab Gas und kurbelte am Lenkrad, bis sich die Räder auf dem Eis wieder zu drehen begannen.

Der Büssing rutschte auf eine schmale Holzbrücke zu. Geländer gab es keine mehr, im Bach darunter lagen umgestürzte Fahrzeuge, Geschütze, Pferde, die in ihren Geschirren und mit zerschmetterten Gliedern erfroren waren. Wie von einem riesigen blutigen Kopftuch eingerahmt grinste aus einer Plane ein weißroter Eisklumpen – die zu einer Fratze gefrorenen Verwundeten, von deren Stirn vereiste Verbände wie wirre Haare abstanden.

Jetzt kam es darauf an. Fritz gab Vollgas, der Lkw rumpelte auf die Brücke zu, fuhr polternd über die vereisten Balken, kam hinüber und erklomm mit durchdrehenden Rädern die Böschung auf der anderen Seite. »Komm, halt mir die Scheibe frei!«

Rollo wischte ein Guckloch in das Eis.

»Sie haben Hans verhaftet«, murmelte Bubi schwach.

Rollo nestelte ihm die vereiste Gesichtsmaske herunter und erschrak. »Und?«, brachte er mühsam hervor. »Wo isser jetzt?«

»In 'nem Kübelwagen irgendwo dort vorn«, sagte Fritz.

Rollo sah Fritz fassungslos an. »Du willst ihn doch nicht etwa ...? Mensch, Fritz! Der Kleine braucht sofort 'n Arzt!«

»Nein!«, schrie Bubi und starrte Rollo mit fiebrigen Augen an. »Unser Leutnant wird nicht an die Wand gestellt«, flüsterte er. »Nicht, solange ich lebe.«

»Mit'm Laster holen wir die sowieso nie ein.«

Wie zur Antwort tauchte der Kübelwagen vor ihnen im einsetzenden Schneetreiben auf.

Fritz gab Vollgas, setzte sich neben den Wagen der Kettenhunde und rammte ihn von der Straße in den tiefen Schnee. Rollo knallte mit dem Kopf gegen die Scheibe. Fritz zog seine Pistole unter dem Mantel hervor und sprang aus dem Büssing.

»Los, raus! Flossen hoch!«

Die Feldgendarmen krochen benommen ins Freie. Zwei von ihnen hoben die Arme. Hans arbeitete sich mit gefesselten Händen durch den Schnee auf Fritz zu. Sein Gesicht war zerschlagen, ein Auge zugeschwollen.

Slesina versuchte seine MPi durchzuladen, deren Verschluss in der Kälte klemmte. Haller ließ ebenfalls die Hände unten. Für ihn war es nach wie vor unvorstellbar, dass es ein deutscher Soldat wagen könnte, auf ihn, einen deutschen Offizier, zu schießen.

»Waffe weg!«, brüllte Fritz Slesina an.

»Lass dich nicht kirre machen«, sagte Haller betont laut. »Der traut sich sowieso nicht.«

Slesina war sich dessen offenbar nicht so sicher. Seine Lippen zitterten.

Rollo wollte nach seiner MPi greifen und sah erstaunt, dass Bubi sie in den Händen hielt. Die Mündung war auf ihn gerichtet.

»Ich schieße«, keuchte der Kleine.

»Mach doch keinen Blödsinn«, zischte Rollo. »Lohnt sich nicht.«

»Doch«, flüsterte Bubi. »Blödsinn ist das Einzige, was sich hier noch lohnt.«

»Nimm jetzt endlich die Flossen hoch!«, brüllte Fritz Haller an.

»Komm, tu ihm den Gefallen!«, schrie Rollo nach draußen, dem klar war, dass der Dicke wirklich verrückt genug war, um abzudrücken. Er hatte Herzstechen, kletterte trotzdem aus dem Laster und sprang in den Schnee, wobei er sich zwang, die Hände in die Höhe zu halten.

»Hier, ich nehm auch die Hände hoch. Wir müssen uns doch nicht gegenseitig abknallen. Wir sind Kameraden. Kommen Sie, Herr Oberleutnant, vergessen wir die alten Geschichten.«

Haller hob ebenfalls die Hände. Es war besser, kein Risiko einzugehen. Das war nicht sein Tag heute. Am Flugplatz hatte es nichts mehr zu fressen gegeben, der Weg zum Verpflegungsamt in Pitomnik-Stadt, wo jeden Moment die Russen auftauchen konnten, war durch ein ausgebranntes Sturmgeschütz versperrt gewesen, und jetzt vertrödelte er auch noch wertvolle Zeit mit diesen Verbrechern.

Natürlich hätte er den Leutnant einfach laufen lassen können, aber das ließ sein Pflichtgefühl nicht zu.

In Wirklichkeit war es die Angst, das schützende Korsett der Hierarchie könnte zerbrechen.

»Knall sie ab!«, flüsterte er Slesina zu.

Slesina starrte ihn ängstlich an.

Hans hatte mittlerweile Fritz erreicht. Haller konnte es nicht ertragen, seinen alten Widersacher entkommen zu sehen. Leute wie dieser Leutnant, die die Ordnung nicht respektierten, waren verantwortlich für den Niedergang der Armee, für die drohende Niederlage, waren verantwortlich, dass möglicherweise auch sein eigenes Ende unerbittlich näher rückte.

Wütend zischte er Slesina zu: »Drück ab, oder ich lass dich an die Wand stellen!«

Slesina blinzelte, und es wirkte, als wollte er anfangen zu weinen. Dann riss er den Abzug durch.

Rollo und Fritz warfen sich neben Hans zu Boden. Der Feuerstoß traf Bubi, der es irgendwie geschafft hatte, aus dem Lkw auszusteigen, und der auf einem Bein stehend am Lastwagen lehnte. Dumpf spürte er die Geschosse, die seinen Körper durchschlugen, während er instinktiv zurückschoss und ihm gleichzeitig schwarz vor Augen wurde.

Seine Garbe fegte Slesina von den Füßen.

Rollo kam halb hoch und sah, wie Bubi zusammenbrach. Das Blut färbte den Schnee unter ihm rot.

Rollos Gesicht verzerrte sich zu einer wutentstellten Fratze, und er stürzte auf die Feldgendarmen zu. Die ergriffen die Flucht. Fritz wollte auf sie schießen, doch Rollo geriet in seine Schusslinie. Er holte einen der Feldgendarmen ein, riss ihn zu Boden und zertrat ihm in blinder Wut den Schädel.

Haller und der zweite Feldgendarm verschwanden im Nebel. Fritz riss Rollo zurück.

»Bubi ... Mein Kleiner ...«, stammelte Rollo. Er starrte Hans an, der reglos neben ihm stand. »Alles wegen Ihrer Feigheit«, schrie er. »Sie konnten ihn nie leiden!« Er ging zu Bubi, kniete sich neben ihn, sein Kopf pendelte schluchzend hin und her. »Aber er hatte nichts gegen Sie«, murmelte er. »Im Gegenteil, er hat Sie gemocht, genauso wie mich. Er hat Sie gemocht.« Seine Stimme verfiel in den Tonfall eines kleinen Jungen: »Nur gemocht, mehr nicht ...«

Er brach ab und starrte auf den blutigen Schnee. Fritz nahm ihn in den Arm. Hans holte schweigend Waffen und Munition der Feldgendarmen aus dem Kübelwagen. Er durchsuchte ihre Taschen, fand ein Stück Trockenbrot und eine Dose Scho-Ka-Kola. Er staunte über die klaren Gedanken, die er zu fassen imstande war. Er staunte darüber, dass er fest entschlossen war, sein Leben bis zuletzt zu verteidigen, und das gegen jeden. Er staunte darüber, dass ihm seine Stimme weit entfernt vorkam, wie aus einer abgelegenen Schlucht hallend, als er auf den von Rollo Erschlagenen wies und befahl: »Nehmt seine Sachen mit.«

Fritz nickte, rüttelte Rollo an der Schulter. »Wir müssen weg, bevor der Motor kalt wird.« Dann stapfte er zu der Leiche des Feldgendarmen und zog ihr den Mantel aus.

Rollo kam langsam wieder zu sich und half Fritz und dem Leutnant. Es gab einiges zu holen: Mäntel, Fäustlinge, Fellstiefel ... Sie beeilten sich. Jeden Augenblick konnte jemand vorbeikommen.

Als sie fertig waren, zeigte Hans auf Bubi. »Sollen wir ihn mitnehmen und beerdigen?«

Fritz schüttelte den Kopf. »In die Erde bringst doch nichts rein.«

»Scheißerde«, sagte Rollo.

Fritz bückte sich und fuhr dem Jungen ein letztes Mal durchs Haar. »Auf bald.« Dann schaute er Hans fragend an. »Wohin?«

Hans überlegte nur kurz. »In die Stadt. Da ist's wärmer.«

Fritz schnitt ihm die Fesseln durch.

70

Sie hatten Glück. Der Motor sprang wieder an. Um den Russen nicht in die Hände zu fallen, die möglicherweise bereits bis Pitomnik-Stadt vorgedrungen waren, kehrten sie um und erreichten vor der breiten Masse der Zurückflutenden die Straße nach Goncara. Während der Fahrt zerkauten sie die Lebensmittelreste, die sie den Feldgendarmen abgenommen hatten. Als sie Goncara erreichten, war es längst dunkel. Eine Laterne wurde vor ihnen auf der Straße, die ins Dorf führte, geschwenkt.

»Halt an«, sagte Rollo.

Fritz ging vom Gas, bis sie bis auf wenige Meter an die Laterne heran waren, dann trat er das Pedal durch, und der Wagen machte einen Satz, die Laterne flog zur Seite, zwei Schüsse peitschten hinter ihnen her.

Rollo wollte ins Steuer greifen, Hans stieß ihn zurück. »Du kannst jederzeit aussteigen und auf die russischen Panzer warten, wenn's dir nicht passt«, sagte er kalt.

»Jederzeit«, bestätigte Fritz.

Rollo schwieg. Er hatte nicht mehr die Kraft auszusteigen, geschweige denn zu kämpfen, schon gar nicht gegen dreißig Tonnen schwere Panzer. Er wollte nur noch schlafen, am besten endlos, aber auch das wagte er nicht, weil er plötzlich Angst hatte, dass die zwei anderen nur darauf warteten, ihn loszuwerden.

Ohne noch einmal aufgehalten zu werden, durchquerten sie das

Dorf und fuhren stumm durch den aufkommenden Schneesturm. Kurz vor Gumrak ging ihnen der Sprit aus.

Sie marschierten auf eine dunkle Masse vor den ersten Ruinen der Stadt zu. Es war ein gigantischer Fahrzeugfriedhof, ein unüberwindlicher Wall aus Stahl und Blech. Eingefrorene Motoren, leere Tanks, schief hängende Sturmgeschütze, Selbstfahrlafetten, die nach wenigen Metern im tiefen Schnee neben der Straße stecken geblieben waren. Dahinter, kaum erkennbar, zugewehte Spuren, weggeworfene Schaufeln, Eimer, Helme, mit denen Verzweifelte versucht hatten, die Fahrbahn vom Schnee zu befreien – ein aussichtsloses Unterfangen.

Und immer noch kamen neue hinzu, brüllten Stäbe und Nachrichtenoffiziere durcheinander, wollten zurückstoßen und wurden von den nachdrängenden ineinander geschoben. Hier brüllte ein Fahrer auf, der wie besessen an der Kurbel seines abgestorbenen Motors gedreht hatte und zwischen Kühler und Heck eingequetscht wurde, dort gellte ein Schrei, als einem anderen die Beine abgedrückt wurden, und als sich die Fahrzeuge nicht mehr bewegten, droschen die Menschen in sinnloser Wut aufeinander ein.

Zum ersten Mal sah Hans, dass zwei deutsche Offiziere wie Straßenköter im gefrorenen Matsch gegeneinander kämpften, und er stellte mit einem bitteren Lachen fest, dass wohl auch sie den Zeitpunkt verpasst hatten, sich standesgemäß selbst eine Kugel zu verpassen, so wie er selbst. Nun war man gezwungen, gemeinsam einem unendlich würdelosen Ende entgegenzuvegetieren. Im Gegensatz zu vielen anderen hatte er die berühmte letzte Patrone noch, die bis zum Schluss aufzuheben ihnen der Führer in weiser Voraussicht nahegelegt hatte. Aber er wusste genau, dass er unfähiger war als jemals zuvor, sie zu benutzen, denn die Willenskraft, die eine solche Tat erforderte, war längst verflogen. Schlimmer noch, wie zum Hohn loderte der Lebenshunger umso gieriger in ihm, je größer das Elend wurde und je unausweichlicher das Ende näher rückte, und je mehr seine Gedanken den Tod zu befehlen versuchten, umso hartnäckiger wehrte sich jede Faser seines Körpers dagegen.

Er verachtete sich unendlich für seine Unfähigkeit, Schluss zu machen. Für seine Feigheit musste er den Wucherpreis des stückweisen Ablebens bezahlen.

Einige Feldgendarmen verständigten sich unter dem Kommando eines Stabsoffiziers und trieben mit bewundernswertem Organisationstalent und Maschinenpistolen die Landser zu einer Schneeräumkolonne zusammen. Ein Kerl mit rußverschmiertem breitem Gesicht, einigen Kochtöpfen und einem abgeschnittenen Pferdebein auf dem Rücken, betrachtete beinahe erstaunt den Lauf einer Maschinenpistole, die auf seinen Bauch gerichtet war, wälzte einen kalten Zigarrenstummel im Mund, sagte »Mach doch keinen Schmus« und wollte weiter. Sein blutiges Ende beflügelte den Arbeitseifer der anderen.

Fritz zog Hans und Rollo tiefer zwischen die Fahrzeugskelette.

»Wieso?«, flüsterte Rollo. »Die fragen nicht, wo wir herkommen. Wir müssen da durch.«

»Bevor ich für die noch mal 'ne Schaufel anfass, erfrier ich lieber«, antwortete Hans.

Sie waren nicht die einzigen Gespenster auf diesem Friedhof. Zwischen den Fahrzeugen schlichen gebeugte Gestalten umher, menschliche Schakale mit stumpfen Augen, deren Gedanken sich ausschließlich um Nahrung drehten. Fritz drückte die steif gefrorene Plane eines umgestürzten Lkws ein Stück zur Seite, Hans und Rollo spähten vorsichtig ins Innere. Der Wagen schien leer. Nacheinander krochen sie hinein.

Viertes Buch

71

Aus der Dunkelheit wehte ihnen schwaches Stöhnen entgegen. Es war eine junge Russin, die auf der Ladefläche Zuflucht gesucht hatte und nun sterbend ganz hinten in der Ecke lag.

Ein Zahlmeister hatte sie gezwungen, die Flucht von Karpowka bis in die Stadt mitzumachen. Unterwegs hatte sie hohes Fieber bekommen, und er hatte sie auf die Straße geworfen, schweren Herzens, aber möglicherweise bestand Ansteckungsgefahr.

Sie flüsterte den drei Soldaten zu, sie sollten weggehen, sie habe lange genug unter Deutschen gelebt und wolle wenigstens ohne Deutsche sterben.

Aber die Soldaten verstanden sie nicht, und selbst wenn sie sie verstanden hätten, wären sie sicherlich nicht gegangen, denn auch sie waren mit ihrer Kraft restlos am Ende.

Rollo wollte die Russin nach Waffen durchsuchen.

»Lass sie in Ruhe!«, schnauzte Fritz ihn an. »Die tut keinem mehr was.«

Rollo zog seine Hände zurück, nicht weil er Fritz glaubte, sondern weil er zu erschöpft war, um sich mit ihm anzulegen. Er versuchte, in der Dunkelheit die Gesichter der anderen auszumachen. »Versprecht mir, dass ihr mich nicht abknallt, sonst kann ich nicht schlafen. Und ich muss schlafen. Versprecht es!«

Ehe sie antworten konnten, sank ihm das Kinn auf die Brust, er kippte zur Seite und war weg.

Auch die anderen fielen in einen tiefen, traumlosen Schlaf, drängten sich dabei dicht aneinander und wärmten sich an dem fieberheißen Körper der Russin.

Am nächsten Morgen war ihr Körper kalt, und das Frühstück der drei abtrünnigen Soldaten bestand aus vier gefrorenen Kartoffeln, die sie in der Tasche der Russin gefunden hatten. Dann hörten sie laute Flüche und spähten nach draußen.

Die Krakenarme der Feldgendarmerie hatten ihren Würgegriff auch nach den Jammergestalten auf dem Fahrzeugfriedhof ausgestreckt. Das Arbeitskommando, das einen neuen Weg durch den bis zu zwei Meter hohen Tiefschnee freischaufeln sollte, musste aufgefüllt werden.

Fritz und Hans griffen nach ihren Waffen, aber die Feldgendarmen zogen wieder ab, ohne bis zu ihrem Unterschlupf vorgedrungen zu sein. Auch die Kettenhunde waren nicht mehr mit ganzem Herzen dabei.

Fritz drehte sich erleichtert herum und zertrat wütend einige Lumpen, aus denen Rollo versucht hatte, ein Feuer zu entfachen.

Rollo starrte mit blödem Kalbsblick auf Fritz' Stiefel. Mittlerweile brauchte alles noch länger, bis es in seinen Schädel vorgedrungen war.

»Wir führen jetzt einen Zweifrontenkrieg, Rohleder«, erklärte Hans. »Wie dein Führer.«

Vor Einbruch der Dunkelheit konnten sie sich nicht rauswagen.

Rollo war durch die letzten Ereignisse sichtlich gebrochen. »Ich sag euch, der Führer weiß garantiert nicht, was hier los ist.«

»Schreib ihm doch 'n Brief«, schlug Fritz vor.

»Scheiß-Iwan! Jetzt schießen Deutsche auf Deutsche, soweit ist es gekommen.«

»Schimpf nicht so auf den Iwan«, sagte Hans. »Wahrscheinlich brauchen wir ihn bald.«

Fritz und Rollo hoben die Köpfe.

»Wir haben keine andere Möglichkeit mehr, als uns zu ergeben«, sagte Hans. Er hatte es sich lange überlegt. Es war die einzige Möglichkeit, *vielleicht* zu überleben. Diesem Überleben hatte er bereits so viel geopfert, seine Werteordnung, seine Ehre, sein Denken, sein Fühlen – das alles durfte nicht umsonst gewesen sein, und wenn es noch so jämmerlich war, wenn es auch ein noch so großes Bankrottgeschäft war, auf das er sich da einließ und das er jetzt schon aus tiefstem Herzen hasste und verabscheute.

Wenigstens ein kleines bisschen schmutziges Leben will ich für all meine Verbrechen, meine Morde haben, dachte er bitter, wenigstens das. Es war nur eine leere Phrase, dass man mit seiner Ehre zerbrach, erfunden von denen, für die ein hirnlos bis zur letzten Patrone Kämpfender nützlicher war als ein Feigling mit Verstand. Aber was hieß hier Feigling? War es nicht sogar ehrenvoller und mutiger, endlich einmal etwas richtig zu machen – und das rechtzeitig, *bevor* es zu spät war.

Aber nein, Gross hatte recht gehabt, es war von Anfang an zu spät gewesen. Es war bereits zu spät gewesen, als Hans diesen Rock angezogen hatte, von dem mittlerweile nur noch Lumpen übrig waren, zu spät, als er mit polierten Stiefeln in diesen dreckigen Krieg marschiert war, sich voll romantischer Freude nach Ruhm und Blut sehnend. Es hatte in diesem Krieg keine Ehre gegeben, und die hatte es wahrscheinlich in keinem Krieg gegeben. Denn das Töten von Menschen konnte niemals ehrenvoll, sondern bestenfalls notwendig sein, so wie für die Russen, die hier mit dem Rücken zur Wand ihre Heimat verteidigten. Eine Moral, die aus dem Töten, aus dem Schlachten eine Ehre machte, war krank, pervers, aber sie war notwendig, um zum Krieg zu verführen, und hatte man erst einmal die eigenen Hände ins Blut getaucht, war man infiziert, gezeichnet, verloren. Um im Krieg zu überleben, war es notwendig, dass sich das Entsetzen und der Ekel in Rausch und Faszination verkehrten.

Zum Krieg gemacht, zum Krieg pervertiert – was hatten sie noch in einem Frieden zu suchen? Vielleicht wurde der Krieg nur deswegen fortgeführt, um sie loszuwerden, um das lebensunwerte Kriegsinsekt, den Frontsoldaten, zu vernichten.

Schwarze Flecken tanzten vor seinen Augen, seine Zähne schlugen heftig aufeinander, während er seine Gedanken laut weiterführte: »Vielleicht stimmt ja doch etwas von dem Geschreibsel in den Flugblättern. Gute Behandlung. Essen, Ärzte ...«

Rollo starrte ihn wütend an. »Damit eins ganz klar ist: Bevor ich zu den Russenschweinen überlauf, verreck ich lieber, und ich knall jeden ab, der's probiert.« Er warf Fritz einen drohenden Blick zu. »Mit'm Flieger abzuhauen, war zwar auch 'ne Sauerei, aber der wär wenigstens zu unsern Leuten geflogen.«

Hans sah Fritz an. »Was meinst du?«

Fritz zögerte. »Selbst wenn wir nicht gleich abgeknallt werden, ein russisches Kriegsgefangenenlager is nicht viel anders als 'n deutsches. Scheiße is so oder so.«

Sie waren alle drei zu erschöpft, um weiter darüber zu reden. Fritz betrachtete die tote Russin in der Ecke und ertappte sich dabei, dass er sie um ihren ruhigen, ewigen Schlaf beneidete. Er versuchte, den Gedanken zu verscheuchen. Hoffentlich wird es bald dunkel, dachte er, wir müssen essen, brauchen eine warme Unterkunft, sonst erfrieren wir.

»Trotz allem sind wir noch deutsche Soldaten«, murmelte Rollo. »Wir hatten Pech. Ich jedenfalls. Und Bubi auch.«

Sie taumelten in den nächsten Schlaf, und ihre Füße zuckten beim geträumten Marschieren, orientierungslosen Dahinschleppen, ziellosen Vorwärtskriechen. Die Ratten bewahrten sie vor dem Erfrieren. Rollo versuchte eine zu packen, die sich auf sein Gesicht gesetzt und die Zähne in seinen Schorf geschlagen hatte, aber er war zu langsam.

Fritz richtete sich mit schmerzendem Nacken und tauben Gliedern auf.

Draußen war es dunkel, klar und eiskalt. Sie weckten Hans, der allein nicht mehr aufstehen konnte. Fritz schleppte ihn hinaus und zwang ihn zu gehen, bis das Blut wieder in seinen Beinen zirkulierte.

Mühsam arbeiteten sie sich zwischen den Wracks hindurch, schleppten sich in den Ort, fragten herumirrende Gestalten nach dem Verpflegungsamt, blickten in stiere Augen, furunkelübersäte Gesichter. Verpflegungsamt? Einer bot ihnen einen Topf mit Schmierfett an. Er hatte ihn bereits zur Hälfte aufgegessen.

Schnee, Kälte, Nacht.

Die blutigen Bilder aus dem Partisanendorf tauchten immer öfter in Hans' Erinnerung auf. Er glaubte, wieder den Greis vor den brennenden Hütten zu sehen, erneut den Todesgesang der Frauen und Kinder zu hören. Letzteres war keine Einbildung, nur war es diesmal ein Todesgesang für deutsche Soldaten, gesungen von einem Feldgeistlichen, der in einer viel zu weiten Uniform in der ausgeräucherten Maschinenhalle einer Kolchose stand und die Hände beschwörend über einen kleinen Haufen frierender Gestalten breitete, die sich anstatt am Feuer wenigstens an seinen Worten zu wärmen versuchten.

Auch die drei Deserteure stellten sich in der Hoffnung auf etwas Wärme dazu. Der kraftlose Gesang verstummte, der Pfarrer faltete die Hände. »Lasset uns beten: In deiner Hand, o Gott, liegt die Herrschaft über alle Reiche und Völker der Erde. Segne unser deutsches Volk in deiner Güte und senke tief in unsere Herzen die Liebe zu unserem Vaterlande. Lass uns ein heldenhaftes Geschlecht sein und uns unserer Ahnen würdig erweisen. Lass uns den Glauben unserer Väter hüten wie ein heiliges Erbe. Demütig neigen wir vor dir unsere Häupter, der du bestimmst alle Wege …«

Die Ungeheuerlichkeit dieser Worte, gesprochen mit letzter Kraft und in bester Absicht, sickerte in Hans' stumpfes Gehirn, bis es zitternd ›Nein‹ in ihm schrie. Er schreckte hoch und sah, dass die Soldaten selbst jetzt noch, verraten, verkauft, verloren, diese Worte inbrünstig nachbeteten. Wieder wurde diese von Menschen gemachte Apokalypse höheren Mächten in die Schuhe geschoben, wurden menschliches Versagen, menschlicher Größenwahnsinn, menschliche Dummheit zum Willen eines Gottes mystifiziert, dessen Wege man nicht hinterfragen durfte, und mit verfaulendem Gebein krochen diese Männer von ihren weltlichen Herrschern weg und ihrem göttlichen zu und begriffen nicht, dass es im Grunde ein- und dieselbe Religion war: Gehorsam im Geiste, Gehorsam im Fleische, das Individuum in der Masse zerquetscht.

Inbrünstig beteten die Soldaten dem Pfarrer nach: »Herr, segne die Wehrmacht, die dazu berufen ist, den Frieden zu wahren und den heimischen Herd zu schützen, und gib ihren Angehörigen die Kraft zum höchsten Opfer für Führer, Volk und Vaterland. Segne insbesondere unseren Führer und obersten Feldherrn. Lass uns alle in unserer Hingabe an Volk und Vaterland eine heilige Aufgabe sehen, damit wir durch Glauben, Gehorsam und Treue die ewige Heimat erlangen im Reiche deines Lichts und deines Friedens. Amen.«

Der Wunsch geht sicher bald in Erfüllung, dachte Hans. Vor seinen Augen tanzten goldene und rote Flecken. Er wollte nach draußen.

Der Pfarrer wies auf die Drehbank, die er als Kanzel benutzte.

»Soldaten. Deutsche Wertarbeit wird auf der ganzen Welt geschätzt, selbst im finsteren Reich des Bolschewismus, und so ist es jedem von euch heute vergönnt, ein Stück Heimat zu berühren. Ich segne dieses Stück Deutschland, damit es jedem, der es anfasst, Glück bringen möge.«

Er segnete die Werkbank, und die Soldaten traten ehrfürchtig vor und berührten die Bank, als könnten sie durch das Metall eine direkte Verbindung zu allem, was sie längst und unwiderruflich verloren hatten, wiederherstellen.

»Reutlingen«, flüsterte Fritz und streichelte andächtig die Plakette. »Reutlingen auf der Alb …«

Wie oft war er da durchgefahren! Er erinnerte sich an den Kirchturm, an die Fachwerkhäuser, den Kartoffelsalat und das Bier in der Dorfwirtschaft während den eigenmächtig verlängerten Mittagspausen. Als er bei dem hellen Lachen und den Schenkeln der Bedienung angelangt war, denen er immer nur hoffnungslos hinterhergeschielt hatte, wurde er von den Nachdrängenden weggestoßen.

»Ihr wisst doch nicht mal, wo Reutlingen liegt!« Mit hängendem Kopf schlich er nach draußen, und die Erinnerung an die Heimat, so deutlich wie seit langem nicht mehr, würgte in seiner Kehle. Er wollte nichts mehr vom Sterben wissen, er wollte keine Lumpen mehr sehen, keinen Wahnsinn, kein Blut. Er wollte sich noch ein letztes Mal an eine grüne Wiese erinnern, einen Bach, ein Mädchen auf einem Fahrrad, das er mit seinem Lkw die Steigung der Alb hochgezogen hatte, doch stattdessen wankten sie wieder hinaus in die kalte Nacht und trieben weiter dem Tod entgegen.

Es war kein Leben mehr möglich und noch kein Sterben. Es war nicht einmal mehr möglich, auf zwei Beinen zu gehen. Sie verfluchten den Körper, der immer noch die Kraft zur Vorwärtsbewegung erzeugte, und sie verfluchten ihn, wenn er aufgeben wollte und liegen blieb; dann klammerten sie sich eifersüchtig an ein Bein, das ein paar Zentimeter weiter gekrochen war als ihres, und Schaumflocken flogen von ihrem Mund, und sie bettelten ihrem Körper einen weiteren Meter ab, eine Bewegung, um deretwillen sie ihn gerade noch gehasst und verflucht hatten. Sie hatten nicht einmal mehr die Würde eines verwundeten Tieres, das sich in einer Ecke zum Sterben hingelegt hätte, sondern krochen blind weiter in die letzte Schwärze hinein.

Und es wäre das Ende gewesen, wären vor ihnen nicht zwei Fahrzeuge auf der schneeglatten Fahrbahn ineinander gekracht, die sie für eine Fieberhalluzination hielten, während sie, wieder auf zwei Beinen, auf sie zuwankten. Doch dann fassten ihre Hände kaltes Metall, und während die Fahrer die Fahrzeuge trennten, krochen sie auf die überfüllte Ladefläche, legten sich auf andere zu Tode erschöpfte Körper, die nicht einmal aufwachten, und fielen ebenfalls in die Bewusstlosigkeit eines neuen Erschöpfungsschlafes.

72

Als sie erwachten, war es immer noch oder bereits wieder dunkel, sie wussten es nicht. Der Laster stand friedlich am Straßenrand, in trauriger Gemeinschaft mit unzähligen anderen, denen ebenfalls der Sprit ausgegangen war. Vereinzelt, manchmal in einer dünnen Reihe, zog das Elend an ihnen vorbei, stumpf, gleichgültig, kleine Stoffschlitten mit den letzten Habseligkeiten hinterherziehend. Sie hatten keine Ahnung, wo sie sich befanden, kletterten von der Ladefläche und folgten den anderen in die Dunkelheit.

Hans stolperte und spürte das kalte Metall seiner Waffe, deren Lauf durch seine mürben Gesichtstücher stieß und seine Wange streifte. Er riss sie von der Schulter und wollte sie in den Schnee fallen lassen.

Ich brauche sie noch, zuckte es durch sein Gehirn, das die Worte hungrig in sich hineinschlang und wiederkäute, im Takt seiner schleppenden Schritte. Er stolperte erneut, und der Lauf der Waffe stieß gegen sein Kinn, als wäre sie zum Leben erwacht, wie ein feindliches Tier.

Seine Finger lagen plötzlich am Abzug. Soll ich? Soll ich nicht? Er erinnerte sich an das Abzählen von Blütenblättern bei der Erforschung der Liebesneigung, und eine Frühlingswiese erstreckte sich in die Dunkelheit. Das kalte Metall. Wirf es weg! Wozu?, höhnte seine ausgebrannte Seele. Du kannst es sowieso nicht! Auf einen Unfall hoffen, stammelten seine zersprungenen Lippen lautlos, vielleicht den Abzug entsichern. Ein neuer unsicherer Schritt.

Die Wiese leuchtete in brennenden Farben. Das Leben kann so schön sein, flüsterten sardonische Geisterstimmen. Die Erschöpfung gaukelte ihm die lächerlichsten Farben und Sätze vor, und die einzige Möglichkeit, sich dagegen zu wehren, wäre eine Kugel gewesen. Er konnte es nicht, und die Stimmen in ihm schienen das zu wissen und quälten ihn unbarmherzig in die tiefste Selbstverachtung hinein. Wie leicht war es doch gewesen, andere zu eliminieren. Wie herrlich weit entfernt waren sie doch im Fadenkreuz gewesen. Auch sie hatte wohl bis zuletzt die irrsinnige Hoffnung auf weiteres Leben beseelt.

Er konnte es nicht. Man gewöhnt sich leichter an die Feigheit als an die Eintönigkeit der Landschaft, dachte er.

Er stolperte, fiel, spürte eine Hand, die sich um seinen Arm schloss, ihm hoch half. Sinnlose Bewegung. Weiter. Man brauchte Ruhe für einen Selbstmord, Ruhe, die es nicht gab, solange man zwischen russischen Panzern und deutscher Feldgendarmerie zerrieben wurde. Er konnte es nicht. Und es war ihm auch nicht die Einfalt gegeben, die Angst vor dem Tod in Mut zu verwandeln. Wieder schwankte er, schwindelte, röchelte weiter …

Die Erschöpfung zwang ihn in die Knie. Undeutlich hörte er die beiden anderen brüllen, und die Laute zerrten ihn in die Wirklichkeit zurück, in die Kälte.

Fritz versuchte ihm seine Waffe abzunehmen, aber er hielt sie fest umklammert, stemmte sich hoch, wankte weiter. Seine Erniedrigung verwandelte sich in Hass, und der Hass gab ihm neue Kraft, und plötzlich fielen ihm die Worte von Gross wieder ein, und er wusste, warum er noch weiterwankte, was der Sinn seines Vegetierens war: Er musste die Führung liquidieren, irgendjemand musste für dieses Verbrechen bezahlen, wenn nicht zu Hause, dann hier, und seine erfrorenen Hände umklammerten seine eisverkrustete Waffe, als wolle er sie nie mehr loslassen.

Silhouetten tauchten vor ihnen auf, Skelette von Menschen und Häusern. Sie wankten über eine dunkle Straße. Wohin ging es überhaupt? Darauf gab es keine Antwort.

Rollo versuchte Hans festzuhalten und sagte dann zu Fritz: »Der ist ja völlig weg, und du latschst einfach hinterher!«

»Du wolltest doch immer 'ne Einheit führen«, lallte Fritz. »Bitte, wir übergeben das Kommando.«

Rollo schritt auf die Umrisse einer zerstörten Behausung zu, stolperte, fiel. Das waren doch die abgehackten Mandelbäume von Goroditsche! Sie waren wieder zu Hause.

Fritz und Hans kamen nach. »Ich hab solchen Hunger, ich kann mich nicht einmal mehr an den Namen meiner Verlobten erinnern«, stammelte Hans. Er tastete nach seinem Soldbuch, klappte die speckigen Seiten auf, wo Musk sein erstes Stalingrad-Gefecht eingetragen hatte. Dann hielt er das kleine Schwarzweißfoto mit den wellenförmigen Rändern in der Hand. Er fuhr mit der Kuppe des Zeigefingers über die Ränder, und er stellte sich vor, es wären die Locken seiner Verlobten. Es war zu dunkel, und seine Augen waren zu erschöpft, um sie genau zu sehen. Der Name, dachte er, ich muss mich wenigstens noch einmal an ihren Namen erinnern!

Er drehte das Foto um, aber auf der Rückseite stand kein Name, und auch Fritz, den er fragte, wusste ihn nicht oder nicht mehr und riss ihm das Foto aus der Hand.

Hans stolperte ihm nach, fiel, kroch blind vor Erschöpfung durch den Schnee, suchte nach dem Foto einer Verlobten, die er schon längst und unwiderruflich verloren hatte. Er fand die Aufnahme nicht und blieb erschöpft liegen.

Fritz versuchte ihn aufzurichten. »Los, hilf mir!«

Rollo, mit etwas Rinde zwischen den Zähnen, drehte sich um.

»Soll er doch verrecken!«

»Dann hau doch ab!«

Auf Händen und Knien hockten sie da und starrten sich an, und ihre Worte waren keine richtigen Worte mehr, sondern die Laute von Tieren, und als Rollo ging, ging er nicht, sondern kroch auf allen vieren, und Hans stammelte, dass er nicht sterben könnte, solange er Hunger habe, weil die Todgeweihten keinen Hunger hätten, und mit flackernden Augen deutete er seine Magenkrämpfe als ein Zeichen des Lebens, bis die Schmerzen so groß wurden, dass er sich stöhnend und mit Schaumflocken vor den Lippen in Fritz' Armen wand.

Fritz schnitt ein Stück von seiner Koppel ab, deren Reste er als Riemen um den Leib trug, und steckte es Hans zwischen die Lippen. Dann steckte er sich ebenfalls ein Stück in den Mund. Zum Kauen war keine Kraft mehr, also lutschte er und wartete darauf, dass er das Leder schmeckte.

Rollo, der gesehen hatte, dass die beiden sich etwas in den Mund schoben, kehrte zurück, krallte die Finger in Fritz' Schulter. »Gib mir auch 'n Stück!«

Ein zufriedenes Lachen ließ ihn herumfahren.

Auch Fritz starrte die untersetzte Gestalt an, die sich hinter ihnen aufgebaut hatte, eine Flasche in der Hand schwenkte und ihnen vertrauensselig ihren Kognakatem ins Gesicht blies. »Meine Soldaten! Meine braven Männer!«

Die Gestalt machte noch einen Schritt auf die drei zu, glitt auf dem Eis aus und fiel um.

»Meine Soldaten ...«

Hans starrte den Mann an wie eine Erscheinung aus einer anderen Welt. Hier war er, lag direkt vor ihm im Schnee. Hilflos wie ein Käfer auf dem Rücken. Einer der Kommandeure des Entsetzens. General Hentz höchstpersönlich.

Hans versuchte, ihm wieder auf die Füße zu helfen. Natürlich war der General viel zu schwer für ihn, doch schließlich gelang es mit vereinten Kräften, ihn auf die Beine zu ziehen. Er hatte das Kunststück fertiggebracht, die Flasche selbst im Fall so zu halten, dass kein Tropfen verloren ging. Stolz erklärte er seinen Trick, der angeblich psychologischer Natur war und auf völliger Teilnahmslosigkeit angesichts jeglicher Gefahr beruhte.

Im Hintergrund war die aufgeregte Stimme seines Nachrichtenoffiziers Rettenbacher zu vernehmen. Diesem war vom Ia die undankbare Aufgabe übertragen worden, dafür zu sorgen, dass der Chef nicht dauernd besoffen und ziellos durch die Gegend torkelte und die Moral der Truppe mit haltlosem Geschwätz untergrub. Da mit dem Ia nicht zu spaßen war, kam der Nachrichtenoffizier seiner Aufgabe mit größtmöglichem Eifer nach. Trotzdem gelang es dem General immer wieder, ihm bei ihrem kleinen Versteckspiel ein Schnippchen zu schlagen. Das gerötete Gesicht des Ic zeigte an, dass er schon seit geraumer Zeit auf der Suche war. Nach einem scheuen Blick auf die drei verwahrlosten Subjekte, versuchte er den General zum Bunker zurückzuführen. »Herr General, alle warten mit dem Abendessen auf Sie ...«

General Hentz wand sich elegant aus seinem sanften Griff und wäre beinahe wieder gefallen. »Aus!«, schrie er, um Gleichgewicht bemüht. Für einen Moment griff er in die Luft, als befinde sich dort eine Hundeleine, dann lachte er und hieb dem Ic auf die verantwortungsgebeugten Schultern. »Verzeihung, ich musste gerade an meinen Hund denken. Gehorsam bis zum Ende, wie wir alle. Ruhe!« Er legte die Flasche an die gespitzten Lippen, trank, setzte wieder ab und sagte: »Ich habe von Lausitz mein Wort gegeben. Kein Defätismus vor der zweiten Flasche! Ich halte mein Wort!« Er kniff die Augen zusammen, ging auf Hans zu, streckte die Hand aus und drehte den Kopf des Leutnants ins Profil. »Sieh an, das sind ja wirklich meine Soldaten. Von Wetzland, stimmt's?«

Die drei stierten ihn apathisch an. Was wusste er über sie?

»Jawohl, Herr General«, antwortete Hans so laut und schneidig er noch konnte.

»Tatsächlich«, sagte Hentz triumphierend. »Hab Sie an Ihrer Nase erkannt. Sie haben die schönste Nase der gesamten Division. Genau der gleiche Bogen wie Ihr Onkel. Prima Kerl!«

Im Angedenken an die edle Nasenführung der Familie von Wetzland bestand der General darauf, dass sie ihn zu seinem Bunker begleiteten. Er schien tatsächlich nichts über sie zu wissen. Oder hatte er sein Wissen nur vorübergehend im Kognak ertränkt? Es war ihnen egal, wenn sie nur ins Warme kamen!

Sie wankten neben dem General her, und der Ic betete darum, nicht aus der Flasche trinken zu müssen, die der General großzügig herumreichte.

»Echt französisch, meine Herren. Napoleon. Passend zur Situation. Napoleonisch wird es enden. Das Wichtigste ist das passende Getränk zu jeder Situation. Wir krepieren mit Stil. Trinken, das ist ein Befehl!«

Hans nahm einen Schluck, der genügte, um seine Magenkrämpfe wiederaufleben zu lassen. Rollo nahm ihm die Flasche gierig ab. Der General betrachtete wohlwollend, wie ihm der Kognak über den verfilzten Bart lief, und klopfte Hans auf den vor Schmerzen gekrümmten Rücken. »Nichts mehr gewöhnt, was? Jetzt kommt erst mal mit!«

Der Ic wagte einen letzten schwachen Versuch. »Aber, Herr General, der gesamte Stab …«

»Na, und?« Der General leerte die Flasche und schleuderte sie in die Dunkelheit. »Mitkommen, Männer!«

Es war schwer zu sagen, ob er sich mehr über seine gute Tat freute oder über den Ärger, den er seinem Stab mit diesen drei Landsern bereitete. Widerspruch war jedenfalls zwecklos.

Schwindlig vom Alkohol und der Erschöpfung trotteten die drei hinter ihm her. Fritz hoffte, dass es wenigstens noch etwas zu essen gab, bevor sie aufflogen und exekutiert wurden.

73

Im Divisionskommando hatte sich bereits der gesamte engere Stab versammelt. Die Erörterung der Abendlage war eintönig verlaufen, eine traurige Pflichtübung für den Ia, der sich seit langem vergeblich nach neuen operativen Möglichkeiten sehnte. Halten um jeden Preis, alle verfügbaren Männer nach vorne, bei Widerstand rücksichtslos vom Standrecht Gebrauch machen – das waren die tagtäglich wiederkehrenden Formeln.

Man hatte den russischen Angriff gestern im fünfzehn Kilometer entfernten Goncara zum Stehen gebracht und so dem Stab genügend Zeit verschafft, die Koffer zu packen und sich nach einem neuen Quartier im Nordteil der Stadt umzusehen. Ein geeignetes Objekt war bereits gefunden und von Marodeuren gesäubert worden. Dort gedachte der Ia, getreu dem Führerbefehl, mit konzentrierten Kräften einen Alkazar zu bilden und bis zum Frühjahr durchzuhalten.

Er war der Einzige in der Runde, der dieser Aussicht positive Aspekte abringen konnte. Die anderen umstanden mit knurrenden Mägen den Tisch, auf dem in flachen Tellern – die Suppenteller waren vorgestern bei einem nächtlichen Fliegerangriff zu Bruch gegangen – dünne Pferdesuppe dampfte. Ein Gefühl von Wehmut schwebte im Raum, war man doch gezwungen, die in fünf Monaten lieb gewordene Etappe zu verlassen, um sich in eine Zukunft zu begeben, die nur schlichten Gemütern als ungewiss erscheinen konnte. Mit leichtem Schauder gedachte man der Stabsangehörigen, die aufgrund besonderer Befähigung oder schlechter Verbindungen bereits in die vorderen Linien abkommandiert worden waren.

In diesen trauten Kreis platzte der General, die etwas zu kurz geratenen Arme um die zwei Lumpenhaufen Fritz und Rollo geschlungen. »Meine Herren, darf ich vorstellen – drei echte deutsche Frontschweine! Ich hab sie mitgebracht, damit der eine oder andere von Ihnen nicht ins Gras beißt, ohne jemals einen richtigen Soldaten gesehen zu haben!«

Das höfliche Lachen klang leicht bemüht. Der General verlangte nach Wein und reichte Rollo, Fritz und Hans je ein Glas. »Vorsichtig meine Herrn, auf nüchternen Magen.« Er nippte und verzog das Gesicht. »Rettenbacher, ist nichts mehr vom Mosel da?«

Der Ic bedauerte. Bis auf eine Flasche war alles weg. Und die habe Herr General aufheben wollen, um den Ausbruch zu feiern.

Der General befahl ihm, die Flasche zu holen, sonst trinke man sie vielleicht nie. Er prostete Hans mit dem leeren Glas zu. Der hatte Mühe, sich auf den Beinen zu halten. In diesem Raum war ich noch nie besonders stark, dachte er und hielt sich an einem Stuhl fest. Mit schwacher Stimme bat er um ein Stück Brot.

Der General scheuchte seine Leute beiseite, bestand darauf, Hans eigenhändig von seinem Teller zu füttern, und schüttete den größten Teil der Pferdesuppe über den Boden. »Schmeckt sowieso beschissen. Gibt nachher was Besseres. Feiern doch Abschied, Abschied von unserer Hütte.«

Hans musste sich beherrschen, um nicht niederzuknien und die Suppe vom Boden zu lecken.

Der Ia, Major von Lausitz, betrachtete angewidert die drei Frontgestalten. Verdreckte Uniformen, niedere Gesinnung, unsoldatische Haltung, übertriebene Zurschaustellung von Hunger und Leid. Er sah den Bazillus, der drohte, den stählernen Körper der Wehrmacht zu zersetzen, den Grund für die drohende Niederlage. Wie sollte man mit diesem Menschenmaterial eine Schlacht oder gar einen Krieg gewinnen? Sein vielsagender Blick traf Rettenbacher.

»Der Alte hat mal wieder sein proletarisches Herz entdeckt«, sagte er leise. »Vielleicht nicht übel, so ein kleines Ventil fürs schlechte Gewissen. Kulminiert sonst nur in größeren Dummheiten. Schon von Stellwang gehört?« Stellwang war der Verpflegungsoffizier. Rettenbacher spielte öfter mit ihm Schach. Stellwang gewann meistens. »Hat sich heute Nachmittag 'ne Kugel verpasst. Mitten im Quartier. Ihr Schachspiel können Sie vergessen. Meine Fotosammlung ist auch hin. Verdammte Sauerei!«

»Steht es denn …?« Unter dem Blick des Ia musste Rettenbacher schlucken. »Steht es denn schon so schlimm, dass man …?«

»Ach, was!«, schnitt ihm von Lausitz das Wort ab. »Was wollen Sie von einer Memme erwarten, die den ganzen Tag Blockflöte spielt? Kirchenlieder, und die auch noch falsch. Da muss man ja hysterisch werden.«

Er brach ab, da Hentz die Absicht bekundete, die drei Frontsoldaten mit Orden zu behängen, die er einer Pappschachtel entnahm. »Ihr wart doch alle fürs EK I vorgemerkt? Hier!«

Rollo vergaß für einen Moment den Schmerz in seinen Gedärmen. Hentz schüttete aus der Tüte gut zwanzig Eiserne Kreuze auf den Tisch. »Die anderen Anwärter weilen nicht mehr unter uns.« Hentz unterdrückte einen Schluckauf. »Von mir aus könnt ihr sie alle haben. Ein verspätetes Weihnachtsgeschenk.«

Von Lausitz sammelte die Kreuze ein, ehe sich Rollo bedienen konnte. »Herr General belieben wieder einmal zu scherzen.« Sein Lächeln war noch eine Spur dünner als sonst.

»Was denn?«, rief Hentz. »Der Führer hat einem Kollegen von mir fünfzig Panzer zu Weihnachten geschenkt. Ich verschenke nur Eiserne Kreuze!«

Fritz hatte sich einen der Teller geschnappt und schlürfte die warme Suppe. Die kümmerlichen Kalorien weckten erneut seinen Verstand und seinen Lebenswillen. Es bestand die Gefahr, dass Musk hier aufkreuzte, und der stellte bestimmt unangenehmere Fragen als dieser besoffene General. Angeblich sollte es ja noch mehr zu essen geben. Er wog ab, was besser war, ein hungriges

Weitervegetieren draußen in der Kälte oder eine warme Mahlzeit mit anschließender Exekution. Er entschied sich für das Essen.

Hentz verlangte inzwischen nach Stellwang, seinem Ib, der, wenn er schon unfähig sei, für genießbare Lebensmittel zu sorgen, wenigstens die Tafelmusik annehmbar gestalten solle. Nachdem Hentz von dessen traurigem Ende erfahren hatte, wurde eine Gedenkminute eingelegt, und von Lausitz sprach ein kurzes Gebet. Anschließend schlug der General Hans auf die Schulter.

»Der Gute Oberst von Wetzland hat mir des Öfteren von Ihrem Geigenspiel vorgeschwärmt. Spielen Sie uns doch was Flottes. Von Lausitz, Ihre Geige!«

Hans starrte hilflos das Instrument an, das kurz darauf in seinen Händen lag, Hände, die unfähig waren, auch nur einen einzigen Finger ordentlich abzubiegen. Von Lausitz, um den Wertbestand seines Instruments fürchtend, gab den sarkastischen Rat, die Geige vielleicht doch mit einer MPi zu vertauschen. Rettenbacher sog angewidert den Geruch ein, der den langsam auftauenden Lumpen des Leutnants entströmte. Von Lausitz, der sich nicht traute, dem Leutnant sein Instrument aus der Hand zu reißen, obwohl bereits Schnee auf den sorgfältig komponierten Klarlack tropfte, ging substituierend Rollo an. »Nimm wenigstens hier drin die Russenmütze ab! Siehst damit ja aus wie ein Schimpanse!«

Rollo grapschte sich verlegen die speckige Fellmütze vom Kopf. Der General, ein frischgefülltes Glas Wein in der Hand, drückte sie ihm wieder auf den Schädel. Der Mosel brachte ihn in Fahrt. Vehement verteidigte er seine Frontsoldaten gegen die schlappen Schreibstubenhengste des Stabes. Jeden Krieg, versprach er, würde er mit ihnen gewinnen, wenn es nur nicht diesen allseits geliebten Führer, diesen Vollarier gäbe. Der Wein machte ihn mutig. Er sprach Vollarier wie Vollidiot aus. Dann schloss er erneut Fritz und Rollo in die Arme. Die Wärme einfacher Menschen, das war es, was ihm fehlte!

Er forderte den Leutnant zum Spielen auf. Keine Weihnachtslieder, was Flottes!

Von Lausitz überlegte, wie er nicht nur seine Violine, sondern auch die Gesamtsituation retten konnte, ohne von diesem unberechenbaren Alkoholiker an die Front versetzt zu werden.

Hans starrte das Instrument in seiner Hand an. Spätsommernachmittage. Zum Garten geöffnete Fenster. Windgebauschte Gardinen. Ein dunkles Klavier. Auf den Tasten ihre schmalen weißen Hände. Sie hatte sehr schöne Hände gehabt, nur die Daumen waren etwas zu dick gewesen, fast wie große Zehen, an der falschen Stelle des Körpers angewachsen. Ihre Hände hatten ihn immer gerührt, besonders beim Klavierspiel, wie sie mit mehr Gefühl als technischem Können über die Tasten glitten. Ihre Hände. Sie waren das Einzige, woran er sich noch genau erinnern konnte. Der Rest war verlorengegangen.

Er trat an den Ofen, öffnete die Klappe und warf die Geige in die Flammen. Ohne auf die Aufregung zu achten, die er dadurch verursachte, betrachtete er seine schwarz verfärbten, steifen Finger. Durch die Flammen sah er immer noch ihre Hände. Sie lösten sich langsam auf.

Der General dämpfte wortgewaltig die allgemeine Empörung, die durch die Zerstörung eines wertvollen Musikinstruments ausgelöst worden war. Es gönnte seinem I a den Verlust von Herzen und forderte den jungen Leutnant, dessen Grad der Verzweiflung er nicht im Geringsten wahrnahm, gut gelaunt zum Essen auf. Zwei Ordonnanzen platzierten einen im Silbertablett dampfenden Braten auf dem Tisch. Dazu wurden gekochte Kartoffeln und eingemachtes Gemüse gereicht. Fritz und Rollo glaubten zu träumen.

Hentz trat an den Tisch, betrachtete nachdenklich den Braten und sprach: »Oswald, du warst immer ein guter Hund. Bis zuletzt!« Er klappte die Hacken zusammen, riss den Arm hoch. »Heil Hitler!«

Nachdem er seinem Hund diese letzte Ehre erwiesen hatte, nahm er sich, wie in besseren Tagen vom Fasan, von Brust und Schenkel, dann reichte er das Tranchierbesteck an seinen Nachrichtenoffizier weiter und sagte: »Rettenbacher, aus Gründen der Pietät müssen Sie das jetzt übernehmen.« Kauend fügte er hinzu: »Meine Frau darf übrigens nie erfahren, was mit dem Hund passiert ist.«

Der I c versprach Diskretion. Nach kurzer Zeit war von dem Hund nicht mehr viel übrig. Kaffee und Kognak wurden in bescheidenen Mengen gereicht, um die durch übermäßige Belastung angegriffenen Mägen zu beruhigen.

Hentz griff in die Rocktasche und suchte nach einem Taschentuch, um sich das Gesicht abzuwischen. Er fand einen Zettel, der in fehlerhaftem Deutsch zum Überlaufen aufforderte. Der Zettel war neueren Datums und dem General vom Ia zum Beweis der unerhörten Zunahme russischer Propaganda im Kessel übergeben worden. Soldaten, die solche Zettel nicht bei ihrer vorgesetzten Dienststelle ablieferten, wurden erschossen. Das war auch mit dem unglücklichen Besitzer dieses Exemplars geschehen.

Hentz verglich die Portionen, die in dem Schreiben jedem Überläufer versprochen wurden, mit seinem Abendessen und rülpste zufrieden. Er wischte sich damit den Mund ab, besann sich auf ernstere Dinge, zog den Leutnant, der wider Erwarten keinen Appetit gezeigt hatte, mit sich zum Kartentisch und wühlte unter Papieren. Wo waren seine Ausbruchsoperationen, vor Monaten bis ins Detail ausgearbeitet und dem Oberkommando zugeleitet? Von Lausitz versprach, sie herauszusuchen, und verdrehte hinter seinem Rücken die Augen. Er würde Stunden brauchen, um den Schreibtisch wieder in Ordnung zu bringen!

Hentz wühlte ein anderes vertrauliches Schreiben heraus und hielt es Hans unter die Nase. »Kapitulationsaufforderung der Russen, neunter Januar. Abgelehnt!« Seine Stimme schwankte. »Es war eine operative Notwendigkeit. Die Chose mit dem Südflügel, Sie wissen schon. Verstehen wir alles, wir sind ja denkende Menschen. Und was ist das?« Ein neues Papier flatterte in seinen Händen. »Gestern, von Manstein, Vortrag beim Führer. Armeegruppe A planmäßig durch Flaschenhals bei Rostow entkommen. Bitte um Kapitulation sechste Armee!« Seine Augen flimmerten wie zwei kleine Tümpel in einem roten Gebirge. »Abgelehnt! Es ist eine moralische Notwendigkeit, dass wir geopfert werden!« Er riss das Hitlerbild von der Wand. »Unser Efendi! Sieht er nicht aus wie ein osmanischer Teppichhändler? ...« Er verlor den Faden und sah sich Halt suchend um. Seine Untergebenen musterten verschämt die Dielen. »Mit gehorsamstem Gruß, wir verrecken«, murmelte Hentz. Sein Blick fiel auf den Ofen. »Mir ist schon wieder kalt!« Er wollte das Führerbild in den Ofen befördern.

»Herr General«, flüsterte Rollo, der einfach nicht glauben konnte, was er hier sah. »Nicht den Führer!«

Von Lausitz gelang es, Hentz die Fotografie aus der Hand zu winden.

Rettenbacher zuckte hilflos mit den Schultern. »Wieder völlig besoffen.«

»Genau!«, schrie Hentz, der es gehört hatte, riss seinem Ia das Foto aus der Hand und stopfte es ins Feuer. »Mir ist kalt!«, brüllte er. »Und ich heize mit was ich will!« Kopfschüttelnd starrte er in die Flammen. »Über zweihunderttausend deutsche Soldaten sind in dieser verfluchten Stadt bisher verreckt. Nicht gefallen. Verreckt. Wie viel sollen es noch werden?«

Rettenbacher, angetrieben vom Ia, versuchte seinen Wortschwall zu stoppen. »Herr General, das ist streng vertraulich ...«

»Ich habe versagt!« Mit einer erstaunlich schnellen Bewegung schlug der General Rettenbacher dessen noch gefülltes Kognakglas aus der Hand. »Ist das auch vertraulich? Ja? Ich habe versagt ...« Er sank auf einen Stuhl und stützte den Kopf in die Hände. »Ich habe den Führer gewählt, vor zehn Jahren. Damals war es ein Kreuz auf dem Stimmzettel. Jetzt ist es ein Kreuz in Stalingrad.« Er stierte seine Leute betrunken an. »Sollte einer versuchen, mich vors Kriegsgericht zu bringen, werde ich sagen, ich habe den Führer verbrannt, damit er das Elend hier nicht mehr mit ansehen muss.«

Eine schneebestäubte Gestalt stolperte in den Bunker. Ausgerissene Taschen, aufgerissene Augen. Es war Hauptmann Musk.

»Panzer durchgebrochen! Zwei Fahrzeuge. Richtung Kolchose! Dahinter noch mehr ...«

»Blödsinn!«, fuhr von Lausitz auf. Die Russen waren vor Goncara, über fünfzehn Kilometer weit entfernt.

Zwei schmetternde Explosionen belehrten ihn eines Besseren.

Alles stürzte durcheinander. Kleidungsstücke und Koffer flogen durch die Gegend. Von Lausitz stauchte die Melder zusammen, die keine Verbindung herstellen konnten, dann bekam er die Verbindung, forderte Reserven an und befahl, die Fahrzeuge fertig zu machen, Sprit aus geheimen Beständen einzufüllen. Akten, Karten, Kerzen, Lebkuchen wurden zusammengerafft.

Zwischendurch hastiger Bericht von Musk: Nächtlicher Panzerangriff bei Goncara; Masse der Fahrzeuge konnte bei Gumrak im

Nahkampf gestoppt werden; Kampfgruppe Musk, Kampfgruppe Keil aufgerieben.

Ein junger, bleichgesichtiger Leutnant konnte seine Uniformjacke nicht finden und wollte sich mit bloßem Hemd in die Schlacht werfen. Als niemand ihn davon abhielt, brach er mit einem Weinkrampf auf seinem Koffer zusammen.

Der General betrachtete das alles, als ginge es ihn nicht das Geringste an. Langsam bückte er sich und hob ein von vielen Stiefeln zerknittertes Blatt auf. Es war seine Studie über einen Ausbruch aus dem Kessel.

Fritz versenkte die letzten Hundeknochen in seiner Tasche und zog Rollo und Hans hastig zur Tür. Musk war erschöpft, mit hängendem Kopf, auf einen Stuhl gesunken. Sie mussten an ihm vorbei. Als Hans für einen Augenblick vor ihm stand, konnte er nicht verhindern, Mitleid mit der zusammengesunkenen Gestalt zu empfinden.

Im selben Moment sah Musk hoch. Sein Blick lähmte den Leutnant, doch Fritz riss ihn weiter. Undeutlich hörten sie die Stimme des Hauptmanns. Schüsse. Sie stolperten nach oben, an den kältestarren Wachen vorbei und weiter in die Dunkelheit.

Der General starrte fassungslos Musk an, der noch einmal in den Eingang feuerte, ehe Hentz ihn anbrüllte und eine Erklärung verlangte.

»Herr General«, keuchte Musk, »die drei sind aus meiner Einheit. Deserteure!«

Er hatte alles vergessen, seine Erschöpfung, die Kälte, die russischen Panzer. Er wollte nur eins – diese Männer bestrafen, die ihm ihr Wort gegeben, ihn getäuscht, seine Einheit entehrt, ihn im Stich gelassen hatten.

Er stürzte zum Eingang. Der General, den die Schüsse, dicht neben seinem Ohr abgefeuert, vorübergehend ernüchtert hatten, befahl ihm, zu bleiben, Munition zu sparen und mit jedem verfügbaren Mann gegen die zwei Panzer vorzugehen. Sofort!

Die unerwartete Schärfe in seiner Stimme brachte Musk wieder zur Besinnung.

Waffen wurden verteilt. Die Männer, die sich weitaus lieber in die Fluchtfahrzeuge verdrückt hätten, fluchten. Was musste der Alte sich ausgerechnet jetzt einmischen!

Sie waren sichtlich erleichtert, als von Lausitz in Erfahrung bringen konnte, dass es sich bei den Panzern nicht um einen allgemeinen Angriff, sondern nur um zwei verirrte Spähfahrzeuge handelte, die wieder abgedreht hatten und im Nachbarabschnitt vernichtet worden waren. Die Frontlage bei Goncara habe sich stabilisiert.

Musk trat erneut vor den General, nahm Haltung an und bat um die Erlaubnis, nach den Deserteuren zu fahnden.

Hentz musterte Musks zerrissenen, schneebedeckten Mantel, sein vor Erschöpfung graues Gesicht, dann zuckte er mit den Schultern. »Tun Sie Ihre Pflicht.«

Die Jagd auf Deserteure weckte deutlich mehr Begeisterung als die auf Panzer. Die Erbitterung darüber, dass die Schweinehunde auch noch von ihrem Essen genommen hatten, war groß. Freiwillige meldeten sich. Auch von Lausitz griff zur Waffe und forderte Rettenbacher auf mitzukommen. Dem war es draußen zu kalt.

Hentz hatte sich wieder hinter seinem Kognak verschanzt. Resigniert beobachtete er seine Untergebenen, die durcheinanderbellten wie ein Haufen Jagdhunde. Was für ein Aufwand für drei zerlumpte Kreaturen! Ausgerechnet der junge von Wetzland! Alter Offiziersadel!

»Das kann doch nicht sein«, murmelte er und kroch in den wärmenden Nebel aus Alkohol und Wehleidigkeit zurück. »Das waren nette Menschen, und nette Menschen desertieren nicht.«

Er verlangte neuen Kognak und zitierte Friedrich den Großen: »Es ist nicht wichtig, dass ich lebe, sondern dass ich meine Pflicht tue ... Rettenbacher, ist noch was von meinem Hund da?«

74

Die Suchaktion scheiterte am Hund des Generals. Die warme Mahlzeit hatte den drei Deserteuren vorübergehend wieder so viel Lebenswillen eingehaucht, dass sie nicht aufzufinden waren. Weitere Ursachen für den Misserfolg waren ein Schwächeanfall Musks und der für Stabsangehörige ungewohnt lange Aufenthalt in bestialischer Kälte. Von Lausitz schlug dem Hauptmann nach wenigen Minuten zitternd vor, die Vaterlandsverräter dem sicheren Erfrierungstod zu überlassen. Außerdem halte er es für dringend geboten, den Divisionsgefechtsstand sofort in die Stadt zu verlegen.

Der Hauptmann hörte ihn nicht. Nach Luft ringend, stützte er sich auf zwei junge Stabswachen, die ihm aus dem Schnee geholfen hatten. Zum ersten Mal war die Erschöpfung größer als sein Wille. Das war ein neues, niederschmetterndes Gefühl, das es unter allen Umständen zu überwinden galt.

Unwirsch befreite er sich von den Männern, die ihn weiter stützen wollten. Hentz, der alte Säufer, hatte recht. Es war Blödsinn, seine letzten Kräfte an drei Verräter zu verschwenden. Er hatte sich von seinen Gefühlen hinreißen lassen. Auch das war kein gutes Zeichen. Trotzdem hasste er den jungen Leutnant aus tiefstem Herzen. Vor allem, weil er nicht ganz sicher war, ob er ihn nicht doch unterschätzt hatte.

Ohne fremde Hilfe ging er zum Bunker zurück.

Die Motoren der Stabsfahrzeuge liefen bereits. Musk verfolgte angewidert den Streit um die Plätze. Offenbar waren neue, beunruhigende Nachrichten eingetroffen.

Er zerrte kurzerhand den Fahrer aus einem der Wagen und fuhr nach Gumrak zurück, wo der Rest seiner versprengten Einheit lag. Er würde kämpfen bis zuletzt.

Hans, Fritz und Rollo waren durch das ausgebrannte Dorf gelaufen und hatten sich hinter den Skeletten der Häuser verborgen. Dann hatte sie das näher kommende Geschrei ihrer Verfolger aus den Ruinen getrieben, und sie waren einem Trampelpfad über freies Feld gefolgt, der im Norden aus dem Ort herausführte. Die Flucht hatte die wiedergewonnenen Kräfte rasch aufgezehrt.

Orientierungslos schleppten sie sich durch den Schnee, stolperten über vereiste Fußspuren, über Leichen. Es war nur ein schmaler Weg, verweht, teilweise flach in die Landschaft gezeichnet, an anderen Stellen von hohen Schneewänden umsäumt. Steif gefrorene Arme, Hände streckten sich ihnen entgegen. Die Menschen, zu denen sie gehörten, waren vom Weg abgekommen und im tiefen Schnee der seitlich verlaufenden Gräben ertrunken.

Hans ging, vorwärtsgetrieben von Fritz und Rollo, an der Spitze. Plötzlich ertrank auch er. Haltlos glitten seine Füße tiefer, eine weiße Woge schlug über ihm zusammen, Schnee füllte seinen Mund, er hatte das Gefühl, endlos zu fallen.

Fritz riss ihn an die Oberfläche zurück. Es war eine schmale Rinne, wahrscheinlich ein gefrorener Bachlauf, ungefähr mannshoch. Hinter der Schneeverwehung, in die Hans gefallen war, zeichneten sich an den Seitenwänden dunkle Flecken ab.

Fritz und Rollo ließen sich ebenfalls in den Graben gleiten und tasteten sich auf die Flecken zu. Es waren Unterstände, seitlich in die Erde gehauen. Die mit Bettgestellen, Steinen, Eisenteilen verbarrikadierten Eingänge zeigten an, dass Eindringlinge jeder Art unerwünscht waren. Keine Fußspuren im hüfthohen Schnee. Wenn es hier noch Überlebende gab, so hatten sie ihre Behausung seit Tagen nicht verlassen.

Fritz pirschte sich an einen Verhau heran und machte sich vorsichtig bemerkbar. »Keine Feldpolizei!«, rief er halblaut. »Wir sind Kameraden. Lasst uns rein!« Keine Antwort. Wütend rüttelte Fritz an der verschlossenen, von innen vermutlich verbarrikadierten Tür. »Lasst uns rein, ihr Schweine! Lasst uns rein!«

Rollo schaute sich ängstlich um. »Hör auf, vielleicht ist der Hauptmann noch in der Nähe!«

»Die haben Besseres zu tun. Die türmen.«

Hans sank erschöpft in den Schnee, sein Gesicht glühte. »Die hauen ab, und wir sind die Feiglinge«, murmelte er. Etwas braune Flüssigkeit tropfte aus seinem Mund. Er wischte sie weg. »Ich kann nicht mehr denken.«

Fritz stellte ihn wieder auf die Beine. Sie mussten irgendwie reinkommen. Draußen würden sie die Nacht nicht überleben.

Gemeinsam begannen sie an dem Bettgestell zu ziehen und zu zerren. Es rührte sich nicht von der Stelle. Keuchend starrten sie einander an. Früher hätten sie so etwas mit einer Hand erledigt.

Rollo fuhr Fritz beinahe zärtlich über die eingefallenen Wangen. »Siehst aus wie 'ne kaputte Kartoffel«, flüsterte er und versuchte zu grinsen. »Verschrumpelt.«

Fritz holte seine letzte Handgranate aus seiner Gasmaskenbüchse, befestigte sie an dem Gestänge, zog ab. Rollo stand mit hängenden Armen daneben. Plötzlich fiel ihm etwas ein.

»Mensch, da sind vielleicht Kameraden drin!«

»Schweine, die uns erfrieren lassen.«

Fritz zögerte, dann schrie er: »Geht von der Tür weg, ihr Arschlöcher ...«

Es war nicht mehr als ein heiseres Krächzen, sodass wenig wahrscheinlich war, dass sie ihn gehört, geschweige denn verstanden hatten.

Die Explosion legte den Eingang frei.

75

Vorsichtig, die Waffe im Anschlag, betrat Rollo einen niedrigen Gang, Fritz folgte ihm, zog Hans hinterher. Bestialischer Gestank schlug ihnen entgegen.

Am Boden, Rücken an der Wand, saßen Männer, die Beine ausgestreckt. Zwischen ihnen verglühten Abfälle aller Art in rostigen Konservendosen. Als Rollo über ein ausgestrecktes Bein stolperte, erfolgte keine Reaktion. Da waren Gesichter, Augen, Backenknochen, verschmolzen mit Gewickel und Gehänge, die Nasen vorstechend aus weiß gefrorenen Furunkeln und Barthaar, und keine Regung, nichts. Nur an schwachen Dampfwölkchen, die den kraftlos auseinanderhängenden Kiefern entströmten, war zu erkennen, dass sie noch lebten.

Dann einer, noch kräftig genug zu einer Bewegung. Er entblößte seine Schulter, zeigte eine riesige Eiterbeule, flüsterte: »Kann nicht mehr, kann nicht mehr, kann nicht mehr ...«

»Schon gut, wir wollen nichts von dir, wir holen niemand.«

Sie sahen Licht am Ende des Ganges und traten in ein Gewölbe, in dem ein qualmender, rußgeschwärzter Ofen stand. Davor saßen vier Männer um eine leere Munitionskiste. Auf der Kiste lagen einige sorgfältig abgezogene und ausgenommene tote Mäuse.

Einer der Männer, dessen wachsbleiches Gesicht konturlos im Qualm schimmerte, entnahm einer Falle ein weiteres Tier und schnitt ihm die Eingeweide heraus. Er verteilte das rohe Mäusefleisch an seine Kameraden, die regungslos sitzen blieben und keine Hand danach ausstreckten, weil sie tot waren. Der Mann, es handelte sich um den ehemaligen Sanitätsgefreiten Utta, schien das noch nicht bemerkt zu haben.

Seine Augen blinzelten kurzsichtig durch den Qualm, entdeckten die drei Neuankömmlinge, sein Mund verzog sich erfreut, zeigte schiefe, gelbe Zähne und graues Zahnfleisch. »'n gutes Neues, Kameraden. Setzt euch.«

An Neujahr vor knapp drei Wochen hatte er seine letzte Rindfleischkonserve gegessen. Das wusste er zwar nicht mehr, aber es war das letzte erfreuliche Ereignis in seinem Leben gewesen, und so war sein Gedächtnis dort stehen geblieben wie eine Uhr mit gesprungenem Räderwerk.

»Macht mal Platz! Wo bleiben eure Manieren?« Er schob einen der Toten beiseite. Der fiel um, Utta richtete ihn wieder auf.

Dann riss er ihm ein Stück von der Uniform ab, der Ärmel rutschte dem Toten bis über den Ellenbogen nach unten, und die drei sahen, dass sowohl Utta als auch der Tote erbsengroße schwarze Flecken auf der Haut hatten. Utta warf den Uniformfetzen in den Ofen. Die emporzüngelnden Flammen zauberten gespenstisches Leben in die eingesunkenen Augenhöhlen der Toten.

Rollo wich zurück. »Typhus. Nix wie raus hier!«

Fritz drehte sich um und schob Hans zurück, den immer heftigere Fieberschauer schüttelten. Hinter sich hörten sie ein leises Knistern. Es kam nicht aus dem Ofen, es waren auch keine Ratten.

Fritz entdeckte als Erster das Funkgerät, das in der Ecke zwischen zwei Leichen stand und aus dem undeutlich Stimmen drangen. Er versuchte das Gerät richtig einzustellen, zerrte Hans neben sich.

Hans begann an den Knöpfen zu drehen, Schalter umzulegen. Der technische Teil seines Gehirns funktionierte noch. Plötzlich hörten sie eine Stimme, undeutlich zwar, durch Pfeifen und Piepsen unterbrochen, aber von geistiger Klarheit, nüchtern, vernunftbestimmt, der Schwere der Stunde gelassen Rechnung tragend:

»Der Feldmarschall und ich haben von der Luftflotte eine Steigerung aller Mittel gefordert und um eine Untersuchung gebeten, warum in der letzten Nacht so wenige Flugzeuge eingeflogen sind. Die ersten vorgestern im Führerbefehl angekündigten Ju's sind heute bei der Luftflotte eingetroffen. Es ist also zu hoffen, dass nunmehr schnellstens eine durchgreifende Änderung im Umfang Ihrer Versorgung eintritt ...«

Der Vortrag löste sich in Satzfetzen auf.

»... General Hube hier gelandet ... an oberster Stelle Ihre Lage anschaulich zur Darstellung bringen ...«

Die drei schauten sich an, Fritz hob eine Maus hoch. »Das hätt er mitnehmen sollen. Der Führer ist Tierfreund.«

Der zweiten Stimme, die zweifellos einem hochrangigen Kesselinsassen gehörte, war trotz bemühter Sachlichkeit deutlich unterschwellige Panik anzumerken. »Wir können nicht den täglichen Ausfall von siebenhundert Kämpfern ersetzen. In einer Meldung der letzten Tage haben wir schon zum Ausdruck gebracht, dass wir seit der Kesselbildung bis heute rund vierzigtausend Mann verloren haben ...«

Der Offizier außerhalb bekundete Mitgefühl.

»Dass die Luftflotte immer noch starken Kampfeinsatz fliegt, anstatt geeignete Flugzeuge für die Versorgung einzusetzen, halten wir für äußerst bedenklich. Nach einer uns vorliegenden Meldung hat die Luftflotte gestern vierhunderteinundsechzig Flugzeuge für den Kampf eingesetzt und nur zweiundfünfzig für die Versorgung, davon für uns nur sechsundsiebzig Tonnen. Unser Minimum liegt bei dreihundert!«

Trotz eines Wortschwalles beruhigender Versprechungen machte sich der Kesseloffizier weiterhin ernsthafte Sorgen.

»Wir kommen uns hier doch ein wenig verlassen und verkauft vor. Das Brot geht einschließlich dieser Zufuhr morgen zu Ende. Fett heute Abend. Mittagskost morgen für einige Stäbe nicht mehr vorhanden ...«

Fritz begann zu lachen, der Sanitätsgefreite Utta fiel ein, obwohl zweifelhaft war, dass er dem Vortrag hatte folgen können. Rollo starrte verständnislos auf den Apparat. Was quatschen die noch von irgendwelchen Tonnen, Mittags- und Abendkost, während sie längst

Hunde und Mäuse fraßen? In welchem Teil des Kessels hockten die denn?

Der Vortrag ging weiter. Bis auf Punkt und Komma wurde das Krepieren bis zum Ende verwaltet. Organisiertes Sterben, dachte Hans, darin sind wir einmalig!

»Ich habe bereits eine Überprüfung der Beladung der Flugzeuge angeordnet ... halte es für sinnvoller, dass die Luftwaffe Brot zu uns fliegt, statt wirkungslose Löcher in die Front von Tazinskaja zu bomben ... Bitte lassen Sie durch den Oberst Finckh prüfen, ob unser Oberquartiermeister Bader noch an der richtigen Stelle sitzt ...«

An dieser Stelle musste Fritz noch mal lachen.

»Sonst habe ich nichts mehr. Schönen Gruß.«

»Wird ausgerichtet. Herzlichen Gruß.«

Die freundlichen Schlussworte verwandelten sich in gleichmäßiges Rauschen.

Fassungslos starrten die Soldaten auf das Gerät. Kein Wort über die absolute Hoffnungslosigkeit der Lage, kein Wort über Kapitulation.

Fritz trat das Gerät wütend zusammen. »Morgen gehe ich zu den Russen«, sagte er. »Das schwör ich euch.«

Zum ersten Mal widersprach Rollo nicht.

Sie aßen doch noch etwas von dem Mäusefleisch. Danach waren sie kräftig genug, um auch die restlichen Leichen in den Gang zu zerren. Utta ließ es teilnahmslos geschehen. Mit den Uniform- und Stiefelresten fütterten sie den Ofen. Der Eingang wurde mit zwei verbogenen Bettgestellen verrammelt.

Rollo bestand darauf, Wachen einzuteilen. Mitten im Satz schlief er ein, kippte nach hinten und kämpfte mit halb offenem Mund nur noch um Luft.

Die Erschöpfung, dachte Hans. Es geht so lange ... Übergangslos verlor auch er das Bewusstsein und glitt in das Schattenreich bedrückender Albträume.

Der Unterschied zwischen Schlafen und Wachen existierte nicht mehr. Traumbilder wurden wahrhaftiger als die Wirklichkeit. Alles zerfiel zu einer grauen Masse, die zäh um ihren dunklen Mittelpunkt kreiste und in der alle Gedanken und Bilder vergeblich um ihr Leben kämpften und versanken.

Im Traum starb auch er. Es war nur eine minimale Veränderung. Als hätte man das letzte Foto aus einem Projektor genommen und ihn abgeschaltet.

Rollo und Fritz wurden von einem leisen Kratzen und Schaben geweckt. Sie griffen nach ihren Waffen, ihre Blicke irrten umher, dann sahen sie es.

Hans rasierte sich mit einem etwas angerosteten Rasiermesser und schmutzigem Schneewasser. Blut perlte über seine Wangen. Er war sicher, dass er morgen sterben würde. Deshalb wollte er sich, wenigstens einmal noch, in einen einigermaßen menschenähnlichen Zustand bringen. Dem Körper einen Anflug von Würde verleihen, die das Gemüt längst nicht mehr besaß.

»Mensch, hör auf«, flüsterte Fritz. »Bei der Kälte wirst du grün und blau.«

Hans fuhr mit der Rasur fort. Seine Hände zitterten. Die Klinge schnitt in die vertrocknete Haut. Fritz wollte ihm das Messer wegnehmen.

»Lass ihn«, flüsterte Rollo. »Das braucht er jetzt, sonst dreht er endgültig durch.«

Rollo schwor sich, keine weitere Nacht in dieser Gruft zu verbringen. Der Wahnsinn war genauso ansteckend wie Typhus. Mit der MPi im Schoß dämmerte er weiter vor sich hin.

Fritz traute sich nicht mehr zu schlafen. Nach dem kurzen Augenblick der Ruhe fühlte er sich so schwach und matt, ausgedörrt von Durchfällen, die in seine Hose liefen und dort verkrusteten, zerschlagen von Schwindelanfällen und Herzstichen, dass er fürchtete, nicht mehr aufzuwachen, wenn er wieder einschlief. Morgen laufen wir über, dachte er, nur noch bis morgen!

Hans begann, seine Fingernägel sauber zu kratzen. Würgende Angst, wirre Träume, lähmende Gleichgültigkeit wechselten zyklisch. Manchmal saß er eine halbe Stunde reglos da, dann schrak er auf und fuhr fort, seinen dreckverkrusteten Körper zu bearbeiten, sich zu säubern, bis ihn ein Feuerschlag aus Hunderten von Rohren unterbrach.

Den Abschuss hielt er noch für eine Halluzination. Doch der Einschlag hob den Boden, schleuderte ihn empor, seine linke Gesichtshälfte schlug zischend auf den Ofen.

Benommen sah er, wie Rollo die verkeilten Bettgestelle beiseite riss, und spürte, wie Fritz ihn über die sterbenden, verfaulenden Leiber des Todesgangs zerrte, deren Gesichter schief durch sein Blickfeld sprangen. Keiner von ihnen machte noch Anstalten, wegzulaufen, und als Rollo den Sanitätsgefreiten anbrüllte, war die Antwort ein hohles Lachen und dann: »Vielleicht trifft's uns heute. Warte schon seit drei Tagen drauf!«

76

Luft. Der Himmel verhangen von Qualmgewölk. Rauchbäume wuchsen in den Himmel, durchschnitten Staubschwaden, in deren Tiefe die rostroten Flecke der Abschüsse glühten.

Sie warfen sich vor dem Graben in einen frischen Trichter. Hinter ihnen wanderte die russische Walze die Stellung entlang. Der Unterstand, in dem sie die Nacht verbracht hatten, wirbelte durch die Luft, und ein blutiges Gemisch aus Erde, Schnee, Leibern und Balken prasselte herab.

Und dann sahen sie es, wogend, wie auf dem Kamm einer Welle: Goroditsche, die schwarzen, ausgebrannten Hütten, eine Straße und auf der Straße ein Geistlicher mit weißer Fahne und dahinter ein Zug Verwundeter, auf die Gefangenschaft zukriechend, mit hocherhobenen Händen, direkt unter dem schweren Flattern und Rauschen der nächsten Granaten.

Dann brüllte es auf, die Straße verwandelte sich in einen Klumpen aus Erde, Schnee und Fleisch, und dann gab es keine Verwundeten mehr und auch keinen Pfarrer.

Das war der Tag, an dem Fritz und Rollo gemeinsam mit ihrem delirierenden Leutnant hatten überlaufen wollen. Das blutige Bild vor Augen, so schrecklich, dass es vom Unterbewusstsein zum Traum deklariert wurde, wussten sie nun, dass es nirgendwo mehr

Rettung gab. Jetzt nicht mehr. Ihre Führung hatte sie so lange zum Widerstand geprügelt, gequält, bis es endgültig keine Gnade mehr gab.

Und wieder heulte, rauschte und pfiff es heran und verwandelte das Dorf und die umliegenden Stellungen in einen brodelnden Vulkan.

Sie sahen eine Gestalt aus einem der Bunker treten und langsam und aufrecht, mit vorsichtigen kleinen Schritten durch den schwarz gepflügten Schnee auf die feindlichen Linien zugehen. Oberstleutnant Rettenbacher, kurzfristig zum Chef der letzten Batterie ernannt, war geblieben und hatte in Absprache mit dem Pfarrer seine Batterie mit noch ganzen zwei Dutzend Schuss schweigen lassen, um den Verwundeten die Kapitulation zu ermöglichen. Alles umsonst. Selbst Befehlsverweigerung war umsonst.

Und dieses letzte »umsonst« konnte Rettenbacher nicht mehr verkraften. Deswegen war er nun, den Lieblingschoral seines toten Freundes auf den Lippen, auf seinem letzten, aussichtslosen Weg zu den feindlichen Linien. »Eine feste Burg ist unser Gott«, sang er und verschwand zwischen den hoch aufspritzenden Explosionsfontänen.

Hans starrte ihm mit staubverklebten Augen hinterher, und der Feuerschein und das berstende Krachen der nächsten Geschossserie brannten und hämmerten ihm ein: das war ich, bin mir selbst vorausgegangen. Und wie ein Magnet zog es ihn hoch, um seine traumhafte Wahnvorstellung, die er für Bestimmung hielt, zu erfüllen, und während Fritz und Rollo vor den näher brandenden Einschlägen zurück in die flache Mulde flüchteten, die einmal ein Graben gewesen war, taumelte er über dampfende Erdbrocken, tauenden Schnee und Leichenteile, hysterisch lachend und ums Gleichgewicht kämpfend, der eigenen Vernichtung entgegen.

Fritz, die Hände in die rußgeschwärzte Erde gekrallt, sah ihn. Die Granaten hatten auch aus ihm jede Vernunft herausgebombt und dafür die verloren geglaubten Gefühle für einen verloren geglaubten Freund zu neuem, wahnhaftem Leben erweckt. Er wollte hoch und hinterher, und Rollo, der einzig vernünftig Gebliebene, warf sich über ihn und rettete ihm das Leben, indem er ihm das Gesicht blutig schlug.

Fritz sah Hans hinter einem neuen Rauchschleier verschwinden, und die Enden des Todesvorhangs fegten ihm ins Gesicht. Er presste den Kopf gegen den Boden und stopfte sich schluchzend Erde in den Mund.

Hans glaubte durch den Rauch seine eigene Gestalt vor sich zu sehen, und er griff mit der Hand nach ihr, um in sein längst erfülltes Schicksal zu schlüpfen.

Neue Sterne des Todes jagten in den Himmel, der Luftdruck der Explosionsreihe wirbelte ihn hoch und schmetterte ihn in den Bodensatz eines Trichters. Geräusche und Geschossteile rauschten an ihm vorbei, Reste von Haar, Fleisch und Knochen. Sie kamen aus einem der benachbarten Unterstände, der von den ersten Einschlägen verschont geblieben war. Die Erde war blutgetränkt. Rohre, Kabel, gefrorener Schutt füllten sein Blickfeld.

Sein Blut war voller Kugeln, die sich klirrend durch seinen Körper wälzten. Lächerlicherweise durchwehte ihn für einen Augenblick der alte Stolz, das Feuer besiegt zu haben, ehe ihm neue Erdbrocken auf den Schädel schlugen und er am ganzen Körper, ohne die geringste Empfindung, zitterte. Er hatte sich dem Tod angeboten, und der Tod hatte ihn verschmäht. Ausgespien vom Kriegsungeheuer, zwischen den blutigen Stahlzähnen herausgespuckt, war er nicht länger in der Lage, seine Unversehrtheit als Zufall oder gar Gnade empfinden zu können.

Im Gegenteil entstand in ihm der Wahn, das gesamte Inferno um ihn herum rase allein ihm zum Hohn, verspotte ihn mit jeder weiteren Zerstörung, spare ihn auf bis zuletzt, damit er Zuschauer sein konnte, sein musste bei dem immer schrecklicheren Schauspiel, und diese völlige Ohnmacht im Angesicht der auseinanderbrechenden Welt verdrehte sein Gefühl. Über den Anblick zweier von den Armen gerissener, gefalteter Hände in einer Schlammpfütze brach er in gellendes Gelächter aus.

Das Feuer verlagerte sich nach hinten. Ernüchtert stellte er fest, dass seine Mechanik bis auf einen Splitter im Oberschenkel heil geblieben war. Keine Fasern und Muskeln, die letzten Verbindungen zu menschenwürdigem Empfinden, waren von Granatsplittern durchschnitten. Er wusste, dass er nicht noch einmal die Kraft aufbringen würde, ins Feuer zu marschieren. Er würde sein Ende abwarten müssen, demütig, erniedrigt, entmenschlicht.

Zum ersten Mal empfand er keine Verzweiflung deswegen, sondern beinahe Genugtuung, als sei etwas eingetreten, was er im Grunde seines Herzens immer gewusst hatte. Gleichgültig verfolgte er, wie sein Körper durch die Explosionsschwaden zurückkroch.

Er hatte nichts mehr dagegen.

Fritz starrte ungläubig auf die dreckige Hand, die sich plötzlich vor ihm bewegte, und riss Hans neben sich in den Trichter.

»Sie wollten mich nicht«, stammelte der ehemalige Leutnant, und seine Augen wirkten in dem dreck- und rußbeschmierten Gesicht noch größer. »Sie wollten mich nicht, und ich konnte es nicht …«

Eine neue Detonationswoge schleuderte sie gegeneinander. Fritz umklammerte Hans und Rollo und presste seine Wange gegen das in allen Farben angeschwollene Gesicht von Hans, der es ertrug, ungeachtet des Schmerzes und obwohl es ihm etwas übertrieben, beinahe lächerlich vorkam.

Rollo versuchte, an seine Seitentasche zu gelangen. Seine Hände zitterten so sehr, dass er geraume Zeit brauchte, um einen Flachmann aus seinem Rock zu ziehen, den er in einem unbeobachteten Moment mit dem Kognak des Generals gefüllt hatte. Er hatte fest vorgehabt, ihn allein zu trinken. Er bugsierte die Metallöffnung mit beiden Händen in seinen aufgerissenen Mund und reichte den Flachmann nach mehreren tiefen Schlucken benommen weiter.

»Nüchtern kommen wir eh nicht mehr heim.« Die anderen sahen ihn nur die Lippen bewegen, taub in Herz und Hirn bissen sie abwechselnd mit den Zähnen in die gefrorene Erde und schütteten hemmungslos Schnaps in sich hinein. Ihre Kiefer schlugen beim Sprechen unkontrolliert aufeinander. Der Alkohol wirkte rasch. »Sauf sie leer, bevor der Iwan sie kaputt schießt!«

»Zu was sind wir abgehauen, wenn wir jetzt genau die gleiche Scheiße am Hals haben?«, lallte Fritz.

»Weil ihr Idioten seid!« Völlig willkürlich Grimassen schneidend, schwenkte Rollo die Flasche. »Wir müssen uns zerstreuen, dann trifft's nur einen auf einmal.«

»Alle oder keinen!«

Sie klammerten sich weiter aneinander wie Schiffbrüchige auf einem kenternden Boot, und Hans drehte den Kopf, bis er den Himmel über sich sah. Feuerblitze, Stahlsplitter, Rauch, Dreck. Er hatte die Angst verloren und verlor nun auch die Gleichgültigkeit; er begann, das gewaltige Schauspiel der Vernichtung zu genießen. Er lächelte. Erde zu Erde, Asche zu Asche, Fleisch zu Erde, Stahl zu Rauch.

Die letzte Werferstellung wurde pulverisiert zu einem Universum aus Metallsplittern und Fleisch, und wären die Menschen aus Stahl gewesen, wie es der Führer immer wieder gefordert hatte, es hätte nichts genützt, denn seine Kanonen erwiesen sich als nur wenig widerstandsfähiger als ihre Knochen. In immer neuen Einschlägen wallte auseinandertreibendes schwarzes Gewölk, die Elemente verschmolzen, Feuer, Erde, Wasser, Luft, nicht mehr unterscheidbar. Wirbel, Trichter, Rauchballen.

Ein zum dritten Mal aus dem Himmel fallendes Sturmgeschütz begrub die Teile einer Sanitätskompanie, die aus den rauchgefüllten Tiefen der Kasematten ins Freie getaumelt war, die Reste eines vorgeschobenen Beobachters klatschten zwischen die Maschen eines Stacheldrahtverhaus, und am anderen Ende der durchrissenen Leitung blieb ein tobender Oberst zurück, der Einzelheiten gemeldet haben wollte, Details.

Ein Schwall neuer Granaten ergoss sich in den Blut- und Metallbrei. Die Stunden schmolzen im Zwielicht dahin. Das Dorf verwandelte sich in einen überdimensionalen Aschenbecher, überquellend von verbrannten Menschen- und Materialresten, zu immer neuen, groteskeren Kriegsdenkmälern aufgetürmt. Ausgedrückt. Abgeaschert. Der Einzelne nicht einmal ein Fliegendreck auf einer Karte. Dort wurde nur noch nach Hunderten, Tausenden gerechnet, die Nullen summierten sich, und die Ungeheuerlichkeit der Zahlen würde ebenso spielend die Vorstellungskraft der Hinterbliebenen sprengen, ihre Leidensfähigkeit, wie die Sprengstücke der Granaten die Leiber. Wie sollte noch angemessen getrauert werden um über eine Million Tote, Menschen, verreckt im Kampf um eine einzige Ruinenstadt, wenn allein der Leidensweg eines Einzelnen unendlich schien? Abhärtung, Gewöhnung, Abstraktion, Sachlichkeit. Sechs

Milliarden verpulverter Reichsmark! Sechstausend Mark pro Leiche. Kein schlechtes Kopfgeld.

Die höchste Form der Demütigung aber war das Abgleiten in den Wahnsinn, so wie es dem ehemaligen Leutnant Hans von Wetzland geschah, der begierig die letzten, die einzigen Drogen, mit denen dieses Inferno zu ertragen war, mit Schnaps in sich zum Lodern brachte, bis er sich im Auge des Zyklons glaubte, im ruhenden Zentrum der Hölle, ein Kriegsgeschöpf, befreit von jeder menschlichen Regung.

Durch den Qualm hindurch sahen sie plötzlich die Silhouetten von Flugzeugen. Fritz legte sich betrunken auf den Rücken, feuerte auf sie.

»Hör auf!«, brüllte Rollo, der in einer Rauchlücke den lang gestreckten Rumpf einer Heinkel ausgemacht hatte. »Das sind Deutsche!« Er packte Fritz' Arm. »Mensch, da …«

Die Flugzeuge, unter heftigem sowjetischen Beschuss, warfen Versorgungsbomben ab. Fritz schoss weiter, in seinem benebelten Gehirn unterschied er nicht mehr zwischen feindlichen Flugzeugen, die ihn beschossen, und eigenen, die ihn schmählich im Stich gelassen hatten. Die Kugeln seiner MPi stießen ins Gewölk, knapp an einer Versorgungsbombe vorbei, die hundert Meter hinter den Rändern der Zerstörung zu Boden fiel. Fritz starrte mit offenem Mund auf die Stelle, wo das Essen für mindestens eine Woche im tiefen Schnee versank. Die anderen stierten in dieselbe Richtung.

»Fressen oder Tod!«

Sie sprangen aus dem Trichter, torkelten bis zum nächsten, warfen sich hinein. Das deutsche Flugzeug, das die Bombe abgeworfen hatte, wurde währenddessen getroffen, stürzte brennend ab.

Nachdem die nächste Walze über sie hinweggefegt war, sprangen sie wieder auf, liefen etwas zielsicherer zu der Bombe, sprangen von einem Trichterrand in den tiefen Schnee. Er reichte ihnen bis zum Hals.

Die Hoffnung auf etwas Essbares verlieh ihnen einmal mehr übernatürliche Kräfte. Wild mit den Armen rudernd, arbeiteten sie sich keuchend bis zu der Versorgungsbombe durch, die unversehrt im Schnee steckte. Die Umgebung vor ihren Augen schwankte, das Herz raste und sandte schmerzhafte Stiche bis unter die Schädeldecke. Vergebens versuchten sie ihren Fund zu der Ruine einer einsamen Bauernkate zu zerren. Eine neue Feuerwoge rollte in gefährlicher Nähe an ihnen vorbei.

Fritz schlitzte die Bombe mit seinem Messer auf, griff sich in fieberhafter Eile einige Tafeln Schokolade, Hans und Rollo ergatterten ein paar Konserven, sie keuchten auf die Ruine zu, hechteten im letzten Moment mit ihren Kostbarkeiten in einen Trichter. Ein Volltreffer zerstörte die Bombe und bedeckte sie mit Konservensplittern und Schweinefleischresten.

Fritz riss mit fliegenden Fingern die erste Schokolade auf, biss die Hälfte ab. Speichel lief ihm über das rußverschmierte Kinn, er schluckte ohne zu kauen, in seinen Augenhöhlen erschien ein beinahe überirdisches Leuchten. Lachend schwenkte er den Rest der Tafel gegen das brennende Flugzeugwrack.

»Bombe rechtzeitig abgeworfen, guter Mann!«

Das Feuer verlagerte sich weiter nach hinten.

»Los!«, brüllte Rollo, der seine Rindfleischkonserve nicht aufbekam und Angst hatte, dass Fritz die ganze Schokolade allein fraß.

Sie sprangen auf und stolperten in die verbrannte Ruine.

77

Dort fielen sie erschöpft zu Boden. Nach Luft japsend gewöhnten sie sich an den Gedanken, dass sie nicht nur lebten, sondern tatsächlich auch etwas zu essen hatten. Bevor sie damit anfingen, warfen sie einen letzten ungläubigen Blick auf die Lebensmittel, um die sich ihre Hände gekrallt hatten. Erst leise und stoßweise, dann immer lauter, begannen sie durcheinanderzukrächzen. Sie lachten und weinten, ihre Geschmacksnerven lernten schneller, zwischen Schokolade und gedörrten Datteln zu unterscheiden, als ihre Gefühlsnerven zwischen Freude und Trauer.

Es trieb ihnen die Tränen in die Augen, sie konnten sich nicht erinnern, jemals etwas so Schönes erlebt zu haben, sie konnten überhaupt nichts mehr denken, nichts mehr fühlen, nichts mehr sehen außer dieser wunderbar duftenden braunen Milchschokolade.

Und sie waren so sehr mit Essen beschäftigt, dass sie den Schatten nicht bemerkten, der von hinten über sie fiel. Begeistert rissen sie neue Packungen auf, fanden Präservative. Fritz stülpte Rollo einen über den Zeigefinger. »Geh raus, vielleicht haben sie die Weiber gleich mit abgeworfen!«

»Macht euch mal keine Sorgen mehr um Weiber, ihr könnt sowieso gleich Engel ficken«, sagte eine Stimme hinter ihnen.

Langsam drehten sie sich um.

Oberstleutnant Laske, ehemaliger Regimentskommandeur, Kommandierender des Erschießungskommandos, war zu seinem Leidwesen in letzter Minuten nicht zum Flugplatz, sondern zum Frontdienst befohlen worden. Gerade noch rechtzeitig hatte er sich von seiner Kampfgruppe entfernen können und befand sich nun in Gesellschaft weniger Getreuer auf dem Weg in die vorerst rettende Ruinenstadt. Warum sollte der Chef auch verrecken, solange es dafür noch Untergebene gab?

Einer der wenigen Untergebenen, die seinen Führungsqualitäten noch nicht zum Opfer gefallen waren, war Oberleutnant Haller. Er war ebenso verbittert wie Laske über die Willkür der Vorgesetzten, die ihn mit seinem Ordnungskommando ins Feuer geschickt hatten, als wäre er ein gemeiner Landser. So war er Oberstleutnant Laske gefolgt. Er bewunderte Laske dafür, dass er selbst in schwierigsten Situationen für unbedingte Einhaltung der Dienstvorschriften und für die Befolgung des Militärstrafgesetzbuches sorgte. Das galt auch und vor allem für den kürzlich herausgegebenen Armeebefehl, Plünderer umgehend zu erschießen.

»Waffen weg!«, brüllte Haller. »Aufstehen!«

Rollo und Fritz legten ihre MPis auf den Boden. Langsam erhoben sie sich. Rollo steckte hilflos eine Konservenbüchse unter seine Uniform.

Jetzt ist es also endgültig aus, dachte Fritz. Er wunderte sich, wie gleichgültig ihm das war. Hastig stopfte er weitere Schokolade in sich hinein. Wenigstens sterbe ich schnell und satt, dachte er.

Auch Hans hatte keine Angst. Er fühlte auch keine Wut, nicht einmal Hass oder Verachtung, gar nichts. Nach dem Trommelfeuer, das er eben überlebt hatte, schien es ihm allerdings schlicht und einfach unmöglich, dass er nun das Opfer dieser beiden Schießbudenfiguren werden sollte.

»Wie sieht's draußen aus, Haller?«, fragte Laske. »Können wir's an der frischen Luft machen, oder müssen wir's hier drin erledigen?«

Haller warf einen Blick nach draußen. »Feuer hat nachgelassen, Herr Oberstleutnant. Russischer Angriff dürfte kurz bevorstehen.«

Laske nickte. »Lange brauchen wir ja nicht.«

Erst jetzt erkannte Haller die drei. Er dachte kurz an den toten Slesina, der seine Spielschulden nie mehr würde zurückzahlen können, und leckte sich aufgeregt über die Lippen. »Herr Oberstleutnant, das sind die Mörderschweine, von denen ich Ihnen erzählt habe.«

»Na, umso besser«, meinte Laske gelangweilt, der so schnell wie möglich aus dem russischen Angriffsbereich heraus wollte. »Fangen wir an.«

Er hatte die drei noch immer nicht wiedererkannt, denn er pflegte nur Leute wiederzuerkennen, die wichtig für ihn waren.

Haller kämpfte sichtlich mit sich. Er hätte nichts lieber getan, als die drei Schweine totprügeln zu lassen, denn für jeden von denen war eine Kugel zu schade. Aber er wusste, dass einer von ihnen ein Leutnant war, und so schwer ihm das fiel, er wollte sich auch jetzt nicht zu einer offensichtlichen Gesetzlosigkeit hinreißen lassen.

Er zeigte auf Hans. »Der da ist Offizier, ein Leutnant.«

»Na und?«

»Offiziere müssen vors Standgericht, Herr Oberstleutnant.«

Laske verzog den Mund. »Das Standgericht bin ich. Mitkommen!«

Rollo holte seine Konservendose wieder unter dem Mantel vor. »Deswegen braucht ihr uns doch nicht gleich abzuknallen! Wir haben die Sachen nur aus dem Feuer gerettet.« Hilflos hetzten seine Blicke von einem zum andern. »Ohne uns wär alles am Arsch gewesen!« Unbeherrscht riss er Fritz die Schokolade aus der Hand. »Hör endlich auf zu fressen, Idiot!«

»Wieso? Die Schweine knallen uns eh ab.«

»Hände hoch!«, brüllte Haller. »Mitkom...«

Hans hechtete aus einer der Fensterhöhlen. Laske riss die Pistole herum, feuerte, hörte einen Schrei. Mit einem Wink schickte er Haller nach draußen.

Der blinzelte nervös, traute sich nicht, den Befehl einfach weiterzugeben, und ging mit kleinen Schritten ins Freie.

Hans lag reglos auf dem Bauch im Schnee. Haller richtete den Lauf seiner MPi auf ihn.

»Was ist denn?«, fragte Laskes Stimme nervös. »Ist er erledigt?«

Haller nickte. Dann fiel ihm ein, dass man ihn von drinnen nicht sehen konnte, und er rief: »Jawohl, Herr Oberstleutnant.«

Vorsichtig ging er auf Hans zu. Der Schnee unter dem reglos Daliegenden war blutig. Erleichtert atmete Haller auf, bleckte die langen Schneidezähne. Die Versuchung war zu groß, er wollte unbedingt noch einmal das Gesicht seines toten Gegners sehen. Er drehte den Körper mit dem Stiefel um, hörte den Knall, spürte einen schmerzhaften Schlag in die Brust und hopste mit einem lächerlichen kleinen Schritt zurück.

Ungläubig starrte er auf die Pistole, die Hans in den Händen hielt und die jetzt auf sein Gesicht zeigte. Hans schoss noch einmal, und Haller spürte einen dumpfen Schlag zwischen den Augen. Seine Brille und sein Blickfeld splitterten gleichzeitig.

Er kippte zu Boden und fletschte ein letztes Mal wie ein treuer Hund die Zähne, um Meldung zu machen, ehe er verschied.

Hans richtete sich auf, und weiteres Blut aus seiner Splitterverletzung tropfte in den Schnee.

Rollo und Fritz waren bei jedem Schuss zusammengezuckt. Jetzt hast du's also endlich geschafft, dachte Fritz und versuchte die aufsteigenden Tränen zurückzuhalten. Du hättest dich gar nicht so anzustrengen brauchen.

Laske grinste hämisch. »Hast du noch immer Appetit?«

»Ja«, sagte Fritz leise. Er würde nicht flennen, nicht vor diesen Schweinen! Mit eisernem Willen aß er weiter.

»Seht euch den an!«, wandte sich Laske an seine drei Chargen. »Frisst, obwohl wir gerade seinen Kameraden abgeknallt haben.

Menschlich und charakterlich ein Stück Scheiße!« Er hörte Schritte hinter sich. »Haben Sie die Sau gründlich erledigt?«, fragte er.

»Ja«, antwortete eine heisere Stimme.

Laske begriff sofort, dass es nicht die von Haller war. Und er begriff, dass der Mann hinter ihm mit Sicherheit Hallers MPi in den Händen hielt.

»Waffen weg, Hände hoch!«, kommandierte der Leutnant.

Die Feldgendarmen sahen Laske unsicher an.

»Tut, was er sagt!«, schrie Laske, der nicht die geringste Lust hatte, wegen ein paar Tafeln Schokolade und einigen Konserven draufzugehen. Beflissen hob er die Hände. Lauter Wahnsinnige! Umgeben von Wahnsinnigen! Wenn er gewusst hätte, dass hier nicht mal ein ordentliches Mittagessen für einen einzigen Mann zu holen war ... Wenn er an seine Verbindungen in Stalingrad-Nord dachte, an die Lastensegler bei der Fliegerschule ... Diese verdammten Exekutionen! Er hatte schon einmal deswegen ein Flugzeug verpasst. Das würde ihm nicht ein zweites Mal passieren.

Unbehaglich stellte er fest, dass seine Feldgendarmen die Waffen zwar gesenkt, aber nicht weggeworfen hatten. Die zwei Dreckgestalten vor ihm aber hatten ihre Waffen wieder vom Boden aufgehoben. Eine Situation, die jeden Augenblick explodieren konnte.

»Hören Sie!«, sprach er und drehte sich langsam und mit erhobenen Händen zu dem Leutnant um. »Es hat wirklich keinen Sinn, dass wir uns hier gegenseitig wegen ein paar Konserven abknallen. Ich muss ein Mindestmaß an Ordnung aufrechterhalten. Ich habe mich dabei an den Armeebefehl gehalten, das können Sie mir nicht übel nehmen. Also, ich schlage vor, wir vergessen den bedauerlichen Vorfall, der hier gerade passiert ist. Ich will nicht Ihre Namen, Ihre Dienstgrade, Ihre Einheit. Die Lebensmittel können Sie behalten. Lassen Sie uns jetzt gehen.«

»Ist doch 'n prima Vorschlag«, sagte Rollo, senkte erleichtert die Waffe und nahm Haltung an. »Vielen Dank, Herr Oberstleutnant.«

»Schon gut.« Laske versuchte, den gehetzten Unterton in seiner Stimme zu unterdrücken. »Kommt, Leute.«

Er machte einen Schritt vorwärts und sah in die starren blauen Augen des Leutnants.

»Ihr werdet nirgendwo mehr hingehen«, brachte der zwischen ebenso starren, blau gefrorenen Lippen hervor. »Ihr werdet hier bleiben. In Stalingrad.«

Die joviale Miene des Oberstleutnant, bekannt und beliebt bei Frauen unterschiedlicher Nationalität, zerfiel unter dem Blick dieser starren blauen Augen, bekam dreckige Wangen, einen zitternden kleinen Mund und trotzige, weiß leuchtende Augen, und seine Pelzmütze verwandelte sich in das abgewetzte Schiffchen, das Sascha, der Russenjunge, getragen hatte.

Hans schoss. Und mit einem Schrei, an dem nichts Menschliches mehr war, riss er den Lauf seiner MPi von Laskes wegsackenden Körper zur Seite und hielt ihn auf dessen Schergen, die ihre Waffen zu spät wieder hochrissen, denn auch Fritz begann zu schießen.

Rollo starrte mit heftig pendelndem Kopf auf die Toten, und plötzlich merkte er, dass auch er noch eine Waffe in den Händen hielt, und warf sie weg, als hätte er sich daran verbrannt. »Was habt ihr getan? Was habt ihr Idioten getan?« Stumm vor Entsetzen starrte er Laske an, der sich mit einer Hand den Bauch hielt und mit der anderen über den Boden tastend auf ihn zukroch wie ein sterbendes Tier, das sich mit letzter Kraft zu seinem Herrn schleppt. Das konnte nicht sein, es war doch ein Oberstleutnant, Regimentskommandeur, und er, Rollo, ein Nichts, ein halber, ein Dreivierteldeserteur.

Wimmernd starrte er Laske an, der weiter zu ihm kroch und dem dabei Eheringe, Schmuckstücke, Medaillons und sogar einige Goldplomben aus dem Mantel fielen.

Hans schob Fritz beiseite, der Laskes Schmerzensschreie durch einen Kopfschuss beenden wollte. Sein Gesicht wirkte wie aus Stein gemeißelt. Und seine Gedanken waren es auch. Der Tod hatte ihn nicht gewollt, also würde er weiterleben bis zuletzt. Das war ein letztes, schreckliches Spiel, und er war entschlossen, noch einige Runden zu gewinnen. Einfach so.

Gefühllos wie ein Chirurg die Operationswunde musterte er Laskes zerschossenen Bauch. Dann die Wertsachen. Er bückte sich, hob einen schweren goldenen Siegelring auf, hielt ihn Laske vors Gesicht. »Wo hast du das her? Wo sind die Lebensmittel, die du damit gebunkert hast?«

»Was für Lebensmittel?«, stammelte Rollo verständnislos.

»Wenn Sie nicht draufgehen wollen, hören Sie mir zu! Hören Sie mir zu, oder Sie verrecken!« Die Stimme des Leutnants klang so furchterregend, dass Laske sich den Schmerz verbiss. Es wurde still. »In unserer Bombe waren ein paar Morphiumampullen«, sprach Hans langsam und deutlich und starrte dem sterbenden Laske in die Augen. »Wenn Sie uns sagen, wo ihr die Lebensmittel gebunkert habt, bekommen Sie eine Spritze, und wir bringen Sie ins nächste Lazarett.«

Laske warf den Kopf hin und her. Er knirschte mit den Zähnen, schluchzte: »Die Schmerzen ... Ich kann nichts sehen vor Schmerzen ...«

»Wo ist das Depot?«

»Unser Depot ...«, keuchte Laske. »Unser Depot ... es ... ist ...«

»Ich gebe Ihnen die Spritze sofort. Das ist nur ein Bauchschuss, Sie kommen durch, mit Morphium kommen Sie durch!«

»Nicht mehr schießen«, flüsterte der Oberstleutnant.

»Nein, wir schießen nicht.«

Laske versuchte mühsam, die Augen zu öffnen, ein letzter Reflex, um zu ergründen, ob der Leutnant die Wahrheit sagte. Es gelang ihm nicht. Er hatte nicht mehr viel Zeit. Er konnte die Schmerzen nicht mehr aushalten. Er brauchte die Spritze. »Ja ... Es ist gut ... Nordteil ... hinter dem Timoschenko, unter den ... den weißen Häusern durch.«

Er erinnerte sich an durchgeführte Razzien. »Auskämmen, einsatzfähig. Innenhof ... rote Mauern, Mitte, russisches Panzerwrack ... innen Falltür ... alles da ... Kaffee, Kognak, Schoko ... Alles da ... alles ... Verz...«

Er konnte das Wort nicht mehr zu Ende sprechen. Mühsam hob er die flatternden Lider, versuchte wieder zu schreien, aber neues Blut versperrte den Weg, und der Kot aus seinen zerstörten Eingeweiden stank aus seinem aufgerissenen Mund. »Spritze!«

Hans starrte aus dem Fenster. Ein schüchterner Lichtstrahl hatte durch die abziehenden Qualmmassen des Artilleriefeuers gefunden. Er reflektierte im Schnee und blendete seine Augen. Er fühlte sich leer, gereinigt, verlassen. Wie eine Gefängniszelle, deren Insasse gerade zur Exekution geführt worden war.

Er beugte sich über Laske und flüsterte: »Erinnere dich an den Jungen. An den kleinen russischen Jungen, den du hast abknallen lassen. Erinnerst du dich?«

Laske stöhnte. »Nein …«

»Zehn Jahre alt. Ein kleiner Junge. Denk nach!«

»Es … waren … so viele …« Laskes Worte kamen in immer größeren Abständen. »Jetzt … tut mir leid … so viele …«

Hans wusste, dass Laske die Wahrheit sagte. Er konnte sich nicht mehr erinnern. Wozu auch? Um zu wissen, warum er starb? Er würde es nicht mehr begreifen. Es war auch egal. Es hatte sich eine so gewaltige Menge an Schuld und Sühne angesammelt, dass beides nichts mehr wert war. Eine Schuld- und Sühneinflation.

»Irene …«, stammelte der Sterbende und versuchte ihm seine Hand entgegenzustrecken, »Irene … bitte …«

Hans sah auf. Sein Blick suchte Rollo, der zitternd in einer Ecke hockte. »Wir schießen alle. Auch du, Rohleder!«

Rollo blinzelte verwirrt. »Ihr könnt doch nicht einen Offizier … Du hast gesagt, wir bringen ihn ins Lazarett!«

»Dann können wir uns gleich hier umlegen«, sagte Hans hart.

Rollo brauchte ihn nicht anzusehen, um zu wissen, dass er es ernst meinte. Zum ersten Mal seit langer Zeit fühlte er sich dem ehemaligen Leutnant unterlegen.

Er hob eine MPi vom Boden auf. »Was soll's?« Sein Gesicht verzerrte sich verächtlich. »Lamettahengste sind auch nur Verbrecher. Genau wie wir.« Sein Kopf ruckte hoch, und er schrie: »Ihr Arschlöcher denkt wohl, ich bring das nicht!«

Er trat zu Laske und richtete die Mündung seiner Waffe auf dessen Kopf. Laske spürte die Bewegung, sein Mund öffnete sich zu einem schrecklichen Grinsen. »Spritze …«

»Halt's Maul«, sagte Rollo tonlos und drückte ab.

Er drehte sich um und starrte die beiden anderen mit flackernden Augen an. »Na los!«, brüllte er, und Tränen liefen ihm übers Gesicht. »Is was, oder klemmt das Höschen?«

Es war derselbe Spruch, mit dem er sich früher gegen den Feind aufgemacht hatte. Jetzt führte man Krieg gegen die eigenen Leute, wobei die Frage zu stellen war, ob sich die schlimmsten Feinde nicht schon immer in den eigenen Reihen befunden hatten. Aber diese

Frage stellte sich Rollo nicht, und für Fritz und Hans war sie längst beantwortet. Endlich hatten sie einen der verhassten Offiziere vor den Läufen, einen von den Lügnern, Sklaventreibern, Mördern, die sie in dieses Inferno gejagt hatten!

Die Grausamkeit fuhr wie ein gewaltiger Windstoß in ihre ausgemergelten Körper und schoss aus den Pistolenmündungen wieder heraus, und für Hans war es, als würde er mit jeder Kugel sein eigenes, verhasstes Spiegelbild zusammenschießen. Rollo lachte verzweifelt auf und begann ebenfalls zu schießen, und sie schossen besinnungslos weiter, bis die Magazine leer und die Gehorsam- und Obrigkeitsstrukturen in ihren Köpfen ebenso tot, zerfetzt, zerstört waren wie der Körper zu ihren Füßen.

Es war ein archaisches Tötungsritual.

78

Die Agonie einer Armee.

Das Röcheln des Todes in eisigen Nächten, durchweht von Schneestürmen, überbrüllt von Granaten. Auf der Steppe lagen die Leichen verstreut, als wäre eine lange Perlenkette zersprungen, am Himmel spannen die russischen Salvengeschütze ihr leuchtendes Netz.

Hans von Wetzland und seine drei Gefährten stemmten sich auf Nebenpfaden gegen den heulenden Wind, der immer wieder von Osten her aufsprang. Gegen ihn boten weder die durchlöcherten Mäntel der Feldgendarmen noch der blutbeschmierte Pelz des Oberstleutnants einen hinlänglichen Schutz. Die einzige Erleichterung war ein Schlitten, den sie in einem Unterstand mitten in der Schneewüste gegen zwei Eheringe eingetauscht hatten, bei einem ehemaligen Hauptfeldwebel der Truppenbetreuung. Der führte einem Haufen verröchelnder Verwundeter drei notdürftig geklebte Schleifen von Zarah-Leander-Filmen vor, als Ersatz für Verbände und Schmerzmittel, während ein russischer Überläufer, dankbar, den Maschinenpistolen des NKWD entkommen zu sein, die Pedale eines Fahrrades trat, dessen Zahnräder mit dem Projektor gekoppelt waren.

Der Schlitten war vor nicht ganz zwei Wochen für den Durchbruch nach Westen gebaut worden. Die Idee, zu Fuß und mit Holzschlitten feindliche Minenfelder, Artillerie und Panzerketten überwinden zu wollen, war nur eines der vielsagenden Beispiele für die Realitätsnähe deutscher Befehle. Jetzt diente er dafür, die letzten Habseligkeiten von drei Deserteuren zu tragen, auf dem Weg nach Osten. Der gegen die Lumpen peitschende Wind bot die einzige Orientierung im Schneegestöber und im Kopf funkelte der Fixstern von einem Depot, vollgestopft mit Lebensmitteln, ein Gedanke, an den sie sich so verzweifelt klammerten wie ein Ertrinkender an ein Stück Holz.

Der ehemalige Leutnant war der Erste, der diesen Rettungsanker losließ, der nicht mehr denken konnte, was er wollte. Sein Geist saß gefangen in Lumpen, Läusen und Blut.

Sein Gehirn dachte ohne sein Zutun, außer Kontrolle geraten wie eine überforderte Maschine. Nachdem es ihm nicht gelungen war zu sterben, richtete sich sein Hass endgültig gegen andere. Von den Wogen des Trommelfeuers an die immer kürzer werdenden Ufer des Kessels zurückgeworfen, bildete er sich ein, es wäre sein Schicksal, er wäre zum Werkzeug geworden, um seine eigene Kaste zu richten, zu töten, zu verbrennen, bis zuletzt. Gross hatte es gesagt, und er würde es ausführen, nicht in der Heimat, sondern hier!

Die Erschießung des Oberstleutnants steigerte in ihm diesen Gedanken zum besinnungslosen Wahn: die Henker der eigenen Armee, des eigenen Volkes, durch die Armee, durch das Volk zu richten. Er war nicht fähig gewesen, im Vollbesitz seiner geistigen Kräfte das Richtige zu tun. Er war nur fähig, es in Agonie, in Verzweiflung, in Wahnsinn zu tun, auch wenn es viel zu spät war.

Ein neuer Feuerschlag, bedrohlich nahe in ihrem Rücken, ließ sie auf eine Senke hinter einem verbrannten, noch glühenden Wäldchen zutaumeln. Sinnigerweise hatte es einmal den Namen Blumentopf getragen und war eines der letzten deutschen Artillerienester zwischen Goroditsche und Stalingrad gewesen. Jetzt war es von Raketenschlag und Panzerbeschuss zu einem mit Geschützteilen, verkohlten Balken und rosigem Geschlinge gefüllten Rußtopf gefetzt.

Unter dem Heranheulen einer neuen Geschossserie stolperten sie in einen solide mit Eisenbahnschwellen und Bauholz abgestützten Bunker, der tief in den Fuß der Senke gehauen war.

Sie fielen eine schmale Treppe hinunter, während hinter ihnen die Erde aufbrüllte und die Sprengstücke heulten, direkt in das Reich von Oberst Jäger, der, dem Ernst der Stunde angemessen, weißhaarig, schmalgesichtig, würdevoll hinter seinem Kartentisch saß und, den Telefonhörer ans Ohr geklemmt, die üblichen Sentenzen von sich gab:

»Wann kapituliert wird, sage ich. Durchhalten, ja. Bis zur letzten Patrone. Das ist barmherziger als die Kriegsgefangenschaft. Wir sterben wie Männer!«

Er knallte den Hörer auf und starrte die drei abgerissenen, schneebedeckten, nicht mehr menschenähnlichen Gestalten in einer Mischung aus Widerwillen und Verwunderung an, aber auch für diese Situation hatte er die passenden sprachlichen Versatzstücke:

»Da hört sich doch alles auf! Was fällt Ihnen ein? Wer sind Sie überhaupt? Machen Sie gefälligst Meldung! Haben Sie die Sprache verloren, Herr!«

Er bemerkte, dass seine Hände in Strümpfen steckten, die er, dem Leben noch zugeneigt, nach der traurigen Besichtigung des Wäldchens Blumentopf über dem Ofen getrocknet hatte. Während des erneuten Beschusses und als immer mehr katastrophale Meldungen von der Front eingetroffen waren, hatte er eine unscheinbare weiße Kapsel auf der Mitte seines Kartentisches platziert, bezeichnenderweise in der Kesselmitte, direkt auf dem verlorengegangenen Flugplatz Pitomnik.

Die drei Kreaturen hatten ihn beim schicksalhaften Schwanken gestört. Ärgerlich wischte er sich die Strümpfe von den Händen. Musste mit ansehen, wie einer dieser menschlichen Müllhaufen, ohne Haltung, ohne ein Wort, zu einem Teller mit einem unversehrten Schinkenbrot ging, es mit seinen dreckigen Klauen hochnahm, die Hälfte abbiss und weiterreichte.

Der Oberst brüllte, wollte nach seiner Pistole greifen und ließ es, als ihm einfiel, dass er sie seinem Adjutanten für den Fronteinsatz geliehen hatte. Er wollte aufstehen und ließ auch das, als ihm einfiel, dass seine Hosen auf dem Ofen trockneten. Er verfolgte mit verkniffenem Mund, wie sich die Gestalt in dem blutverschmierten Pelzmantel vor ihm über den Tisch beugte und gegen seine sorgfältig bereitgelegte Zyankalikapsel schnippte. »Allzu rosig scheint die Lage ja nicht zu sein.«

Der Oberst riss die Kapsel hastig vom Tisch. Der leere Brotteller fiel klirrend zu Boden. »Lassen Sie das!«

Sein Atem ging schwer. Nicht nur der Teller, seine Autorität, seine Welt lag in Scherben.

»Gehen Sie!«, stieß er hervor. »Und kämpfen Sie für Ihre Seele, falls Sie noch eine besitzen. Sie sind ja nicht fähig, zu begreifen, was in einem deutschen Offizier mit Idealen zu dieser Stunde vorgeht!«

Ehe sein Gegenüber ihm darauf antworten konnte, wurde das Gewölbe von mehreren Einschlägen erschüttert. Der Oberst legte die Kapsel wieder vor sich auf den Tisch und fixierte sie, der jahrhundertelangen Tragik der deutschen Geschichte gedenkend. Die drei Marodeure beschloss er zu ignorieren.

Nicht ignorieren konnte er den Leutnant in zerrissener Stabsuniform, der mit tief aufgeklafftem Gesicht blutüberströmt in den Raum stürzte und betont zackig grüßte; angesichts der Situation der blanke Hohn.

»Herr Oberst, Unteroffizier Schneider lässt anfragen, wie lange Sie noch für Ihre Entscheidung brauchen. Kampfgruppe Dellwang zusammengehauen, unsere Ari zerfetzt, russische Panzerspitzen erneut rechts und links Goroditsche durchgebrochen, Lage aussichtslos …«

»Halten Sie den Mund, Helly«, fuhr ihn der Oberst an. »Wie die Lage ist, bestimme immer noch ich!«

Der Fernsprecher rasselte, Helly nahm hastig ab.

»Kampfgruppengefechtsstand Jäger.« Er reichte den Hörer weiter. »Feldwebel Kalmeit. Sie können sich auch nicht mehr halten.«

Der Oberst riss ihm den Hörer aus der Hand. »Verdammt noch mal, Kalmeit! Sie haften mir mit Ihrem Kopf dafür … Kalmeit?«

Die Verbindung war unterbrochen worden. Stabsleutnant Helly begann laut und respektlos zu lachen.

»Hören Sie auf, Helly!« Das Gesicht des Obersts war fahl. »Na schön, sterben wir, wie es sich für deutsche Soldaten gehört.«

Den Mund zum Strich gepresst, starrte er wieder auf die Kapsel, dachte an seine liebe Frau, die noch unverheirateten Töchter, das Gut im Warthegau, das er so günstig erworben hatte.

»Andererseits, wir haben auch Verpflichtungen der Nachwelt gegenüber. Die Wahrheit über unsere heroische Tapferkeit muss weitergegeben werden. Wir dürfen nicht zulassen, dass sie vom Bolschewismus in den Schmutz gezogen wird. Was meinen Sie, Helly?«

»Ich meine«, sagte der Stabsleutnant und wischte sich das Blut von der Stirn, »dass Ihnen für ein Kapitulationsangebot nicht mehr allzu viel Zeit bleibt.«

Neue Einschläge bestätigten das nachdrücklich. Sie wurden von weiterem, provokantem Gelächter des Stabsleutnants begleitet.

»Ich verbiete Ihnen zu lachen, Helly!«

Der Oberst presste den Mund gegen die Handknöchel, gewann Haltung. Größe. Unnahbarkeit.

»Sie werden jetzt mit diesen Männern nach vorn gehen und die Stellung halten, bis ich für meine Person eine Entscheidung getroffen habe!« Sein Arm schnellte nach vorn. »Bei der geringsten Widersetzlichkeit dieser Kreaturen ist von der Schusswaffe Gebrauch zu machen!«

Helly lachte noch lauter. Dann wandte er sich seinen drei neuen Untergebenen zu. »Los, mitkommen. Geht schnell, Freunde.«

Er war bereits an der Tür, als ihn der Oberst noch einmal anrief.

»Helly!« Der Leutnant blieb stehen. »Helfen Sie mir in meine Hosen.«

Der Leutnant starrte den Oberst an. Sein Blut tropfte auf die Dielen. »Nein.«

Für einen Augenblick fand der Oberst keine Worte. »Sie wagen es?«, keuchte er dann. »Trotz meiner Kriegsverletzung?«

»Ich habe drei Kampfgruppen verheizt«, sagte Helly, langsam lauter werdend, »und Ihren gesamten Stab, weil Sie sich nicht entscheiden konnten, ob Sie diese verdammte Kapsel nehmen oder kapitulieren wollen. Ich gehe jetzt mit den letzten drei Hanseln da raus und lasse mich von den russischen Panzern als Mosaik in den Schnee walzen, weil Sie es befehlen. Aber in Ihre Scheißhosen helf ich Ihnen nicht!« Er machte eine erschöpfte Handbewegung. »Kommt, Freunde. Hat wenig Sinn, wenn wir uns noch einander vorstellen.«

Erstaunt registrierte er, dass die Waffe des Mannes im blutigen Pelzmantel auf ihn zeigte.

»Sind da draußen noch welche am Leben?«

Helly nickte. Ein kurzer Blick in die Augen seines Gegenübers zeigte ihm, dass der Mann irrsinnig war. »Ein paar werden schon noch durch die Gegend kriechen.«

»Gehen Sie raus«, sagte der Mann, »und ergeben Sie sich.« Seine Lippen verzerrten sich verächtlich. »Wenn es noch möglich sein sollte. Gehen Sie!«, brüllte er.

Helly nickte kurz und stolperte zur Tür, und während ihm Wind ins Gesicht schlug, dachte er, dass es eine verrückte Welt war, in der die Wahnsinnigen die besten Einfälle hatten.

Hans richtete seine Waffe auf den Oberst. »Nehmen Sie Ihre Kapsel«, flüsterte er. »Ich zähle bis drei, dann helfe ich Ihnen.«

Der Oberst blinzelte und legte den Kopf leicht schief, als hätte er nicht richtig verstanden.

Plötzlich sprang er hoch, mit einer Schnelligkeit, zu der die drei Deserteure längst nicht mehr in der Lage waren, und stürmte zur Tür.

»Nicht!«, brüllte Rollo und stürzte auf Hans zu. Der hatte die Waffe bereits sinken lassen. Er konnte nicht auf einen Mann in Unterhosen schießen.

Das Zittern der Erde unter näher kommenden Panzerketten ließ auch sie nach draußen laufen. Im Schneegeheul stolperten sie davon, den eisigen Wind im Gesicht, nach Osten. Fielen in einen verwehten Graben. Hörten undeutlich Schreie hinter sich. Drehten, bis zum Hals im Schnee, die Köpfe.

Aus dem niedergebrannten Wäldchen, über die Hügelkette, stolperte, kroch es heran, wie eine dünne, graue, sich durch den Schnee windende Schlange. Deutsche Infanterie. Ohne Waffen, die Knöpfe von den Mänteln gerissen, wahnsinnig vor Angst. Und dahinter, viel zu schnell für die durch den knietiefen Schnee kriechenden Elendsgestalten, hinter einer meterhohen Schneewoge, russische Panzer. Und keine weggeworfene Waffe, keine nach oben gereckten Arme, keine hilflos in den Wehen zappelnden Beine fanden ihre Gnade. Wild kreuzten sie auf einem Teppich roter Flecken hin und her.

Auch der Führungspanzer drehte bei und richtete die Kanone auf den Bunker. Aber er schoss nicht, und Hans, Fritz und Rollo sahen auch den Grund dafür. Es war der Oberst, der in Mantel und Stiefeln aus einem schmalen Bretterhäuschen auftauchte und eine weiße Fahne schwenkte. Das Friedenszeichen bestand aus seiner Unterhose, die er an einen Karabiner gebunden hatte.

Die Luke des Führungspanzers wurde geöffnet, ein russischer Offizier kletterte heraus und reichte dem Oberst nach kurzem Wortwechsel eine Hose und kurz darauf eine Zigarre. Der Oberst bedankte sich und begann zu rauchen. Sagte wohl etwas Nettes über den Tabak, während die restlichen Panzer nach getaner Arbeit konzentrisch auf ihn zufuhren. Ein gefangener Stabsoffizier war wertvoll. Er garantierte höhere Zuteilungen, unter Umständen Beförderung, vielleicht sogar Urlaub.

Durch die Schneeschleier schleppten sich Hans, Fritz und Rollo davon, während dem Oberst in den Führungspanzer geholfen wurde. Er würde sich mit Sicherheit hervorragend zur Umerziehung eignen.

79

Weißes, wehendes Chaos. Schnee knirschte, Knie zitterten, müde Füße schleppten die Last ausgemergelter Körper. Frostweiße Nasen. Abfallende Ohren. Gefrierende Tränen. Lallen. Sie wanderten über apokalyptisches Land, und ihre Gedanken wanderten mit, graue Raupen, die weg von der Normalität in Abgründe krochen, die ihnen so unendlich schienen wie die Leidensfähigkeit ihrer Körper.

In einer ausgebombten Höhle entleerten sie ihre Gedärme. Bekämpften blutige Ruhr mit den in Fetzen gerissenen Soldbüchern der von ihnen erschossenen Feldgendarmen.

Wieder taumelten sie durch den windgepressten Schnee, und Schweißtropfen gefroren auf ihrer Stirn, rannen über ihre Wangen und bildeten Stalaktiten neben dem Kinn.

Hans sah Bilder in Rot und Weiß. Ein tiefer roter Schnitt, den er sich als kleiner Junge mit dem Rasiermesser seines damals bereits verstorbenen Vaters zugefügt hatte. Er hatte geglaubt, auf diese Weise Verbindung mit dem toten Vater aufnehmen zu können, eine Art Blutsbrüderschaft mit dem Jenseits zu schließen. Er erinnerte sich an sein tiefes Erstaunen über den fehlenden Schmerz bei so viel Blut. Er blieb stehen, riss sich den bereits wieder zerlumpten Fäustling des Majors von der Hand und suchte zwischen den peitschenden Schneeflocken nach der Narbe. Die Narbe verlieh ihm wieder seine Identität. Er war noch er selbst.

Zehen, Füße, Beine, Hände, Wangen, alles war gefühllos. Es war unmöglich zu gehen, auch nur noch einen Schritt zu tun, sobald man sich darauf konzentrierte. Nur der Traum, der unter monotonen Wehen geboren wurde, der sich aus der Erschöpfung ins graue Licht zwängte, verlieh ihm die Fähigkeit weiterzugehen. Es war nicht mehr er, der da ging. Es war eine Maschine aus Blut, Fleisch, Eiter und Knochen, ein biologischer Organismus, dessen Notaggregat noch funktionierte.

Blumen, die blutig aufblühten auf lakenweißen Wiesen, Frauenkörper aus Eis auf den erstarrten Wellen eines Sees, zerfetzte Fratzen mit auseinandergebrochenen Gesichtern knirschten unter seinen Stiefeln, eine schwarz gefrorene Gesichtshälfte schleuderte einen stummen Schrei nach ihm, zwei Beine zogen durch seinen erstarrten Blick, die ohne Stiefel wie ein Siegeszeichen des Todes starr und auseinanderstrebend zwischen zwei ineinander verkeilten Sturmgeschützen aufragten. Und überall Wolken von Raben, die sich über die Augen der Toten hermachten, ehe die Kälte sie zu Eisklumpen gefror. Mit stumpfer Sehnsucht verfolgte er ihren schweren Flügelschlag. Die Gnade, in den Zustand eines Tieres zurückzufallen, war ihm noch nicht vollständig gegeben.

Plötzlich, mitten in der Schneewüste, wie eine Nussschale im Ozean des Sterbens, eine aufgespannte Zeltplane und dahinter zwei Mann und ein MG. Sie tauschten Sätze, die merkwürdig normal waren. Die beiden Soldaten waren Mitglieder der 24. Panzerdivision. Für ein paar Krümel Tabak erfuhren sie, dass sich die große Fluchtstraße in die Stadt ungefähr zwei Kilometer südlich befand. Die beiden Soldaten waren bereits zweimal von russischen Panzern überrollt worden. Ihnen war nichts geschehen, einmal hatten sie sogar Tabak bekommen. Froh, endlich in Gefangenschaft zu sein, hatten sie den deutschen Gegenstoß verflucht, bei dem die Russen sie zurückgelassen hatten. Sie hofften, bald endgültig und kampflos in russische Gefangenschaft zu geraten. Das Verbindungskabel zu ihrer Gefechtsstelle hatten sie durchgeschnitten.

Rollo fragte, ob sie nicht lieber mitkommen wollten.

»Nee«, sagte der eine, »wir sind nicht mehr so gut zu Fuß.« Er schlug die Pferdedecke beiseite, die über den Füßen seines Kameraden lag. Sie waren mit blutigen Verbänden umwickelt. Der Soldat versuchte ein Lachen. »Wir bleiben hier und üben schon mal die Internationale.«

»Viel Glück«, murmelte Fritz.

Sie schleppten sich weiter. Nach wenigen Schritten hörten sie das Brummen von Panzermotoren. Sie warfen sich in den Schnee. Es waren zwei russische Panzer, die dicht an dem MG-Posten vorbeifuhren. Der war aufgesprungen, winkte mit einem weißen Tuch und hinkte schreiend den beiden Panzern hinterher. »He, wir ergeben uns, wir ergeben uns!«

Die Panzer fuhren noch fünfzig Meter weiter, dann drehten sie um und fuhren zurück, ohne Notiz von dem einsamen deutschen Soldaten zu nehmen, der schreiend seinen weißen Fetzen schwenkte und hinter ihnen herstolperte. Fluchend blieb er schließlich stehen. Die Ungetüme verschwanden im Nebel. Der Soldat kehrte an seinen Platz zurück, und Hans, Fritz und Rollo schleppten sich weiter. Nach wenigen Metern waren sie der festen Überzeugung, sie hätten dieses Ereignis nur geträumt.

80

Langsam näherten sie sich der großen Todesstraße. Soldatenhaufen zogen vorbei, wie Rauch stiegen sie zwischen den schneeverwehten Hügeln auf und trieben über das Feld, und eine Rauchschwade waren auch die drei ehemaligen Sturmpioniere, Elitesoldaten, zum

Sterben in vorderste Front gestellt. Sie wankten, innerhalb weniger Wochen zu Greisen mutiert, im Todesschwarm der anderen gegen den Wind, und was keiner feindlichen Kugel gelungen war, das gelang jetzt den Sturmböen; sie wurden wie Schilf zu Boden gedrückt, richteten sich schwankend wieder auf, wurden auseinandergeweht und ruderten, vor Erschöpfung trunken, mit den Armen, um wieder zusammenzukommen. Sie klammerten sich aneinander fest, und im Windschatten des Kräftigsten, der immer noch Fritz war, torkelten sie auf das graue Band der Straße zu, während in ihrem Rücken der Regenbogen der Vernichtung leuchtete.

Der ehemalige Unteroffizier Rohleder blieb auf einmal stehen und drehte sich um, starrte gebannt zu dem orange bewölkten rostroten Horizont, dem Sonnenuntergang der sechsten Armee. Und seine zersprungenen, kältezerrissenen Lippen murmelten andächtig etwas von einem »ganz schönen Feuerzauber«, und vielleicht wäre er so stehen geblieben, seiner Moral und Kräfte beraubt, und zu Eis erstarrt, wenn Fritz ihn nicht weitergetrieben hätte, Fritz, der als Einziger noch daran glauben konnte, dass alles irgendwie gut werden würde, wenn sie nur die Stadt und das dort gebunkerte Fressen erreichten.

Im grauen Licht des Tages schneite es Asche auf ihre vom Schnee weißen und steif gefrorenen Lumpenmäntel. Das graue Band vor ihnen rückte schrittweise näher, die große Heerstraße, die einmal den Flugplatz mit der Stadt verbunden hatte. Das Grollen der russischen Artillerie vermischte sich mit dem Geräusch von Lkw-Motoren, mit deutschen Flüchen, Schmerzensschreien, Hilferufen; die Worte »Mutter«, »Gott« und »Scheiße« kamen am häufigsten vor. Die drei tasteten sich einen Abhang hinunter. Ihre vom Schneesturm rot entzündeten Augen nahmen zunächst verschwommen, dann klarer die Karawane des Grauens vor sich wahr.

Die längst geschlagene Armee, ihre an Körper und Geist verkrüppelten Reste, versuchten sich vor den russischen Panzern in die Trümmerstadt Stalingrad zu retten. Verzweiflung, Panik in Zeitlupe, denn zu wilder Flucht war keine Kraft, kein Sprit und kein Weg. Wagen, Panzer, Geschütze, Menschenteile, ineinander verkeilt und zu erstarrten Blechlawinen getürmt.

Pferdekadaver, nicht von Raben, von menschlichen Wegelagerern des Todes bevölkert, ausgebeint, die aufgedunsenen, gefrorenen Leiber auseinandergerissen und wie von Schakalen im Schnee verstreut, die Schädel mit Eisenteilen aufgebrochen und das Gehirn auf Fingern und Mäulern verstreut. Und daneben, zur Seite gepflügt, Geprellte, Gequetschte, von Deichseln Gespießte, und an ihnen vorbei, den Blick nicht mehr auf den Nacken des Vordermannes, sondern auf die mit Lappen umwundenen Beine gerichtet, mit zähem Schritt, jenseits von Wille und Vorstellung, so sah der ehemalige Leutnant Hans von Wetzland, grau wie die Maden in seinen Träumen, die Trümmer der deutschen Infanterie. Und auch er reihte sich mit seinen Gefährten ein in dieses Förderband des Todes, das sich in schleppendem Takt auf die Ruinenstadt Stalingrad zubewegte, zur endgültigen glorreichen Vereinigung der Stein- und Menschenwüsten. Es war nicht einmal ein ebenes Band, das in den Untergang führte. Beschwerlich bis zuletzt, kroch es über Bodenwellen, tauchte in steiler Bahn in eine Steppenschlucht ab oder durchwanderte in engen Schleifen die steilen Ufer eines ausgetrockneten Flussbetts.

Aufheulende Motoren ließen sie die Köpfe drehen, keine russischen Panzer, aber nicht viel besser, deutsche Lkws, behängt mit Verwundetentrauben, schlitterten an ihnen vorbei, fuhren rücksichtslos Schwerverletzte zusammen, die sich mit zwei Stöcken auf Fellen übers Eis zogen, verschwanden schleudernd hinter einem Abhang, um in eine aus der Luft zerbombte Panzerabteilung zu krachen, die in letzten verzweifelten Atemzügen Tross- und Sanitätsfahrzeuge links und rechts die Hänge hochgeschoben und umgeworfen hatte.

Wild schaufelnde Bestien, wutverzerrte Fratzen. Weiter. Verreckt für den Rausch des kollektiven Größenwahnsinns. Weiter. Verfault für die Milliarden der deutschen Schwerindustrie, längst krisensicher und in Fremdwährungen im Ausland gelagert. Weiter.

Das Schneetreiben legte sich, stückweise rissen Wolken und Rauchschleier auf. Neue Nebenflüsse ergossen sich in den Hauptstrom des Todes. Ausgemergelte Männer schleppten Schlitten, leichte Geschütze, verletzte Kameraden auf Zeltbahnen hinter sich her. Nicht immer freiwillig. Hier und da sah man eine gegen das Lasttier gezückte Pistole, Eisen, Holzknüppel. Hackordnung der Vernichtung.

Ein Verwundeter wankte an Hans vorbei, die Arme seltsam starr im Ellenbogen abgewinkelt und in die Höhe gereckt, stolperte über eine Leiche, fiel, und seine erfrorenen Unterarme splitterten auf dem Eis wie Glas. Ein neuer, die abschüssige Straße hinabrutschender Lkw, die Gesichtsöffnungen des Mannes schreckgeweitet. Hans und Fritz rissen ihn knapp vor den Rädern beiseite, wollten weiter, doch der Mann hielt Hans mit den Beinen fest.

»Erschieß mich ... Bitte, erschieß mich ...«

Wieder ein Gesicht, das vor Schmerzen und Verzweiflung zitterte. Und auch er hatte eine letzte Botschaft.

»Zettel in meiner Tasche, schreib meiner Mutter ... Bitte Kamerad, mach Schluss ...«

Der Verwundete versuchte wimmernd mit den Zähnen an seine Rocktasche zu gelangen. Hans kniete sich neben ihn, zog das schmutzstarrende, verklebte Soldbuch aus der Tasche. Fritz hielt dem Sterbenden einen brennenden Zigarettenstummel zwischen die Lippen. Hans zog seine Pistole. Es war die barmherzigste Tat, die es unter diesen Umständen geben konnte, aber es war nicht Barmherzigkeit, die ihn die Tat ausführen ließ. Er entsicherte die Waffe.

»Nicht«, flüsterte Rollo heiser.

Die Augen des Leutnants waren starr, vereist wie seine Gesichtsmaske.

Der Verwundete fuhr mit den Stümpfen über seine Lumpenstiefel. »Danke, Kamerad. Vergelt's Gott ...«

Fritz und Rollo stellten sich als Sichtschutz vor die beiden, Hans drückte ab. Der Knall verlor sich im Donnern der russischen Artillerie.

»Wenn's einen Gott gäbe«, sagte Hans und steckte die Pistole zurück, »würde ich ihn erschießen. In Notwehr.«

Er ging weiter. Fritz folgte in seinem Windschatten. Rollo zögerte. Dann beugte er sich nach unten, zog den Rest der Kippe zwischen den erstarrten Lippen des Erschossenen hervor und sog gierig die letzte Glut heraus, während er Fritz hinterhertappte.

Während seine Füße längst von alleine gingen, starrte Hans stumm auf das Eis der Straße, unter dem in den ersten, mageren Sonnenstrahlen ein grausiges Mosaik schimmerte. Zerfetzte Leiber, zermalmte Gesichter und Uniformteile, über die der Rückzug unbarmherzig rollte und immer neue blutige Stempel hinterließ. Die Gesichter seiner Opfer zogen unter ihm vorbei. Er grinste ihnen zu, stapfte über sie hinweg. Seine kleinen persönlichen Verbrechen verloren sich im gigantischen Verbrechen des Krieges. Die Gesichter überholten ihn, legten sich wieder vor ihn, und er trottete erneut über sie hinweg. Alles zerschießen, zerschlagen, in schwarze Unendlichkeit einschmelzen. Im Takt seiner Schritte:

Töten aus Recht, aus Pflicht, aus Hass, aus Notwehr, aus Barmherzigkeit, aus Spaß. Töten aus Gewohnheit. Töten als Droge. Töten als Rausch, Töten als Sucht.

Die Hölle lag vor dem Tod. Nach dem Tod konnte es nur besser werden. Stummes Gelächter quoll aus seinem Mund. Töten mit der Gleichgültigkeit einer Naturgewalt. Der Schnee unter ihm verwandelte sich in flüssiges Blei, in dem seine Stiefel festzukleben drohten. Schneeflocken durchbohrten ihn. Das Blei stieg durch die Füße bis in seinen Kopf, erstarrte in seinem Schädel; Gedanken verröchelten im Takt seiner Schritte. Der Krieg fraß sie auf, er fraß ihre Eigenschaften, ihr Höllengelächter, ihr Schreien und Weinen, selbst ihren Schmerz. Er fraß alles, schlang es hinunter und spie nur noch gleichförmige Bündel jenseits aller Empfindungen wieder aus, und es war unermesslicher Hohn, dass er ihnen die lebensnotwendigsten Körperfunktionen noch für eine Weile ließ.

Hans' Blick wurde emporgehoben von einer knienden Fratze, die ihm vom Wegesrand her zuwinkte. Seine Augen verengten sich in mechanischem Interesse. Es war kein Winken. Der Mann hatte einen seiner verfaulten Handstümpfe in den Mund geschoben und riss sich bei lebendigem Leib das eigene Fleisch von den Knochen. Seine Augen, ins Weiße verdreht, stierten in etwas, das nur völlige Dunkelheit sein konnte. Die zwölf Stationen der Hölle. Auf welcher Stufe befand er sich?

Die Dämonen seiner Fantasie und der Wirklichkeit flossen ineinander und beflügelten seinen Schritt. Der Todpunkt des Gewissens war durchbrochen, und mit furchtbarer Freude stürmten die Gedanken in die endlosen Abgründe, bis es kein Denken mehr gab. Auf dem Gesicht ein unwirkliches Lächeln, zogen die Bilder des Grauens wie Wolken unter ihm hinweg. Die Materie wurde Licht, und er schritt durch sie hindurch; tastete keuchend und mit fahrigen Bewegungen nach seinem Gesicht, den Armen, dem Brustkorb. Er war noch da. Vollständig da. Erleichtert spürte er sein Herz pochen.

Zyklische Illusion der Erlösung. Es war billig, sich auf außerfleischliche Möglichkeiten zu kaprizieren. Das Fleisch war alles, was man war, und es war genug. Herrlich. Noch nie hatte er seinen Körper so geliebt; bis in jede Faser erfüllte ihn das verzweifelte Verlangen, ihn zu erhalten, ihn überleben zu lassen. Er durfte an nichts anderes mehr denken. Er konnte es, wenn er wollte.

Und wieder eine Steigung, zu steil für ihre ausgebrannten Glieder, ihre stechenden, verkrampften Herzen, und an den Wegesrändern, auf Mitfahrgelegenheiten lauernd, neue Wolken von Todesgesichtern. Sie lehnten in den Luken ausgebrannter Sturmgeschütze, kauerten Schnapsballons leerend in zerfetzten Sanitätsfahrzeugen, saßen auf den geplatzten Rindslederkoffern eines umgestürzten Stabswagens. Ihre Augen und ihre bereitgelegten primitiven Mordwerkzeuge verrieten, auf welchem Weg man sich einen rettenden Platz zu verschaffen gedachte.

Rollo war schneller als sie alle. »Los, rauf!«

Er stürzte einem mit Schwung herankeuchenden Lkw entgegen.

Fritz packte Hans am Arm und riss ihn aus seinen wirren Träumen. Gemeinsam stolperten sie auf den Lkw zu, hinter ihnen die erschöpfte Meute.

Der Beifahrer eröffnete kommentarlos das Feuer. Fritz riss Hans mit sich zu Boden und rutschte auf dem Bauch auf die durchdrehenden Räder des Lastwagens zu. Hinter ihnen stürzten Getroffene auf das Eis, der Rest kroch in Deckung.

Nur Rollo nicht. Mit derselben blinden Wut, mit der er früher feindliche Panzer geentert hatte, sprang er jetzt, die Pistole in der Hand, auf das Trittbrett des Lastwagens und schoss durch das Blech. Der Kopf des Beifahrers sackte gegen die Frontscheibe. Rollo riss die Tür auf, zerrte die Leiche heraus und hielt dem Fahrer die Waffe an die Schläfe. »Anhalten!«

Er sah eine goldumrandete Brille und die silbernen Schulterklappen eines Zahlmeisters. »Hock dich hin und halt die Fresse!«

»Hau ab!« Rollo hieb dem Fahrer die Waffe auf den Kopf, doch er war so schwach, dass er nur wenig Wirkung erzielte.

Der Fahrer wehrte sich, aber auch er hatte keine Kraft mehr, um Rollo ernstlichen Schaden zufügen zu können.

Der Lkw erreichte schlingernd den Scheitelpunkt der Steigung. Hans lief mit letzter Kraft neben dem Führerhaus her, riss die Fahrertür auf und den Bremshebel hoch. Rollo bekam eine Hand frei und hielt dem Fahrer die Pistole an den Kopf. »Raus!«

Hans und Rollo warfen den Zahlmeister aus dem Führerhaus. Ein vierradgetriebenes Kfz 15 donnerte mit blockierenden Reifen von hinten auf ihren Lastwagen.

Fritz keuchte herbei, kletterte ins Führerhaus, stieß Hans und Rollo auf den Beifahrersitz. Rollo jagte einige Kugeln in den von hinten heranschwärmenden Pulk grauer Gespenster, die sich daraufhin um einen Platz in dem aufgefahrenen Fahrzeug zu prügeln begannen. Dessen Insassen wehrten sich verzweifelt, hatten aber gegen die erdrückende Übermacht wenig Chancen.

Von der Ladefläche hörte man das Schreien und Fluchen der Verwundeten.

Fritz riss den ersten Gang in das krachende Getriebe und fuhr mit durchdrehenden Rädern los. Vor ihnen tauchte ein neuer Haufen Verzweifelter auf. Sie waren zu langsam, und es waren zu viele, um durchzufahren. Eine Kugel schlug durch die Frontscheibe.

»Gas!« Rollo versuchte mit der MPi zurückzufeuern. Ladehemmung. Aus Wracks und Schneehöhlen tauchten immer mehr wankende Gestalten auf.

Rollo riss fluchend seine Pistole aus der Tasche. Er hatte noch drei Schuss. Hans schoss noch zweimal, ehe auch sein Magazin leer war. Es war, als ob man in eine graue Wand feuerte. Nichts mehr verband sie mit den Gespenstern, die dort draußen unerbittlich näher rückten. Es ging ums nackte Leben, und je mehr es bedroht war, umso kostbarer wurde es.

Verzweifelt umklammerten sie ihre Waffen, die ohne Munition nur noch kümmerliche Schlagwerkzeuge waren.

Unerwartet erhielten sie Hilfe. Vor ihnen schlug eine neue Serie russischer Granaten ein, zerriss die Straße und die grauen Leiber. Der Detonationsdruck hob den Lastwagen kurzzeitig auf zwei Räder.

Fritz riss die Fahrertür auf, beugte den Kopf nach draußen, um noch etwas zu sehen und umkurvte den rauchenden Trichter, der die halbe Straße weggerissen hatte. Rollo und Hans starrten sprachlos gegen die verklebte Scheibe.

»Macht den Scheiß weg!«, brüllte Fritz. Hans hielt Rollo an den Beinen fest, während der sich aus dem Wagen beugte und mit einem Handlumpen und Schnee die Scheibe wieder einigermaßen sauber wischte.

Sie passierten die feindliche Feuerlinie, ehe der nächste Geschosshagel die Straße hinter ihnen endgültig durchschnitt. Rollo stopfte einen Fetzen in das Loch, das die Kugel in die Frontscheibe geschlagen hatte und durch das ein scharfer, dünner Strahl Kälte pfiff.

Neue Gestalten, wie aus Asche geformt, torkelten vor ihnen auf. Fritz gab Gas, drückte auf die Hupe. Nichts. Rollo hatte die Ladehemmung der MPi beseitigt und hielt sie griffbereit auf den Knien.

»Weiter! Fahr zu!«

Fritz steuerte mit Vollgas auf die Kolonne zu. Vor ihm schleppten sich die erschöpften Soldaten zur Seite. Nur die wenigsten hatten noch Kraft, in hilfloser Wut die Fäuste zu schütteln. Sie überholten einige Trossfahrzeuge mit qualmenden Kühlern.

Auf einmal musste Fritz scharf abbremsen. Eine halb im Straßengraben steckende Haubitze versperrte den Weg. Über dem Rohr hing ein Mann, und ein anderer versuchte, ihn festzuhalten. Der Mann rutschte auf die Straße, Fritz ließ ungeduldig den Motor aufheulen.

»Fahr drüber«, schrie Rollo. Der Mann lag jetzt genau vor ihrem Lkw. Rollo konnte für einen Moment sein Gesicht sehen. »Halt an!«, rief er. »Der Hauptmann!«

Fritz versuchte links vorbeizufahren.

»Halt an!«, sagte nun auch Hans und wies auf eine schmächtige Gestalt, die den Hauptmann vor den Rädern des Lkws beiseite zerrte. Gross. Er schien noch kleiner geworden zu sein. Ruckweise zog er den Körper des Hauptmanns an den Straßenrand.

Fritz trat auf die Bremse, Hans und Rollo sprangen aus dem Wagen. Zu dritt schleiften sie den bewusstlosen Hauptmann zum Führerhaus, das Fritz mit der Waffe in der Hand verteidigte. Rollo knallte die Tür zu. Fritz fuhr scharf an, die Verwundeten auf der

Ladefläche schrien und schlugen gegen die Trennwand. Rollo hieb als Antwort mit dem Kolben gegen das Blech.

Fritz beschleunigte. Der Kühler teilte die graue Raupe des Elends vor ihnen in zwei Hälften. Hans und Gross schauten sich an, versuchten ein Lächeln.

»Hast du es auch noch nicht fertiggebracht zu verrecken?«, flüsterte Gross.

Hans war unfähig, etwas zu sagen. Seine Kehle war wie zugeschnürt. Plötzlich hatte er das Gefühl, alles würde gut werden. Er schloss Gross in die Arme. Gross stöhnte.

»Verwundet?«

»Furunkel überall.« Seine Augen wiesen auf Musk, der nach wie vor ohne Besinnung über seinen und Rollos Knien lag. »Ihn hat's schlimmer erwischt.«

Er wickelte sich die Lumpen von den Fingern und nahm die russische Pelzmütze ab. Im Futter befand sich noch etwas Tabak.

Hans zog das Soldbuch des Soldaten hervor, der um seine Erschießung gebeten hatte. Seine Augen flackerten über verwischte Eintragungen: Vormarsch durch Luxemburg, nach Frankreich. Kämpfe bei Stonne. Vorstoß über Rethel, die Somme bei Ham, Vorstoß über die Aisne.

Dann Russland. Wieder Vorstoß. Diesmal über Bialystok, über Zelwa, Stolpce, Minsk, zum Dnepr. Vorstoß bis Smolensk. Vorstoß über die Desna. Vormarsch auf Moskau. Zurückgeschlagen bei Jepifan und Tula. Da war der Krieg bereits verloren. Trotzdem wieder Vormarsch. Kaukasus. Abdrehen nach Stalingrad.

Jetzt wurde eine letzte Zigarette daraus. Hans reichte sie Gross, und Gross reichte sie Fritz. Fritz blinzelte durch den Qualm auf die Straße, reichte Gross die Zigarette zurück, warf einen kurzen Blick auf die Stiefel von Musk.

»Hast ihm bis zuletzt die Treue gehalten.«

Gross inhalierte gierig. »Ja, wir kommen einfach nicht voneinander los. Hass ist stärker als Liebe.«

Er tastete kurz nach Musks Schlagader. Starrte ihn mit reglosen Augen an. Fast schien es, als hoffte er, Musk würde zu sich kommen, um ihm zuzuhören. Ein teuflisches Grinsen glitt über sein langsam auftauendes Gesicht.

»Schade, dass er's euch nicht selbst erzählen kann. Wirklich schade. Müsst mit mir vorliebnehmen, obwohl ich nur Nebenfigur war. Ein Statist des Todes.«

Er sog gierig an einer neuen Zigarette, gedreht aus einer der Adressen, die keiner von ihnen mehr erreichen würde, und der Rauch schien sich in seinen Lungen in Bosheit zu verwandeln. Seine Augen glitzerten.

»Ihr habt hoffentlich alle vom ebenso berühmten wie einsamen Beispiel unseres tapferen Generals gehört, der mit seinem Karabiner aufrecht stehend auf der Ringbahn die feindliche Kugel erwartete und bekam. Natürlich wollte unser tapferer Hauptmann hier seinem Beispiel folgen. Leider ist er im entscheidenden Moment ausgerutscht.«

Er ließ ein hohles Lachen hören. Hans sah ihn an. Seine Mundwinkel begannen ebenfalls zu zucken. »Du hast ihn umgeworfen.«

»Ich hab ihm das Leben gerettet. Mit einem Faustschlag. Hat ihn einen halben Zahn gekostet.«

Ein kurzer fauchender Laut presste sich aus ihren Mündern.

»Ihr seid Arschlöcher«, flüsterte Rollo. »Verdammte Arschlöcher!«

»Ach, ja?« Gross packte ihn am Arm. »Glaubst du wirklich, ich hätte ihn so abtreten lassen sollen? O nein«, knirschte er durch aufeinandergebissene Zähne und zitterte am ganzen Leib. »So billig kommt er nicht davon. Er wird gemeinsam mit mir hier zugrunde gehen, weiterleben bis zum Schluss, bis das Fieber sein verdammtes Heldentum aus jeder Faser gebrannt hat. Er wird genauso elend verrecken wie wir. Das wenigstens ist er uns schuldig.«

Fritz spürte, wie ein Schauder durch seinen Körper fuhr. Es war nicht die Kälte. Er hätte Musk im Schnee liegen lassen, aber das, was Gross mit ihm machte, war schlimmer.

»Du ... du kannst ihn nicht zum Leben zwingen«, murmelte Rollo.

»Brauch ich jetzt auch nicht mehr«, sagte Gross gelassen. »Jetzt ist er längst soweit wie wir. Er will leben. Frag ihn doch.«

»Geh weg von ihm.« Rollo zog seinen Hauptmann wie eine große, schlaffe Puppe auf seinen Schoß. Der Hauptmann begann vor Schmerzen zu wimmern.

Gross verzog die Lippen. »He, Herrmann, alter Freund. Schau mal, wer dir noch alles das Leben gerettet hat.« Er grinste. »Das wird er mir nie verzeihen.«

Gross' Gesicht verfiel mit einem Schlag, als hätte eine Droge aufgehört zu wirken, und eine stumpfe Trauer erschien darin. Er hatte offensichtlich nicht mehr die Kraft, sie zu verscheuchen.

»Jetzt sind wir endlich quitt«, murmelte er.

»Lass ihn in Ruhe«, sagte Rollo leise.

Musk bewegte wieder die Lippen. »Der Fuß ... Verdammter Fuß ...«, wimmerte er kaum verständlich.

»Ich zieh ihm mal die Stiefel aus«, sagte Rollo.

»Das würd ich nicht tun.«

Musk brüllte kurz auf, wimmerte wieder. Die Schmerzen fuhren in unregelmäßigen Wellen durch seinen Körper, der sich jedes Mal aufbäumte. Paradoxerweise hielt Gross ihn jetzt fest, flüsterte tröstende Worte, strich ihm durchs Haar.

Er hat gelogen, dachte Hans, er hat wieder mal gelogen. Oder er weiß es nicht mehr. So wie ich. Ich weiß auch nicht mehr, was wahr ist und was nicht.

Rollo stieß Gross' Hand weg. »Geh weg da, ich mach das.«

Er beugte sich nach unten und zog Musk vorsichtig den rechten Stiefel aus. Es ging nicht besonders schwer. Er zog den Schaft über den Fuß, verhielt mitten in der Bewegung, starrte auf blanke Knochen. Haut und Fleisch steckten im Stiefel. Rollo würgte.

»Ich hab dir doch gesagt, lass das«, sagte Gross ruhig.

Hans blickte in Musks Augen, der seinen Fuß ausdruckslos musterte. Die Stimme des Hauptmanns war dünn und seltsam klar, als er sagte: »Ich habe mit meiner rechten Seite einfach kein Glück.«

Dann verlor er wieder die Besinnung.

Hans entdeckte ein Rotkreuzzelt in einer schmalen Schlucht neben der Straße, einsam in der Schneewüste. Er machte Fritz darauf aufmerksam, und der nickte nach kurzem Zögern und lenkte den Lkw auf die verwehte Zufahrt.

Sie hatten den Hauptmann gehasst. Sie hätten ihn im Schnee seinem Schicksal überlassen. Und jetzt würden sie alles tun, um seine Schmerzen zu lindern. Es war ein Widerspruch, der ebenso zum Krieg gehörte wie sie selbst.

81

Rund um das Zelt lagen die Verwundeten, und an seinen Seiten waren die Toten wie Brennholz aufgestapelt. Leichenwände. Sie boten mit Sicherheit einen wirksameren Schutz gegen den Wind als die dünne Zeltwand.

Fritz stoppte den Lastwagen mit laufendem Motor vor dem menschlichen Kopfsteinpflaster. »Beeilt euch, sonst geht's zu Fuß weiter!«

Hans, Rollo und Gross stiegen aus und schleppten den bewusstlosen Hauptmann zum Zelteingang. Die wenigen Verwundeten, die die Fahrt überlebt hatten, krochen in der Hoffnung auf Hilfe von der Ladefläche.

Wie Totengeister erschienen zwei Sanitäter, von blutigen Leintüchern umweht, und legten einen neuen Schwerverwundeten in den Schnee.

»He, was soll das?«, krächzte Rollo. »Der lebt ja noch!«

Einer der Sanitäter wandte den Kopf. Sein Gesicht war nur noch eine knochige, grinsende Maske. »Bist 'n schlaues Köpfchen.«

Sie wollten ins Zelt zurück. Hans hielt einen am Arm fest. »Habt ihr keinen Platz mehr?«

»Keinen Platz, kein Personal, keine Medikamente. Hier draußen sterben sie wenigstens schnell. Im Zelt schreien sie noch Stunden. Wenn ihr ihm 'n Gefallen tun wollt und noch 'ne Kugel übrig habt, knallt ihn ab.«

Der ehemalige Leutnant starrte den Sanitäter an wie ein Spiegelbild, das er im gefrorenen Matsch der Heerstraße zurückgelassen geglaubt hatte. Es hatte sich aus dem Eis gelöst und stand nun vor ihm. Mit einer unsichtbaren Bewegung trat es wieder in ihn ein, während sich der Mann losriss und mit seinem Kollegen in der dunklen Höhle des Eingangs verschwand.

Hans starrte zitternd auf den Brei aus Leibern, der sich an den Rändern der Schlucht hochwälzte. Er würde dieses Schauspiel nicht demütig hinnehmen. Er würde die Bilder, die sich ihm boten, zerstören, wie ein rasender Künstler, der sich mit dem Messer auf die Leinwand stürzt!

Er riss die Pistole aus der Jacke, drehte sich um die eigene Achse, und das Bild verschwamm im Strudel einer erstickenden Übelkeit. Gedanken spritzten in seinen Kopf: Es sind die Falschen, die Opfer, nicht die Henker ... Ich will nicht, muss es tun ... Ganze zwei Kugeln ... Speisung der fünftausend mit ganzen zwei Kugeln ... Karikatur des Erlösers ... Keine Kraft, Wunder zu tun, Wunden zu reißen ... Kann nicht mehr töten, kann nicht mehr ...

Aus der Vergangenheit taumelte ihm der vom Töten erschöpfte SD-Mann entgegen. Das war es, was aus ihm geworden war, und es waren nicht nur die gleichen Worte, die er im Chor mit dieser sadistischen Fratze immer wieder hervorstieß: Kann nicht mehr, kann nicht mehr ...

Das rote Kreuz auf der Zeltwand teilte sich. Zwei Sanitäter rollten einen Kübel ins Freie, und vor den Augen des Leutnants drehte sich ein Gestrüpp aus Fingern und Zehen. Aus den Winkeln des Zelts, aber auch aus Höhlen im Schnee, wankte es gebeugt heran, kroch auf allen vieren, stumm und unerbittlich. Diese Menschen hatten keine Hände mehr, sondern krummgefrorene Stümpfe, keine Gesichter, sondern Fratzen, keine Gefühle, sondern Instinkte; deswegen lebten sie noch. Sie verhielten im Halbkreis vor den Sanitätern, in den Schnee geduckt in einer Mischung aus Gier und Angst. Einer der beiden versuchte sie mit einem Stiefeltritt zu verscheuchen. Ein leises Knurren war die Antwort.

»Mensch, haut ab!«

Sein Kollege, weniger empfindlich, leerte den Kübel zwischen die Soldaten. »Komm, scheiß drauf.«

Offensichtlich war es nicht die erste Fütterung dieser Art. Er grinste verzerrt. »It's teatime, darling.«

Sie verschwanden wieder mit dem leeren Kübel von der Bühne des Todes. Die Soldaten balgten sich im Schnee um die blutigen Gliedmaßen. Als das rote Kreuz wieder hinter den Sanitätern zusammenfiel, verstopfte sich Hans den Mund mit den Fingerknöcheln, um ein unbändig in ihm aufsteigendes Gelächter zurückzudrängen.

»Ich dachte, es ist ein Traum«, stammelte er, »nur ein verdammter Traum.«

»Ist doch längst scheißegal, was es ist«, murmelte Rollo. Er steckte Hans die Pistole zurück in die Jacke. »Sparen Sie sich die paar lumpigen Kugeln für unser Depot.«

»Ja«, raunte Gross, »man muss sich heutzutage entscheiden, ob man noch ein letztes Mal der Barmherzigkeit dient oder seinem Magen.«

»Ich bin wirklich froh, Sie wieder an meiner Seite zu haben«, sagte Hans.

»Ich weiß.« Gross musterte die abgesägten Knochenreste, um die immer heftigerer Streit entbrannte. »Jedenfalls muss hier irgendwo noch so was wie'n Arzt sein.«

Sie hoben den Hauptmann vom Leichenteppich und trugen ihn zum Zelteingang. Zwei bewaffnete Sanitäter traten ihnen entgegen.

Hans schob seinen Fellmantel etwas zurück, und die Sanitäter erkannten die Schulterklappen eines Oberstleutnants auf Laskes zerfetzter Uniform und gaben den Weg frei.

Sie drangen in einen privilegierteren Kreis der Hölle vor. Die Luft roch nach Müdigkeit, Blut und Eiter. Durch dämmriges Licht trugen sie den Hauptmann in ein mit Zeltbahnen abgetrenntes Abteil. Dort stand hinter einem blutverschmierten OP-Tisch tatsächlich ein Chirurg, klein, hager, mit einem Gesicht, das so alt war wie die meisten Gesichter im Kessel. Er trug einen verdreckten Lammfellmantel, eine russische Pelzmütze und eine Gummischürze. Seine bloßen Finger hielt er über die dampfende Wunde eines Patienten, der auf dem Tisch festgeschnallt war. Auf einer Metallkiste und am Boden hockten zu Tode erschöpft die beiden Sanitäter von vorhin. Das Gesicht des einen war zu einer mitleidvollen, das des anderen zu einer bösartigen Grimasse erstarrt. Der Arzt bewegte leicht die Hände und wandte sich an Hans.

»Haben Sie warme Hände? Geben Sie her! Geht schneller.«

Sein starker Akzent erinnerte sie an eine längst versunkene Welt, an Sonne, Strand, Meer, an Italien. Er ergriff Hans' Hände und wärmte daran seine steifgefrorenen Finger.

»Schöne, warme Hände.« Mit den etwas beweglicher gewordenen Fingern zeigte er auf Musk. »Legt euren Freund da hinten irgendwo hin.«

Er griff nach einer blutigen Knochensäge und schnitt seinem Patienten den rechten Oberschenkel ab.

Rollo versuchte, den Puls des Hauptmanns zu ertasten, ohne Erfolg. »Sie müssen ihn als Nächsten drannehmen!«

Der Arzt bewegte die Schultern unter seinem Mantel. »Von mir aus. Er wird sowieso sterben.«

Rollo packte ihn am Mantel. »Das wird er nicht.«

»Natürlich nicht.« Der Arzt arbeitete gelassen weiter. Es war immer das Gleiche. Jeder hatte irgendeinen allerletzten besten Freund, der gemeinsam mit dem letzten Funken Hoffnung nicht sterben durfte. Sein Blick streifte das eingefallene graue Gesicht von Musk, aus dem Nase und Kinn scharf hervorstachen. Ja, dachte er resigniert, er wird durchkommen. Wenn er die Operation ohne Narkose überlebt, wenn er die infizierten Verbände überlebt, die wir den Toten abnehmen und nicht mehr waschen können, weil wir seit Tagen kein Holz haben, wenn er bei zwanzig Grad minus auf dem Boden liegend im Zelt überlebt, wenn er mit einem Teller Wasser am Tag auskommt, wird er überleben.

»Wenn ihr ihm wirklich einen Gefallen tun wollt, legt ihn raus in den Schnee zu den anderen«, sagte er. »In der Kälte stirbt man schnell. Meistens dauert es nicht mehr als zwanzig Minuten.«

Die Männer schwiegen und starrten zu Boden. Sie standen bis über die Knöchel in einem halb gefrorenen Sumpf aus Knochensplittern, Fleischfetzen, Blut.

»Wieso machen Sie dann überhaupt noch weiter?«, fragte Hans schließlich.

»Aus Gewohnheit.« Die dunklen Augen des Arztes flackerten kurz. »Und weil ich weiß, dass ich verrückt werde, wenn ich einfach nur hier rumsitze. Halten Sie mal.«

Hans hielt das Bein, der Arzt trennte es endgültig vom Körper und schleuderte es in den Kübel. Der Amputierte wachte auf, schrie. Einer der Sanitäter kam langsam auf die Füße, presste ihm einen Lappen, den er aus einer Schale nahm, aufs Gesicht. Der Verwundete bäumte sich auf, fiel wieder in Bewusstlosigkeit.

Der Arzt hatte mit keiner Regung gezeigt, dass er die Schreie wahrgenommen hatte. Er klemmte die Adern ab, vernähte die Wunde. Seine Hände zitterten, die Nadel verfehlte immer wieder die Hautlappen. Er wies mit einem Kopfnicken auf den Kübel. »Wissen Sie, wie wir das nennen? Hundefutter.«

Hans musterte die Schale mit der hellen Flüssigkeit, aus der der Sanitäter den Lappen genommen hatte. »Was ist das?«

»Benzin. Haben wir bald auch nicht mehr.«

Auf einen Wink von ihm schnallten die Sanitäter den Amputierten vom OP-Tisch und trugen ihn weg. Der Arzt sah ihnen nach. Seine Wangen spannten sich spasmisch, sodass sich in regelmäßigen Abständen scharfe Falten zu beiden Seiten der Nasenflügel in die Haut gruben. »Wahrscheinlich schaffen sie ihn gleich raus«, sagte er gleichgültig. »Obwohl sie das Gegenteil behaupten. Sie sabotieren meine Arbeit hinter meinem Rücken. Das ist die einzige Freude, die ihnen noch geblieben ist. Ich lasse sie ihnen. Warum auch nicht?«

Sein Gesicht glättete sich, und es fielen Sätze von gespenstischer Höflichkeit und Normalität. Sein Name lautete Federico Bracci. Er war Stabsarzt bei der achten italienischen Armee gewesen, die vor sechs Wochen von den Russen überrannt worden war. Es war ihm gelungen, sich zu deutschen Auffangstellungen durchzuschlagen und er hatte geglaubt, gerettet zu sein. Das war ein Irrtum gewesen.

»Ihre Kollegen waren der Ansicht, dass man dringend Ärzte in Stalingrad braucht, also wurde ich eingeflogen. Aber hier braucht man keine Ärzte. Hier braucht man Totengräber.« Seine Hand fuhr erschöpft durch die Luft. »Legt ihn auf den Tisch, wenn ihr wollt. Ich brauche eine Pause. Ich stehe hier seit vierzehn Stunden.« Er verschwand hinter einer Zeltbahn.

Rollo starrte ihm wütend nach. »Hier lass ich den Hauptmann nicht. Wir fahren in die Stadt.«

»Ja.« Gross entblößte seine Zahnstümpfe. »In der Stadt sind die Ärzte einfach besser als auf dem Land.«

»Halt's Maul! Wir finden einen deutschen Arzt. Frag ihn, er muss es ja wissen!«

Gross zuckte mit den Schultern und umfasste die Beine des Hauptmanns. Sie trugen ihn wieder zurück, wobei sie die Füße groteskerweise im Gleichschritt bewegten. Ein Slapstick des Grauens, schoss es Hans durch den Kopf. Das Entsetzen hatte nur in den Visionen etwas Großartiges, Erhabenes; nüchtern betrachtet war es klein, schmutzig, erbärmlich, voll unfreiwilliger Komik.

Mit stechenden Kopfschmerzen blickte er sich um und wünschte sich, wieder wahnsinnig zu werden. Das ist meine Art von Religion, dachte er. Der Begriff legte einen gutartigen Impuls in ihm frei, sinnlos, aber gut, nach althergebrachten Wertvorstellungen sogar vernünftig.

Zurückgeworfen in frühere Denkstrukturen und Handlungsbahnen, versuchte er, den Arzt zu finden, um den Hauptmann amputieren zu lassen. Er riss den mürben Vorhang beiseite, hinter dem Bracci verschwunden war, und betrat einen mit Zeltbahnen abgeteilten Raum, in dem einige Metallpritschen mit verschmutzten Decken standen. Ein geblümtes Kopfkissen fiel aus dem Rahmen. Auf dem Boden lagen leere Konservendosen.

Im nächsten Abteil befand sich eine Art Küche. Auf einem kalten Herd stand ein Kessel mit gefrorenem Wasser, daneben lag ein Haufen zerlumpter Uniformen. Heizmaterial. Darunter ein Metallkübel mit gefrorenem Fleisch.

Hans versuchte sich einzureden, dass es Pferdefleisch war, aber es gelang ihm nicht. Es waren menschliche Organe. Herz, Leber, Niere. Die Dreieinigkeit des Körpers. Irgendwie erschien es ihm auf einmal ganz selbstverständlich. Die logische Konsequenz aus allem, was hier geschah. Und es war zweifellos weniger grausam, weniger menschenverachtend als die sinnlosen Durchhaltebefehle der deutschen Führung.

Er schlug eine weitere Zeltbahn zurück.

Der Arzt kniete am Boden, den Rücken Hans zugewandt. Neben ihm stand ein flackerndes Hindenburglicht, vor ihm eine offene Kiste, in der sich außer Operationsbesteck einige Ampullen befanden. Morphium.

Der Arzt drehte sich langsam um. In seinem abgebundenen Unterarm steckte eine Spritze. Seine glasigen Augen, sein pendelnder Kopf zeigten an, dass mit ihm in den nächsten Stunden nicht viel anzufangen sein würde. So lange konnten sie nicht warten. Wortlos riss ihm Hans die Spritze aus dem Arm, griff sich die Kiste mit den restlichen Ampullen und lief nach draußen.

Die Gleichgültigkeit in den glasigen Augen des Arztes verwandelte sich in Entsetzen. Verzweifelt stolperte er Hans durch das überfüllte Krankenzelt hinterher, drohte, bettelte, schrie, ihm wenigstens die Hälfte zu überlassen, rief kreischend nach seinen Sanitätern. Die Sucht verlieh ihm unwahrscheinliche Kräfte, und er hätte Hans bestimmt eingeholt, wenn sich nicht plötzlich ein Schwerverwundeter vor ihn geworfen und seine Füße umklammert hätte. Es war ein junger Leutnant, dessen Gesicht von entzündeten Läusebissen entstellt war.

»Herr Doktor«, flüsterte er mit eingesunkenen Kinderaugen, »bitte, eine Amputation. Ich liege hier seit zwei Tagen. Bitte, amputieren Sie mich endlich. Hier, mehr hab ich nicht, bitte ...« Er hielt ihm seine rechte Hand hin. Am zum Knochen geschrumpften Zeigefinger baumelte lose ein Ehering.

Hans floh mit letzter Kraft aus dem Zelt und brach draußen zwischen den Erfrierenden zusammen, während sich der Arzt mit Verwundeten an den Füßen hinter ihm herschleppte und schließlich jede Hemmschwelle verlor und wild um sich trat.

Hans spürte, dass er im Gesicht blutete, und verteilte das Blut mit den Händen. Er betrachtete einen Blutstropfen, der sich von seinem Zeigefinger löste, und fing ihn mit der Zungenspitze auf, ehe er gefrieren konnte. Er glaubte, das Geschrei der Krähen zu verstehen. Sie beschrieben das Jenseits.

Er hob den Kopf und sah, dass es die Stimme jenes Sanitäters war, der ihn vorhin aufgefordert hatte, alle Schwerverwundeten zu erschießen. Er stand inmitten der Erfrierenden und sang einen Choral. Er sang sehr schlecht.

Er spürte den Blick von Hans und drehte sich zu ihm um. »Können Sie besser singen?«

Hans schüttelte den Kopf, dann drückte er dem Sanitäter eine halbe Zigarette in die Hand.

Fritz ließ den Motor aufheulen. Hans hörte, wie sie nach ihm riefen. Er ging zum Lkw, kletterte ins Führerhaus, sie fuhren ab.

Als sie durch die tiefen Reifenspuren zurück auf die Heerstraße krochen, tauchte der Arzt hinter ihnen auf. Er hatte seine Mütze verloren, sein Mantel stand offen. Ohne dass sie es bemerkten, wälzte er sich keuchend auf die leere Ladefläche.

82

Der Hauptmann lag wieder zwischen Rollo und Gross. Nachdem er eine Morphiumspritze bekommen hatte, ging es ihm mit Abstand am besten von allen. Sein Gesicht wirkte entspannt, friedlich.

Gross hatte in seinem Mantel verschiedene Karten gefunden. Der gesamte Kessel, Frontlinie über Kasatschihügel; der halbierte Kessel, Frontlinie Goncara; der geviertelte Kessel, Frontlinie Gumrak; zwei Stadtpläne, Stalingrad-Nord, Stalingrad-Süd. Dazwischen der Mamaihügel, von dem sie sich tunlichst fernhalten sollten, da er als beherrschende Feuerstellung wahrscheinlich längst wieder im Besitz der Russen war.

Der Platz der weißen Häuser, wo sich angeblich das Depot befinden sollte, befand sich im Nordteil der Stadt, nicht allzu weit von dem Fabrikgelände entfernt, wo sie vor knapp drei Monaten angetreten waren, um das letzte Zehntel von Stalingrad zu erobern.

»Wir müssen uns beeilen, sonst sind die Russen vor uns dort.« Rollo starrte in den von Schneeflocken durchwehten Nebel. »Für die Stadt sind so viele Deutsche verreckt, die gehört jetzt uns, die werden die Russen nie mehr kriegen. Wenn wir genug Fressen haben, halten wir aus bis Ostern, dann kommt die nächste deutsche Offensive. Das war jedes Jahr so. Wenn der Schnee weg ist, marschieren wir.«

Mit einem Schlag wurde es wieder Nacht. Die Dunkelheit kam ihm vor wie eine schwarze Wand, gegen die seine Stirn immer wieder stieß, bis er Kopfweh davon bekam. Erschöpft schloss er die Augen, aber das Klopfen in seinem Kopf ging weiter.

Auch die anderen hatten es gehört. Fritz schaltete die Scheinwerfer ein. Einer funktionierte noch. »Sind da noch Verwundete hinten drauf?«

»Scheiße«, sagte Rollo, »die müssen weg. Einer reicht uns.«

Er blinzelte zur Seite – und fuhr erschrocken zurück. Die kälteverzerrte Fratze des Arztes war im Seitenfenster erschienen. Rollo riss die Pistole hoch.

»Nicht durchs Fenster!«, brüllte Fritz. Er trat auf die Bremse,

Hans stieß die Tür auf. Der Arzt fiel in den Schnee, rappelte sich auf, hob die Hände, bat um Gnade, versprach, den Hauptmann zu operieren. Faselte irgendwas auf Italienisch von einer Klinik in Bologna.

»Sonst noch jemand hinten?«, unterbrach ihn Hans.

Gross hatte nachgeschaut, schüttelte den Kopf. Hans nickte dem Arzt zu. »Steig ein!«

Rollo starrte den ehemaligen Leutnant an. »Wieso denn das?«

»Es ist dein Hauptmann. Wir haben keine Zeit, nach einem anderen Doktor zu suchen. Du kannst entscheiden.«

Rollo gab die Tür frei. Der Arzt verbeugte sich mehrmals wie ein Bettler, der ein unerwartetes Almosen erhalten hat. Rollo stieß ihn unsanft ins Führerhaus neben den bewusstlosen Hauptmann, dann fuhren sie weiter.

Die Straße grub sich tiefer in das weiße Leichentuch, das sich rings um sie ausbreitete. Bracci begann zu schluchzen. Es hörte sich an wie das Fiepen eines jungen Hundes.

»Das Herz«, stammelte er, »ich habe es nicht gegessen ...«

»Halt dein ...«, begann Rollo. Sein Kopf kippte zur Seite. Er war mal wieder mitten im Satz eingeschlafen.

»Ich hab's nicht gegessen«, flüsterte der Arzt. »Man wird verrückt, wenn man Menschenfleisch isst.«

»Man wird genauso verrückt, wenn man gar nichts isst«, sagte Gross. »Glauben Sie's mir.« Er fischte dem schlafenden Rollo den Flachmann unter der Bluse hervor. »Trinken wir auf alle Verrückten und Wahnsinnigen.« Er lachte. »Auf den Führer!«

Der Flachmann war leer.

Endlich die dunklen Silhouetten von Stalingrad. Wie ein Steinbruch zog sich die Stadt entlang der Wolga hin. Stalagmiten der Vernichtung, Todesspeere, aus der Hölle durch die Erde gebohrt, ragten in den Nachthimmel. Über Stalingrad-Mitte stetiges Aufblitzen der Salvengeschosse und Rauch.

Sie hielten sich nördlich. Alle Waffen wurden kontrolliert und mit der Munition des Hauptmanns und von Gross geladen. Sie hatten noch zwei Handgranaten. Für eine normale Straßensperre würde es reichen.

Sie fuhren zwischen die ersten Häusergerippe. »Wieder daheim«, murmelte Gross. Auch Hans empfand es so. Die Ruinen riefen bruchstückhafte Erinnerungen an die früheren Kämpfe in ihm hervor, an die Zeit, als er noch Leutnant gewesen war. Und obwohl er wusste, dass er nur das verblendete Werkzeug eines gigantischen Verbrechens gewesen war, schimmerte plötzlich ein seltsamer Stolz durch seine Erschöpfung. Er hatte überlebt, er hatte bis jetzt überlebt, und er würde weiterhin überleben, koste es, was es wolle!

»Der Lastwagen macht zu viel Krach«, sagte er. »Gehen wir lieber zu Fuß.«

Fritz fuhr den Lkw zwischen zwei Schutthalden. Im schwachen Licht seines noch intakten Scheinwerfers studierten sie die Karte. Allzu weit konnte es nicht mehr sein. Gross warf einen letzten Blick auf Musk. Er sah das Gesicht eines Sterbenden.

»Tja, mein Alter«, murmelte er, »die Droge des Tötens fehlt dir. Da hilft kein Morphium.« Er entsicherte die MPi. »Mir fehlt sie auch.«

Dem Arzt wurde befohlen, beim Hauptmann zu bleiben. Außerdem sollte er den Lastwagen alle zehn Minuten kurz laufen lassen. Rollo zwang ihn, Musk eine neue Spritze zu geben. Misstrauisch wachte er darüber, dass der Arzt dem Hauptmann alles injizierte und nichts für sich zurückbehielt. Die restlichen Ampullen nahm Rollo mit. Als der Arzt zu betteln begann, warf er ihm die leere Kanüle zu.

Der Gedanke, dass sich Nahrung in Reichweite befand, mobilisierte ihre letzten Kräfte. Ihre Bewegungen wurden wieder zielstrebiger, ihr Blick bestimmter. Die Aussicht auf ein Stück Brot machte sie wieder zu Soldaten. Gross hatte recht gehabt. Es war leichter, gegen Menschen zu kämpfen als gegen Hunger und Kälte.

»Rohleder!« Der ehemalige Unteroffizier drehte sich zu dem ehemaligen Leutnant um. »Sie wissen, was wir vorhaben. Können wir uns auf Sie verlassen?«

Rollo nickte. Er merkte, dass ihn auch die anderen ansahen.

»Was glotzt ihr so? Ich hab mein Wort noch nie gebrochen. Ich nicht.«

Es ging los. Gross führte sie in den Dschungel zwischen die vereisten Ruinen.

83

Die Stadt schien leblos, erstarrt, kein Geräusch, kein Licht, keine Bewegung, nichts. Nur aus der Ferne das Grollen der feindlichen Artillerie, südlich gelegentliches Aufstampfen schwerer Granatwerfer. Das Leben der Besatzer flackerte nur noch unter der Erde, in den Kellern, den Bunkern, den Höhlen.

Sie folgten einem Trampelpfad, quer über Innenhöfe, durch Granatlöcher, Mauern, Häuser. Niemand hielt sie auf. Sie schienen die letzten Bewohner dieser Geisterstadt zu sein.

Schließlich gelangten sie an einen größeren Platz. Die Gebäude auf der gegenüberliegenden Seite waren nur noch mehrstöckige ausgebrannte Fassadenreste. Die Weißen Häuser. Sie hatten ihren Namen von den Schneefontänen, die der Wind in langen Fahnen über ihre gezackten Gipfel blies. Hier gab es tatsächlich noch Menschen, hier herrschte sogar so etwas wie Ordnung, hier war die Welt auf bewährte Weise in Henker und Opfer geteilt.

Ein Erfassungskommando, immer noch kenntlich an weißen Armbinden, scheuchte elende Lumpengestalten zu einem kläglichen Haufen zusammen. Feldgendarme trieben ihm aus den Steinhöhlen neue Nahrung zu. Wortfetzen wehten zu den vier Deserteuren über den Platz.

»Der da drüben, der hatte tatsächlich Brot unterm Mantel!«

»Was denn? NSKK-Mitgliedsausweis, Rassezeugnis? Brauchen wir alles nicht. Da rüber!«

»Der hatte auch was Kleines unterm Hemd.«

Die beschlagnahmten Nahrungsmittel kamen in einen Sack, die Übeltäter an die nächste Wand. Vier Schüsse peitschten durch die Nacht. Vier Körper sanken in den Schnee. Ein Teil des immer noch beachtlich rüstigen Exekutionskommandos trieb den Rest des ausgekämmten Haufens eine Häuserschlucht entlang. Der andere Teil verschwand mit den konfiszierten Lebensmitteln gut gelaunt in einem Kellerloch.

Gross, Fritz, Rollo und Hans schlichen ihnen nach. Über zerbrochene Steinstufen ging es nach unten. Der Modergeruch von Tod und Verwesung schlug ihnen entgegen. Der Gang führte durch eine

Vielzahl von Kellerabteilen, deren Wände man durchbrochen hatte. Der Boden war mit Wundfieber, Schmerz, Einsamkeit und Tod bedeckt. Undeutlich hörten sie die Feldgendarmen fluchen.

»Platz da! Legt euch an die Seite, wenn ihr schon verrecken müsst!«

»Lass sie doch!«

»Ist doch wahr! Wär fast auf die Schnauze gefallen. Gesindel.«

Und weiter folgten sie den Schritten vor ihnen durch das Labyrinth des Sterbens. Verwesung in allen Stadien. Auch die Feldgendarmen hatten sich längst daran gewöhnt. Sie bewegten sich völlig sorglos. Ernsthafter Widerstand konnte ihnen bisher nicht begegnet sein. Das Obrigkeitsdenken funktionierte bei den meisten Soldaten selbst noch unter diesen Umständen. Und wenn sie einmal ein Stück Brot stahlen, zitterten sie vor schlechtem Gewissen und der Strafe Gottes. Kadavergehorsam.

Vor einem besonders stinkenden Abschnitt zündeten die Feldgendarmen Zigaretten an. Die aufleuchtenden roten Punkte boten den Verfolgern eine gute Orientierung.

Der Marsch zog sich in die Länge. Fritz fühlte, dass sein Herz wieder schlapp machte. In immer kürzeren Abständen wurde ihm schwarz vor Augen. Rollo führte und stützte ihn. Endlich ging es wieder nach oben.

Oberstleutnant Laske hatte nicht gelogen. In einem von eingestürzten Mauern umgebenen Innenhof lag ein russisches Panzerwrack. Die Feldgendarmen blickten sich vorsichtig um, verschwanden dann nacheinander durch die verrostete Luke.

Während Hans und Rollo zurückblieben, um notfalls den Kelleraufgang und den Innenhof abzusichern, folgten Gross und Fritz den Feldgendarmen. Gross kletterte als Erster auf den zerschossenen Panzer, spähte hinein und ließ sich nach unten gleiten. Fritz folgte.

Gross tastete über den Boden. Unter der aufgerissenen Seitenpanzerung befand sich eine Falltür. Da die Feldgendarmen gerade in ihr verschwunden waren, konnte sie nicht gesichert sein.

Er wartete noch eine Weile, hob sie dann hoch und stieg vorsichtig eine steile Treppe nach unten. Fritz zwängte sich hinter ihm durch die Öffnung und schloss leise die Luke über seinem Kopf.

84

Unten angekommen standen sie vor einer Wand aus Munitionskisten und Konservendosen. Wie betäubt starrten sie auf die unvorstellbare Menge von Lebensmitteln. Hinter der Wand hörten sie Stimmen.

»Die Russen sind zu nah. Wir brauchen ’n neues Versteck.«

Gross nickte Fritz zu und hob seine Waffe. Fritz winkte ab. Ihm wurde wieder schwarz vor den Augen, aber kurz vorher hatte er eine Kiste mit Schokolade neben den Büchsen gesehen. Mit Handzeichen machte er Gross klar, dass er erst etwas essen musste. Gross nickte. Fritz nahm eine Tafel aus der Kiste, und Gross riss sie auf, als die Gendarmen wieder zu sprechen anfingen. Fritz schob sich den ersten Riegel in den Mund. Er konnte nichts schmecken, aber allein die Kaubewegung und das Gefühl, dass etwas Nahrung seinen Magen erreichte, taten gut.

Langsam wurde sein Blick wieder klar, und er sah, wie Gross warnend den Zeigefinger auf die Lippen presste. Hatte er zu laut gekaut? Die Feldgendarmen veranstalteten allerdings so viel Krach, dass sie ihn kaum gehört haben konnten.

»Die Frontschweine schaukeln das schon«, sagte eine reichlich schnapsbeladene Stimme. »Der Führer haut uns mit Tigerpanzern raus. Komm, spiel aus – herzlich lacht die Tante!« Eine Karte wurde auf den Tisch geklatscht.

»Du hast doch keinen blassen Schimmer, was an der Front los ist«, erwiderte eine junge, aufgeregte Stimme. »Du liegst seit zwei Wochen hier unten und säufst.«

»Jeder Krieg braucht seine Etappe. Mach kein Aufstand, Hoth, kommt … Scheiße, wieso hat denn der noch Trümpfe?«

Eine dritte, weinerliche Stimme unterbrach ihn. »Ich muss zurück zu meinen Kameraden. Ich hab die ganzen Lebensmittel, und sie warten auf mich in Ezovka.«

»Halt’s Maul! Dort sitzen längst die Russen.«

»Ihr habt mich angestiftet«, klagte die Stimme, von rauem Gelächter unterbrochen, »meine Gehirnerschütterung ausgenutzt. Ich hätte sonst nie meine Kameraden bestohlen …«

»Natürlich nicht, Kleiner. Jetzt spiel endlich …«

Gross legte die Schokoladenverpackung weg, machte Fritz ein Zeichen, die Konservenwand einzutreten und zu schießen.

Fritz schüttelte den Kopf. Es genügte, sie zu entwaffnen. Er wollte niemand mehr erschießen. Nicht einmal Kettenhunde.

Gross hatte verstanden. Er zählte lautlos bis drei, dann traten sie gegen die künstliche Wand. Ein Hagel von Konserven ging vor ihnen zu Boden.

»Hände hoch!«

Zehn Feldgendarmen standen oder saßen vor ihnen rund um einen langen Holztisch. Die Dosen prasselten auf ihre Köpfe, Schultern und den Tisch, der mit Schnapsballons, Brotresten, Würsten und Schinken beladen war. Sie warfen schützend die Hände über den Kopf und duckten sich über die Tischplatte, dann starrten sie fassungslos auf die zerlumpten Eindringlinge. Auch die waren überrascht. Unbehaglich musterte Fritz die vielen Köpfe. Er versuchte zu sprechen, aber seine Stimme versagte. Einer der Feldgendarmen begann zu grinsen. Fritz räusperte sich, schluckte.

»Flossen hoch jetzt! Passiert keinem was. Wir nehmen bloß 'n paar Konserven mit.« Er spürte, wie ihm wieder schwindlig wurde. Sie mussten sich beeilen. »Alles klar?«

Ein Hauptwachtmeister stieß verächtlich die Luft zwischen den Zähnen aus und erhob sich. Fritz sah den ersten Mann seit Wochen, der noch einen Bauchansatz besaß. Sein breites Gesicht glänzte. Der Ofen lief auf Hochtouren.

»Ihr seid wohl größenwahnsinnig!«

Der, der gegrinst hatte, warf einen kurzen Blick in seine Spielkarten. Sein Blatt war ziemlich vielversprechend. »Gib ihnen 'n bisschen was. Wir ziehen sowieso um und können nicht alles mitnehmen.«

»Schnauze!« Der Hauptwachtmeister beugte sich vor, bis Fritz seinen Schnapsatem riechen konnte, nahm ein Stück Wurst vom Tisch, hob es zwischen Daumen und Zeigefinger auf Augenhöhe und versenkte es langsam in seinem Fischmaul. Er kaute provozierend langsam, seine vorgewölbten blassblauen Augen glitzerten. »Wenn ihr auch nur einen Krümel hier anlangt …«

Fritz fühlte, dass er sich nicht mehr lange auf den Beinen halten konnte. Die Hitze des Ofens betäubte ihn. »Wir wollen keinen umlegen ...«

»Wieso nicht?«, fragte Gross. Er hatte die ganze Zeit unverwandt einen billigen Druck an der Wand gemustert. Es handelte sich um die bäuerliche Venus von Sepp Hilz, dem Lieblingsmaler des Führers. Die massige Schulter des Feldjägers verdeckte ihre wogenden Brüste, als er Gross das Gesicht zuwandte. »Eure Spritzen sind doch nicht mal geladen.«

Gross lächelte. »Vergesst nicht, wer stirbt, hat gewonnen.«

Fritz wurde schwarz vor den Augen. Er wollte etwas sagen, wollte Gross und die Feldgendarmen anbrüllen, sie sollten Vernunft annehmen, endlich mit dem sinnlosen Schlachten aufhören, aber er brachte keinen Ton hervor. Weit entfernt hörte er Gross' Stimme:

»Will einer noch bis drei zählen, oder sollen wir gleich anfangen?«

Fritz wusste, er würde es nicht verhindern können, so wie alles andere auch nicht. Er fühlte, wie seine Beine nachgaben, und er begann im Fallen zu schießen.

Orangerote Blitze zuckten durch die Finsternis, MPi-Salven, Schreie, Geklirr, ein dumpfer Schlag gegen seinen Arm, polternde Schritte, ein Stiefel in seinem Gesicht. Kognak und Mehl rieselten in seinen Nacken.

Verschwommen sah er, wie Gross, hinter einige Kisten auf dem Rücken liegend, nach oben feuerte. Wie ein Echo peitschten Schüsse zurück in den Raum. Durch einen Nebel von Mehl und Kalk fielen die Körper von vier Feldgendarmen die Treppe herunter, die sie gerade emporgelaufen waren, verklemmten sich im Geländer. Über sie hinweg sprangen Rollo und Hans in den Raum.

»Rohleder – Eingang sichern!« Hans wandte sich keuchend an Gross. »Wie viele?«

»Noch zwei.«

Rollo hatte am Eingang Deckung gesucht, spähte nach oben. Fritz beschloss, regungslos liegen zu bleiben. Gross und Hans ließen sich auf den Boden gleiten, krochen vorsichtig weiter. Sie kämpften mit derselben Präzision wie früher gegen die Russen. Sie befanden sich jenseits aller Erschöpfung und Angst. Es machte ihnen Spaß. Die kampfungewohnten Kettenhunde hatten keine Chance.

Gross hob den Arm, tippte gegen eine Konservendose. Die Antwort war ein Feuerstoß. Hans riss die Waffe hoch und erschoss den Feldgendarmen, der krachend eine weitere Reihe von Dosen unter sich begrub.

Der letzte richtete sich auf, wollte eine Handgranate werfen. Fritz schoss ihm in den Rücken, während Magensäure in seine Mundhöhle stieg. Der Mann drehte sich mit vorquellenden Augen um, hob die Waffe. Eine Salve von Rollo zerfetzte ihm Leber und Nieren.

Die abgezogene Handgranate rollte an Fritz vorbei, und Fritz dachte: Jetzt hab ich doch wieder geschossen, obwohl ich es nicht wollte. Aber jetzt ist Schluss, endgültig! Gleichgültig betrachtete er die Handgranate, die jeden Moment hochgehen musste, und er fragte sich, wozu er überhaupt geschossen hatte, wenn er doch verrecken musste, und irgendwie fühlte er sich für den ganzen Schlamassel nicht mehr zuständig. Er war nicht mehr hier, einfach nicht mehr hier, und verständnislos nahm er wahr, wie Rollo sich über ihn warf, nach der Handgranate grapschte und sie blind die Treppe hochschleuderte, wo sie detonierte.

Rollo stand auf, hielt sich stöhnend den Daumen, den er sich bei dem Sprung verstaucht hatte, sah sich triumphierend um. »Nichts verlernt, was?« Er versetzte dem zuletzt Getöteten einen wütenden Tritt. »Legt ihr euch noch mal mit Sturmpionieren an!«

Fritz starrte auf ein Stück Brot, das eine der Leichen umklammert hielt. Wie in Trance nahm er es an sich und biss davon ab. Kaute Bissen um Bissen. Sie hatten das Depot erobert. Das Fressen.

Hans trat zu ihm. Fritz' rechter Ärmel war rot verschmiert. »Bist du verletzt?«

»Ist, glaube ich, nur Marmelade.« Etwas Blut sickerte durch den Stoff. »Fast nur …«

Gross warf einen letzten Blick auf den Lieblingsakt des Führers. Deutschlands kulturelle Zukunft. Sein Gewehrlauf fetzte das Bild von der Wand. »War auch nicht schlimmer, als Russen abzuknallen.«

Rollo musterte die Spielkarten auf dem Tisch. »'ne blanke Zehn! Wär Schneider geworden!«

Dünn und hohl klangen ihre Worte im Raum. Mechanisch zwangen sie sich zu weiteren Handlungen.

Hans entdeckte hinter einigen Kisten mit Kaffee eine Reihe Benzinkanister. Er drückte Fritz einen in die Hand. »Hol den Lastwagen her. Gross soll dir einen Weg zeigen. Nach dem Feuerzauber bekommen wir sicher bald Gesellschaft. Laden wir ein, was geht.« Er nahm Rollo eine Tafel Schokolade ab. »Fressen kannst du später.«

Auf einmal sprang Rollo über die aufgeplatzten Mehlsäcke und warf sich gegen eine Wand aus Munitionskisten. Mit lautem Krach fiel er samt den Kisten über eine zierliche Gestalt. Seine Hände griffen nach einem langen Mantel. »Halt, du Sau!«

Der Mann schlüpfte mit beachtlicher Geschwindigkeit aus dem Mantel, sprang auf und wollte den Gang entlang flüchten, der sich hinter der Kistenwand auftat. Er stolperte über das Bein von Hans und schlug lang hin. Wütend drehte er sich um. »Du wagst es, einen Geistlichen ...?«

Fritz starrte ihn mit großen Augen an. Es war derselbe Pfarrer, vor dem Herbert seinen Ring versteckt hatte und der Haller beim Selektieren behilflich gewesen war. Im Gegensatz zu ihnen hatte er sich kaum verändert.

Auch Rollo erkannte ihn jetzt. »Mensch, die Sündenabwehrkanone!«

Rückwärts, auf Händen und Füßen, bewegte sich der Pfarrer wie ein Insekt in die Dunkelheit des Ganges. »Wie wollt ihr jemals vor euren himmlischen Richter ...«

Hans trat zu ihm, riss ihn hoch. Die Zusammenhänge waren klar. »Und wie wollen Sie vor ihn treten, Hochwürden?«

Er griff in die Tasche des Geistlichen und hielt ihm Eheringe, Schmuck und Zahngold unter die Nase.

Der Pfarrer wurde blass. »Ihr verworfenen Kreaturen, diese Dinge wurden mir von sterbenden Kameraden anvertraut!« Er log genauso schlecht wie in seinen Predigten.

»Ein Schmierenkomödiant der Ewigkeit«, sagte Hans. »Ihre Schutzbefohlenen haben sich sogar extra noch die Zahnplomben kurz vor dem Exitus rausgerissen, damit es die Hinterbliebenen in der Heimat auch gut haben. Und Sie befinden sich nur ganz zufällig hier.«

Der Pfarrer begriff, dass weiteres Theater sinnlos war. Sein Pathos verschwand schlagartig aus Gestik und Stimme. Wieselflink taxierten seine Augen die vier Gesichter, die ihn umstellt hatten. Er lächelte, als wären sie alle Verbündete in ein- und demselben Komplott. »Genauso zufällig wie ihr.«

»Komm, lass mich das Pfaffenschwein umlegen«, sagte Rollo. Er hielt ihm einen Ehering unter die Nase. »Auf den Ring wartet 'ne Frau zu Hause.« Er knallte den Ring auf den Boden, wollte auf den Pfarrer losgehen. Fritz hielt ihn zurück.

Der Pfarrer blieb überraschend gelassen. Das waren nicht die ersten Verrückten, mit denen er ins Geschäft gekommen war. »Es wäre sehr töricht, mich zu erschießen«, sagte er langsam. »Ich bin nämlich der Einzige, der euch hier rausbringen kann.«

Rollo wollte erneut auf ihn los. »Wollt ihr euch die Scheiße anhören? Der will doch nur Zeit gewinnen, bis seine Freunde, die Kettenhunde, aufkreuzen!«

»Ich will überleben«, erwiderte der Pfarrer schlicht. »Genau wie ihr. Aber im Gegensatz zu euch weiß ich, wie's geht.«

»Machen Sie's kurz«, sagte Hans.

Der Pfarrer sah ihn erleichtert an. »Lebensmittel in diesem Umfang stellen im Kessel, wie ihr euch sicher vorstellen könnt, einen erheblichen Wert dar. Wenn man die richtigen Leute kennt, kann man dafür mit Sicherheit so viele Wertsachen einhandeln, dass man von den Russen durch die Linien geschleust wird.«

Die vier brauchten eine Weile, bis sie begriffen. Das Unternehmen bekam eine völlig neue Dimension. Es ging nicht mehr nur um ein paar ordentliche Mahlzeiten vor dem Sterben oder Dahinsiechen in Kriegsgefangenschaft, es gab plötzlich wieder die Hoffnung auf Rettung, auf ein Leben danach. Das war so ungeheuerlich, dass sich ihr Verstand weigerte, es zu akzeptieren. Verzweifelt kämpfte Fritz gegen die Tränenflut an, die sich in ihm zusammenballte.

»Wirklich?«, krächzte er. »Nach draußen?«

Der Pfarrer nickte.

Gross' dürre Hände schossen plötzlich vor und umklammerten den Hals des Pfaffen. »Du lügst«, zischte er, und seine Augen glühten. »Sag, dass du lügst!«

Er hatte versucht sich totzukämpfen, sich totzulaufen, sich totzudenken. Er war Schritt für Schritt weiter in die Finsternis gegangen, getrieben von seinen Schatten. Er hatte keine Angst, bis zum Ende zu gehen, aber jetzt noch einmal umzukehren, den ganzen Weg zurückgehen, das konnte er nicht. Niemals!

Seine Finger krallten sich zusammen und die drei anderen hatten Mühe, den Pfarrer aus seinem Griff zu befreien.

»Vielleicht lügt er, vielleicht auch nicht. Das wird sich herausstellen«, sagte Hans. »Wir nehmen ihn mit.«

Hustend und nach Luft japsend versuchte sich der Pfarrer zu bedanken.

»Nimm dir 'ne Kiste und halt's Maul!« Rollo drückte ihm eine Proviantkiste in die Hände.

Gross ging mit Fritz zur Treppe, um den Lastwagen zu holen. Er nahm ein Stück Wurst vom Tisch, biss ab und bot es Fritz an. Sie stiegen die Treppe hinauf und traten ins Freie.

Fritz kaute, und Gross sah ihm zu, bis Fritz mit vollen Backen lächelte.

»Sichst du«, sagte Gross, »es geht immer weiter. Bis es aufhört. Das ist das ganze Leben.«

85

Ein starker Nordostwind hatte die Rauch- und Dunstschleier über der Stadt weggefegt. Gleißendes Licht und eisige Kälte ergossen sich über die Steinwälle und bizarren Mauerreste.

Der Lastwagen war angesprungen. Sie hatten ohne Schwierigkeiten ein Erfassungskommando passiert. Der Posten hatte nur kurz in den Lauf von Gross' MPi gestarrt und sie durchgewunken. Anschließend hatte er sich wieder den müden Gestalten zugewandt, die zusammengetrieben worden waren.

Sie hatten den Lkw mit Lebensmitteln beladen und den Rest den aus den Kellerlöchern kriechenden Marodeuren überlassen.

Sie fuhren davon und verbanden dem Pfarrer in einem Hinterhof ein paar Straßen weiter die Augen; führten sich vorsichtig weitere Nahrung zu; Gross und Hans kundschafteten einen Keller aus, der bis auf wenige steif gefrorene Grenadiere verlassen war. Sie räumten ihn aus, zogen ein, bauten den Ofen auf und machten Feuer. Sie stellten Bettgestelle in die Ecken und belegten sie andächtig mit Federbetten und Kissen. Sie schleppten Konserven, Flaschen, Säcke nach unten und stapelten sie an den Wänden, setzten sich mit gefalteten Händen davor wie vor einen Altar, verbarrikadierten den Eingang und sicherten ihn mit einem Faden, den sie quer spannten und mit einer Handgranate verbanden.

Vorübergehend hatten sie die Gefahr des drohenden Zusammenbruchs völlig verdrängt und richteten sich ein, als könnten sie für Monate in diesem Keller bleiben. Die Front und der Krieg waren mit einem Schlag weit weg. Sie füllten Schnee in zwei Töpfe und tauten ihn auf dem Ofen auf. Schälten sich langsam und stückweise die Kleidung vom Leib. Geschwüre platzten, es wimmelte von Läusen. Das Verbrennen der Kleidungsreste wurde zu einem rituellen Akt. Das erste warme Wasser seit Monaten. Das Gefühl kehrte in die Glieder zurück und damit die Schmerzen. Schreiend und lachend wuschen sie sich gegenseitig. Verletzungen, um die man sich bisher nicht hatte kümmern können, wurden verbunden.

Vorsichtig zogen sie sich frische Wäsche über die offenen Stellen der Haut. Natürlich waren die Kleidungsstücke nicht unbenutzt, nicht einmal gewaschen, aber im Vergleich zu den Lumpen der letzten Wochen waren sie wie neu.

Kurzzeitig ergriff sie eine manische Euphorie, sie umarmten sich, klopften sich gegenseitig auf den Rücken, mahnten sich albern kichernd zur Ruhe: Kinder mit Greisengesichtern. Selbst die Operation des Hauptmanns – der Arzt sägte den Knochen einfach durch und verband den Stumpf – sorgte in Verbindung mit einer geleerten Kognakflasche für Heiterkeit. Sie hatten den Hauptmann zwar gerettet, aber besonderes Mitleid empfanden sie für ihren ehemaligen Kommandeur nicht.

Der Pfarrer bot ihnen an, sie sofort zu seinen Verbindungsleuten zu führen, doch dafür waren sie zu müde. Rollo zog sich auf sein Bett zurück, nachdem er den Pfarrer gefesselt hatte. So verfuhren sie auch mit dem Arzt. Sie fielen in einen Schlaf, dessen Träume bedeutend weniger friedlich waren als die kleine Insel, die sie sich geschaffen hatten.

86

Zwanzig Stunden später war es wieder Nacht. Während Gross und der Arzt bei dem nach wie vor bewusstlosen Hauptmann blieben, fuhren die anderen mit dem Pfarrer zu den Unterhändlern, nachdem Fritz mit einem kleinen Feuer unter der Ölwanne den Lastwagen wieder in Gang gesetzt hatte.

Fritz fuhr den Lkw nach den Anweisungen des Pfarrers durch die ausgestorbenen Straßen, Hans und Rollo hatten ihre MPis griffbereit auf den Oberschenkeln liegen, doch die meisten Erfassungskommandos waren nur noch bei Tageslicht auf der Jagd.

Sie fuhren auf einen der großen Fabrikkomplexe zu. Hier war die Front zwischen Russen und Deutschen seit September ineinander verzahnt.

Der Pfarrer berichtete, dass es sich bei den Leuten, zu denen sie unterwegs waren, um eine Mischung aus ehemaligen politischen und kriminellen Strafgefangenen, russischen Deserteuren und Kosaken handele, zuverlässige Leute, mit denen er bereits Geschäfte getätigt habe, als sie ihren Unterschlupf noch in der Zariza-Schlucht hatten. Die meisten von ihnen waren bei der Eroberung der Stadt durch die Deutschen aus dem Stalingrader Gefängnis entkommen. Momentan dienten sie korrupten sowjetischen Zahlmeistern und deutscher Feldgendarmerie als Zwischenhändler und machten damit das Geschäft ihres Lebens.

»Es gibt Leute in diesem Kessel, die immer noch täglich eine Flasche Champagner trinken und als Vorspeise Weißbrot und russischen Kaviar essen.«

»Zu denen gehören sicher Sie«, sagte Rollo grimmig.

»Ich habe es vorgezogen, meine Wertsachen vernünftig zu investieren.«

»Und wie?«, fragte Hans.

Der Pfarrer zögerte einen Moment. »Ich fliege morgen Abend aus«, sagte er schließlich.

Fritz und Rollo lachten ungläubig. Hans verzog verächtlich die Lippen. »Und ich habe mich schon die ganze Zeit gefragt, wieso Sie uns behilflich sind.«

»Jetzt wissen Sie's. Ich habe in der Tat keine Lust, so kurz vor meiner Rettung erschossen zu werden.«

»Und mit welchem Flugzeug fliegen Sie, wenn ich fragen darf?«

»Es gibt noch ein paar kleine Maschinen bei den Fliegerschulen. Wie Sie sich denken können, sind alle Plätze belegt.«

Fassungslos schüttelte Rollo den Kopf. »Mensch, bin ich froh, dass ich Ihren Scheiß nie geglaubt hab!«

»Was wissen Sie schon!«, stieß der Pfarrer heftig hervor.

Plötzlich erinnerte er sich wieder an seine letzten Tage im Lazarett: kein Morphium, kein Chloräthyl, keine Tetanusspritze, Sanitätspersonal und Ärzte größtenteils abgehauen, die Zurückgebliebenen apathisch, wahnsinnig. Zwei kleine Brote für zweihundert Schwerkranke. Zweihundert papierdünne Scheiben aus zwei Broten. Die Oblaten von Stalingrad. Er hatte weitergesegnet, mit seinen kältetauben Fingern zu Tode gesegnet, und es war, als wäre der Tod durch seine Finger bis in sein Herz gekrochen, bis es so starr und gefühllos geworden war, dass er sich mit den Ringen der Sterbenden die Freiheit hatte erkaufen können. Es war nicht leicht gewesen, das schlechte Gewissen hatte ihm den Schlaf geraubt, verzweifelt hatte er Gott wiederzufinden versucht, von dem er die ganze Zeit zu sprechen gezwungen war, ohne ihn noch zu fühlen, und so war er eines Morgens, nach einer weiteren schrecklichen Nacht im Krankensaal, mit erhobenen Armen ins Freie gestürzt, kurz bevor das russische Flugzeug gekommen war und mit seinen Bomben endlich dem Leiden der Sterbenden ein Ende gemacht hatte. Mit den herunterrauschenden Bomben hatte er seinen Glauben, sein Gefühl für Gott wiedergefunden, wenn auch in veränderter Form. Er war fest davon überzeugt, dass diese Bomben von Gott gesandt waren. Während er an das Ereignis zurückdachte, sich auf den Knien im Schnee die Barmherzigkeit des Herrn preisen sah, veränderte sich sein Gesicht und schien ebenso auseinanderzufallen wie seine rationale Gedankenwelt.

»Ich habe viel gelernt in diesen Wochen. Wir sind in einer Notlage, und es ist völlig klar, dass wir nicht alle überleben werden. Nur die Besten und Stärksten überleben – das ist das Gesetz der Natur, das Gesetz des Führers, und es ist Gottes Gesetz.« Unbewusst begann er zu predigen. »Es ist das Verdienst des Führers, Gott vom Mitleid befreit zu haben. Jetzt, in Stalingrad, sehen wir Gott wieder in seiner wahren Gestalt, stark und gerecht, und nur den Schwachen erscheint er grausam. Nur eine kleine Elite ist fähig, diesen Anblick zu ertragen ...«

Fritz unterbrach ihn barsch: »Zeig uns endlich deine Russen! Weil, wenn's die nicht gibt, geht dein Flieger ohne dich.«

Danach zog es der Pfarrer vor, zu schweigen. Schließlich wies er auf einen Hauseingang. »Wir halten besser hier.«

Fritz stoppte den Wagen hinter einer zerstörten Maschinenhalle. Misstrauisch folgten sie dem Pfarrer durch die Ruinen. Sie überquerten ein Schuttfeld, tasteten sich durch ein Gewirr aus rostigen Fahrzeug- und Maschinenteilen. Die Reste eines der unzähligen deutschen Sturmangriffe, die von russischer Artillerie zusammengehauen worden waren. Es ging an den rußgeschwärzten Trümmern eines Lagerschuppens entlang. In einem Hauseingang lag einsam ein sterbender Soldat, das linke Auge von einem blutverkrusteten Verband bedeckt. Flehend streckte er den vier Gestalten, die er wohl nur noch schemenhaft erkennen konnte, sein Goldenes Kreuz Erster Klasse entgegen.

»Bitte«, stammelte der Mann, »ein Stück Brot ... Bitte, ich verkauf es, für ein Stück Brot ...«

Rollo zögerte, dann ging er zu ihm und drückte ihm ein Stück Brot in die Hand. Er starrte auf das kleine goldene Kreuz, das noch unendlich viel mehr wert war als dasjenige, das er sich immer erträumt hatte. Er stopfte es dem Mann in die Tasche.

Der Soldat, ein ehemaliger Hauptmann, bat um eine letzte Kugel für seine Waffe. Hans gab sie ihm. Daraufhin bat der Hauptmann den Pfarrer, die Kugel zu segnen und seine Waffe damit zu laden. Der Pfarrer sah die anderen unsicher an. Hans nickte. Der Pfarrer segnete die Kugel und steckte sie ins Magazin.

»Halten Sie meine Hand«, flüsterte der Sterbende. »Ich will es selbst tun ... Schließlich bin ich deutscher Offizier.«

Der Pfarrer hielt seine Hand, der Hauptmann steckte sich mit der anderen die Pistole in den Mund, sah Hans an, Tränen rannen ihm übers Gesicht. Er nahm die Waffe wieder aus dem Mund.

»Es tut nicht mehr so weh«, flüsterte er.

Hans begriff. Ebenso wie er, wie Gross, wie viele andere, hatte der Hauptmann den kurzen Augenblick verpasst, in dem die Furcht vor dem Leben die Furcht vor dem Tod überwog. Sterben würde er so oder so in der nächsten halben Stunde. Es war seine Sache, ob er darauf warten wollte oder nicht.

»Wir müssen weiter«, sagte Hans.

Der Hauptmann richtete plötzlich den Lauf seiner Waffe auf ihn. Hans hatte keine Angst. Er fühlte nur eine gewisse Neugier, wie sich die Situation weiterentwickeln würde.

»Wenn du mich erschießt«, sagte er mit ruhiger Stimme, »hast du keine Kugel mehr. Vergiss das nicht.«

Der Hauptmann starrte ihn noch einen Moment an, dann begann er zu schluchzen. Die Waffe fiel ihm aus der Hand.

»Wenn ich tot bin«, flüsterte er weinend, »hab ich dann keine Schmerzen mehr?«

»Nein«, sagte Hans, »nie mehr.«

»Versprichst du es?«

»Ja«, sagte Hans, »ich verspreche es.«

Erspar dir diese letzte halbe Stunde, dachte er. Tu es allein. Wenn ich es schon nicht konnte, vielleicht kannst du es.

Er bückte sich und drückte dem Hauptmann die Waffe wieder in die Hand. Der spürte das Metall, zitterte, riss die Waffe hoch, presste den Lauf gegen seine Schläfe und schoss.

Die Kugel schrammte seinen Kopf entlang und verlor sich in der Nacht.

Ehe der Hauptmann begreifen konnte, dass er noch am Leben war, hatte Hans seine Waffe gezogen und drückte ab. Die anderen starrten ihn entsetzt an.

Hans sah auf das zerschmetterte Gesicht des Toten. Ich muss doch was fühlen, dachte er. Ich habe gegessen, geschlafen, mich gewaschen … Ich muss doch wieder was fühlen.

Aber er fühlte nichts. Nicht einmal eine gewisse Erleichterung, weil ein weiterer Mensch seinen Frieden gefunden hatte.

»Es gibt keine Helden in Stalingrad«, sagte er. »Nur arme Teufel. Gehen wir.«

Er spürte, wie sich das Entsetzen des Pfarrers in scheue Bewunderung verwandelte. Es war die hündische Ergebenheit in diesen wässrigen grauen Augen, die ihm für einen Augenblick klarmachte, wie krank dieser Mensch war. Barsch trieb er ihn vor sich her. Höhnisch verfolgte er Gedankenschritte, die sein Verhalten zu rechtfertigen suchten, die ihm vorgaukelten, es wäre seine Bestimmung, das Leid auf die einzige Art, die hier noch möglich war, zu lindern. Er kannte sich besser. Oder waren es nur seine Hände, die töteten? War es nur eine gestörte Chemie seiner Empfindungen, die ihn immer hemmungslosere Freude an Schmerz und Zerstörung empfinden ließ? Glaubte er, so den Tod überwinden zu können, eins zu werden mit den Resten der Welt?

Lächerlich, kindisch kam es ihm plötzlich vor, eines erwachsenen Menschen unwürdig. Und doch half es, wenigstens kurzzeitig die kalten Panzerplatten zu sprengen, die seine Gedanken, seine Empfindungen zusammenquetschten, bis nur graue Gleichgültigkeit zurückblieb. Eine Gleichgültigkeit, aus der ihm nur noch das Töten heraushalf, in immer kürzeren Abständen.

Gross hatte recht gehabt, es war die einzige Droge, die das Blei in ihren Körpern noch verflüssigte. Und doch schritt er aus, auf der Suche nach Rettung, verbarg seine Sucht hinter rationalen Handlungen. Welche Komödie würde er erst zu Hause, in der viel geliebten Heimat spielen müssen? Würden ihm da seine Hände wieder gehorchen? Brav den Bleistift in irgendeinem Kontor fassen? Glaubte er tatsächlich, seine Sucht ebenso leicht abstreifen zu können wie seine Uniform?

Ein lautloses Lachen zitterte durch seine Blutbahn, eine Umlaufbahn des Entsetzens, die ihn ebenso unerreichbar umkreiste wie ein Mond seinen Planeten. Auf Entzug, verkatert und missmutig würde er in wohlanständiger Behaglichkeit kauern wie ein Tier in seinem Käfig. Verlogene Ideale nachplappern, die nur dazu dienten, das Vergangene zu verschleiern und unbemerkt auf das Zukünftige vorzubereiten. Eine seelenlose Larve, ein Opfer des Krieges.

Und doch wollte er sich erhalten, um jeden Preis. Der Grundtrieb des Überlebens verhöhnte jede Vernunft. War das noch er, der hier dem Überleben entgegenschritt? Er hatte doch längst nichts mehr mit sich zu tun. Selbst die an sich richtige und mutige Idee des Desertierens wurde durch seine psychischen Beschädigungen entstellt und verzerrt.

Im Takt seiner Schritte glaubte er ein Kinderlied zu hören, falsch und undeutlich. Hänschenklein ... Er konnte sich an die ersten Zeilen erinnern ... ging allein ... Die Stimme seiner Mutter ... in die weite Welt hinein ... Ihre zarten weißen Knie, die herzförmigen Kniescheiben, die ihre Haut spannten, bei jedem Schritt. Ein ausgedehnter Spaziergang über die heimischen Besitzstände. Er hatte sich ins Gras fallen lassen und versucht, unter ihren Rock zu schielen. Sie hatte es mit einem hellen Lachen quittiert.

An den Rest des Liedes konnte er sich nicht mehr erinnern. An das Gesicht seiner Mutter auch nicht. Nur an ihre Knie. An ihre Knochen. An viele Knochen. Er ging mit ihr über ein weites Feld, und das wogende Getreide erstarrte zu Eis. Wurde zu jener Steinwüste, die er gerade durchschritt. Sein kleiner ausgestreckter Arm wies auf verkohltes Geröll, zwischen den schneebedeckten Steinen wuchsen Arme und Beine. Schau mal, Mama.

Seine Kinderstimme versetzte ihm einen heftigen Stich. Die Töne wiederholten sich, falsch und abgehackt.

Fritz und Rollo blieben stehen, wichen seinem Blick aus.

»Hör schon die Engel ...«

»Engel haben Harfen«, sagte Hans. »Das ist ein Klavier.«

Die Melodie lag auf ihrem Weg. Hinter der nächsten Ruinenecke sahen sie einen Konzertflügel. Er sah aus wie die abgebrochene Schwinge eines Riesenvogels mitten im Geröll. Dahinter kauerte ein zerlumpter Soldat und spielte mit der linken Hand. Die rechte hatte er verloren, ein blutiger Verband bedeckte den Stumpf. Um ihn herum standen ungefähr zehn völlig verwahrloste Landser. Keiner von ihnen trug noch eine Waffe.

Sie gingen stumm an dem Flügel vorbei. Es war nicht mehr weit. Der Pfarrer blieb zwei Hinterhöfe weiter vor einem rauchgeschwärzten, zerschossenen Bau stehen und empfahl ihnen, die Hände hochzunehmen.

Rollo und Fritz zögerten. Der Pfarrer versicherte, dass ihnen nichts geschehen würde, und sah sich ängstlich um.

Hans befahl ihm vorauszugehen. Das Raster des Kämpfers schob sich in sein Gehirn. Es war das Einzige, was noch zuverlässig in ihm funktionierte, seine diffuse Gedankenwelt zurückdrängte und seine verschiedenen Persönlichkeiten zusammenhielt.

Der Pfarrer betrat langsam und mit erhobenen Händen das zerstörte Erdgeschoss. Nichts geschah. Wahrscheinlich wurden sie beobachtet. Hans wartete ab. Eigentlich hätte ihm gleichgültig sein müssen, was in den nächsten Minuten geschah, aber das war es nicht. Seine Todesfurcht sublimierte sich in Eitelkeit. Es wäre schlicht und einfach beschämend gewesen, nach all den überstandenen Gefahren von irgendeinem überängstlichen Marodeur über den Haufen geknallt zu werden.

So abgrundtief bösartig kann das Schicksal nicht sein, dachte er, seltsam belustigt über die bizarren Linien seiner Gedanken. Er wusste, dass es nicht stimmte. Das Schicksal war zu jedem Zufall, zu jeder Gemeinheit fähig. Wie doch ein wenig Essen und frische Wäsche den Lebenswillen beflügeln, dachte er verächtlich und hob die Hände.

Die anderen folgten seinem Beispiel. Langsam gingen sie auf den Pfarrer zu. Als sie ihn erreicht hatten, waren sie plötzlich von vier Männern umstellt. Sie mussten sich sehr geschickt zwischen den Trümmern verborgen gehalten haben. Vier russische Maschinenpistolen waren auf sie gerichtet.

»Sieh da, unser Herr Pfarrer«, sagte einer mit hartem schlesischem Dialekt. Er trug eine Wolfsfelljacke und auf dem Kopf einen russischen Helm. »Dachte, Sie wären schon lange heim ins Reich geflogen.«

Ein anderer sagte ein paar knappe Worte auf Russisch. Die vier lachten.

»Der Pfarrer braucht kein Flugzeug. Er fliegt mit dem heiligen Geist.«

Der Pfarrer lächelte furchtsam. »Ich bringe euch noch ein letztes Geschäft.«

»Erst mal die Waffen!«

Ein Russe mit mongolischen Gesichtszügen, der eine pelzgefütterte deutsche Majorsjacke trug, an der eine Schulterklappe fehlte, nahm ihnen die Waffen ab, während die anderen wachsam in sicherem Abstand blieben. Erst nachdem sie gründlich durchsucht worden waren und man ihnen sogar die Taschenmesser abgenommen hatte, kam der, der Deutsch gesprochen hatte, näher. Mit sachkundigen Griffen untersuchte er eine ihrer russischen Beute-MPis.

»Braucht ihr Munition für die Dinger? Haben wir gestern frisch reingekriegt. Na, kommt erst mal mit zum Chef.« Er stapfte vor ihnen über die vereisten Trümmer.

»Woher kann der verdammte Russe so gut Deutsch?«, flüsterte Rollo Fritz zu.

»Der verdammte Russe kommt aus Breslau, und jetzt halt dein Maul«, erwiderte der Mann, ohne sich umzudrehen.

Rollo blieb abrupt stehen, Fritz knallte gegen ihn. »Diese Scheißdeserteure arbeiten mit den Russen zusammen!«

Der Mann, den Rollo gemeint hatte, blieb ebenfalls stehen, drehte sich um und musterte Rollo mit zusammengekniffenen Augen, wälzte etwas Kautabak von einer Backe in die andere, packte Rollo und hob ihn mühelos hoch, sodass dessen Füße über dem Boden schwebten und sie beide auf Augenhöhe waren.

»Was bist denn du, 'n deutscher Held?« Er lachte kurz und stellte ihn beinahe mitleidig wieder ab. »Also, was is? Wenn ihr weiter wollt, muss ich euch jetzt die Augen verbinden.«

Jeder nickte zum Zeichen seines Einverständnisses. Rollo wurde als Erstem eine Binde angelegt.

»Wenn ihr uns abknallt, sollt ihr in der Hölle schmoren!«, sagte er mürrisch.

Der Schlesier übersetzte es seinen russischen Kameraden. Wieder lachten alle.

87

Die Männer führten sie zu einem Schachteingang, der mit einer zerschossenen Pak und etwas Geröll ebenso unauffällig wie gut getarnt war. Über Eisenkrampen ging es nach unten.

Obwohl er nichts sehen konnte, erinnerte dies alles Hans an die Kämpfe in den unterirdischen Rohren der Fabrik. Die Ereignisse damals waren ihm genauso unwirklich vorgekommen wie das Geschehen jetzt. Die Augen der Partisanin. Er konnte sich nicht mehr an die Augen erinnern, nicht mehr an die Farbe. An überhaupt keine

Farbe. Er konnte sich an die Worte Blau, Rot, Grau erinnern, aber er verband keine Vorstellung mehr damit. Sein Gedächtnis war farbenblind geworden und ohne Zeit. Die Binde vor seinen Augen presste die Dunkelheit vollständig in ihn hinein.

Er versuchte sich an die helle Erregung zu erinnern, an die sexuelle Lust, die die Todesfurcht damals in ihm erzeugt hatte, doch es gelang ihm nicht, dieses längst vergangene Gefühlskarussell wieder in Gang zu setzen. Seine Vorstellungswelt war ausgelöscht, leer. Es war wie ein ständiges Ersticken in dem Bewusstsein, dass die Qual kein Ende nehmen würde.

Er hatte einmal eine Vorahnung von diesem Zustand gehabt, nicht im Krieg, in Friedenszeiten, und er war vor ihm ins Gefecht geflüchtet, aber er war ihm nicht entkommen. Unbemerkt war die Leere weitergewachsen und legte sich jetzt, da er die notwendigsten Bedürfnisse seines Körpers gestillt hatte, wie ein gewaltiger Schatten erneut über ihn.

Die Luft bestand aus scharfkantigen Kristallen, die seinen Leib zerschnitten, der sich immer wieder willkürlich zusammensetzte, ohne Ende, ohne dass er schrie oder sonst irgendeine Reaktion zeigte, weil etwas in ihm wusste, dass jegliche Gegenwehr zwecklos war, bis alles in eine neue, noch tiefere Gleichgültigkeit mündete. Er hatte nie gelebt. Er war schon immer tot gewesen. Und jetzt kehrte er in die Hölle zurück.

Die Hölle bestand aus einem schmalen, schulterhohen Gang, der offenbar durch mehrere Keller führte. Hinter einer noch intakten Stahltür, die auf ein Klopfzeichen hin geöffnet wurde, standen in zwei versetzten Nischen russische MGs, und dahinter kauerten zwei in Pelzmäntel gehüllte, rauchende Männer. Einer trug die schwarze Mütze der deutschen Panzertruppen. Den Neuankömmlingen wurden die Binden abgenommen.

Am Ende des Ganges befand sich eine weitere, von zwei Posten gesicherte Tür. Der Schlesier und seine drei Kameraden übergaben den Posten die Waffen der deutschen Deserteure. Hinter der Tür schlugen ihnen Hitze, Zigarettenqualm und grölender Gesang entgegen.

Wie durch einen Zerrspiegel stierten sie auf eine Anhäufung von Biedermeiermöbeln, Kisten und Regalen. Geblümte Gardinen umrahmten auf die Holzvertäfelung gemalte Fenster, dazwischen hingen teilweise gesprungene Spiegel und ein Filmplakat von einem Christina-Söderbaum-Film. Auf einem Rosenholztischchen, dem zwei Beine fehlten, lagen Aktzeichnungen.

Aus einem Nebenraum plärrte undeutlich ein Grammophon mit Tangomusik gegen einen betrunkenen Kosaken-Hetman und zwei rumänische Deserteure an, die an einer aus Munitionskisten improvisierten Theke saßen. Die Rumänen versuchten in ihrer Sprache das russische Lied mitzusingen.

Daneben spielten zwei Männer in Armeehosen und zivilen Jacketts Schach, auch sie in einem Zustand, der ihnen nur noch Züge in größeren Zeitabständen erlaubte. Auf dem Fußboden, der in mehreren Lagen mit Teppichen und Tierfellen bedeckt war, lag ein Dutzend Schnapsleichen zwischen leeren Flaschen, Zigarettenasche, Konservendosen und Essensresten.

In einer Ecke glühte ein großer Ofen aus Gusseisen. Daneben ein Podest mit einem geschnitzten Schaukelstuhl darauf. In dem Stuhl saß ein großer, massiger Mann, der als Einziger im Raum bewaffnet war; in seinem Gürtel steckte eine großkalibrige Pistole. Über einem fleckigen Rüschenhemd trug er einen altmodischen dunklen Rock, darunter eine weite Hose und Filzpantoffeln. Von seinem Gesicht waren nur die blasse zerfurchte Stirn und die Augen zu sehen, der Rest war von einem pechschwarzen Bartgestrüpp überwuchert. Neben ihm stand ein Serviertischchen und darauf ein Kochgeschirr mit Kaffee und eine Flasche Schnaps.

»Das ist Petroff, der Chef«, sagte der Schlesier. »Besprecht alles mit ihm.«

Der Pfarrer winkte den dreien mitzukommen. Verwirrt folgten sie ihm. Sie konnten nicht so recht glauben, was sie hier sahen. Ein seltsames Paradies in den Katakomben des Krieges. Ohne sie anzusehen, begann der Mann auf dem Podest mit einem starken russischen Akzent zu sprechen. Mit seinem Kehlkopf stimmte etwas nicht; er konnte nur noch flüstern.

»Ej, ej, Gottesmann, du noch hier?« Seine Hand packte die des Pfarrers und führte sie in sein Haar. »Schauen! Immer nur ein einzige grau Haar. Du finden mehr? Los, sehen!« Es schien ein Begrüßungsritual zwischen den beiden zu sein.

Der Pfarrer suchte, fand aber kein graues Haar. Nur Läuse. Petroff grunzte zufrieden.

»Stimme kaputt, Haare gut. Ich nicht werde sterben.« Er lachte und musterte Hans, dessen Haar längst nahezu weiß geworden war. »Ich fünfzig Jahre alt, zehn Jahre Gefängnis, nur ein graue Haar. Ich nur ein Mensch getötet.« Er wies mit dem Kochgeschirr auf Hans. »Du mehr töten, du weiße Haare. Du Held.« Er hustete, kippte etwas Schnaps in seinen Kaffee, trank. »Ich mag deutsche Held. Ich ein böser Mensch, töten für Essen, du Held, töten für Hitler.« Er lachte heiser. »Ich mag Hitler. Ich schulden ihm Freiheit.«

Stolz begann er zu erzählen, wie er bei den Kämpfen um die Stadt aus dem Gefängnis entkommen war. Der Pfarrer kannte die Geschichte schon und versuchte, sie zu beschleunigen, indem er an den richtigen Stellen entsprechende Stichworte einwarf. Die Angst, sein Flugzeug zu verpassen, saß ihm im Nacken. Schließlich brachte er das Gespräch auf das eigentliche Thema.

Petroff versprach, sie im Tausch für ihre gesamten Lebensmittel von einem russischen Führer aus dem Kessel schleusen zu lassen. Sie würden Kompass, Skier und warme Kleidung erhalten. Angeblich konnte er ihnen sogar russische Uniformen und Ausweise verschaffen.

»Rauskommen, nicht Problem, nitschewo«, schloss er. »Deutsche Front große Problem. Dreihundert Kilometer. Laufen wie Hasen, eure Freunde.«

Hans hatte Mühe, sich das Lachen zu verkneifen. Das Ganze erschien ihm völlig fantastisch. Rollo zog die beiden anderen beiseite. »Ich trau denen nicht«, flüsterte er. »Die kassieren, liefern uns bei den Russen ab und kassieren noch mal.«

Fritz nickte grimmig. »Fressen wir unser Zeug lieber selber …«

»Es bleibt uns doch gar nichts anderes übrig«, widersprach Hans, doch er klang völlig unbeteiligt. »Wer sich eine Hoffnung leistet, muss dafür bezahlen.«

Rollo hätte ihn am liebsten geschlagen, doch Fritz wusste, dass Hans recht hatte. Es gab keinen anderen Ausweg, als an irgendeine märchenhafte Rettung zu glauben.

Sie beschlossen, von dem Russen gegen einen Teil ihres Schmucks einen seiner Leute als Geisel zu fordern. Petroff war einverstanden, was weniger den Schluss nahelegte, dass er es ehrlich meinte, als den, dass ihm an keinem seiner Truppe besonders viel lag.

»Morgen Mittag«, sagte er abschließend. »Drei Uhr. Ihr Fressen, wir Freiheit.«

Es gab für jeden noch einen Schluck Wodka. Auch der Kosaken-Hetman trank mit, ehe sein Kopf endgültig auf die Theke sank.

Rollo sah sich unschlüssig unter den Männern um. Wen sollten sie mitnehmen? Petroff winkte ab. Das hatte Zeit. Er forderte sie auf mitzukommen. Ihr Vorhaben sei sehr gefährlich, und da sie nun auch seine Freunde seien, sollten sie nicht ohne Frau sterben.

Rollo klappte die Kinnlade nach unten.

Petroff zog eine Zeltbahn zur Seite. In einem fensterlosen Nebenraum lagen zwei Matratzen auf der Erde, darauf kauerten zwei verwahrloste Frauen zwischen dreißig und vierzig. Die eine war korpulent und blond, die andere knochig und dunkelhaarig, beide waren gleich schmutzig.

Petroff wies auf die Blonde. »Das ist Stalin.« Er zeigte auf die Dunkelhaarige. »Das Hitler. Stalin besser von vorn, Hitler besser von hinten.« Er lachte.

Hans drehte sich um und setzte sich an die Theke neben den Pfarrer, der sich zitternd Wodka einschenkte.

»Warum so nervös, Herr Pfarrer?« Hans goss sich ebenfalls noch einmal ein. »Von uns kommt sowieso keiner mehr hier raus. Das wissen wir beide doch längst. Also trinken wir noch einen.«

Rollo betrachtete noch immer die Frauen. Seine Begeisterung hatte sichtlich nachgelassen. Doch dann erinnerte er sich an Italien. Er hatte es damals schon gewusst: Ungefickt an die Front brachte Pech! Das würde ihm nicht noch mal passieren. Es war überlebensnotwendig, dass er die Nummer schob.

»Was kostet's denn, wenn die sich waschen?«

Er einigte sich mit Petroff auf zwei Ringe für zwei gewaschene Frauen. Petroff scheuchte die Frauen in eine Art Küche.

Hans musste lachen, als Rollo ihn wegen der Bezahlung anging.

»Sehen Sie Herr Pfarrer, jetzt sind Ihre Ringe doch noch zu was gut.«

Der Pfarrer zog es vor, zu schweigen. Fritz hatte sich auf die freigewordenen Matratzen gelegt und war eingeschlafen. Rollo legte sich neben ihn. »Ihr werdet staunen, die sehen hinterher aus wie neu«, murmelte er, dann fielen ihm ebenfalls die Augen zu.

Der Pfarrer verfolgte einen weiteren Spielzug der Schachspieler. Jede neue Weltordnung wurde unter großen Schmerzen geboren. Er musste morgen Abend unbedingt in dieses Flugzeug steigen. Sein Platz war ihm vom Generalleutnant für treue Dienste fest zugesagt worden. Schließlich hatte der Stab die letzten Wochen fast ausschließlich von seinen Tauschaktionen gelebt, und das nicht schlecht. Ein kleiner Gegenstoß zur Fliegerschule, zu den zwei Fieseler Störchen, und sie waren raus. Der Generalleutnant ließ seit drei Tagen jeden greifbaren Mann für dieses letzte militärische Unternehmen einsammeln. In der Heimat, dachte der Pfarrer, werde ich Gott wiederfinden.

Hans füllte sich erneut das Glas. Sein Körper schmerzte unter der alltäglichen Bewegung, und kalter Schweiß kroch ihm aus den Poren. Alles war unerträglich banal, schal, abgestanden. Er wollte sich noch etwas Schnaps nachgießen, aber allein die Vorstellung einer erneuten Bewegung lähmte ihn. Ich habe Fieber, dachte er, aber es war kein Fieber. Im Gegenteil, je besser es seinem Körper ging, umso mehr hasste er sich.

Der Alkohol half nicht. Seine Gedanken verzerrten sich, wurden klein und plastisch wie die Gegenstände im Raum, und auf unerfindliche Art wanderte jeder dieser Gedanken in einen Gegenstand, wo er gefangen wie in einem Reagenzglas saß. Die Führung beseitigen, die Mannschaften retten … Jetzt kauften sie mit ihren Eheringen einen letzten Fick. Warum auch nicht, warum nicht? Besser, als im Matsch versunken. Besser, als im Eis verloren. Warum nicht? Bisschen geschrumpft, unsere Ideale, dachte er. Schrumpfkopfideale. Wenn ich nur endlich ein Tier sein könnte, ein herrlich unschuldiges, herrlich vollkommenes Tier. Ohne Gewissen, ohne Schuld, ohne die verdammte Schuld. Rettung …

Er konnte nicht mal sich selbst helfen. Er konnte nicht einmal mehr ruhig auf einem Stuhl sitzen. Sein Kopf war wie ein leerer Raum ohne Möbel. Uneingerichtet. Ich muss mich mit den Staubflocken auf dem Fußboden begnügen, dachte er, und er hatte das irrsinnige Bedürfnis, sich zu einer Kugel zusammenzuballen und durch die Wand zu rollen. Selbstmord. Wieso nicht endlich Selbstmord?

Ich will mich doch gar nicht töten. Ich hasse mich viel zu sehr, um mich zu töten. Ich will mich quälen, mich leiden sehen …

Jetzt ist es genug … Ein wenig Gnade …

Er tastete nach seiner Waffe, doch die hatten sie ihm abgenommen. Er hatte nicht einmal mehr ein Taschenmesser bei sich. Darüber musste er so laut lachen, dass der Schädel des Kosaken-Hetmans erschrocken von der Tischplatte hochzuckte. Er sah das Gesicht seines Gegenübers und begann ebenfalls zu lachen, schlaftrunken und verwirrt, und sein Lachen stieß Hans vom Tisch weg wie ein Magnet mit identischem Pol, und er streifte unruhig im Raum auf und ab, dessen Wände ihn zu zerdrücken schienen.

Der Kopf des Russen sank erschöpft auf die Tischplatte zurück. Hans betrachtete ihn angewidert. Er hasste all die schlafenden, schnarchenden, weit offen stehenden Mäuler. Sie hatten Gleiches oder Ähnliches erlebt wie er. Wie konnten sie da schlafen? Seine Hassgefühle wurden so unkontrolliert, dass er die Fäuste zusammenballte und sich die Knöchel in den Mund schob, um nicht in diese schlafenden Schädel zu treten, durch diese Mäuler zu stapfen. Kadaver, schnarchende Leichname, tot, verwest!

Er hörte ihre Zähne splittern wie Glas. Mit schief gelegtem Kopf lauschte er dem Splittern, das anhielt, obwohl er stehen geblieben war. Hatte er es getan? Mit vorsichtiger Neugier blickte er nach unten. Er hatte es nicht getan. Aber das Splittern in seinem Kopf war noch immer da. Es war das kratzende Geräusch einer stumpfen Nadel, die auf dem Ende einer Schallplatte kreiste.

Das Kratzen brach ab, und er hörte Petroff undeutlich fluchen. Seine Stimme kam aus einer der zahlreichen Nebenhöhlen, die von früheren Bunkerbewohnern als Schlafgelegenheit unter die Erde gehauen worden waren. Hans folgte der Stimme und betrat den Raum.

Er war kahl bis auf eine verschmierte Matratze und ein altersschwaches Grammophon. Petroff redete auf eine junge Frau ein, die mit ausdruckslosen Augen, das Kinn auf den angezogenen Knien, vor dem Grammophon saß und gegen die leere Wand starrte. Unter einem fleckigen Wehrmachtsmantel mit fehlenden Knöpfen trug sie ein zerknittertes Seidenkleid, das ihr bis zu den Knöcheln reichte und am Saum eingerissen war. Sie war so stark geschminkt, dass Hans im ersten Moment glaubte, sie würde aus dem Mund bluten. Die Schminke war verschmiert und verzerrte ihr Gesicht zu gespenstischer, zerschlagener Schönheit. Wie eine chinesische Porzellanvase, die zerbrochen und dilettantisch wieder zusammengeklebt worden war.

Der Russe hatte ihn bemerkt und drehte sich um. »Willst du sie?«, fragte er. »Sie schreit gut.«

Die junge Frau wollte mit einer mechanischen Bewegung das Grammophon wieder in Gang setzen. Durch die Entbehrungen war sie so abgemagert, dass sie den Körper eines Kindes hatte. Petroff schlug mit einem Fluch ihre Hand beiseite und hob den Plattenspieler vom Boden auf.

»Komm«, sagte er zu Hans. »Sie nix gut. Nix ficken, nur Musik, Musik und tanzen! Wir sie geholt und gemacht gesund.« Er riss ihr den Mantel mit einem Ruck von der Schulter und zeigte Hans einen frischen Verband. »Jetzt nur Kratzer, aber sie undankbar, nix essen, Haut und Knochen, niemand will ficken sie.« Er fasste Hans am Ellenbogen. »Komm.«

Hans schüttelte Petroffs Hand ab und starrte die Russin an. Sie war aufgestanden und drehte sich langsam im Kreis. Ihre Bewegungen hatten etwas von einer Gardine, die an einem offenen Fenster weht. Auf einmal erkannte er sie.

Es war die Russin aus der Kanalisation, die versucht hatte, ihn zu töten, und die er in seinen Träumen immer wieder getötet hatte, um am Leben zu bleiben.

Petroff versuchte erneut, ihn aus dem Raum zu ziehen. »Komm! Sie liebt nicht Männer.« Er blinzelte Hans vertraulich zu. »Sie liebt nur Pistole.«

»Ich weiß«, sagte Hans. Seine wirren, erschöpften Gedanken wurden auf einmal ganz klar. Er würde dieses Mädchen besitzen. Noch einmal. Dann würden sie gemeinsam sterben. Er hatte nicht sterben können, solange sie lebte. Sie hatte ihn am Leben erhalten und durch dieses Weiterleben gefoltert. Sie hatten aufeinander warten müssen, jeder auf seine Art. Jetzt würden sie sich voneinander erlösen.

Sein Wahnsinn formte den Zufall zum Schicksal. Es war, als hätte eine teuflische Fügung ihm dieses starre Gesicht überlassen, an dessen Augen jeder Blick abprallte, damit er wenigstens seine kleine, jämmerliche, ganz private Rache bekam, als kümmerlichen Ersatz für die große, unermessliche Vergeltung, die er nie auszuführen imstande gewesen war. Das Schicksal verhöhnte ihn bis zuletzt.

Er sagte dem Russen, dass er das Mädchen als Geisel wolle, und kaufte sie für die Ringe und das Zahngold, das er noch besaß. Er redete, lachte, feilschte mit völlig normaler Stimme. Auf einmal wurde es ihm klar. Diese Normalität war Traum geworden, er existierte nur noch in seiner eigenen, anderen Welt. Er wusste, dass er verrückt war, aber es machte ihm nichts aus. Wenn nur die schwarzen Mauern nicht mehr in seinen Kopf zurückkehrten.

Petroff schien froh, das Mädchen loszuwerden.

Hans weckte die beiden anderen. Er eröffnete ihnen grinsend, dass sie ihre Nummern verschlafen hätten, und gab Befehl zum Aufbruch. Auf einmal war er wieder Vorgesetzter. Beiläufig teilte er ihnen mit, dass er als Geisel eine Frau für sie gekauft habe. Für sie alle.

Rollo fügte sich verschlafen und mürrisch. Ihm wäre die Blonde eindeutig lieber gewesen, auch wenn sie Stalin hieß. Fritz war es egal. Die plötzliche Aufgekratztheit seines Leutnants hatte etwas Seltsames, Überspanntes. Sie war noch schlimmer als sein tiefes, dumpfes Brüten. Mit einem Mal war Hans ihm wieder völlig fremd. Als sei eine andere Persönlichkeit in seinen Körper geschlüpft.

Plötzlich wusste er, an wen Hans ihn erinnerte. Es war der Sturmbannführer, der den SD-Einsatz befehligt hatte. Erschrocken wandte er sich ab. Er hatte kein Recht, so etwas zu denken. Und doch wusste er, dass es stimmte.

Er hörte, wie Hans mit dem Russen noch einmal den Treffpunkt abmachte. Ihre Waffen erhielten sie zurück. Der Pfarrer hatte mit ihnen zu kommen. Hans würde ihn erst laufen lassen, wenn sie hier raus waren. Er machte alles richtig. Was er sagte, klang völlig vernünftig. Auf einmal schien er voller Mut und Zuversicht. Und genau das war entsetzlich. Wir müssen hier raus, dachte Fritz, so schnell wie möglich.

Auch Hans drängte zum Aufbruch. Die Verzweiflung, die ihn

gelähmt hatte, war ins Gegenteil umgeschlagen. Besessen von einer krankhaften Energie, einer manischen Fröhlichkeit, trieb er mit skurriler Präzision seinem Vorhaben entgegen, wie ein Priester, der berauscht von seinem Glauben bedenkenlos Menschenopfer bringt.

Ohne es zu wissen, befand er sich endlich auf einer Stufe mit seinem Führer. Sein Altar war zwar etwas kleiner, aber das Ritual nicht weniger grausam. Die Gegenstände um ihn her wurden leicht, durchsichtig, er nahm seine Umgebung nicht mehr richtig wahr und reagierte trotzdem mit gespenstischer Perfektion auf sie. Er hatte das Gefühl, durch Wände gehen zu können, und diese Euphorie, eine Steigerung des Extremgefühls vergangener Kampferlebnisse, ein Rausch, bei dem er die Tat bereits in Gedanken beging, bestärkte in ihm den Wahn, durch eine letzte rituelle Handlung erlöst zu werden.

Als ihnen wieder die Binden umgelegt wurden, sah die Russin Hans zum ersten Mal an. Er merkte, dass auch sie ihn erkannt hatte und dass sie wusste, was sie erwartete.

88

Auf dem Rückweg sprachen sie kein Wort. Als die Russin vor Kälte zu zittern begann, legte Hans ihr seinen Mantel um die Schultern. Ansonsten geschah nichts. Sie erreichten ihr Versteck ohne Zwischenfälle.

Der Arzt hatte gekocht und einen Schatten von Behaglichkeit in ihr Kellerloch gebracht. Nudeln mit Fleisch. Rollo nötigte der Russin aus durchsichtigen Gründen eine besonders große Portion auf, von der sie nichts aß. Im Nebenraum baute er aus Matratzen und Decken ein breites Bett. Sie verfolgte seine Vorbereitungen mit leblosen Augen.

Die anderen Männer wichen ihren Blicken aus. Jeder wusste, was geschehen würde, aber keiner wollte sich etwas anmerken lassen. Ihre Bewegungen wurden schüchtern, linkisch, fast furchtsam. Sie wirkten wie ein Rudel Wölfe, das einen Flammenhaufen umkreist.

Rollo taute Schnee auf, wartete, bis das Wasser heiß war, und bedeutete der Russin, mit in den Nebenraum zu kommen. Sie folgte ihm mit gesenktem Kopf und kleinen Schritten. Die Männer waren erleichtert, als sie verschwunden war.

»Einmal noch eine Frau, bevor man verreckt«, murmelte der Arzt mit einem unsicheren Blick in die Runde. »Wir tun ihr ja nichts.«

Rollo verhängte den Eingang zum Nebenraum mit einer Zeltbahn. »Wer hat gesagt, dass du randarfst?«, knurrte er. Seine Hand klatschte auf den Rücken des Pfarrers. »Was ist mit Ihnen, Hochwürden? Wollen Sie sich nicht in die Liste eintragen?«

Der Pfarrer starrte gequält auf seine Hände. Der Gedanke an das Flugzeug, in das er morgen Abend hoffentlich steigen würde, ließ ihn schweigen.

Rollo setzte sich an den aus Kisten improvisierten Tisch und stellte Spekulationen über das Aussehen der Russin in gewaschenem Zustand an. Hans hasste ihn dafür. Er suchte den Blick von Gross, der ebenfalls die ganze Zeit geschwiegen hatte. Er sah höhnische Verachtung in seinen Augen und, schlimmer noch, beinahe so etwas wie Mitleid.

Gross wandte sich ab, stand auf und setzte dem Hauptmann, der im Schlaf zu wimmern begonnen hatte, eine neue Spritze. Hans verfiel in eine merkwürdige Starre, er sah Bilder, Träume, in denen er sich schreiend vor Lust und Ekel über verstümmelte Leichen hermachte, und die rasch wechselnden Schemen endeten in einem letzten klaren Bild: sein Geschlecht in eine heftig blutende Geschosswunde getaucht.

Würgend wollte er die Augen aufreißen, nur um festzustellen, dass er sie überhaupt nicht geschlossen hatte. Seine Glieder waren taub. Er konnte sich minutenlang nicht bewegen. Er lebte noch, aber sein Körper war tot. Er hatte seinen abgestorbenen Körper überlebt.

Er kicherte mit geschlossenem Mund über die Banalität dieses Todes, der ihm nur eine weitere kleine Stufe auf seinem Weg in den Wahnsinn zu sein schien, ein Weg, der länger war, als er jeden Tag glaubte.

Es musste einige Zeit vergangen sein. Eine Batterie leerer Schnapsflaschen stand auf den Kisten. Allmählich kehrte das Gefühl in seine

Glieder zurück. Undeutlich hörte er Rollos vom Alkohol schwankende Stimme.

»Ich hab ihr gesagt, sie soll nicht zu arg schrubben, sonst bleibt nix mehr von ihr übrig.« Niemand lachte. Sein rechter Arm stolperte gegen die leeren Flaschen. »Der ging's die letzten paar Wochen besser als uns. Für das Fressen und die Klamotten hätt ich mich fünfzigmal am Tag durchnehmen lassen.« Er kippte das letzte Drittel seiner Flasche in sich hinein und bekam Schluckauf. »Also, machen wir's nach Dienstgrad. Der Hauptmann fällt ja wohl aus, der Leutnant pennt, Gross und ich losen. Fritzchen, du kommst leider als Letzter dran.« Er grinste den Arzt breit an. »Von Ausländern und Zivilisten wollen wir gar nicht reden.« Er blinzelte durch die leeren Flaschen, fegte sie vom Tisch. »Herr Leutnant, aufwachen!«

»Wir bringen's eh nicht mehr«, murmelte Fritz.

»Hast du 'ne Ahnung!« Rollo sah die geöffneten Augen des Leutnants, starr, blau, unbeweglich. Er zog seine Hand zurück und grinste verunsichert. »Was ist denn, Herr Leutnant? Ist Ihnen der Name Ihrer Freundin, die Sie zu Hause haben, wieder eingefallen?«

Hans stand auf, ging um den Tisch und blieb kurz neben Gross stehen. Er wollte etwas sagen, aber er konnte nicht. Seine Hand machte eine vage Geste, ein hilfloser Versuch, sich Gross zu nähern. Aber der Mann, den er gehasst, gefürchtet, verehrt, geliebt hatte, blieb unendlich weit von ihm entfernt.

Hans verschwand hinter der Zeltbahn.

»Schaut nicht so dämlich!« Gross hob die Schultern. »Er hat recht. Ich werde auch da reingehen und noch einmal eine Frau beschlafen, wenn ich kann. Die letzte Besteigung des Otto Gross.« Scheinbar erschrocken presste er die Finger auf den halb geöffneten Mund. »Ich sollte nicht so gemein darüber reden, sonst wird es nicht schön.«

»Halt's Maul!«, herrschte Fritz ihn an. Ja, auch er wollte noch einmal etwas wie Zärtlichkeit fühlen, bevor er draufging, und auch ihm war es scheißegal, ob das der Frau gefiel oder nicht. Aber sie sollten es einfach tun und nicht dauernd darüber quatschen.

Rollo zog das Skatspiel aus der Rocktasche, das er den erschossenen Feldgendarmen abgenommen hatte, mischte und teilte aus.

»Drei Bock, drei Ramsch. An der Pik zehn ist hinten Blut dran. Ich sag's nur, damit jeder Bescheid weiß.«

Gross und schließlich auch Fritz nahmen zögernd die Karten auf. Die verblassten Bilder darauf waren wie ein letztes Stück alter Wirklichkeit, an das sie sich mit ihren halb erfrorenen Fingern klammerten. Die Herzdame sah richtig gut aus.

Rollo begann zu reizen und bekam das Spiel. »Vier Leute ist eigentlich optimal für 'ne Freundschaft. Können drei Skat spielen, während sich einer um die Frau kümmert.«

»Dann spiel endlich!«, sagte Fritz.

»Kreuz«, sagte Rollo.

»Kontra«, sagte Gross.

Hans stand seit geraumer Zeit neben dem Lager, auf dem sie saß. Sie hatte sich weder gewaschen noch etwas gegessen und verharrte ebenso regungslos wie er. Seine Augen starrten auf die kahlen Erdwände. Der Raum kam ihm vor wie eine Todeszelle. Seitdem er ihn betreten hatte, fühlte er sich wie erfroren.

Was hatte er getan? Zu welchem Zweck hatte er sie hierhergebracht? Seine früheren Gedanken hatten auf einem Gletscher Platz genommen, an dessem Fuße er stand, während er hilflos emporsah. Unter einer dicken Eisschicht zur Miniatur verkleinert, betrachtete er sein Vorhaben wie das Treiben eines fremden Eingeborenenstammes, dessen Riten man nicht recht versteht.

Langsam, wie das Wasser von der Decke, tropften Teile seiner Person in ihn zurück. Das Mädchen schien noch kleiner, gebrechlicher geworden zu sein. Ihr Gesicht war völlig verschmiert. Er zögerte, nahm dann den Lappen aus dem Wassertopf und wollte ihr damit die Wangen abwischen. Sie drehte den Kopf zur Seite.

»Ich weiß, dass du mich erkannt hast«, murmelte sie. »Auf was wartest du noch? Ich hab versucht, dich zu töten. Leider ist es mir nicht geglückt.«

»Komm her.« Seine Stimme war brüchig. Er versuchte es erneut, und diesmal ließ sie zu, dass er ihr übers Kinn wischte.

Plötzlich zuckte sie vor Schmerz zusammen. Unter der Schminke tauchte ein großer schwarzblauer Fleck auf.

»Waren die das?«

Das Mädchen nickte. »Seit drei Wochen, jeden Tag.«

»Ich dachte ... Du warst verwundet ...«

»Wenn sie betrunken waren, war ihnen das ziemlich egal. Dir ist es doch auch egal.« Sie lachte auf, hustete. »Wenn du Angst vor Krankheiten hast, solltest du es lieber lassen. Aber du hast ja schon mal für das Vergnügen mit mir dein Leben riskiert.«

»Ich hatte dir mein Ehrenwort gegeben.« Der Satz war ihm herausgerutscht. Er war in einer seiner Gehirnwindungen liegen geblieben wie ein vergessenes Buch in einem verstaubten Regal. Die Russin lachte verächtlich. Die Laute brannten auf seinen Wangen. »Es war idiotisch von mir. Ich dachte damals noch, man könnte den Krieg für einen Moment vergessen. Aber das geht nicht.«

»Nein.«

»Inzwischen hab ich auch das begriffen.«

Zum ersten Mal hatte er das Gefühl, dass sie nicht durch ihn hindurch-, sondern ihn ansah. »Tust du mir einen Gefallen?«

»Welchen?«, hörte er sich fragen.

»Erschieß mich, bevor du mich an die anderen weiterreichst.«

»Das kann ich nicht.« Er hörte sich selbst wie einem Fremden zu. »Sie sind nicht schlimmer als die anderen Männer oder als ich. Du wolltest mein Leben, wir wollen nur eine Nacht. Ist doch kein schlechter Tausch.«

Sie nahm ihm den Lappen weg, mit dem er noch immer mechanisch über ihr Gesicht wischte. Ihre Augen flackerten. »Was bist du? Nur ein Schwein, oder auch ein Soldat? Erschieß mich gleich.«

Für einen Moment schien ihm das Ganze ebenso unwirklich wie kindisch, fast so, als versuchten sie, ein Theaterstück zu spielen, und könnten sich nicht mehr an den Text erinnern. Dann zuckte er mit den Schultern. »Ich gebe dir morgen früh meine Pistole, dann kannst du dich selbst erschießen, wenn du's unbedingt willst.«

Als habe jemand eine andere Schallplatte in ihm aufgelegt, fühlte er sich mit einem Mal zu schwach, zu erschöpft, zu leer, um noch jemanden zu töten. Und das andere ... Er musste es tun, jetzt gleich, bevor er auch dazu nicht mehr die Kraft hatte.

»Ich kann die anderen nicht mehr länger warten lassen«, flüsterte er mit verzerrtem Gesicht. Dann warf er sich über sie, obwohl er es gar nicht mehr wollte, als würde er auch diesmal noch irgendeinem sinnlosen Befehl folgen. Es war, als würde er in einen See springen, der mit Nebel gefüllt war. Obwohl er sah, wie seine Hände über ihre Haut glitten, fühlte er nichts, und seine Lippen waren so taub wie seine Glieder.

Sie ließ alles mit sich geschehen, als wäre sie tot. Verzweifelt versuchte er, in den Wahn zurückzufinden, dass es eine rituelle Handlung wäre, ein letztes, großes, gewaltiges Opfer, welches das Schicksal ihm abnötige, ein Todeskult, der sein Ende möglich machte. Aber es wurde immer lächerlicher, alberner, als würde er sich nicht einmal auf einer Leiche, sondern einer Stoffpuppe abmühen. Er wollte lachen, aber seine Gedanken verboten es ihm, drückten sich wie ein kalter Schienenstrang durch seinen Kopf, pressten sich gegen die Augen, bis er Tränen auf seine Hände tropfen sah. Er versuchte sie wegzuwischen, aber es kamen immer neue, und das Gesicht der Russin flimmerte verschwommen vor seinen Augen.

Er schüttelte sie in hilfloser Wut. »Ich will noch einmal eine Frau haben, bevor ich hier krepiere! Das ist mir dieses verdammte Leben schuldig!« Er wischte sich übers Gesicht. »Ein Stück Brot, ein Stück Wurst, ein letzter Geschlechtsverkehr«, stieß er angewidert von sich selbst hervor. »Geht das Leben nicht großartig zu Ende?«

Sie reagierte zunächst nicht. »Du hättest dir eine andere aussuchen sollen«, murmelte sie schließlich. Ihr Hass klang traurig.

»Nein.«

»Weil ich versucht habe, dich zu töten?«

»Ja.« Sein Blick irrte umher. »Dadurch gehören wir zusammen. Irgendwie.«

Sie wischte sich seine Tränen ab. »Früher habe ich auch geweint«, sagte sie bitter. »Aber das macht euch dann noch mehr Spaß. Jetzt weine ich nicht mehr. Tu, was du willst.«

Hans ließ sie los, fuhr mit der Hand sanft über ihr Haar. Ihr Kopf zuckte unter der Zärtlichkeit zur Seite, sie begann zu zittern, versuchte es zu unterdrücken, hielt mit einer Hand ihre andere fest.

Hans nahm ihren Zustand nicht wahr. Seine Gedanken hatten sich auf den Schienenstrang hinter seinen Augen gelegt, auf dem sie immer schneller entlangfuhren und von dem sie nicht mehr herunterkonnten. Sie rollten in die Vergangenheit zurück, und die Erinnerungen an frühere Rendezvous unter normalen Bedingungen passierten sein Gedächtnis wie Signalmasten die Scheiben eines dahinrasenden Waggons.

»Es ist doch jetzt vollkommen gleichgültig«, flüsterte er, »dass wir Feinde waren, dass du mich töten wolltest. Ich verzeihe dir.« Er nahm ihre Hand, sie versuchte, sie wegzuziehen, überließ sie ihm dann achtlos. Sie zitterte jetzt so heftig, dass ihre Zähne aufeinanderschlugen. »Du hast schöne Augen ...«

Sie begann zu lachen. Es klang, als müsste sie sich übergeben.

Hans, in der Vergangenheit, führte ihre Hand an seine Wange, dann umarmte er sie. Wieder ließ sie alles mit sich geschehen.

Auch er begann zu zittern, seine Bewegungen liefen vor ihm davon, sein Hals war wie zugeschnürt, er wollte weinen und konnte es nicht, doch er gab sich den Befehl dazu, bis sich der Knoten in seinem Hals löste, denn er glaubte vor lauter Verzweiflung, die alten Gefühle mit seinem Schluchzen wieder zum Leben zu erwecken.

»Lach nur.« Auf seinem Gesicht stand die Grimasse eines früheren Lächelns. »Es ist schön, wenn du lachst. Komm, sag mir deinen Namen ...« Plötzlich nahm er ihr Gesicht wieder wahr, klein und weit entfernt. Es war, als hätte er versucht, über eine tiefe Schlucht zu springen, und mitten im Sprung erkannt, dass es viel zu weit war.

Er ließ sie los, dann fiel ihm etwas ein, und er zog lächelnd ein Messer aus der Tasche. »Ich hab es immer noch.« Es war das Messer, das er ihr damals abgenommen hatte.

»Wirst du mich etwa damit töten?«, fragte sie verächtlich. »Eine typisch deutsche Idee. Romantisch und sentimental. Ihr tötet, um hinterher weinen zu können. Ihr werdet noch in euren Tränen ertrinken.«

»Du scheinst uns wirklich gut zu kennen«, murmelte er.

»Ich habe eure Sprache früher geliebt. Das werde ich mir nie verzeihen. Warum tust du es nicht endlich?«

»Ich will dir nichts tun.«

Sie hatte wieder genug Kraft, um sich aus seiner Umarmung zu befreien. »Du kannst mir nur einen Gefallen tun«, flüsterte sie. Ihr Blick durchschaute ihn, und er wich vor ihm zurück. »Du wolltest mich töten, als du hier reingekommen bist, ich weiß es, aber jetzt kannst du es nicht mehr. Du hast dich zu weit vorgewagt. Für dein kleines deutsches Herz war Russland zu groß und zu kalt. Warum schießt du nicht, warum nicht? Du hast Angst, dein reines Gewissen zu belasten. Du hast viele andere getötet, aber das war im Kampf, ganz regulär, für Deutschland, für den Führer ...«

»Hör auf!«

»Was glaubst du, tapferer kleiner Soldat, was dein Führer hier tut? Wie Ungeziefer vernichtet er uns! Wozu also die Heuchelei? Warum führst du nicht endlich den Krieg, den er schon lange führt? Warum nicht? Ich führe seinen Krieg«, schrie sie mit erstickter Stimme. »Wie Stöcke zerbreche ich euch, wo ich kann!«

»Hör auf!«, rief er erneut. Er fühlte, wie ihr Hass auf ihn übersprang und seine Bewegungen und Gedanken außer Kontrolle gerieten.

Er fing wieder an zu zittern und sie lachte höhnisch. »Sicher hast du zu Hause eine junge, unschuldige Braut«, flüsterte sie. »Liebst du sie sehr, ja? Mit jedem Meter, den der deutsche Soldat zwischen sich und seine Braut legt, wächst seine Liebe zu ihr. Wahrscheinlich erobert ihr nur deshalb die Welt.«

Sein Schlag in ihr Gesicht ließ sie nur noch hasserfüllter fortfahren: »Aber du wirst sie nie wiedersehen, du armer Idiot! Wahrscheinlich hast du noch nicht ein einziges Mal mit ihr geschlafen ...«

Er schleuderte sie zu Boden, wollte ihr wieder aufhelfen, sie beruhigen, trösten. Aber aus jeder seiner Bewegungen, aus jedem seiner Wörter wurde ein Schlag.

»Hör auf!«, schrie er und meinte eigentlich sich selbst.

Das Blut lief ihr aus der Nase, und sie schrie ihn mit vor Wut entstellter Stimme an: »Fick mich oder erschieß mich – oder hau ab!«

Er hörte auf, sie zu schlagen. Er wollte nicht schon wieder Blut sehen, nicht schon wieder. Seine Hände tasteten hilflos über ihr Gesicht, als könnten sie das Blut festhalten.

Sie stieß ihn zurück, starrte ihn an, ihre Hand fuhr zum Mund, und sie begann zu kichern wie ein zorniges kleines Mädchen. Und dann sagte sie:

»Du willst einfach nur ficken, ganz normal ficken, aber du kannst nicht. Der russische Winter war hart, zu wenig Fleisch vom Führer. Macht nichts.« Ihr Gesicht entspannte sich plötzlich. »Ich zeig dir, wie die Deutschen ficken!« Mit einer schnellen Bewegung riss sie ihm die Waffe aus dem Gürtel und schob sie sich unter das Kleid zwischen die Beine. »Geht fast wie russisches Roulette«, flüsterte sie. »Deutsches Roulette …«

Er saß da wie gelähmt, unfähig, sich zu rühren, und er hörte wieder die Stimme von Petroff – *Sie liebt nicht Männer. Sie liebt nur Pistolen* –, und er begriff erst jetzt, was der Russe gemeint hatte, und er hörte Gejohle und Stimmen, die durcheinanderbrüllten. Er hatte das alles schon einmal erlebt. Sturmbannführer Roschmann. Sie würde ihn erschießen, wie er damals die Partisanin, und das war gut so, denn dann würde endlich Schluss sein.

»Schieß doch, schieß doch!«, zischte er, und gleichzeitig wollte er zu ihr und ihr die Waffe aus der Hand reißen.

Er hörte, wie sie ein letztes Mal »Scheißdeutscher« flüsterte, und er hörte den Knall, und als er begriff, dass er nicht getroffen war, öffnete er die Augen und sah, wie sich ihr Fuß leicht bewegte. Sein Blick folgte langsam ihrem Stiefel, das Bein entlang, über den Körper, das von Blut verschmierte Kleid, bis er ihre starren, weit geöffneten Augen erreichte.

Plötzlich sah er, dass sie weinte, und er dachte: Tote weinen nicht. Dann sah er, dass das Blut auf ihrem Kleid aus ihrer Nase tropfte. Sie hatte nicht geschossen. Er streckte die Hand aus, nahm die Pistole an sich und hörte sie weinen, und er begriff, dass sie sich schämte, weil sie ihn und sich selbst nicht getötet hatte.

»Ich konnte es auch nicht«, murmelte er.

»Ich hätte mich töten müssen, ich kann nicht mehr leben«, flüsterte sie.

»Das habe ich auch geglaubt. Wir haben beide den richtigen Zeitpunkt zum Sterben verpasst. Wir haben geglaubt, wenn es unerträglich wird, wird die Verzweiflung die Angst besiegen. Aber das stimmt nicht. Je schlimmer es wird, umso größer wird auch die Angst. Jetzt sind wir beide zu schwach, um uns zu töten.«

Sie starrte mit leeren Augen auf ihr blutverschmiertes Kleid.

»Vielleicht kriege ich ein Kind von diesen Schweinen«, sagte sie tonlos. »Das wäre das Schlimmste.«

Dann sagte sie nichts mehr. Ihr Körper fiel wieder in eine totenähnliche Starre, und ihre Gedanken flogen weit fort.

Hans deckte sie zu und ging. Er konnte ihren Anblick nicht länger ertragen. Und vor allem nicht die Gefühlsreste, die in ihm aufzutauen begannen. Es hatte nicht wirklich mit ihr zu tun. Die Zuneigung, die er jetzt empfand, war ebenso krankhaft wie vorhin sein Hass. Er floh vor ihr und kehrte zu den anderen zurück.

Beinahe dankbar hörte er ihre rauen Stimmen. Der Arzt und der Pfarrer waren nebeneinander eingeschlafen, die anderen saßen immer noch beim Kartenspiel. Katastrophen jeglicher Größenordnung waren für sie so normal geworden, dass sie die Geräusche aus dem Nebenraum ignoriert hatten. Fritz und Gross philosophierten mit schweren Zungen, Rollo sackte immer wieder das Kinn auf die Brust.

»Unterbrech nicht dauernd unseren Spielfluss, Verlierer! Pik ist Trumpf.«

Rollo öffnete verschlafen die Augen und spielte sofort aus. Dann schüttelte er sich. »Ich hab vielleicht 'n Scheißtraum gehabt. Ich hab geträumt, ich muss pissen, aber ich konnt nicht, weil ich geschlafen hab. Ein Scheißtraum war das!« Er bemerkte Hans, der sich abseits auf eine Kiste gesetzt hatte und das Gesicht in den Händen vergrub. »War besser als pissen. Oder, Herr Leutnant?«

Hans antwortete nicht. Gross bedeutete Rollo, ruhig zu sein.

»Ich werd ihr schon beibringen, nett zu euch zu sein«, murmelte Rollo schließlich und wollte hinter der Zeltbahn verschwinden.

Hans fuhr herum, sprang auf, zog seine Pistole. »Von euch rührt sie keiner an! Versteht ihr? Keiner!«

Rollo drehte sich um, sah die auf ihn gerichtete Pistole und seufzte. »Ach, Scheiße, was soll das denn jetzt?«

»Es ist mein Ernst. Keiner geht nach hinten!«

Gross begann leise zu kichern.

»Is ja gut«, meinte Fritz. »So wichtig ist das nicht.«

Rollo starrte ihn entgeistert an. »Was heißt, so wichtig ist das nicht?«

»Komm, geh du erst mal pinkeln. Geh schon!«

Rollo verzog sich widerwillig in den hinteren Teil des Raumes.

Fritz näherte sich Hans, ohne auf dessen Pistole zu achten.

»Kommt schon alles in Ordnung«, sagte er freundlich.

Dann rammte er Hans die Faust gegen das Kinn und fing ihn auf, als er bewusstlos umkippte. Er nahm ihm die Pistole aus den Fingern und bettete liebevoll seinen Kopf auf eine Decke. Dabei erinnerte er sich wieder daran, wie er seinen Leutnant damals aus der Kanalisation gezogen hatte. Seitdem hatte sich alles verändert, nur eines nicht: Er wusste noch immer nicht genau, warum er ihn eigentlich mochte. Vielleicht deshalb, weil er dauernd Hilfe brauchte.

»Nach all dieser Scheiße verknallt er sich auch noch«, murmelte er. »Ein Mensch allein kann sich's nicht vorstellen. Selbst, wenn er hundert Jahre alt wird und jeden Tag von morgens bis abends drüber nachdenkt, er kann sich's nicht vorstellen.«

Gross stand auf und zog sich in das Halbdunkel neben Musks Lager zurück, als erwartete er, dass der Tod, der sich dort befand, nicht nur die Kehle des sterbenden Hauptmanns, sondern auch seine irgendwann zudrücken würde.

Rollo trat mit offener Hose neben Fritz. »Also eigentlich bin ich jetzt dran. Oder willst du zuerst?«, krächzte er in die Dunkelheit.

»Tu dir keinen Zwang an«, knurrte Gross.

»Aber ihr geht nachher auch. Sonst sind wieder alle gegen mich.«

»Ja, ja ...«

Rollo verschwand mit einem Stück Seife hinter der Zeltbahn. Der Arzt und der Pfarrer begannen synchron zu schnarchen, Fritz hieb auf die Tischplatte, und sie hörten damit auf.

»Freut mich jedenfalls«, sagte er zu Gross, dessen Gesicht nur ein undeutlicher Fleck in der Dunkelheit war, »dass du diesmal dabei bist, wenn wir abhauen.«

Gross sah blinzelnd auf. Seine Hände zitterten, als er ein Stück Holz nahm, nach dem Messer griff und zum ersten Mal seit langer Zeit wieder zu schnitzen begann. Er war ungeschickt, das Messer war stumpf und rutschte immer wieder ab, es war auch nicht zu erkennen, was daraus werden sollte, aber er machte weiter.

Rollo kam so schnell zurück, dass Fritz sich fragte, wie er es in der kurzen Zeit überhaupt geschaffte hatte, seine Hosen runterzulassen.

Gross lehnte ab. Funktionierte angeblich nicht mehr bei ihm. Fritz schluckte und starrte auf seine schmutzigen Fingernägel.

»Muss man sie zwingen?«

»Quatsch.« Rollo erinnerte sich nur ungern an das, was passiert war. Es war ungefähr so gewesen wie damals mit Bubi. So als wäre gar nichts passiert. Im Grunde hatte er's nur aus Aberglauben gemacht. Jetzt wusste er wieder, dass er durchkommen würde. »Es ist in Ordnung. Sie liegt da, und du machst es. Außerdem hast du's mir versprochen.«

Fritz nickte. Er spürte, wie ihm Tränen in die Augen stiegen, als er an die kleine Russin dachte, die sich damals im Trommelfeuer an ihn geklammert hatte. Vielleicht konnte er noch einmal etwas Ähnliches fühlen, bevor er draufging.

Er stand auf, ging nach hinten.

»Frag sie hinterher, ob sie was essen will«, rief ihm Rollo nach.

89

Etwas später saß die Russin mit den Männern beim Essen. Sie aß mit den Fingern, Fritz reichte ihr einen Löffel, sie aß damit weiter.

Hans saß ihr gegenüber, aß ebenfalls, doch er sah sie nicht an. Auch die anderen mieden ihren Blick, der nicht mehr stumpf, gleichgültig, auch nicht hasserfüllt war, sondern merkwürdig ruhig und gefasst. Sie vermittelte ihnen das Gefühl, es wäre ganz selbstverständlich, was passiert war, als habe sie Schlimmeres erwartet und würde es noch erwarten, und das traf die Männer mehr, als es ihr Hass hätte tun können.

Die Stille wurde vom leisen Stöhnen des Hauptmanns unterbrochen. Rollo brachte ihm etwas zu essen. Er sah, dass die Augen des Hauptmanns geöffnet waren, stellte das Essen ab und wich ängstlich zurück.

Musk hob mühsam den Kopf, musterte die Soldaten im Keller.

»Rohleder«, flüsterte er. »Sie bei den Deserteuren?«

»Das, das hat sich so ergeben, Herr Hauptmann«, stotterte Rollo. »Da draußen ist ein Riesendurcheinander. Essen Sie was.«

Musk schob die Konserve beiseite. Die Wirkung des Morphiums hatte nachgelassen. Eine Schmerzwelle wanderte durch seinen Körper. Er versuchte, sie zu ignorieren. »Hier habt ihr euch also verkrochen, während eure Kameraden dort draußen verbluten und ...«

»Ich hab's gewusst«, sagte Fritz laut. »Hätt die Sau überfahren sollen, dann wär wenigstens Ruhe beim Essen!«

»Ihr seid deutsche Soldaten!«, schrie der Hauptmann.

Er wollte von seinem Lager kriechen, doch bei der ersten Bewegung stöhnte er laut auf. »Rohleder ... Otto ...« Die Schmerzen waren zu groß, er konnte nicht weitersprechen, sackte erschöpft zurück, sein Kopf pendelte wimmernd hin und her.

Der Arzt rappelte sich mühsam hoch, als er die Ampullen und die Spritze in Rollos Händen sah. Sein Körper schmerzte bei der geringsten Bewegung, jede Faser lechzte nach Betäubung. Er zitterte so stark, dass er die Kanüle nicht in die Ampulle bekam. Rollo half ihm. Der Arzt drückte die Luft aus dem Kolben, bis die ersten Tropfen aus der Nadel spritzten. Seine Augen glänzten vor Gier.

Gross riss ihm die Spritze aus der Hand, ging zu Musk, stieß den Pfarrer weg, der seine Gehirnwindungen nach tröstenden Worten absuchte, und sagte den anderen, sie sollten den Arzt beruhigen, der jegliche Beherrschung verloren hatte und sich zusammengekrümmt und wimmernd auf dem Boden wälzte. Dann stach er Musk die Spritze in den Oberarm.

Er beobachtete, wie sich das verzerrte Gesicht des Hauptmanns entspannte und sich der Schmerz, der in seinen Augen loderte, nach und nach zurückzog.

Musk erkannte ihn und lächelte. »Warum hilfst du mir?«, flüsterte er. »Warum siehst du nicht zu und erfreust dich an meinem Schmerz?«

Gross wollte weggehen, aber Musk packte sein Handgelenk, hielt ihn mit überraschender Kraft fest.

»Was willst du mir erzählen?«, sagte Gross heiser. »Wieder die verdammte Lüge, dass, nur weil ein Staat es befiehlt, aus gemeinem Massenmord Heldentaten werden? Dass man nur im immerwährenden Kampf gegen sein Gewissen stark wird?« Er machte eine Pause und starrte in die eingefallenen Augen seines ehemaligen Freundes. »Hast du dein Gewissen besiegt, Hermann?«

»Im Leben gewinnt man immer nur ein Gefecht«, flüsterte Musk, »höchstens eine Schlacht. Den Krieg verliert man unausweichlich.«

»Wir sind schlechte Verlierer«, sagte Gross, »deswegen haben wir die Religion erfunden.«

Musk ließ ein Lachen hören, das wie abgehacktes Schnarchen klang. »Was macht dein Gewissen zurzeit, Otto?«

»Ich hab's an der Kriegsgarderobe abgegeben. Aber du weißt ja, es ist ein tückisches Mäntelchen, man wird es nicht so leicht los.« Er zog seinen Arm zurück und erhob sich.

»Bleib«, flüsterte Musk. »Deine Gedanken sind wie immer äußerst unterhaltsam.«

Gross schüttelte den Kopf. »Es ist aus, Hermann«, sagte er, »kein Gedankenrausch mehr, keine Fantasie, keine Vision. Keine Religion, auch keine des Todes. Weder Vaterland noch Hölle, weder Würde noch Tapferkeit.« Er zeigte sein schwarzes Lächeln. »Schluss mit dem Schamanentum. Ich will endlich alles so beschissen und elend ertragen, wie es ist. Vielleicht komm ich dann zum Ende, vielleicht dann.«

»Du willst es immer besonders schwer haben. Eitel bis zuletzt.«

Gross ging zu den anderen zurück.

»Du entkommst mir nicht«, flüsterte Musk ihm hinterher. »Du nicht.« Er richtete sich noch einmal auf, starrte die anderen mit glasigen Augen aus der Dunkelheit heraus an. »Lasst uns zusammen rausgehen«, keuchte er. »Lasst uns einen ehrenvollen Tod …« Er sank zurück. »Wo ist die HKL?« Seine Augen schlossen sich, seine hohle Stimme hallte durch das Gewölbe. »Ich … verlange … ordentliche Meldungen … Rohleder, Sie sind mein bester Soldat … Wir sterben gemeinsam …«

Rollo presste sich die Hände auf die Ohren, drehte sich um und stierte auf die gegenüberliegende Wand, die die gleiche Farbe hatte wie das Gesicht des Hauptmanns. Das Schlimmste war die Rumsitzerei. Fast noch schlimmer als Hunger und Kälte. Er hatte plötzlich das unheimliche Gefühl, dass ihn die Zeit betrog. Je näher der verdammte Ausbruch rückte, umso länger schien es bis dahin zu dauern.

»Was machen wir morgen mit ihm?«, fragte Fritz plötzlich. Allen war klar, dass er den Hauptmann meinte.

Rollo drehte sich um und blickte ihn feindselig an. »Wir nehmen ihn mit.«

»Dreihundert Kilometer durch den Schnee?«

»Ich werde ihn erschießen, bevor wir gehen«, sagte Gross.

»Das wirst du nicht«, sagte Rollo.

»Wir reden morgen noch mal darüber«, sagte Gross.

Hans beobachtete die Russin. Sie saß zwischen den Männern, als existierten sie nicht. Auf ihre Auseinandersetzungen reagierte sie mit keinem Wort, nicht einmal mit einem Blick. Sie war nicht schön. Er begehrte sie nicht. Ihr Äußeres schien ihm ebenso abstoßend wie sein eigenes, für das sich glücklicherweise kein Spiegel fand. Aber es war nicht nur das. Der Ekel, das Entsetzen vor sich selbst übertrug sich auf sie. Er hasste sie für das, was er ihr hatte antun wollen. Und er schämte sich.

Sie zog eine kleine Holzkette aus ihrem Stiefel und begann mit den Perlen zu spielen. Ein mechanisches Ritual, das ihre Gedanken ihrer Umgebung zu entziehen schien.

Hans erinnerte sich nur noch bruchstückhaft an das, was zwischen ihnen vorgefallen war, er wusste nur, dass es nicht wieder geschehen durfte. Er stand auf, ging um den Tisch und setzte sich neben sie. Was sollte er ihr sagen? Sie um Verzeihung bitten? Ihr sagen, dass er versucht hatte, die anderen daran zu hindern?

»War es schlimm?«, murmelte er.

Sie schwieg zunächst, doch als er nach einer Zeit, die ihm quälend lang erschien, aufstehen und gehen wollte, zuckte sie mit den Schultern und sagte: »Das Essen war gut.« Und dann, wieder nach langen Minuten: »Es ist einfacher, sich von Deutschen vergewaltigen zu lassen, als von Russen.«

Sie saßen nebeneinander, ohne einander anzusehen, aber er hatte das Gefühl, dass auch sie nicht länger allein sein konnte und mit jemandem reden wollte, selbst wenn es ein Feind war. Selbst wenn er es war.

»Ich wurde verwundet«, sagte sie schließlich stockend. »So haben sie mich gekriegt. Ich dachte, sie würden mir helfen. Wenn es Deutsche gewesen wären, hätte ich mich gleich erschossen. Das habe ich mir jedenfalls immer gesagt.«

Er hoffte, dass sie weitersprechen würde, aber sie tat es nicht. Die Perlen der Holzkette glitten mechanisch durch ihre Finger.

»Ist sie von deinem Freund?«

»Nein.« Sie wandte ihm kurz das Gesicht zu, und hinter der Maske des Krieges sah er die Reste des jungen, schwärmerischen, vielleicht sogar ein wenig weltfremden Mädchens, das sie einmal gewesen war. »Mein Vater hat sie mir geschenkt. Er ist letztes Jahr gefallen. Eigentlich hatte ich viel zu viel Angst, um zu kämpfen. Ich bin nur wegen ihm gegangen. Ich musste es tun. Er hätte es so gewollt. Manchmal habe ich ihn dafür gehasst. Ich habe versucht, tapfer zu sein, weil er tapfer war.«

Er betrachtete das bleiche, ausgemergelte Gesicht, die von einem Netz feiner Falten überzogene Haut, die leicht nach oben geschwungene Nase, das spitze Kinn, die Augen, die er die ganze Zeit für grau gehalten hatte und von denen er nun feststellte, dass sie grün waren. Wenigstens manchmal.

»Hattest du nie jemand?«, fragte er. »Vor dem Krieg?«

Sie zögerte. »Mein erster Mann war ein General.« Ihre Stimme klang so spröde und flach, als würde sie nicht über sich, sondern über eine flüchtige Bekannte sprechen. »Wir kamen von einem Angriff zurück, auf der Flucht. Wir waren wieder einmal geschlagen worden. Der General ließ uns antreten, nahm seine Pistole und erschoss jeden Zehnten. Als er bei mir ankam, sagte er: ›Du nicht.‹ Dafür hat er den Nächsten erschossen. In der Nacht hat er mit mir geschlafen. Es ging schnell und tat weh. Er sagte: ›Morgen werdet ihr nicht zurückgehen, sondern die Deutschen schlagen.‹ Er hatte recht. Ich bekam einen Orden und wurde Scharfschützin …«

Sie brach ab. Ihre Augen verengten sich wieder, wie Linsen, in die zu viel Licht gefallen war. Sie stand auf und ging weg.

Er sah ihr nach. Obwohl sie es nicht wahrhaben wollte, hatte auch sie begriffen, dass es in beiden Ländern, gleichgültig, wie der Krieg ausgehen würde, die gleiche Art von Siegern und Besiegten geben würde.

Sie setzte sich auf eine der Kisten an der Wand und lehnte sich erschöpft zurück. Er wollte zu ihr gehen und ihr sagen, dass sie ruhig nach hinten gehen könne, dass er aufpassen würde, aber dann ließ er es. Sie hatte keinen Grund, ihm zu glauben.

Er sah sie an und versuchte sie sich in einem hübschen Kleid vorzustellen. Es fiel ihm schwer. Darüber musste er lächeln.

90

Fritz wachte als Erster auf. Die Feuer glühten nur noch. Der Raum war voll von kaltem Qualm und dem Gestank der Männer. Er schob Rollo zur Seite, der irgendwann neben ihn gekrochen war, und kniete neben den Pfarrer, der als Einziger noch eine funktionierende Uhr besaß. Sie mussten los.

Er rüttelte Rollo, bis er erwachte. Gemeinsam stiegen sie die Treppe nach oben und spähten durch die Barrikaden. Es war niemand zu sehen. Sie entfernten den Stolperdraht zu der Handgranate, schlichen ins Freie. Es war dunkel und sehr kalt. Nach wie vor lag eine gespenstische Stille über der Stadt, kaum von einzelnen Gewehrschüssen durchbrochen. Vielleicht würden die Russen einfach warten, bis sie alle verhungert und erfroren waren.

Der Lastwagen war noch da. Sie gingen zurück, weckten die anderen, machten dann Feuer unter dem Bodenblech und verluden die Lebensmittel auf die Ladefläche. Selbst der Arzt half, obwohl er so stark zitterte, dass ihm die Kisten mehrmals aus den Händen glitten. Den Hauptmann und die Russin ließen sie mit den restlichen Ampullen zurück, ohne dass jemand ein Wort darüber verlor.

Wenig später steuerte Fritz den Lastwagen durch die Ruinenstraßen. Der Pfarrer saß neben ihm und sah immer wieder auf die Uhr.

»Mal sehen, ob Sie Ihr Flugzeug noch erwischen«, sagte Fritz. Der Pfarrer antwortete nicht.

Hans und Rollo saßen mit Maschinenpistolen bewaffnet auf dem Verdeck und verteidigten die Ladung gegen herumstreunende, ehemalige deutsche Soldaten. Das war verhältnismäßig einfach, da die meisten nicht mehr in der Lage waren, zwei gerade Schritte hintereinander zu tun.

Nur einmal, als die Straße anstieg und die Räder kurz durchdrehten, kam es zu einem kleinen Zwischenfall. Zwei Soldaten sprangen hinter einem Schuttberg hervor und klammerten sich an den Verschlag. Rollo trat ihnen die Hände weg. Als Antwort schlug neben Fritz eine Kugel durch die Scheibe. Rollo und Hans feuerten in die verrammelten Eingänge, einige zerlumpte Soldaten am Straßenrand hoben mechanisch die Hände.

Sie fuhren an dem von ihnen eroberten Geheimlager der Feldgendarmen vorbei. Die Straße und der Hof um den ausgebrannten Panzer waren mit erschossenen und grausam verstümmelten deutschen Soldaten bedeckt. Sie waren beim Plündern überrascht und von den eigenen Leuten aus Rache für die getöteten Spießgesellen ermordet worden. Ein letztes sinnloses Exempel zur Aufrechterhaltung der Hackordnung. Einige hielten noch ein Stück Brot oder eine Konserve in der erfrorenen Hand. Die Räder des Lkws holperten über zwei, drei steif gefrorene Körper.

Urplötzlich war es mit der Stille vorbei. Eine Serie schwerer Granaten heulte heran, riss flache Trichter vor ihnen in die Straße, schmetterte in die Ruinen, tauchte die Umgebung in beißenden Rauch. An Weiterfahrt war nicht zu denken.

Fritz steuerte den Lkw in einen Hof, der Pfarrer sprang ins Freie.

»Ich muss zur Fliegerschule!«, schrie er. »Mein Flugzeug ...«

Rollo packte ihn am Kragen und zerrte ihn in Deckung. »Du Himmelswichser gehst nirgends hin, bevor wir nicht abmarschieren!«

Ziellos flüchtende deutsche Soldaten schleppten sich an ihnen vorbei. Sie waren zum größten Teil verwundet. Dazwischen immer wieder Granateinschläge.

Sie suchten Deckung in einem verwehten Laufgraben. Ebenso plötzlich, wie sie ihr höllisches Werk begonnen hatte, schwieg die feindliche Artillerie. Bis auf das Stöhnen der Verletzten war alles wieder still. Eine schwere Granate war in der Nähe des Lasters detoniert, und der Luftdruck hatte ihn auf die Seite gekippt.

Hans sprang als Erster aus dem Graben. »Los, stellt den Lastwagen wieder auf! Macht schnell!«

Rollo schleppte den Pfarrer zu den Hinterrädern. Hans richtete seine MPi auf sieben zerlumpte Gestalten, die hustend und blind aus einem der staubgefüllten Kellerlöcher krochen. »Ihr da, herkommen! Herkommen – oder es knallt!«

Mit vorgehaltenen Waffen trieben er und Fritz weitere Flüchtlinge zu dem Lastwagen. Einer versuchte wegzulaufen. Fritz packte ihn und schlug ihm ins Gesicht. »Bleib hier, du Arsch! Oder ich mach dich kalt!«

Gemeinsam versuchten sie, den Lkw wieder aufzurichten. Er bewegte sich kaum. Alles umsonst! Das durfte nicht sein. Jetzt nicht mehr!

Sie versuchten es erneut. Die Adern und Sehnen traten wie Kabel unter ihrer Haut hervor, sie keuchten, fluchten vor Wut und Erschöpfung. Auf einmal gab das Gewicht nach, der Lastwagen kippte auf seine Räder zurück.

Keuchend warfen sie die herausgefallenen Kisten wieder auf die Ladefläche, ließen eine für die unfreiwilligen Helfer liegen. Dann hörten sie, was sie schon die ganze Zeit erwartet hatten: Panzermotoren. Nach dem vorbereitenden Artilleriefeuer griffen die Russen an.

»Wiedersehen, Herr Pfarrer!«, rief Hans, bevor er einstieg. »Sie können gehen. Grüßen Sie Ihren grausamen Gott, wenn Sie ihn sehen.«

Der Pfarrer sah ihn ungläubig an. Dann drückte er ihm fest die Hand.

Hans nahm ihm die Uhr ab. Der Pfarrer bemerkte es nicht einmal. Mit starren Augen, in die sich ein gnädiger Irrsinn geschlichen hatte, machte er sich durch die Ruinen und gebückt auf den Weg zur Fliegerschule und den Fieseler Störchen, die es längst nicht mehr gab.

Die anderen fuhren in der Deckung der Ruinen davon. Das Brummen der Panzermotoren hinter ihnen wurde lauter.

91

Es war nicht mehr weit. Sie fuhren den Lkw in eine zerschossene Halle, von der aus sie den Bau beobachten konnten, wo sie auf Petroffs Leute gestoßen waren. Beständig hörten sie Gefechtslärm, teilweise bedrohlich nah. Auf der Straße draußen fuhren einige Kübelwagen vorbei, die bis auf die Reifen unter grauen Menschentrauben verschwanden. Kurz darauf tauchten fünf russische Schützenpanzer aus der Richtung des Mamaihügels auf und bogen nach Osten ab. Vor ihre Luken waren Grammophone geschnallt. Aus den Lautsprechern kreischte Musik. Am Heck flatterten sowjetische Fahnen.

Sie hatten nicht mehr viel Zeit, die Lage war vollkommen unübersichtlich, die Stadt war durch einen russischen Panzerkeil in zwei Teile gespalten. Der Nordwesten befand sich unter heftigem Artilleriefeuer, während der Süden bereits von russischer Infanterie aufgerollt wurde. Dumpfe Explosionen und rostrote Brände zeugten vom Ende der letzten Widerstandsnester in den Kellern.

Nur wenige Meter von ihrem Laster entfernt sanken flüchtende Soldaten zu Boden und starben vor Hunger, Kälte, Erschöpfung. Und sie standen hier mit ein paar Kisten Kognak, Kaffee, Konserven, ein paar Ringen, Zahngold und hofften durchzukommen.

Nicht denken, nur nicht wieder anfangen zu denken! Fressen, atmen, schlafen! Sonst nichts!

Hans zog die Hände aus den Handschuhen und hauchte auf die tauben Fingerspitzen. Der Uhr des Pfarrers zufolge waren Petroff und seine Leute seit einer Viertelstunde überfällig.

Plötzlich gab es rechts von ihnen eine heftige Explosion, die den Boden unter ihren Füßen beben ließen. Danach Gewehrfeuer, Schreie.

Hans kletterte auf einen Schutthügel, die anderen folgten ihm. Er richtete Musks Feldstecher auf die Rauchwolke, die eine Querstraße weiter zwischen den Mauerlöchern aufstieg. Im Schein der Flammen sah er russische Soldaten. Sie trieben abenteuerlich kostümierte Männer aus den Kellern.

»Wir werden keine Skier bekommen«, sagte Hans langsam.

»Wieso?«

Hans reichte Rollo den Feldstecher. Der stierte hindurch, sah, wie Petroff vor das Haus gestoßen wurde. Aus den umliegenden Kanalschächten tauchten weitere russische Soldaten auf, die Gefangene vor sich hertrieben. Petroff redete auf einen Offizier ein. Er zerrte mit beiden Händen Schmuck aus den Taschen, bot ihn dem Offizier an. Die beiden schienen sich zu kennen.

Der Offizier lachte, schob den Schmuck ein, schüttelte Petroff die Hand und tätschelte beruhigend dessen Kopf. Dann versetzte er ihm einen Faustschlag, und Petroff taumelte auf einen Soldaten zu, der ihn mit einem Fußtritt weiterreichte.

Rollo reichte Fritz das Fernglas, doch der schüttelte den Kopf.

Sie kletterten wieder nach unten. Von dort, wo Petroff und seine Leute sich befanden, gab es mehrere Feuerstöße. Sie stiegen in den Lkw und fuhren zurück. Niemand hielt sie auf. Es wäre ihnen auch gleichgültig gewesen.

92

Sie saßen wieder in ihrem Keller. Die Gesichter rußgeschwärzt, kauerten sie rund um den improvisierten Ofen, in dem Gross Stücke von Autoreifen verbrannte. An den Wänden aufgestapelt die Kisten mit Lebensmitteln, die sie gegen die Freiheit hatten tauschen wollen. Die Wertsachen, die sie dem Oberstleutnant und dem Pfarrer abgenommen hatten, hatte Hans in einen Karton gelegt, der nun vor seinen Füßen stand. Er hatte nicht wirklich an diesen Ausbruch geglaubt. Aber nun, da er endgültig gescheitert war, war ihm trotzdem, als würde er unaufhörlich in ein schwarzes Loch zurückgleiten.

Den anderen ging es ebenso, jedem auf seine Art. Fritz aß unentwegt. Rollo hatte eine der vielen Kisten Kognak neben sich gestellt und schüttete eine der Flaschen in sich hinein. Gross hatte sich neben das Lager von Musk gesetzt; groteskerweise bot er das Bild eines treuen Wachhunds, der auf den Tod seines Herrn wartet, um ihm nachfolgen zu können. Der Arzt lag erschöpft und von kaltem Schweiß bedeckt auf einigen Kisten, gelegentlich schüttelten ihn Krämpfe. Die Russin kauerte mit angezogenen Knien, um die sie die Arme geschlungen hatte, auf einigen Decken. Früher oder später würden die Männer wieder über sie herfallen. Sie versuchte, nicht daran zu denken.

Eine Granate schlug über ihnen ein. Der Boden bebte, Putz rieselte von der Decke. Etwas davon fiel in Fritz' Konservenbüchse. Er fischte den Dreck heraus, aß kommentarlos weiter. Als die Dose leer war, kratzte er sie sorgfältig mit seinem Löffel aus.

Das Geräusch bohrte sich in Hans' Kopf. Es fühlte sich an, als würde ihm jemand den Schädel auskratzen. Er wollte die Augen schließen, aber das durfte er nicht, weil es ihn unweigerlich wieder dorthin bringen würde, wo er hergekommen war. Vielleicht noch weiter. Vielleicht würde er aufspringen und wild um sich schießen. Das durfte nicht geschehen.

Fritz griff sich die nächste Konserve. Er schien entschlossen, sich zu Tode zu fressen. Sein ausdrucksloser Blick streifte die Schmucksachen. Mit einem raschen Griff krallte sich seine Hand in den Karton, hob ihn hoch und schleuderte ihn mit einem Schrei ins Feuer. Ringe flogen durch die Gegend.

Fritz sank wieder in sich zusammen, öffnete die nächste Büchse, aß weiter. Löffel für Löffel. Flammen loderten hoch und beleuchteten ihre reglosen Gesichter.

Auf einmal tätschelte Rollo schwerfällig Fritz' Schulter. »Lass doch die schönen Sachen, Dicker.« Er begann herumzukriechen und die Ringe vom Boden aufzuklauben. »Fangeisen. Alles Sklavenorden.« Nach einigen vergeblichen Versuchen gelang es ihm, einen der Ringe über den Finger zu streifen. »Was meint ihr, wie viel Liebe an so 'nem Ring hängt. Das kannste nicht in Kilo und Pfund ausdrücken.« Er schob sich wahllos weitere Ringe über die Finger. »Drei Kilo Tapferkeit. Was, Herr Hauptmann?«

Auf den Knien streckte er seine Hände zu Musks Lager aus. Von dort erhielt er keine Antwort. Er kroch zu der Russin und begann ihr den Schmuck über den gesenkten Kopf zu werfen.

»Lass sie doch in Ruhe, bitte!«, sagte Hans.

Rollo drehte sich zu ihm um, mit einer ausladenden Armbewegung, die ihn aus dem Gleichgewicht brachte. »Ich mag das Mädchen, Herr Leutnant«, lallte er, runzelte die Stirn und schrie: »Sie ist die Einzige, die mich versteht!« Verlegen starrte er ins Feuer. »Mein Alter war nämlich Kommunist«, murmelte er. »Da staunt ihr, was?« Übergangslos begann er zu weinen. »Haben ihn auf'm Fluchtversuch im KZ erschossen.« Wie ein kleiner Junge, der sich daran erinnert, dass er tapfer sein muss, wischte er sich die Tränen ab. Dann schrie er: »Was musste er auch flüchten, die dumme Sau!« Er schüttelte den Kopf. »Hätt nur noch drei Wochen zu sitzen gehabt. Hat den Sozialismus des Führers nie verstanden.«

»Hoffentlich verstehst du ihn jetzt«, murmelte Fritz.

Rollo kroch wieder zu der Russin, von der er am meisten Verständnis erwartete. Seine Ausführungen waren ebenso hilflos wie komisch, so dass die anderen – erleichtert, vorübergehend ihrer stummen Verzweiflung zu entkommen – unwillkürlich die Zähne bleckten. Dadurch wirkten ihre Gesichter wie grinsende Totenschädel, die im Gegensatz zu ihrem restlichen Körper das Sterben bereits hinter sich gebracht hatten, und es war eine weitere Ironie des Schicksals, dass ausgerechnet Rollo ihnen das in diesen Tagen seltene Privileg verschaffte, dem Tod mit einem letzten Lachen zu begegnen.

Unbeholfen begann er vor den Männern herumzutanzen. Ihre gespenstische Heiterkeit schien ihn zu beflügeln. Selbst der Arzt kroch von seinen Decken und klatschte mit zitternden Händen Beifall, und während Rollo ihn an sich zog und versuchte, sich gemeinsam mit ihm an die Grundschritte des Tangos zu erinnern, glitt die Hand des Arztes in seine Tasche und schloss sich um die letzte Ampulle und die Spritze.

Niemand achtete darauf, und so gelang es ihm, sich unter dem Vorwand, seine Notdurft verrichten zu müssen, in den hinteren Teil des Raums zurückzuziehen. Mit fliegenden Händen zog er die Spritze auf und schob den Ärmel hoch.

Plötzlich spürte er zwei Augen in seinem Rücken. Ihr Blick durchbohrte ihn wie Kanülen, aus denen eisige Angst in ihn floss. Er wollte sich umdrehen, aber er war wie gelähmt, und selbst der Gedanke, sich endlich die Nadel in die Ader zu stechen, saß unbeweglich in seinem Hirn, ohne dass er ausgeführt werden konnte.

Als der Schuss fiel und sich die Kugel dumpf in seinen Körper bohrte und sein Herz zerriss, war es keine Überraschung, sondern wie das logische Ende eines freien Falls.

Die Blicke der anderen folgten seinem Körper, der zu Boden fiel, folgten der Spritze, die wie ein gezücktes Messer aus seiner geballten Faust ragte, und glitten dann zu der Pistole in der Hand des Hauptmanns. Mühsam richtete er den Oberkörper auf, befahl ihnen, die Hände zu heben.

Rollo lachte ungläubig. Er glaubte an ein Trugbild des Alkohols, bis er feststellte, dass es seine Waffe war, die der Hauptmann in der Faust hielt. Erschrocken verstummte er.

Ein neuer Schmerzanfall ging durch Musks ausgemergelten, fieberglühenden Körper, der Lauf seiner Waffe zitterte. Es sah aus, als müsste sie ihm jeden Moment aus der Hand fallen.

Fritz machte einen Schritt auf ihn zu, um sie ihm wegzunehmen, bevor der Hauptmann noch einmal auf jemanden feuern konnte. Musk schoss, die Kugel schlug knapp vor Fritz in den Boden. Dann befahl ihnen Musk aufzustehen. Alle, auch die Russin, folgten.

Nur Gross blieb sitzen. Als ginge ihn das alles nichts an, schnitzte er weiter an seinem Stück Holz, das sich langsam zu einem kahlen Gesicht mit durchlöcherten Augen formte. Jetzt haben wir wirklich nicht mehr viel Zeit, dachte er, und auf einmal wusste er, was er da schnitzte. Warte noch ein wenig, dachte er, deine Totenmaske ist bald fertig.

»Rohleder«, keuchte der Hauptmann. »Bring mir die Spritze!«

»Mach das nicht«, krächzte Fritz.

»Wenn er es nicht macht«, sagte Musk ruhig, »wirst du erschossen.«

Rollo wand dem Arzt die Spritze aus der Hand. Für einen Moment stand er unschlüssig im Qualm, als habe er vergessen, was er eigentlich hier wollte. Die Stimme des Hauptmanns brachte ihn an dessen Lager.

»Stech sie mir in Arm!«

Rollo sah in sein fieberverzehrtes Gesicht. Zum ersten Mal verspürte er Angst vor der Gewalt, den der Blick aus diesen Augen über ihn besaß.

»Ich weiß nicht, wie das geht«, murmelte er.

»Einfach in die Ader stechen. Findest du schon.«

Ohne die anderen aus den Augen zu lassen oder die Waffe zu senken, ließ sich Musk von Rollo die Spritze setzen.

Seine Miene entspannte sich, der Blick seiner Augen wurde wieder stolz und unnahbar. Rollo wollte weg von diesen Augen, zurück in den Kreis der anderen, wo er sich einigermaßen sicher fühlte.

»Bleib hier«, sagte Musk. Seine Stimme klang freundlich. »Du wirst doch deinem Hauptmann nichts antun?«

»Nein, Herr Hauptmann«, stammelte Rollo. »Es ist nur alles so durcheinander hier ...«

»Ich will niemanden zur Rechenschaft ziehen«, sagte Musk. Hans schwor sich, diesmal lieber das elendeste Sterben in Kauf zu nehmen, als noch einmal auf seine Worte hereinzufallen. Der Hauptmann sprach weiter: »Jeder von euch war mal ein guter Soldat, bis ihr versucht habt, um jeden Preis zu überleben. Vielleicht war es wichtig für euch ...«

Ein Schwächeanfall überkam ihn, doch er riss sich zusammen, wartete, bis ihm das Morphium wieder genug Kraft zum Sprechen gab, und richtete sich auf seinen Decken auf. Ein Seelenkrüppel, dachte Gross bitter, der sich nicht zu schade ist, auch noch die verkohlten Gemäuer und verbrannten Gemüter zu beherrschen. Und er saß immer noch zu seinen Füßen, war ihm gefolgt über das Knochenmeer, hatte ihn hochgehoben und weitergeschleppt, als er niedergesunken war – aus Rache –, hatte ihm den schnellen, schmerzlosen Tod nicht gegönnt – zurecht –, hatte nie aufhören können, ihn zu lieben, nicht einmal im schlimmsten Hass, nicht einmal in der größten Verachtung. Und so hatten sie sich bis hierher geschleppt in dieses graue, tropfende Gemäuer, und hier verendeten sie nun, bedeutungslose Würmer, die an ihren eigenen Körpern nagten. Doch Musk, halbiert an Leib und Seele, konnte sich immer noch nicht mit ihrer Jämmerlichkeit abfinden, musste Tragödie spielen bis zuletzt. Es war lächerlich, rührend, abstoßend.

»Vielleicht war es wichtig für euch«, wiederholte der Hauptmann, »diesen Weg zu beschreiten, um selber zu sehen, wohin er euch bringt. Glaubt ihr denn wirklich, dass ihr als Deserteure mit gutem Gewissen weiterleben könnt?«

»Besser, als wir's als Soldaten könnten«, entgegnete Fritz barsch. »Und jetzt halt's Maul!«

Gross betrachtete die Totenmaske, die er für seinen ehemaligen Freund angefertigt hatte, und versank hinter ihren leeren Augen, bis sie ihm komisch schienen und er in leises Gelächter ausbrach. Musk schwieg. Ihre Blicke kreuzten sich in der Dunkelheit, und Gross bemerkte bitter, dass sein Mitleid Musk galt und nicht den Männern, die dieser in den Tod zu schicken gedachte.

»Wir alle bewundern deine Überzeugungskraft, Hermann«, sagte er. »Aber diesmal gehen wir nicht mit dir. Du musst allein sterben.«

»Mach dir doch nichts vor, du ...«, schrie Musk, doch seine Lungen verwandelten sich in glühende Bälle, sodass er abbrach und röchelnd um Luft rang. Dann fuhr er leiser fort: »Gerade du solltest am besten wissen ... Ihr seid Soldaten ... Ihr werdet immer Soldaten bleiben ... Eure Heimat ist der Krieg! Zu Hause seid ihr für immer Fremde.«

Er richtete sich stöhnend auf, seine Gesichtshaut schien vor Anstrengung zu reißen, und die anderen sahen wieder zu Boden, doch nicht mehr, weil sie sich schämten oder schuldig fühlten, sondern weil sie das jämmerliche Zerrbild, das der Tod aus dem Hauptmann machte, nicht länger ertragen konnten.

»Es stimmt«, flüsterte Musk und suchte hinter den Schatten vor seinen Augen nach zusammenhängenden Worten, »die Situation ist ausweglos ... Hier kommt keiner lebend raus. Diese Schlacht ist verloren. Aber jeder Gegner ... den wir jetzt noch töten ... jeder vernichtete Panzer ... ein Beitrag zum Sieg unserer ... gehen wir ... schneller Tod ... besser ... «

»Heil Hitler«, beendete Gross die Ansprache. Und er lachte über die Worte seines ehemaligen Hauptmanns, während ihm der Anblick seines ehemaligen Freundes in den Augen brannte. Er hörte, wie Hans und Fritz in sein Gelächter einfielen. Ihr Lachen war ein verzweifelter Schutz gegen die teuflische Logik, die immer noch in den Worten des sterbenden Hauptmanns lag, eine Logik, der sie sich zwar entzogen hatten, die aber noch immer in ihnen wucherte wie ein Geschwür.

Der Hauptmann hörte ihr Lachen und hob langsam den Kopf. Mit letzter Kraft versuchte er ihr morsches Gelächter zu zerreißen, das längst nur noch ein Gemisch aus Husten und Weinen war, er versuchte zu sprechen, aber die Stimme versagte ihm, das Blut pochte in seinen Ohren, und ein schwerer süßlicher Geschmack füllte seinen Mund. Er würde nicht sterben. Nicht hier, nicht so.

Er richtete die Waffe auf Gross: »Hör auf zu lachen, Otto. Das … war ein Befehl, du …«

Gross rutschte auf den Knien zu ihm, bis der heftig zitternde Lauf der Pistole seine Stirn berührte und zur Ruhe kam. »Na schön, Hermann«, flüsterte er. Der Stahl, der Griff, Musks zitternde Faust, der Zeigefinger, gelb, knochig, mit verwachsenem Nagel, spaltete sein Gesichtsfeld. Die Angst in ihm fühlte sich an wie Kristall. Hinter den Fieberwolken suchte er Musks Blick. »Beende dein lächerliches Heldentheater. Ich bin bereit. Selbst für diesen allerletzten Schwachsinn.«

Musk versuchte zu sprechen. Es gelang ihm nicht mehr. Sein Kinn deutete zur Treppe. Gross schüttelte den Kopf. »Das musst du schon uns überlassen. Wir sterben nicht als Soldaten. Wir verrecken als Deserteure. Knall uns ab. Vollbring deine letzte große Tat!«

Musk versuchte ein Lächeln. »Nur du … zählst für mich … Nur du … Komm mit …«

Gross sah hinab in die sterbenden Augen. Es waren die Augen eines Freundes. Für einen Moment war er versucht, ihn einfach in die Arme zu nehmen, ihn in seinen Armen sterben zu lassen. Aber er konnte es nicht. Selbst dazu war es zu spät.

»Sentimental bis zum letzten Atemzug«, murmelte er verächtlich. »Es war nicht Schicksal, es war nicht Vorsehung, was uns in dieser verdammten Stadt wieder zusammengeführt hat. Es war nichts als beschissener Zufall. Und dass wir jetzt hier sitzen und gemeinsam verrecken, ist auch nichts als beschissener Zufall. Wir haben keine Aufgabe mehr, schon lange nicht mehr. Bei der einzigen Aufgabe, die uns gestellt war, nämlich unsere Führung zu beseitigen, Leute wie dich, haben wir jämmerlich versagt. Unser Vegetieren ist ebenso blind, wie es unser Tod sein wird. Deiner natürlich nicht, du stirbst für deine Würde, deine Ehre, für Vaterland und Eitelkeit. Du hast es leichter als wir, und deswegen hält sich unser Mitleid in Grenzen. Wenn du unbedingt dort draußen verrecken willst, musst du es allein machen. Mit mir jedenfalls nicht.«

Er zwang seine Augen, sich von dem sterbenden Gesicht unter ihm loszureißen. Dass er sich von Musk abwandte, war nichts als eine letzte hilflose Geste, denn es würde nichts ändern, weder die kleinen noch die großen Katastrophen, gar nichts, bis zum Schluss.

Er hörte Schreie in seinem Rücken und drehte sich um. Musk hatte die Pistole gehoben, und die Waffe zeigte auf ihn, und ihm wurde klar, wie lächerlich auf einmal alles war, was er gefühlt und gedacht hatte. Vergeblich, umsonst, der Rauch seines Lebens. Und er wunderte sich, dass er immer noch nicht sterben wollte und spürte deutlich, dass Musk abdrücken würde.

Ausgerechnet Rollo schlug ihm die Waffe aus der Hand. Der Hauptmann wurde durch den Schlag von seinem Lager gerissen und fiel über das Loch, das die Kugel in den Boden gebohrt hatte. Rollo starrte einen Moment erstaunt auf seine Hand, die zugeschlagen hatte.

Der Hauptmann kroch auf die Treppe zu, Rollo kroch hinterher. Versuchte ihn festzuhalten. Sie sehen aus wie ein durchgeschnittenes, verstümmeltes Insekt, dessen zwei Hälften sich weiterbewegen, dachte Gross. Ein letztes Zerrbild des Lebens am Portal der Hölle. Angeekelt stellte er fest, dass es Wirklichkeit war. Dass Musk ihn tatsächlich in den Rücken geschossen hätte. Wie es sich für einen Deserteur gehört! Er ging zu ihm, zerrte Rollo beiseite und packte Musk an den Schultern.

»Lass mich!«, keuchte der Hauptmann. »Draußen sterben, frische Luft …«

»Wozu?«, keuchte Gross hasserfüllt. »Du bist schon lange tot. Aber ich nicht. Ich nicht!«, schrie er in das wachsgelbe Gesicht. »Obwohl du dir alle Mühe gegeben hast!« Blind vor Verzweiflung spie er die Worte in die eingefallenen Züge unter sich. »Seit zwei Jahren schlafe ich nicht mehr, vertreib mir die Zeit mit den Bildern, die ich unfähig war zu malen, wie du weißt. Aber mein Gehirn ist geschickter als meine Hände …« Er brach ab, und seine Stimme sank zu einem heiseren Flüstern herab. »Ich erzähl dir von meinem Lieblingsbild. Ein Selbstporträt. Nach einem Volltreffer. Die übliche Sauerei. Aber weißt du, was dann geschieht? Ich setze mich Stück für Stück wieder zusammen, jede Nacht anders, aber es bin immer ich. Auch du kannst mich nicht töten!«, schrie er in besinnungsloser Wut. Seine Hände fanden das Stück Holz, an dem er geschnitzt hatte, und pressten es auf das Gesicht des Hauptmanns. »Stirb endlich!« Seine Stimme überschlug sich, war kaum noch zu verstehen. »Deine Totenmaske! Stirb!«

Seine Gedanken irrten durch eine Höhle, in deren Tropfsteine die zerstückelten, zerfetzten Gesichter der Toten gemeißelt waren, die er begraben hatte, ein halbes Jahr lang, sechzehn Stunden am Tag, und im Takt zu seinen immer schneller jagenden Schritten schlugen die Trommeln, gemacht aus ihrer Haut und ihren Gebeinen. Er musste lachen, weil er sich vor ihrem Klang fürchtete.

Nur allmählich wurde ihm klar, dass es sich bei den schweren dumpfen Schlägen um das wiedereinsetzende Geschützfeuer handelte.

Er nahm das Holz vom Gesicht des Hauptmanns und sah, dass er einen Bewusstlosen unter sich liegen hatte. Er legte Musks Kopf auf die Steinplatten, ging in eine Ecke des Gewölbes, setzte sich auf den Boden und fühlte das Metall seiner Pistole in der Hand. Dann spürte er noch eine Hand. Es war die von Hans.

»Keine Angst«, sagte Gross. »Ich töte niemanden, am wenigsten mich selbst. Ich werde überleben, wie auf meinem Bild.« Verwundert lauschte er seinen Worten nach. Plötzlich schüttelte er sich heftig. »Beschämend, was die Todesfurcht mit einem treibt. Wir müssen wieder in die Kälte. Wer weiß, was sonst hier unten noch alles an Erbärmlichkeiten auftaut.«

Er holte aus und warf sein Schnitzwerk ins Feuer. In der aufstiebenden Glut sahen sie Rollo am Fuß der Treppe stehen. Er hatte sich den Hauptmann über die Schultern gelegt. »Ich geh mit ihm«, sagte er. »Er hat recht. Ist besser so.«

»Du spinnst doch!« Fritz stolperte auf die Füße und wollte ihn halten. »Bleib hier!«

»Lass nur.« Rollo löste seinen Ellenbogen aus Fritz' Griff. »Ich wünsch dir, dass du durchkommst, Dicker.«

Fritz wollte noch einmal nach ihm greifen, ließ die Hand dann aber sinken. Er hatte kein Recht, ihn aufzuhalten. »Bloß keine Übertreibungen«, flüsterte er.

Der Körper des Hauptmanns begann von Rollos Rücken zu rutschen. Er rückte ihn wieder zurecht, drehte sich um, ging zur Treppe, blieb noch einmal stehen. »Herr Leutnant, war ziemlich bescheuert, unsere Wette, was?«

»Das war sie«, murmelte Hans.

Langsam stieg Rollo mit dem Hauptmann die Kellertreppe hoch. Sie hörten seinen schweren Atem. Oben blieb er stehen, und Fritz hoffte für einen Moment, er würde zurückkommen.

Aber er hustete nur und spuckte aus. Dann räumte er die Barrikaden beiseite. Zwei Metallrohre schepperten die Stufen hinab. Danach war es wieder still.

Hans ging zu Fritz, nahm ihn in den Arm. Erst da begriff Fritz endgültig, dass Rollo weg war. Dass er ihn nie wiedersehen würde. Er presste sein Gesicht an Hans' Brust. Sein breiter Rücken zuckte. »Merito«, flüsterte er erstickt. »Das dumme Arschloch …«

93

Rollo schleppte sich durch die Straßen von Stalingrad. Mit Schritten, die kaum ein Fußbreit auseinander lagen, ging er seinem kleinen persönlichen Ende entgegen. Der kurze Augenblick der Klarheit, den die Kälte gebracht hatte, war längst wieder verflogen und dumpfer Erschöpfung gewichen. Sein Entschluss drohte ins Wanken zu geraten. Ich sterbe als Soldat, dachte er, nicht als Deserteur, als Soldat. Er durfte diesen Gedanken nicht wieder verlieren. Der Hauptmann lag quer über seinen Schultern.

»Herr Hauptmann«, keuchte er unter seiner schweren Last, »ich … ich kann die HKL nicht finden. Ich weiß, Sie wollen weiter … also gehen wir weiter.« Er taumelte. »Die HKL ist überall …«

Er bekam keine Antwort. Das Gesicht auf seinem Rücken vereiste bereits. Schneeflocken füllten den geöffneten Mund, blieben auf den weit und starr geöffneten Augen liegen.

Rollo bemerkte es nicht. Ruinen, Schuttberge, Leichen wankten durch sein Blickfeld. Plötzlich stand er einem Haufen unbewaffneter deutscher Soldaten gegenüber. Ihre Lumpen wurden hauptsächlich durch Schnee und Eis zusammengehalten.

»He … « Sein Krächzen war kaum zu verstehen. »Wo ist die HKL?«

Einer der Landser wies auf Musk. »Willste den dort als Vogelscheuche aufstellen?«

Rollo ließ den Hauptmann von seinen Schultern gleiten und wischte ihm den Schnee aus dem Gesicht. Der Hauptmann war nicht tot. Er konnte ganz deutlich seinen Atem spüren. Diese verdammten Deserteure hatten nur Schiss. Alle hatten sie Schiss.

Er lud seine MPi durch. »Wo ist die HKL?«

Seine Stimme klang gefährlich leise.

Der Mann vor ihm zuckte mit den Schultern. Er hatte seit fünf Tagen nichts gegessen, und die erfrorenen Füße vergifteten sein Blut. »Leck mich am Arsch!« Er schob Rollos Waffe beiseite und schlurfte an ihm vorbei.

Rollo kniete neben den Leichnam des Hauptmanns. Seine Finger tasteten über sein vereistes Haar.

»Herr Hauptmann«, stammelte er und sah verzweifelt in die starren Augen. »Sie können mich doch jetzt nicht im Stich lassen. Sie haben versprochen … Wohin soll ich denn jetzt, wohin?« Immer lauter schrie er auf den Toten ein.

Einige Soldaten blieben stehen.

»Was ist denn da vorn los?«

»Vorsicht, Herr General. Der ist völlig durchgedreht.«

Rollo schaute ungläubig hoch. General Hentz stand in einem für die Verhältnisse geradezu unglaublich sauberen Armeemantel vor ihm. Es war ein Fehler seines Vorgesetzten gewesen, ihm weiteren Kognak verweigern zu lassen. Denn während sich der Generalleutnant noch mit Durchhalteparolen aufrecht hielt, die er an die Truppe weiterleiten ließ, hatte der Alkoholentzug bei Hentz bewirkt, dass er seit langer Zeit endlich wieder einen Entschluss gefasst hatte. Doch davon konnte Rollo nichts wissen.

»Herr General.« Seine Hände wischten fahrig über sein reifbedecktes Gesicht. »Sie kennen mich, Feldwebel Rohleder, das EK I, die ganze Tüte. Ich will kämpfen, aber ich kann nicht mehr allein nach vorn …«

Sein Blick klammerte sich verzweifelt an die Uniform, die doch wissen musste, was zu tun war, die es ihm endlich sagen sollte.

Rollos Kopf sackte nach unten. »Ich bin ein Deserteur«, flüsterte er. »Erschießen Sie mich …« Verzweifelt schlug er mit den Fäusten in den Schnee und brüllte: »Ich bin ein gottverdammter Deserteur!«

»Reden Sie keinen Blödsinn, Mann!«, sagte der General. »Stehen Sie auf! Geben Sie mir Ihre MPi. Na, geben Sie schon her!« Ungeduldig wegen der Zeitverzögerung schob er seine zwei Untergebenen beiseite, nahm Rollo die russische MPi ab und warf sie in hohem Bogen in den Schnee. »Kommen Sie mit, wir ergeben uns.«

Rollo starrte ihn fassungslos an.

Ein Landser kam angelaufen. »Herr General, dort vorn sind Russen …«

»Also los, Männer«, befahl Hentz. »Hände hoch!«

Mit erhobenen Händen schritt er vor seinen Leuten die Straße entlang. Das Einzige, was ihn an der Situation freute, war die Vorstellung vom Gesicht des Generalleutnants, wenn der erfuhr, dass Hentz eigenmächtig kapituliert hatte. Er musterte die über den Schnee hingestreuten Leichen. Etwas spät natürlich, aber immerhin – er hatte rechtzeitig gewarnt. Eine Durchschrift seiner kritischen Eingaben befand sich in der Innentasche seines Mantels. Er würde sich zu rehabilitieren wissen.

Rollo stolperte zwischen den träge dahinschlurfenden Füßen der anderen hoch, wurde von ihnen mitgezogen. Sie erreichten einen kleinen Platz. Aus den Ruinen tauchten vorsichtig die ersten Russen auf. Mit stumpfen Blicken verfolgten die Deutschen ihre schnellen Bewegungen, sahen schemenhaft gut genährte Gesichter unter Pelzmützen. Einige starrten bitter auf die eigenen Lumpen. Zwei junge Stabsoffiziere weinten vor Scham. Die meisten waren zu kaputt für Empfindungen jeglicher Art. Sie wären sogar voller Gleichmut zur eigenen Exekution geschlurft.

Für eine derart grenzenlose Teilnahmslosigkeit hatte Rollo in letzter Zeit zu viel gegessen. Gehetzt sah er sich um, sah, wie sich der Kreis aus immer mehr Gewehrmündungen immer enger um sie schloss. Ihn würden sie nicht einfach so abknallen, ihn nicht!

Er riss seine Pistole unter der Jacke hervor. Der Soldat neben ihm sah es, stieß ein ungläubiges Grunzen aus und packte Rollos Hand.

Rollo versuchte sich zu befreien. »Du verdammter Idiot!«

Die vorher noch so gleichgültig blickenden Augen der Umstehenden glänzten plötzlich vor Hass. Stellvertretend für all die scharfen Hunde, die sie monatelang von einer sinnlosen Qual in die andere gejagt hatten, stürzten sie sich auf Rollo. Geifer, verfaulter Atem flogen in sein Gesicht, knochige Finger bohrten sich in seine Schultern, rissen ihn zu Boden, erfrorene Füße, dreckstarrende Lumpen stampften seinen Körper in den Schnee.

Die russischen Soldaten begannen zu brüllen, feuerten in das Knäuel kämpfender Leiber. Schmerzensschreie. Der Lumpenhaufen zog sich zurück. Hündische Blicke wurden auf die neuen Unterdrücker gerichtet, dann sanken Mitleid heischendes Grinsen, schlechtes Gewissen, Hunger und Fieber in den Sumpf alles bestimmender Gleichgültigkeit zurück.

Einige graue Bündel blieben am Boden liegen. Eines von ihnen war Rollo. Sein Fleisch fühlte sich taub an, und sein Kopf schmerzte bei jedem Herzschlag. Blut floss ihm in die Augen. Sie sollten endlich aufhören ihn zu schlagen. Aber sie hörten nicht auf. Er begriff nicht, dass es nur sein eigenes Herz war, das noch schlug.

Er schob sich seine Pistole in den Mund, tief in den Schlund, bis er kaum noch Luft bekam. Und drückte ab.

Leeres Klicken.

Er blieb liegen, die Pistole im Mund, als erwartete er, dass der Tod noch kam. Einige Russen gingen auf ihn zu. Rollos Augen richteten sich auf die Gewehrmündung eines Mongolen. Er wartete auf die feindliche Kugel, doch der Mongole schoss nicht.

Sie denken, dass ich mich selbst erschieße, dachte er, als wäre das ganz selbstverständlich. Sie konnten nicht wissen, dass er keine Kugel mehr hatte. Er nahm die Pistole aus dem Mund und legte sie in den Schnee.

Der Mongole sah die vielen goldenen Ringe an seinen Händen. Er lachte, bückte sich und riss ihm die Ringe von den Fingern. Dann zog er ihn am Kragen hoch, schlug ihm fast freundschaftlich auf die Schulter und stieß ihn zu den anderen Gefangenen.

Rollo spuckte Blut aus, verzog schmerzlich den Mund. Die anderen wussten nicht, ob er lachte oder weinte. Es interessierte sich auch niemand dafür. Wahrscheinlich wusste er es selbst nicht.

94

Fritz hatte um das Feuerblech eine Zeltplane gehängt, damit sich die Wärme nicht so schnell im Raum verflüchtigte. Letzte Hoffnungen und Heizmaterial schwanden dahin. Zusammengekauert saßen sie um die qualmende Glut.

Vielleicht hatte Musk recht gehabt. Vielleicht wäre es leichter gewesen, draußen einen schnellen Tod zu sterben.

Hans warf Gross einen verstohlenen Blick zu. Gross würde weitergehen, weiterhin warten, bis er umfiel. Sein Selbsthass war so groß, dass er sich nicht einmal die Gnade eines schnellen Todes gönnte. Würde er mit ihm gehen? In die Kriegsgefangenschaft? Und wozu? Er stellte sich die Fragen, als gingen sie ihn nichts an.

»Wir warten auf neuen Wahnsinn wie auf Regen«, sagte Gross irgendwann. »Aber es ist eine große Dürre ausgebrochen in unseren Köpfen.«

»Jetzt is aus«, murmelte Fritz. »So oder so.« Er wünschte sich plötzlich, krank zu sein, hohes Fieber zu haben, jedenfalls nicht mehr denken zu müssen. Vor allem nicht normale Gedanken. Sie waren nicht auszuhalten. »Wenn du als Soldat verreckst, ist die Mutter wenigstens stolz auf dich«, fuhr er fort. »Als Deserteur biste die letzte Sau. Kriegt sie nicht mal die Rente ausgezahlt.«

»Du kannst jetzt für die Schweine nicht noch den Kopf hinhalten«, murmelte Hans.

»Nicht für die. Nicht mal für mein Alten. Der mit seinen Gäulen hat mich nie kapiert. Aber meine Mutter hat mir jeden Sonntag den Rücken geschrubbt, wo ich für alle andern immer nur der Dicke war, für euch auch, und deswegen geh ich jetzt da raus und verreck für meine Mutter, ganz privat.«

Er stand auf, nahm seine Waffe und tappte zur Treppe. Hans verstellte ihm den Weg. Fritz schüttelte den Kopf.

»Du kannst jetzt nicht einfach aufgeben!«, schrie Hans. Ein Hustenanfall krümmte ihn. Fritz klopfte ihm verlegen auf den Rücken. Hans sah keuchend auf. »Stimmt, wir verstehen uns nicht, aber wir mögen uns. Manchmal ist's vielleicht nur blöde Sentimentalität, dann wieder sind wir eine Notgemeinschaft, ja. Aber, verdammt noch mal, wir müssen stolz darauf sein, dass wir endlich Nein gesagt haben! Dass wir uns nicht mehr länger von diesen Schweinen verheizen lassen. Sonst bleibt uns nichts mehr, und es ist wichtig. Auch wenn nie jemand davon erfährt, für uns ist es wichtig! Und du warst der Erste, der es gesagt hat. Weißt du noch, in der Drecksbrühe?«

Verlegen brach er ab. Es war allzu offensichtlich, dass er versuchte, vor allem sich selbst zu überzeugen.

»Das ist der Unterschied zwischen uns«, sagte Fritz. »Trotz allem willst du immer 'n Held sein. Ich wollte das nie. Und wenn ich jetzt tot bin, is mir wurscht, ob ich bis zuletzt stolz auf mich war oder nicht. Für mich ist wichtiger, dass meine Mutter die Rente kriegt. Mach's gut, Hans!«

Er schob seinen ehemaligen Leutnant sachte beiseite und stieg die Treppe hoch. Hans sah Gross Hilfe suchend an, doch er konnte ihn nur undeutlich im Qualm neben der schmalen Gestalt der Russin sitzen sehen.

Plötzlich hatte er eine letzte verzweifelte Idee. Er stolperte Fritz hinterher, hielt ihn fest. »Es gibt noch einen Ausweg!«

»Ja? Sibirien? Mir war's hier kalt genug.«

Hans schüttelte den Kopf. »Sie kann uns rausführen.« Ehe Fritz widersprechen konnte, redete er hastig weiter, und mit jedem Wort schien ihm seine Idee durchführbarer. »Sie hat zwei Monate in dieser Stadt als Scharfschützin gekämpft. Sie kennt jedes Abflussrohr. Sie kann uns zur Wolga führen.«

Fritz starrte ihn ungläubig an. »Ist das dein Ernst? Hast du vergessen, was wir mit der gemacht haben? Die hasst uns, und außerdem ist sie total gestört.«

»Dann hau doch ab!«, schrie Hans. Zitternd stand er da, Fieber und Übelkeit würgten ihn. »Lauf nur raus«, flüsterte er. »Lass dich abknallen. Geh in Gefangenschaft, ich halt dich nicht. Oder sollen wir uns gegenseitig erschießen? Ein letztes kleines Spiel ...«

Hatte er darum so gelitten, gemordet, fantasiert, um sich nun völlig bedeutungslos und banal in graue, schlammige Erde zu verwandeln? Er konnte es nicht ertragen. Am wenigsten, als er jetzt begriff, dass er es immer gewusst hatte. Von Anfang an hatte hinter jeder Hoffnung, jeder Euphorie geduldig und träge die Gewissheit gelauert, dass es so enden würde. Jetzt war es soweit. Keine Einbildung, kein Traum konnte ihn mehr davor beschützen. Die letzten lächerlichen Masken des Lebens wurden beiseite gewischt.

Er ging zum Feuer zurück und setzte sich. Ließ den Blick wieder in die Glut sinken.

»Warum macht ihr's euch so schwer?«, murmelte Gross. »Warten wir einfach noch ein bisschen. Irgendwas passiert schon.«

Fritz starrte auf die drei schemenhaften, reglosen Gestalten am Feuer, die sich langsam in Rauch aufzulösen schienen. Er zwang sich, die letzten Stufen hinaufzugehen.

Die Stimme der Russin hielt er zunächst für Einbildung. Dann blieb er stehen und hörte ihr zu.

»Euer Leutnant hat recht«, sagte sie. Ihr Blick wich dem der Soldaten aus. »Ich kann euch hier rausbringen. Wir brauchen nur drei russische Uniformen. Aber davon gibt's draußen genug.«

Sie schob sich mit einer mädchenhaften Bewegung das verfilzte Haar hinters Ohr. Eine Bewegung, die aus einer anderen Welt zu stammen schien. Verlegen kreuzte sie die Arme vor der Brust und sah zu Boden. Es sah so aus, als schämte sie sich bereits, ihren Feinden Hilfe angeboten zu haben.

»Wieso willst du das für uns tun?«, fragte Fritz.

»Euer Leutnant und ich haben uns nicht zum ersten Mal getroffen. Es war in der Kanalisation. Ich habe damals versucht, ihn zu töten, obwohl er versprochen hatte, mir nichts zu tun. Ich ...« Sie verstummte kurz. »Als wir uns wiedergetroffen haben, dachte ich, er würde mich erschießen. Aber er hat es nicht getan. Und deswegen bringe ich euch hier raus. Trotzdem«, fügte sie leise hinzu. Sie wussten, was sie meinte, und sahen alle zu Boden.

»Es ... es tut mir leid«, murmelte Fritz.

»Sei still!« Ihre Stimme klang abweisend, hölzern. »Ich habe schlimmere Sachen mit Deutschen gemacht als ihr mit mir. Und Russen haben schlimmere Dinge mit mir gemacht als ich mit Deutschen. Hören wir auf zu reden. Ihr lasst mich laufen, ich lasse euch laufen. Mehr brauchen wir nicht.«

Schweigend sahen sich die drei Männer an. Sie mussten sich erst wieder an den Gedanken gewöhnen, dass es vielleicht doch noch eine Möglichkeit gab, auch wenn zumindest Hans und Gross wussten, dass sie ziemlich fantastisch und eigentlich aussichtslos war. Aber war das nicht alles gewesen, was sie in den letzten Monaten am Leben gehalten hatte?

»Ich vertraue ihr«, sagte Hans. »Jedenfalls werde ich es versuchen.«

Gross nickte. »Besser, als gleich zu verrecken«, murmelte er und erhob sich mühsam.

»Dann geh ich mal ’n paar Uniformen suchen«, sagte Fritz. »Ihr findet meine Größe ja doch nicht.«

Er ging nach oben, Gross folgte ihm. Alles war leichter, als einfach sitzen zu bleiben, doch einer musste die Russin bewachen, also blieb Hans zurück; die beiden anderen verschwanden.

Ein kalter Wind wehte Eiskristalle über die Stufen nach unten. Hans versuchte sich vorzustellen, wie sie früher einmal ausgesehen haben mochte. Er schloss die Augen und seinen Gedanken gelang ein schönes Gesicht. Er hörte, wie sie eine Konservendose öffnete, und sagte: »Weißt du, damals habe ich geglaubt, jetzt wird der Krieg, wenigstens für einen Augenblick, doch noch ein schönes Abenteuer.«

Undeutlich sah er durch den Rauch, wie sie aufblickte. »Ich kann nicht hören, was du sagst. Ich habe zu viele Kanonen gehört. Sagt man so?«

»Ja, warum nicht?« Als sich ihr wirkliches Gesicht vor ihm aus dem Qualm schälte, spitz, schmal, blass, erschrak er und verlachte sich selbst. Er starrte auf seine Lumpen, seine mit Läusebissen übersäte Haut und wäre am liebsten weggelaufen.

Sie zog einen silbernen Löffel aus ihrem Stiefel, den er bisher noch nicht gesehen hatte, und begann zu essen. »Möchtest du auch etwas?«

Er schüttelte den Kopf, aber schließlich lächelte er verlegen. »Ist das derselbe Löffel wie damals?«

»Ja. Er ist von zu Hause. Aus Silber. Ich habe ihn heimlich mitgenommen. Meine Mutter hat es sicher erst an Neujahr bemerkt. Sonst wurde das Service nie benutzt.« Sie zeigte ihm den Löffel. »Hier, das sind die Anfangsbuchstaben ihres Namens.« Dann tauchte sie den Löffel erneut in die Fleischkonserve. »Es ist ein langer Weg. Du musst etwas essen.«

Sie schwiegen, aßen und lauschten dem Geschützfeuer. Neue Einschläge erschütterten das Gebäude. Der Boden schwankte, Putz und Staub rieselten ihr ins Haar.

»Wenn man hier etwas sagen will, muss man es schnell tun«, flüsterte sie. »Man weiß nie, wie lange man noch Zeit dazu hat.« Er spürte ihren Atem, ihre Augen schwankten unter einer neuen Detonation dicht vor seinem Gesicht. »Ich habe mir geschworen, dass du hier stirbst, ohne meine Vergebung zu erlangen ...«

Unter einem schmetternden Schlag rieselte es erneut von der Decke. Panzer. Sie lächelte und zupfte ihm etwas Putz aus dem Haar.

»Ich kann dir nur für ein paar Stunden verzeihen, verstehst du?« Sie sprach mit einem seltsamen Ernst, der ihn rührte und ihm zugleich ein wenig peinlich war. Ihr schien es ähnlich zu gehen.

Er nahm sie vorsichtig in die Arme, als würde ihr Körper aus Glas bestehen. Sie zuckte zurück und begann heftig zu zittern. Erschrocken sahen sie sich an, als müssten sie erst wieder begreifen, dass sie einander nichts tun wollten. Immer noch zitternd, kam sie in seine Arme zurück. Ihr Haar roch nach Nässe und Rauch. Unter den Kleidern spürte er ihre Knochen, und er wusste, sie umarmten nicht einander, sondern ihre zerstörten Erinnerungen.

Als hätte sie seinen Gedanken erraten, löste sie sich von ihm. Er gab ihr einen zarten Kuss auf die gesprungenen Lippen. Sie zuckte zusammen, die Berührung tat ihr weh.

»Nimm lieber meine Hand«, flüsterte sie.

Er tat es. So blieben sie sitzen.

Ich muss sie nach ihrem Namen fragen, dachte er irgendwann, ich darf es nicht vergessen.

Aber dann sagte er sich, dass er kein Recht dazu hatte, und auch sie vermied es, ihn beim Namen zu nennen.

95

Fritz und Gross hatten die benötigten Uniformen gefunden. Während über ihnen der letzte Kampf um die Ruinen des Nordkessels tobte, pirschten sie sich hinter der Russin durch vereiste Rohre und Schächte auf das Wolga-Ufer zu. Die Riemen der mit Lebensmitteln gefüllten Tornister schnitten ihnen in die Schultern. Das Wasser in den durchgebrochenen Kellern war gefroren. Zerplatzte Rohre hingen wie das zerfetzte Gedärm eines Ungeheuers in die dunklen Räume.

An diesem Ort hatten sie zum ersten Mal gekämpft. Irgendwo hier war Hans der Russin das erste Mal gefolgt.

Ihre Schritte sind kleiner geworden, dachte er. Als sie einen russischen Doppelposten passieren mussten, erfuhr er doch noch ihren vollständigen Namen: Leutnant Tatjana Nekrassov. In ihren Papieren wurde lobend erwähnt, dass sie zweiunddreißig Deutsche in den Kämpfen um die Stadt getötet hatte. Die beiden Posten verzichteten daraufhin auf die Kontrolle der übrigen Papiere und beschenkten Gross mit amerikanischen Zigaretten. Das ersparte ihnen den Tod.

Hinter der nächsten Biegung wehten ihnen die ersten Schneeflocken entgegen. Gebückt erreichten sie das Ende des Ganges.

Vor ihnen lag die zugefrorene Wolga. Über der Schneefläche, die nach wenigen Metern in der Dunkelheit verschwand, tobte ein Sturm, der die Eiskristalle waagrecht durch die Luft trieb. Es würde sehr schwierig werden, in diesem Sturm den Weg durch das Minenfeld zu finden, aber sie hatten keine Zeit, um zu warten.

Hinter vorgehaltener Hand rauchten sie Zigaretten. Dann befestigte Fritz ein Seil am Gürtel der Russin. Das andere Ende würde er in der Hand behalten. Er misstraute ihr. Hans widersprach. Gross sagte nichts. Er war der Meinung, dass sie sowieso nicht weit kommen würden. Der aus der Verzweiflung geborene Mut seines ehemaligen Leutnants war rührend, nur ihn berührte er nicht mehr.

Seine Gedanken glitten in die Ruinen zurück. Dort blieben sie sitzen wie ein Tier, das nicht aus seiner Höhle gezerrt werden will.

Hans nahm Tatjanas Hand und flüsterte ihr zu, dass er ihr vertraue, und sie flüsterte zurück, das sei gut so. Aber das Misstrauen der anderen hatte sich zwischen sie geschoben wie eine unsichtbare Wand. Sie schwiegen und rauchten die restlichen Zigaretten. Die Pause und der Blick auf das tosende Schneefeld versetzten alle bis auf Fritz wieder in eine Art Trance.

Die Stimmungen auf ihren Gesichtern wechselten wie das Licht eines Herbsttages. Wieder einmal drohten ihre Gedanken davonzuwehen.

Sie mussten los. Hans stellte fest, dass er seit geraumer Zeit die Hand der Russin hielt. Sie nahm sie weg. Alles, was geschehen war, schien ausgelöscht. Er konnte sich nur noch daran erinnern wie an eine Geschichte, die einem vor langer Zeit erzählt worden ist. Furchtsam und beinahe feindselig starrten sie aneinander vorbei, als würden sie sich dafür hassen, einander nahegekommen zu sein.

Er bot ihr an, die Adressen zu tauschen, für nach dem Krieg. Sie schüttelte den Kopf. Sie hatten auch nichts zum Schreiben.

Sie versprachen einander, sich gegenseitig zu erschießen, falls sie verwundet würden. Nur Fritz bestand darauf durchzukommen. Sein Trotz wirkte hilflos und einsam.

Wir haben uns überlebt, dachte Gross, schon lange.

Der Gedanke versank im Heulen des Sturms so wie alles andere. Es gab nur Kälte und Schnee. Und einen Weg, so irrwitzig weit, dass es sinnlos war, sich darüber Gedanken zu machen. Endlich waren die Zigaretten zu Ende geraucht, und sie gingen los. Fritz und Gross ließen die Russin und Hans vorausgehen, bis sich das Seil straffte. Dann folgten sie ihnen. Sie fragte Hans, ob er nicht lieber bei seinen Kameraden bleiben wolle. Er schüttelte den Kopf. Sie blieb stehen und plötzlich dachte er, dass sie ihn wieder verraten würde, und er stellte fest, dass es ihm gleichgültig war. Er ertappte sich sogar dabei, eine gewisse Leichtigkeit zu empfinden, weil er endlich wusste, wie alles zu Ende gehen würde. Ein mechanisches, starres Lächeln erschien auf seinem Gesicht.

Die Wucht des Sturms trieb ihn in eine letzte Umarmung mit ihr. Sich vorwärts tastend, klammerten sie sich aneinander, um nicht umgerissen zu werden.

Auch Gross und Fritz hielten sich gegenseitig. So taumelten sie, verbunden durch das Seil, über das Eis der Wolga.

Der Sturm und der Schneefall waren so heftig, dass Gross und Fritz nach wenigen Metern den Sichtkontakt zu den beiden anderen verloren. Plötzlich blieb Gross stehen, zog an der lockeren Schnur und hatte kurz darauf das Ende in der Hand.

Er lachte verächtlich, als hätte er die ganze Zeit nur darauf gewartet. Dann riss er sich die Stoffmaske vom Gesicht. Der Sturm peitschte Flocken in seinen offenen Mund. Er schrie nur noch, so laut er konnte, und trotzdem war seine Stimme im Sturm kaum zu hören.

Er schleuderte seinen Helm zu Boden, stieß Fritz, der ihn festzuhalten versuchte, heftig weg und zerrte sich die verdammte, verhasste Uniform vom Leib, weiter, immer weiter, bis er glaubte, er würde sich das verfaulte Fleisch von den Knochen reißen. Dann hielt er inne. Sein Blick richtete sich auf die Silhouetten der Ruinenstadt. Langsam, halbnackt, mit hängenden Armen ging er zurück.

Fritz kniete im Schnee und starrte ihm nach wie einer Erscheinung, dann hatte der Sturm Gross verschluckt. Hilflos brüllte Fritz in den Schnee, der wie ein riesiger Vorhang vor ihm wogte.

Plötzlich wurde er von einem hellen Licht durchtrennt, und er sah Gross wieder. Sein Körper, klein und bizarr, wurde von der Explosion einer Mine in die Luft gehoben und mit verrenkten Gliedern in den Schnee geschleudert. Im Schein der Explosion sah Fritz verschwommen die Russin, die allein zum Stalingrad-Ufer zurücklief. Sie hatte die Mütze verloren, ihr Haar stand weiß und starr im Sturm. Sie sah aus wie eine alte Frau.

Er wollte schießen und fragte sich zugleich, wozu. Sein Kopf war leer, sein Mund trocken. Alles immer das Gleiche, dachte er. Ein leeres Grinsen schnitt in sein Gesicht. Seine Hände bewegten sich. Beinahe langweilte er sich.

Er schoss, und sie brach zusammen.

Hans lag im Schnee, nur wenige Meter von Fritz entfernt, und sah, wie die Kugeln Tatjanas schmalen Körper gegen den Wind nach vorn warfen, ehe er wieder aufgerichtet und zu Boden geweht wurde.

Irgendetwas in ihm wollte, dass er weinte, doch er spürte die Tränen nicht. Auf allen vieren kroch er zu ihr.

Sie hatte ihn nicht verletzt. Sie hätte es tun können, mit dem Messer, mit dem sie unbemerkt das Seil durchgeschnitten hatte, aber sie hatte es nicht getan. Sie war nur plötzlich weggelaufen, so schnell, dass sie niemals heil durch das Minenfeld gekommen wäre.

Du konntest mich nicht töten, dachte er, obwohl es besser gewesen wäre. Er kniete neben ihr. Plötzlich schien sie ihm Lichtjahre entfernt. All die anderen, die furchtbaren Bilder, die er in sich trug, schoben sich vor seine Augen.

Er presste ihr sterbendes Gesicht an seine Brust. Seine Gedanken klammerten sich mit verzweifelter Genauigkeit an jedes Detail. Er spürte, wie sich ihre Lippen bewegten, aber es sprang nur ein dünner Schwall Blut aus dem Spalt, den der Wind auf seine Hände wehte.

»Ich weiß«, flüsterte er und versuchte bei ihr zu bleiben, wenigstens noch ein paar Sekunden, aber der Sturm riss seine Worte so schnell davon, dass er nicht mehr wusste, was er sprach. »Du *wolltest* es nicht, du *musstest* es tun. Dich dafür bestrafen. Selbst die paar Gefühlsfetzen waren zu viel für mich, den Feind.«

Der Blick ihrer Augen wurde starr. Ärgerlich, beinahe streng wirkte er, als sei dies alles seine Schuld, weil er noch einmal so dumm gewesen war, ihr zu vertrauen.

Er bemerkte, dass ihr die Holzkette aus dem Mantel gerutscht war, nahm sie an sich und glaubte plötzlich, auf jeder der Perlen eine schöne, unversehrte Miniatur ihres Gesichtes zu sehen. Aber das konnte nicht sein, denn es war längst wieder dunkel, und der Sturm durchdrang seinen Körper und tobte in seinem Kopf, und er begriff erst, dass er neben der Leiche von Gross saß und dass sein bereits verschneites Gesicht und die weggerissenen Beine und die gefrorenen Blutpfützen keine Einbildung waren, als die Leuchtkugeln wieder hochstiegen und das Eis unter neuen Einschlägen zitterte, und Fritz, der ihn bis hierher durch den Schnee gezerrt hatte, ihn weiterzerren wollte.

Da schrie er ein letztes Mal auf und warf sich über den Toten, presste sein Gesicht auf seines, als könne er ihn so wieder zum Leben erwecken, mit all den Worten, die er ihm zuflüstern wollte. Aber sein Kopf war völlig leer, und er stammelte nur: »Du hast es versprochen, du hast es versprochen, wir gehen zusammen ...«

Plötzlich wurde ihm klar, dass Gross seine Worte nicht mehr brauchte, und seinen Schmerz auch nicht, und sein Gesicht verharrte in regloser Leere, bis Fritz ihm die Stoffmaske wieder überstülpte und ihn weiterzerrte wie einen Gegenstand.

96

Zwei Monate später griff eine deutsche Patrouille in der Nähe von Taganrog zwei verwahrloste Subjekte in russischen Uniformen auf, die wider alle Logik behaupteten, Überlebende aus Stalingrad zu sein. Zunächst hielt man sie für russische Spione. Nach einer telefonischen Überprüfung ihrer Erkennungsmarken stellte sich jedoch heraus, dass es sich tatsächlich um den Pionierleutnant Hans von Wetzland und den Obergefreiten Fritz Reiser handelte. Also stellte man sie nicht an die Wand, sondern veranstaltete für die völlig Erschöpften, Vernehmungsunfähigen eine kleine improvisierte Sektfeier, an der die beiden mit gleichbleibender Apathie teilnahmen. Anschließend schaffte man sie auf einen günstig von der Nachmittagssonne beschienenen Hügel, um sie für die Wochenschau zu filmen.

An dem sonst relativ ruhigen Frontabschnitt kam es unglücklicherweise ausgerechnet in diesem Augenblick zu einem russischen Artillerieüberfall. Eine der Granaten zerfetzte den kräftiger Wirkenden vor den Augen des anderen, der erheblich verletzt wurde. Dass er mit zerschmetterten Beinen an den Rand des Trichters kroch und immer wieder den Namen Fritz stammelte, erhärtete in den Augen des Offiziers, der dem Unglücksfall beiwohnte, seine Glaubwürdigkeit.

Besagter Offizier brauchte den Rest des Abends und seinen gesamten Alkoholvorrat, um einmal mehr über die Tragik des deutschen Soldatenschicksals in Russland hinwegzukommen. Nur die Hoffnung, für die Entdeckung der beiden Helden mit Heimaturlaub belohnt zu werden, konnte ihn einigermaßen trösten.

Der überlebende Verletzte wurde nach einer ersten Notversorgung auf Wunsch seiner Familie in ein Sanatorium in Neubrandenburg verbracht. Dort besuchte ihn gelegentlich seine Verlobte. Sie erkannte ihn nicht mit Sicherheit wieder, aber aus Rücksicht auf die Familie und das ihr vom Schicksal anvertraute hilflose Geschöpf verschwieg sie das vor den Behörden. Sie befand sich bei ihren Besuchen immer häufiger in Begleitung eines jungen Mannes, den sie nie heiratete.

Der Zustand des Patienten besserte sich kaum. Er blieb an den Rollstuhl gefesselt, sprach nur selten und unzusammenhängend. Den Behörden verbot der nicht unerhebliche Einfluss der Familie die damals nicht unüblichen Lösungen, doch sie blieben zunächst misstrauisch. Sie setzten ihre Befragungen fort, bis sie sicher waren, dass er nichts zu erzählen hatte.

Schließlich gaben sie es auf. Es war nichts Auffälliges an ihm festzustellen. Er hasste grelles Licht. Gelegentlich küsste er einer Krankenschwester flüchtig die Hand. Er liebte es, unter hohen Bäumen zu sitzen.

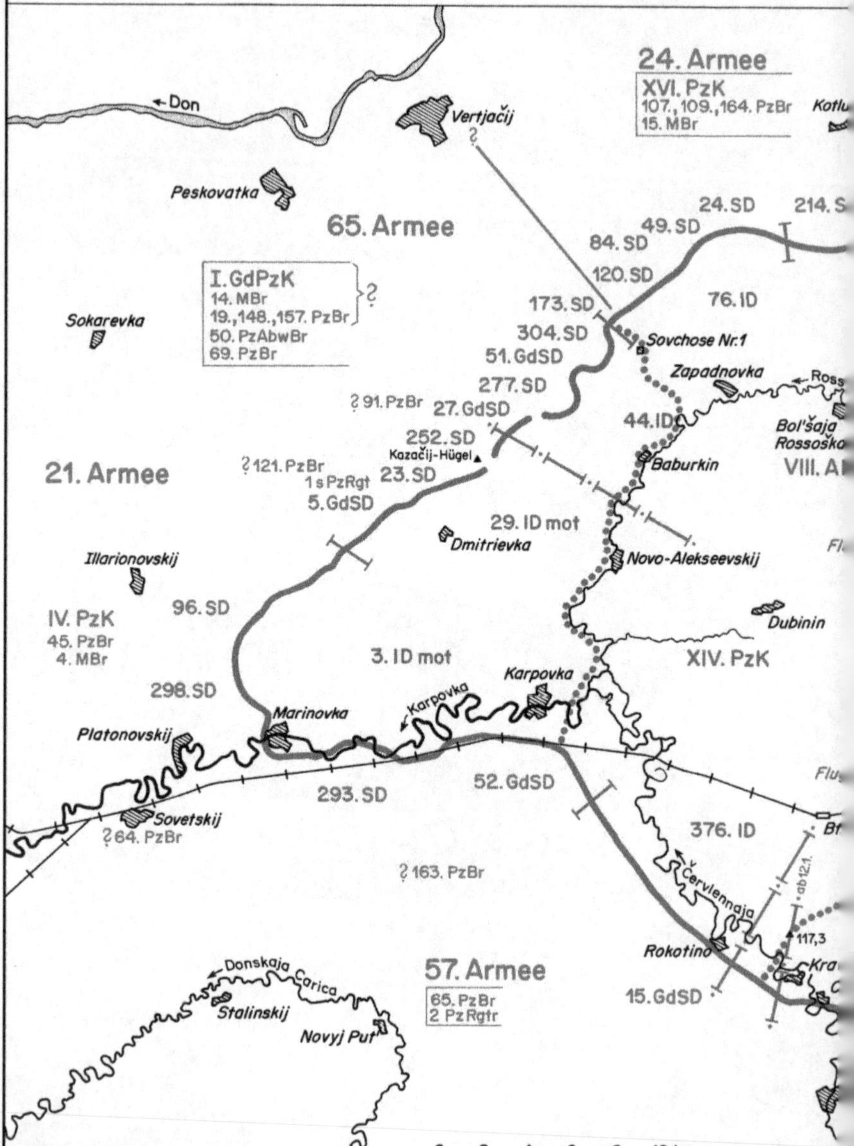

Nach Kehrig, Stalingrad, Skizze 9.

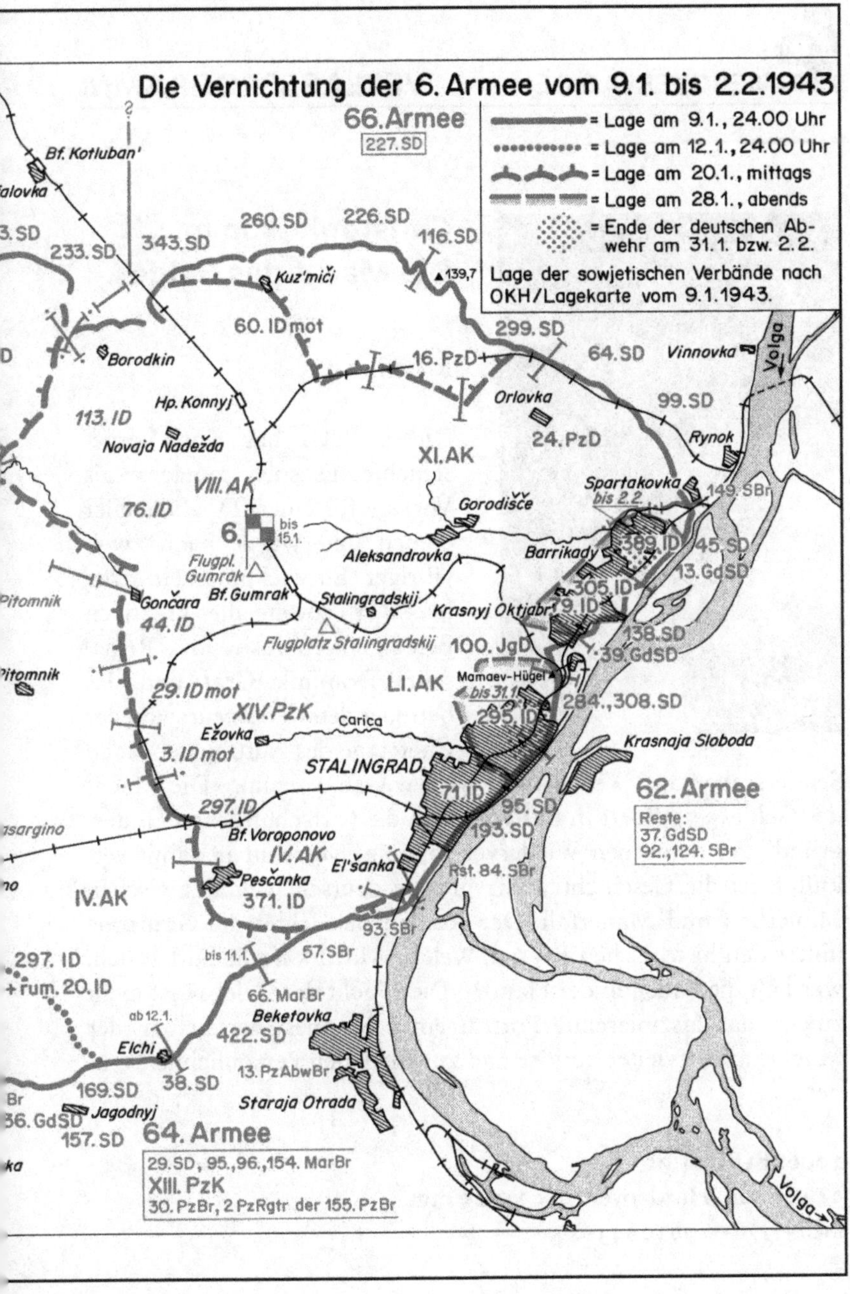

Die Vernichtung der 6. Armee vom 9.1. bis 2.2.1943

Christoph Fromm
Die Macht des Geldes

Roman

Dieses Buch hat eine Vorgeschichte. Es sollte zunächst als Vorlage für einen TV-Zweiteiler dienen und wurde nach zweijähriger Entwicklungszeit trotz massiver Proteste aller kreativen Beteiligten inklusive des Regisseurs Dominik Graf und des betreuenden Redakteurs von der Chefetage des Auftrag gebenden Senders abgesagt. Wer es liest, wird wissen, warum. »Die Macht des Geldes« schildert in fiktiver Form die wirtschaftlichen Hintergründe der deutschen Wiedervereinigung. Untrennbar damit verknüpft ist die Geschichte einer großen deutschen Bank zwischen Mauerbau und Mauerfall. Der Roman beleuchtet die Grauzone hinter den historischen Fakten. Welche Machtkartelle bilden sich, wer hält die Fäden in der Hand? »Die Macht des Geldes« ist nicht zuletzt das faszinierende Porträt eines Mannes, der sich in der Macht immer weiter auflöst und zur medialen Persönlichkeit mutiert.

2006, EUR 24,90
544 Seiten, Hardcover, 135 x 215 mm
ISBN 978-3-9810943-0-5